文/白/对/照

太平廣記

十二

〔北宋〕李昉 等 编纂
谦德书院 译

团结出版社

图书在版编目（CIP）数据

文白对照太平广记 / (北宋) 李昉等编纂 ; 谦德书院译. -- 北京 : 团结出版社, 2022.10

ISBN 978-7-5126-9290-9

Ⅰ. ①文… Ⅱ. ①李… ②谦… Ⅲ. ①笔记小说—小说集—中国—北宋②《太平广记》—译文 Ⅳ. ①I242.1

中国版本图书馆CIP数据核字(2022)第001044号

出版：团结出版社

（北京市东城区东皇城根南街84号 邮编：100006）

电话：（010）65228880 65244790（传真）

网址：www.tjpress.com

Email：65244790@163.com

经销：全国新华书店

印刷：北京天宇万达印刷有限公司

开本：145×210 1/32

印张：286.75

字数：8200千字

版次：2022年10月 第1版

印次：2022年10月 第1次印刷

书号：978-7-5126-9290-9

定价：880.00元（全十四册）

目录

卷第四百二　宝三

卷第四百三　宝四杂宝上

卷第四百四 宝五杂宝下

卷第四百五 宝六钱、奇物附

卷第四百六

草木一文理木附

卷第四百七　草木二

卷第四百八 草木三

卷第四百九　草木四

卷第四百一十　草木五

卷第四百一十一　草木六

卷第四百一十二　草木七

卷第四百一十三　草木八

卷第四百一十四　草木九

卷第四百一十五　草木十

卷第四百一十六　草木十一

卷第四百一十七　草木十二

卷第四百一十八　龙一

卷第四百一十九　龙二

卷第四百二十　龙三

卷第四百二十一　龙四

卷第四百二十二　龙五

卷第四百二十三　龙六

卷第四百二十四　龙七

卷第四百二十五　龙八

卷第四百二十六　虎一

卷第四百二十七　虎二

卷第四百二十八　虎三

卷第四百二十九　虎四

卷第四百三十　虎五

卷第四百三十一　虎六

卷第四百三十二　虎七

卷第四百三十三　虎八

卷第四百三十四　畜兽一

卷第四百—卷第四百二十四

卷第四百　宝一金上

金

西方日官之外，有山焉，其长十余里，广二三里，高百余丈。皆大黄之金，其色殊美，不杂土石，不生草木。上有金人，高五丈余，皆纯金，名曰金犀。入山下一丈，有银；又入一丈，有锡；又入一丈，有铅；又入一丈，有丹阳铜。丹阳铜似金，可锻以作错涂之器也。《淮南子》术曰："饵丹阳之为金也。"（出《神异经》）

翁仲儒

汉时，翁仲儒家贫力作，居渭川。一旦，天雨金十斛于其家，于是与王侯争富。今秦中有雨金翁，世世富。（出《神异经》）

霍光

汉宣帝尝以皂盖车一乘，赐大将军霍光，悉以金铰饰之。每夜，车辖上有金凤皇飞去，莫如所，至晓乃还，守车人亦见之。南郡黄君仲，于北山罗鸟，得一小凤子，人手便化成紫金。毛羽翅宛然具足，可长尺余。守车人列云："车辖上凤皇，常夜飞去，晓则俱还。今晓不还，恐为人所得。"光甚异之，具以列上。后数日，君仲诣阙，上金凤皇子。帝闻而疑之，以置承露盘，倏然飞去。帝使

金

西边有个叫日官城的地方，城外有座山，这座山有十多里长，二三里宽，百丈多高。山上到处都是大块的黄金，展现出来的色泽特别美艳，不混杂有任何泥土和石块，山上不生花草树木。山上有一个金人，身高五丈多，全部都是纯金的，名字叫作金犀。在山上往下挖一丈，有银；再往下挖一丈，有锡；再往下一丈，有铅；再往下一丈，就挖到了丹阳铜。丹阳铜如同金子一般，经过冶炼锻造过后可以将它装嵌涂饰在器具上。《淮南子》这本书中有一学术谈及："饵料中混杂丹阳铜之后，就能够变成金子。"（出《神异经》）

翁仲儒

汉朝时期，翁仲儒家中贫穷而去做苦力，家住在渭川这个地方。有一日，天空中下起了金子雨，落下一百斗金子到他家中，于是他的财富堪比王侯。如今秦中这个地方有很多得到了天降金雨的人如同翁仲儒一般，世世代代都变得非常富有。（出《神异经》）

霍光

汉宣帝曾经将一辆有着黑色盖子的车辆，赏赐给了大将军霍光，这辆车被霍光全用金子装饰起来。每天晚上，车轴两端的键上会有一只金凤凰飞去，不知道要飞到哪个地方，直到拂晓时分才飞回，看守车辆的人也看到了这个景象。南郡有个人叫黄君仲，在北山这个地方用网捕鸟，捕获了一只小凤凰，拿到手中就变作紫金了。有着非常完整的羽毛和翅膀，长一尺多。后来看守车辆的人告诉霍光："有金凤凰在车轴销钉上，时常在晚上飞出去，天明才飞回。今日天亮还没有人寻之，直入光家，至车辖上，乃知信然。帝取其车，每游行，辄乘之。故嵇康《游仙诗》云“翩翩凤辖，逢此网罗”是也。（出《续齐谐记》）

陈爵

汉永平十一年，庐江皖侯国有湖，皖氏小儿曰陈爵、陈挺，年皆十岁已上，相与钓于湖涯。挺先钓，爵往问挺曰：“钓宁得乎？”挺曰：“得。”爵归取竿纶，去挺三十步所，见湖涯有酒樽，色正黄，没水。爵以为铜也，涉取之，滑重不能举。挺望见，共取之，竟不能得。人入深渊中流，顾见如钱等正黄，数百千枚，即共掇摭，各得满手，走归示其家。爵父国故吏，字君贤，惊曰：“安得此？”爵言其状。君贤曰：“此黄金也。”即驰与爵俱往，到金处，水中尚多。贤自涉水掇取，爵、挺邻伍并闻，俱竞采之，合得十余斤。贤言于相，相言太守，遣吏收取。遣门下掾裕躬奉献，且言得金状。（出《论衡》）

飞回，恐怕是有人把它捕获了。”霍光对此事感到非常诧异，然后将守车人说的那件事上报给了皇上。几天后，黄君仲去宫里参见皇上，然后把小凤凰呈给了皇上。汉宣帝听闻是他捕获的，非常疑惑，将小金凤凰放在承露盘中，忽然小金凤凰就飞走了。汉宣帝命人将它寻回，便看到小金凤凰径直飞入霍光家里面，落到车轴销钉上。汉宣帝这回才相信这件事情是真的。汉宣帝将这辆车取回，每次外出巡游时，都乘坐这辆车。于是嵇康在《游仙诗》中就写下了“翩翩凤辖，逢此网罗”这句话。（出《续齐谐记》）

陈爵

汉朝永平十一年间，皖侯国是庐江这个地方的，在那里有个湖，皖侯国家中有两个小孩子分别叫陈爵、陈挺，年龄都在十岁以上，兄弟俩相约去湖边钓鱼。陈挺先钓。陈爵过来问陈挺：“你钓到鱼了吗？”陈挺说：“钓到了。”陈爵马上走过去拿鱼竿和鱼线，在离陈挺有三十步远的地方，突然看见有个装酒的器具放在湖边，酒杯有着纯金黄的颜色，浸没在水里。陈爵以为是铜，然后就蹚水去水中取，因水下的酒器太重而拿不起来。陈挺看到后，就过来和陈爵一同拿起来，依旧拿不动。这个时候他们俩已进入深水区的湖中央，突然看到水里有东西如同纯正又金黄的铜钱一般，有成百上千个，马上一起去捡，他俩双手都拿满了。将这些东西拿回去给家里人看。陈爵的父亲曾经是皖侯国的官员，字君贤，他看到儿子获得如此多金钱，便惊讶地问道：“从哪里得来的这些钱？”陈爵就说了这件事情的经过。君贤说：“这是黄金啊。”于是马上和陈爵一同跑到湖边，来到有金子的地方，湖中还有很多。君贤就独自去水中捡金子，陈爵、陈挺的邻居们听说后，都争相来捡金子，把金子全都捡上来，共有十多斤重。君贤把这件事情告知给了府相，府相又告知了太守，太守就让人去陈家拿金子。陈君贤让家人把金子进献给了官府，并且叙述获得金子的过程。（出《论衡》）

苻坚

前秦苻坚建元五年，长安樵人于城南见金鼎，走白坚。坚遣载取，到城，化为铜鼎。（出《异苑》）

雩都县人

南康雩都县，跨江南出，去县三里，名梦口。有穴，状如石室。旧传尝有神鸡，色如好金，出此穴中，奋翼回翔，长鸣响彻。见之辄形入穴中，因号此石为鸡石。昔有人耕此山侧，望见鸡出游戏。有一长人，操弹弹之。鸡遥见，便飞入穴。弹丸正著穴上石，径六尺许，下垂蔽穴，犹有间隙，不复容人。又有人乘船，从下流还县，未至此崖数里。有一人，通身黄衣，担两笼黄瓜，求寄载之。黄衣人乞食，船主与之盘酒。食讫，至崖下。船主乞瓜，此人不与，仍唾盘内，径上崖，直入石中。船主初甚忿之，见其入石，始知神异。取向食器视之，见盘上唾，悉是黄金。（出《述异记》）

何文

张奋者，家巨富，后暴衰，遂卖宅与黎阳程家。程入居，死病相继，转卖与邺人何文。文日暮，乃持刀，上北堂中梁上坐。至二更竟，忽见一人，长丈余，高冠黄衣，升堂呼问："细腰，舍中何以有生人气也？"答曰："无之。"须臾，有一高冠青衣者，次之，又有高冠白衣者，问答并如前。及将曙，文乃下堂中，如向法呼之。问

苻坚

前秦苻坚朝建元五年，长安的一个樵夫在城南外发现一只金鼎，然后就马上跑到城里去告诉给苻坚。苻坚命人用车去装取金鼎，拉到城里后，金鼎就变成了铜鼎。（出《异苑》）

雩都县人

南康有个地方是雩都县，过江向南走三里路的城外，有个地方名字叫梦口。那个地方有个洞穴，洞穴的外观看起来像石头做的房子。传说很久以前这个地方有只神鸡，外表色泽好似金子，从这个洞穴里出来，张开翅膀回旋飞翔，声音叫得很长又响亮。它被人看到后便会缩回到洞穴里，所以人们把这个岩石称为鸡石。曾经有人在这山旁边耕作，看到神鸡出来游玩嬉戏。有一个身量高的人，手拿着弹弓射击神鸡。鸡从远处看到，便飞入洞穴里。弹丸刚好打到洞穴上面的岩石上，这块岩石有六尺左右的长度，垂落下来刚好掩盖住洞口，还留有一道缝隙，却不可以容纳下一个人通过去。以前有人乘船，从下游回到县城，距离山崖还有好几里的地方。有一个人，全身穿黄色的衣服，肩挑两笼黄瓜，央求船主载上他。穿黄衣服的人向船主讨吃的东西，船主将一盘酒食给了他。吃完后，船驶到山崖下面。船主要黄瓜，黄衣人不给，还向盘中吐口水，然后径直跑上山崖，一直跑到石洞里。船主刚开始对黄衣人很愤怒，看到他进入石洞后，才知道那是神异的鸡。船主拿过刚才装食物的器具后去看，看到盘子上面吐的口水，全都是黄金。（出《述异记》）

何文

有一个人叫张奋，家里是大富人家，之后突然就衰落了，然后住宅被卖给了黎阳程家。程家住进来之后，死亡与疾病的事情接连发生，程家又把这个住宅转而卖给了邻居何文。何文等到太阳西下过后，手里拿着刀，于北堂中房梁上坐着。到了二更快要结束的时候，突然看见有一个人，身高一丈多，戴着高帽身穿黄衣服，升堂召唤问曰：“黄衣者谁也？”曰：“金也，在堂西壁下。”“青衣者谁也？”曰：“钱也。在堂前井边五步。”“白衣者谁也？”曰：“银也，在墙东北角柱下。”“汝谁也？”曰：“我杵也，在灶下。”及晓，文按次掘之，得金银各五百斤，钱千余万，仍取杵焚之，宅遂清安。（出《列异传》）

侯遹

隋开皇初，广都孝廉侯遹入城，至剑门外，忽见四广石，皆大如斗。遹爱之，收藏于书笼，负之以驴。因歇鞍取看，皆化为金。遹至城货之，得钱百万，市美妾十余人，大开第宅，又近甸置良田别墅。后乘春景出游，尽载妓妾随从。下车，陈设酒殽。忽有一老翁，负大笈至，坐于席末。通怒而诟之，命苍头扶出。叟不动，亦不嗔恚，但引满啖炙而笑云：“吾此来，求君偿债耳。君昔将我金去，不记忆乎？”尽取遹妓妾十余人，投之书笈，亦不觉笈中之窄，负之而趋，走若飞鸟。遹令苍头驰逐之，斯须已失所在。自后遹家日贫，却复昔日生计。十余年，却归蜀。到剑门，又见前者老翁，携所将之妾游行，傧从极多，见通皆大笑，问之不言，逼之，又失所在。访剑门前后，并无此人，竟不能测也。（出《玄怪录》）

道："细腰，房间里为什么会有生人的味道？"回答说："没有生人的味道。"没过多久，出现一个头戴高帽穿着蓝衣服的人，又过了一会儿，又出现一个头戴高帽身穿白衣服的人，问话和答复都和前面的人一样。快要天亮的时候，何文才从房梁处下来走到厅堂，用刚刚听见的那种方法开始召唤。问道："身穿黄衣的是谁？"回答说："是金，在厅堂西边的墙壁下方。""身穿青衣的是谁？"回答说："是钱，在厅堂前面距离井边有五步远的位置。""身穿白衣的是谁？"回答说："是银，在墙壁东北角的柱子下方。""你是谁？"回答说："我是棒槌，在灶坑下面。"等到天亮过后，何文按照顺序挖开刚刚提到过的地方，获得金银各五百斤，铜钱千万枚，并且用火烧掉棒槌，这座宅院从此以后就清静安宁了下来。（出《列异传》）

侯逼

隋朝开皇初年，广都孝廉侯逼进城去。到了剑门外时，忽然看见有四块石头，全都有斗那般大小。侯逼很喜爱这几块石头，便将它们收起放在装书的竹笼里，驮在驴背上。当歇驴的时候，他便将石块抱出来观看，发现四块石头竟然都变成了黄金。侯逼到城里把金子卖了，得到了百万巨款，便从集市上买来了十几个美丽的女人；回去后又扩建了宅院，并在城郊购置了良田别墅。后来一次侯逼乘着春天的美景出城去游玩，所有的妓妾都坐着车与他一起出游。下车后，他们一一摆上酒以及做好了的鱼肉。这时忽然有一个老头儿，背着一个大书箱也来到了他们这里，并在筵席的最后端坐下。侯逼为此很是生气并辱骂他，让奴仆把老头儿扶出去。但老头儿却没动，也没有嗔怪与发怒，只是取过满杯的热酒喝了下去，然后笑着说道："我到这里来，是来要求您偿还欠债的。您以前将我的金子拿去了，您忘记了吗？"说完，便将侯逼的十几个妓妾全部抓住，关到了书箱里，也不觉得书箱狭窄，背起书箱便快步走了出去，行走速度竟然如飞鸟。侯逼让奴仆骑马赶快去追，可一会儿后已看不见老头儿去了哪里。自此之后，侯逼的家中日渐贫困，又变回到了原来那样的生活。十几年后，侯逼去职回蜀地，来到剑门时，又看见了以前的那个老头儿，他携带

成弼

隋末，有道者居于太白山，炼丹砂，合大还成，因得道，居山数十年。有成弼者给侍之，道者与居十余岁，而不告以道。弼后以家艰辞去，道者曰："子从我久，今复有忧，吾无以遗子，遗子丹十粒。一粒丹化十斤赤铜，则黄金矣，足以办葬事。"弼乃还，如言化黄金以足用。办葬讫，弼有异志，复入山见之，更求还丹。道者不与，弼乃持白刃劫之。既不得丹，则断道者两手，又不得，则刖其足，道者颜色不变。弼滋怒，则斩其头。及解衣，肘后有赤囊，开之则丹也。弼喜，持丹下山。忽闻呼弼声，回顾，乃道者也。弼大惊，而谓弼曰："吾不期汝至此，无德受丹，神必诛汝，终如吾矣。"因不见。弼多得丹，多变黄金，金色稍赤，优于常金，可以服饵。家既殷富，则为人所告，云弼有奸。捕得，弼自列能成黄金，非有他故也。唐太宗问之，召令造黄金。金成，帝悦，授以五品官，敕令造金，要尽天下之铜乃已。弼造金，凡数万斤而丹尽。其金所谓大唐金也，百炼益精，甚贵之。弼既藪穷而请去，太宗令列其方，弼实不知方，诉之。帝谓其诈，怒，胁之以兵，弼犹自列，遂为武士断其手。又不言，则刖其足。弼窘急，且述其本末，亦不信，遂斩之，而大唐金遂流用矣。后有婆罗门，号为别宝。帝入库遍阅，婆罗门指金及大毯曰："唯此二宝耳。"问："毯有何奇异，而谓之宝？"婆罗门令舒毯于地，以水濡之，水皆流去，毯竟不湿。至今外国传成弼金，以为宝货也。（出《广异记》）

那些被他背走的妓妾在悠闲地散步，后边跟从的人很多，他们看见侯遹后都大笑起来。侯遹问他们笑什么，他们却没有说话；当靠近他们后，却又看不见他们到哪里去了。侯遹访遍了剑门的前后左右，也没能再找到那个老头，最终他也想不出到底是怎么回事。（出《玄怪录》）

成弼

隋朝末年，在太白山住着一个道士，炼制丹砂，配制丹药成功，因此得道，在山上住了有数十年。有个人名字叫成弼，服侍在道士身边，道士与他住在一起十多年了，但是不告诉他道法。之后成弼由于家中有忧患便告辞离去，道士说："你跟随我有很长时间了，如今你的家中有忧患，我没有什么东西给你，就给你十粒丹砂吧。一粒丹砂可以化为十斤红铜，就是黄金，足以办葬事了。"于是成弼回去后，按照道士所说化成黄金来供给使用。将葬事处理完后，成弼便产生了罪恶的想法，再次进到山中去见道士，求取更多的丹砂。道士不给他，然后成弼就拿刀威胁道士。依旧不能得到丹砂，就把道士的双手用刀砍断了，还是不给，又砍掉道士的双脚，道士依旧面不改色。成弼大怒，砍下了道士的头。解开道士的衣服后，见手肘后面有一个红口袋，打开口袋就看见有丹砂在里面。成弼非常兴奋，将丹砂拿下山。突然成弼听到一个声音在叫他。往回看去，结果是道士在叫他。成弼大吃一惊，然而道士对成弼说："我没想过你会再次回到这里，你道德不好不配享用这些丹砂，神灵一定杀了你，最后的下场就和我一样。"然后就不见了。成弼获得许多丹砂，变化成大量黄金，金子色泽稍红，比普通的金子优质，可以服用。然后成弼家变得非常富有，有人将他告发，说成弼私自制造金钱。成弼被捕，成弼自称只是可以把铜变为黄金，并没有其他原因。唐太宗听闻这件此事，下诏命成弼制造黄金。黄金制造完成后，皇帝非常高兴，任命成弼为五品官，命他制造黄金，要用尽天下所有的铜才可以停下来。于是成弼便开始制造黄金，才制造了共计几万斤的黄金丹砂就已经用尽了。所谓的大唐金就是这些黄金，经过千锤百炼变得更加精粹，而异常贵重。成弼

玄金

太宗时，汾州言，青龙白虎吐物在空中，有光如火，坠地隐入二尺。掘之，得玄金，广尺余，高七尺。（出《酉阳杂俎》）

邹骆驼

邹骆驼，长安人，先贫，尝以小车推蒸饼卖之。每胜业坊角有伏砖，车触之即翻，尘土涴其饼，驼苦之。乃将䦆劚去十余砖，下有瓷瓮，容五斛许。开看，有金数斗，于是巨富。其子昉，与萧佺交厚。时人语曰：“萧佺附马子，邹昉骆驼儿。非关道德合，只为钱相知。”（出《朝野佥载》）

已经无计可施然后请求离去，太宗命他禀告制造黄金的方法，成弼实在不知道详细的造金方法，然后就说自己不知道。太宗皇帝以为他欺君，非常生气，就用兵刃威逼他说出造金方法，成弼依旧说不出方法，于是命武士把他的手砍断。还是不说，就把他的脚砍掉了。成弼急得不知道怎么办，只好将变化金子这件事情的来龙去脉告诉给皇帝，太宗还是不相信，就把成弼斩杀了。而大唐金就在民间流通使用。然后来了一个印度僧人，自称可以帮别人辨别宝贝。太宗皇帝把僧人带入库房中把所有物品看了个遍，印度僧人指着大唐金和大毯说："只有这两件物品是宝贝。"太宗问大毯究竟有什么神奇和特别的地方，而将它说成是宝贝。印度僧人让人把大毯张开平铺在地面上，并往大毯上泼水。发现水全部从大毯上流走，那个大毯竟然一点都没有湿。直到如今外国还流传着成弼的大唐金，并且将它视作宝货。（出《广异记》）

玄金

太宗年间，汾州这个地方有传言说，青龙和白虎在空中吐出一物，发出的光如火一般，掉落在地面上隐入地下二尺。在有东西掉落下来的这个地方开始挖掘，然后获得一块黑金，有一尺多宽，七尺高。（出《酉阳杂俎》）

邹骆驼

有一个名字叫邹骆驼的，是长安这个地方的人，早先家境贫困穷苦，曾经以小车推蒸饼卖来维系生计。每一次经过胜业坊，当车轮碰到墙壁角落里埋的砖时那车辆马上就翻了，然后蒸饼上沾得有灰尘和泥土，被弄得很脏，邹骆驼为此感到非常苦恼。于是他就拿来大锄将十几块砖刨去了，砖的下方有一大瓷瓮，有五十斗左右的容量。将盖子打开往里面一看，发现竟然有好几斗金子，于是邹骆驼变得十分富有。邹昉是邹骆驼的儿子，邹昉和萧佺的交情十分深厚。当时有些人谈论道："驸马的公子是萧佺，邹骆驼的儿子是邹昉。他俩

裴谈

裴谈为怀州刺史，有樵者入太行山，见山穴开，有黄金焉，可数间屋。樵者喜，入穴取金，得五铤，皆长尺余。因以石窒穴，且志之。又数日往，则迷其处。樵者颇谙山谷，即于洛城怀州，造开石物锤凿数车。州有崔司户，知而助之。将往开，而谈妻有疾，请道家奏章请命。奏章道士忽传天帝诏曰："帝诏语裴谈，吾太行山天藏开，比有樵夫见之，吾已遗金五铤，命其闭塞。而愚人贪得，重求不获，乃兴恶。将开吾藏，已造锤凿数车。若开不休，或中吾伏藏。此若开锤凿，此州人且死尽，深无所益。此州崔司户，与其同心，但诣崔验之，自当有见。急止之，汝妻疾自当瘳矣。"谈大异之，即召崔子问故，果符所言。乃没其开石具而禁止之，妻寻有间。（出《纪闻》）

牛氏僮

牛肃曾祖大父，皆葬河内，出家童二户守之。开元二十八年，

的交情与道德品行没有关系，只是因为钱才让他俩相互知心。”（出《朝野佥载》）

裴谈

裴谈任怀州刺史时，有一个砍柴人进到太行山中，发现一个敞开的山洞，里面有很多的黄金，足够装满好几间房屋。那个砍柴人非常高兴，于是进到洞穴里面去拿那些黄金，获得五锭，几乎每锭黄金都长一尺多。因此砍柴人用石头将山洞封死，并且记下山洞所在的位置。几日过后砍柴人再次进入山中找寻那个山洞，但就是怎么都找不到那个位置。砍柴人对山谷十分熟悉。马上在洛城怀州，制造出好几车可以用来凿开石头的锤子和凿子。州里有一司户姓崔，知道了这件事情后就帮助砍柴人。他们即将要进入山中去开石，而裴谈的妻子因为身患疾病，于是请求道士向天帝上奏祈求延长自己的寿命。上奏章的道士突然奉天帝之命口头告诫说："天帝要告知裴谈，太行山这个地方是天帝的宝藏库，曾经偶然间打开了，被靠山而居住的砍柴人看到。我已经将五锭黄金送给了他，命他关闭封住山洞。然而这个愚蠢的人的贪心没有得到满足，又再次去寻找但是没有得到，于是就心生邪念，要将我的宝藏库凿开，并且已打造了好几车锤子和凿子。要是他一直不停地开石，应该会找到我埋的宝藏。如果在这个地方用锤、凿开石，这一州的人就会全部死亡，实在是没有好处。这州的崔司户和砍柴人是一路人，只要去到崔司户那里验证这件事情，自然会知晓。马上制止他们去做这件事情，你妻子的疾病自然就会好起来的。”裴谈听到后感到非常惊奇，立刻找崔司户的儿子问事情原委，果真和那个道士说的一模一样。于是将他们的开石工具没收了并且严禁他们去开石。在这之后裴谈妻子的疾病没过多久就有了好转。（出《纪闻》）

牛氏僮

牛肃的曾祖父与祖父，在死后全部埋葬在河内郡。牛肃派了两家僮以男小安，质于裴氏。齿牙为疾，昼卧厩中。若有告之者曰："小安，汝何不起，但取仙人杖根煮汤含之，可以愈疾。何忍焉！"小安惊顾，不见人而又寝。未久，告之如初。安曰："此岂神告我乎？"乃行求仙人杖，得大丛，掘其根。根转壮大，入地三尺，忽得大砖，有铭焉。揭砖已下，有铜钵斗，于其中尽黄金铤，丹砂杂其中。安不知书，既藏金，则以砖铭示村人杨之侃。留铭示人，而不告之。铭曰：砖下黄金五百两，至开元二十八年五月十八日，有下贼胡人年二十二姓史者得之；泽州城北二十五里白浮图之南，亦二十五里，有金五百两，亦此人得之。诸人既见铭，道路喧闻于裴氏子。问小安，且讳，执鞭之，终不言。于是拷讯，万端不对，拘而闭诸室。会有画工来访小安，市丹砂焉。裴氏子诱问之，画工具言其得金所以。又曰："吾昨于人处，用钱一百，市砂一斤。砂既精好，故来更市。"张氏益信得金。召小安，以画工示之。安曰："掘得铭后，下得数金丹砂，今无遗矣。"金宝不得，则又加棰笞治之，卒不言，夜中亡去。会裴氏苍头，自太原赴河内，遇小安于泽州。小安邀至市，酒饮酣招去。意者小安便取泽之金乎！及苍头至裴言之，方悟。（出《纪录》）

个家童在那里看守冢墓。开元二十八年间，牛家将男僮仆小安送到裴家作抵押。小安牙齿有疾病，白天躺在马圈里面。忽然间仿佛有一个人和他说：“小安，你怎么不起来呢，只要将仙人杖的根取过来煮汤放置在口中，你的牙疾就会痊愈。为什么要忍受痛苦呢？”小安惊讶地环顾四周，看见没有人转而又躺下睡觉。没过多久，周围又开始有人说话，和之前告诉他的话是一样的。小安问：“此番话难道是神明特意告知我的吗？”然后就出去寻求仙人杖，寻得大灌木，开始挖它的根。那个根转眼间就变得壮大起来，往地下挖了三尺，忽然挖到一块大砖，上面还刻着文字。把砖揭开，在砖的下边，发现了一个铜钵斗，钵斗里全部是黄金锭，其中掺杂着一些丹砂。小安不识字，将黄金重新埋藏好后，就把砖上刻的文字拿去给同村人杨之侃看。小安只给别人看刻的字，却不告诉别人是在哪个地方得到的。铭文说：砖下有五百两黄金，到开元二十八年间五月十八日，有个四下流离的胡人贼子，二十二岁，姓史，得到了它；泽州城往北二十五里处有个白塔的南边，同样是二十五里，有黄金五百两，也被这个人得到。所有人已经看到了这个铭文，走在路上互相说着被裴氏的儿子听到了。便回去问小安，小安一直隐瞒不和他说这件事，他们用鞭子抽小安，还是不说。然后严刑拷问，不管怎样小安依旧不回答，于是就把小安囚禁起来锁在房间里。恰好有位画工来找小安，是来和小安买丹砂的。裴氏的儿子试图引诱着询问他，画工就把他知道小安得到金子的过程详细地告诉了裴氏的儿子。又说道：“我昨天在其他人那里，用一百枚钱币，买了一斤的丹砂。丹砂又精细质量又好，所以来到这里想再次买一些丹砂。”张氏越来越相信小安得到了黄金。于是把小安召唤过来，将画工领来给他看。小安说：“我挖到刻着字的砖之后，在下方得到一些金子和丹砂，如今一点都没有剩下。”裴氏没有得到金银财宝，便以棍棒来惩罚小安，小安到底也没有说，等到了晚上小安逃出去了。恰好裴氏的仆人从太原来到河内郡，在泽州遇上了小安。小安邀请他去街上的酒馆喝酒，俩人喝酒正尽兴的时候，有人呼唤小安就离开了。想想也许是去泽州城北取金子了吧！直到仆人回到裴家和他们说了这件事，他们才知道。（出《纪录》）

宇文进

夏县令宇文泰犹子进，尝于田间得一昆仑子，洗拭之，乃黄金也。因宝持之。数载后，财货充溢，家族蕃昌。后一夕失之，而产业耗败矣。（出《纪闻》）

苏遏

天宝中，长安永乐里有一凶宅，居者皆破，后无复人住。暂至，亦不过宿而卒，遂至废破。其舍宇唯堂厅存，因生草树甚多。有扶风苏遏，悾悾遽苦贫穷，知之，乃以贱价，于本主质之。才立契书，未有一钱归主。至夕，乃自携一榻，当堂铺设而寝。一更已后，未寝，出于堂，彷徨而行。忽见东墙下有一赤物，如人形，无手足，表里通彻光明。而叫曰："咄。"遏视之不动。良久，又按声呼曰："烂木，咄。"西墙下有物应曰："诺。"问曰："甚没人？"曰："不知。"又曰："大硬锵。"烂木对曰："可畏。"良久，乃失赤物所在。遏下阶，中庭呼烂木曰："金精合属我，缘没敢叫唤。"对曰："不知。"遏又问："承前杀害人者在何处？"烂木曰："更无别物，只是金精。人福自薄，不合居之，遂丧逝。亦不曾杀伤耳。"至明，更无事。遏乃自假锹锸之具，先于西墙下掘。入地三尺，见一朽柱，当心木如血色，其坚如石。后又于东墙下掘两日，近一丈，方见一方石，阔一丈四寸，长一丈八寸。上以篆书曰：夏天子紫金三十斤，赐有德者。遏乃自思："我何以为德？"又自为计曰："我得此宝，然修德亦可禳之。"沉吟未决，至夜，又叹息不定，其烂木忽语曰："何不改名为有德，即可矣。"遏曰善，遂称有德。烂木曰："君子傥能送某于昆明池中，自是不复挠吾人矣。"有德许之。明辰更掘丈余，得一铁瓮，开之，得紫金三十斤。有德乃还宅价修

宇文进

夏县这个地方的县令叫宇文泰，宇文进是他的侄儿，曾经在田间捡到一个昆仑子，将它水洗干净擦拭后一看，发现是黄金。因此将它视作宝贝保存了起来。几年过后，宇文进家中财产货物充裕，家族繁荣昌盛。后来有一天夜里昆仑子消失不见了，而后家族产业就开始消耗衰败了。（出《纪闻》）

苏遏

天宝年间，长安永乐城里有一座十分阴森恐怖的住宅，居住在这里的人全都遇到了不幸的事情，后来就再也没有人居住在这里了。即使有人暂且居住在这里，夜晚还没有结束就死亡了，最终这座住宅荒废下来了变得破败不堪，只存留下来房屋的厅堂。因为住宅荒废了太久所以长了非常多杂草和树木。有个扶风人名字叫作苏遏，为人非常勤恳却因家里十分贫穷而感到困扰。当他知道有如此一座住宅，就用非常便宜的价格，在房主那里将房屋抵押了过来。刚刚立完契书，房主还没收到一文钱。当天晚上，苏遏便自己提来一张低矮的床，在厅堂里面把床铺好就睡下了。一更以后，他还没睡着，就走出厅堂，漫无目的地走着。突然看见东面的墙根那个位置有一个红色的东西，有着人的模样，没有手和脚，里外透彻明亮，它喊叫："咄。"苏遏看见那东西一动不动，过了一段时间，又按照上一次的声音呵斥道："烂木，咄。"西面的墙根下方有东西应声说"诺"。问道："什么人？"回答说："不知道。"又说："大硬锵。"烂木回答道："可怕。"又过了非常久的时间，红色的东西便消失不见了。苏遏走到台阶下，在庭院中间呵斥烂木说道："金精应该注意到我，为什么不敢叫唤。"回答说："不知道。"苏遏又问："之前在这个地方害人的东西在哪里？"烂木说："没有其他的东西，只有金精。那些人自身福分薄，不应该住在此地，是自然死去的，从没有杀害过。"直到天亮，也没有发生什么事。于是苏遏自己借来铁锹，先在西面墙根处往下挖。挖进地下三尺，看到一根腐朽的柱子，柱子木心有着血一般的颜色，

葺，送烂木于昆明池。遂闭户读书，三年，为范阳请入幕，七年内，获冀州刺史，其宅更无事。（出《博异志》）

韦思玄

宝应中，有京兆韦思玄，侨居洛阳。性尚奇，尝慕神仙之术。后游嵩山，有道士教曰："夫饵金液者，可以延寿。吾子当先学炼金，如是则可以肩赤松，驾广成矣。"思玄于是求炼金之术，积十年，遇术士数百，终不能得其妙。后一日，有居士辛锐者，貌甚清瘦，楸然有寒色，衣弊裘。叩思玄门，谓思玄曰："吾病士，穷无所归。闻先生好古尚奇，集天下异人方士，我故来谒耳，愿先生纳之。"思玄即止居士于舍。其后居士身疾，膗尽溃血且甚，韦氏一家尽恶之。思玄尝诏术士数人会食，而居士不得预。既具膳，居士突至客前，溺于筵席上，尽湿。客怒皆起，韦氏家僮亦竞来骂之，居士遂告去，行至庭，忽亡所见。思玄与诸客甚异之，因是其溺，乃紫金也，奇光璨然，真旷代之宝。思玄且惊且叹。有解者曰："居士紫金精也。"征其名氏信矣，且辛者盖西方庚辛金也。而"锐"字"兑"从"金"，兑亦西方之正位。推其义，则吾之解若合而且它坚硬如石头。然后又在东面墙根处往下挖了两天，挖了大约一丈深，看到一块方形石块，有一丈四寸宽，一丈八寸长，上面有篆书刻写道："三十斤的紫金是夏朝天子的，只赐给有道德的人。"苏遏自己在心中想：我有什么德呢？又自己打算道："我得了这些金银财宝，后来再修德，也可以消灾。"他沉吟不决，一直到了晚上，依旧叹息不定。那烂木突然对他说："你为什么不把自己的名字改作有德，这样就行了。"苏遏说："好。"于是称作苏有德。烂木说："君子如果可以将我送到昆明池中，从此以后我就不会再打扰人了。"苏有德答允了它。第二日清晨，苏有德往下挖了有一丈多深。挖到一个铁罐，将铁罐打开，获得三十斤紫金。苏有德便将房钱还给了房主并且重新修整了房屋，将烂木送到昆明池后，就开始闭门读书。三年后，范阳节度使请他去做幕僚。七年内，任职为冀州刺史。于是那座住宅再也没有发生过任何事情。（出《博异志》）

韦思玄

宝应年间，京城里有一个人叫韦思玄，居住在洛阳这个地方。天生就喜欢怪奇神异的事物，曾经非常崇拜神仙的法术。之后去到嵩山这个地方游历，有位道士教导他说："喝金液的人，可以延年益寿。先生可以先学习炼金之术，如果学会了炼金之术就能够比肩仙人赤松子和广成子了。"然后韦思玄就去寻求炼金的法术。十年过后，韦思玄前后遇到了几百个懂道术的人，可是依旧没能掌握炼金的方法。后来有一天，有个居士叫辛锐，容貌十分清瘦，看上去就面带寒色，穿着一件破败陈旧的毛皮衣裳，敲响韦思玄的家门，对韦思玄说："我是个身患疾病的居士，无家可归。听闻先生爱好古怪崇拜神奇异术，结交天底下有着奇特本事和有着神仙法术的人，所以我特来拜见，望先生可以收留我。"韦思玄立刻将居士留了下来。在这以后居士身患疾病，全身的肉都被血浸透而且十分严重。韦氏全家人都厌恶他。韦思玄曾经约请几位有道术的人一起吃饭，却没有邀请居士参加。饭菜已备好了，居士却突然来到客人的面前，在筵席上撒尿，全都湿了。客人十分愤怒都站了起来。韦氏家里的仆人过来

符然。(出《宣室志》)

李员

进士李员，河东人也，居长安延寿里。元和初夏，一夕，员独处其室。方偃于榻，寐未熟，忽闻室之西隅有微声，纤而远，锵然若韵金石乐，如是久不绝。俄而有歌者，其音极清越，泠泠然，又久不已。员窃志其歌词曰："色分蓝叶青，声比磬中鸣。七月初七日，吾当示汝形。"歌竟，其音阕，员且惊且异。朝日，命家僮穷其迹，不能得焉。是夕，员方独处，又闻其声，凄越且久，亦歌如前。词竟，员心知为怪也，默然异之。如是凡数夕，亦闻焉。后至秋，始六日，夜有甚雨，隤其堂之北垣。明日，垣北又闻其声，员惊而视之，于北垣下得一缶，仅尺余，制用金成，形状奇古，与金之缶甚异。苔翳其光，隐然有文，视不可见，盖千百年之器也。叩之，则其韵极长。即令涤去尘藓，方可读之，字皆小篆书，乃崔子玉座右铭也。员得而异之，然竟不知何代所制也。(出《宣室志》)

骂他。于是居士就告辞离开了。走到厅堂里面，忽而就消失不见。韦思玄和在场的客人都非常惊讶。再一看这尿，原来是紫金，还发出特别明亮的光，真算得上历朝历代都没有出现过的珍宝。韦思玄既惊奇又感叹。有人解释说："这个居士是紫金精。"分析一下他的姓名确实是紫金精。辛即西方庚辛金，而"锐"字"兑"从"金"，"兑"也是西方的正位。按照字义来推断，我给出的解释其实是符合这个含义的。（出《宣室志》）

李员

李员是一个进士，河东人，家住长安延寿里。唐朝元和年间初夏有一天夜晚，李员一个人在他的卧室里，才躺在床上，还没有睡熟，突然听到房间内西面的角落里有微弱的声响传过来，细微又似乎距离非常遥远，如同撞击金石乐器发出的音律，这样有一段时间连续不断。过了一会儿有人唱歌，歌声很清远、清脆，又连续不断。李员默默记下了唱的歌词。歌中唱道："颜色与秋兰青青的叶子不一样，声音堪比石磬。七月初七这天，我要向你现出原形。"歌唱完，音乐也停息了。李员既惊讶又感到奇怪。到了第二日清晨，让仆人到处去查找声音的踪迹，却找不到了。这天晚上，李员独自在房间里，再次听见了那个声音，歌声凄凉幽远而且持续了很长时间，歌词也像上次一样。歌词唱完，李员心里知道这是怪异的现象，暗暗地诧异，一连几个晚上都是这样的，都听到了一样的声音。到了秋天之后，刚开始的前六天，晚上下了很大的雨，李员家厅堂北面的墙壁都塌毁了。第二日在墙北面再次听到了那个声音。李员吃惊地环顾四周，在北面的墙壁下方得到了一件缶，只有一尺多，用黄金制造而成，形状特别奇怪，和平常的金缶十分不同。苔藓遮住了它发出的光亮，上面隐隐约约有一些字，却看不大清楚，大约是千百年前的乐器。用手去敲击它，发出非常悠长的音韵。李员马上命人清洗它上面的泥土和苔藓，才可以看到上面的字。文字全都是用小篆书写的，原来这是崔子玉的座右铭。李员获得这件宝物觉得非常惊异，却一直都不知道是哪个朝代制造的。（出《宣室志》）

虞乡道士

虞乡有山观，甚幽寂，有涤阳道士居焉。大和中，道士尝一夕独登坛望。见庭忽有异光，自井泉中发，俄有一物，状若兔，其色若精金，随光而出，环绕醮坛。久之，复入于井。自是每夕辄见，道士异其事，不敢告于人。后因淘井，得一金兔，甚小，奇光烂然，即置于巾箱中。时御史李戎职于蒲津，与道士友善，道士因以遗之。其后戎自奉先县令为忻州刺史，其金兔忽亡去，后月余而戎卒。

赵怀正

汴州百姓赵怀正，住光德坊。大和三年，妻贺，常以女工致镪。一日，有人携石枕求售，贺一环获焉。赵夜枕之，觉枕中如风雨声，因令妻及子各枕一夕，则无所觉。赵枕辄复旧，或喧悸不得眠。其子请碎视之，赵言："脱碎之无所见，是弃一百之利也，待我死后，尔必破之。"经岁余，赵病死。妻令毁视之，中有金银各一铤，如模铸者。所函铤处，其模似预曾勘入，无丝发隙，不知从何而入也。铤各长三寸余，阔如巨指。遂货之，办其殓及偿债，不余一钱。贺今住洛惠节坊，段成式家人雇其纫针，亲见其说。（出《酉阳杂俎》）

虞乡道士

有一座山观在虞乡，十分清净幽静，有一个涤阳的道士居住在这个地方。大和年间，道士有一天夜晚独自登上祭坛去瞭望，看到庭院中从水井中突然散发出奇异的光彩发来。没过多久，有一物，外形像一只兔子，它的颜色如同精粹的黄金一般，随着光彩而出，环绕着祭坛，持续很长一段时间后，又进入井里去了。从这以后每天晚上都会出现。道士觉得此事非常奇怪，不敢告知他人。之后由于淘井，获得一只金兔，非常小巧，光彩特别璀璨，道士立刻把金兔放置在巾箱中。当时御史李戎在蒲津任职，同道士交好，道士便将金兔送给了他。自此李戎从奉先县令升为忻州刺史，那个金兔也突然消失，在这之后的一个多月李戎就死了。

赵怀正

汴州有个人叫赵怀正，家住在光德坊。那是在大和三年的事。贺氏是赵怀正的妻子，常常做一些针线活挣钱。一天，有人拿着一个石枕头来卖，贺氏用一只玉环与石枕交换。赵怀正晚上枕着石枕睡觉的时候，感到枕中似有风雨的声响。然后让妻子和儿子各自枕着睡一晚，他们都没有感觉，赵怀正又枕着睡还是听到原来的声音，有时喧嚣声让他心脏跳动而不能睡着。他的儿子让他砸碎石枕看看里面有什么东西，赵怀正说："如果砸碎它发现里面并没有什么，这样就白白浪费了一百钱的利啊。等我死后，你再把它砸碎。"过了一年多，赵怀正身患重病而死。他的妻子让儿子砸了石枕看里面到底有什么东西。石枕砸碎后，发现里面有金银各一锭，如同按模型浇注而成的。像是事先量好了再铸造一样，金银锭在里面都没有头发丝大的裂缝，不知道金锭和银锭是如何进入到石枕中。金锭和银锭各长三寸多，宽一个姆指。然后贺氏卖了金锭和银锭，得到钱后办理好了家中的丧事还偿还了所有的债务，最终一个钱都不剩下。贺氏现居洛阳惠节坊，段成式家中的人雇她做针线活的时候，亲耳听到她说的。（出《酉阳杂俎》）

金蛇

开成初，宫中有黄色蛇，夜则自宝库中出，游于阶陛间，光明照耀，不可擒获。宫人掷珊瑚玦以击之，遂并玦亡去。掌库者具以事告。上命遍搜库内，得黄金蛇而玦贯其首。上熟视之："昔隋炀帝为晋王时，以黄金蛇赠陈夫人，吾今不知此蛇得自何处。"左右因视颔下，有"阿麽"字。上蹶然曰："果不失朕所疑，阿麽即炀帝小字也。"上之博学敏悟，率多此类。遂命取玻璃连环，系蛇于玉龛之前足。其后竟不复有所见，以龛食蛇也。（出《杜阳杂编》）

金蛇

开成初年间，皇宫里有一条黄色的蛇，夜间就从宝库中溜出来，跑到皇宫的台阶上玩耍，月光照耀之下，总是不能捉到它。皇宫中的人们用珊瑚玦打蛇，然后蛇和珊瑚玦都不见了。掌管宝库的人把这事一五一十地报告给了皇上。皇上命人彻底搜查宝库，结果获得一条黄金蛇，而那个珊瑚玦就穿连在蛇的头上。皇上仔细查看这条蛇时说："从前隋炀帝当晋王时，将黄金蛇赠给了陈夫人，我如今不知道这条蛇是从什么地方来的。"文武大臣们在看蛇的额下时，有"阿麽"两个字。皇上急忙说："果真不出我的猜想，阿麽就是炀帝的小名。"皇上真是学识渊博又聪慧，有许多和这相似的事情。皇上命人将玻璃连环拿过来，将蛇绑在玉猪的前脚上。从此以后宫里就再也没有蛇出现了，这是由于猪会吃蛇。（出《杜阳杂编》）

卷第四百一　宝二金玉附

金下

张 珽

咸通末年，张珽自徐之长安，至圃田东，时于大树下。俄顷，有三书生继来，环坐。珽因问之。一书生曰："我，李特也。"一曰："我，王象之也。"一曰："我，黄真也。"皆曰："我三人俱自汴水来，欲一游龙门山耳。"乃共闲论。其王象之曰："我去年游龙门山，经于是。路北一二里，有一子，亦儒流也，命我于家再宿而回，可同一谒之。"珽因亦同行。

至路北一二里，果见一宅，甚荒毁。既叩门，有一子儒服，自内而出，见象之颇喜。问象之曰："彼三人者何人哉？"象之曰："张珽秀才也，李特、黄真，即我同乡之书生也。"其儒服子乃并揖入，升堂设酒馔，其所设甚陈故。儒服子谓象之曰："黄家弟兄将大也。"象之曰："若皇上修德好生，守帝王之道，下念黎庶，虽诸黄齿长，又将若何？"黄真遽起曰："今日良会，正可尽欢，诸君何至亟预人家事，波及我孙耶？"珽性素刚决，因大疑其俱非人也，乃问之曰："我偶与二三子会于一树下，又携我至此，适见高

金下

张 珽

咸通末年，张珽从徐地去长安。到了圃田东，当时是在大树下。过了一会儿，陆陆续续来了三个书生，围坐在一起，张珽于是询问他们。一个书生说："我是李特。"另一个说："我是王象之。"还有一个说："我是黄真。"三个人又一起说："我们三个人都是从汴水来的，想要游览一番龙门山。"于是他们在一起闲谈。王象之说："我去年游龙门山的时候，经过这个地方。在这条路往北一二里的地方，有一个人，也是儒生，让我在家住两晚，可以和我一同前去。"张珽听完这句话就也和他们一同前往。

在距离路的北面一二里的地方，果然看见一个屋子，非常荒芜。敲门之后，有一个穿着儒生衣服的人从里面出来，看见王象之很是惊喜，问王象之说："这三个是什么人呢？"王象之说："张珽，是秀才。李特、黄真，是我同乡的书生。"那个穿着儒生衣服的人于是作揖，请他们一起入内，在厅堂内摆上筵席，他所摆设的东西都比较陈旧。穿儒生服装的人对王象之说："黄家的几个人将要长大了。"王象之说："如果皇上能够勤修德政、爱惜生命而不嗜杀，坚守帝王之道，关爱黎民百姓，即使是那几个姓黄的兄弟长大了，又能够怎么样呢？"黄真突然站起来说："今天如此好的聚会，正是能够尽情论，我实疑之，黄家弟兄，竟是谁也？且君辈人也？非人也？我平生性不畏惧，但实言之！”象之笑曰：“黄氏将乱东夏，弟兄三人也。我三人皆精也。儒服子即鬼也。”珽乃问曰：“是何物之精也？是何鬼也？”象之曰：“我玉精也，黄真即金精也，李特即枯树精也，儒服子即是二十年前死者郑适秀才也。我昔自此白化精，又去年复遇郑适，今诣之。君是生人，当怯我辈；既君不怯，故聊得从容耳。”珽又问曰：“郑秀才既与我同科，奚不语耶？”郑适曰：“某适思得诗一首以赠。”诗曰：“昔为吟风啸月人，今是吟风啸月身。冢坏路边吟啸罢，安知今日又劳神！”珽览诗怆然，叹曰：“人之死也，反不及物；物犹化精，人不复化。”

象之辈三人，皆闻此叹，怒而出，适亦不留。珽乃拂衣，及至门外回顾，已见一坏冢。因逐三精，以所佩剑击之。金玉精皆中剑而踣，唯枯树精走疾。追击不及，遂回，反见一故玉带及一金杯在路傍。珽拾得之，长安货之，了无别异焉矣。（出《潇湘录》）

龚 播

龚播者，峡中云安监盐贾也。其初甚穷，以贩鬻蔬果自业，结草庐于江边居之。忽遇风雨之夕，天地阴黑，见江南有炬火，复闻人呼船求济急。时已夜深，人皆息矣。播即独棹小艇，涉风而济欢乐的时候，你们为什么要管别人家的事，波及我的孙子呢？”张珽的性情向来刚直果断，因此十分怀疑他们都不是人，于是问他们道：“我偶然和你们在一棵大树下相聚，又把我带到这个地方，刚刚听见你们的精彩论断，我确实有所怀疑，黄家弟兄究竟是谁呢？是你们那一辈人吗？或者说不是人吗？我生平什么都不害怕，但是总是据实说话。”王象之笑着说：“黄氏兄弟将会让东夏发生战乱，他们兄弟有三个人。我们三个人都是精灵，穿儒生服装的人是一个鬼。”张珽听了问道：“你们是什么东西的精灵呢？又是什么鬼呢？”王象之说：“我是玉器的精灵，黄真是金子的精灵，李特是枯树的精灵，穿儒生服装的人是二十年前死去的人，是秀才郑适。我以往在这里修炼成精，去年再次遇见郑适，现在来拜访他，你是活人，应当害怕我们这类人，因为你不害怕，所以我们聊得非常投机。”张珽又问：“郑秀才既然和我同是秀才，为什么不说话呢？”郑适说：“我想好了一首诗送给你，这首诗是：‘昔为吟风啸月人，今是吟风啸月身；冢坏路边吟啸罢，安知今日又劳神！’”张珽看完诗以后很是悲伤，叹息着说：“人死了以后，反而比不上物品，物品还能化成精灵，但人就不可以。”

王象之一类的三个人，都听见了这样的叹息，非常愤怒地出去了，郑适也没有留下。张珽于是擦了擦衣服，也离开了。等到到了门外回头看的时候，看见一个坏了的坟墓，于是追击三个精灵，用身上的佩剑攻击他们。金精和玉精都中剑跌倒了，只有枯树精逃跑了。张珽没有追到，于是就回来了，回来看见一个玉带和一个金杯在路的旁边。张珽将它们拾起来，带到长安卖了，这时候它们已经和其他金玉没有任何区别了。（出《潇湘录》）

龚播

龚播，是三峡中云安监的盐商。他一开始的时候很穷，以贩卖蔬果作为职业，在江边搭建了一个草房子居住。一天晚上忽然遭遇了风雨，天地之间非常黑暗。他看见江的南边有灯火，又听见有人呼唤船只求救。当时夜已经很深了，别人都已经休息了。龚播就独自一人之，至则执炬者仆地。视之即金人也，长四尺余。播即载之以归，于是遂富。经营贩鬻，动获厚利，不十余年间，积财巨万，竟为三蜀大贾。（出《河东记》）

宜春郡民

宜春郡民章乙，其家以孝义闻，数世不分异，诸从同爨。所居别墅，有亭屋水竹。诸子弟皆好善积书，往来方士高僧儒生。宾客至者，皆延纳之。忽一日晚际，有一妇人，年少端丽，被服靓妆，与一小青衣，诣门求寄宿。章氏诸妇，忻然近接，设酒馔，至夜深而罢。有一小子弟，以文自业，年少而敏俊，见此妇人有色，遂嘱其乳妪，别洒扫一室，令其宿止。至深夜，章生潜身入室内，略不闻声息，遂升榻就之。其妇人身体如冰，生大惊，命烛照之，乃是银人两头，可重千百斤。一家惊喜，然恐其变化，即以炬炭燃之，乃真白金也。其家至今巨富，群从子弟妇女，共五百余口。每日三就食，声鼓而升堂。江西郡内，富盛无比。（出《玉堂闲话》）

张彦

巴巫间民，多积黄金。每有聚会，即于席上罗列三品，以夸尚之。云安民有李仁表者，施泽金台盘，以此相高。乱离之后，州将皆武人，竞于贪虐。蜀将张彦典忠州，暴恶尤甚。将校苦之，因而作叛，连及党与数千家。张攫其金银，莫知纪极。后于蜀中私第划着小船，穿越风雨去救他。到那的时候，拿着火把的人已经倒地。龚播仔细看，发现是一个金人，身高四尺多。龚播就把它拉回去了，因此他就变得富裕了。他经营买卖，动辄就得到丰厚的利润，不到十多年，他就累积了上万的财富，最终成为三蜀地区的大商人。（出《河东记》）

宜春郡民

宜春郡的百姓章乙，他的家族凭借“孝”和“义”闻名当世，几个世代都没有分家，各家都吃同一个灶房的饭。他们居住的别墅，有轩亭、房屋、流水、竹子。子弟们也都喜欢藏书，来往的有方士、高僧、儒生。只要是到他家的宾客，都会接纳迎请。忽然有一天傍晚，有一个妇女，年纪很小，容貌端正美丽，穿着美丽的衣服，化着美丽的妆容，和一位穿着青色衣服的婢女前来拜访，请求留宿。章氏的妇女们非常开心地迎接她们，并摆上酒食，到了夜深的时候才散去，他家有一个小的子弟把写文章作为自己的职业，年纪很小但聪明英俊，见这个妇女有姿色，于是嘱咐他的乳母，另外打扫出一间房来，让那个妇女住在里面。到深夜的时候，章家小子弟偷偷进去女子的房间内，几乎听不见声音，就上床靠近那个妇女，那个妇女身体就像冰一样，小子弟大吃一惊，让人拿来烛火相照，发现是两个银质的人，大约重一千斤，他的家人非常惊喜，但是害怕它幻化成其他东西，就用火炭烧它，发现这是真的白银。章家到现在还是特别富有，各家子弟妇女总共加起来有五百多口，每天三顿饭需要击鼓升堂。在江西郡里，他家的富裕昌盛是别家没办法比的。（出《玉堂闲话》）

张彦

巴峡和巫峡之间的百姓，大多数的家里面都累积着黄金。每次一有聚会的时候，就会在宴席上陈列出许多东西，用来夸耀推崇自己，云安监有一个叫李仁表的人，在公开的场合拿黄金做善事，凭借这个来抬高自己的名望。战乱发生之后，所有的州将官都是习武的别构一堂，以贮其金。忽一旦，屋外有火烟频起，骇入验之，乃无延爇之处。由是疑焉，及开箧视之，悉已空矣。即向时火烟，乃金化矣。（出《北梦琐言》）

康氏

伪吴杨行密，初定扬州，远坊居人稀少，烟火不接。有康氏者，以佣赁为业，僦一室于太平坊空宅中。康晨出未返，其妻生一子。方席藁，忽有一异人，赤面朱衣冠，据门而坐。妻惊怖，叱之乃走。如舍西，踣然有声。康适归，欲至家，路左忽有钱五千、羊半边、尊酒在焉。伺之久，无行人，因持之归。妻亦告其所见，即往舍西寻之，乃一金人，仆于草间，亦曳之归。因烹羊饮酒，得以周给。自是出必获利，日以富赡。而金人留为家宝。所生子名曰平，平长，遂为富人。有李浔者，为江都令，行县至新宁乡，见大宅，即平家也。其父老为李言如此。（出《稽神录》）

豫章人

天复中，豫章有人治舍，掘地，得一木匮。发之，得金人十二头，各长数寸，皆古衣冠，首戴十二辰属，数款精丽，殆非人功。其人，他们一个比一个贪婪暴虐。蜀地的将领张彦管理忠州，更为残暴凶恶。将校们怨恨他，因此反叛，因此牵连到的同党数量达到几千家。张彦掠夺了他们的金银，没有人能计算出数量的多少。后来在蜀中的私宅另外建造了一个屋子，用来贮存他的金子。忽然有一天早晨，屋子外面屡屡出现火光和烟雾，张彦特别惊怕，进入屋子验视，却没有烧起来的地方。因此产生了怀疑，等到他打开箱子检视，箱子都已经空了。也就是说之前的火光和烟雾是金子化成的。（出《北梦琐言》）

康氏

伪吴的杨行密，当初定居在扬州，远离住宅区，住在人烟稀少，烟火不接续的地方。有一个叫康氏的人，以出卖劳动力作为职业，在太平坊的空屋中租了一个房子。康氏早晨出去还没有回来，他的妻子生了一个儿子，刚刚生下来，忽然出现一个很特别的人，红脸，穿着红衣，戴着红帽子，靠在门上坐着。他的妻子特别害怕，大声呵斥才将他赶走。那人到了屋子的西面，妻子听见跌倒的声音。康氏刚刚回来，快要到家的时候，路的左边忽然出现了五千钱、半边羊、一杯酒。康氏等在那看了很久，没有任何路人，于是就把它们带回去了。他的妻子也告诉他自己的所见所闻，于是立即往房子的西面去找，发现是一个金人，倒在草丛中，康氏也把它拉回了自己的家里。于是他将羊煮了喝酒，因此得到了吃喝。从此以后，他出门一定能够得到利益，因此一天天富裕起来。金人被留在他的家里作传家宝。他刚出生的儿子名叫康平。康平长大了，成为了富人。有一个叫李浔的人，任江都令，巡行所主管的郡县来到了新宁乡，看见一间大的宅院，就是康平的家。他的乡邻对李浔说了以上的故事。（出《稽神录》）

豫章人

天复年间，豫章有个人建房子，挖地的时候获得一个木箱子，打开它，里面有十二个用金子做的人头，各自长几寸。都穿戴着古代的

家宝祠之，因以致福。时兵革未定，遂为戍将劫取之。后不知所终。（出《稽神录》）

陈濬

江南陈濬尚书，自言其诸父在乡里，好为诗。里人谓之陈白舍，人比之乐天也。性疏简，喜宾客。尝有二道士，一黄衣，一白衣，诣其家求宿，舍之厅事。夜间，闻二客床坏，訇然有声。久之，若无人者。秉烛视之，见白衣卧于壁下，乃银人也；黄衣不复见矣。自是致富。（出《稽神录》）

建安村人

建安有人村居者，常使一小奴，出入城市，经舍南大冢。冢傍恒有一黄衣儿，与之较力为戏。其主迟之，奴以实告，觇之信然。一日，挟挝而往，伏于草间。小奴至，黄衣儿复出。即起击之，应手而踣，乃金儿也。因持以归，家自是富。（出《稽神录》）

蔡彦卿

庐州军吏蔡彦卿，为拓皋镇将。暑夜，坐镇门外纳凉，忽见道南桑林中，有白衣妇人独舞，就视即灭。明夜，彦卿挟杖先往，伏于草间。久之，妇人复出。方舞，即击之堕地，乃白金一瓶。复掘地，获银千两。遂为富人云。（出《稽神录》）

衣服和帽子，头上戴了十二生肖的属相，每一款都很精致奇丽，都不是出自人工。他就作为传家宝供奉起来，用它来祈福。当时战乱还没有被平定，于是被戍守的将领劫掠了，后来不知道到哪里去了。（出《稽神录》）

陈 濬

江南的尚书陈濬，自己说他的叔伯在乡里面，喜欢写诗。乡里人叫他陈白舍，将他比作白乐天。他的性格疏略而不谨慎，喜欢招待宾客。曾经有两个道士，一个穿黄色衣服，一个穿白色衣服，到他家请求借宿。陈濬就让他们住在大厅里。夜里的时候，听见两个客人的床坏了，发出了很大的响声。很久以后，就像没有人了。陈濬拿着蜡烛检视，看见穿白衣的在墙壁下躺着，是银质的，穿黄衣的没再看见了，从此以后就变得富裕了。（出《稽神录》）

建安村人

建安有个住在村子里面的人，经常派遣一个小奴出去。他出入城里，会经过宅子南边的大坟，坟的旁边经常会有一个穿黄衣的小孩，和他比较力气当作玩游戏。他的主人责怪他晚了。那个小奴就把实情告诉了主人。主人看完以后发现小奴说的是实话。一天，他带着东西前往，在草里面埋伏。那个小奴到的时候，穿黄衣的小孩再次出现。于是他立即起身攻击他，那个小孩随之倒地，是一个小金人。于是他把小金人带回家，从此以后他家变得富裕起来。（出《稽神录》）

蔡彦卿

庐州的军官蔡彦卿，是拓皋的镇将。夏天的夜晚，坐在镇门外乘凉，忽然看见道路旁边的桑树林中，有一个穿白色衣服的妇女独自在跳舞，靠近看就消失了。第二天晚上，蔡彦卿带着木棍先到那里，在草丛间趴着。过了很久，那个妇女又出来了，刚刚才开始跳舞，蔡彦

水银

吕 生

大历中，有吕生者，自会稽上虞尉调集于京师，既而侨居永崇里。尝一夕，与其友数辈会食于其室。食毕，将就寝，俄有一妪，容服洁白，长二尺许，出于室之北隅，缓步而来，其状极异。众视之，相目以笑。其妪渐迫其榻，且语曰："君有会，不能一命耶，何待吾之薄欤？"吕生叱之，遂退去。至北隅，乃亡所见。且惊且异，莫知其来也。

明日，生独寤于室，又见其妪在北隅下，将前且退，惶然若有所惧。生又叱之，遂没。明日，生默念曰："是必怪也，今夕将至，若不除之，必为吾患不朝夕矣。"即命一剑置其榻下。是夕，果是北隅徐步而来，颜色不惧。至榻前，生以剑挥之，其妪忽上榻以臂揕生胸。余又跃于左右，举袂而舞。久之，又有一妪忽上榻，复以臂揕生。生遽觉一身尽凛然，若霜被于体，生又以剑乱挥。俄有数妪，亦随而舞焉，生挥剑不已。又为十余妪，各长寸许。虽愈多而貌如一焉，皆不可辨。环走四垣，生惧甚，计不能出。中者一妪谓书生曰："吾将合为一矣，君且观之。"言已，遂相望而来，俱至榻前，翕然而合，又为一妪，与始见者不异。生惧益甚，乃谓曰："尔何怪？而敢如是挠生人耶！当疾去！不然，吾求方士，将以神术制汝，汝又安能为耶？"妪笑曰："君言过矣。若有术士，吾愿见之。吾之来，戏君耳，非敢害也。幸君无惧，吾亦还其所矣。"言毕

卿就击打她，她就倒在地上了，一看，原来是一个银瓶子，又挖开那块地，得到了上千两白银。于是他就成了富人。（出《稽神录》）

水银

吕生

大历年间，有一个叫吕生的人，从会稽上虞尉的官任上调任到京城，然后寓居在永崇里。曾经在一天夜晚，和他的好几位朋友在他家聚餐。吃完以后，将要睡觉的时候，突然有一个老妇人，面容白净，穿着洁白的衣服，身长二尺多，从房屋北边的角落出现，缓缓地走过来，她的情状特别怪异，大家看见这样的状况，相视一笑。那个老妇人渐渐靠近床榻，并且说："你们有这样的聚会，不能叫我一下吗？为什么对待我如此薄情呢？"吕生斥责了她，于是她退下了。吕生走到北边的角落，却什么也没看见。他又惊又奇，不知道她是怎么到这里来的。

第二天，吕生独自一人在房间里睡觉，又看见昨天的那个老妇人在北边的墙角里，想要往前但又后退，非常慌张的样子像是在害怕什么。吕生又一次呵斥了她，于是她就退隐了。第二天，吕生默念道："这一定是妖怪，今天晚上要来，如果我不把她除去，一定早晚都会成为我的祸患。"于是让人把一把剑放在他的床榻下面。这天夜晚，她果然从北边的角落慢慢走过来，脸上不再显现害怕的神色。到了床榻前，吕生用剑向她挥去，那个老妇人忽然上了床榻用手臂抓吕生的胸。之后又在他的左右跳跃，举起袖子跳舞。过了很久，又有一个老妇人忽然蹦上了床榻，也用手臂抓他。吕生突然觉得全身冷得像是被霜盖在身体上一样。吕生又用剑乱砍一通。过了一会儿有好几个老妇人，也围绕着他跳舞。吕生不停地挥舞着剑，又出现十几个老妇人，各自身高一寸多。虽然越来越多，但是长得都一样，都不能够辨认出来。她们绕着四面墙壁走，吕生特别害怕，想不出来应对的方法。中间一个老妇对吕生说："我将会合而为一，你看遂退于北隅而没。

明日，生以事语于人。有田氏子者，善以符术除去怪魅，名闻长安中。见说喜跃曰："是我事也，去之若爪一蚁耳。今夕愿往君舍，且伺焉。"至夜，生与田氏子俱坐于室。未几而妪果来，至榻前。田氏子叱曰："魅疾去！"妪扬然其色不顾，左右徐步而来去者久之。谓田生曰："非吾之所知也。"其妪忽挥其手，手堕于地，又为一妪甚小，跃而升榻，突入田生口中。田生惊曰："吾死乎！"妪谓生曰："吾比言不为君害，君不听；今田生之疾，果何如哉？然亦将成君之富耳。"言毕，又去。明日，有谓吕生者："宜于北隅发之，可见矣。"生喜而归，命家僮于其所没穷焉。果不至丈，得一瓶，可受斛许，贮水银甚多。生方悟其妪乃水银精也。田生竟以寒栗而卒。（出《宣室志》）

玉

沈攸之

宋顺帝昇明中，荆州刺史沈攸之，厩中群马，辄踯躅惊嘶，一下。”说完，就相互看着聚拢而来，都到了床榻面前，忽然就合成了一个，又变成了一个老妇人，和开始见到的没什么两样。吕生更加害怕了，于是对她说：“你是什么妖怪，敢这样抓挠活人！你应该快快离去。如果不是这样的话，我会请求方士，将会用法术制服你，你又能做什么呢？”那个老妇人笑道：“你这就言过其实了，如果有术士，我愿意见见他。我来这里，只是戏弄你，并不敢加害于你。幸好你没有害怕，我也就回到我原来的地方了。”说完就退到北边的角落消失了。

第二天，吕生将这件事告诉了别人。有一位姓田的人的儿子，擅长用法术除去妖怪鬼魅，在长安城中特别有名。他听见这件事开心得跳起来说道：“这是我该做的事，除去她就像是抓一只蚂蚁那样简单。今天晚上愿意去你的房间等候她的出现。”到了夜里，吕生和姓田的人的儿子都坐在房间里。没过一会儿那个老妇人果然来了，到了床前，田氏的儿子叱责道：“鬼魅速速离开！”老妇人的神色依然不变，左右来回慢慢走了很长时间。对田氏的儿子说：“我不知道你。”那个老妇人忽然挥一挥她的手，手就落在了地上，又变成一个特别小的老妇人，跳上了床榻，突然进入了田氏儿子的嘴巴里。田氏儿子惊慌地说：“我要死了吗？”老妇人对吕生说：“我近来跟你说我不会加害你，你不听，现在田氏的儿子的病况怎么样呢？然而这也将让你变得富贵了。”说完，又离开了。第二天，有人告诉吕生：“应当将北边的角落挖开，就可以见到了。”吕生特别高兴地回来了，让家中的童仆在他家北边角落挖个彻底，果然，还没有挖到一丈深，就得到一个瓶子，可以装一斛多，贮藏的水银特别多。吕生这才觉察到那个老妇人是一个水银精。田氏的儿子最终因为惊吓而去世。（出《宣室志》）

玉

沈攸之

宋顺帝升明年间，荆州刺史沈攸之，他的马厩中的一群马，动辄如似见物。攸之令人伺之，见一白驹，以绿绳系腹，直从外来。圉者具言，攸之使人夜伏枥边候之。俄而见白驹来，忽然复去。视厩门犹闭，计其踪迹，直入阁内。时人见者，咸谓为怪。检内人，唯爱妾冯月华臂上一玉马，以绿丝绳穿之。至夜，辄脱置枕边，至夜有时失去，晓时则还。试取看之，见蹄下有泥。后攸之败，不知所在。（出《宣室志》）

玉 龙

梁大同八年，戍主杨光欣，获玉龙一枚。长一尺二寸，高五寸，雕镂精妙，不似人作。腹中容斗余，颈亦空曲。置水中，令水满，倒之，水从口出，出声如琴瑟，水尽乃止。（出《酉阳杂俎》）

江 严

江严于富春县清泉山，遥见一美女，紫衣而歌。严就之，数十步，女遂隐，唯见所据石。如此数四，乃得一紫玉，广一尺。又邴浪于九田山见鸟，状如鸡，色赤，鸣如吹笙。射之中，即入穴。浪遂凿石，得一赤玉，如鸟形状也。（出《列异传》）

唐玄宗

唐天后尝召诸皇孙，坐于殿上，观其嬉戏。因出西国所贡玉蹄子乱踢、惊叫，就好像见到了什么东西一样。沈攸之让人前去窥探，看见一匹小白马，腹部系着绿色的绳子，径直从外面奔过来。养马的人将这种情况详细地告诉了沈攸之，沈攸之让人夜间潜伏在马槽旁边等候。过了一会儿看见小白马来了，突然之间又离开了。再看马厩的门仍然关着，跟着它的足迹，发现径直进了屋子里。当时看见的人，都认为这是一件怪事。检查屋子里的人，只有他的爱妾冯月华的手臂上有一个玉马，用绿丝绳穿起来的，到了夜里，就会脱下来放在枕头边，到夜里有的时候会消失，到天亮的时候又会出现。拿来一验看，发现马蹄下有泥土。后来沈攸之败落了，玉马不知道到什么地方去了。（出《宣室志》）

玉龙

梁代的大同八年，戍守在这里的人名叫杨光欣，他获得了一枚玉龙。玉龙长一尺二寸，高五寸。它的雕刻和镂花都十分精巧绝妙，不像是人工做的。它的腹中可以容得下一斗多的东西，弯曲的颈部也是空的，把它放在水里，让人装满水，再倒出来，水从龙的嘴中出来，声音像是琴瑟弹奏出来的，水倒完了才停止。（出《酉阳杂俎》）

江严

江严在富春山的清泉山，远远看见一个美丽的女子，穿着紫色的衣裳唱歌。江严慢慢靠近她，走了几十步，那个女子就不见了，只看见立在那里的石头，如此这般几次之后，就得到了一块紫玉，宽一尺。又有一位叫郦浪的人在九田山看见一只鸟，长得像鸡一样，红色，鸣叫声像是笙吹奏出来的声音。射中它之后，它立即钻进了洞穴。郦浪就凿开石头，得到了一块红色的玉，像是鸟的身形。（出《列异传》）

唐玄宗

唐代的武则天曾经召集各位皇孙，坐在大殿上，看着他们玩环钏杯盘，列于前后，纵令争取，以观其志。莫不奔竞，厚有所获。独玄宗端坐，略不为动。后大奇之，抚其背曰："此儿当为太平天子。"因命取玉龙子以赐。玉龙子，太宗于晋阳宫得之，文德皇后常置之衣箱中。及大帝载诞之三日，后以珠络衣褓并玉龙子赐焉。其后常藏之内府。虽其广不数寸，而温润精巧，非人间所有。及玄宗即位，每京师愆雨，必虔诚祈祷。将有霖注，逼而视之，若奋鳞鬣。开元中，三辅大旱，玄宗复祈祷，而涉旬无雨。帝密投南内之龙池，俄而云物暴起，风雨随作。及幸西蜀，车驾次渭水，将渡，驻跸于水滨，左右侍御，或有临流濯弄者，于沙中得之。上闻惊喜，视之泫然流泣曰："此吾昔时所宝玉龙子也。"自后每夜中，光彩辉烛一室。上既还京，为小黄门攘窃，以遗李辅国。李辅国常置于柜中。辅国将败，夜闻柜中有声，开视之，已亡其所。（出《明皇杂录》）

五色玉

天宝初，安思顺进五色玉带。又于左藏库中得五色玉。上怪近日西贡无五色玉，令责安西诸蕃。蕃言此常进，皆为小勃律所劫，不达。上怒，欲征之。群臣多谏，独李林甫赞成上意，且言武臣王天运，谋勇可将。乃命王天运将四万人，兼统诸蕃兵伐之。及逼勃律城下，勃律君长，恐惧请罪，悉出宝玉，愿岁贡献。天运不许，即屠城，虏二千人及其珠玑而还。勃律中有术者，言将军无义不祥，天将大风矣。行数百里，忽惊风四起，雪花如翼，风激小海耍。于是拿出来西方国家进贡的玉环、玉钏、玉杯、玉盘，摆在他们的前后，让他们争抢，来观察它们的志向。这些皇孙们没有不奔跑争抢的，都有很丰厚的收获。只有唐玄宗端端正正地坐在那里，一点也不为所动。武则天大为惊奇，抚摸着他的后背说："这个孩子应当会做一个太平盛世的天子。"于是让人拿来玉龙子赏赐给他。玉龙子，是唐太宗在晋阳宫得到的，文德皇后平常把它放在衣箱里面。等到大帝诞生的第三天，皇后把用珠玉缝制的襁褓和玉龙子都赏赐给他了。这以后他一直把它保存在内府。它的宽度虽然没有几寸，但是温润又精致，并不是人间能够拥有的。等到唐玄宗登基的时候，每次京城大旱不下雨的时候，他一定诚心祈求。将要下雨的时候，靠近玉龙子观察，发现它的鳞和胡须都好像在动。开元年间，三辅大旱，唐玄宗再次祈祷，但是过了十几天还是没有下雨。唐玄宗秘密地将它投进了兴庆宫的龙池中，过了一会儿风云突然兴起，风雨随之而来。等到他驾临西蜀的时候，车马走到渭水，将要渡河，驻扎在水边，左右侍奉的人，有在流水旁洗涤嬉戏的，在沙里面得到了它。唐玄宗听到以后很是惊喜，流着眼泪看着它说："这是我以前所珍惜的宝物玉龙子。"从此以后每天夜里面，它的光芒都像烛光一样将满屋子照亮。唐玄宗回到京城以后，玉龙子被一个小太监偷取献给李辅国了。李辅国平常把它放在柜子里，到他将要倒台的时候，夜里听见柜子里有声音，打开检视的时候，已经不知道它去哪里了。（出《明皇杂录》）

五色玉

天宝初年的时候，安思顺向皇帝进贡了五色玉带，又在左藏库中得到一块五色玉。皇帝怪罪最近西边的蕃国贡品中没有五色玉，下令斥责安西各个蕃国。蕃国的人回答说这个经常进贡，都被小勃律抢去了，所以才没有进贡到皇宫。皇帝非常愤怒，想要出兵征讨，下面的大臣们都进谏阻拦，只有李林甫赞成皇帝的意思，并且说武臣王天运是有勇有谋的人，可以作为将领。于是命令王天运带领四万人，兼任统领各个蕃国的兵力讨伐。等到逼近小勃律的城池下面，小勃律的君长非常害怕，前来请求饶恕，把他们的宝玉全拿出来，愿意每水成冰柱，起而复摧。经半日，小海涨涌，四万人一时冻死。唯蕃汉各一人得还，具奏。玄宗大惊异，即命中使随二人验之。至小海侧，冰犹峥嵘如山，隔水见兵士尸，立者坐者，莹彻可数。中使将返，冰忽消释，众尸亦不复见。（出《酉阳杂俎》）

玉辟邪

肃宗赐李辅国香玉辟邪二，各高一尺五寸，工巧殆非人工。其玉之香，可闻数百步，虽镤之于金函石柜中，不能掩其气。或以衣裾误拂，芬馥经年，纵瀚濯数四，亦不消歇，辅国常置之坐侧。一日，方巾栉，而辟邪一则大笑，一则悲号，辅国惊愕失据。而辗然者不已，悲号者更涕泣交下。辅国恶其怪，遂碎之为粉，没于厕中，自后常闻冤痛之声。其辅国所居安邑里，芬馥弥月犹在。盖舂之为粉，愈香故也。不周岁而辅国死焉，始碎辟邪。辅国嬖奴慕容宫，知异常物，隐屑二合。鱼朝恩不恶辅国之祸，以钱三十万买之。而朝恩将伏诛，其香化为白蝶，冲天而去。当时议者，以奇香异宝，非人臣之所蓄也。辅国家藏珍玩，皆非世人所识。夏即于堂中设迎凉草，其色类碧，而干似苦竹，叶细于杉。虽若干枯，未尝凋落。盛暑束之窗户间，凉自至。凤首木高一尺，而凋刻如鸾凤之形，其木颇似枯槁，故毛羽秃落不甚尽。虽严凝之时，置于高堂大厦中，而和煦之气如二三月，故别名曰常春木。纵以烈火焚之，终不焦黑。凉草凤木，或出于薛王宅。《十洲记》云：火林国出也。（出《杜阳杂编》）

年都上贡。王天运不答应，立即屠杀全城，俘虏了两千人和珠宝之后返回。小勃律中有会法术的人，说将军没有仁义将会发生不详的祸事，天上将要刮起大风了。走了几百里，忽然狂风四起，雪花像翅膀一样大，风激起小的海浪立刻变成冰柱，狂风又摧毁冰柱。经过了半天，小海波涛汹涌，四万人一会儿就被冻死了。只有一个蕃国人和一个汉人得以生还，向皇帝具体奏述了这件事。唐玄宗特别惊异，立即派遣使者随着他们两个前往验看，到了小海的一侧，冰柱像小山一样矗立着，隔着水看见兵士的尸体，站着的人、坐着的人，晶莹透亮，看得很清楚。派遣的使者将要返回的时候，冰柱忽然消失，那些尸体也不见了。（出《酉阳杂俎》）

玉辟邪

唐肃宗赐给李辅国两个能散发香味的玉辟邪，它们各自高一尺五寸。它的做工精巧不是人工能够达到的。那个玉辟邪的香味，几百步之外都能够闻得到，虽然把它锁在了金石的箱子里，但不能掩盖它的气味。有的人的衣服不小心擦到了上面，香味可以延续一整年，即使是再三洗涤，也不能让香味消散。李辅国经常把它放在座位的旁边。一天，李辅国刚刚盥洗完，却听到一个玉辟邪在大笑，一个玉辟邪在悲伤地哭泣。李辅国惊慌失措。但是那两个玉辟邪一个笑得停不下来，一个哭得满脸泪水。李辅国厌恶它们作怪，于是将它们摔得粉碎，扔到了厕所。从此以后他常常听见喊冤悲痛的声音。李辅国居住的安邑里，香气过了一个月还在。大概是因为被碾得粉碎，所以香味更加浓郁。不到一年，李辅国就去世了。他刚刚摔碎玉辟邪的时候，他宠爱的奴婢慕容宫就知道这是不寻常的东西，把这些碎末偷偷地保存起来，鱼朝恩不嫌弃这个给李辅国带来的祸端，用了三十万钱买下它。到鱼朝恩也将认罪伏法的时候，那股香气化成了白蝶，向着天上飞去了。当时的人都在讨论，说这样奇异的香气和珍宝，不应该是臣子所收藏的。李辅国家里收藏的珍宝古玩，都不是世上的人能够认识的。夏季在厅堂中摆上迎凉草，它的颜色是和绿色相似的，枝干像苦竹一样，它的叶子比杉树的叶子还细。虽然像是

软玉鞭

德宗尝幸兴庆宫，于复壁间得宝匣，中获玉鞭。其末有文，曰“软玉鞭”。即天宝中异国所献也。瑞妍节文，光明可鉴，虽蓝田之美，不能过也。屈之则首尾相就，舒之则径直如绳。虽以斧锧锻斫，终不伤缺。德宗叹为神物，遂命联蝉绣为囊，碧蚕丝为鞘。碧蚕丝，即永泰元年东海弥罗国所贡也。云其国有桑，枝干盘屈，覆地而生。大者亦连延十数里，小者亦荫百亩。其上有蚕，可长四寸。其色金，其丝碧，亦谓之金蚕丝。纵之一尺，引之一丈。反撚为鞘，表里通莹如贯瑟，虽并十夫之力，挽之不断。为琴弦，鬼神愁，为弩弦，则箭出一千步，为弓弦，则箭出五百步。上令藏于内府。至朱泚犯禁阙，其鞭不知所在。（出《杜阳杂编》）

玉猪子

执金吾陆大钧，从子某，其妻常夜寝中，闻有物啁啾斗声。既觉，于枕下揽之，得二物，遽以火照，皆白玉猪子也。大数寸，状甚精妙，置之枕中而宝之。自此财货日增，家转蕃衍，有求必遂，名干枯的样子，却不曾凋零。酷暑的时候，把它拉到窗户之间，凉气自然就来了。凤首木，高有一尺，雕刻得像是鸾凤的形状，它的枝干分外干枯的样子，所以像是鸾凤的羽毛还没有脱落完。即使是在寒冬里，把它放在高楼大厦间，也会觉得空气和暖得像是二、三月份，所以它的另一个名字叫常春木。即使是用大火焚烧它，它也不会出现焦黑的颜色。迎凉草和凤首木，也许是出自薛王的宅子。《十洲记》中说："这是出自火林国的。"（出《杜阳杂编》）

软玉鞭

唐德宗驾临兴庆宫，在夹壁中得到一个装宝物的匣子，打开后在里面获得一个玉鞭，它的末端有文字，是："软玉鞭。"就是天宝年间别国进献的。花纹美丽，寓意吉祥，光亮得可以作为镜子，虽然蓝田的玉很美，但也比不过它。弯曲它就能够首尾相连，舒展它就会像绳子一样直。即使用斧头和凿子砍凿，最终也不能够将它砍伤。唐德宗很惊讶，认为它是神物，于是让人用丝绸绣出一个锦囊，用碧蚕丝织成鞭鞘。碧蚕丝，是永泰元年东海的弥罗国进贡的。说他们的国家有桑树，枝干是盘旋曲折的，覆盖着地面生长，大的可以绵延方圆十几里，小的也能够遮阴一百亩。它的上面有蚕，可以长到四寸长，蚕的颜色是金色，吐出的丝是绿色，也叫它金蚕丝。那个软玉鞭松开时一尺，拉长它就有一丈，将它捻成鞭鞘，表里透明光亮得像是贯穿的琴弦，即使聚合十个人的力量，也不能将它拉断。将金蚕丝做成琴弦奏响，鬼神都会发愁，将它做成弩弦，可让箭射出一千步，将它做成弓弦，就能够把箭射出五百步。皇上命人藏在内府，到朱泚犯上作乱的时候，那个鞭子就不知所踪了。（出《杜阳杂编》）

玉猪子

执金吾陆大钧有个侄子陆某，他的妻子经常在夜里睡觉的时候，听见有东西打斗的声音。醒了以后，就在枕头下面摸到两个东西，快速地用火照明，都是白色的玉猪子。有几寸大，样子特别精巧绝

位迁腾，如此二十年。一夕忽失所在，而陆氏亦不昌矣。（出《纪闻列异》）

妙，就把它放到枕头中当作宝贝。从此以后，他家的财物日益增多，他的家境转向繁盛，他家有什么事情都会顺遂，名气和地位也变得很高。就这样过了二十年，一天忽然丢了两个玉猪子，陆氏从此也不再昌盛了。（出《纪闻列异》）

卷第四百二　宝三

隋 侯

隋侯行，见大蛇被伤而治之，后衔珠以报。其珠径寸，纯白，夜有光明，如月之照。一名隋侯珠，一名明月珠。（出《搜神记》）

燕昭王

燕昭王坐握日台，时有黑鸟白颈，集王之所。衔洞光之珠，圆径一尺。此珠色黑如漆，而悬照于云日，百神不能隐其精灵。此珠出阴泉之底，泉在寒山之北，圆水之中，言波澜常圆转而流。有黑蚌，飞翔而来去于五山。黄帝、务成子游寒山，得黑蚌在高坐之上，故知验矣。昭王时，其国来献。王取宝璋水，洗其泥沙而叹曰："悬日月已来，见黑蚌生珠，已八九千回。"此蚌千岁一生，珠渐轻细。昭王常怀握此珠，当盛暑之月，体自轻凉。号曰"销暑招凉珠"焉。（出《王子年拾遗记》）

汉高后

汉高后时，下书求三寸珠。仙人朱仲，在会稽市贩珠，乃献之。赐金百斤。鲁元公主私以金七百斤，从仲求珠。复献四寸者。

隋侯

隋侯行走在路上的时候，看见一条大蛇受伤了就救了它。大蛇后来衔来一个珠子来报答他。那个珠子直径有一寸，纯白色，夜里面能够发出光亮，就像月光照耀的一样。又名隋侯珠，也叫明月珠。（出《搜神记》）

燕昭王

燕昭王坐在握日台上，不时会飞来白色脖颈的黑鸟，聚集在燕昭王所在的地方。它们衔来透明通亮的明珠，直径一尺。这个珠子颜色黑得像漆，但如果把它挂在高空，那么所有的神灵都不能隐藏他们的身形。这颗珠子出自阴泉的底部。阴泉在寒山的北部，圆水的中间。传说里面的水经常转着流动。里面有黑蚌，在五山之间飞来飞去。黄帝、务成子游历寒山的时候，在讲席的上面得到过黑蚌，所以知道它的灵验。燕昭王的时候，产黑蚌的国家前来进贡。燕昭王拿来宝璋的水，洗掉它上面的泥沙，惊叹着说："悬挂的太阳和月亮已经到来了，看见黑蚌结珠，已经有八九千次了。"这个黑蚌一千年结一次珠，所结的珍珠一次比一次轻盈细小。燕昭王经常把这颗珠子放到怀里和手中，正值盛夏的时候，他的身体会产生清凉的感觉，于是将它取名为"销暑招凉珠"。（出《王子年拾遗记》）

汉高后

汉高后的时候，颁下诏书搜求直径三寸的珠宝。有个仙人叫朱仲，在会稽的街市卖珠子，于是进献了一颗。汉高后赏赐了他一百斤

（出《列仙传》）

后汉章帝

后汉章帝元和元年，明珠出馆陶，大如李，有明耀。三年，明月珠出豫章海滨，大如鸡子，圆四寸八分。（出《列仙传》）

梁武帝

梁大同中，骤雨殿前，有杂色宝珠。梁武有喜色。虞寄上《瑞雨颂》。（出《酉阳杂俎》）

火 珠

贞观初，林邑献火珠，状如水精。云："于罗刹国得。"其人朱发黑身，兽牙鹰爪。（出《国史异纂》）

鲸鱼目

南海有珠，即鲸目瞳。夜可以鉴，谓之夜光。凡珠有龙珠，龙所吐也。蛇珠，蛇所吐也。南海俗云："蛇珠千枚，不及一玫瑰。"言蛇珠贱也。玫瑰亦珠名。越人俗云："种千亩木奴，不如一龙珠。"越俗以珠为上宝，生女谓之珠娘，生男名珠儿。吴越间俗说："明珠一斛，贵如玉者。"合浦有珠市。（出《述异记》）

珠 池

廉州边海中有洲岛，岛上有大池，谓之珠池。每年刺史修贡，自监珠户入池采，以充贡赋。耆旧传云："太守贪则珠远去。"皆

金子。鲁元公主私下用七百斤金子向朱仲购求珠宝，于是他又进献了直径四寸的珠宝。（出《列仙传》）

后汉章帝

后汉章帝元和元年，在馆陶发现的明珠，大得像李子一样，可以发出光芒。元和三年，在豫章海滨发现的明珠，大得像鸡蛋一样，直径有四寸八分。（出《列仙传》）

梁武帝

梁朝大同年间，宫殿前突然下了一场大雨，中间有杂色的珠宝，梁武帝十分高兴。虞人就献上了一篇《瑞雨颂》。（出《酉阳杂俎》）

火 珠

贞观初年，林邑向皇帝进献一颗火珠。那颗珠子长得很像水精。说是在罗刹国得到的。那个国家的人长着红色头发、黑色皮肤、野兽的牙和鹰的爪子。（出《国史异纂》）

鲸鱼目

南海有珠宝产出，就是鲸鱼的瞳仁。夜里面可以照明，叫它夜光珠。珍珠中有龙珠，是龙吐出来的；蛇珠，是蛇吐出来的。南海有一句俗语："蛇珠千枚，不及一玫瑰。"是说蛇珠非常不值钱。玫瑰也是一种珍珠的名称。越地的人有一句俗语："种千亩木奴，不如一龙珠。"越地的人向来将珠玉当作上乘的宝物，生了女儿叫作珠娘，生了男孩叫作珠儿。吴越之间有句俗语："明珠一斛，贵如玉者。"合浦这个地方有专门买卖珠宝的街市。（出《述异记》）

珠 池

廉州的边海有一座小岛，岛上有一个大池子，叫作珠池。每年刺史献纳贡品的时候，都亲自监督采珠人进入池中采珠，用来充当贡采老蚌，剖而取珠。池在海上，疑其底与海通，又池水极深，莫测也。珠如豌豆大，常珠也，如弹丸者，亦时有得。径寸照室之珠，但有其说，不可遇也。又取小蚌肉，贯之以篾，曝干，谓之珠母。容桂率将脯烧之，以荐酒也。肉中有细珠，如粱粟，乃知珠池之蚌，随其大小，悉胎中有珠矣。（出《岭表录异》）

少城珠

蜀石笋街，夏中大雨，往往得杂色小珠。俗谓地当海眼，莫知其故。蜀僧惠嶷曰："前史说，蜀少城饰以金璧珠翠，桓温恶其太侈，焚之，合在此地。合拾得小珠，时有孔者。"得非是乎？（出《酉阳杂俎》）

青泥珠

则天时，西国献毗娄博义天王下颔骨及辟支佛舌，并青泥珠一枚。则天悬额及舌，以示百姓。额大如胡床；舌青色，大如牛舌；珠类拇指，微青。后不知贵，以施西明寺僧，布金刚额中。后有讲席，胡人来听讲，见珠纵视，目不暂舍。如是积十余日，但于珠下谛视，而意不在讲，僧知其故，因问故欲买珠耶。胡云："必若见卖，当致重价。"僧初索千贯，渐至万贯，胡悉不酬。遂定至十万贯，卖之。胡得珠，纳腿肉中，还西国。僧寻闻奏，则天敕求此胡。数日得之，使者问珠所在，胡云："以吞入腹。"使者欲刳其腹，胡不得已，于腿中取出。则天召问："贵价市此，焉所用之？"胡云："西国有青泥泊，多珠珍宝，但苦泥深不可得。若以此珠投泊中，泥悉成水，其宝可得。"则天因宝持之。至玄宗时犹在。（出《广赋的物品。有老年人说："太守如果贪心的话，珍珠就会远离。"采的都是老蚌，剖开它们取出珍珠。珍珠池在海上，怀疑它的池底和大海相通，但是池水特别深，不能够测量。珍珠和豌豆一样大，是经常能够采到的，像弹丸一样大的，也时常能够得到。能够直径达到一寸，发出光芒的珍珠，只是有这样的说法，没能够遇到。又把小蚌的肉取出来，用竹篾贯穿后晒干，叫它珠母。容桂地区的人都将它的肉干烧出来下酒。肉的中间有小珠子，跟高粱、小米一样大小，于是知道珠池里面的蚌，不管它的大小，胎中都有珠玉。（出《岭表录异》）

少城珠

蜀地的石笋街，在夏天的大雨之后，常常能够找到杂色的小珠子。传说这个地方应当是海眼，没有人知道这是什么缘故。蜀地的僧人惠嶷说："以前的史书说：蜀地的少城是用金玉来装饰的，桓温嫌恶它太奢侈，就烧了它。少城的旧址大概就是这个地方。所以捡到的小珠子，经常会有小孔。"应该就是这样的吧？（出《酉阳杂俎》）

青泥珠

武则天的时候，西域献上毗娄博义天王的下额骨和辟支佛的舌头，还有一枚青泥珠。武则天悬挂了下颌骨和舌头，展示给百姓。那个下颌大得像胡人的床一样；舌头是青色的，大得像牛的舌头一样；青泥珠像是拇指，带着轻微的青色。武则天不知道青泥珠的贵重，将它给了西明寺的僧人。僧人们把它放在金刚的额头上了。后来佛寺有讲经的活动，胡人前来听讲，看见珠子之后就盯着它，目光没有一刻离开过。就这样过了十几天，只是在珠子下面凝视，心思并不在听讲上面。僧人知道这其中的缘故，就说："你想买这颗珠子吗？"胡人说："如果一定可以卖，我会出高价。"僧人一开始要了一千贯，渐渐地涨到了一万贯。那个胡人都没有对答。于是定价到了十万贯，将它卖了。胡人得到青泥珠以后，把它放在腿上的肉里面，回到了西域。僧人不久把这件事上奏给武则天，武则天下令寻找这个胡人，

异记》)

径寸珠

近世有波斯胡人，至扶风逆旅，见方石在主人门外，盘桓数日。主人问其故，胡云：“我欲石捣帛。”因以钱二千求买。主人得钱甚悦，以石与之。胡载石出，对众剖得径寸珠一枚。以刀破臂腋，藏其内，便还本国。随船泛海，行十余日，船忽欲没。舟人知是海神求宝，乃遍索之，无宝与神，因欲溺胡。胡惧，剖腋取珠。舟人咒云：“若求此珠，当有所领。”海神便出一手，甚大多毛，捧珠而去。(出《广异记》)

宝 珠

咸阳岳寺后，有周武帝冠，其上缀冠珠，大如瑞梅，历代不以为宝。天后时，有士人过寺，见珠，戏而取之。天大热，至寺门易衣，以底裹珠，放金刚脚下，因忘收之。翼日，便往扬州收债，途次陈留，宿于旅邸。夜闻胡斗宝，摄衣从而视之。因说冠上缀珠，诸胡大骇曰：“久知中国有此宝，方欲往求之。”士人言已遗之。胡等叹恨，告云：“若能至此，当有金帛相答。今往扬州，所债几何？”士人云：“五百千。”诸胡乃率五百千与之，令还取珠。士人至金刚脚下，珠犹尚存，持还见胡。胡等喜扦，饮乐十余日，过了几天找到了，使者问他珠宝在哪里，胡人说："已经吞到肚子里了。"使者想要剖开他的肚子，胡人不得已，从腿里拿出了青泥珠。武则天召见他问道："你用如此高价买它，是用来做什么的呢？"胡人说："西域有一个青泥泊，里面有很多珠宝。但是苦于泥很深不能够得到。如果把这个青泥珠投放到青泥泊里面，会将里面的泥全都化成水，这样里面的珍宝就能够得到了。"武则天于是拿这个青泥珠当作宝贝，到唐玄宗的时候青泥珠还在。（出《广异记》）

径寸珠

近来有一位波斯的胡人，到扶风客栈时，看见一块方正的石头在主人的门外面，就绕着它转了好几天，主人问他这么做的原因。胡人说："我想用这块石头捣衣。"因此用两千钱购买那块石头。主人拿到钱十分喜悦，就把石头给他了。胡人把石头运出去，在众人面前剖出来一枚半径一寸的珠子，用刀割破手臂下的腋窝，将珠宝藏在里面，就回波斯国了。他跟着船在海上航行，船走了十多天，忽然将要沉没。划船的人知道是海神索要珠宝，要遍了所有人，没有珠宝给海神，因此想要淹死胡人。胡人害怕了，剖开腋下取出径寸珠，划船的人祝祷说："如果是要这个珠子，就伸出手来领受吧！"海神就伸出一只手，他的手大而且有很多毛，捧着珠子离开了。（出《广异记》）

宝珠

咸阳的岳寺后面，有周武帝的帽子，上面点缀着冠珠，大得像瑞梅一样，各个朝代都不把它当珠宝。武则天的时候，有一个士人经过寺庙，看见这个珠子，开玩笑一般把它取下来了。当时天特别热，到寺庙门前换衣服，用它来裹着珠子，放在金刚脚下，因此忘了收它。第二天，就到扬州收债了。途中留宿陈留，在旅馆里睡觉。夜里面听见胡人斗宝物，就拿上衣服去看。因此说到周武帝帽子上缀点的宝物，胡人们大惊说："很久之前就知道中国有这个宝物，刚刚还想前往购求呢。"士人说它已经遗失了，胡人们遗憾地叹息着，告诉方始求市。因问士人："所求几何？"士人极口求一千缗。胡大笑云："何辱此珠？"与众定其价，作五万缗，群胡合钱市之。及邀士人，同往海上，观珠之价。

士人与之偕行东海上。大胡以银铛煎醍醐，又以金瓶盛珠，于醍醐中重煎。甫七日，有二老人及徒党数百人，赍持宝物，来至胡所求赎。故执不与。后数日，复持诸宝山积，云："欲赎珠。"胡又不与。至三十余日，诸人散去。有二龙女，洁白端丽，投入珠瓶中，珠女合成膏。士人问："所赎悉何人也？"胡云："此珠是大宝，合有二龙女卫护。群龙惜女，故以诸宝来赎。我欲求度世，宁顾世间之富耶？"因以膏涂足，步行水上，舍舟而去。诸胡各言："共买此珠，何为独专其利。卿既往矣，我将安归？"胡令以所煎醍醐涂船，当得便风还家。皆如其言。大胡竟不知所之。（出《广异记》）

水 珠

大安国寺，睿宗为相王时旧邸也。即尊位，乃建道场焉。王尝施一宝珠，令镇常住库，云："值亿万。"寺僧纳之柜中，殊不为贵也。开元十年，寺僧造功德，开柜阅宝物，将货之。见函封曰："此珠值亿万。"僧共开之，状如片石，赤色。夜则微光，光高数寸。寺僧议曰："此凡物耳，何得值亿万也？试卖之。"于是市中令他说："如果能拿到这里，我们会用金帛作报答。现在去扬州，要收的债务有多少呢？"士人说："五百千。"那些胡人于是将五百千给了他，让他回去取珠子。士人走到金刚脚的下面，珠子还在那里，拿着它回去见胡人。胡人们开心得拍起了巴掌。一连十几天饮酒作乐，才开始说买珍珠的事情，就问士人，他想卖多少钱。士人竭尽口舌说要一千缗。胡人大笑着说："为什么要侮辱这颗珠子？"与众人商定价格，定了五万缗作为价格。那些胡人一起凑钱买了它。又邀请士人和他们一起到海上去，看看珠子的市价。

于是士人和他们一起到东海上，大一些的胡人用银铛煎醍醐，又用金瓶子盛放那颗宝珠，在醍醐中重新煎制。刚到第七天，就有两个老人和他的随从几百人，拿着宝物，到胡人这里赎宝，胡人们坚持不给他，又过了几天，又拿来了堆积得像小山一样的珠宝，说："想要赎回宝珠。"胡人又没有给它。到了三十多天，各位都散去了，有两个龙女，长得白净端庄，投身盛放珠宝的瓶子中，珠宝和龙女合成了膏状物。士人问："要赎宝珠的是什么人？"胡人说："这颗珠子是珍贵的宝物，总共有两个龙女护卫。龙族爱惜龙女，所以用各种宝物来赎宝，我想要的是超脱尘世成为仙人，哪还会顾得上世间的财富呢？"因此把膏状物涂在脚上，在水上步行，丢下小船就离开了。剩下的胡人说："我们是共同买到这个珠子的，为什么你独自享有这样的好处？你就这样走了，我们要怎么回去啊？"那个胡人让他们用煎制的醍醐涂在船上，就可以顺着风势回家了。果然都像他说的那样。大一点的胡人最后不知道去哪里了。（出《广异记》）

水 珠

大安国寺，是唐睿宗做相王时候的旧官邸，他登上皇位以后，就在那里建了一个道场。相王曾经施舍了一个宝珠给道场，让人用它镇常住库里，说它价值有亿万。寺里的僧人将它收在柜子里，并不认为它很贵重。开元十年的时候，寺里的僧人为佛事捐款，打开柜子翻看宝物，想要把它卖掉。看见封条上写着："这颗宝珠价值亿万。"僧人一同打开它，它的形状像是块状的石头，红色，夜里面会发出微弱的一僧监卖，且试其酬直。居数日，贵人或有问者。及观之，则曰：“此凡石耳，瓦砾不殊，何妄索直！”皆嗤笑而去。僧亦耻之。十日后，或有问者，知其夜光，或酬价数千，价益重矣。

月余，有西域胡人，阅市求宝，见珠大喜。偕顶戴于首，胡人贵者也。使译问曰：“珠价值几何？”僧曰：“一亿万。”胡人抚弄迟回而去。明日又至，译谓僧曰：“珠价诚值亿万，然胡客久，今有四千万求市，可乎？”僧喜，与之谒寺主，寺主许诺。明日，纳钱四千万贯，市之而去。仍谓僧曰：“有亏珠价诚多，不贻责也。”僧问胡：“从何而来，而此珠复何能也？”胡人曰：“吾大食国人也。王贞观初通好，来贡此珠。后吾国常念之，募有得之者，当授相位。求之七八十岁，今幸得之。此水珠也。每军行休时，掘地二尺，埋珠于其中，水泉立出，可给数千人，故军行常不乏水。自亡珠后，行军每苦渴乏。”僧不信。胡人命掘土藏珠，有顷泉涌，其色清冷，流泛而出。僧取饮之，方悟灵异。胡人乃持珠去，不知所之。（出《纪闻》）

李勉

司徒李勉，开元初，作尉浚仪。秩满，沿汴将游广陵。行及光，光芒可以高达好几寸。寺里的僧人议论纷纷："这就是普通的物品，哪里能够价值亿万呢？还是试着卖一卖吧！"于是在集市中让一个僧人看着卖，来试试它的价值。过了几天，有富贵的人家来问过，等到细看之后，就说："这就是普通的石头，和瓦砾没什么不同，为什么胡乱要钱？"他们都讥笑着离开了，那个卖珠子的僧人也以此为耻。十天后，有前来询问的人，知道了它夜里会发光，有的开价达到了几千，价格一天天增加。

过了一个多月，有一个西域的胡人，游览集市寻求宝物，看见这个珠子，特别开心。看他头上戴着的东西，知道他是胡人中比较富贵的。让翻译的人问僧人："这颗珠子多少钱？"僧人说："一亿万。"胡人摸了摸珠子，犹疑着回去了。第二天他又来了，翻译的人对僧人说："那颗珠子的价格确实值亿万，但是这个胡人寓居大唐已经很长时间了，现在有四千万买这个珠子，可以吗？"僧人非常开心，和他一起去拜谒住持，住持答应了。第二天，胡人交了四千万贯钱，买了珠子以后离去了。胡人又对僧人说："我欠的珠子的价格太多了，希望不会留下埋怨。"僧人问胡人从哪里来，这个珠子又有什么功用？胡人说："我是大食国人，大食国国王在贞观初年和大唐交好，进贡了这颗珠子，后来我国的人经常想念它，招募能够得到它的人，会让他坐上宰相的职位。寻找它已经七八十年了，现在有幸得到了它。这是水珠。每次行军休息的时候，挖地两尺，把水珠埋在它的中间，泉水就会立即喷涌而出，可以供给几千人的用水，所以行军的时候一直不缺水。自从没有这个水珠以后，每次行军都会被口渴缺水困扰。"僧人并不相信。胡人让人挖土，然后把水珠埋在里面，不一会儿，泉水喷薄而出，它的颜色清冷，源源不断地流出来。僧人取了水喝下去，才知道它的灵异之处。胡人就拿着珠子离开了，不知道他去了哪里。（出《纪闻》）

李勉

司徒李勉，在开元初年的时候官任浚仪县尉。任期满了之后，沿着汴水将要去广陵，走到睢阳的时候，忽然有一位波斯的患病的睢阳，忽有波斯胡老疾，杖策诣勉曰："异乡子抱恙甚殆，思归江都。知公长者，愿托仁荫，皆异不劳而获护焉。"勉哀之，因命登舻，仍给饘粥。胡人极怀惭愧，因曰："我本王贵种也，商贩于此，已逾二十年。家有三子，计必有求吾来者。"不日，舟止泗上，其人疾亟，因屏人告勉曰："吾国内顷亡传国宝珠，募能获者，世家公相。吾炫其鉴而贪其位，因是去乡而来寻。近已得之，将归即富贵矣。其珠价当百万，吾惧怀宝越乡，因剖肉而藏焉。不幸遇疾，今将死矣。感公恩义，敬以相奉。"即抽刀决股，珠出而绝。勉遂资其衣衾，瘗于淮上。掩坎之际，因密以珠含之而去。既抵维扬，寓目旗亭。忽与群胡左右依随，因得言语相接。傍有胡雏，质貌肖逝者。勉即询访，果与逝者所叙契会。勉即究问事迹，乃亡胡之子。告瘗其所，胡雏号泣，发墓取而去。（出《集异记》）

李灌

李灌者，不知何许人。性孤静，常次洪州建昌县。倚舟于岸，岸有小蓬室，下有一病波斯。灌悯其将尽，以汤粥给之，数日而卒。临绝，指所卧黑毡曰："中有一珠，可径寸，将酬其惠。"及死，毡有微光溢耀，灌取视得珠。买棺葬之，密以珠内胡口中，植木志墓。其后十年，复过旧邑。时杨凭为观察使，有外国符牒。以胡人死于建昌逆旅，其粥食之家，皆被梏讯经年。灌因问其罪，囚具言本末。灌告县寮，偕往郭墦伐树，树已合拱矣。发棺视死胡，貌如老人，拄着拐杖前来拜访李勉说："我是外乡人，现在得病，情况很危险，我想回到江都，知道你是有仁德的人，想要借你的仁德不用任何力气就获得庇佑。"李勉怜悯他，就让他登上船，又给了他粥，胡人心中十分感动，因此说："我本是王公子弟，在这里做商人，已经超过二十年了，家里面有三个儿子，猜想一定会有出来找我的。"不久，船停在泗水上，这个人病得极为严重，因此避开别人告诉李勉说："我国国内不久前遗失了传国的宝珠，正在寻求能寻找到它的人，就会任命他作为王公将相。我被它的光泽和将会授予的职位迷惑，因此离开家乡前来寻找，最近已经得到它了，回去就能够得到富贵了，这个珠子价值应当在百万。我害怕怀揣着宝物经过他乡不安全，因此割开肉把它藏在里面。不幸的是我患了病，现在即将去世了。感念你的恩德，就将它奉送给你。"说完立即抽出刀割开大腿，拿出珠子后他就死去了。李勉于是资助了他的殓衣，将他埋在了淮河的上游。在掩埋的时候，暗中将珠子放在他的嘴里，然后李勉就走了。到了扬州地界，投宿在目旗亭，忽然和一群胡人在一起，因此得以互相交谈，旁边有一个年轻的胡人，容貌像是之前去世的那个人，李勉立即前去询问，果然和去世的那个人所说的对应上了。李勉立即问他的相关情况，发现是那个胡人的儿子，就告知他埋葬的地方，那个年轻的胡人哭泣着，将墓挖开带上遗骸就离开了。（出《集异记》）

李灌

李灌，不知道是哪里人。性格孤僻，喜好安静，常住在洪州建昌县。他将小船停在岸边，岸边有一个小的茅草屋，屋里面有一个生病的波斯人。李灌怜悯他将要死去，就用汤和粥侍奉他。过了几天这个波斯人就去世了。临死前，波斯人指着他睡觉的黑毡说："这中间有一颗珠子，直径大约一寸，将用它来报答你对我的恩惠。"等到他死去，黑毡上有微弱的光芒溢出。李灌从中取出了珍珠，买了棺材将波斯人埋葬了，暗中把珍珠放在胡人的嘴巴里，在他的墓碑旁种了

生，乃于口中探得一珠还之。其夕棹舟而去，不知所往。（出《独异记》）

又《尚书故实》载兵部员外郎李约，葬一商胡，得珠以含之。与此二事略同。

上清珠

肃宗为儿时，常为玄宗所器。每坐于前，熟视其貌，谓武惠妃曰："此儿甚有异相，他日亦吾家一有福天子。"因命取上清玉珠，以绛纱裹之，系于颈。是开元中罽宾国所贡，光明洁白，可照一室。视之则仙人玉女，云鹤绛节之形，摇动于其中。及即位，宝库中往往有神光耀日。掌库者具以事告，帝曰："岂非上清珠耶？"遂令出之，绛纱犹在，因流泣。遍示近臣曰："此我为儿时，明皇所赐也。"遂令贮之以翠玉函，置之于卧内。四方忽有水旱兵革之灾，则虔恳祝之，无不应验也。（出《酉阳杂俎》）

守船者

苏州华亭县，有陆四官庙。元和初，有盐船数十只于庙前。守船者夜中雨过，忽见庙前光明如火，乃窥之。见一物长数丈，大如屋梁，口弄一团火，或吞之。船者不知何物，乃以竹篙遥掷之。

一棵树作为记号。在这以后十年，他再次经过老县城。当时杨凭是观察使，手里有外国的通关文牒。因为胡人死在建昌旅馆，给胡人粥饭的人家，都被戴上刑具讯问了一年。李灌因此问他们的罪行，那些囚犯们将事情的始末详细告诉了他。李灌告诉县衙的人，和他们一起前往城外的坟墓砍树，树已经长得非常粗大。挖开棺材看到死去的胡人，容貌和他活着的时候一样，于是在他的嘴巴中拿到一颗珍珠回来，这天晚上划船走了，不知道他去了哪里。（出《独异记》）

另外，《尚书故实》中记载兵部员外郎李约，埋葬了一个做商贩的胡人，得到一颗珠子让他含在嘴里，和这两件事大致是一样的。

上清珠

肃宗还是小孩子的时候，经常被玄宗器重。每次坐在他的前面，仔细端详他的容貌，对武惠妃说："这个孩子有与众不同的样貌，将来也是我们家一个有福气的天子。"因此让人拿来上清玉珠，用绛红色的纱布包裹它，把它系在脖颈上。这是开元年间罽宾国进贡的物品，它明净光洁，可以照亮一间屋子。仔细审视它就像是有仙人玉女，云鹤绛节的样子在上清明珠中摇晃。等到唐肃宗即位的时候，宝库中时常有堪比日光闪耀的神光出现，掌管宝库的人将这件事情详细地告诉了唐肃宗。唐肃宗说："莫不是上清珠吧？"于是让人拿出它来，裹在上面的绛色纱布还在，因此泪流满面。将它展示给所有亲近的大臣，并说："这是我小的时候，唐明皇赏赐给我的。"于是命人将他储存在翠玉匣子里面，再把它放在卧室里面。周边忽然有水灾旱灾和战乱的时候，只要虔诚地向它祈祷，就没有不灵验的。（出《酉阳杂俎》）

守船者

苏州的华亭县，有一座陆四官的庙宇。元和初年的时候，有十几只盐船停在庙宇前面。守船的人夜里面在下雨过后，忽然看见庙的前面明亮得像有火光一般，于是就偷偷地看。看见一个东西长好几此物惊入草，光遗在地。前视之，乃一珠径寸，光耀射目。此人得之，恐光明为人所见，以衣裹之，光透出。因思宝物怕秽，乃脱亵衣裹之，光遂不出。后无人知者。至扬州胡店卖之，获数千缗。问胡曰："此何珠也？"胡人不告而去。（出《原化记》）

严 生

冯翊严生者，家于汉南，尝游岘山，得一物。其状若弹丸，色黑而大，有光，视之洁彻，若轻冰焉。生持以示于人，或曰："珠也。"生因以弹珠名之，常置于箱中。其后生游长安，乃于春明门逢一胡人，叩焉而言："衣橐中有奇宝，愿有得一见。"生即以弹珠示之。胡人捧之而喜曰："此天下之奇货也，愿以三十万为价。"曰："此宝安所用？而君厚其价如是哉！"胡人曰："我西国人。此乃吾国之至宝，国人谓之清水珠。若置于浊水，泠然洞彻矣。自亡此宝，且三岁，吾国之井泉尽浊，国人俱病。故此越海逾山，来中夏以求之。今果得于子矣。"胡人即命注浊水于缶，以珠投之。俄而其水澹然清莹，纤毫可辨。生于是以珠与胡，获其价而去。（出《宣室志》）

丈，大得像屋中的房梁一样，嘴巴里玩弄着一团火，有时把它吞了。守船的人不知道这是什么东西，于是用竹篙远远地扔了过去。这个东西被惊动进入了草丛间，火光丢在地上。守船的人上前仔细地审视，发现是一个直径为一寸的珠子，光芒四射而耀眼。这个人得到了它，又怕它的光华被别人看见，就用衣服把它裹起来了，但是光还是从里面透出来了。因为想到宝物害怕污秽，就脱了内衣裹起来了，那光芒也就不透出来了，后来就没有人知道了。到了扬州胡人的店铺里把它卖了，获得了几千缗的钱。问胡人说："这是什么珠子？"胡人没有告诉他就离开了。（出《原化录》）

严　生

冯翊的严生，家住在汉南，曾经游览岘山，得到一个东西。它的形状像是弹丸，颜色漆黑并且非常大，会发光，仔细检视它，光洁透亮，像是薄冰一样，严生把它展示给别人看，有人说："这是珍珠。"严生于是将它命名为弹珠，平常把它放在箱子里。在这以后严生在长安游历，在春明门遇见一个胡人，那个胡人向他叩拜后说："你的衣囊中有奇异的宝物，希望能够看一看。"严生就将弹珠展示给他看，胡人捧着它开心地说："这是天下间稀有的货物，愿意用三十万来买它。"说："这个宝物有什么用？值得你用如此高昂的价格来购买？"胡人说："我是西域人，这个是我们国家最珍贵的宝物，我们国家的人叫它清水珠。如果把它放在浑浊的水里，水就会变得清澈透亮。自从没有了这个宝物，接近三年，我们国家的井水和泉水都变得十分浑浊，国人都生病了。所以我此番才翻越山海，来中原寻求它。现在果然在你这里得到了。"胡人立刻派人把瓦器里注满水，将清水珠放进去，没过多久瓦器里的水就变得清亮透明了，里面细小的东西也清晰可辨。严生于是把清水珠给了胡人，拿着三十万离开了。（出《宣室志》）

张文珗

张文珗牧弘农日，捕获伐墓盗十余辈，中有一人，请问言事。公因屏吏独问，对曰："某愿以他事赎死。卢氏县南山尧女冢，近亦曾闻人开发，获一大珠并玉碗，人亦不能计其直。余宝器极多，世莫之识也。"公因遣吏按验，即冢果有开处。旋获其盗，考讯与前言无异。及牵引其徒，称皆在商州冶务中。时商牧名卿也。州移牒，公致书，皆怒而不遣。窃知者云："珠玉之器，皆入京师贵人家矣。"后自京东出，过卢氏，复问邑中，具如所说。（出《尚书故实》）

卫 庆

卫庆者，汝坟编户也。其居在温泉，家世游堕，至庆，乃服田。尝戴月耕于村南古项城之下，倦憩荒陌。忽见白光焰焰，起于陇亩中，若流星。庆掩而得之，遂藏诸怀。晓归视之，乃大珠也。其径寸五分，莹无纤翳。乃裹以缣囊，缄以漆匣。曾示博物者，曰："此合浦之宝也，得蓄之，纵未贵而当富矣。"庆愈宝之，常置于卧内。自是家产日滋，饭牛四百蹄，垦田二千亩，其余丝枲他物称是。十年间，郁为富家翁。至乾符末，庆忽疾，虽医巫并进，莫有征者。逾月，病且亟。忽闻枕前铿然有声，庆心动，使开匣。珠有璺若缕，色如墨矣。数日而卒，珠亦亡去，自是家日削。子复不肖，货鬻以供蒲酒之费，未释服，室已如悬磬矣。（出《三水小牍》）

张文珧

张文珧在治理弘农郡的时候，抓捕了十几个盗墓者，他们中间有一个人，请求单独和张文珧谈事情。张文珧因此屏退了其他官吏单独审问他。那个人回答说："我愿意立功来赎我的死罪。卢氏县中南山的尧帝女儿的墓，最近听说也被人盗了，得到了一颗大的珠子和玉碗，人们不能够计算它的价值，其余的宝物特别多，世上的人不能够识别。"张文珧于是派遣小吏前去查验，那个墓果然被盗，不久就捉拿到盗墓贼，审问他们，和之前的那个人说的一样，等到供出他们的同伙时，说都在商州的冶务里。当时商州的管理者叫卿。州里正式公文通知他，张文珧也写了亲笔书信，因为他生气所以不将案犯和赃物送过来。私下里知道真实情况的人说："珠玉一类的宝物，都进入京师的富贵人家了。"后来张文珧从京城出来，经过卢氏县，再问县里的人，都是这样说。（出《尚书故实》）

卫庆

卫庆，是汝坟的编户。他家住在温泉。家境逐渐衰颓了，到卫庆的时候，就成了种田的了。曾经于月下在村南的古项城中耕地，累了就在荒野中休息。忽然看见闪烁的白光，在田中升起，就像是流星一样。卫庆乘它不备将它捉住，然后藏在怀里，天亮以后回到家仔细审视，发现是一个大的珠子，它的直径有一寸五分，晶莹剔透，没有任何杂质。于是用细绢袋把它装起来，又密封在漆匣子里。曾经将它展示给见多识广的人，那人说："这是合浦的宝物，得到以后珍藏它，即使不能做官也会致富的。"卫庆于是更加珍爱它，平常放在卧室里。从此以后，他的家产日益增加，养了一百头牛，拥有田产两千亩，其他的物品也让人称道。十年的时间，他变成了一个富翁。到了乾符末年，卫庆忽然患病了，虽然医生和巫师都请了，但是却没有好转的迹象。过了一个月，他病得更加重了。忽然听见枕头前有大的响声，卫庆心中一动，让人打开了装宝珠的漆匣。珠宝上有丝丝的裂纹，色泽已经变得像墨汁一般了。过了几天他就去世了，那颗珠子也不见了。

鬻饼胡

有举人在京城，邻居有鬻饼胡，无妻。数年，胡忽然病。生存问之，遗以汤药。既而不愈，临死告曰："某在本国时大富，因乱，遂逃至此。本与一乡人约来相取，故久于此，不能别适。遇君哀念，无以奉答，其左臂中有珠，宝惜多年，今死无用矣，特此奉赠，死后乞为殡瘗。郎君得此，亦无用处，今人亦无别者。但知市肆之间，有西国胡客至者，即以问之，当大得价。"生许之。既死，破其左臂，果得一珠。大如弹丸，不甚光泽。生为营葬讫，将出市，无人问者。已经三岁，忽闻新有胡客到城，因以珠市之。胡见大惊曰："郎君何得此宝珠？此非近所有，请问得处。"生因说之。胡乃泣曰："此是某乡人也。本约同问此物，来时海上遇风，流转数国，故愆五六年。到此方欲追寻，不意已死。"遂求买之。生见珠不甚珍，但索五十万耳，胡依价酬之。生诘其所用之处，胡云："汉人得法，取珠于海上，以油一石，煎二斗，其则削。以身入海不濡，龙神所畏，可以取宝。一六度也。"（出《原化记》）

他的子孙又没有出息，变卖家产作为换酒的资金，还没满服丧期，家中就已经空无所有了。（出《三水小牍》）

鬻饼胡

京城中有个举人，他的邻居中有一个卖饼的胡人，没有妻子，几年以后，胡人忽然生病了，举人特意去看他，用汤药侍奉他，但过了很久也没有痊愈。胡人临死前告诉举人说："我在自己国家是一个非常富有的人，因为战乱，才逃到这个地方。本来和一个同乡约好一起到这儿来的，所以长久地住在这个地方，不能去别的地方。遇到您怜悯我，没有什么可以报答你的，在我的左臂中有宝珠，已经珍藏了很多年，现今我将要死去，就将它送给您，我死后请将我埋葬。您得到这个珠子，对您来说没有什么用，这个地方也没有其他人识货的，但我知道在市场上，有西域的胡人到这里，即刻拿着个前去问他们，应该会得到一个好价钱。"举人答应了他。等他死后，划破他的左臂，果然得到一个珠子。大得像弹丸一样，没有什么光泽。举人将他安葬以后，将珠子拿到市场上，没有人前来问价。已经三年了，忽然听说有新的胡人到城里面了，就拿着珠子卖给他。那个胡人见到以后大吃一惊，说："你从哪里得到这个宝珠的？这个不是近来才有的，请问你得到它的地方在哪里？"举人因此说了它的来历。那个胡人于是哭着说："这是我的乡里人，本来约定一同来找这个宝物，来的时候在海上遇见了大风，辗转到了几个国家，所以迟到了五六年。我到这个地方，正想要追踪他在哪里，却没想到他已经死了。"于是想要购求宝珠。举人见那宝珠不怎么珍贵，只是索求了五十万。胡人依照他的价格给他了。举人问他这宝珠有什么作用。胡人说："汉人会一种法术，拿着珠子到海上，用石油煎制它，等煎了两斗油之后，它就会变成一把曲刀。拿着它进入海里不会沾湿身体，龙和神也会敬畏，可以拿到珠宝。"这是"六度"之一。（出《原化记》）

卷第四百三　宝四杂宝上

马脑

帝颛顼时，丹丘之国献马脑瓮，以盛甘露。帝德所被，殊方入贡，以露充于厨也。马脑石类也，南方者为上。今善别者，马死则扣其脑而视。其色如血者，则日行万里，能腾飞空虚；脑色黄者，日行千里；脑色青者，嘶闻数百里外；脑色黑者，入水毛鬣不濡，日行五百里；脑色白者，多力而驽。今为器多用赤色者。若是人功所制者，多不成器，成器亦拙。其国人听马鸣，别其脑色。（出王子年《拾遗》）

犀

犀牛，大约似牛而猪头，脚似象，蹄有三甲。首有二角，一在额上为兕犀；一在鼻上校小，为胡帽犀。鼻上者皆窘束而花点少，多有奇文。牯犀亦有二角，皆为毛犀，俱粟文，堪为腰带。千百犀中，或偶有通者。花点大小奇异，固无常定。有偏花路者，有顶花大而根花小者，谓之倒插通。此二种亦五色无常矣。若通白黑分明，花点奇异，则价计巨万，乃希世之宝也。又有堕罗犀，犀中最大，一株有重七八斤者，云是牯牛额上者。必花多是撒头豆点。色深者堪为銙，散而浅，即拍为盘楪器皿之类。又有骇鸡犀、群鸡见之惊散。辟尘犀、为妇人簪梳，尘不着也。辟水犀、云此犀行于海，水

马脑

颛顼帝的时候，丹丘国献上了一个马脑瓮，用来盛甘露。颛顼的德泽覆盖的地方，连异域都进贡，因此甘露就布满了厨房。马脑是属于石头一类的，南方产出的属于上品。善于辨别马脑的人，马死了就取出它的脑子检视，颜色和鲜血一样的，就可以一天奔跑一万里，可以飞腾到空中；马脑的颜色是黄色的，一天可以奔跑上千里；马脑的颜色是青色的，它的叫声可以在几百里外听到；马脑的颜色是黑的，进入水中，鬃毛不会被沾湿，一天跑五百里；马脑的颜色是白色的，力量大但驽钝。现在制作器物大多用红色的。如果是人工制作的，多半制不成，就算制成了也会显得笨拙。丹丘国的人听见马叫，就能够辨别马脑的颜色。（出王子年《拾遗》）

犀

犀牛，大体上看起来像牛但是长着猪头，脚长得跟大象一般，蹄子上长着三个指甲。头上有两个角，一种长在额头上的是兕犀；一种长在鼻子上，是胡帽犀。长在鼻子上的都比较细而且花点小，大多有奇异的花纹。公犀牛也有两个角，都是毛犀，都有粟粒状的纹理，可以制作腰带。千百个犀牛中，有时能遇见中空的。花点的大小很奇异，没有固定的，有偏到一边的花纹，有顶端的花很大根部花很小的，叫它倒插通。这两种也是五色不固定的。如果中通的黑白分明，花点奇异，就会价值百万，这是稀世珍宝。又有一种堕罗犀，是犀牛中角最大的，一只有七八斤重，说是公牛头上的，花纹一定很多并且是散落的豆子一样的圆点。颜色深的可以做腰带上的装饰品；颜色

为之开，置于雾之中不湿矣。明犀，处于暗室则有光明。此数犀但闻其说，即不可得而见也。（出《岭表异录》）

月镜

周灵王起处昆昭之台，有侍臣苌弘，巧智如流，因而得侍。长夜宴乐，或俳谐舞笑，有殊俗之伎。百戏骈列，钟石并奏，亦献异方珍宝。有如玉之人，如龙之锦，亦有如镜之石，如石之镜。此石色白如月，照面如雪，谓之月镜。玉人皆有机类，自能转动，谓之机妍。苌弘言于王曰："圣德所招也。"故周人以弘媚谄而卒杀之。流血成石，或言成璧，不见其尸矣。（出王子年《拾遗》）

秦宝

汉高祖初入咸阳宫，周行府库，金玉珍宝，不可称言。其所惊异者，有玉五支灯，高七尺五寸，下作蟠螭，以口衔灯。灯燃则鳞甲皆动，焕炳若列星而盈室焉。复铸铜人十二枚，皆高三尺，列在一筵上。琴筑笙竽，各有所执，皆结华彩，若生人。筵下有二铜管，上口高数尺，出筵后。其一管空，一管内有绳，大如指。使一人吹空管，一人纽绳，则琴筑笙竽皆作，与真乐不异焉。玉琴长六尺，上安十三弦，二十六徽，皆用七宝饰之，铭曰"玙璠之乐"。玉笛长二尺三寸，六孔，吹之则见车马山林，隐嶙相次，吹息亦不复见，铭曰"昭华之管"。有方镜，广四尺，高五尺九寸，表里洞疏散而轻浅的，就会做成盘子和碟子之类的。又有骇鸡犀鸡群见到它就会惊散，辟尘犀做成女子的簪子或梳子，片尘不染，辟水犀说这种犀牛角放到海里，海水就会三开，放在雾中间也不会被沾湿，明犀放在黑暗的屋子里就会发出光芒。这几种犀牛角都是只听过但没见过的。（出《岭表异录》）

月镜

周灵王住在昆昭台，有个叫苌弘的近臣，灵敏机智，应对像流水一样迅速流畅，因此得以成为近臣。夜里宴饮，有时诙谐滑稽，跳舞说笑，有非同一般的技艺。可以各种戏份一起排演，各种乐器一起演奏，也献上过异域珍宝。有像玉一般的人，像龙一样的锦缎，也有像镜子一样的石头，石头一样的镜子。这石头颜色白得像月光一样，照在上面像雪一般，叫它"月镜"。玉人中都有机关，自己能够转动，叫它"机妍"。苌弘对周灵王说："这是圣上的德行招致的。"所以周代的人认为苌弘谄媚而最终杀掉了他，流出的血变成了石头，有的人说他的血变成了玉璧，但他的尸体不见了。（出王子年《拾遗》）

秦宝

汉高祖刚刚进入咸阳宫的时候，走遍了所有的府库。里面的各种珍宝，不能够用语言形容。他所惊讶的，是五个玉灯，玉灯高七尺五寸，下面是盘曲的无角之龙，用嘴巴衔着灯。灯燃烧的时候龙的鳞甲都在动，明亮得像群星充满了屋子一样。还有铜铸造的十二枚铜人，高都是三尺，摆放在一个筵席上。琹、筑、笙、竽，每个人都拿着自己的乐器。都涂上了华丽的色彩，像活人一般。筵席下面有两根铜管，上面的口高有几尺，从筵席后面伸出来。其中一个管子是空的，一个管子里面有绳子，绳子大得像手指一样。让一个人吹着空管，一个人扭动绳子，那么琹、筑、笙、竽就会一起奏响，和真的乐器没有什么不一样。玉琹长六尺，上面安装了十三根弦，二十六根系琴弦的明。人直来照之，影则倒见；以手掩心而来，即见肠胃五脏，历历无碍。人有疾病在内者，则掩心而照之，必知病之所在。又女子有邪心，则胆张心动。秦始皇帝常以照宫人，胆张心动，则杀之也。高祖悉封闭，以待项羽。羽并将以东。后不知所在。（出《西京杂记》）

珊 瑚

汉宫积草池中，有珊瑚，高一丈二尺，一本三柯。上有四百六十三条。是南越王赵佗所献，号曰烽火树。夜有光，常欲然。（出《西京杂记》）

又郁林郡有珊瑚市，海客市珊瑚处也。珊瑚碧色，一株株数十枝，枝间无叶。大者高五六尺，尤小者尺余。蛟人云，海上有珊瑚宫。汉元封二年，郁林郡献珊瑚妇人，帝命植于殿前，谓之女珊瑚。忽柯叶甚茂，至灵帝时树死，咸以为汉室将衰之征也。（出《述异记》）

又拂箖国海，去都城二千里，有飞桥。渡海而西，至且兰国。自且兰有积石，积石南有大海。海中珊瑚生于水底。大船载铁网下海中，初生之时，渐渐似菌。经一年，挺出网目间，变作黄色，支格交错。小者三尺，大者丈余，三年色青。以铁钞发其根，于舶上为绞车，举铁网而出之。故名其所为珊瑚洲。久而不采，却蠹烂糜朽。（出《洽闻记》）

绳子，都用七宝去装饰，上面刻着“玙璠之乐”。玉笛二尺三寸，有六个孔，吹起它就会看见车、马、山林，相继拔地而起。吹乐结束后就不再能看见了，上面刻着“昭华之管”。有一块方形的镜子，宽四尺，高五尺九寸，外表和内里通亮。人直接前来照着，影像就会倒着出现，用手掩着放在心的位置来照，就会看见肠胃和五脏，非常清楚，没有任何模糊之处。人如果身内有疾病，就遮掩着放在心的位置来照耀，一定会知道病在哪里。还有，如果女子有邪恶的心思，那么就会看见她的肝胆舒张、心脏跳动。秦始皇常常拿它来照宫中的人，只要肝胆舒张、心脏跳动的，就会杀了他。汉高祖把它们全都封闭起来，等待项羽的到来。项羽把这些东西全部带到了东部，后来就不知道它们在哪里了。（出《西京杂记》）

珊瑚

汉宫积草池里面，有珊瑚，高达一丈二尺，一个树干上三个树枝，上面有四百六十三个枝条，是南越王赵佗进贡的，叫“烽火树”。夜里面会发光，经常感觉像是要燃烧的样子。（出《西京杂记》）

又：郁林郡有一个珊瑚的集市，是海上的人交易珊瑚的地方。珊瑚是绿色的，一株株总共几十枝，枝条间没有叶子。大的珊瑚高达五六尺，最小的有一尺多。蛟人说：“海上有珊瑚宫。”汉代元封二年，郁林郡献上长得像妇人一样的珊瑚，皇帝命令在大殿前种植，叫它“女珊瑚”。忽然间长得枝繁叶茂，到汉灵帝的时候珊瑚树死了，当时的人都以为这是汉朝皇室兴衰的象征。（出《述异记》）

又：蒳䅵国临近大海，在距离都城两千里的地方，有一座飞桥。渡过海面向西，到且兰国。另外，且兰国有积石，积石的南边有大海。海中的珊瑚生长在海底。大船载着铁网放到海里，刚刚长成，渐渐长得像菌类一样。经过一年，长得挺出了网眼，变成了黄色，枝干交杂，小的有三尺，大的长到了一丈多。三年之后长成了青色，用铁器挖掘它的根部，在船上备好绞车，就可以将铁网拉上来了，所以叫它“珊瑚洲”。如果太久不将它采集出来，就会腐朽。（出《洽闻记》）

四宝宫

武帝为七宝床、杂宝按、屏风、杂宝帐，设于桂宫。时人谓之四宝宫。（出《拾遗录》）

延清室

董偃常卧延清之室，以画石为床，盖石文如画也。石体盛轻，出郅支国。上设紫琉璃帐，火齐屏风，列灵麻之烛，以紫玉为盘。如屈龙，皆杂宝饰之。视者于户外扇偃，偃曰："玉石岂须扇而后清凉耶？"侍者屏扇，以手摹之，方知有屏风也。偃又以玉精为盘，贮冰于膝前。玉精与冰同洁彻，侍者言以冰无盘，必融湿席，乃和玉盘拂之。落阶下，冰玉俱碎，偃更以为乐。此玉精千涂国所贡也，武帝以此赐偃。哀平之世，民皆犹有此器，而多残破。王莽之世，不复知所在。（出《拾遗录》）

玉如意

吴孙权时，有掘得铜匣，长二尺七寸，以琉璃为盖。又一白玉如意，所执处皆刻龙虎及蝉形，莫能识其由。使人问综，综，博物者也。曰："昔秦皇以金陵有天子气，平诸山阜，处处埋宝，以当王气。"此盖是乎？（出《酉阳杂俎》）

七宝鞭

晋明帝单骑潜入，窥王敦营。敦觉，使骑追之，帝奔。仍以七

四宝宫

汉武帝做了七宝床、杂宝按、屏风、杂宝帐，摆放在桂宫。当时的人叫它四宝宫。（出《拾遗录》）

延清室

董偃经常睡在延清室，把画石当作床。叫它画石，是因为它上面的花纹像是一幅画。石头的本身很轻，是郅支国出产的。上面挂上了紫琉璃的帷帐，火齐宝石做的屏风，摆着芝麻做的蜡烛，用紫玉做的盘子。画石本身像一条弯曲的龙，石上处处用不一样的宝石点缀。服侍的人在窗外给董偃扇风，董偃说："玉石哪里需要扇风以后才变得清凉呢？"服侍他的人放下扇子，用手摸向他的床，才知道有屏风。董偃又用最美的玉石作为盘子，里面放上冰再放到膝盖前面。玉盘和冰一样干净通透，服侍的人以为冰下面没有盘子，一定会融化沾湿席子，将冰块和玉盘一起拂走。落到了床榻下面，冰和玉都碎了。董偃更是以此为乐。这块最美的玉石，是千涂国进贡的，汉武帝用这个赏赐董偃。汉哀帝建平年间，民间还有这样的器物，但大多是残破的。到王莽乱政的时候，就再也不知道哪里有这个了。（出《拾遗录》）

玉如意

孙权治理东吴的时候，有人挖到一个铜匣子，长有二尺七寸，用琉璃作为盖子。又有一个白色的玉如意，手握的地方都刻着龙、虎或者蝉的形状，没有人能够知道它的来源，就让人去问综。综，是一位见多识广的人。说："以前秦始皇因为金陵有天子气，铲平了很多山，到处埋下宝物，来抵挡王者之气。"这个大概就是那时候留下的吧。（出《酉阳杂俎》）

七宝鞭

晋明帝单枪匹马偷偷潜进了王敦的营帐，王敦觉察到了，派骑

宝鞭顾逆旅妪，扇马屎。王敦追之人，见马屎，以为帝去已远。仍宝鞭，不复前追。（出《中说》）

犀导

晋东海蒋潜，尝至不其县。见林下踣一尸，已臭烂，乌来食之。辄见一小儿，长三尺许，来驱乌，乌乃起。如此非一。潜异之，乃就看之。见死人头上著通天犀导，价数万钱，乃拔取之。既去，众乌争集，无复驱者。潜后以此导上晋武陵王，王薨，以衬众僧。王武刚以九万钱买之，后落褚太宰处，褚以饷齐故丞相豫章王。王死后，内人江夫人遂断以为钗。每夜，辄见一儿绕床头啼叫云："何为见屠割？必当相报，终不独受枉酷。"江夫人恶之。月余遂薨。（出《续齐谐记》）

玉清三宝

杜陵韦弇，字景昭。开元中，举进士第，寓游于蜀，蜀多胜地。会春末，弇与其友数辈，为花酒宴，虽夜不殆。一日，有请者曰："郡南去十里，有郑氏亭，亭起苑中，真尘外境也。愿偕去。"弇闻其说，喜甚，遂与俱南。出十里，得郑氏亭。端空危危，横然四峙，门用花辟，砌用烟矗。弇望之不暇他视，真所谓尘外境也。使者揖弇入。既入，见亭上有神仙十数，皆极色也。凝立若伫，半掉云袂，飘飘然。其侍列左右者，亦十数。纹绣杳眇，殆不可识。

兵去追，晋明帝在逃跑的时候，就用七宝鞭雇佣了一位旅馆的老妇人为他把所骑的马的马屎扇凉。王敦派来追他的人，看见了马屎，认为晋明帝已经离开很远了。又因为这个七宝鞭的珍贵，就不再前去追赶他了。（出《中说》）

犀导

晋代东海的蒋潜，曾经到不其县区，看见树林下面倒着一具尸体，已经腐烂了。乌鸦前来啄食，总可以看见有一个小孩儿，身高大约三尺，前来驱逐乌鸦，乌鸦于是飞起，就这样反复了好几次。蒋潜特别惊讶，就在那里看。看见死人的头上戴着通天犀导，价值几万钱，于是就前去把它拔了。拔完之后，一群乌鸦前来争着啄食，没有人再去驱赶了。蒋潜后来用这个犀导进献给晋朝的武陵王，武陵王去世以后，用它来施舍给僧人。王武刚用九万钱将它买了下来，后来流落到褚太宰手中，褚太宰又将它作为礼物赠送给前丞相豫章王。豫章王去世后，他的妻子江夫人将它折断做了钗子。每天夜里，就听见一个小孩绕着床头哭叫说："为什么要杀了我？我一定会报仇的，绝不忍受这样的枉杀。"江夫人因此非常嫌恶，一个多月以后就去世了。（出《续齐谐记》）

玉清三宝

杜陵的韦弇，字景昭。开元年间，他去考进士，在蜀地游历，蜀地有很多风景名胜。到了春末的时候，韦弇和他的几位好友，举行了一个花酒的宴会，一直到了夜里面也没有结束。一天，有一个人邀请他说："在这个郡的南边十里的地方，有一个郑氏亭，亭子建在花园中，真的是世外桃源的景象，愿意和你一同前去。"韦弇听说之后，非常开心，于是和他一起去了郡县的南边，离开十里之后，找到了郑氏亭。亭子高高耸立在顶端，四面高山横陈，用盛开的鲜花作为门，用缠绕的烟雾堆成墙。韦弇眼睛盯在上面看，没有时间看其他地方。真的是所说世外桃源一般的地方。使者请韦弇进入。进去后，韦有一人望鼻而语曰："韦进士来。"命左右请上亭。斜栏层去，既上且拜。群仙喜曰："君不闻刘阮事乎？今日亦如是。愿奉一醉，将尽春色。君以为何如？"鼻谢曰："不意今日得为刘阮，幸何甚哉！然则次为何所？女郎又何为者？愿一闻知。"群仙曰："我玉清之女也，居于此久矣。此乃玉清宫也。向闻君为下第进士，寓游至此，将以一言奉请，又惧君子不顾，且贻其辱。是以假郑氏之亭以命君，果副吾志。虽然，此仙府也。虽云不可滞世间人，君居之，固无损耳。幸不以为疑。"即命酒乐宴亭中，丝竹尽举，飘然泠然，凌玄越冥，不为人间声曲。酒既酣，群仙曰："吾闻唐天子尚神仙。吾有新乐一曲，曰《紫云》，愿授圣主。君唐人也，为吾传之一进，可乎？"曰："鼻一儒也，在长安中，徒为区区于尘土间，望天子门且不可见之，又非知音者，曷能致是？"群仙曰："君既不能，吾将以梦传于天子可也。"又曰："吾有三宝，将以赠君。能使君富敌王侯，君其受之！"乃命左右取其宝。始出一杯，其色碧而光莹洞澈。顾谓鼻曰："碧瑶杯也。"又出一枕，似玉微红，曰："红蕤枕也。"又出一小函，其色紫，亦似玉，而莹澈则过之，曰："紫玉函也。"已而皆授鼻，鼻拜谢别去。

行未及一里，回望其亭，茫然无有。鼻异之，亦竟不知何所也，遂挈其宝还长安。明年下第，东游至广陵，因以其宝集于广陵弇看见亭子里有十几位神仙，都是绝代佳人。她们站在那儿，衣裙飘飘。她们旁边的侍女分列左右，也是十几位。衣服上的花纹因为悠远渺茫而几乎不能辨识。

有一个人看到韦弇，就对他说："韦进士，进来吧！"于是让身边的侍女请他进入亭子。韦弇沿着斜栏一层层上去，进入的时候对她们作揖。众位仙人开心地说："你听说过刘阮的事情吗？你今天也会像他一样。愿意奉上一场酒醉，来尽情饱览风景，你认为怎么样？"韦弇感谢说："没有想到今天可以成为刘阮，是多么幸运啊！但是这里是什么地方？仙女你们又是什么人呢？希望你们能告诉我。"众仙说："我们是玉清仙境中的人，在这个地方已经住了很长时间了，这里是玉清宫。之前听说你是人间落第的进士，在这地方游历，想要请你来，又害怕你不加理睬而受到侮辱，因此假借郑氏亭的名字让你来，你果然让我们如愿了。虽然这里是仙居，不能够让世间的人滞留，你留在这里，也没有任何损害，幸好你没有怀疑。"立即让人在亭子里摆上酒席并奏乐，所有的乐器都一起奏响，洒脱不羁，清越激昂，超越天地，不是人间能够制作出来的曲子。酒喝到尽兴的时候，众仙说："我们听说唐代的皇帝崇尚神仙，我有一首新的曲子，叫《紫云》，愿意传授给你们的天子。你是唐代人，替我进献给天子，可以吗？"韦弇回答说："韦弇是一介儒生，在长安城中，只是在尘世间的普通人，只能看见天子的门却见不到他。我也不懂音乐，怎么能够为你献上这首曲子呢？"众仙说："既然你不能，我们将托梦传给天子就可以了。"又说："我有三个宝物，将把它赠给你，它们能够让你的富贵堪比王侯，请你接受。"于是让左右的人取出宝物。一开始拿出的是杯子，它是绿色的，通身晶莹通透。看着韦弇说："这是碧瑶杯。"紧接着拿出一个枕头，像玉一样，透着些许红色，叫"红蕤枕"，又拿出一个小的箱子，它的颜色是紫色，也像玉一样，但是比玉更为晶莹清透，叫"紫玉函"。不一会儿都给了韦弇。韦弇拜谢之后辞别离去了。

走了还不到一里，回望那个亭子，茫茫然什么也没有。韦弇对此非常惊异，最终也不知道这里是什么地方。于是带着宝物回到长安，市。有胡人见而拜曰："此天下之奇宝也。虽千万年，人无得者。君何得而有？"弇以告之。因问曰："此何宝乎？"曰："乃玉清真三宝也。"遂以数千万为直而易之。弇由是建甲第，居广陵中为豪士。竟卒于白衣也。（出《宣室志》）

宝骨

长安平康坊菩提寺，缘李林甫宅在东，故建钟楼于西。寺内有郭令玳瑁鞭，及郭令王夫人七宝帐。寺主元意，多识故事。云：李相每至生日，常转请此寺僧，就宅设斋。有一僧尝赞佛，施鞍一具，卖之，价直七万。又僧广有声，口经数年，次当赞佛。因极祝林甫功德，冀获厚衬。毕，帘下出彩篚，香罗帕籍一物，如朽钉，长数寸。僧归，大失所望，惭惋数日。且意大臣不容欺已，遂携至西市，示于胡商，索价一千。胡见之，大笑曰："未也。"更极意言之，加至五百千。胡人曰："此宝价直一千万。"遂与之。僧访其名，曰："此宝骨也。"（出《酉阳杂俎》）

紫羖羯

乾元中，国家以克复二京，粮饷不给。监察御史康云间，为江淮度支。率诸江淮商旅百姓五分之一，以补时用。洪州，江淮之间一都会也，云间令录事参军李惟燕典其事。有一僧人，请率百万。乃于腋下取一小瓶，大如合拳。问其所实，诡不实对，惟燕以所纳第二年落第，向东游历到广陵，因此在广陵的市集上拿出三件宝物售卖。有个胡人见到它们拜见说：“这是天下间的奇珍异宝，即使过了千万年，人也不能够得到它。你是怎么得到的呢？”韦弇把事情的前因后果都告诉了他。因此问他说：“这是什么宝贝呢？”回答说：“这是真的‘玉清三宝’啊。”于是胡人用了千万钱的价格买下了。韦弇自此以后开始建房屋，成为住在广陵的富豪。最后去世时也是百姓，没有做官。（出《宣室志》）

宝骨

长安的平康坊菩提寺，因为李林甫的宅子在东边，所以把钟楼建在了它的西面。寺里面有郭令的玳瑁鞭，以及郭令和王夫人的七宝帐。寺里的住持元意，见多识广，知道很多旧事，说道：“李相每次到生日的时候，经常要请这个寺庙的僧人，到他的宅子备办素食。有一个僧人曾经去念经的时候，被施舍了一副鞍具，将它卖了之后，得到了七万钱。另外一个僧人很有名声，念经好几年，后来也到他家里念经，因此极力称颂李林甫的功德，希望获得丰厚的施舍。结束之后，帘子下面出现的是一个彩色的箩筐，一个覆盖香楠木和布巾一样的东西，就像腐朽的钉子一样，长有几寸。僧人回去后，特别失望，惭愧惋惜了很多天。又想到大臣不会欺骗自己，于是把它们带到集市，拿给胡商看，要了一千钱的价格。胡人看见之后，大笑着说：‘还没到。’于是他恣意说了价格，加到了五百千。胡人说：‘这个宝物价值一千万。’于是就给他了。僧人询问它的名字，回答说：‘这是宝骨。’”（出《酉阳杂俎》）

紫靺羯

乾元年间，国家因为用武力收复失地，粮饷出现不足。监察御史康云间，当时是江淮度支使，率先对江淮之间的商人和百姓加了五分之一的税收，用来作为补给。洪州，是江淮之间的一个都会，康云间让录事参军李惟燕主持这件事情。有一个僧人，请求加收他给众，难违其言，诈惊曰："上人安得此物？必货此，当不违价。"有波斯胡人见之如其价以市之而去。胡人至扬州，长史邓景山知其事，以问胡。胡云："瓶中是紫羫羯。人得之者，为鬼神所护，入火不烧，涉水不溺。有其物而无其价，非明珠杂货宝所能及也。"又率胡人一万贯。胡乐输其财，而不为恨。瓶中有珠十二颗。（出《广异记》）

紫贝

紫贝即砑螺也。儋振夷黎海畔，采以为货。《南越志》云："土产大贝，即紫贝也。"（出《岭表录异》）

魏生

唐安史定后，有魏生者，少以勋戚，历任王友，家财累万。然其交结不轨之徒，由是穷匮，为士旅所摈。因避乱，将妻入岭南。数年，方宁后归。舟行至虔州界，因暴雨息后，登岸肆目。忽于砂碛间，见一地，气直上冲数十丈。从而寻之，石间见石片如手掌大，状如瓮片，又类如石，半青半赤，甚辨焉。试取以归，致之书篋。及至家，故旧荡尽，无财贿以求叙录，假屋以居。市肆多贾客胡人等，旧相识者哀之，皆分以财帛。尝因胡客自为宝会，胡客法：每年一度与乡人大会，各阅宝物。宝物多者，戴帽居于坐上，其余以次分列。召生观焉，生忽忆所拾得物，取怀之而去。亦不敢先言之，坐于席末。食讫，诸胡出宝。上坐者出明珠四，其大逾径寸。余胡皆起，稽首礼拜。其次以下所出者，或三或二，悉是宝。至坐末，诸胡咸笑，戏谓生："君亦有宝否？"生曰："有之。"遂所出怀一百万，于是在他的腋下拿出了一个小瓶子，大得像合起来的拳头，问他这到底是什么，他只是诡异地笑笑，并没有如实回答，李惟燕因为要用所收的钱财供给很多人，很难违背他的话，装着吃惊的样子说："你是如何得到这个东西的？一定要将它卖了，绝对不能有违它的价格啊！"有一位波斯人见到它就用他给的价格将它买去了。胡人到了扬州之后，长史邓景山知道了这件事情以后，用它来问胡人，胡人说："瓶子里是紫羖羯，得到它的人，就会被鬼神庇护，进入火中不会被烧，进入水中不会被淹。这种东西是有物无价，不是明珠之类的宝物能够相比的。"又加了胡人一万贯，胡人乐得疏散他的钱财，并不觉得愤恨。瓶中装的是十二颗珍珠。（出《广异记》）

紫贝

紫贝就是砑螺。儋州、振州、夷黎的海边，采收紫贝作为钱币。《南越志》中说："土产大贝，就是紫贝。"（出《岭表录异》）

魏生

唐代的安史之乱平定以后，有一位叫魏生的，年少的时候因为家里是有功勋的皇亲国戚，历代都做王友，家中的钱财累计过万。但是他交往了不守法度的人，因此变得非常贫穷，被士族摒弃。因为逃避战乱，带着他的妻子进入岭南。过了好几年，等风波平定后他才回去。船走到虔州的地界，在暴雨结束之后，他登上岸之后到处观光。忽然在沙滩上看见一个地方，热气向上直冲了几十丈。于是走上前仔细巡查，在石头中间看见一片石头，像手掌一样大，形状像是陶器碎片，又像是石头，一半青色一半红色，很不一样。因此试着将它拿回去了，把它放在书箱里。等到到家的时候，他的故交旧友已经全都不在了，也没有财产用来谋得官位，就租了一处房子用来居住。集市间多数是商客胡人。从前认识他的人怜悯他，就把自己的财物分一点给他。曾经通过一个胡商参加宝会。胡商有一个规定：每年一次和乡里人举行大的聚会，来展示自己的宝物。宝物多的人，戴着帽子以示之，而自笑。三十余胡皆起，扶生于座首，礼拜各足。生初为见谑，不胜惭悚。后知诚意，大惊异。其老胡见此石，亦有泣者。众遂求生，请市此宝，恣其所索。生遂大言，索百万。众皆怒之："何故辱吾此宝？"加至千万乃已。潜问胡："此宝名何？"胡云："此是某本国之宝。因乱遂失之，已经三十余年。我王求募之，云，获者拜国相。此归皆获厚赏，岂止于数百万哉？"问其所用。云："此宝母也。但每月望，王自出海岸，设坛致祭之，以此置坛上。一夕，明珠宝贝等皆自聚。故名'宝母'也。"生得财倍其先资也。（出《原化记》）

坐在上面，其余的人按照宝物多少排列自己的位置，这次他们邀请魏生参加，魏生忽然想起了自己拾到的东西，就拿起来揣在怀里带过去了。一开始也不敢先开口说话，坐在席位的最末尾。吃完后，各位胡商拿出了宝物。坐在最上面的人拿出了四颗明珠，它们大得半径超过了一寸。其他的胡人都起身，对他俯首至地参拜，依次向下所出示的，有的是两个，有的是三个，都是宝物。到了座位最后，各位胡商都笑了，开玩笑地说："你也有宝物吗？"魏生说："有。"于是拿出怀里的东西出示给他们看，他自己也笑了。三十多个胡商都站起身，将魏生扶到第一把座椅，一一参拜他。魏生一开始以为他们是在戏谑自己，非常羞惭惶恐。后来知道他们是真心实意的之后，大为惊讶。他们中间年纪大的胡人看见这块石头，还有哭泣的。众人于是央求魏生，请他卖了这个宝物，任由他开价。魏生于是夸大言辞，索要一百万。对此众人都非常愤怒，说："你为什么要侮辱这个宝物？"魏生加到了一千万他们才罢休。于是魏生偷偷地问胡人："这个宝物叫什么？"胡人说："这个是我们国家的国宝，因为战乱而失去了它，已经三十多年了。我国的国王征求人寻找它，说能够找到它的人可以官拜宰相。这次回去后我们都会得到重赏，哪会只有几百万呢？"问这个宝物有什么功用，说："这是宝母。只要每月十五，我们的国王都会亲自出去，到海岸旁摆好祭坛祭祀，把这个放在祭坛上。到了晚上，明珠宝贝等会自己聚集在这个地方。所以叫它'宝母'。"魏生得到了他之前家产几倍的资财。（出《原化记》）

卷第四百四　宝五杂宝下

肃宗朝八宝

开元中，有李氏者，嫁于贺若氏。贺若氏卒，乃舍俗为尼，号曰真如，家于巩县孝义桥。其行高洁，远近宗推之。天宝元年，七月七日，真如于精舍户外盥濯之间，忽有五色云气，自东而来。云中引手，不见其形。徐以囊授真如曰："宝之。慎勿言也。"真如谨守，不敢失坠。天宝末，禄山作乱，中原鼎沸，衣冠南走，真如展转流寓于楚州安宜县。

肃宗元年，建子月十八日夜，真如所居，忽见二人，衣皂衣。引真如东南而行，可五六十步，值一城。楼观严饰，兵卫整肃。皂衣者指之曰："化城也。"城有大殿。一人衣紫衣，戴宝冠，号为天帝。复有二十余人，衣冠亦如之，呼为诸天。诸天坐，命真如进。既而诸天相谓曰："下界丧乱时久，杀戮过多，腥秽之气，达于诸天。不知何以救之？"一天曰："莫若以神宝压之。"又一天曰："当用第三宝。"又一天曰："今厉气方盛，秽毒凝固，第三宝不足以胜之，须以第二宝，则兵可息，乱世可清也。"天帝曰："然。"因出宝授真如曰："汝往令刺史崔侁，进达于天子。"复谓真如曰："前所授汝小囊，有宝五段，人臣可得见之。今者八宝，唯王者所宜见之。汝慎勿易也。"乃具以宝名及所用之法授真如。已而复令皂衣者送之。

肃宗朝八宝

开元年间，有一位李氏，嫁给了贺若氏。贺若氏去世后，就舍弃尘世出家为尼，法号真如。住在巩县孝义桥，她的品行高洁，远近的宗室们都很推崇她。天宝元年的七月七日，真如在寺庙的门外盥洗的时候，忽然有五种颜色的云雾从东边过来。云中伸出一只手，看不见身形，慢慢地把一个锦囊传给真如说："珍惜它，慎重对待，不要说关于它的事情。"真如恪守教训，不敢将它遗失。天宝末年，安禄山发动叛乱，中原地区动荡不安，名门望族向南奔逃，真如流转迁徙，客居在楚州安宜县。

肃宗元年的十一月十八日夜里，真如居住的地方，忽然看见了两个人，穿着黑色的衣服，引领着真如向着东南方行走，走了五六十步，遇见了一座城。城楼看起来很雄伟，护卫纪律整齐严肃。穿黑衣的人指着它说："这是化城。"城中有大殿，一个穿着紫色衣服的人，戴着宝石的皇冠，号称是天帝。又有二十多个人，衣服和帽子和之前的那个人一样，叫他们诸天。诸天坐下后，就让真如进去了。诸天相互看了看，说："人间战乱已经很长时间，杀戮已经太多，血腥污秽的气息，已经到达了天上，不知道用什么才能够拯救呢？"一个天说："不如用神圣的宝物镇压它。"又一个天说："应该用第三宝。"又一个天说："现在瘟疫之气正旺盛，污秽和热气已经凝结，第三宝不能够战胜它，必须用第二宝，那么战争就能够停止，乱世就可以变得太平了。"天帝说："是的。"于是拿出宝物传授给真如说："你前去让刺史崔侁呈奏给天子。"又对真如说："之前给你的小锦囊里，有五段宝物，臣子可以看得见。现在的八宝，只有称帝的人才应该见到它，你一定要谨慎，千万不能置换。"于是将宝物的名字和它的用法传授给真如。过了一会儿又让穿黑色衣服的人送她。

翼日，真如诣县。摄令王滔之，以状闻州。州得滔之状，会刺史将行。以县状示从事卢恒曰：“安宜县有妖尼之事，怪之甚也，亟往讯之。”恒至县，召真如，欲以王法加之。真如曰：“上帝有命，谁敢废坠！且宝非人力所致，又何疑焉？”乃以囊中五宝示恒。其一曰“玄黄天符”，形如笏。长可八寸余，阔三寸。上圆下方，近圆有孔，黄玉也。色比蒸栗，潭若凝脂，辟人间兵疫邪疠。其二曰“玉鸡”，毛文悉备，白玉也。王者以孝理天下则见。其三曰“谷璧”，白玉也。径五六寸。其文粟粒自生，无异雕镌之状。王者得之，即五谷丰稔。其四曰“王母玉环”，二枚，亦白玉也。径六寸，好倍于内。王者得之，能令外国归复。其玉色光彩溢发，特异于常。卢恒曰：“玉信玉矣，安知宝乎？”真如乃悉出宝盘，向空照之，其光皆射日，仰望不知光之所极也。恒与县吏同视，咸异之。翼日优至，恒白于优曰：“宝盖天授，非人事也。”优覆验无异，叹骇久之，即具事白报节度使崔圆。

圆异之，征真如诣府，欲历观之。真如曰：“不可。”圆固强之。真如不得已，又出八宝。一曰“如意宝珠”，其形正圆，大如鸡卵，光色莹澈。置之堂中，明如满月。其二曰“红靺鞨”，大如巨栗，赤烂若朱樱。视之可应手而碎，触之则坚重不可破也。其三曰“琅玕珠”，其形如环，四分缺一，径可五六寸。其四曰“玉印”，大如半手，其文如鹿陷之印，中著物则形见。其五曰“皇后采桑第二天，真如就到达县城。让县令王滔之写一份奏状递给州里。州里看到了王滔之的奏状，适逢刺史将要出行，就把县里的奏状展示给从事卢恒说："安宜县有妖尼的事情，非常奇怪，要快去查明。"卢恒到了安宜县，召见真如，想要用律法惩罚她。真如说："天帝有命令，有谁敢懈怠中止！并且这个宝物并不是人工可以制作出来的，你又在怀疑什么呢？"于是将锦囊中的五个宝物展示给卢恒看。第一个是"玄黄天符"，形状像是笏板，长八寸多，宽三寸，上面是圆的，下面是方的，接近圆头的那一段有一个小孔，是黄玉。它的颜色和蒸好的栗子接近，深沉得像凝固的油脂。它可以避免人间的战乱、瘟疫、寒邪、瘴疠。第二个叫"玉鸡"，它的毛色纹理都清晰，是白玉，做帝王的人用孝道治理天下它就能出现。第三个是"谷璧"，是白玉，直径五六寸，它的纹理像小米一样，可以自己出现，和雕刻的没什么区别。如果做帝王的人得到了它，他的国家就会五谷丰登。第四个是"王母玉环"，有两枚，也是白玉，直径有六寸，中间的圆孔远大于边。称王的人得到它以后，就能让外国人前来称臣。这种玉的颜色焕发的光彩，和常见的有很大的不同，卢恒说："玉确实是玉，我怎么知道它是宝呢？"真如于是将所有的宝物全都拿出来，面向天空照耀，它们的光芒全都向太阳照去，仰头看不知道光所照耀的最大极限在哪里。卢恒和县里的官员一同看见这样的景象，都觉得甚是惊异。第二天崔侁到这里来，卢恒告诉崔侁说："这些宝物大概是上天授予的，并不是人间能够制造出来的。"崔侁再次验视，和卢恒所说的没有不一样的，惊叹了很久之后，就将事件详细地告诉了节度使崔圆。

崔圆非常惊异，征请真如到府上，想要一一察看宝物。真如说："不行。"崔圆坚持强逼，真如没有办法，又拿出八个宝物。第一个是"如意宝珠"，它的形状是正圆，大得像鸡蛋一样，光泽晶莹明澈。把它放在屋子里，亮得像满月一样。第二个是"红靺鞨"，大得像是巨大的栗子，灿烂得像红色的樱花一般。看它像是可以顺手摔碎，触摸后觉得它坚硬厚重得不能够使它破损一点儿。第三个是"琅玕珠"，它的形状像环，缺了四分之一，直径五六寸。第四个叫"玉印"，钩”，二枚，长五六寸，其细如筋。屈其末，似金又似银，又类熟铜。其六曰“雷公石”，二枚，斧形。长可四寸，阔寸许，无孔，腻如青玉。八宝置之日中，则白气连天；措诸阴室，则烛耀如月。其所压胜之法，真如皆秘，不可得而知也。圆为录表奏之。真如曰：“天命崔优，事为若何？”圆惧而止。

侁乃遣卢恒随真如上献。时史朝义方围宋州，又南陷申州，淮河道绝，遂取江路而上，抵商山入关，以建巳月十三日达京。时肃宗寝疾方甚，视宝，促召代宗谓曰：“汝自楚王为皇太子，今上天赐宝，获于楚州。天许汝也，宜保爱之。”代宗再拜受赐。得宝之故，即日改为宝应元年。上既登位，乃升楚州为上州，县为望县，改县名安宜为宝应焉。刺史及进宝官，皆有超擢。号真如为“宝和大师”，宠锡有加。自后兵革渐偃，年谷丰登，封域之内，几至小康，宝应之符验也。真如所居之地得宝，河壖高敞，境物润茂。遗址后为六合县尉崔琞所居。西堂之间，相传云：西域胡人过其傍者，至今莫不望其处而瞻礼焉。（出《杜阳杂编》）

灵光豆

代宗大历中，日林国献灵光豆龙角钗。因其国有海，东北四方里。国西怪石方数百里，光明澄澈，可鉴人五脏六腑，亦谓之仙人镜。国人有疾，辄照之，使知起于某脏某腑。即自采神草饵之，大得像半个手掌，它的纹理像鹿陷进了印的中间，中间放上东西就会现形。第五个是“皇后采桑钩”，两枚，长有五六寸，它细得像是筋一样，弯曲它的末端，像是金子又像是银子，又像是熟铜。第六个是“雷公石”，两枚，长得像斧头，长大约四寸，宽大约一寸，没有孔，细腻得像是青玉一样。将八宝放在太阳下面，就会出现接连天空的白气；把它们放在各个暗室，像月光一样照耀，其中用的压胜之法，真如都闭口不提，这其中的秘法就不得而知了。崔圆为她写了一张状子上奏。真如说：“上天命令的是崔侁，你这么做是为什么呢？”崔圆害怕得停止了。

崔侁于是派遣卢恒跟着真如献上奏折。当时史朝义刚刚围攻宋州，南边的申州也被攻陷了，淮河的道路被阻断了，于是就取道长江的路向上走，抵达商山进入关内。在四月十三日到达京城，当时唐肃宗正病得厉害，看见这样的宝物，就迅速召见代宗对他说：“你从楚王的位置上被任命为皇太子，现在上天赏赐宝物，在楚州获得，是上天允诺你，你应该珍视爱护它。”唐代宗再次拜谢领受赏赐。因为得到宝物的缘故，当天改成宝应元年。新皇上已经登基，立即将楚州升为上州，县改为望县，将县的名字由宜安改成宝应。刺史和献上宝物的人都被擢升，赐给真如“宝和大师”的称号，加倍恩宠和赏赐。从此以后战争就渐渐消歇了，年年都会大丰收，在他的疆域之内，几乎达到了小康水平。这是宝应的符应验了。真如所居住的地方得到了宝物，河边的田地高大宽敞，境内的万物丰润茂盛。她所居住的遗址后来是县尉崔珵住在那里。在西堂的中间，相传，西域的胡人走到它的旁边的时候，至今没有不看见那个地方行注目礼的。（出《杜阳杂编》）

灵光豆

唐代宗大历年间，日林国进献了灵光豆和龙角钗。因为这个国家有海，在东北的四方里，国家的西方有方圆几百里的怪石，光亮清澈，可以照出人的五脏六腑，也叫它仙人镜。国中的人生病了，就用它鉴照，让人知道病灶在哪个脏腑。就自己采集相对应的草药治疗，无不愈焉。灵光豆，大小类中华之菉豆，其色殷红，而光芒可长数尺，本国亦谓之诘多珠。和石上菖蒲叶煮之，即大如鹅卵。其中纯紫，称之可重一斤。帝啖一丸，叹其香美无比，而数日不复言饥渴。龙角钗类玉，绀色，上刻蛟龙之形。精巧奇丽，非人所制。帝赐独孤妃子。与帝同泛舟于龙池，有紫云自二上而生，俄顷满于舟中。帝由是命置之于堂内，以水喷之，化为二龙，腾空东去矣。（出《杜阳杂编》）

万佛山

上崇释氏教，乃舂百品香和银粉以涂佛室。遇新罗国献五色氍毹，及万佛山，可高一丈。上置于佛室，以氍毹籍其地。氍毹之巧丽，亦冠绝于一时。每方寸之内，即有歌舞妓乐，列国山川之状。或微风入室，其上复有蜂蝶动摇，燕雀飞舞。俯而视之，莫辨其真假。万佛山，雕沉檀珠玉以成之。其佛形，大者或逾寸，小者八九分。其佛之首，有如黍米者，有如菽者。其眉目口耳，螺髻毫相悉具。而辫缕金玉水精，为蟠盖流苏。庵罗卜罗等树，构百宝为楼阁台殿。其状虽微，势若飞动。前有行道僧，不啻千数。下有紫金钟，阔三寸，以蒲牢衔之。每击钟，行道僧礼拜至地。其中隐隐，谓之梵声，盖关綟在乎钟也。其山虽以万佛为名，其数则不可胜计。上置九光扇于岩巘间。四月八日，召两街僧徒入内道场，礼万佛山，是时观者叹非人工。及见有光出于殿中，咸谓之佛光，即九光扇也。由是上命三藏僧不空，念天竺密语千口而退。（出《杜阳杂编》）

没有治不好的。灵光豆，它的大小类似中原地区的绿豆，它的颜色很红，发出的光芒可以达到几尺长，本国人也叫它诘多珠。将它和石头上的菖蒲叶一起煮食，就会立即长得像鹅蛋那样大，它的中间是纯紫色，称它的重量可以达到一斤。皇帝吃了一个，感叹它无比美味，并且几天不觉得自己渴和饿。龙角钗像玉一样，是青红色，上面刻着蛟龙的形状。它的精美奇异，并不是人工能做出来的。皇帝把它赏赐给了独孤妃子。独孤妃子和皇帝共同在龙池划船，有紫云从两个人的头上生成，过了一会儿就布满了整个船。皇帝于是让人把它放在屋子里，用水喷它，它就化成了两条龙，飞向空中，向东离去。（出《杜阳杂编》）

万佛山

皇上推崇佛法，于是就用百品香和银粉一起来涂抹佛室。遇到了新罗国献上五色的毛织的地毯和一个万佛山，高可达一丈，皇上将它放在佛室，用五色毛织的地毯盖在地上。五色毛织的地毯的精巧华贵，在当时也是无与伦比的，在每个方寸内，就有歌舞伎乐，各国的山川的形状。有时微风进入室内，它的上面还有摇动的蜜蜂和蝴蝶、燕雀飞舞。俯身细看，也不能辨别出它的真假。万佛山，是用沉香木和檀木以及珠玉雕刻而成的，它上面的佛像身形，大的有的超过了一寸，小的有八九分。那些佛像的脑袋，有的就像是米粒，有的就像是豆粒。它们的眉眼、耳朵和嘴巴，螺髻与头发的形状也都全备。辫子、衣服、金玉、水晶，制作成蟠盖、流苏，庵赡、卣罗等树，构建各种宝物做出亭台楼阁。它们的形态虽然很小，情势像是可以飞起来。前面有不下一千的行道僧。下面有紫金钟，宽三寸，用蒲牢衔着它。每次敲响钟的时候，行道僧就会叩拜到地上。这期间还有隐隐的诵经声。大概是这其中的关键在钟上面。那上面的山虽然用万佛作为山名，但是它的数量却数不胜数。在岩石中间放一个九光扇。四月八日的时候，召集了两街的僧人进入里面的道场，跪拜万佛山。当时看的人说这不是人力能够做到的。等到见到殿中有光芒出现的时候，都叫它佛光，就是九光扇。于是皇帝命令一个名叫不空的三藏僧

玳瑁盆

宝历元年，南昌国献玳瑁盆、浮光裘、夜明犀。云：其国有酒山紫海。盖山有泉，其味如酒，饮之甚醉则经日不醒。紫海水，色如烂椹，可以染衣。其鱼龙龟鳖、砂石草木，无不紫焉。玳瑁盆，可容十斛，外以金玉饰之。及盛夏，上置于殿内，贮水令满，遣嫔御持金银杓，酌水相沃，以为嬉戏。浮光裘，即紫海色染其地也。以五彩丝蹙成龙凤，各一千三百，仍缀以九色真珠。上衣之，以猎于北苑，为朝日所照，而光彩动摇。观者皆眩其目，上亦不为之贵。一日，驰马从禽，忽际暴雨，而裘无纤毫沾濡，方叹为异物。夜明犀，其状类通天犀，夜则光明，可照百步。覆缯十重，终不能掩其耀焕。上遂命解为腰带。每游猎，夜则不施其蜡炬，有如昼日。（出《杜阳杂编》）

辟尘巾

高瑀在蔡州。有军将甲知回易，折欠数百万，回之外县。去州二百余里，高方令锢身勘甲。甲忧迫，计无所出，其类因为设酒食间解之。座客十余，中有称处士皇甫玄真者，衣白若鹅羽，貌甚都雅。众皆有宽勉之辞，皇甫但微笑曰：“此亦小事。”众散，乃独留。谓甲曰：“余尝游东，获二宝物，当为君解此难。”甲谢之，请具车马，悉辞。行甚疾，其晚至州，舍于店中。遂晨谒高，高一见，不觉敬之。因谓高曰：“玄真此来，特从尚书乞甲性命。”高遂曰：“甲欠官钱，非瑀私财。如何？”皇甫请避左右，言：“某于新罗获巾子，可辟尘，欲献此赎甲。”即于怀探出授高。高才执，已

念了一千句天竺密语就离开了。（出《杜阳杂编》）

玳瑁盆

宝历元年，南昌国献上玳瑁盆、浮光裘、夜明犀。说：“这个国家有酒山和紫海。原因是山上有泉水，它的味道像酒一样，喝得太醉就会一整天不能够清醒。紫海水，颜色像是坏掉的桑椹，可以染衣服。那里的鱼龙龟鳖、砂石草木，没有不是紫色的。玳瑁盆，可以容纳下十斛，外面用金玉作为装饰，等到盛夏的时候，皇上把它放在大殿内，将它装满水，派嫔妃拿着金银杓，舀出盆里的水相互泼洒，作为游戏。浮光裘，就是紫海的颜色沾染了底。用五彩丝线织成龙凤，各制一千三百，又缀点着九种颜色的珍珠。皇上穿上它，凭借这个在北边的皇苑打猎，被早晨的太阳所照耀，上面的色彩摇动着，看得人都觉得头晕目眩，皇上也不觉得它很珍贵。一天，骑在奔跑的马上追击禽类，突然遇到了暴雨，但是他的裘衣却没有沾湿一点点，于是才惊叹它是不一样的宝物。夜明犀，它的形状像是通天犀，夜里面就会发出光芒，可以照到一百步的地方，盖上了十层的绢布，还是不能够掩藏它的光芒。皇上于是命令将它截割为腰带，每次打猎的时候，夜里面就不摆设蜡烛，有它的照耀就像白昼一样。”（出《杜阳杂编》）

辟尘巾

高瑀在蔡州的时候，有一个军将叫甲知的，因为以物易物，亏损了几百万，逃到了外县，在距离蔡州二百多里的地方，高瑀下令让人在甲知身上戴上枷锁。甲知焦虑忧愁，也没有任何办法。他的朋友因此替他摆上酒食来消减他的烦恼。当时在座的客人有十几位，中间有被称为处士叫皇甫玄真的人，衣服白得像鹅的羽毛，形貌非常美好娴雅。众人都对他很是敬佩赞赏。皇甫玄真只是微笑着说：“这也是小事。”众人散去之后，皇甫玄真独自留下来，对甲知说：“我曾经向东游历，获得了两个宝物，应该可以为你解决这个灾难。”甲知拜谢了他，请求为他准备车马，他都拒绝了，走得非常快，很快到了蔡觉体中清凉。惊曰："此非人臣所有，且无价矣。甲之性命，恐足酬也。"皇甫请试之。翼日，因宴于郭外。时久旱，埃尘且甚。高顾视马尾鬣及左右驺卒数人，并无纤尘。监军使觉，问高："何事尚书独不沾尘坌？岂遭逢异人，获至宝乎？"高不敢隐。监军故求见处世，高乃与俱往。监军戏曰："道者独知有尚书乎？更有何宝，愿得一观。"皇甫具述救甲之意，且言："药出海东，今余一针，力差不及巾，可令一身无尘。"监军拜请曰："获此足矣。"皇甫即于巾上抽与之，针色如金。监军乃札巾试之，骤于尘中，唯身及马鬃尾无尘。高与监军且具礼往谒，将请其道要。一夕忽失所在。（出《酉阳杂俎》）

浮光裘有目无文

重明枕

有海外国贡重明枕。长一尺二寸，高六寸，洁白类于水精。中有楼台之形，四面有十道士，持香执简，循环无已，谓之行道真人。其镂木丹青，真人之首簪帔，无不悉具。仍通莹焉。（出《广德神异录》）

州，在店中住宿。在早晨就去拜访高瑀，高瑀一见到他，不知不觉就非常尊敬他。皇甫玄真因此对高瑀说："我这次来，特地求尚书饶过甲知的性命。"高瑀于是说："甲知欠了官府的钱，不是我高瑀的私人财产，这样还能怎么办呢？"皇甫玄真请求让左右的人退下，说："我在新罗得到了一个织巾，可以除尘，想要进献这个来赎甲知的性命。"立即从怀里拿出来给高瑀，高瑀才刚碰到，就觉得身体中生出一种清凉的感觉，惊叹道："这不应该是臣子所拥有的的，并且是无价的宝物。甲知的性命，恐怕已经足够赎去了。"皇甫玄真请求他试一试。第二天，就在城外摆设宴席。当时已经干旱了很久，尘埃四起。高瑀环视马尾巴和左右的随从几个人，竟然一尘不染。监军使觉察到了，问高瑀说："为什么只有尚书可以不沾染尘埃？难道是遇到了高人，得到了非常好的宝物了吗？"高瑀不敢隐瞒，监军使于是求见皇甫玄真。高瑀于是和他一起前往。监军使开玩笑说："你只知道有尚书吗？你还有什么宝物，我想要看一看。"皇甫玄真详细地述说了救赎甲知的意思。并且说："这个药石从海东得到的，现在还剩一个针，针的威力没有巾大，只能让一个人身上没有尘灰。"监军使向他作揖请求说："能得到一根针也就满足了。"皇甫玄真立即从辟尘巾上把它抽出来。针的颜色像是金子一样，监军使于是把它扎在衣襟上验视，只有他自己的身体和马的尾巴与鬃毛没有尘土。高瑀和监军使准备了礼物拜见皇甫玄真，想要向他请教道教的方术，但他却一夜之间不知道去哪里了。（出《酉阳杂俎》）

浮光裘有目无文

重明枕

有海外的国家向皇帝进贡了重明枕，长有一尺二寸，高六寸。像水晶那样洁白，中间有亭台楼阁的形状，四边总共有十位道士，手中拿着香，或者捧着书简，循环不停，叫它行道真人。这其中雕刻和绘画，人头上的簪子和霞帔，没有一样不具备的，还十分通透。（出《广德神异录》）

三宝村

扶风县之西南，有三宝村。故老相传云，建村之时，有胡僧谓村人曰：“此地有宝气，而今人莫得之，其启发将自有时耳。”村人曰：“是何宝也？”曰：“此交趾之宝，数有三焉。”故因以三宝名其村，盖识其事。开成元年春，村中民夜梦一丈夫者，黑簪帻，被广袂之衣，腰佩长剑，仪状峻古。谓民曰：“吾尝仕东汉。当光武时，与飞将马公，同征交趾，尝得南人之宝。其后马公遭谤，以为多掠南货，尽载以归。光武怒，将命索其家。吾惧且及祸，故埋于此地。”言未讫而寤。民即以所梦具告于邻伍中。是岁仲夏夕，云月阴晦，有牧竖望见西京原下，炯然有光，若曳练焉，久而不灭。牧竖惊告其父，即驰往视之。其光愈甚，至明夕亦然。于是里人数辈，夜寻其光，俯而观之。其光在土而出，若焰薪火。里人乃相与植准以表之。其明日，携锸具，穷表之下，深约丈余，得一金龟。长二寸许，制度奇妙，代所未识。又得宝剑一，长二尺有四寸。又得古镜一，径一尺余，皆尘迹蒙然。里人得之，遂持以诣县，时县令沛国刘随得之。发硎其剑，澹然若水波之色，虽利如切玉，无以加焉。其长二尺四寸者，盖古以八寸为尺，乃古三尺。其镜皆文迹繁会，有异兽环绕镜鼻，而年代绵邈，形理无缺。乃命磨莹，其清若上水之洁，真天下之奇宝也。县令刘君曰：“此为古之珍玩，宜归王府。可与天球和璧，焜耀于上庠。”遂缄胶其事，闻岐阳帅，愿表献天子。时陈君亦节度岐陇，得而爱之，因有其宝。由是人无知者。（出《宣室志》）

三宝村

扶风县的西南，有一个三宝村，老人们传说，在营建村子的时候，有一个胡僧对村里的人说：“这个地方有宝气，但是现在的人没办法得到，它的出现有自己的时间。”村中的人说：“是什么宝呢？”说：“这是交趾国的宝物，有三个。”所以用“三宝”给这个村子命名，大概是知道这些事。开成元年的春天，村中一个村民夜里梦见一个男子，戴着黑色的头巾，插着黑色的簪子，穿着宽袖的衣服，腰间配了一把长剑，他的仪态高大古雅。对这个村民说：“我曾经在东汉做官，光武帝的时候，和飞将军马公一起，共同征战交趾国，曾经得到南方人的宝物。在这以后，马公遭人诽谤，被认为大量掠夺南方的货物，将它们全都带回去了。光武帝非常生气，就派人抄他的家。我害怕被殃及，就把它埋在了这个地方。”他的话还没说完，村民就醒了，醒了之后将所梦见的情景详细告诉了自己的邻居。这一年仲夏的夜晚，云遮挡了月亮，天空非常晦暗，有牧童看见西京的原野下面，有非常明亮的光，就像一条摇曳的白练，很久都没有熄灭。牧童非常吃惊，告诉了他的父亲，他的父亲立刻跑去看，那光芒越来越强，到第二天晚上也是这样，于是乡里的几个人，夜里面寻找那束光，俯下身子观察它。它的光从土里现出，就像是燃烧的柴火。乡里的人于是在这里竖起来一个东西作为记号，第二天，带着铁锹，挖开表土并向下深挖，挖了约有一丈深，得到一个金龟，长大约两寸，它的制作方法非常奇妙，是这个朝代从来没有见过的。又得到了一把宝剑，长大约二尺四寸，又得到了一面古代的镜子，直径一尺多。都蒙上了灰尘，乡里的人得到了它们，就将它拿到了县里面。当时的县令、沛国的刘随得到了它。磨锋利了那把剑，颜色轻得像是水波的颜色，这把剑锋利得能够切割玉石，不能够使它更加锋利了。它的长有二尺四寸，大概是古代用八寸作为一尺，就是古代的三尺。那面镜子的花纹繁复，有奇异的兽环绕着镜鼻，形状和纹理都没有缺损。玉石让人给它磨光，它的清透像是上天之水那样洁净。真的是天下间的奇异宝物。县令刘随说：“这是古代的珍玩，应该归入王府，可以和天球合在一起，一起在大学学堂闪耀。”于是就将这件事写成文书交给岐阳将

火 玉

会昌元年，扶余国贡三宝：曰“火玉”，曰“澄明酒”，及“风松石”。火玉色赤，长半寸，上尖下圆。光照数十步，积之可以燃鼎。置之室内，冬则不复亦挟纩。宫人常用。澄明酒，亦异方所贡也。色紫如膏，饮之令人骨香。风松石方一丈，莹澈如玉。其中有树，形若古松偃盖，飒飒焉而凉飙生于其间。至盛夏，上令置于殿内，稍秋气飕飕，即令彻去。（出《宣室志》）

马脑柜

武宗好神仙术，遂起望仙台，以崇朝礼。更修隆真室，舂百宝屑以涂地。瑶楹金拱，银槛玉砌，晶莹炫耀，看之不足。内设玳瑁之帐，火齐之床。焚龙光之香，荐无忧之酒。此皆他国所献也。帝每斋戒沐浴，召道士赵归真以下，用探希夷之理。由是室内生灵芝二株，皆如红玉。更遇渤海贡马脑柜，方三尺，深色如茜，所作工巧，无以为比。帝用贮神仙之书，置之帐侧。紫瑰盆，量容半斛，内外通莹，其色纯紫，厚可一寸，举之则若鸿毛。帝嘉其光洁，遂处于仙室，以和药饵。后王才人掷玉环，误缺其半菽，上犹叹惜久之。（出《杜阳杂编》）

帅，想要呈现给天子。当时陈郡也在岐陇任节度使，得到这个后非常钟爱它，因此有这样的宝，在此之后就没有人知道它的下落了。（出《宣室志》）

火 玉

会昌元年的时候，扶余国进贡了三样宝物，分别是：火玉，澄明酒，风松石。火玉的颜色是红色的，长有半寸，上面是尖的，下面是圆的。它的光芒可以照到几十步远的地方。如果将它们积攒起来，可以在锅下作为燃料燃烧。放在室内的话，冬天就不再需要把丝绵装进衣服里了。这是宫里面的人经常用的。澄明酒，也是外域进贡的，像是紫色的膏状物，喝了它会让人骨中生香。风松石一丈见方，晶莹澄澈得像是玉一般，中间有树，树形像是古松枝叶横垂，像是有凉风从中间吹来。到了盛夏的时候，皇上让人将风松石放在大殿里面，等到秋风刚刚吹来的时候，就让人把它撤下去了。（出《宣室志》）

马脑柜

武宗喜欢道家仙术，于是建造了一个望仙台，用来参拜。还修了一间隆真室，将百宝捣碎涂在地面上。用美玉做柱子，用金子做拱门，用银子做栏杆，用玉做台阶，晶莹光亮，怎么看都不会厌烦。里面陈设了玳瑁做的帐子，宝石做的床。燃烧的是龙光香，喝的是无忧酒。这些都是别的国家进献的。武宗每次祭祀的时候，都会召见道士赵归真和他的徒弟，来探讨虚寂玄妙的境界。因此他的屋子里长出了两株灵芝，都长得像红玉一样。又遇到渤海进贡马脑柜，三尺见方，颜色深得像是绛红色。它的做工精巧，没有什么能够和它相比的。皇帝用它储存神仙方术的书，放在帐子的一侧。紫瑰盆，它的容量有半斛，内外是十分通透的，它的颜色是纯紫色，厚大约有一寸，举起它像是鸿毛一样轻。皇帝喜欢它的光亮洁净，于是把它放在仙室里，用来和药。后来王才人扔玉杯，误将它打掉了像半个豆子一样大的缺口，为此，皇帝叹息了良久。（出《杜阳杂编》）

岑 氏

临川人岑氏，尝游山。溪水中见二白石，大如莲实，自相驰逐。捕而获之，归置巾箱中。其夕，梦二白衣美女，自言姊妹，来侍左右。既寤，盖知二石之异也，恒结于衣带中。后至豫章，有波斯胡人，邀而问之："君有宝乎？"曰："然。"即出二石示之。胡人求以三万为市。岑虽宝之而无用，得钱喜，即以与之。以钱为生资，遂致殷赡，而恨不能问其石与其所用云耳。（出《稽神录》）

岑氏

临川人岑氏，曾经游历山川，在溪水中看见了两块白石头，大小像是莲子的果实，它们在那里互相追逐，就将它们捕捞上来，放在放布的箱子中。这天夜晚，梦见两个穿白衣服的美丽女子，自己说她们是姐妹，前来侍奉在他身旁的。醒了之后，就知道这两块石头的奇异之处了，就常常把它们放在衣带中间。后来到豫章的时候，有一位波斯的胡人拦着他问："你身上有宝物吗？"回答说："是的。"就出示两块石头给他看。胡人请求用三万钱购买两块石头。岑氏虽然将它们视为珍宝，但没有任何功用，拿到钱之后很是开心，就把两块石头给他了。他用这个钱作为营生的资本，于是变得富有，但遗憾的是他没有问那两块石头的功用。（出《稽神录》）

卷第四百五　宝六钱、奇物附

钱

湑阳童子

晋义熙十二载，湑阳县群童子，浴于湑水。忽见侧有钱出，如流沙，因竞取之。手满，放随流去。又以衣盛裹，各有所得。又见流钱中有一铜车，小牛牵之，势甚奔迅。儿等奔逐，掣得一轮。径可五寸，猪鼻，毂有六辐，通然青色。缸内黄脱，状如恒运。于时沈敞守南阳，求得此物，然莫测之。（出《洽闻记》）

文德皇后

钱有文如甲迹者，因文德皇后也。武德中，废五铢钱，行开通元宝钱。此四字及书，皆欧阳询所为也。初进样日，后掏一甲迹，因是有之。（出《谭宾录》）

岑文本

唐贞观中，岑文本下朝，多于山亭避暑。日午时，寤初觉，忽

钱

淯阳童子

晋代的义熙十二年的时候，淯阳有一群孩子，在淯水里洗澡。忽然看见它的旁边有钱出现，像是流沙一样，于是争相去拿。等到他们的手拿满，钱就会随着流水逝去。又有孩子用衣服盛装的，各自有了收获。他们又看见流水中有一个小的铜车，用小牛拉着的，它在水中跑得很快，那些孩子们就追上去，拉下来一个轮子，直径大约五寸，上面是猪形鼻，车轮上有六根辐条，通体青色。缸里已经脱落的痕迹，像是经常在运转。当时沈敞是南阳的太守，得到了这件东西，但并不知道是什么。（出《洽闻记》）

文德皇后

钱上的纹理像是指甲刮出的痕迹，是因为文德皇后。在武德年间，废弃了五铢钱，流通了开元通宝钱。这四个字和书法，都是欧阳询完成的。一开始献上他设计的样式的时候，文德皇后掐了一个指甲的痕迹，于是就有这样的纹理了。（出《谭宾录》）

岑文本

唐代的贞观年间，岑文本下朝之后，大多在山亭间避暑。一天正有扣山亭院门者。药竖报云："上清童子元宝，故此参奉。"文本性素慕道，束带命入。乃年二十已下道士，仪质爽迈，衣服纤异。冠浅青圆角冠，衣浅青圆用帔，履青圆头履。衣服轻细如雾，非齐纨鲁缟之比。文本与语，乃曰："仆上清童子，自汉朝而果成。本生于吴，已得不凝滞之道，遂为吴王进入，见汉帝。汉帝有事，拥遏教化，不得者无不相问。仆尝与方圆行下，皆得通畅。由是自著，文、武二帝，迄至哀帝，皆相眷。王莽作乱，方出外方，所至皆沐人怜爱。自汉成帝时，遂厌人间，乃尸解而去。或秦或楚，不常厥居。闻公好道，故此相谒耳。"文本诘以汉魏齐梁间君王社稷之事，了了如目睹。因言史传间，屈者虚者亦甚多。文本曰："吾人冠帔，何制度之异？"对曰："夫道在于方圆之中，仆外服圆而心方正，相时之仪也。"又问曰："衣服皆轻细，何土所出？"对曰："此是上清五铢服。"又问曰："比闻六铢者天人衣，何五铢之异？"对曰："尤细者则五铢也。"谈论不觉日晚，乃别去。才出门而忽不见，文本知是异人。乃每下朝，即令伺之，到则话论移时。后令人潜送，诣其所止。出山亭门，东行数步，于院墙下瞥然而没。文本命工力掘之，三尺至一古墓。墓中无余物，惟得古钱一枚。文本方悟，上青童子是青铜；名元宝，钱之文也；外圆心方，钱之状也；青衣铜衣也；五铢服亦钱之文也；汉时生于吴，是汉朝铸五铢钱于吴王也。文本虽知之，而钱帛日盛，至中书令。十年，忽失古钱所在，文本遂薨。（出《传异志》）

午的时候，他刚睡醒。忽然听见有人敲山亭的院门。煎药的小童通报说：“是上清的童子元宝，到这里来参见。”岑文本天生喜爱道教，就赶紧穿戴好让人请他进来。进来一看，是一位二十岁以下的道士，风度爽朗超逸，衣服也有细微的不同，戴的帽子是浅青色的圆角道士帽，脚上穿的是青色的圆头鞋，他的衣服纤细轻微得像是雾一样，不是世间名贵的丝织品可以比的。岑文本就和他谈话。于是说：“我是上清童子，在汉代的时候就修成了正果。我原来出生在吴地，已经修得了不凝滞道术，所以被吴王进献到宫中，见到汉朝皇帝。汉朝的皇帝有私心，阻遏道教的教导感化，不理解的没有不问我的。我曾经参与筹划，都很通畅，从此以后就比较出名了。从汉文帝、汉武帝到汉哀帝，都对我很好。王莽反叛的时候，到外面去，到哪里都受到人们的喜爱。从汉成帝时开始，我就对人间厌倦了，于是就遗弃形骸成仙了。有时在秦地，有时在楚地，不经常在同一个地方居住，听说你喜欢道教，所以前来拜访。”岑文本问他汉魏齐梁间的君主执政的事情，他都了如指掌，就像是亲眼看见的一样。于是说史书传记中，歪曲的虚妄的也很多。岑文本说：“我们这些人的穿戴，为什么和你的不同呢？”回答说：“道存在方圆之间，我外面的衣服是圆的，但内心是方正的，这是审察时机的准则。”岑文本又问道：“你的衣服都是轻微纤细的，是什么地方制作的呢？”回答说：“这是上清的五铢服。”岑文本说：“以前只是听说过六铢才是仙人的衣服，为什么会有这不一样的五铢服？”回答说：“更为轻微纤细的就是五铢服。”不知不觉谈论到很晚了，道人就告辞离去了，刚出门就突然消失了，岑文本于是知道了他不是一般人。因此每次下朝后都让人等候他的到来，到了就谈论一会儿。后来岑文本偷偷让人送他，来拜访他的住处。出了山亭的门，向东边走了几步，在院墙旁边突然就不见了。岑文本让工人大力挖掘，挖到三尺的时候出现了一个古墓。墓中没有其他东西，只有一枚古钱。岑文本因此明白了，上清童子是青铜，名叫元宝，是钱上的字；外圆内方，是钱的形状；青衣就是铜衣；五铢服也是钱上的文字；汉朝的时候出生在吴地，是汉朝铸造五铢钱的吴王。岑文本虽然知道这些，但是他的钱还是越来越多，做

王清

元和初，洛阳村百姓王清，佣力得钱五镮，因买田畔一枯栗树，将为薪以求利。经宿，为邻人盗斫。创及腹，忽有黑蛇，举首如臂。语人曰："我王清本也，汝勿斫！"其人惊惧，失斤而走。及明，王清率子孙薪之，复掘其根下，得大瓮二，散钱实之。王清因是获利如归，十余年巨富。遂甃钱成形龙，号王清本。（出《酉阳杂俎》）

建安村人

建安有村人，乘小舟往来建溪中，卖薪为业。尝泊舟登岸，将伐薪。忽见山上有数钱流下，稍上寻之，累获数十。可及山半，有大树，下有大瓮。高五六尺，钱满其中。而瓮小欹，故钱流出。于是推而正之，以石楮之，以衣襟贮五百余而归。尽率家人复往，将尽取。既至，得旧路，见大树而亡其瓮。村人徘徊，数日不能去。夜梦人告之曰："此钱有主。向为瓮欹，以五百顾尔正之。余不可妄想也。"（出《稽神录》）

徐仲宝

徐仲宝者，长沙人。所居道南有大枯树，合数大抱。有仆夫洒

官做到中书令。过了十年，他突然丢了那枚古钱，因此就去世了。（出《传异志》）

王清

元和初年，洛阳村的村民王清，因为出卖自己的劳动力获得了五镮钱，因此买了田边的一棵枯了的栗子树，想要把它变成柴火来卖钱。经过一夜，被邻居偷砍。当那个人砍到树干的时候，忽然有一条黑色的蛇，伸出像手臂一样粗的头，对那个人说："我是王清的树，你别砍！"那个人特别恐慌，丢下斧头就走。等到第二天的时候，王清率领他的子孙将它砍成柴火，又深挖它的根部下面，得到了两个大瓦罐，它们里面装满了散钱。王清于是得到了钱财回去了，十多年以后成为了特别富有的人。后来，瓦罐里钱砌成了龙的形状，叫作"王清本"。（出《酉阳杂俎》）

建安村人

建安村有一个村民，划着小船在建溪上来来去去，卖柴谋生。曾经停船登上岸边，将要砍柴的时候，忽然看见山上有很多钱随着水往下流，逐渐向上找寻，累计获得了几十钱。大约到了半山腰，发现有一棵大树，下面有一个大瓦罐，高五六尺，中间被钱填满了，但是瓦罐稍稍有些倾斜，所以钱从里面流淌出来了。这个人于是将它推正了，用石头支撑住。就用衣服包裹了五百多钱回去了。将他的家人都带回到那个地方，想要将那些钱全都拿走。等到了那儿的时候，找到之前的那条路，看见了那棵大树但却不见那个大瓦罐。这个村民来来回回寻找，几天都没有离去。夜里面梦见有人告诉他说："这个钱有它的主人，之前因为瓦罐歪了，所以用五百酬谢你将它推正，其他的钱你不能妄想得到。"（出《稽神录》）

徐仲宝

徐仲宝是长沙人，他所居住的地方的路的南边有一棵非常大的扫其下，沙中获钱百余，以告仲宝。仲宝自往，亦获数百。自尔每须钱，即往扫其下，必有所得。如是积年，凡得数十万。仲宝后至扬都，选授舒城令。暇日，与家人共坐地中，忽有白气甚劲烈，斜飞向外而去。中若有物，其妻以手攫之，得一玉蛱蝶。制作精妙，人莫能测。后为乐平令，家人复往，于厨侧鼠穴中，得钱甚多。仲宝即率人掘之，深数尺，有一白雀飞出，止于庭树。其下获钱至百万，钱尽，白雀乃去，不知所之。（出《稽神录》）

邢氏

建业有库子姓邢，家贫。聚钱满二千，辄病，或失去。其妻窃聚钱，埋于地中。一夕，忽闻有声如虫飞，自地出，穿窗户而去，有触墙壁坠地者。明日视之，皆钱。其妻乃告埋瘗之处，发视皆亡矣。邢后得一自然石龟，其状如真，置庭中石榴树下。或见之曰："此宝物也。"因收置筐箧中。自尔稍充足，后颇富矣。（出《稽神录》）

林氏

汀州有林氏，其先尝为郡守，罢任家居。一日，天忽雨钱，充积其家。林氏乃整衣冠，仰天而祝曰："非常之事，必将为祸。于此速止，林氏之福也。"应声则止。所收已巨万，至今为富人云。（出《稽神录》）

枯树，粗得要好几个人合抱。有一个仆人在它下面洒水打扫，在沙里面获得了一百多钱，把这件事告诉了徐仲宝。徐仲宝亲自前往，也得到了几百钱。从此以后，他们每次需要钱的时候，就前去大树下面打扫，一定会有收获。就这样过了一年，一共得到了几十万钱。徐仲宝后来到了扬州，被推选为舒城县令。在空闲的时候，和家人一起坐在院中，忽然有一道非常强烈的白气斜着向院外飞出去，中间好像有什么东西，他的妻子用手抓取，得到了一个玉蝴蝶。它的做工精巧，是人工制作所不能达到的。后来徐仲宝担任乐平县的县令，他的家人又要跟着前去，离开时在灶房一旁的老鼠洞中得到了很多钱。徐仲宝就带人挖掘，深达好几尺，有一只白色的鸟雀从里面飞出来，停在庭院中的树上，在它的下面挖到的钱达到了上百万，钱挖完了，那只白色的鸟雀也离开了，不知道去了哪里。（出《稽神录》）

邢氏

建业有一个管理官库的人姓邢，他的家里很是贫穷。只要聚集的钱财到了两千钱的时候，他就会生病，或者钱就会不见了。他的妻子就偷偷地聚集钱财，把它埋在地下。一天晚上，忽然听到有飞虫的声音，从地里出来，穿过窗户飞出去了，有撞到墙壁坠落在地下的。第二天前去查看，发现都是钱。他的妻子于是告诉了他埋钱的地方，等挖出来的时候，发现它们都不见了。姓邢的人后来得到一个自然天成的石龟，它的形状像是真的一样，放在庭院中的石榴树下。有人看见它说："这是宝物。"于是将它放在箱子里。从此以后，他们的生活逐渐充裕了，后来变得比较富足了。（出《稽神录》）

林氏

汀州有一位姓林的人，他的祖先曾经是郡守，卸任后一直住在家中。一天，天上突然下起了钱，钱堆满了他的家。姓林的人于是整理衣服，仰头向天祝祷说："这是不寻常的事情，一定会制造出祸端，到这里就停止吧，这将会是林氏的福气。"他的话说完之后，钱就停止了。他家所接受的已经不可计数，至今还是富人。（出《稽神录》）

曹真

寿春人曹真，出行野外，忽见坡下有数千钱。自远而来，飞声如铃。真逐之，入一小穴，以手掬之，可得数十而已。又舒州桐城县双戌港，有回风卷钱，经市而过。市人随攫其钱，以衣襟贮之。风入古墓荆棘中，人不能入而止。所得钱，归家视之，与常钱无异。而皆言亡八九矣。（出《稽神录》）

奇物

徐景

晋时有徐景，于宣阳门外得一锦麝襆。至家开视，有虫如蝉。五色，后两足各缀一五铢钱。（出《酉阳杂俎》）

中牟铁锥

中牟县魏任城王台下池中，有汉时铁锥，长六尺，入地三尺，头西南指，不可动。（出《酉阳杂俎》）

毒槊

南蛮有毒槊，无刃，状如朽铁，中人无血而死。言从天雨下，入地丈余，祭地方掘入。蛮中呼为铎刃。（出《酉阳杂俎》）

集翠裘

则天时，南海郡献集翠裘，珍丽异常。张昌宗侍侧，则天因以赐之。遂命披裘，供奉双陆。宰相狄仁杰，时入奏事。则天令

曹真

寿春有一个叫曹真的，在野外行走，忽然看见土坡的下面有几千钱从远处飞来，飞动的响声像是铃声，曹真见状就追着它们跑，进到一个小的洞穴中，用手去抓，只得到了几十钱罢了。又有一回，在舒州桐城县双戌港，有回旋的风卷着钱财，经过集市，集市中的人就跟着它抓钱，用衣服储藏。风进入古墓荆棘，人不能进去，就停止了。他们回家检视所得的钱财，发现和平常的钱没有什么不一样，但是都说自己抓取的钱少了十分之八九。（出《稽神录》）

奇物

徐景

晋代有一个徐景，在宣阳门外面得到了一个绣着花散着香味的包裹，到家的时候，看见里面有一只长得像蝉的虫子，是彩色的，后面的两只脚各自缀了一枚五铢钱。（出《酉阳杂俎》）

中牟铁锥

中牟县曹魏任城王台下面的池子中，有一个汉代时的铁锥，长有六尺，在地里埋了三尺，头向西南，不能够移动。（出《酉阳杂俎》）

毒槊

南蛮有一个有毒的长矛，没有开刃，它的形状像是烂铁。被刺中的人，不出血就会死。说它是跟着雨从天上下来的，插入地里一丈多，祭祀之后才挖出来，南蛮的人称它为“铎刃”。（出《酉阳杂俎》）

集翠裘

武则天统治的时候，南海郡献上了一个集翠裘。这个集翠裘非常珍贵美丽。张昌宗随侍在她的身旁，武则天就将集翠裘赏赐给了升坐，因命仁杰与昌宗双陆。狄拜恩就局，则天曰："卿二人赌何物？"狄对曰："争三筹，赌昌宗所衣毛裘。"则天谓曰："卿以何物为对？"狄曰，指所衣紫絁袍曰："臣以此敌。"则天笑曰："卿未知。此裘价逾千金。卿之所指，为不等矣。"狄起曰："臣此袍，乃大臣朝见奏对之衣；昌宗所衣，乃嬖幸宠遇之服。对臣此袍，臣犹怏怏。"则天业已处分，遂依其说。而昌宗心赧神沮，气势索寞，累局连北。狄对御，就脱其裘，拜恩而出。至光范门，遂付家奴衣之，促马而去。（出《集异记》）

谢灵运须

晋谢灵运须美，临刑，施于南海祇洹寺，为维摩诘须。寺人宝惜，初不亏损。中宗乐安公主，五月斗百草，欲广其物色，令驰取之。又恐他人所得，因剪弃其余。今遂绝。（出《国史累纂》）

开元渔者

开元末，登州渔者，负担行海边。遥见近水烟雾朦胧，人众填杂，若市里者。遂前，见多卖药物，僧道尤众。良久呻，悉无所睹。唯拾得青黛数十，斗许大。亦不敢他用，而施之浮图人矣。（出《逸史》）

他。于是让他披上它，一起玩双陆的游戏。宰相狄仁杰，当时正好进来禀奏。武则天就让他升堂入座，因此命令狄仁杰和张昌宗玩双陆的游戏，狄仁杰于是拜谢恩赐后入局。武则天说："你们两个人赌什么呢？"狄仁杰回答说："我们玩三局，赌张昌宗所穿的集翠裘。"武则天对狄仁杰说："你用什么来赌呢？"狄仁杰指着所穿的紫絁袍说："我用这个。"武则天笑着说："你不知道，这个集翠裘价值超过千金，你所指的紫絁袍，价值和它不对等。"狄仁杰起身说："我这个紫絁袍，是大臣朝见并当面回答皇帝提出问题的时候穿的；张昌宗穿的衣服，是受宠爱的衣服。相比这件衣服，我还觉得怏怏不乐呢。"武则天已经将衣服送出去了，只能依照他说的。张昌宗听了后感到羞愧，神情沮丧，气势也就不盛，每一局都失败。狄仁杰胜出之后，张昌宗脱了他的集翠裘，狄仁杰拜谢武则天之后就出去了。到了范光门，就把衣服送给家中的奴仆穿，策马离开了。（出《集异记》）

谢灵运须

东晋的谢灵运的胡须非常好看，在他被杀前，将胡须施舍给了南海祇洹寺，做成了维摩诘的胡须。寺里面的人非常珍惜，一开始没有任何破损。中宗的乐安公主，在五月的时候斗百草，想要让她的物品种类多一点，就让人赶去拿过来，趁机剪掉多余的，现在他的胡须一根也没有了。（出《国史累纂》）

开元渔者

开元末年，登州有一个打渔的人，背着担子走在海边，远远看见接近水的地方烟雾缭绕，人非常多，像是在集市里，于是就走向前。只见大多数人在卖药，和尚和道士特别多。很久之后发出惊叹，却什么也没看见了。只是捡到几十个青黛，大的有一斗左右。也不敢用在别的地方，就施舍给寺庙了。（出《逸史》）

杨妃袜

玄宗至马嵬驿，令高力士缢贵妃于佛堂梨树之前。马嵬媪得袜一只。过客求而玩之，百钱一观，获钱无数。（出《国史补》）

紫 米

元和八年，大轸国贡碧麦紫米。上异之，翼日，出示术士白元佐、李元戢。碧麦粒大于中华之麦，表里皆碧，香气如粳米。食之令人体轻，久则可以御风。紫米有类巨胜，炊一升，得饭一斗。食之令人髭发缜黑，颜色不老。（出《杜阳杂编》）

嘉陵江巨木

阆州城临嘉陵江。江之浒有乌阳巨木，长百余尺，围将半焉。漂泊摇撼于江波者，久矣，而莫知奚自。阆之耆旧相传云：尧时泛洪水而至，亦靡据焉。襄汉节度使勃海高元裕，大和九年，自中书舍人牧阆中。下车未几，亦尝见之，固以为异矣。忽一日，津吏启事曰："江中巨木，由来东首。去夜无端，翻然西顾。"高益奇之，即与宾寮径往观焉。因广召舟子，洎军吏群民辈，则以大索羁而出之。初无艰阻，随拖登岸。太半之后，屹而不前，虽千夫百牛，莫能引之。人力既竭，复如前时。自是日曝风吹，僵然沙上。或则寺僧欲以为窣堵波之独柱，或则州吏请支分剞劂，以备众材。高以奇伟异常，皆莫之许。每拟还之于江，但虑劳人，逡巡未果。开成三年上元日，高准式行香于开元观，寮吏毕至。高欲因众力，得共牵复其木焉。及至，则又广备縻索，多聚勇力。将作气引拽之际，而巨木因依假籍，若自转移，轻然已复于江矣。拒江尚余尺许，欻然惊进。百支巨索，皆如斩截。其木则沿洄汨没，径去

杨妃袜

玄宗到了马嵬坡的驿站，让高力士在佛堂的梨树前面勒死贵妃。马嵬坡的老妇人捡到了一只袜子，经过的客人请求把玩，一百钱看一次，因此获得了无数的钱财。（出《国史补》）

紫米

元和八年，大轸国进贡了碧麦和紫米，皇上感到很是惊异。第二天展示给术士白元佐、李元戢看。碧麦的颗粒比中华麦的颗粒大，外面和里面都是绿色的，香气和粳米一样，吃完之后会让人的身体轻盈，时间长了就可以乘风行走了。紫米像是黑胡麻，用一升米可以做出来一斗饭，吃它可以让人的胡须和头发都非常黑，容颜不会变老。（出《杜阳杂编》）

嘉陵江巨木

阆州城紧邻嘉陵江，江边有一根大的乌阳木，长一百多尺，周长接近它长度的一半了。它在江中已经漂流很久了，但是没有人知道它从哪里来。阆州的老人们传说是在尧帝的时候发大水飘过来的，但是也没有根据。襄汉的节度使渤海人高元裕，在大和九年的时候，从中书舍人调任阆州。刚到任没有多长时间，也见到这根木头，就认为它很不寻常。忽然又一天，江边的官员说："江中间的那块大木头，向来是头向东的，昨天夜里无缘无故地就转到了西边。"高元裕更加好奇了，就和自己的宾客幕僚径直前往观看。于是从军队官员到普通百姓，大量地招募划船的人，就用大绳子拴住向岸上拽。刚开始的时候没有任何阻挡，随着人们的拖拽登上岸边。等拽过来一大半后，就停在那里不再向前了，即使有特别多的人，也不能将它拉到岸上。人的力量耗尽了，它就像先前那样了。从此以后，太阳暴晒狂风吹来，它就只能僵硬地躺在沙子上了。有的寺庙里的僧人想要用它来作为佛塔上独立支撑的柱子，有的州官想要把它切割开，用来作为原材料。高元裕因为它雄伟壮观不一般，都没有应允他们。每次都打绝江。上及中流，寂然遂隐。高遣善泅者数辈，遽往观之。江水清澈，毫发可见。善游者熟视而回，皆曰："水中别有东西二木，巨细与斯木无异。适自岸而至者，则南北丛焉。"高顾坐客，靡不骇愕。自是则不复得而见矣。有顷，高除谏议大夫。制到，详其授官之日，即高役功之辰也。向使斯旬朔未获移徙，高之新命既至，则那复留意乎转迁，俾之仍旧。（出《集异记》）

江淮市人桃核

水部员外郎杜涉，尝见江淮市人，桃核扇量米，止容一升。言于九嶷山溪中得。（出《集异记》）

玉龙膏

安南有玉龙膏，南人用之，能化银液。说者曰："此膏不可持北来。苟有犯者，则祸且及矣。"大和中，韩约都护安南，得其膏。及还，遂持以归。人有谓曰："南人传此膏不可持以北，而公持去。得无有悔于后耶？"约不听，卒以归焉。后约为执金吾。是岁算将它送回江中，但是考虑到需要很多劳动力，就犹豫了，总是没有结果。开成三年正月十五这一天，高元裕正式在开元观中烧香，所有的幕僚和官吏都到了，高元裕想要借众人的力量，得以共同牵引木头回到原来的位置。等到他们到达的时候，就又准备了很多绳索，聚集了很多有力气的人。正准备一鼓作气牵引木头的时候，木头却借着人们的力量，好像它自己能够转移一样，轻松地回到江中了。在距离江面还有一尺多的时候，突然间一声巨响，一百根巨大的绳索，就像是被斩断了一样。那根木头就沿着回旋的水流沉没，径直向江的尽头离去了。从上游到中游，突然间安静下来了。高元裕派了好几位擅长游泳的人，立即出发前往查看。江水非常清澈，连一根头发都能看清。擅长游泳的人仔细检查后回来，都说："水里面有东西向的两根木头，它的粗细和这个木头没有什么差异，刚刚从岸边到那里的木头，南北方向立在它们上面。"高元裕环顾在座的人，没有不非常惊讶的。从此以后就不再能够看见了。没过多久，高元裕就被升为谏议大夫。诏令送达，仔细考虑，拜官的那天就是高元裕移动完木头的时辰。如果之前那根木头短时间没有被移动，高元裕的新的任命到了后，那么哪会再次留意那根木头的迁移，只会仍旧让它躺在那里。（出《集异记》）

江淮市人桃核

水部员外郎杜涉，曾经见到江淮地区集市上的人，用半个桃核外壳量米，刚好可以装一升，说他是在九嶷山的溪水中得到这个的。（出《集异记》）

玉龙膏

安南地区有玉龙膏，南方的人用它可以把银子化成液体。说这件事的人说："这个玉龙膏不能够带到北方来，如果有人不听而带来的话，那么祸事就会降临到他的头上。"大和年间，韩约做了安南都护，得到了玉龙膏。等到他任期满回去的时候，就把它带到北方。有人告诉他："南方人传说这个玉龙膏不能够带到北方来，但是你

京师乱，约以附会郑注，竟赤其族。岂玉龙膏之所归祸乎？由士南去者不敢持以北也。（出《宣室志》）

段成式

段成式群从有言，少时尝毁鸟巢，得一黑石，大如雀卵，圆滑可爱。后偶置醋器中，忽觉石动。徐之，见有四足如綖。举之，足亦随缩。（出《酉阳杂俎》）

李德裕

李德裕在文宗武宗朝，方秉相权，威势与恩泽无比。每好搜掇殊异，朝野归附者，多求宝玩献之。常因暇日休浣，邀同列宰辅及朝士晏语。时畏景赫曦，咸有郁蒸之苦。轩盖候门，已及亭午，缙绅名士，交扇不暇。时共思憩息于清凉之所。既延入小斋，不觉宽敞。四壁施设，皆有古书名画，而炎铄之患未已。及列坐开樽，烦暑都尽。良久，觉清飙凛冽，如涉高秋。备设酒肴，及昏而罢。出户则火云烈日，熇然焦灼。有好事者，求亲信察问之。云：此日以金盆贮水，浸白龙皮，置于坐末。龙皮有新罗僧得自海中，海旁居者，得自鱼扈，有老人见而识之，僧知李好奇，因以金帛赎之。又暖金带辟尘簪，皆希世之宝。及李南迁，悉于恶溪沉溺，使昆仑没取之，云在鳄鱼穴中，竟不可得矣。

带去了，难道以后不会后悔吗？”韩约没有听从劝告，最后还是带到北方了。后来韩约做了执金吾，那一年京师出现了叛乱，韩约因为归附了郑注，最后被灭族。这难道不是因为他把玉龙膏带到北方导致的祸患吗？从此到南方去的人不再敢把玉龙膏带回北方了。（出《宣室志》）

段成式

段成式的多位随从讲过：“段成式小的时候曾经捣毁了一个鸟窝，得到一块黑色的石头，大小和鸟蛋一样，非常光滑可爱。后来有一次偶然放进了盛醋的容器中，忽然发现那块石头会自己动。慢慢地，看见他长出了飘带一般的四只脚。把它拿起来，它的脚就会随着缩回去。”（出《酉阳杂俎》）

李德裕

李德裕在唐文宗和唐武宗执政的时候，正掌握着宰相大权，他的势力和恩宠是别人不能够与之相比的。他常常喜欢搜集奇异的东西，朝廷中归附他的人，大多数会求购珍玩献给他。他经常借着休沐的日子，邀请同为宰相的官员和其他朝中官员举行宴会。当时夏天的太阳光亮非常，大家都苦于气压低、湿度大、温度高的天气。等到带篷盖的车在门前等候，已经到了正午，达官贵人们的扇子扇个不停。当时他们都想要在清凉的地方休息，等到被请进小斋之后，不知不觉间就觉得宽敞了很多，四面墙都陈设着古书名画，但是炎夏的苦恼还没有被消灭。等到他们坐下痛饮的时候，所有酷暑的烦恼都消失了。过了很久，他们觉得清冷寒凉，就像已经步入了深秋。摆上了美酒佳肴，等到黄昏才结束。出了小斋大家觉得烈日炎炎，云像火一般，出去像是被火烧焦了。有喜欢多事的人，请自己的亲信前去询问。说：“这一天用金盆盛水，浸泡白龙皮，放在座位的末端。”白龙皮是在大海边住的新罗国的僧人从鱼尾巴上得到的。有的老人看见后就能识别。僧人知道李德裕喜欢奇珍异宝，因此用金帛购买来，还送了一个暖金带和东都平泉庄，去洛城三十里，卉木台榭，若造仙府。有虚槛，前引泉水，萦回疏凿，像巴峡洞庭十二峰九派，迄于海门，江山景物之状。竹间竹径，有平石，以手摩之，皆隐隐云霞龙凤草树之形。有巨鱼肋骨一条，长二丈五尺，其上刻云：会昌二年，海州送到。庄东南隅，即征士韦楚老拾遗别墅，楚老风韵高邈，雅好山水。李居廊庙日，以白衣累擢谏署，后归平泉。造门访之，楚老避于山谷间，远其势也。初，德裕之营平泉也，远方之人，多以土产异物奉之，求数年之间，无所不有。时文人有题平泉诗者："陇右诸侯供语鸟，日南太守送名花。"威势之使人也。（出《剧谈录》）

夏侯孜

夏侯孜为宣宗山陵使。开真陵，用功尤至。凿皇堂，深及袤丈，于坚石中，得折金钗半股。其长如掌，余尚衔石中。工乃扶取以献孜。孜以寝园方近，其事稍异，因隐而不奏。（出《唐阙史》）

严遵仙槎

严遵仙槎，唐置之于麟德殿。长五十余尺，声如铜铁，坚而不蠹。李德裕截细枝尺余，刻为道像，往往飞去复来。广明已来失之，槎亦飞走。（出《洞天集》）

避尘簪，都是稀世珍宝。等到李德裕向南迁徙的时候，都沉入恶溪里了。让昆仑奴沉下去寻找，回答说在鳄鱼的洞穴中，最终也没有找到。

东都的平泉庄，距离洛阳三十里。它里面的花草树木、亭台楼阁，就像是建造出了仙人的府邸。庄里有栏杆，前面援引的泉水，开凿使得水流回旋，像是巴峡的十二峰和流经洞庭湖的长江，到达海口这样的自然景致的情状。竹子中间有小路，中间有平滑的石头，用手去摸，隐约之间能够感受到云霞、龙凤、草树的形态。有一条鱼的肋骨，长达两丈五尺八寸，上面刻着："会昌二年，海州送到"在平泉庄的东南一角，就是隐士左拾遗韦楚老的别墅，韦楚老风度超凡脱俗，喜欢山水。李德裕在朝廷担任着重职时，他从平民多次升官到谏官官署，后来回到平泉。登门造访，韦楚老逃避到山谷里，远离李德裕的势力范围。李德裕刚刚驻扎在平泉的时候，远方的人们多用土特产和奇异的东西送给他，所以在他供职的几年之间，没有什么东西是他没有的。当时有文人写了一首《平泉诗》："陇右诸侯供语鸟，日南太守送名花！"这是李德裕的势力使得人们如此去做的啊！（出《剧谈录》）

夏侯孜

夏侯孜是宣宗时期的山陵使。他负责挖掘真陵的工作，非常认真努力。开凿皇帝的墓室，深度达到一丈深的时候，在坚硬的石头中，得到半只被折断的金钗，它的长度像手掌一样，其他的还被包围在石头中。工匠们于是把它取出来交给夏侯孜。夏侯孜因为这里和陵园很近，这件事又有些不正常，所以隐瞒没有上报。（出《唐阙史》）

严遵仙槎

严遵仙槎，唐代的时候把它放在麟德殿中。长达五十多尺，敲击它的声音像是铜铁一样，坚硬非常，不会被蛀虫侵蚀。李德裕从中截取了一尺多长的细小枝条，将它雕刻成了道士的样子。这个道士常常飞来飞去。广明年间之后，这道士像就不见了，严遵仙槎也飞走了。（出《洞天集》）

卷第四百六 草木一文理木附

木

夫子墓木

鲁曲阜孔子墓上，时多楷木。（出《述异记》）

又曰：曲阜城有颜回墓，上石柟二株，可三四十围。土人云：颜回手植之木。（出《述异记》）

五 柞青梧附说

汉五柞宫，有五柞树，皆连抱，上枝覆荫数十里。宫西有青梧观，观前有三梧桐树。树下有石麒麟二枚，刊其胁为文字，是秦始王骊山墓上物也。头高一丈三尺，东边左脚折，折处有赤如血。父老谓有神，皆含血属筋焉。（出《西京杂记》）

白银树

平原郡高苑城西，晋宁州刺史辟闾允墓，前有白银树

木

夫子墓木

鲁地曲阜的孔子坟墓的旁边，当时种植的大多是楷树。（出《述异记》）

又说："曲阜城有颜回的墓地，上面有两株石柟，有三四十围。当地人说：'这是颜回亲自栽的树。'"（出《述异记》）

五　柞青梧附说

汉代的五柞宫，里面种植了五棵柞树，都是连臂合抱的，上面的枝叶覆盖的树荫可以达到几十里。宫殿的西面有青梧观，庙观的前面有三棵梧桐树，树的下面有两枚石麒麟，在它们的肋骨旁刻上了文字，看后知道是秦始皇骊山墓中的东西。它们的头高达一丈三尺。东边的石麒麟左脚断了，断了的地方有红得像血的东西。乡亲们说它有神灵，都含有血液连着筋骨。（出《西京杂记》）

白银树

平原郡的高苑城的西面，是晋代宁州刺史辟闾允的墓地，墓前二十株。

合离树

终南山多合离树。叶似江离，而红绿相杂。茎皆紫色，气如罗勒。其树直上，百尺无枝。上结藂条，状如车盖，一青一丹，斑驳如锦绣。长安谓之丹青树，亦云华盖树。亦生于熊耳山中。（出《西京杂记》）

玉 树

云阳县界，多汉离宫故地。有树似槐而叶细，土人谓之玉树。扬子云《甘泉赋》云："玉树菁葱。"后左思以为假称珍，盖未详也。（出《国史异纂》）

豫 樟

豫樟之为木也，生七年而后可知也。汉武宝鼎二年，立豫樟宫于昆明池中，作豫樟木殿。（出《述异记》）

荔枝木

南海郡多荔枝树。荔枝为名者，以其结实时，枝条弱而蒂牢，不可摘取，以刀斧劙取其枝，故以为名。凡什具以木制者，率皆荔枝。（出《扶南记》）

酒 树

顿逊国有酒树，如安石榴。华汁停杯中，数日成酒，美而醉人。《博物志》："酒树出典逊国，名榐酒。"（出《扶南记》）

有二十棵白银树。

合离树

终南山有很多合离树，它的叶子很像是江离，颜色是红绿相间。它的茎都是紫色的，气味像是罗勒。它的树干径直向上长，长到一百尺都没有枝条。上面长出繁茂的枝条，样子像是车盖一样，红绿相间的颜色，错杂得像是锦绣一般。长安人叫它丹青树，也有叫它华盖树的。它也会长在熊耳山中。（出《西京杂记》）

玉　树

云阳县的边界，大多是汉离宫的旧址所在地，有长得像槐树但叶子更细的树，当地人叫它玉树。扬子云的《甘泉赋》中说："玉树菁葱。"后来左思认为是珍树，大概是对这种树不了解的原因。（出《国史异纂》）

豫　樟

想要分辨出是枕木和樟木，等它长到第七年后就可以知道了。汉武帝宝鼎二年，在昆明池中建了一个豫樟宫，构筑了豫樟木殿。（出《述异记》）

荔枝木

南海有很多荔枝树。之所以叫它荔枝，是因为它结果子的时候，枝条非常柔弱，但是根蒂非常牢固，不能够摘下，只能用刀或斧头斩下枝条，所以叫这个名字。凡是用木头制作的东西，大多数是荔枝木。（出《扶南记》）

酒　树

顿逊国有一种酒树，就像是安石榴树。它的花的汁水倒进杯子里，几天后就会成为酒水，味道很美而且会让人喝醉。《博物志》中

娑罗绵树

黎州通望县，有销樟院，在县西一百步，内有天王堂。前古柏树，下有大池。池南有娑罗绵树，三四人连手合抱方匝。先生花而后生叶，其花盛夏方开，谢时不背而堕，宛转至地。其花蕊有绵，谓之娑罗棉。善政郁茂，违时枯凋。古老相传云：是肉齿和尚住持之灵迹也。县界有和尚山和尚庙，皆肉齿也。（出《黎州通望县图经》）

刺 桐

苍桐不知所谓，盖南人以桐为苍梧，因以名郡。刺桐，南海至福州皆有之，丛生繁茂，不如福建。梧州子城外，有三四株，憔悴不荣，未尝见花。反用名郡，亦未喻也。（出《岭南异物志》）

黄漆树

日济国西南海中，有三岛，各相去数十里。其岛出黄漆，似中夏漆树。彼土六月，破树腹，承取汁，以漆器物，若黄金，其光夺目。（出《洽闻记》）

木兰树

七里洲中，有鲁班刻木兰为舟，舟至今在洲中。诗家所云木兰舟，出于此也。木兰洲在浔阳江中，多木兰树。昔吴王阖闾，植木

说："酒树出自典逊国，名字叫榐酒。"（出《扶南记》）

娑罗绵树

黎州的通望县，有一个销樟院，在通望县的西边一百步的地方，里面有一个天王堂。前面有一株古柏，它的下面有一个大池塘。池塘的南边有娑罗绵树，三四个人拉着手合抱才能围过来。它先开花后长叶。它的花盛夏才开，花落的时候花瓣不相互离开就落下，翩然旋转后落到地上。它的花朵里面有像蚕丝结成的团一般的东西，所以叫它娑罗绵树。遇到治世的时候就郁郁葱葱，遇到乱世的时候就枯萎凋零。有一个古老的传说：这是肉齿和尚住持显灵的事迹。通望县的县界里的和尚山和和尚庙，都是用肉齿作名字的。（出《黎州通望县图经》）

刺桐

不知道苍桐郡是因为什么而得名，大概是南方人将桐树作为苍梧，因此用它来作为郡的名字。刺桐，南海到福州都有，它们聚集和繁盛程度都不如福建。梧州的子城外面，有三四棵这样的树，但是很不茂盛，没有见过它开花，反而用它作为郡的名字，这也让人不太理解。（出《岭南异物志》）

黄漆树

日济国西面的南海中，有三座岛，各自相距几十里。这些岛上出产黄漆，像是华夏中原的漆树。在这片土地上到了六月，就会割破树干，收取树的汁液，用它涂在器物上。涂完器物就像是黄金一样，它的光芒很耀眼。（出《洽闻记》）

木兰树

七里洲中，有一只鲁班用木兰树制作的船。那条船到现在还在洲中。诗人们所说的木兰舟，就是从这里来的。木兰洲在浔阳江里，

兰于此，用构宫殿也。（出《述异记》）

椰子树

椰子树，亦类海棕。实名椰子，大如瓯盂。外有粗皮，如大腹子；次有硬壳，圆而且坚，厚二三分。有圆好者，即截开头，砂石摩之，去其皴皮，其烂斑锦文，以白金装之，以为水罐子，珍奇可爱。壳中有液数合，如乳，亦可饮之而动气。（原缺出处，今见《岭表录异》）

菩提树自此木下，凡二十三种木，并见《酉阳杂俎》

菩提树，出摩伽陀国，在摩诃菩提树寺，盖释迦如来成道时树，一名思惟树。茎干黄白，枝叶青翠，经冬不凋。至佛入灭日，变色凋落，过已还生。此日国王人民，大小作佛事，收叶而归，以为瑞也。树高四百尺，下有银塔，周回绕之。彼国人四时常焚香散花，绕树下作礼。唐贞观中，频遣使往，于寺设供，并施袈裟。至高宗显庆五年，于寺立碑，以纪圣德。此树有梵名二：一曰“宾拨梨婆力义”，二曰“阿湿曷咃婆刀义”。《西域记》谓之“卑钵罗”。以佛于其下成道，即以道为称，故号“菩提婆刀义”。汉翻为道树。昔中天无忧王翦伐之，令事大婆罗门，积薪焚焉，炽焰之中，忽生两树。无忧王因忏悔，号灰菩提树。遂周以石垣，至赏设迦王。复掘之，至泉，其根不绝。坑火焚之，溉以甘蔗汁，欲其焦烂。后摩揭陀国满胄王，无忧之曾孙也，乃以千牛乳浇之。信宿，树生如旧。更增石垣，高二丈四尺。玄奘至西域，见树出石垣上二丈余。

洲上有很多木兰树。往日的吴王阖闾，就将木兰树种在这个地方，用来建造宫殿。（出《述异记》）

椰子树

椰子树，也像是海棕树。它的果实名字叫椰子，大得像是盆一样。外面有粗砺的外皮，就像大肚皮；外皮下面有硬壳，浑圆且坚硬，厚度有二三分。有长得圆而且好的，就截开它的头，用砂石摩挲，去掉皴裂的皮，它上面斑驳的纹路，用白银点缀一下，就可以变成水罐，珍贵奇异又可爱。硬壳里面有几合汁液，像是乳汁，喝下后也能够提气。（原缺出处，今见《岭表录异》）

菩提树自此木下，共二十三种木，都出自《酉阳杂俎》

菩提树，出产自摩伽陀国，在摩诃菩提树寺中，大概是释迦如来得道的时候的树。另一个名字是思惟树。它的树干是黄白色的，枝叶是青翠的，在冬天不会凋零。等到僧人去世的时候，它就会改变树叶颜色并从树上落下。等到时间过去，它就会重生。在这天，国王和百姓，无论年龄大小都会做佛事，将叶子收集回家。认为这是祥瑞的事情。这棵树高四百尺，下面有银塔环绕着它。那个国家的人四季经常在它的下面烧香散花，围绕着它举行祭礼。唐朝贞观年间，多次派遣使者前去，在寺庙里设立供桌，并且施舍给他们袈裟。到唐高宗显庆五年的时候，在寺庙中设立石碑，来纪念皇帝的功德。这棵树有两个梵名：一个是“宾拨梨婆力义”，另一个是“阿湿曷咃婆刀义”。《西域记》中叫它“卑钵罗”。因为如来佛在它的下面修身成佛，就用佛号称呼它，所以叫“菩提婆刀义”。汉朝翻译成“道树”。昔日中天无忧王砍了它，让寺里的大婆罗门架柴把它烧了，在炽热的焰火中，忽然长出两棵树。无忧王因此悔悟，称呼它“灰菩提树”，于是在它的四周用石头筑成墙。到了赏设迦王的时候，又把它挖开，已经挖到了泉水，但它的根还没有挖完。在坑里点火焚烧，用甘蔗的汁水浇灌，想要让它的根烂掉。后来的摩揭陀国满胄王，是无忧王的

婆罗树

巴陵有寺，僧房床下，忽生一木，随伐随长。外国僧见曰："此婆罗也。"元嘉初，出一花如莲。唐天宝初，安西进婆罗枝。状言："臣所管四镇，有拔汗那，最为密近。木有婆罗树，特为奇绝，不庇凡草，不止恶禽。耸干无惭于松栝，成阴不愧于桃李。近差官拔汗那，使令采得前件树枝二百茎。如得托根长乐，擢颖建章，布叶垂阴，邻月中之丹桂；连枝接影，对天上之白榆。"

独梪树

独梪树。顿丘南有应足山，山上有一树，高十丈余。皮青滑，似流碧，枝干上耸。子若五彩囊，叶如亡子镜。世名之"仙人独梪树"。

波斯皂荚树

波斯皂荚，出波斯国，呼为忽野詹默。拂林呼为阿梨去伐。树长三四丈，围五六尺。叶似拘绿而短小，经寒不凋。不花而实，其荚长二尺，中有隔，隔内各有一子。大如指，赤色，至坚硬。中黑如墨，甜如饴。可啖，亦宜药用。

曾孙，用一千头牛的奶汁浇灌，过了两天，菩提树还是像之前一样繁茂。就又加高了石头围墙，高达两丈四尺。唐玄奘到西域的时候，看见树高出石墙两丈多。

婆罗树

巴陵有一座寺庙，在僧房的床下面，忽然长出一棵树，随时砍伐，随时生长。外国的僧人见到说："这个是婆罗树。"元嘉初年，开出一朵花像是莲花。唐朝天宝初年，安西都护府进献了一个婆罗枝。呈上来的文书说："我所管辖的四个镇，有个叫拔汗那的人，和我非常亲近。这里有一种婆罗树，非常神奇，树下面不生平凡草木，上面不栖息凶恶的禽鸟。它的树干不比松树和桧树差，所构成的阴凉不比桃树和李树差。最近派了拔汗那去，让他采集了这种树枝两百根，如果他们能够在都城生长，在宫阙中开花，散叶而形成的阴影，像是相邻的月亮中的桂树，接连的树枝和阴影，遥对着天上的白榆。"

独桓树

独桓树，顿丘国的南边有一座应足山，山上有一棵树，高有十丈多。它的皮是青色的，很光滑，像是流动的碧玉。它的枝干是向上耸立的，叶子像是亡子镜，世人叫它"仙人独桓树"。

波斯皂荚树

波斯皂荚树，出产自波斯国，他们称它为"忽野詹默"，拂林人称它"阿梨去伐"。这种树高达三四丈，有五六尺粗。它的叶子像拘绿但是叶片短小，经历霜寒但不会凋零，不开花就会结果。它的皂荚长两尺，中间有间隔物质，间隔内分别有一个果实。大小像手指一样，红色的，非常坚硬，中间黑得像墨一般。甜得像糖一般，可以吃，也可以用作药物。

木龙树

徐之高冢城南，有木龙寺。寺有三层砖塔，高丈余。塔侧生一大树，萦绕至塔顶。枝干交横，上平，容十余人坐。枝杪四向下垂，如百子帐。莫有识此木者。僧呼为龙木。梁武曾遣人图写焉。

贝多树

贝多，出摩伽陀国，长六七丈，经冬不凋。此树有三种：一者多罗婆力义多，二者多梨婆力义贝多，三者部婆力义多罗多梨。并书其叶，部阇一色，取其皮书之。“贝多”是梵语，汉翻为“叶”。“贝多婆力义”者汉言“树叶”也。西域经书，用此三种皮叶。若能保护，亦得五六百年。《嵩山记》称贝多叶似枇杷，并谬。交趾近出贝多枝，材中第一。

没 树

没树，出波斯国。拂林呼为阿縒。长一丈许，皮青白色，叶如槐而长，花似橘而大。子黑色，大如山茱萸，其味酸甜，可食。

槃碧穑波树

槃碧穑波树，出波斯国，亦出拂林国。拂林呼为群汉。树长三丈，围四五尺。叶似细榕，经寒不凋。花似橘，白色。子绿，大如酸枣，其味甜腻，可食。西域人压为油，以涂身，可出风痒。

木龙树

在徐之高墓地的城南，有一座木龙寺。寺里面有三层砖砌成的塔，高有一丈多。塔的一侧长了一棵大树，缠绕到了塔的顶部。上面枝干纵横交错，顶部是平的，可以容得下几十个人在上面坐着。四面的枝条向下垂，像是百子帐一样。没有人认识这棵树，僧人们叫它龙木。梁武帝曾经派人画下它。

贝多树

贝多树出自摩伽陀国，高达六七丈，可以历经寒冬而不会凋零。这树有三个品种：一个是多罗婆力义贝多，一个是多梨婆力义贝多，一个是部婆力义多罗多梨。并且可以用它的叶子书写，僧人们都是如此，用它的皮进行书写。“贝多”是梵语，翻译成汉语就是“叶”。“贝多婆力义”就是“树叶”的意思。西域的经书，就是用这三种树的树皮和树叶写成的。如果能够妥善保存，就会保存五六百年。《嵩山记》上说贝多的叶子像是琵琶，这是错的。交趾国进来出产贝多树的树枝，是木材中最好的。

没 树

没树，出产自波斯国。拂林人叫它阿縒。这种树高达一丈左右。它的皮是青白色的，叶子长得像是槐树但比它更长，花朵长得像橘树但比它更大。它的子是黑色的，大小像是山茱萸，它的味道是酸甜的，可以吃。

槃碧穑波树

槃碧穑波树，出自波斯国，拂林国也出产。拂林国的人叫它“群汉”。这种树高三丈，有四五尺粗。叶子像是细榕，可以历经霜寒不凋零。它的花像是橘花，白色。它的果实是绿色的，大得像是酸枣一样，它的味道很甜，可以吃。西域人将它压出油，用来涂在身体上，可以祛除风痒。

齐暾树

齐暾树，出波斯国，亦出拂林，呼为齐匮。阳兮反。树长二三丈，皮青白。花似柚，极芳香。子似杨桃，六月熟。西域人压为油，以煮饼果，如中国之巨胜也。

通脱木

通脱木，如蜱麻。生山侧，花上粉主治恶疮。如空，中有瓤，轻白可爱，女工取以饰物。

山 桂

山桂，叶如麻，细花紫色，黄叶簇生。与慎火草出丹阳山中。

五鬣松

松凡言两粒五粒，“粒”当言“鬣”。段成式修行里私第大堂前，有五鬣松两株，大才如碗。结实，味与新罗者不别。五鬣松皮不鳞。唐中使仇士良水硙亭子，有两鬣皮不鳞者，又有七鬣者，不知自何而得。俗谓孔雀三鬣松也。松命根，下遇石则偃差，不必千年也。

三鬣松

唐卫公李德裕言：三鬣松与孔雀松别。又云：欲松不长，以石抵其直下根，便偃。不必千年方偃。

齐暾树

齐暾树，出产自波斯国，拂林国也出产，他们叫它“齐匳”。这种树高两三丈，树皮是青白色。它的花像柚子花，特别香。它的果实像是杨桃，六月的时候成熟。西域人将它压出油，用来制作饼果，像是中原的黑胡麻。

通脱木

通脱木，像是蓖麻一样，生长在山的一侧，它花上的花粉主治恶疮。通脱木好像是中空的，中间有瓜瓤，非常轻，又特别白，显得很可爱，女子经常将它取出来做成饰物。

山桂

山桂，它的叶子像是麻叶，细小的花是紫色的，一团团生长的叶子是黄色的，和慎火草一样出自丹阳山里。

五鬣松

松树通常会说两粒、五粒，其实“粒”应当说成“鬣”。段成式修筑行里私宅的大堂的前面，就有两株五鬣松，大的才有碗口粗。所结的果实味道和新罗国的没有任何区别。五鬣松的皮不是鳞状的。唐代的宦官仇士良的水磨亭子，有皮不是鳞状的两鬣松，还有一种七鬣松，不知道是从哪里得来的。就是通常所说的孔雀三鬣松。松树的树根就是它的生命根源，下面遇到石头就会停止，大概不需要一千年。

三鬣松

唐卫公李德裕说，三鬣松和孔雀松有一定的区别。又说，想要让松树不长，用石头抵着下面的根部，它就会停止，不用一千年才停止。

鱼甲松

洛中有鱼甲松。

合掌柏

唐太常博士崔石云：汝西有练溪，多异柏。及暮秋，叶敛。俗呼合掌柏。

黄杨木

黄杨木性难长。世重黄杨，以无火。或曰：以水试之，沉则无火。取此木以阴晦，夜无一星，则伐之为枕不裂。

青杨木

青杨木，出峡中。为床，卧之无蚤。

俱那卫

俱那卫，叶如竹，三茎一层，茎端分条如贞桐，花小，类木槲。出桂州。

山 茶

山茶似海石榴，出桂州。蜀地亦有。

夏州槐

夏州唯一邮，有槐树数株。盐州或要叶，行牒求之。

赤白柽

赤白柽出凉州，大者无，灰伤人。灰汁煮铜，可以为银。

鱼甲松

洛水中有鱼甲松。

合掌柏

唐代的太常博士崔石说，汝水的西面有练溪，有很多奇异的柏树，等到秋末的时候，叶子就会收敛，俗称“合掌柏”。

黄杨木

黄杨木天生长得慢，世上的人看重黄杨，是因为它很难着火。有的人说：“用水试一下，沉到水里的就不会有火。砍伐这样的树木需要阴暗的天，夜里面没有一颗星星，那么砍伐它做枕头就不会裂开。”

青杨木

青杨木，出产自峡谷里，做成床，躺在上面不会有跳蚤出现。

俱那卫

俱那卫，它的叶子像柱子一样，三根茎是一层，茎的一端分成条，像贞桐一样，花非常小，类似木槲，出产自桂州。

山 茶

山茶像是海石榴，出产自桂州，蜀地也有。

夏州槐

夏州只有一个邮亭，有几棵槐树，盐州有想要槐树叶的人，就写信相求。

赤白柽

赤白柽出自凉州，大的没有，它的灰可以伤害人，用它的灰汁水

楷木

蜀中有木类柞。众木荣时，如枯枿。隆冬方萌芽布阴。蜀人呼为楷木。

楮

壳田久废，必生构。叶有瓣。大曰楮，小曰构。

文理木凡八种并见《酉阳杂俎》

宗庙文木

宗庙地中生赤木，人君礼各得其宜也。

文木简

齐建元初，延陵季子庙，旧有涌井，井北忽有金石声，掘深二丈，得沸泉。泉中得木简，长尺，广一寸二分。隐起字曰："庐山道士张陵再拜谒。"木坚而白，字色黄。

古文柱

齐建元二年夏，庐陵长溪水冲击山麓崩，长六七尺。下得柱千余根，皆十围，长者一丈，短者八九尺。头题古文，字不可识。江淹以问王俭。俭云："江东不闲隶书，秦汉时柱也。"

三字薪

齐永明九年，秣陵安时寺，有古树，伐以为薪。木理自然有煮制铜器，可以变成银子。

楷木

蜀中有一种树类似柞树，其他树木茂盛的时候，它就像已经枯萎了。等到深冬的时候才发芽和布下阴凉。蜀地的人叫它楷木。

楮

坚硬的田地荒废了很长时间，一定会长出构树。它的叶子有瓣。大的叫楮，小的叫构。

文理木共八种都出自《酉阳杂俎》

宗庙文木

宗庙的地上长出了红木，这是人、君、礼各自相宜的预兆。

文木简

南齐建元初年，延陵的季子庙中，以前的时候有涌井，井的北面忽然听见了金石的声音，向下挖了两丈深，挖到了沸泉。泉中得到了木简，长一尺，宽一寸二分。隐约能够看到上面的字是："庐山道士张陵再拜谒。"木简坚实，是白色的，字的颜色是黄色。

古文柱

南齐建元二年的夏天，庐陵长溪的洪水将山麓冲垮了一段，长六七尺。下面现出了一千多根柱子，都有十围粗，长的有一丈，短的有八九尺。它的顶上题写着古文，字不能够认识。江淹拿着它去请教王俭。王俭说："江东不熟悉隶书，这是秦汉时期的柱子。"

三字薪

南齐永明九年，秣陵有一个安时寺，寺里面有古树，被砍了做柴

“法天德”三字。

天尊薪

唐都官员外陈修古言，西川一县，不记名，吏因换狱卒木为薪，有天尊形像存焉。

太平木

异木。唐大历中，成都百姓郭远，因樵，获瑞木一茎。理成字曰：“天下太平。”诏藏于秘阁。

天王槐

长安持国寺，寺门前有槐树数株。金监买一株，令所使巧工解之。及入内回，工言木无他异。金大嗟惋，令胶之。曰：“此不堪矣，但使尔知予工也。”及别理解之，每片一天王，塔戟成就焉。

色陵木

台山有色陵木，理如绫窠。百姓取为枕，呼为色陵枕。

马文木

凤翔知客郭璩，其父曾主作坊。将解一木，其间疑有铁石，锯不可入。遂以新锯，兼焚香祝之，其锯乃行。及破，木文有二马形，一黑一赤，相啮，其口鼻鬃尾，蹄脚筋骨，与生无异。（出《闻奇录》）

火了。木头的纹理天然形成了“法天德”三个字。

天尊薪

唐朝的官员外陈修古说，四川有一个县，不记得叫什么名字，官吏因为换了狱卒的木头作为柴火，发现上面有天尊像。

太平木

不一样的木头，唐代大历年间，成都的百姓郭远，因为砍柴得到一根祥瑞的木头。上面的纹理天然形成了“天下太平”的字迹，皇帝下令将这根木头藏在秘阁。

天王槐

长安的持国寺寺庙门前有几株槐树，金监买了一株，派出他的能工巧匠们分割它，等到他们分割到内部的时候，回复说木头和其他的没什么区别。金监大呼可惜，让人把它粘合到一起。说：“这棵树已经不行了，不过我这样只是让你们见识见识我的功夫。”等到他用另外一种方法分解，每一片上都有一个天王，塔和戟的形状也是天然形成的。

色陵木

台山有种色陵木，纹理像是轻薄的丝织品构筑的巢穴，百姓将它做成枕头，称呼它为“色陵枕”。

马文木

凤翔的寺庙中接待客人的僧人郭璩，他的父亲曾经管理着一个作坊，有一次将要分割一块木头，那树木的中间怀疑有一块铁石，锯子不能够锯进去。于是又用了一把新锯子，又烧香祝祷，才开始使用那把锯子。等到锯开的时候，才发现木头的纹理有两匹马的形状，一匹黑一匹红，相互啃咬，它们的口鼻鬃尾，蹄脚筋骨，和活的马没什么不一样的。（出《闻奇录》）

卷第四百七　草木二

异木

主一州树

东方荒外，有豫章焉，此树主一州。其高千丈，围百丈。本上三百丈，始有枝条，敷张如帐，上有玄狐黑猿。树主一州，南北并列，面向西南。有九力士，操斧伐之，以占九州吉凶。斫复，其州有福；创者州伯有病；积岁不复者，其州灭亡。“亡”言州伯死，“复”者木创复也。（出《神异经》）

偃桑

东方有树焉，高八十丈，敷张自辅。其叶长一丈，广六七尺，名曰桑。其上自有蚕，作茧长三尺。缫一茧，得丝一斤。有椹焉，长三尺五寸，围如长。桑是偃桑，但树长大耳。（出《神异经》）

不昼木

荒外有火山，其中生不昼之木，昼夜火燃，得曝风不猛，猛

异木

主一州树

东边的荒野上，有一棵豫樟。这棵树主宰着一个州的祸福。它高达一千丈，有一百丈粗。它的枝干朝上三百丈，才会有枝条，伸展出来像是帐子一样。上面有黑色的狐狸和猿猴。这棵树主宰着一个州的祸福，有九个大力士分列南北，面向西南，提着斧子砍伐，来占卜九州的祸福。砍完之后恢复的，那个州就有福；有创伤的话，它的头领就会生病；几年也不能恢复的，那个州就会灭亡。“亡”说的是州的首领去世，“复”说的是树木的创伤平复。（出《神异经》）

偃 桑

东方有一棵树，高达八十丈，树枝张开后互相辅助。它的叶子长一丈，宽有六七尺。名叫桑。它的上面天然生长着蚕，蚕作的茧长达三尺。蚕缫一个茧，可以得到一斤丝。有桑椹，长三尺五寸，它的围长也是一样。这种桑树叫偃桑，比一般的桑树高大。（出《神异经》）

不昼木

荒野外有一座火山，它的中间生长着不昼木，白天黑夜都在燃

雨不灭。（出《神异经》）

蚊子树

有树如冬青，实生枝间，形如枇杷子。每熟即坼裂，蚊子群飞，唯皮壳而已。土人谓之蚊子树。（出《岭南异物志》）

圣鼓枝

含涯县滃水口下东岸，有圣鼓，即杨山之鼓枝也，横在川侧。冲波所激，未尝移动。众鸟飞鸣，莫有萃者。般人误以篙触，必患疟。（出《酉阳杂俎》）

鹿 木

武陵郡北，有鹿木二株，马伏波所种。木多节。（出《酉阳杂俎》）

倒生木

倒生木，此木依山生，根在上。有人触则叶翕，人去则叶舒。出东海。（出《酉阳杂俎》）

黝 木

黝木，节以蛊兽，可以为鞭。（原缺出处，今见《酉阳杂俎》续十）

桄榔树

古南海县有桄榔树，峰头生叶，有面。大者出面，乃至百斛。

烧着，经历暴风也不会变得猛烈。经历大雨也不会被浇灭。（出《神异经》）

蚊子树

有一棵树像是冬青树，它的果实生长在树枝间，外形像枇杷的果实。每次梳头的时候就会裂开，一群蚊子就会从里面飞出来，只剩下了外皮。当地人叫它“蚊子树”。（出《岭南异物志》）

圣鼓枝

含洭县滃水口向下的东岸，有一个圣鼓，就是杨山的鼓枝，横卧在山川的一边。被冲击的波浪激荡，没有移动过。群鸟一起飞鸣，没有能够往上集中的。如果划船的人不小心将撑杆碰到上面，一定会得病的。（出《酉阳杂俎》）

鹿　木

武陵郡的北面，有两棵鹿木，是伏波将军马援栽种的。这种树很多枝节。（出《酉阳杂俎》

倒生木

倒生木，这种树木靠近山生长，根是长在上面的，有人触摸它的叶子就会合上，人离开了它的叶子又会展开。出产自东海。（出《酉阳杂俎》）

黝　木

黝木，它的枝节长得像毒虫猛兽，可以制作成鞭子。（原缺出处，今见《酉阳杂俎》续十）

桄榔树

古代的南海县有桄榔树，在最顶端生长出叶子，树叶上可以生产

以牛乳啖之，甚美。（出《酉阳杂俎》）

怪松

南康有怪松。从前刺史，每令画工写松，必数枝衰悴。后因一客与妓，环饮其下，经日松死。（出《酉阳杂俎》）

枫人种田

岭中诸山多枫树，树老多有瘤瘿。忽一夜遇暴雷骤雨，其树赘则暗长三数尺。南人谓之枫人。越巫云：取之雕刻神鬼，异致灵验。（出《岭表录异》）

枫鬼

《临川记》云：抚州麻姑山，或有登者，望之，庐岳彭蠡，皆在其下。有黄连厚朴，恒山枫树。数千年者，有人形，眼鼻口臂而无脚。人山者见之，或有斫之者，皆出血。人皆以蓝冠于其头，明日看失蓝，为枫子鬼。（出《十道记》）

枫生人

江东江西山中，多有枫木人，于枫树下生，似人形，长三四尺。夜雷雨，即长与树齐，见人即缩依旧。曾有人合笠于首，明日看，笠子挂在树头上。旱时欲雨，以竹刺其头，禊之即雨。人取以为式盘，极神验。枫木枣地是也。（出《朝野佥载》）

面。大一点的可以产出一百斛的面。用牛乳合在一起吃，味道特别好。（出《酉阳杂俎》）

怪松

南康有一棵怪松。以前的刺史每次让画工画这棵怪松的时候，一定会有几棵衰颓。后来因为一个客人和妓女绕着它喝酒，过了一天，松树就死了。（出《酉阳杂俎》）

枫人种田

山岭中各个山有很多枫树。树老了之后有很多瘤。忽然有一天遇到突然的响雷和暴雨。树上的瘤就暗中长了好几尺，南方的人叫它枫人。越地的巫人说，拿它雕刻上神鬼，非常灵验。（出《岭表录异》）

枫鬼

《临川记》上说：抚州的麻姑山，有登上去的人说，往四处望去，庐山、鄱阳湖都在它的下面。山上有黄连、厚朴、恒山枫树。已经长了几千年了，有长得像人形的，有眼睛、鼻子、嘴巴、手臂但是没有脚。进入山的人看到它，或者有人用坚硬的东西击打，都会出血。人们都会用蓝草像戴帽子一样盖在它的头顶，第二天如果看见失去了蓝草，就称为“枫子鬼”。（出《十道记》）

枫生人

在江东江西的山里面，生长着很多枫木人，在枫树下长出来，长得像人，身长三四尺，夜里面下雷阵雨的时候，就会长得和树一样高，见到人就会缩得和之前一样高。曾经有人将竹笠放在它的顶端，第二天再看，竹笠却挂在树头上。干旱的时候想要天下雨，用竹子绑在它的头上，再祈祷一定会下雨。人们把它带回去做式盘，非常灵验。枫树长在种枣子树的地方就会这样。（出《朝野佥载》）

灵 枫

南中有枫子鬼，枫木之老者人形，亦呼为灵枫焉。（出《述异记》）

破木有肉

有人破大木，木中有肉，可五斤，如熟猪肉。（出《稽神录》）

江中枫材

循海之间，每构屋，即命民踏木于江中，短长细大，唯所取，率松材也。彼俗常用，不知古之何人断截。埋泥砂中，既不朽蠹，又多如是。事可异者。（出《岭南异物志》）

河伯下材

中宿县山下有神宇，溱水至此，沸腾鼓怒。槎木泛至此沦没，竟无出者，世人以为河伯下材。（出《酉阳杂俎》）

斗蛟船木

樟木，江东人多取为船。船有与蛟龙斗者。（出《酉阳杂俎》）

交让木

武陵郡记，白雉山有木，名交让。众木敷荣后，方萌芽。亦更岁迭荣也。（出《酉阳杂俎》）

灵 枫

南中有枫子鬼，枫树中年限特别长的可以化成人形的，也叫它“灵枫”。（出《述异记》）

破木有肉

有人砍断大木头，看见木头里面有肉，大约五斤，就像熟了的猪肉。（出《稽神录》）

江中枫材

沿着海岸线之间的地方，每次建筑房屋，就会让村民在江中间踩寻木头，长短粗细，根据自己的需要选取。这些木材都是松树。当地的百姓经常使用，但不知道是古代的哪个人砍断的。将它埋在泥沙里，既不会腐朽生蛀虫，又有这么多，这件事是真的很奇异。（出《岭南异物志》）

河伯下材

中宿县的山下面有一座神庙，溱水流淌到这个地方，就会怒涛汹涌。木筏走到这个地方就会沉下去，最终也不会再次出现，世上的人认为是河伯截下了木材。（出《酉阳杂俎》）

斗蛟船木

樟木，江东的人大多数用它做成船，船有和蛟龙缠斗的。（出《酉阳杂俎》）

交让木

武陵郡有记载，白雉山有名叫交让的树木，在众多其他的树木繁盛之后，它才发芽，也是一年繁盛一次。（出《酉阳杂俎》）

千岁松

《玉策记》称：千岁松树，四边披越，上杪不长。望而视之，有如偃盖。其中有物，如青犬，或如人。皆寿万岁。（出《抱朴子》）

汗杖

东方朔西那汗国回，得声木十枚。帝以赐大臣。人有疾则杖汗，将死则折。里语："生年未半杖不汗。"（出《酉阳杂俎》）

化蝶树

长安城禁苑内一大树，冬月雪中，忽花叶茂盛。及凋落结实，其子光明璨烂，如火之明焉。数日，皆化为红蛱蝶飞去。至明年，唐高祖自唐国入长安。此必前兆也。（出《潇湘录》）

涪水材

梓童郪县，唐大历七年，夏六月甲子，涪水泛溢，流木数千条。梁栋欀桷具备。补内城屋，悉此木。乔林为之记。（出《洽闻记》）

端正树

长安西端正树，去马嵬一舍之程，乃唐德宗皇帝幸奉天，睹其蔽芾，锡以美名。后有文士经过，题诗逆旅，不显姓名。诗曰："昔日偏沾雨露荣，德皇西幸赐嘉名。马嵬此去无多地，合向杨妃冢上生。"风雅有如此焉。（出《抒情诗》）

千岁松

《玉策记》中说：一千岁的松树，四面都会打开下垂，上面的树梢是不会再长的。远看，就像是伞盖一样。它的中间有东西，像是青狗，有的像人，都能够有一万年的寿命。（出《抱朴子》）

汗　杖

东方朔从西那汗国回朝，带回了十根声木。皇帝将它们赐给了大臣。人们有病，声木就会出汗；人们快死了，声木就会折断。乡间有一句话："生年未半杖不汗。"（出《酉阳杂俎》）

化蝶树

长安城的禁苑里面有一棵大树，冬天下雪的时候，花和树叶忽然就茂盛起来了。等到花朵凋零，结出果实的时候，它的果实光芒耀眼，就像是火一般的明亮。过了几天，都化成红蝴蝶飞走了。到了第二年，唐高祖从唐国进入长安，这个一定是它的前兆啊。（出《潇湘录》）

涪水材

梓童郪县，在唐朝大历七年，夏季六月的甲子日，涪水泛滥，江中冲下几千根木头。大大小小做梁做柁的都具备，修补城内的屋舍，都是用这种木材。乔林将它记录下来了。（出《洽闻记》）

端正树

长安西边的端正树，距离马嵬有三十里路，唐德宗临幸奉天的时候，看它非常茂盛，就给它赏了这样的美名。后来有文人经过，在旅馆里写诗，没有留下名字。诗是："昔日偏沾雨露荣，德皇西幸赐嘉名。马嵬此去无多地，合向杨妃冢上生。"这是多么的风雅！（出《抒情诗》）

崇贤里槐

唐陈朴者，元和中，崇贤里此街大门外，有槐树，尝黄昏徙倚窥外。见若妇人及老狐异鸟之类，飞入树中。遂伐视之。树凡三槎，并空中，一槎中有独头栗一百二十一枚，中襁一死儿，长尺余。（出《酉阳杂俎》）

三枝槐

唐相国李石，河中永乐有宅。庭槐一本，抽三枝，直过堂前屋脊，一枝不及。相国同堂昆弟三人，曰石，曰而，皆登宰执；唯福一人，历七镇使相而已。原缺（出处，今见《酉阳杂俎》续十。

瘿 槐

华州三家店西北道边，有槐甚大，葱郁周回，可荫数亩。槐有瘿，形如二猪，相趁奔走。其回顾口耳头足，一如塑者。（出《闻奇录》）

荆根枕

贾人张弘者，行至华岳庙前，忽昏懵，前进不可，系马于一金荆树而酣睡。马惊，拽出树根而走。寤，逐而及之。树根形如狮子，毛爪眼耳足尾，无不悉具。乃于华阴县，求木工修之为一枕，献于庙。守庙者常以匮鏁之。行人闻者，赂守庙者百钱，始获一见。（出《闻奇录》）

崇贤里槐

唐代的陈朴，在元和年间的黄昏的时候，倚在崇贤里这条街的大门看外面的一棵槐树，看见长得像妇人和老狐狸、奇异的鸟儿之类的东西进入了树里面，于是将它砍了检视。树总共有三个分枝，中间是空的，一个分枝中有一百二十个独头栗，中间的襁褓里包着一个已经死去的婴儿，有一尺多长。（出《酉阳杂俎》）

三枝槐

唐代的相国李石，在河中的永乐有一个宅子。庭院中有一棵槐树，抽了三根枝条，有两根枝条径直穿过厅堂前面的屋脊。兄弟有三人，李石和李而都登上了宰相之位，只有李福一个人，只是做过七镇的节度使而已。（出《酉阳杂俎》）

瘿 槐

华州三家店的西北边的道路旁，有一棵特别大的槐树，四周郁郁葱葱，可以遮几亩地。槐树上有瘤，形状像是两头猪。相互奔跑追赶。多次看了他们的口耳头足，就像是塑造出来的一样。（出《闻奇录》）

荆根枕

有个叫张弘的商人，走到华岳庙的前面，忽然就昏昏欲睡、精神恍惚了，不能再前进了，就将马系在一棵金荆树上睡觉了。马忽然受惊了，挣脱树根的束缚离开了。醒了之后，追上了马，树根的形状像是狮子，它的毛、爪子、眼睛、耳朵、脚、尾巴，没有不具备的，于是在华阴县找木工将它加工成一个枕头，将它献给了寺庙。看守寺庙的人经常把它锁在柜子里。路人听说了这件事，贿赂了看守寺庙的人一百钱，才获准看一看。（出《闻奇录》）

五重桑

洛中愿会寺，魏中书侍郎王翊舍宅立也。佛堂前生桑树一株，直上五尺，枝条横绕，柯叶傍布，形如羽盖。复高五尺，又然，凡为五重。每一重，叶椹各异。京师道俗，谓之神桑，观者甚众。帝闻而恶之，以为惑众，命给事黄门侍郎元纪，伐杀之。其日云雾晦冥，下斧之处，流血至地，见者莫不悲泣。（出《洛阳伽蓝记》）

蜻蜓树

昔娄约居常山，据禅座。有一野妪，手持一树，植之于庭，言此是蜻蜓树。岁久芬芳郁茂。有一乌，身赤尾长，常止息其上。（出《酉阳杂俎》）

无患木

无患木，烧之极香，辟恶气。一名噤娄，一名桓。昔有神巫曰瑶毦，能符劾百鬼，擒魑魅，以无患木击杀之。世人竞取此木为器，用却鬼，因曰无患木。（出《酉阳杂俎》）

醋心树

杜师仁尝赁居。庭有巨杏树，邻居老人，每担水至树侧，必叹曰："此树可惜。"杜诘之。老人云："某善知木病，此树有疾，某请治。"乃诊树一处，曰："树病醋心。"杜染指于蠹处尝之，味若薄醋。老人持小钩披蠹，再三钩之，得一白虫，如蝠。乃傅药于疮中。复戒曰："有实，自青皮时，必标之。十去八九，则树活。"如其

五重桑

洛中的愿会寺，是魏朝时候的中书侍郎王翊的家宅。在佛堂前长出了一株桑树，树干向上长了五尺，它的枝条互相缠绕，树叶旁生，形状像是车盖一般。上面再高五尺，又是和之前一样。总共是五层。每一层的叶子和果实都不一样。京城两旁的人们，叫它神桑。观看的人非常多。皇帝听说后非常嫌恶它，认为这是在迷惑百姓，命令给事黄门侍郎元纪，将它砍伐了。这一天云雾笼罩，天地昏暗，斧头砍到的地方，血流到地面上，见到的人没有不悲伤哭泣的。（出《洛阳伽蓝记》）

蜻蜓树

以前娄约居住在常山的时候，坐在座位上。有一个山野中的老妇人，手里拿着一棵树，将它种在庭院里，说这个是蜻蜓树。随着时间的延长，会越来越芬芳繁茂。有一只鸟雀，身体是红的，尾巴很长，经常停在上面休息。（出《酉阳杂俎》）

无患木

无患木，焚烧起来特别香，可以避邪气。一名叫噤娄，一名叫桓。从前有一个神巫叫瑶眊，能够用符咒降服百鬼，擒拿魑魅，用无患木击杀它们。世间的人竞相用这种木材做成器具，用来驱鬼，所以叫“无患木”。（出《酉阳杂俎》）

醋心树

杜师仁曾经租房住，所租的房子庭院中有一棵巨大的杏树。邻居的老人家，每次挑水到它身旁，一定会叹息说：“这棵树很可惜啊！”杜师仁询问他。老人说：“我会给树木看病，这棵树有病，我请求给他医治。”于是诊断树的一个地方，说：“这棵树得的是醋心病。”杜师仁将手放到虫蛀的地方沾染了一下尝了一下，它的味道像是淡醋。老人手里拿着小钩向外钩，再三去钩，钩到一只白虫，就像

言，树益茂盛矣。又云："尝见《栽植经》三卷，言木有病醋心者。"（出《酉阳杂俎》）

登第皂荚

泉州文宣王庙，庭宇严峻，学校之盛，冠于藩府。庭中有皂荚树，每州人将登第，则生一荚。以为常矣。梁真明中，忽然生一荚有半，人莫谕其意。乃其年，州人陈逖，进士及第；黄仁颖，学究及第。仁颖耻之，复应进士举。至同光中，旧生半荚之所，复生全荚。其年，仁颖及第。后数年，庙为火焚。其年，闽自称尊号，不复贡士，遂至于今。（出《稽神录》）

辨白檀树

剑门之左峭岩间有大树，生于石缝之中，大可数围，枝干纯白。皆传曰白檀树。其下常有巨虺，蟠而护之，民不敢采伐。又西岩之半，有志公和尚影，路人过者，皆西向擎拳顶礼，若亲面其如来。王仁裕癸未岁入蜀，至其岩下，注目观之，以质向来传说。时值晴朗，溪谷洗然，遂勒辔移时望之。其白檀，乃一白栝树也。自历大小漫天。夹路溪谷之间，此类甚多，安有檀香蛇绕之事？又西瞻志公影，盖岩间有圆柏一株，即其笠首也；两面有上下石缝，限之为身形；斜其缝者，即袈裟之文也；上有苔藓斑驳，即山水之毳文也。方审其非白檀。志公不留影于此，明矣。乃知人之误传者何限哉！（出《玉堂闲话》）

是蝙蝠，就把药放在树疤中。又警戒他说："结果之后，从青皮的时候开始，一定要标记它。去掉它的十分之八九，树就可以存活。"杜师仁像他说的那样去做了，树就变得更加茂盛了。又说："曾经见过三卷《栽植经》，说过树会得醋心病。"（出《酉阳杂俎》）

登第皂荚

泉州的文宣王庙，庭院庄严高大，开办的学校的盛况，在藩府数第一。庭院中有一棵皂荚树，每当州中的人即将要考中时，它就会长出一只皂荚。人们已经将这件事作为平常事了。梁代的真明年间，忽然长出了一只半荚，人们不知道它是什么意思。就是这一年，州里的人陈逖，考中了进士；黄仁颖，考中了学究科。黄仁颖以此为耻，再次参加进士科考试。到同光年间，以前长出半只皂荚的地方，再次长出了一只皂荚。第二年，黄仁颖考中了进士科。后来经过了许多年，寺庙被火焚烧了。那一年，闽地自称尊号，不再推荐人才，一直到今天。（出《稽神录》）

辨白檀树

剑门的左边的峭壁间有一棵大树，生长在石头缝隙之中，大的大约有几围。枝干是纯白色的，大家都传说它是白檀树。它的下面常常有巨蛇，缠绕在它上面保护它，百姓不敢砍伐它。又在西边岩壁的半山腰处，有志公和尚的形象。路人经过的时候，都向西举起手顶礼膜拜，就像亲眼看见了如来一般。王仁裕癸未年进入蜀地，到了这个岩壁下，仔细地观察了下，用来判断之前的传说。当时天气正是晴朗，溪谷就像被清洗过一样，于是勒住马观望了一会儿。那棵白檀树，是一棵白栝树。他亲身经历的事情，大大小小的什么都有。溪谷之间夹杂着道路，这种情况特别多，哪里有散发檀香和大蛇缠绕的事情呢？又向西看志公和尚的影像，就是岩石间有一棵圆柏，就是他戴斗笠的头；它的两边有上下走向的缝隙，限制它的生长变成了志公和尚的身形；斜向走的缝隙，就是袈裟上的纹路了；上面的斑驳的

藟蔓

藤实杯

藤实杯出西域，藤大如臂，叶似葛花，实如梧桐。实成坚固，皆可酌酒。自有文章，映彻可爱。实大如杯，味如豆蔻，香美消酒。士人提酒，来至藤下，摘花酌酒，乃以其实消酲。国人宝之，不传于中土。张骞入宛得之。事在《张骞出关志》。（出《炙毂子》）

钟 藤

松桢，即钟藤也。叶大者，晋安人以为盘。（出《酉阳杂俎》）

人子藤

安南有人子藤，红色，在蔓端有刺，其子如人状。昆仑烧之集象。南中亦难得。（出《酉阳杂俎》）

蜜草蔓

北天竺国出蜜草，蔓生大叶，秋冬不死。因重霜露，遂结成蜜，如塞上蓬盐。（出《酉阳杂俎》）

苔藓，就是山水图画中细小的纹路。于是判断出这并非是白檀树。志公和尚也没有在这个地方留下影像，这下已经明白了。才知道人们的误传是没有边界的。（出《玉堂闲话》）

藟蔓

藤实杯

藤实杯出自西域，它的藤蔓粗得像手臂一样。叶子像是葛花的叶，果实像梧桐。它的果实长成之后非常坚固，都可以用来斟酒。上面自然生成纹路，映衬出它的明澈可爱。它的果实大得像杯子一样，味道像是豆蔻，既有香味也可以解酒。士人拿着酒来到藤蔓下，摘取花朵，然后斟酒，再用它的果实醒酒。西域的人将它作为珍宝，不将它传给中原。张骞进入大宛后将它带回了。这件事在《张骞出关志》中有记载。（出《炙毂子》）

钟藤

松桢，就是钟藤。叶子很大，晋安人将它用作盘子。（出《酉阳杂俎》）

人子藤

安南有一种人子藤，红色，在藤蔓的顶端有刺。它的果实像是人形。昆仑人燃烧它用来召集大象。在安南的中部也很难得到。（出《酉阳杂俎》）

蜜草蔓

北天竺国出产蜜草，它是蔓生植物，叶子很大，秋天和冬天都不会枯萎。因为屡经风霜，于是集结成蜜，就像是边塞地区大地上的盐蓬草。（出《酉阳杂俎》）

胡蔓草

胡蔓草，此草在邕间，丛生。花偏如栀子，稍大，不成朵，色黄白，叶稍异。误食之，数日卒死。饮白鹅白鸭血则解。或以物投之，祝曰："我买你，食之不死。"（出《酉阳杂俎》）

野狐丝

有草蔓生，色白，花微红，大如粟。秦人呼为野狐丝。（出《酉阳杂俎》）

胡蔓草

胡蔓草，这种草生长在邕州之间，它是丛生植物。花朵偏，像栀子花，比栀子花稍稍大一点，不会开成朵状，黄白色，叶子稍稍有些区别。如果不小心吃下去，过了几天就会突然死亡。喝下白鹅和白鸭的血就可以解除。或者用东西投向它，祷告说："我将你买下，吃了别让我死。"（出《酉阳杂俎》）

野狐丝

有一种蔓生植物，白色，花有一点红，大小像是小米一样，秦人叫它野狐丝。（出《酉阳杂俎》）

卷第四百八　草木三

草

柰祇草

柰祇，出拂林国。苗长三四尺，根大如鸭卵。叶似蒜，叶中心抽条甚长。茎端有花六出，红白色，花心黄赤。不结子。其草冬生夏死，与荠麦相类。取其花，压以为油，涂身，除风气。拂林国王及国内贵人用之。（出《酉阳杂俎》）

三赖草

曹州及扬州淮口，出夏梨三赖草。如金色，出于高压。魅药中最切用。（出《酉阳杂俎》）

席箕草

席箕一名塞芦，生北胡地。古诗云："千里席箕草。"（出《述异记》）

草

柰祇草

柰祇草，出产自拂林国。草的高度可以达到三四尺，它的根部大得像鸭蛋一般，叶子像是蒜叶，叶子的中心抽出的叶条特别长。茎叶的顶端会开出六瓣花，颜色有红有白，花蕊的颜色是橙红色。它不会结果实。它的草叶冬天生长、夏天死亡，和荞麦相似。拿它的花压榨成油，涂在身上，可以祛除风寒。这是拂林国的国王和王公贵族们使用的。（出《酉阳杂俎》）

三赖草

曹州和扬州的淮河入口，出产夏梨三赖草。就像金子的颜色。出自高高的悬崖。最适合做迷药。（出《酉阳杂俎》）

席箕草

席箕别名塞芦，长在北边胡人的地域。古诗中说：“千里席箕草。”（出《述异记》）

护门草

常山北有草，名护门。置诸门上，夜有人过，辄叱之。（出《酉阳杂俎》）

仙人绦

衡岳出仙人绦。无根，多生石上。状如带，三股，色绿。亦不常有。（出《酉阳杂俎》）

合离草

合离，根如芋魁，有游子十二环之，相须而生。而实不连，以气相属。一名独摇，一名离母。若土人所食者，呼为“赤箭”矣。（出《酉阳杂俎》）

老鸦笊篱草

老鸦笊篱，叶如牛蒡而狭。子熟时，色黑。状如笊篱。（出《酉阳杂俎》）

鬼皂荚

鬼皂荚，生江南地泽，如皂荚，高一二尺。沐之长发，叶亦去衣垢。（出《酉阳杂俎》）

青草槐

龙阳县裨牛山南，有青草槐。丛生，高尺余。花若金灯，仲夏发花。（出《酉阳杂俎》）

铜匙草

铜匙草，生水中，叶如剪刀。（出《酉阳杂俎》）

护门草

常山的北边有一种草，名字叫护门草。把它放在各个门上面，夜里有人经过的时候，就会叱责他。（出《酉阳杂俎》）

仙人绦

衡山出产仙人绦。没有根，大多生长在石头上。形状像是带子一般，总共有三股，是绿色的，也不常见。（出《酉阳杂俎》）

合离草

合离草，根长得像芋头的块茎，有十二个“游子”环绕着它。它们是被根须相互连接在一起的，其实它们并不互相连接，只是气势相互连接。一个名叫独摇，另一个名叫离母。就像当地人吃的东西，只是被称作“赤箭”而已。（出《酉阳杂俎》）

老鸦笊篱草

老鸦笊篱草，叶子长得像牛蒡，但是比牛蒡狭长。它的果实成熟的时候，颜色是黑的，样子像是笊篱。（出《酉阳杂俎》）

鬼皂荚

鬼皂荚，生长在江南的沼泽里，就像是皂荚树一样，高一两尺。可以用它来洗头发，它的叶子也能够祛除衣垢。（出《酉阳杂俎》）

青草槐

龙阳县的裨牛山的南边，有青草槐。它是丛生植物，高有一尺多。它的花像是金色的灯，仲夏的时候开花。（出《酉阳杂俎》）

铜匙草

铜匙草，生长在水中，叶子和剪刀一样。（出《酉阳杂俎》）

水耐冬

水耐冬，此草终冬在水不死。段成式城南别墅池中有之。（出《酉阳杂俎》）

三白草

三白草，初生不白。入夏，叶端方白。农人候之莳田。三叶白，草毕秀矣。其叶似署预。（出《酉阳杂俎》）

无心草

蚍蜉酒草，一曰鼠耳，像形也。亦曰无心草。（出《酉阳杂俎》）

盆甑草

盆甑草，即牵牛子也。秋节后断之，状如盆甑。其中有子，似龟蔓署预。（出《酉阳杂俎》）

女 草

葳蕤草，一名丽草，亦呼为女草。江湖中呼为娃草。美女曰娃，故以为名。（出《酉阳杂俎》）

媚 草

鹤子草，蔓生也。其花曲尘色，浅紫蒂，叶如柳而短。当夏开花，又呼为“绿花绿叶”。南人云是媚草。采之曝干，以代面靥。形如飞鹤，翅尾觜足，无所不具。此草蔓至春生双虫，只食其叶。越女收于妆奁中，养之如蚕，摘其草饲之。虫老不食，而蜕为蝶，赤黄色。妇女收而带之，谓之媚蝶。（出《岭表录异》）

水耐冬

水耐冬，这种草整个冬天泡在水里都不会死。段成式城南别墅的池塘中有这样的草。（出《酉阳杂俎》）

三白草

三白草，刚刚长出来的时候一点也不白。进入夏天的时候，它的叶子顶端才开始发白。农民到这个时候才将它移植到田里。等到所有的叶子变白的时候，它的花就会全开了。它的叶子长得像山药。（出《酉阳杂俎》）

无心草

蚍蜉酒草，又叫鼠耳草，是因为像鼠耳的形状。也叫无心草。（出《酉阳杂俎》）

盆甑草

盆甑草，就是牵牛子。中秋节之后将不再生长，长得像是盆甑。它的中间有果实，像是龟蔓草和山药。（出《酉阳杂俎》）

女 草

葳蕤草，又叫丽草，也叫女草。江湖中叫它娃草。美丽的女子叫“娃”，所以叫这个名字。（出《酉阳杂俎》）

媚 草

鹤子草，是蔓生植物。它的花朵是淡黄色的，花蒂是浅紫色的。叶子像柳叶一般，但是比柳叶短。在盛夏的时候开花，又被称为“绿花绿叶”。南方的人叫它媚草。将它采收之后晒干，用来代替面部涂点的妆饰。它的样子像是飞鹤，翅膀、尾巴、嘴巴、脚，没有不具备的。这种蔓草到春天的时候生双虫，只吃它的叶子。越地的女子将它收在妆奁中，像养蚕一样养它，摘这种草来饲养它。这种虫老了之后

醉草

《尸子》：赤县洲为昆仑之墟。其东则卤水岛。山左右，玉红之草生焉。食其一实，醉卧三百岁。（出《文枢镜要》）

舞草

舞草出雅州，独茎三叶，叶如决明。一叶在茎端，两叶居茎半，相对。人或近之则歆；抵掌讴曲，则摇动如舞矣。（出《酉阳杂俎》）

相思草

秦赵间有相思草。状若石竹，而节节相续。一名断肠草，又名愁妇草，亦名孀草，又呼为寡妇莎。盖相思之流也。（出《述异记》）

无情草

左行草，使人无情。范阳长贡。（出《酉阳杂俎》）

忘忧草

萱草一名紫萱，又名忘忧草。吴中书生谓之疗愁。嵇康《养生论》云："萱草忘忧。"（出《述异记》）

睡草

桂林有睡草，见之则令人睡。一名醉草，亦呼懒妇箴。出《南海地记》。（出《述异记》）

就不再吃东西了，转而蜕变成蝴蝶，颜色赤黄。妇女们就会把它收带在身上，叫它媚蝶。（出《岭表录异》）

醉 草

《尸子》中记载道：赤县洲是在昆仑山旁边的土丘。在山的两旁，生长着玉红色的草。吃了它的一颗果实，就会醉倒，睡上三百年。（出《文枢镜要》）

舞 草

舞草出产自雅州。只长着一根茎、三片叶子，叶子长得像决明子的叶子。一片叶子长在茎的顶端，其他两片相对着长在茎的半腰部分，人如果靠近它，它就会倾斜，如果用掌心抵在上面唱歌，它就会摇晃起来，就像是跳舞一样。（出《酉阳杂俎》）

相思草

秦赵之间有相思草，长得像石竹一样，并且一节节是连续的。一个名字叫断肠草，又叫愁妇草，也叫霜草，又被称为寡妇莎。大概是因为它们都有相思的意思。（出《述异记》）

无情草

左行草，会让人变得无情。范阳经常会上贡。

忘忧草

萱草，另外一个名字叫作紫萱，又叫忘忧草。吴地的书生叫它疗愁。嵇康的《养生论》中说："萱草忘忧。"（出《述异记》）

睡 草

桂林有一种睡草，见到它就会让人睡觉。又有一个名字叫醉草。也被称作懒妇箴，出自《南海地记》。（出《述异记》）

千步香草

南海出百步香，风闻于千步也。今海隅有千步香，是其种也。叶似杜若，而红碧间杂。《贡籍》云：“日南郡贡千步香。”（出《述异记》）

麝 草

龟甲香即桂香。善者紫术香。一名金杜香，一名麝草香。出苍梧桂林二郡界。今吴中有麝草，似红而甚芳香。（出《述异记》）

治蛊草

新州郡境有药，土人呼为吉财。解诸毒及蛊，神用无比。昔有人尝至雷州，途中遇毒，面貌颇异，自谓即毙。以吉财数寸饮之，一吐而愈。俗云：昔人有遇毒，其奴吉财得是药，因以奴名名之。实草根也，类芍药。遇毒者，夜中潜取二三寸，或判或磨，少加甘草，诘旦煎饮之，得吐即愈。俗传将服是药，不欲显言，故云潜取，而不详其故。或云：昔有里媪病蛊，其子为小胥，邑宰命以吉财饮之，暮乃具药。及旦，其母谓曰：“吾梦人告我，若饮是且死，亟去之。”即仆于地。其子又告县尹，县尹固令饮之，果愈。岂中蛊者亦有神，若二竖哉？（出《投荒杂录》）

蛇衔草

《异苑》云：昔有田父耕地，值见伤蛇在焉。有一蛇，衔草著疮上，经日伤蛇走。田父取其草余叶以治疮，皆验。本不知草名，

千步香草

南海出产百步香草，迎风可以在千步之外闻到。现在的海边有千步香，是它的种子。叶子像是杜若，红绿相间。《贡籍》中说："日南郡进贡千步香。"（出《述异记》）

麝草

龟甲香就是桂香，其中品质好的叫紫术香。一个叫金杜香，一叫麝草香。是苍梧、桂林两个郡的边界出产的。现在的吴地有麝草，颜色像是红色，非常香。（出《述异记》）

治蛊草

新州郡的境内有药草，当地称呼它吉财。可以解除各种毒性和蛊毒，极具效用。以前有人曾经到雷州，在路上中毒了，面相和平时特别不一样，自己说自己要死了。用了几寸吉财煮水让它喝下去，吐了之后就痊愈了。当地人说，从前有人中毒，他的奴仆吉财得到了这种药，因此用他奴仆的名字给它命名了。其实就是草根，像是芍药一般。中毒的人，在夜里暗中拿取二三寸，剉或者是磨碎，加一点点甘草，等到天亮的时候煎服，如果会吐，就会痊愈。当地人传说将要喝这种药的时候，不要明明白白地说出来，所以说是暗中拿取。但是不清楚它的缘故。有人说："以前有一个乡间的老太太患了病，他的儿子是一个小官，县令让他用吉财煮水喝下去，傍晚的时候就准备好了。等到天明的时候，他的母亲对人说：'我梦见有人告诉我，如果喝这个就会死，要速速离开。'说完就倒在地上了。他的儿子又去告诉县令，县令坚决地让他喝下去，果然痊愈了。"难道中蛊的人也有神灵，就像是病魔吗？（出《投荒杂录》）

蛇衔草

《异苑》中说："以前有一个农民种地，正好看见一只受伤的蛇在那里。有一条蛇，衔着一棵草放在它的伤口处。过了一天，那只受

因以蛇衔为名。《抱朴子》云:“蛇衔能续已断之指如故。”是也。(出《感应经》)

鹿活草

天名精,一曰鹿活草。青州刘炳,宋元嘉中,射一鹿。剖五脏,以此草塞之,蹶然而起。炳密录此草种之,多愈伤折。俗呼为刘炳草。(出《酉阳杂俎》)

解毒草

建宁郡乌句山南五百里,生牧靡草,可以解毒。百卉方盛,乌多误食乌喙。中毒,必急飞牧靡山,啄牧靡以解。(出《酉阳杂俎》)

毒 草

博落回有大毒,生江淮山谷中。茎叶如麻,茎中空,吹作声,如勃逻。故名之。(出《酉阳杂俎》)

蕉毒草

蕉毒草如芋巨,状如雀头。置干地则润,置湿地则干。炊饭时种于灶上,比饭熟,即著花结子。人食之立死。(出《感应经》)

牧麻草

有牧麻草,大毒。有此草,值风吹其气所至,则数里内稻皆伤的蛇离开了。这个农民拿那种草的其他叶子来治疗疮疤，都十分灵验。本来不知道草是什么名字，于是将蛇衔草作为它的名字。《抱朴子》中说：‘蛇衔草能够将已经断了的手指接得和原来的一模一样。’说的就是这种。”（出《感应经》）

鹿活草

天名精，它的另一种叫法是鹿活草。青州的刘炳，在宋朝的元嘉年间，射杀了一只鹿，将它的腹部剖开，取出五脏，并用这种草塞进去，鹿就像跌倒之后突然站起来了。刘炳秘密将这种草收录下来并种上它，治好了很多折断的伤病。因此俗称刘炳草。（出《酉阳杂俎》）

解毒草

在建宁郡的乌句山向南五百里的地方，生长着牧靡草，可以解毒。在百花盛开的时候，鸟雀大多数会因为误吃而中毒，它们会迅速地飞到牧靡山，啄食牧靡草来解毒。（出《酉阳杂俎》）

毒　草

博落回的毒性很强，生长在江淮的山谷中。它的茎叶像是麻的茎叶，根茎的中间是空的，吹奏它可以发出声音就像是勃逻。所以这么给它命名。（出《酉阳杂俎》）

蕉毒草

蕉毒草就像是巨大的芋头，形状长得像鸟雀的头。把它放在干旱的地上，地就会湿润。烧饭的时候就把它种在灶膛上，等到饭煮熟了，就会立即开花结果，人吃了它就会立即死去。（出《感应经》）

牧麻草

有一种牧麻草，毒性非常强。这样的草，会在风将它的气息

即死。李淳风云："其汁本清，得水则稠，见日则湿，入荫即干，在夏欲凉，在冬欲温。"（出《感应经》）

龙刍

东海岛龙驹川，穆天子养八骏处。岛中有草名龙刍。马食之，日行千里。古语："一株龙刍，化为龙驹。"（出《述异记》）

红草

山戎之北有草，茎长一丈，叶如车轮，色如朝霞。齐桓时，山戎献其种，乃植于庭，以表霸者之瑞。（出《酉阳杂俎》）

宫人草

楚中往往有宫人草。状似金盫，而甚芬盫，花似红翠。俗说："楚灵王时，宫人数千，皆多怨旷。有因死于宫中者，葬之，墓上悉生此草。"（出《述异记》）

焦茅

焦茅，高五丈。火燃之成灰，以水灌之，复成茅。是谓灵茅。

销明草

销明草，夜视如列星，昼则光自销灭也。

吹到的几里的地方所有的稻都会死。李淳风说："它的汁液本来是清澈的，遇到水就会变得浓稠，遇见太阳就会湿，到了阴凉的地方就会干，在夏天的时候喜欢阴凉之地，在冬天喜欢温暖。"（出《感应经》）

龙刍

东海海岛上的龙驹川，是穆天子养八匹骏马的地方，海岛中有一种名叫龙刍的草。马吃了它，可以一天奔跑上千里。古人说："吃一株龙刍草，就可以化成龙马。"（出《述异记》）

红草

山戎的北边有一种草，它的根茎长一丈，叶子像车轮一样，颜色像朝霞一般。在齐桓公的时候，山戎献上了它的种子，于是就将它种在庭院里了。用它来代表成就霸业的祥瑞。（出《酉阳杂俎》）

宫人草

楚地到处都有宫人草。它样子像是金橙，并且十分芳香。花像红翠鸟。当地人说："楚灵王的时候，有几千宫女，大多数都感到空虚哀怨。有因为这个死于宫中的，就将她葬埋了，她们的坟墓上长的都是这种草。"（出《述异记》）

焦茅

焦茅，高达五丈，用火烧它会变成灰，用水再浇灌它，会重新变成焦矛，因此叫它灵茅。

销明草

销明草，夜间看它像是天上的群星，等到白天的时候它的光就自行消失了。

黄渠草

黄渠，照日如火，实甚坚。内食者，焚身不热。

闻遐草

闻遐草，服者轻身。叶如桂，茎如兰。其国献根，植之多不生实，草叶多萎黄。诏并除焉。焦茅、销明、黄渠、闻遐四种，并出王子年《拾遗记》

始皇蒲

齐南城东有蒲台，秦始皇所顿处。时始皇在台下，萦蒲以系马。至今蒲生犹荣，俗谓之秦始皇蒲。（出《殷芸小说》）

梦 草

汉武时，异国献梦草，似蒲。昼缩入地，夜若抽萌。怀其草，自知梦之善恶。帝思李夫人，怀之辄梦。（出《酉阳杂俎》）

汉武牧马草

汉武于湖中牧马处，至今野草皆有嚼啮之状。湖中呼为马泽，泽中有汉武弹棋方石，上有勒铭焉。（出《述异记》）

水网藻

汉武昆灵池中，有水网藻。枝横倒水上，长八九尺，有似网目。凫鸭入此草中，皆不得出。因名之。（出《酉阳杂俎》）

黄渠草

黄渠草，在阳光的照耀下就像是火一般，它的果实特别坚硬，将它吃下去的人，即使被烈火焚烧身体也不会觉得热。

闻遐草

闻遐草，吃下它的人身体会变得轻盈。它的叶子长得像桂树的叶子，根茎长得像是兰草。它的出产国进献了它的根，栽种它大多不会结出果实，这种草的叶子大多数枯萎发黄。皇帝下诏将它们一并除去了。焦茅、销明、黄渠、闻遐四种，并出王子年《拾遗记》

始皇蒲

齐南城东有一个名叫蒲台的地方，它是秦始皇驻留过的地方。当时秦始皇在台下，用蒲草来拴马。到现在蒲草还是生机勃勃，当地人称它为秦始皇蒲。（出《殷芸小说》）

梦　草

汉武帝的时候，别国向汉朝进献梦草，它长得像蒲草一样。它在白天的时候缩到地里，在晚上的时候才重新萌芽。怀里揣着这种草，就会知道自己梦里景象的好坏。汉武帝思念李夫人，抱着它就能梦见李夫人了。（出《酉阳杂俎》）

汉武牧马草

汉武帝在湖中放马的地方，到现在那里的野草还有被马嚼食过的痕迹。湖中地区的人叫它马泽。马泽里有汉武帝下棋的方石头，上面还有铭文。（出《述异记》）

水网藻

汉武帝的昆灵池中，生长着水网藻。它的枝丫杂乱地倒在水上，长有八九尺，长得像网眼一样。凫水的野鸭进入这种草的中间，都

地日草

南方有地日草。三足乌欲下食此草，羲和之驭，以手掩乌目，食此则闷不复动。东方朔言：为小儿时，井陷，坠至地下，数十年无所寄托。有人引之，令往此草。中隔红泉，不得渡。其人以一只履，因乘泛红泉，得草处，食之。（出《酉阳杂俎》）

书带草

郑司农，常居不其城南山中教授。黄巾乱，乃避。遣生徒崔琰、王经诸贤于此，挥涕而散。所居山下草如薤，叶长尺余许，坚韧异常。时人名作康成书带。（出《三齐记》）

金荅草

晋武帝为抚军时，府内后堂砌下，忽生异草三株。茎黄叶绿，若总金抽翠。花條苒弱，状如金荅。时人未得知是何祥瑞也，故隐蔽，不听外人窥视。有羌人姓姚名馥，字世芬，充厩养马，妙解阴阳之术。云：此草以应金德之瑞。馥年九十岁，姚襄即其祖也。馥好读书，嗜酒，每醉历月不醒。于醉时，好言王者兴亡之事。善戏笑，滑稽无穷。常叹云："九河之水，不足以为蒸薪；七泽麋鹿，不足以充庖俎。"每言凡人禀天地精灵，不知饮酒者，动肉含气耳，何必土木之偶而无心识乎？好啜浊嚼糟，恒言渴于醇酒。群辈常弄狎之，呼为渴羌。及晋武践位，忽见馥立于阶下。帝奇其倜傥，擢为朝歌邑宰。馥辞曰："氐羌异域，远隔风化，得游中华，已为

不能够出去，因为这个给它命名。（出《酉阳杂俎》）

地日草

在南方，有地日草。三只脚的乌鸦想要下来啄食这种草，它被羲和驾驭着，羲和用手遮着它的眼睛，如果它吃了这个就会闷闷地不再想动弹了。东方朔说："我还是小孩子的时候，掉进一口井里，一直落到底下，几十年没有可以寄身的地方。有一个人带领，让我前往有地日草的地方。但那中间隔着红泉，我过不去，那个人用一只鞋当渡船，于是我乘着'鞋船'渡过红泉，到了长地日草的地方，吃下了它。"（出《酉阳杂俎》）

书带草

郑司农，经常居住在不其城的南山中教书。到了黄巾之乱的时候，才隐藏起来。在这个地方遣散他的学生崔琰、王经等各位贤才，挥泪作别。他居住的山下面草长得像是薤一样，叶子有一尺多长，非常坚韧。当时的人叫它康成书带。（出《三齐记》）

金䔲草

在晋武帝还是抚军的时候，他的府衙里后堂的台阶下面，忽然长了三株不一样的草。它们的根茎是黄色的，叶子是绿色的，就像是在金子上抽出来的绿色。枝条柔弱，样子像是金橙。当时的人不知道是什么样的祥瑞的征兆，所以将它隐藏起来了，不让外人看见。有一个名叫姚馥的羌人，字世芬，在马厩中养马，却通晓阴阳术数。他说："这种草对应的福瑞是金德。"姚馥享年九十岁，姚襄就是他的祖先。姚馥喜欢读书，喜欢喝酒，每次喝醉了过一个月都不会醒来。在他喝醉的时候，喜欢说帝王兴衰的事。擅长开玩笑，特别幽默，经常感叹说："九河里的水，不足以用来蒸饭；七泽地区的麋鹿，不足以用来做菜。"他每次说只要是人，就都承载了天地的精华，不能够喝酒的，只是世间含着一口气的行尸走肉而已，又为什么要做一个殊幸。请辞朝歌之县，长充马圉之役。时赐美酒，以乐余年。”帝曰：“朝歌郡纣之故都，地有酒池，故使老羌不复呼渴。”馥于阶下，高声而应曰：“马圉老羌，渐染皇教，溥天夷貊，皆为王臣。今者欢酒池之乐，受朝歌之地，更为殷纣之比乎？”帝抚玉几大悦，即迁为酒泉太守。其地有青泉，其味如酒。馥乘酒而拜之，遂为善政。民为立生祠。后以府地赐张华，犹有此草。故茂先《金蓥赋》云：“擢九茎于汉庭，美二株于兹馆。贵表祥乎金德，名比类而相乱。”至惠帝咸熙元年，三株草化为树，条叶似杨树，高五尺，以应三杨擅之事。时有杨隽，弟瑶，弟济，号曰“三杨”。醉羌之验也。（出《拾遗录》）

望舒草

晋太始十年，立河桥之岁，有扶支国，献望舒草。其色红，叶如荷。近望则如卷荷，远望则如舒荷，团团如盖。亦云：月出则叶舒，月没则叶卷。植于宫内，穿池广百步，名曰“望舒池”。愍帝之末，胡人移其种于胡中，至今绝矣。其池寻亦平也。（出《拾遗录》）

没有思想的木偶泥塑呢？他喜欢喝浊酒，嚼食酒糟。经常说他因为美酒而干渴。大家经常狎戏他，叫他渴羌。等到晋武帝登基的时候，忽然看见姚馥站在台阶下。晋武帝惊叹他的风度超逸，将他升为朝歌县的县令。姚馥辞谢道："氐羌是异族，和教化相隔，我能够游览中原，已经觉得很是荣幸了。请您允许我辞去朝歌县的县令，让我长期在马厩里喂马。偶尔赏赐我美酒，用来享受剩下的日子。"晋武帝说："朝歌县是商纣王的旧都，地上有酒池，所以可以让老羌不再叫渴。"姚馥在台阶下，高声回应说："养马的老羌，渐渐懂得了皇室的礼数，天下的百姓，都是帝王您的臣子。现今以酒池之乐为喜好的人，在这朝歌的地域，就可以和纣王相提并论吗？"晋武帝抚摸着案几特别开心，就将他改任酒泉太守。他所管辖的地域上有清泉，它的味道就像是酒一般。于是姚馥趁着酒兴拜谢晋武帝。后来姚馥就做了一个勤政利民的好官。百姓为他建了一个生祠，后来晋武帝将他的府邸赐给张华的时候，还有这种草。所以茂先的《金橙赋》中说："擢九茎于汉庭，美二株于兹馆。贵表祥乎金德，名比类而相乱。"到了晋惠帝咸熙元年的时候，三株草化成了树。它的枝条和叶子像是杨树，高达五尺，用来应验三杨擅权的事。当时有杨隽，他的弟弟杨瑶、杨济，号称"三杨"。这是喝醉了的姚馥所说的被应验的事情。（出《拾遗录》）

望舒草

晋朝的太始十年，在修建河桥的那一年，扶支国献上了望舒草。它的颜色是红的，叶子像是荷叶一样。近看就像是卷起来的荷叶，远看就像是舒展的荷叶，圆圆的，像是车盖一般。也有这样的说法：月亮出来的时候叶子就是舒展的，月亮隐去的时候，叶子就是卷曲的。将它种植在宫中，穿过池塘有百步之宽，叫它"望舒池"。在晋愍帝末年，胡人将它的种子移植到西域。这种植物到现在已经绝迹了，那个池子不久也被推平了。（出《拾遗录》）

神 草

魏明时，苑中有合欢草。状如蓍，一株百茎。昼则众条扶疏，夜乃合作一茎。谓之神。（出《酉阳杂俎》）

神草

魏明帝的时候，皇宫御花园里面有合欢草。样子像蓍草，一株有上百根茎。白天的时候各个枝条垂挂得疏密有致，到夜里的时候就变成了一个根茎。因此叫它神草。（出《酉阳杂俎》）

卷第四百九　草木四

草花

旌节花

黎州汉源县有旌节花，去地三二尺，行行皆如旌节也。（出《黎州汉源县图经》）

野悉密花

野悉密出佛林国，亦出波斯国。苗长七八尺，叶似梅，四时敷荣。其花五出，白色，不结子。花开时，遍野皆香，与岭南詹糖相类。西域人常采其花，压以为油，涂甚香滑。

都胜花

都胜花，紫色，两重心，数叶卷上，如芦朵，蕊黄叶细。

草花

旌节花

黎州的汉源县有旌节花，距离地面二三尺，每一行都像是旌节一样。（出《黎州汉源县图经》）

野悉密花

野悉密花是拂林国出产的，波斯国也有产出。它的幼苗长七八尺，叶子长得像梅树的叶子。四季常青。它的花有五个花瓣，白色，不会结果实。当它的花盛开的时候，漫山遍野都会芳香馥郁。和岭南的詹糖相类似。西域的胡人经常采集它的花，将它压榨成油，涂在身上会又香又光滑。

都胜花

都胜花，紫色，两重花瓣，好几片叶子向上卷，像是芦苇花，花蕊是黄色的，叶子非常细。

簇蝶花

簇蝶花，花朵簇一蕊，如莲房，色浅红。出在温州。

茙 葵

茙葵，本湖中葵也，一名胡葵，似葵。大者红，可缉为布。烧作灰，藏大火，久不灭。有重台者。

金灯花

金灯一日九形，花叶不相见。俗恶人家种之，故一名无义草。

金钱花

金钱花，梁时荆州掾属，双六赌金钱，钱尽，以金钱花相足。鱼弘谓得花胜得钱。

毗尸沙花

毗尸沙，一名曰中金钱花。本出外国，梁大同二年来中土。已上七花并（以上七花并出《酉阳杂俎》）

木花

叙牡丹

牡丹花，世谓近有。盖以隋末文士集中，无牡丹歌诗。则杨子华有昼牡丹处极分明。子华北齐人，则知牡丹花亦已久矣。（出《尚书故实》）

又《谢康乐集》，亦言“竹间水际多牡丹”。而隋朝《种植

簇蝶花

簇蝶花，一朵朵花簇拥着一个花蕊，就像是莲蓬一般。颜色是浅红的，在温州出产。

莪 葵

莪葵，原本是胡中地区的葵，另一个名字是胡葵，像是葵花。大一些的颜色是红色，可以织成布。将它烧成灰，可以在里面藏火，历经很长时间也不会熄灭。有复瓣的花。

金灯花

金灯花，另一个名字叫作九形花，花和叶不会同时存在。通常是恶人家种植它，所以另一个名字叫无义草。

金钱花

金钱花，梁朝的时候荆州佐治的官员用双陆赌钱，等钱输光了，就用金钱花相抵。鱼弘说得到花胜过得到钱。

毗尸沙花

毗尸沙花，另一个名字叫中金钱花。本来出在外国，梁朝大同二年来到中原。（以上七花并出《酉阳杂俎》）

木花

叙牡丹

牡丹花，人们说近世才有。大概是因为隋朝末年文人们的诗集里面，并没有有关牡丹的歌和诗。但是杨子华却有将昼牡丹说得极为清楚的相关记录。杨子华是北齐人，于是就知道了他们已经知道牡丹花很久了。（出《尚书故实》）

又《谢康乐集》中也说“竹间水际多牡丹”。隋朝的七十多卷《种

法》七十余卷中，不说牡丹者，则隋朝花药中所无也。（出《酉阳杂俎》）

白牡丹

唐开元末，裴士淹为郎官，奉使幽冀回，至汾州众香寺，得白牡丹一棵。值于长兴私地。天宝中，为都下奇赏。当时名士，有《裴给事宅看牡丹》诗，诗寻访未获。太常博士张乘，尝见裴祭酒说，又房琯有言："牡丹之会，琯不与焉。"（出《酉阳杂俎》）

红紫牡丹

唐至德中，马仆射总镇太原。得红紫二色牡丹，移于城中。元和初犹少，今与戎葵较多少耳。（出《酉阳杂俎》）

正倒晕牡丹

长安兴唐寺，有牡丹一棵，唐元和中，著花二千一百朵。其色有正晕倒晕，浅红深紫，黄白檀等，独无深红。又无花叶中无抹心者。重台花。有花面径七八寸者。（出《酉阳杂俎》）

合欢牡丹

长安兴善寺素师院牡丹，色绝嘉。元和末，一枝花合欢。（出《酉阳杂俎》）

染牡丹花

唐朝韩文公愈，有疏从子侄，自江淮来。年甚少，韩令学院中伴子弟，子弟悉为凌辱。韩知，遂送街西僧院中，令读书。经旬，寺

植法》没有提到牡丹，就说明隋朝的花药中没有牡丹花。（出《酉阳杂俎》）

白牡丹

唐代开元末年，裴士淹作为郎官，奉命出使幽州和冀州回来的途中，到了汾州的众香寺，得到了一颗白牡丹。就将它栽在他在长兴的私宅中。天宝年间，称为京都的奇观。当时的名士们，写了一首《裴给事宅看牡丹》的诗文，这首诗没有找寻到。太常博士张乘，曾经亲身见到裴祭酒说过。另外，房琯说过："牡丹的聚会，我就不参与了。"（出《酉阳杂俎》）

红紫牡丹

唐代至德年间，马仆射镇守太原。得到了红色和紫色两种颜色的牡丹，将它移植到城中，现在可以和蒁葵比较谁多谁少了。（出《酉阳杂俎》）

正倒晕牡丹

长安的兴唐寺中，有一株牡丹。唐代元和年间，开了两千一百朵花。它的颜色有正晕的，有倒晕的，有浅红、深紫、黄色、白色、浅绛色等，只是没有深红。又没有花叶的中间是没有抹心的。花是复瓣的花，有的花的直径可以达到七八寸。（出《酉阳杂俎》）

合欢牡丹

长安的兴善寺的素师院中的牡丹花，颜色特别美丽。元和末年的时候，一枝花让大家都开心了。（出《酉阳杂俎》）

染牡丹花

唐朝的韩文公韩愈，有一个远房子侄，从江淮到这里来。年龄很小，韩愈让他在学院中给各位子弟们伴读。学院里的子弟们全都主纲复诉其狂率，韩遽令归，且责曰："市肆贱类，营衣食，尚有一事长处。汝所为如此，竟作何物？"侄拜谢，徐曰："某有一艺，恨叔不知。"因指阶前牡丹曰："叔要此花青紫黄赤，唯命也。"韩大奇之，遂给所须试之。乃竖箔曲，尽遮牡丹丛，不令人窥。掘棵四面，深及其根，宽容人坐。唯赍紫矿轻粉朱红，旦暮治其根。凡七日，遂掩坑。白其叔曰："根校迟一月。"时冬初也，牡丹本紫，及花发，色黄红历缘。每朵有一联诗，字色紫分明，乃是韩公出关时诗头一韵，曰"云横秦岭家何在？雪拥蓝关马不前"十四字。韩大惊异。遂乃辞归江淮，竟不愿仕。（出《酉阳杂俎》）

劚牡丹

长安贵游尚牡丹，三十余年矣。每春暮，车马若狂，以不就玩为耻。金吾铺围外寺观，种以求利，一本有数万者。元和末，韩令侄至长安，私第有之，遽令劚去。曰："吾岂效儿女子也？"（出《国史补》）

月桂花

月桂，叶如桂。花浅黄色，四瓣。青蕊，花盛发如柿蒂。出蒋山。（出《酉阳杂俎》）

被他欺辱过。韩愈知道了以后，于是把他送到了街西面的僧院中，让他读书。过了十几天，寺庙的住持纲又说他十分轻狂率性，韩愈于是让他快点回来，并且训斥他说："在集市上那些低一等级的买卖人，尚且有一技之长。你这样做，能够做什么呢？"他的子侄向他拜谢，慢慢地说："我有一项技艺，很遗憾的是叔叔不知道。"于是指着台阶前的牡丹说："叔叔你想要这花开的是绿是紫是黄是红，只管命令。"韩愈对此感到特别惊奇，于是给了他所必需的东西来检视。于是将养蚕的竹箧竖起来，把牡丹丛遮住了，不让别人看见。挖了牡丹周围的土，深达根部，空隙宽到能够让人坐在里面。就用树脂、轻粉、朱红，早晚浸润它的根部，总共七天，然后盖上了它的坑。对他的叔叔说："它的根最迟一个月就可以。"当时是初冬，牡丹本来是紫色的，等到花开的时候，颜色是黄是红完全随缘。每朵花上都有两句诗，字是紫色的，字迹分明，是韩愈出关的时候写的诗，是"云横秦岭家何在？雪拥蓝关马不前"十四个字。韩愈大为惊讶。于是就辞官回到江淮，最终也不愿意做官。（出《酉阳杂俎》）

斸牡丹

长安城中以游赏牡丹为时尚，已经有三十多年了。每次到暮春的时候，车马就会蜂拥前来，人们把不前来游赏作为耻辱。执金吾铺围外面的寺庙和道观，都种植它来谋求利益，一棵就可以赚几万。元和末年，韩令侄刚到长安，看见自己的家宅里有牡丹，就让人把它砍了。说："我怎么能效仿那些小孩子呢？"（出《国史补》）

月桂花

月桂，叶子像桂树一样。花是浅黄色的，总共四瓣花。花蕊是青色的，它的花盛放的时候像是柿子的根蒂。是蒋山出产的。（出《酉阳杂俎》）

牡桂花

牡桂，叶大如苦竹，叶中有一脉如笔迹。花蒂叶三瓣，瓣端分为两歧。其表色浅黄，近歧浅红色。花六瓣，色白。心凸起如荔枝。其枝紫。出婺州山中。（出《酉阳杂俎》）

桂 花

桂花，三月开，黄而不白。大庾诗皆称桂花耐日，及张曲江诗“桂华秋皎洁”，妄矣。（出《酉阳杂俎》）

海石榴花

新罗多海红并海石榴。唐赞皇李德裕言：花中带海者，悉从海东来。章川花差类海石榴，五朵簇生，叶狭长，重沓承。

南海朱槿

南海四时皆有朱槿，花常开。然一本之内，所发不过一二十花。且开不能如图画者，丛发烂熳。（原缺出处，明抄本作出《酉阳杂俎》）

岭表朱槿

岭表朱槿花，茎叶皆如桑树。叶光而厚。南人谓之弗桑。树身高者，出《酉阳杂俎》止于四五尺，而枝叶婆娑。自二月开花，至于中冬方歇。其花深红色，五出，如大蜀葵。有蕊一条，长于花叶，上缀金屑，日光所烁，疑有焰生。一丛之上，日开数百朵，虽繁而有艳，且近而无香。暮落朝开。插枝即活，故名之槿。俚女亦

牡桂花

牡桂，叶子大得像是苦竹一样。叶子中间的一根叶脉像是笔的痕迹。花蒂上有三瓣叶子，在顶端分成两部分。它表面的颜色是浅黄的，接近分叉的地方变成浅红色。花是六瓣的，颜色是白色的。花蕊凸起，像是荔枝。它的枝条是紫色的。是婺州的山中出产的。（出《酉阳杂俎》）

桂　花

桂花，是三月开的。花是黄色的，但不显得苍白。大庾的诗都说桂花经得起日晒，还有张九龄的诗句说“桂华秋皎洁”，这些都是错误的。（出《酉阳杂俎》）

海石榴花

新罗大多出产海红和海石榴。唐代赞皇县的李德裕说：“花的名字中带‘海’字的，都从东海过来。章川花类似海石榴，五朵围在一起生发，叶子细长，重叠相接。”

南海朱槿

南海四季都有朱槿，花常开不败。然而在一颗当中，生发出的只不过一二十朵花。并且它开的时候不能够像图画上的那样，一簇簇开得特别灿烂。（原缺出处，明抄本作出《酉阳杂俎》）

岭表朱槿

岭表的朱槿花，它的根茎和叶子都长得像是桑树。叶子光滑而厚实南方的人叫它弗桑。树干高的出《酉阳杂俎》也只有四五尺，但是枝叶长得十分茂盛。从二月开始开花，到隆冬的时候才停歇。它的花朵是深红色的，总共五瓣，就像是大蜀葵。有一条花蕊，比花叶长，上面点缀着金色的碎屑，在日光下闪烁的时候，让人怀疑它的上面有火焰燃烧。在一棵朱槿上，每天开几百朵，虽然开得很多，但是花很

采而鬻，一钱售数十朵。若微此花，红梅无以资其色。（出《岭表录异》）

红槿花

岭南红槿，自正月迄十二月常开，秋冬差少耳。（出《岭南异物志》）

那提槿花

那提槿花，紫色，两重叶。外重叶卷心，心中抽茎，高寸余。叶端分五瓣，如蒂。瓣中紫蕊，茎上黄蕊。

佛桑花

闽中多佛桑树。枝叶如桑，唯条上勾。花房如桐花，含长一寸余，似重台状。花亦有浅黄者。南中桐花有深色者。

贞桐花

贞桐，枝端抽赤黄条，条复旁对，分三层。花大如落苏花，黄色。一茎上有五六十朵。

栀子花

诸花少六出者，唯栀子花六出。陶真白言：“栀子剪花六出，刻房七道。”其花香甚，相传即西域薝卜也。

艳丽，靠近它却并没有香味。傍晚凋落，早晨开放。在地上插上枝条就可以成活，所以叫它槿。乡村中的女孩采摘它去卖，一钱可以买到几十朵。如果看轻这种花，那么红梅也没有资格显耀它的色彩了。（出《岭表录异》）

红槿花

岭南的红槿，从正月到十二月，四季常开，只是秋天和冬天开得比较少罢了。（出《岭南异物志》）

那提槿花

那提槿花，紫色，有双重树叶。外面的那重树叶卷着花茎，花蕊中抽发花茎，高有一寸多。叶子的顶端分成五瓣，就像是花蒂一样。花瓣里的是紫色的花蕊，花茎上的是黄色的蕊。

佛桑花

闽中有很多佛桑树。它的枝叶长得像是桑树，只是枝条是向上勾起的。它的花房像是桐花，长总共有一寸多，像是重瓣的形状。花中间也有浅黄的。南方的桐花也有颜色比较深的。

贞桐花

贞桐，枝的前端抽发出赤黄色的枝条，枝条的两边是对生，分成三层，花特别大，像是落苏的花，是黄色的。一个根茎上有五六十朵花。

栀子花

各种花朵很少有六瓣的，只有栀子花是六瓣。陶真白说：“栀子花开，花房上刻上了七道划痕。”栀子花非常香，传说它就是西域的薝卜。

山茶花

山茶，叶如茶树，高者丈余。花大盈寸，色如绯。十二月开。

三色石楠花

衡山石楠花，有紫碧白三色。花大如牡丹。亦有无花者。

比闾花

白州比闾华，其华若羽。伐其木为薪，终日火不败。

木莲花

木莲花，叶似辛夷，花类莲色。出鸣玉溪，卭州亦有。

那伽花

那伽花，状如三春，无叶，华色白，心黄，六瓣。出在舶上。

木兰花

长安敦化坊百姓家，唐大和中，有木兰一树，花色深红。后桂州观察使李勃看宅人，以五千买之。宅在水北。经年，花紫色。

异木花

唐卫公李德裕，尝获异木一株，春花紫。予思木中一岁发花，唯木兰。

山茶花

山茶，叶子像是茶树，有的高达一丈多，花朵大的可以满一寸，颜色像是粉红的。在十二月开放。

三色石楠花

衡山的石楠花，有紫色、绿色和白色三种。花大得像是牡丹花，也有没有花的品种。

比闾花

白州的比闾花，它的花像是羽毛一样，砍伐它的树木作为柴，可以燃烧一天也不熄灭。

木莲花

木莲花，叶子长得像是辛夷花，花长得像是莲花的颜色。这种花出自鸣玉溪，印州也有。

那伽花

那伽花，形状像是三春花，没有叶子，花的颜色是白色，花蕊是黄色，有六片花瓣，它出自船舶。

木兰花

长安敦化坊的百姓家里面，在唐代大和年间，有一棵木兰树，花的颜色是深红的。后来桂州观察使李勃家的一个看家的人，用了五千钱将它买了下来，他的宅院在水北，过了一年，花变成了紫色。

异木花

唐代的魏国公李德裕，曾经得到一株很特别的花木，春天开的花是紫色的。我想在花木中能够一年开花的，只有木兰。

碧玫瑰

洛中鬻花木者，言嵩山深处，有碧色玫瑰。而今亡矣。（自那提槿花下并出《酉阳杂俎》）

刺桐花

刺桐花，状比图画者不类，其木为材。三四月时，布叶繁密，后有赤花。间生叶间三五房，不得如画者。红芳满树。谪椽陈去疾，家于闽，因语方物。去疾曰："闽之泉州刺桐，叶绿而花红房。照物皆朱殷然，与番禺者不同。"乃知此地所画者，实阁中之木，非南海之所生也。（出《投荒杂录》）

怀风花

乐游苑自生玫瑰树，下多苜蓿。一名怀风，时人或谓之光风。风在其间常肃然，日照其花有光采，故名曰苜蓿怀风。茂陵人谓之连枝草。（出《西京杂记》）

踯躅花

南中花多红赤，亦彼之方色也，唯踯躅为胜。岭北时有，不如南之繁多也。山谷间悉生。二月发时，照耀如火，月余不歇。（出《岭南异物志》）

凌霄花

凌霄花中露水，损人目。（出《酉阳杂俎》）

碧玫瑰

洛阳地区有卖花木的，说在嵩山的深处，有绿色的玫瑰，但现在没有了。（自那提槿花下并出《酉阳杂俎》）

刺桐花

刺桐花，它的形状和画的不一样。它是一种木材。在三四月的时候，萌发了非常繁盛的叶子，后来会开出红色的花，间杂地长在叶子间开出三五朵，不像画上面的，一整棵树开满了花。被贬谪到边远地区的陈去疾，家住在福建，因此告诉我这个东西。陈去疾说：“福建泉州的刺桐，叶子是绿色的，花房是红色的。它所映照的东西都会变成红色，和番禺地区的不一样。”于是知道这个地方的人所画的，实际上是屋子里的刺桐花，不是南海出产的。（出《投荒杂录》）

怀风花

乐游苑中自然生发了一棵玫瑰树。玫瑰树下长了很多苜宿花。又有一个名字叫作怀风。当时也有给它取名叫光风的。风在苜宿花中间通常是静止的，太阳光照在它的上面会焕发出光彩。所以叫它苜蓿怀风。茂陵人叫它连枝草。（出《西京杂记》）

踯躅花

南方的花大多数是红色的，也是那块地域的代表颜色，这其中踯躅最红。岭北也时常有，但不如南方多。在山谷间都长遍了。在二月它的花盛开的时候，在阳光的照耀下像火一般，一个多月不停歇。（出《岭南异物志》）

凌霄花

凌霄花中的露水，会伤害人的眼睛。（出《酉阳杂俎》）

分枝荷

汉明帝时，池中有分枝荷，一茎四叶，状如骈盖。实如玄珠，可以饰佩。（出《酉阳杂俎》）

夜舒荷

灵帝时，有夜舒荷，一茎四莲。其叶夜舒昼卷。（出《酉阳杂俎》）

睡莲花

睡莲。南海有睡莲，夜则花低入水。（原缺出处，今见《酉阳杂俎》十九）

碧莲花

宣平中太傅相国卢公，应举时，寄居寿州安丰县别墅。尝游芍陂，见里人负薪者，持碧莲花一朵。公惊问之，答曰："陂中得之。"卢公后从事浙西。因使淮服，话于太尉卫公李德裕。德裕令搜访芍陂，则无有矣。又遍寻于江渚间，亦终不能得。乃知向者一朵，盖神异耳。（出《尚书故实》）

染青莲花

唐韩文公愈之侄，有种花之异，闻其说于小说。杜给事孺休典湖州，有染户家，池生青莲花。刺史命收莲子归京，种于池沼，或变为红莲，因异之。乃致书问染工，染工曰："我家有三世治靛瓮，尝以莲子浸于瓮底，俟经岁年，然后种之。若以所种青莲花子为种，即其红矣。盖还本质，又何足怪？"乃以所浸莲子寄之。道士申匡图，又见人以鸡矢和土，培芍药花丛，其淡红者悉成深

分枝荷

在汉明帝的时候，池塘中有分枝荷，一个根茎上长了四片叶子，样子像是车盖。它的果实像是黑色的珠子，可以用来作为配饰。（出《酉阳杂俎》）

夜舒荷

在灵帝的时候，有一种夜里开的荷花，一根茎上长出四朵莲花，它的叶子夜里舒展白天蜷缩在一起。（出《酉阳杂俎》）

睡莲花

南海有睡莲，夜里面的时候花就会低垂到水中。（原缺出处，今见《酉阳杂俎》十九）

碧莲花

宣平年间太傅相国卢公，在参加科举考试的时候，寄居在寿州安丰县的别墅。曾经游赏芍陂的时候，看见乡间背柴的人，手里拿着一朵绿色的莲花。卢公非常惊奇地问他。他回答说："在芍陂中获得的。"卢公后来做了浙江从事，因而出使淮河流域，就将它说给了太尉李德裕听。李德裕让人去芍陂搜集访问，但是没有找到。又在江中小洲上搜遍了，最终还是没有得到，于是知道之前的那一朵，大概是神异的东西。（出《尚书故实》）

染青莲花

唐代韩文公韩愈的侄子，有种植花木的神奇技艺。在小说中看到这类的记载。给事杜孺掌管湖州的时候，有一家将印染作为职业的，他家的池子里长了青莲花。刺史让人将莲花的种子带回京城，种在池塘里面，有的变成了红莲，因此感到很惊异。于是写信询问那个染工。染工说："我家有传了三代的盛放靛青染料大缸，曾经将莲子浸泡在缸底，等过了一年才把它种下去。如果用种植的青莲花的莲子红。染之所益信矣。伪蜀王先主将晏驾，其年，峨眉山娑罗花，悉开白花。又荆文献王未薨前数年，沟港城隍，悉开白莲。一则染以气类，一则表于凶兆，又何疑哉？（原缺出处，明抄本作出《北梦琐言》）

三朵瑞莲

伪蜀主当僭位，诸勋贵功臣，竞起甲第。独伪中令赵廷隐，起南宅北宅。千梁万栱，其诸奢丽，莫之与俦。后枕江渎，池中有二岛屿。遂甃石循池，四岸皆种垂杨，或间杂木芙蓉，池中种藕。每至秋夏，花开鱼跃。柳阴之下，有士子执卷者，垂纶者，执如意者，执麈尾者，谭诗论道者。一旦岸之隈，有莲一茎，上分两歧，开二朵。其时谓之太平无事之秋，士女拖香肆艳，看者甚众。赵廷隐画图以进，蜀主叹赏。其时歌者咏者不少。无何，禁苑中有莲一茎，歧分三朵。蜀王开筵宴，召群臣赏之。是时词臣已下，皆贡诗。当时有好事者，图以绘事，至今传之。

藕

苏州进藕，其最上者名伤荷藕。或云，荷名；或云，叶甘为虫所伤；或云，故伤其叶，以长其根。近多重台荷，实中又生花，亦甚异也。（出《国史补》）

作为种子，它就会是红色的，只是回到了它本来的颜色，又有什么奇怪的呢？”于是用浸染的莲子寄给他。有一个叫申匡图的道士，还见到过别人用鸡矢藤和土来培植芍药花丛，于是原本开淡红色花的芍药都变成了深红。染色的效果更加可信了。伪蜀的先前的国主即将驾崩，那一年，峨眉山上的娑罗花，都是开白花的。又荆南的文献王在死前的几年，沟港城隍，开的全都是白莲。一个是受物候的影响，一个表示凶兆，又有什么可怀疑的呢？（原缺出处，明抄本作出《北梦琐言》）

三朵瑞莲

伪蜀主刚刚越分窃据上位的时候，各个有功勋的臣子，都争着修建府邸。其中伪中书令赵廷隐建造的南宅和北宅，千梁万栱，宅子的各项事物的华丽程度，没有能够和它相比的。它的后面靠着江，池中有两个岛屿。于是就沿着池子砌石头，周围的岸边全都种上垂杨，有的中间也夹杂着木芙蓉。池塘中种着藕。每当夏末秋初的时候，荷花盛开，游鱼跳跃。在柳树的树荫下面，有拿着书卷的读书人，钓鱼的人，拿着如意的人，拿着拂尘的人，谈诗论道的人。一天，在岸边拐角的地方，有一棵莲花，上面有两个分支，开着两朵花。当时的世道太平无事，男男女女们都打扮得非常艳丽，前来观看的人特别多。赵廷隐将它画下进献给伪蜀主，伪蜀主非常赞赏。当时歌咏它的人很多。没过多久，禁苑中有一枝荷茎，上面有三个分支。蜀主摆了宴席，召见了各位大臣们观赏它。这时候，翰林以下的人，全都献上自己的诗作。当时有好事的人，将这件事画了下来，一直流传到现在。

藕

苏州进献的藕，最上等的叫伤荷藕。有人说，这是荷花的名字；也有人说，叶子很甜，被虫损害；还有人说，是故意让它的叶子破损，用来让它的根生长。近来有几重花瓣的荷花，果实中也有花生发，这也是很奇特的事情。（出《国史补》）

莲实

石莲入水沉，唯煎咸卤能浮之。雁食之，粪落山中，百年不坏。相传橡子落水为莲。（出《酉阳杂俎》）

芰

芰一名水菜，一名薢茩。汉武昆明池中，有浮根菱，根出水上，叶沦波下，亦曰青水芰。玄都有芰，碧色，状如鸡飞，名翻鸡芰。仙人凫伯子常采之。（出《酉阳杂俎》）

菱

芰，今人但言菱芰。诸解草木书，亦不分别。唯伍安贫《武陵记》，言四角曰芰，两角曰菱。今苏州折腰菱多两角。荆州有僧，遗段成式一斗郢城菱，三角而无芒，可以挼莎。（出《酉阳杂俎》）

莲实

石莲进入水里面就会沉下去，只有煎制的碱卤能够让它浮上来。燕子啄食后，随着它的粪落到了山中，能够保存一百年都不会坏。传说是橡子落到水里变成了莲。（出《酉阳杂俎》）

芰

芰的一个名字叫作水菜，另一个名字叫作薢茩。在汉武帝的昆明池里，有浮根菱，根长出了水面，叶子沦落到水下，也叫青水芰。玄都有一种芰，绿色，形状长得像是飞起来的鸡，名字叫翻鸡芰。仙人凫伯子经常采食它。（出《酉阳杂俎》）

菱

菱，现在的人只是说菱芰。各种讲解草木的书，也不将它们区分开。只有伍安贫的《武陵记》中说四个尖角的叫芰，两个尖角的叫菱。现在苏州的折腰菱大多是两个尖角的。荆州有一个僧人，给段成式一斗的郢城菱，三个角而且没有尖锐的部分，能够用它揉搓莎草。（出《酉阳杂俎》）

卷第四百一十　草木五

果上

果上

柤稼榧树实

东方大荒之中，有树焉，名曰柤稼榧。柤，柤梨也；稼者，株稼也；榧，昵也。三千岁作花，九千岁作实。其花蕊紫色，其实赤色。亦高百丈，或千丈也，敷张自辅。东西南北方枝，各近五十丈。叶长七尺，广五尺。色如绿青，木皮如梓。树理如甘草，味饴。实长九尺，围如长，无瓤核。竹刀剖之，如凝蜜。得食，复见实，即灭矣。言复见后实熟者，寿一万二千岁。（出《神异录》）

如何树实

南方大荒，有树焉，名曰如何。三百岁作花，九百岁作实。花色朱，其实正黄。高五十丈，敷张如盖。叶长一丈，广二尺余，似菅苎，色青。厚五分，可以絮，如厚朴。材理如支。九子，味如饴。实有核，形如枣。子长五尺，围如长。金刀剖之则酸，芦刀剖之则辛。食之者地仙，不畏水火，不畏白刃。刃，刀之属。言地仙者，不能

果上

相稼柩树实

在东方的边远地方，有一种树，名字叫相稼柩，相，就是相梨；稼，就是株稼；柩，就是亲近。三千年开花，九千年结果。它的花蕊是紫色的，果实是红色的。高达百丈或者千丈。树可以铺展开来，自我辅助。它东南西北方向的枝条，各自长达接近五十丈。它的叶子长七尺，宽五尺。颜色像是绿青，树皮像是梓树皮，树的纹理像是甘草，味道是甜的。它果实长九尺。它的果实的围长和长度一样，没有瓜瓤和瓜核。用竹刀剖开它，就像是凝结的蜜一样。吃过果实的人，再见到它的果实，就会消失了。说再见到的果实成熟的话，这个人就能活到一万二千岁。（出《神异录》）

如何树实

南方非常边远的地方，有一棵树，名字叫如何。三百年开花，九百年结果。花的颜色是红色，它的果实的颜色是正黄。这棵树高达五十丈，它的枝叶舒展开来就像是盖子一样。叶子长一丈，宽二尺多。长得像菅苎一样，是青色的，厚有五分。可以作为棉絮，就像是厚朴，木材的纹理就像是支。它会长出九个果实，味道很甜。果实有核，形状像枣子一样，它的果实长五尺，果实的围长和长度一样。用

飞，在地久生而已。（出《神异经》）

仙梨

南方有树焉，高百丈，敷张自辅。叶长一丈，广六尺，名梨。如今之柤梨，但树大耳。其子径三尺，剖之少瓤，自如素。和羹食之地仙，衣服不败，辟谷，可以入水火也。（出《神异经》）

绮缟树实

东南荒中有邪音耶。木焉，高三千丈，或十余围，或七八尺。其枝有乔直上，不可那也。叶如甘瓜，三百岁尽。落而生花，形如甘瓜。花复二百岁，落而生萼。萼下生子，三岁而成熟。成熟之后，不长不减。子形如寒瓜，似冬瓜也，长七八寸，径四五寸。萼复覆生顶，言发萼而得成实。此不取，万世如故。若取子而留萼，萼复生子。如初年月复成熟。复二年则成萼，则复生子。其子形如甘瓤，少觌音练。甘美。食之，令人身泽。不可过三升，令人冥醉，半日乃醒。木高，人取不能得。唯木下有多罗之人，缘能得之。多罗，国名。一名无叶。世人后生，不见叶，谓之无叶也。一名绮缟。人见无叶，谓之绮缟。（出《神异经》）

金刀割开它就是酸的，用芦刀剖开它就是辣的。吃过它的人就会变成地仙，不怕水和火，不怕锋利的刀刃。刃，属于刀之类。说这种地仙，不会飞，只是在地面上永久地生存。（出《神异经》）

仙梨

南方有一种树，高达百丈，自我铺展，相互辅助。它的叶子长一丈，宽六尺，名字叫梨。就像现在的租梨，只是它的树更大而已。它的果实直径三尺，剖开它会发现它的瓤很少，像绢一样白。做成汤羹服下会变成地仙，衣服不会坏，可以辟谷，可以进入水火之中。（出《神异经》）

绮缟树实

东南的边境中有邪木，高达三千丈，有的树围要十几人合抱，有的有七八尺。它的枝叶挺拔向上，不能够挪动一点。叶子长得像甜瓜的叶子，三百年会落尽，叶子落完后会开花，样子像是甜瓜的花。花开完后的两百年会凋落，凋落后又会生出花萼，花萼下面会生出果实，三年就会成熟。成熟之后，果实不会增大也不会减小。它的果实的形状像是寒瓜，也像是冬瓜，长有七八寸，直径四五寸。花萼会从果实的顶端长出来，说从花萼中生长出来的会成为果实，但这个如果不取下来，就会出现一万年后还是这个模样。如果将果实拿下，只留下花萼，花萼会再长出果实，就像之前那么长时间才能够成熟。再过两年又会长出花萼，又会再长出果实，它果实的形状就像是甜瓜的瓤，非常美味。吃了它，可以让人身体保持润泽。但不能超过三升，那样会让人醉倒，半天才会醒。树很高，人够不着，只有树下面有多罗国的人，才能有缘得到它。多罗，是一个国家名。另一个名字叫无叶，世界上比较年轻的人，没有一个见过它的叶子的，就叫它无叶了，另一个名字就是绮缟。人们因为没有见过它的叶子，就叫它绮缟。（出《神异经》）

波那婆树实

波那婆树，出拂林国，呼为阿萨箄。树长五六丈，皮色青绿。叶极光净，冬夏不凋。无花结实。其实从树茎出，大如冬瓜，有皮裹之，壳上有刺。瓤至甘甜，可食。核大如枣，一实有数枚。核中仁如粟黄，炒之食甚美。（出《酉阳杂俎》）

瞻波异果

瞻波国有人牧牛百余头。有一牛离群，忽失所在，至暮方归。形色鸣吼异常，牛主异之。明日遂独行，主因随之。入一穴，行五六里。豁然明朗，花木皆非人间所有。牛于一处食草，草不可识。有果作黄金色，牧牛人窃将还，为鬼所夺。又一日，复往取此果，至穴，鬼复欲夺。其人急吞之，身遂暴长。头才出，身塞于穴。数日化为石。（出《酉阳杂俎》）

神仙李

防陵楚山，有朱神李圃三十六所。潘岳《闲居赋》云“房陵朱神之李”。又李尤《果赋》云“三十六之朱李”。盖仙李缥而神李红。陆士衡《果赋》云“中山之缥李”是也。（出《述异记》）

武陵桃李

武陵源在吴中。山中无他木，尽生桃李，俗呼为“桃李原”。原上有石洞，洞中有乳水。世传秦乱，吴人于此避难者，食桃李实

波那婆树实

波那婆树，出自拂林国，拂林国的人叫它阿萨亸。树高五六丈，皮的颜色是青绿色。叶子极为光滑干净，冬天和夏天都不会凋零，不开花，但是会结果实。它的果实从树茎中长出，大得像冬瓜一样，外面有皮将它裹起来。它的壳上有刺。它的瓜瓤非常甘甜，可以吃。它的核像枣核一样大，一个果实里面有几个核。果核中的核仁像栗黄，炒着吃特别好吃。（出《酉阳杂俎》）

瞻波异果

瞻波国有人放养了一百多头牛，有一头牛离开了牛群，忽然不见了，到晚上才回来。它的身形神色鸣叫都很不正常，牛的主人感到非常奇怪。第二天它依旧是单独行动，主人于是跟着它。牛进入了一个洞穴，走了五六里，突然就变得开阔明亮，那里的花草树木都不是人世间所拥有的。牛在一个地方吃起草来，主人也不认识这种草。有的果实是黄金一样的颜色，放牛的人偷偷将它带回去了，被鬼夺过去了。又有一天，他再次来到这个地方偷果子，到洞穴里的时候，鬼又想夺过去。这个人很快地把果子吞了进去，身量于是快速地长了起来。头刚刚出洞，他的身体就填满了洞穴，过了几天变成了石头。（出《酉阳杂俎》）

神仙李

防陵的楚山，有朱神的李园三十六处。潘岳的《闲居赋》说："防陵有朱神的李园。"又有李尤的《果赋》说："朱神的李园有三十六处。"大概是因为仙李为淡青色而神李是红色的。陆士衡的《果赋》说的"中山的淡青色的李子"就是这个了。（出《述异记》）

武陵桃李

武陵源在吴地。这里的山里面长的全都是桃树和李树，当地人称为"桃李原"。桃李原上有石洞，洞里面有乳水。世上的人相传，

者，皆得仙去。（出《述异记》）

金李

杜陵有金李。李之大者，谓之夏李；尤小者谓之鼠李。（出《述异记》）

汉帝杏

济南郡之东南，有分流山。山上多杏，大如梨，色黄如橘。土人谓之汉帝杏，亦曰金杏。（出《酉阳杂俎》）

仙人杏

杏圃洲，南海中多杏，海上人云："仙人种杏处。"汉时，尝有人舟行遇风，泊此洲五六日，日食杏，故免死。云："洲中有冬杏。"王充《果赋》云："冬实之杏，春熟之甘。"晋郭太仪《果赋》云："杏或冬而实。"（出《述异记》）

御李子

许昌节使小厅，是故魏景福殿。董卓乱，魏武挟令迁帝，自洛都许。许州有小李子，色黄，大如樱桃，谓之御李子。即献帝时所植，至今有焉。（出《述异记》）

朱李

魏文帝安阳殿前，天降朱李八枚。啖一枚，数日不食。今李种有安阳李，大而甘者，即其种也。（出《述异记》）

在秦代战乱的时候，吴地在这个地方躲避战乱的人，吃了桃子和李子的人，都得道升仙了。（出《述异记》）

金李

杜陵有一种金李，这种李子中长得大的，叫夏李；特别小的叫鼠李。（出《述异记》）

汉帝杏

在济南郡的东南，有一座分流山，山上有特别多的杏子，大得像梨子一样，颜色黄得像橘子一般。当地人叫它汉帝杏，也叫金杏。（出《酉阳杂俎》）

仙人杏

杏圃洲，地处在南海，洲上面有很多杏子。海上的人说："这是仙人种杏树的地方。"汉代的时候，曾经有人在海上航行的时候遇到了大风，在杏圃洲停泊了五六天，每天都吃杏子，所以免于一死。还说："杏圃洲里有冬天成熟的杏子。"王充的《果赋》说："冬天所结的杏，到春天后就会变得成熟和甘甜。"晋代的郭太仪的《果赋》说："杏树，有的冬天结果。"（出《述异记》）

御李子

许昌节度使的小厅，是前代魏朝的景福殿。在东汉末年董卓乱政的时候，魏武帝要挟天子让他迁都，从洛阳迁都许昌。许昌有很多的小李子，颜色是黄的，长得和樱桃一般大小，人们叫它御李子。是汉献帝的时候种植的，到现在还有。（出《述异记》）

朱李

魏文帝的安阳殿的前面，从天上落下了八颗红色的李子。吃一颗就可以几天都不进食。现在李树的品种中有一种安阳李，非常大，

兔头柰

白柰，出凉州野猪泽，大如兔头。（出《酉阳杂俎》）

脂衣柰

脂衣柰，汉时紫柰。大如升，核紫花青。研之有汁，可漆，或著衣，不可浣。（出《酉阳杂俎》）

朱 柰

唐贞观年中，顿丘县有一贤者，于黄河渚上拾菜，得一树栽子，大如指。持归莳之，三年，乃结子五颗。味状如柰，又似林檎。多汁，异常酸美。送县，县上州，以其奇味，乃进之。上赐绫一十匹。后树长成，渐至三百颗。每年进之，号曰朱柰。至今存。德贝博等州，取其枝接，所在丰足。人以为从西域浮来，碍渚而住矣。（出《朝野佥载》）

文林果

唐永徽中，魏郡临黄王国村人王方言，尝于河中滩上，拾得一小树栽，埋之。及长，乃林檎也。实大如小黄瓠，色白如玉，间以珠点。亦不多，三数而已，有如缬。实为奇果。光明莹目，又非常美。纪王慎为曹州刺史，有得之献王。王贡于高宗，以为朱柰，又名五色林檎，或谓之联珠果。种于苑中。西城老僧见之云："是奇果亦名林檎。"上大重之，赐王方言"文林郎"，亦号此果为文林

并且很甜，就是那八颗李子的种子。（出《述异记》）

兔头柰

白柰，是凉州的野猪泽出产的，大得像兔子头。（出《酉阳杂俎》）

脂衣柰

脂衣柰，是汉代的紫柰。像升一样大，它长着紫色的核，青色的花。脂衣柰可以研磨出汁水，可以作为漆，或者是染衣服，但所染的衣服不能漂洗。（出《酉阳杂俎》）

朱　柰

唐代贞观年间，顿丘县有一位贤明通达的人，在黄河中的小洲上捡菜，得到一棵树苗，有人的手指那么大。就将它带回去培植，三年后，它结了五颗果实。果实的味道像是柰，又长得像林檎。汁水非常多，非常酸甜美味。送到县里，县里送到州里，因为它奇特的味道，所以州里将它进献给皇帝。皇帝于是赏赐了十匹绫罗绸缎，后来树逐渐长大，果实渐渐结到了三百颗。每年都会进贡给皇上，称它为朱柰，到现在还在。德州、贝州、博州等州都截取它的枝条进行嫁接，于是它存在的地方越来越多。人们认为它是从西域漂来的，只是被小洲挡住了。（出《朝野佥载》）

文林果

唐代永徽年间，魏郡临黄的王国村的村民王方言，曾经在河中的河滩上捡到一株小树苗，就将它埋在土里，等到它长大了，发现是林檎。它的果实长得像小黄瓠一样大，白得像玉一样，中间夹杂着红色的小点。红点也不多，只有三个罢了，就像是有花纹的丝织品，实在是奇异的果实。它光洁晶莹，非常耀眼，又很美味。纪王李慎在曹州刺史的官任上的时候，有人得到这种果实献给了纪王。纪王将

郎果。俗云频婆果。河东亦多林檎，秦中亦不少。河西诸郡，亦有林檎。皆小于文林果。（出《洽闻记》）

圣柰

河州凤林关有灵岩寺。每七月十五日，溪穴流出圣柰，大如盏。以为常。（出《洽闻记》）

木桃

桃之大者木桃。《诗》云“投我以木桃”是也。（出《述异记》）

东方村桃

东方村有桃树，其子径三尺二寸。和核羹食之，令人益寿。食核中仁，可以治嗽。小桃温润，既嗽人食之即止也。（出《神异经》）

仙桃

出郴州苏耽仙坛。有人至心求之者，桃落坛上。或至五六颗。形似石块，赤黄色。破之，如有核三重。研饮之，愈众疾。尤治邪气。（出《酉阳杂俎》）

它进献给了唐高宗，唐高宗以为它是朱柰，又称为五色林檎，有人也称它是联珠果。将它种在了皇苑里。西城的老僧见到它后说："这个奇特的果子也叫林檎。"皇帝对此大为重视，赐了王方言"文林郎"的称号，也叫这个果子文林郎果。当地人叫频婆果。河东也有很多林檎，秦地也有不少。河西各郡，也有林檎，都比文林郎果小。（出《洽闻记》）

圣柰

河州的凤林关有一座灵岩寺，每年的七月十五这一天，小溪流经的洞穴里会流出圣柰，大得像酒杯一样。人们对此已经习以为常了。（出《洽闻记》）

木桃

桃子中比较大的是木桃。《诗经》中所说的"投我以木桃"就是这样的。（出《述异记》）

东方村桃

东方村有一种桃树，它的果实直径可以达到三尺二寸。将它的核煮汤喝，可以让人增加年寿。吃了它核中的果仁，可以治疗咳嗽。小的桃子十分温润，已经有咳嗽症状的人吃了之后立即就会停止。（出《神异经》）

仙桃

有一个虔心想要求得仙桃的人到郴州的苏耽仙坛去，桃子落在了仙坛上面，有时候会掉下来五六颗，它长得像是石块，赤黄色。打开它，看见它有三重桃核，如果将它研磨出来和水喝下，能够治愈各种疾病，尤其可以治疗邪气侵身。（出《酉阳杂俎》）

勾 桃

邺华林苑勾桃子，重三斤，或二斤半。亦有名梨者。比众果气味甘美，入口消释，人间有名果。季龙作虾蟆车，四箱广一丈，深一丈，合土载中植之，则无不生也。（出《洽闻记》）

一石桃

吐谷浑桃，大如石瓮。（出《洽闻记》）

偏 桃

偏桃出波斯国，波斯呼为婆淡。树长五六丈，围四五尺，叶似桃而阔大。三月开花，白色，花落结实，状如桃子而形偏。其肉苦涩，不堪啖。核中仁甘甜。西域诸国并珍之。（出《酉阳杂俎》）

王母桃

王母桃，洛阳华林园内有之。十月始熟，形如括篓。俗语曰："王母甘桃，食之解劳。"亦名西王母桃。（出《酉阳杂俎》）

食核桃

杨子留后吴尧卿家，有佣赁者，役之既久。一日，持一大桃核，可容数升，以献尧卿。尧卿知其异，稍磨之取食。食尽，颇觉轻健。尧卿为吏，贪猥残虐。毕师铎之难，投所居后阁井中死。师铎求得类尧卿者杀之。后有得其故居者，窃知其尸在井中，取而得之。举体皆腐坏，而藏府有成金者。（出《积神录》）

勾　桃

邺华林苑的勾桃，重量可达三斤，有的可以达到两斤半，也有人叫它梨子的。它比其他果实味道更甘甜美味，入口即化，是人世间有名的果实。季龙制造了一种蛤蟆车，四个车厢宽一丈，深一丈，装上土栽种它，没有不生长的。（出《洽闻记》）

一石桃

吐谷浑的桃子，像石瓮那样大。（出《洽闻录》）

偏　桃

偏桃产自波斯，波斯人叫它婆淡。这种树高五六丈，树围有四五尺。叶子长得像桃树的叶子，但更宽大一点。三月开花，白色，花落了之后就结果。果实的形状像是桃子，但是比较偏。果肉的味道很是苦涩，不能够吃。果核中的果仁味道是甜美的。西域的各国都很珍视它。（出《酉阳杂俎》）

王母桃

王母桃，洛阳的华林园里面有它。十月的时候才开始成熟，长得像瓜蒌。俗话说："王母甘桃，食之解劳。"也叫它西王母桃。（出《酉阳杂俎》）

食核桃

杨子留后吴尧卿家有一个佣工，已经使役很长时间了。一天，他拿了一个大的桃核，容量可以高达几升，将它献给了吴尧卿。吴尧卿知道它的奇异，于是研磨了一点拿来吃。吃完之后，觉得身体非常轻盈矫健。吴尧卿为官十分贪婪残酷。在毕世铎犯上作乱的时候，把吴尧卿投入了他所住的后阁的井中淹死了。毕世铎是找了一个和吴尧卿一样残暴的人把他杀死的，后来有人得到了吴尧卿的旧居，暗中知道了他的尸体在井中，于是就将他捞上来。整个身体都已经腐烂

韶 子

初宁县里有石榆子，一名山枣，又时呼为韶子也。（出《南越志》）

罗浮甘子二种

罗浮甘子，唐开元中，始有山僧种于南楼寺。其后进献。幸蜀奉天之岁，皆不结实。（出《国史补》）

天宝甘子

唐天宝十年，上谓宰臣曰："近于宫内种甘子数株，今秋结实一百五十颗，与江南蜀道所进不异。"宰臣贺表曰："雨露所均，混天区而齐被。草木有性，凭地气而潜通。故得资江外之珍果，为禁中之华实。"相传云：玄宗幸蜀年，罗浮甘子不实。岭南有蚁，大于秦中马蚁，结巢于甘树。实时，常循其上，故甘皮薄而滑。往往甘实在巢中，冬深取之。味数倍于常者。（出《酉阳杂俎》）

北方枣

北方荒中，有枣林焉。其高五十丈，敷张枝条数里余。疾风不能偃，雷电不能摧。其子长六七寸，围过其长。熟色如朱，干之不缩。气味润泽，殊于常枣。食之可以安躯益气。故方书云："此枣枝条，盛于常枣，亦益气安躯。"赤松子云："北方大枣味有殊，既可益气又安躯。"（出《神异记》）

了，但是他的五脏六腑中有做好的金器。（出《积神录》）

韶子

初宁县中有一棵石榆子，另一个名字叫山枣，当时的人也称为韶子。（出《南越志》）

罗浮甘子二种

罗浮甘子，唐代开元年间，才开始有山僧在南楼寺种植，在这以后将它进献给了朝廷，皇帝驾临蜀地奉行天命的那一年，所有的树都没有结果。（出《国史补》）

天宝甘子

唐代天宝十年的时候皇帝对宠幸的臣子说："最近在宫中种了几株甘树，今年秋天结了一百五十颗甘子，和江南与蜀地进贡的没有什么不同。"主管膳食的官吏贺表说："雨露均匀洒下的地方，整个天下都会被滋润。草木有灵性，可以依靠不同地区的气候暗中沟通。所以得到了江南的珍贵的果树，结出了皇宫中的华美的果实。"传说，玄宗驾临蜀地的那一年，罗浮甘不结果。岭南有一种蚂蚁，比秦地的蚂蚁大，在甘树上筑巢。在它结果的时候，就在它的上面来来回回地爬，所以甘子的皮才会又薄又滑。甘树的果实经常会掉到蚂蚁的巢穴中，在深冬的时候将它取出来，味道要比平常的甘子甜美好几倍。（出《酉阳杂俎》）

北方枣

北方的边远地区，有一片枣树林。它高达五十丈，枝条铺展了好几里。迅疾的狂风不能吹倒它，雷电不能够摧毁它。它的果实长达六七寸，围度超过它的长度。成熟之后是红色的，晒干以后不会收缩。它的气味和光泽，和平常的枣子有很大的不同，吃了它可以使身体安康，增添元气。所以医书上说："这种枣树的枝条，比平常枣树

西王母枣

邺华林苑中西王母枣，冬夏有叶，九月生花，腊月乃熟。三子一尺。又有圭角枣，亦三子一尺。（出《洽闻记》）

仙人枣

晋时，太仓南有翟泉，西有华林园，园有仙人枣。长五寸，核细如针。（出《酉阳杂俎》）

仲思枣

信都献仲思枣四百枝。枣长四五寸，紫色，皮绉细核。实肥有味，贤于青州枣。北齐时，有仙人仲思得此枣，种之，亦名仙枣。时海内唯有数树。（出《大业拾遗》）

波斯枣

波斯枣出波斯国，波斯呼为窟莽。树长三四丈，围五六尺。叶如土藤，不凋。二月生花，状如蕉。花有两甲，渐渐开罅，中有十余房。子长二尺，黄白色，有核。熟则紫黑，状类干枣。味甜如饴，可食。（出《酉阳杂俎》）

的更加繁盛，也能够增添元气，使身体安康。”赤松子说：“北方的大枣的味道很特殊，既能够增添元气又能够使身体安康。”（出《神异记》）

西王母枣

邺华林苑中的西王母枣，冬天和夏天有叶子，九月的时候开花，腊月的时候成熟。三颗枣子就可长达一尺。又有一种圭角枣，也是三颗枣子正好一尺长。（出《洽闻记》）

仙人枣

晋代的时候，太仓的南边有翟泉，西面有华林园，园里有仙人枣，枣子有五寸长，枣核像针一样细。（《酉阳杂俎》）

仲思枣

信都进献了四百枚仲思枣。枣子长达四五寸，枣子是紫色的，皮很皱，枣核很细。枣子非常肥大，非常美味，比青州枣还要好。在北齐的时候，有一个仙人仲思得到了这种枣子，就将它种下去了，也叫它仙枣，当时海内只有几棵这样的枣树。（出《大业拾遗》）

波斯枣

波斯枣在波斯国出产，波斯人叫它窟莽。树长达三四丈，围长有五六尺。叶子像是土藤的叶子，不会凋零。二月开花，样子像是芭蕉花，画上有两片护甲，渐渐打开了一个缝隙，中间有十几个花房。它的果实长二尺，黄白色，里面有果核，枣子成熟以后就变成紫黑色的了，样子长得像干枣，味道则甜得像糖一样，可以吃。（出《酉阳杂俎》）

卷第四百一十一　草木六

果下

樱桃

唐时新进士，尤重樱桃宴。乾符四年，刘邺第三子覃及第。时邺以故相镇淮南，敕邸吏曰："以银一锭资醵置。"而覃所费往往数倍。邸吏以闻，邺命取足而已。会时及荐新，状头已下，方议醵率。覃潜遣人，厚以金帛，预购数十树矣。于是独置是宴，大会公卿。时京国樱桃初出，虽贵达未适口。而覃山积铺席，复和以糖酪。用享人蛮献一小盘，亦不啻数升。以至参御辈，靡不沾足。（出《摭言》）

檽枣

晋赵莹家，庭有檽枣树，婆娑异常，四远俱见。有望气者，访其邻里，问人云："此家合有登宰辅者？"里叟曰："无之。然主人小字相儿，得非此乎？"术士曰："王气方盛，不在其身，当在其子

果下

樱　桃

唐代时候新的进士特别看重樱桃宴。乾符四年的时候，刘邺的第三个儿子刘覃考中了进士，当时刘邺依附以前的宰相镇守淮南，吩咐官邸中的小吏说："用一锭银子凑钱置办。"但是刘覃的花费往往是需要花费的好几倍。官邸里的小吏将这件事说给刘邺听，刘邺也只是说让他拿够钱。当时正赶上以新鲜的食品祭献的时候，状元以下的人才刚刚商议凑钱的比例。刘覃已偷偷派人用非常丰厚的钱财预购了几十棵樱桃树。于是他单独置办了这个宴会，邀请了大量的公卿大臣。当时京城的樱桃刚刚上市，虽然非常贵，但是还不好吃。但是刘覃宴席上的樱桃却堆积如山，又加上糖酪一起享用。让仆人送人一小盘，送出去的也有好几升。以至于跟随驾车的人也没有不沾光的。（出《摭言》）

檽　枣

晋代赵莹家的院子里有一株檽枣树，特别茂盛，在周围远远就能够看见。有一个会看地气的人，询问他家的邻居，问他们说："这家有没有坐上宰相之位的人？"乡里一位老人说："没有。但是主人

孙。”其后莹由太原判官大拜，出将入相。（出《北梦琐言》）

柿

俗谓柿树有七德：一寿，二多阴，三无鸟窠，四无虫，五霜叶可玩，六嘉实，七落叶肥大。（出《酉阳杂俎》）

底印树实

阿驿，波斯呼为阿驿，拂林呼为底始。树长丈四五，枝叶繁茂。叶有五出，似蜱麻。无花而实，实赤色，类蜱子。味似干柿，而一年一熟。

柿盘

木中根固，柿为最，俗谓之柿盘。（出《酉阳杂俎》）

融峰梨

仙梨。融峰上有青坛，方五丈。有烧香行道处。古形铜器数种。有梨树，高三十丈，子如斗。至摇落时，但见其汁核，无得味者。（出《洽闻记》）

六斤梨

洛阳报国寺梨，重六斤。（出《酉阳杂俎》）

紫花梨

清泰中，薄游京辇。曾与卢泳巡官、郑宸博士、僧季雅，及的小名是相儿，莫非是因为这个？”术士说：“王者之气正是旺盛的时候，不在他的身上，应该在他的子孙身上。”在这以后赵莹从太原判官开始一路升官，官至将相。（出《北梦琐言》）

柿

俗话说柿子有“七德”：一是长寿，二是有很多阴凉，三是没有鸟巢，四是没有虫子，五是经霜之后的叶子可以赏玩，六是果实好吃，七是落下的叶子又肥又大。（出《酉阳杂俎》）

底印树实

阿驿树，波斯叫它阿驿，拂林叫它底始。树高一丈四五，枝叶非常茂盛，叶子有五瓣，像是蜱麻的叶子，不开花但会结果实。它的果实是红色的，像是蜱麻的籽一样。味道像是干柿子，一年一熟。

柿 盘

树木中树根最为牢固的，柿子要排第一，一般叫它“柿盘”。（出《酉阳杂俎》）

融峰梨

仙梨。融峰上有一座青坛，方圆五丈。有烧香行道的地方，里面有好几种古代形制的铜器。有一棵梨树，高达三十丈，它的果实像斗一般大。等到能够摇落下来的时候，只能看见梨汁和梨核，没有知道它的味道的人。（出《洽闻记》）

六斤梨

洛阳报国寺梨树上的梨子，重达六斤。（出《酉阳杂俎》）

紫花梨

清泰年间，小游京城。曾经和巡官卢泳、博士郑宬、僧人季雅，三五知友，夜会与越波隄僧院。是时清秋欲杪，明月方高。句联五字之奇，酒饮八仙之美。柿新红脯，茗heading绿芽。一咏一觞，或醒或醉。座上因相与征引古今，遂及果实之事。有叙及紫花梨者。众云："真定有之。"雅公独颦蹙而言曰："此微僧先祖之遗恨。"众惊而问之。雅曰："昔武宗皇帝御天下之五载，万国事殷，圣情不怿。忽患心热之疾，名医进药，厥疾罔瘳。遂博诏良能，遐征和缓。时有言青城山邢道士者，妙于方药。帝即召见之。道士以肘后绿囊中青丹两粒，及取梨数枚，绞汁而进之。帝疾寻愈。旬日之内，所赐万金，仍加广济先生之号。帝从容问其丹为何物，先生曰：'赤城山顶，有青芝两株。太白南溪，有紫花梨一树。臣之昔岁，曾游二山，偶获两宝，合炼成丹。五十年来，服食殆尽，唯余两粒，幸逢陛下服之。更欲此丹，须求二物也。'经数月，邢生辞帝归山。后疾复作，再诏邢先生于青城，则不知何适也。帝遂诏示天下，有紫花梨，即时奏上。时恒州节度太尉公王达，尚寿春公主，即会昌之女弟。闻真定李令，种梨数株，其一紫花梨，即遣寺人，就加封检，剪其旁树，匝以朱栏。宝惜纤枝，有同月桂。当花发之时，防蜂蝶之窥耗，每以轻绡纱縠，远加笼罩焉。守树者不胜艰苦。洎及秋实，公主必手选而进之。此达帝庭，十得其六七。帝多食此梨，虽不及邢氏者，亦粗解其烦躁耳。是时有李遵来侍御，任恒州记室，作《进梨表》云：'紫花开处，擅美春林。缥蒂悬时，迥光秋景。离离玉润，落落珠圆。甘不待尝，脆难胜口。'表达阙下，公卿见者，多大笑之曰：'常山公何用进残梨于天府也？盖以其表有"脆难胜口"之字。'明年，武宗崩，公主亦相次逝。此梨自后以为贡赋之常物。县官岁久，亦渐怠于宝守焉。至天祐末焉，赵王为德明之所篡弑。其后县邑公署，多历兵戎。紫花之梨，亦已枯朽。今之真定，无复继种者焉。当武宗时，县宰李公，名尚，即雅之祖也，尝以守树不谨，曾风折一枝，降为冀州典午。由是追感而颦以及三五个知心好友，夜间在越波陧僧院相会。当时是秋末，明月还高高地挂在天上。他们对五个字的奇联，喝八仙喜欢的美酒。新摘下来的柿子的果肉是红的，茶泡出来的尖芽是绿色的。一边饮酒一边赋诗，有的醒着，有的醉了。在座的人因此互相旁征博引，于是说到了果实的事情。有人说到了紫花梨。众人说："真定有这个。"只有季雅皱着眉说道："这是小僧我的先祖的遗憾。"众人非常惊讶，因此询问他。季雅说："昔年武宗皇帝治理天下五年，勤勉国事，后来皇上的心情不开心。忽然得了一种心热病。很多有名的医生开药方，都因为病重而无法治愈。于是广诏良医，远征名医。当时有人说青城山有一位邢道师，研制的药方很是奇妙。武宗立即召见了他。邢道师将肘后面的绿囊中的两粒青丹，后来又拿出了几个梨子，绞出汁水来让武宗喝下药丸。武宗的病不久就痊愈了。十几天内，武宗赏赐了邢道师一万金，还封了他"广济先生"的名号。武宗私下问他青丹是什么东西制成的。邢道师回答说：'赤城山的山顶，有两株青芝。太白溪的南面，有一棵紫花梨。我以前曾经游历过那两座山，偶然得到了这两个宝物，一起炼成了这个丹药。五十年来，快要被我吃完了，只剩下了两颗，有幸遇到陛下，让您吃下去了。想要再得到这个青丹，需要找到这两个宝物。'几个月过后，邢道师向武宗告辞回到了山中。后来唐武宗的病复发了，再次到青城山召请邢道师，但不知道他去了哪里。唐武宗于是昭告天下，如果谁拥有紫花梨，立即呈献上去。当时的恒州节度太尉公王达，娶了寿昌公主作为妻子，寿昌公主是会昌公主的妹妹。听说镇定的李令，种了好几棵梨树，其中一棵是紫花梨，就立即派遣太监，就地封锁，把旁边的树都翦除了，用红栏杆围上紫花梨。特别珍惜它的纤细的枝条，就像是对待月中桂树一样。当它开花的时候，为了防止蜜蜂蝴蝶偷窥损耗，常常用轻纱远远地将它罩起来。看守树木的人十分辛苦。等到秋天结果的时候，公主一定亲手挑选呈送进去。这紫花梨送到皇宫的时候，还剩下十分之六七。武宗大多时候是吃这种梨子，虽然比不上邢道师的青丹，也能够稍稍缓解他的烦躁。当时有一个来侍奉皇上的人叫李遵，官任恒州记室，写了一篇《进梨表》，说：'紫花开处，擅美春林。缥蒂悬时，迥光秋

蹬也。”（出《耳目记》）

胡榛子

阿月生西国。蕃人言与胡榛子同树，一年榛子，二年阿月。（出《酉阳杂俎》）

酸枣

耆旧说：周秦时，河南雨酸枣，遂生野酸枣。今酸枣县是也。酸枣之甚小者，为野酸枣。（出《述异记》）

蒲萄

俗言蒲萄蔓好引于西南。庾信谓魏使尉瑾曰：“我在邺，遂大得蒲萄，奇有滋味。”陈招曰：“作何形状？”徐君房曰：“有类软枣。”信曰：“君殊不体物，何得不言似生荔枝？”魏肇师曰：“魏武有言：‘末夏涉秋，尚有余暑，酒醉宿醒，掩露而食，甘而不饴，酸而不酢。’道之固以流沫称奇，况亲食之者？”瑾曰：“此物出自大宛，张骞所致。有黄白黑三种。成熟之时，子实逼侧，星编珠聚。西域多酿以为酒，每来岁贡。在汉西京，似亦不少。杜陵田景。离离玉润，落落珠圆。甘不待尝，脆难胜口。’《进梨表》刚送到皇宫，那些大臣们见到之后，大多大笑着说：‘常山公为什么用残梨进贡给皇宫啊？大概是因为他的《进梨表》上有“脆难胜口”几个字。’第二年，武宗驾崩，寿昌公主也接着去世了。这种紫花梨后来是进贡中的常有之物。县官因为时间长了，也渐渐在守护宝树方面怠惰了。到天佑末年，赵王被德明篡位谋杀。自这以后，县衙经历的战乱比较多。紫花梨也都枯萎了。现在的镇定，也没有人再种了。当年在武宗朝的时候，县令李公，名字叫李尚，他就是我的祖先，曾经没有很小心地守护树木，因为风吹断了一根树枝，就被降职为冀州典午。因为追怀感念这个而频频皱眉罢了。”（出《耳目记》）

胡榛子

阿月生长在西域。蕃人说和胡榛子长在同一棵树上，第一年长胡榛子，第二年就长阿月。（出《酉阳杂俎》）

酸枣

有老人说过，在周秦的时候，河南下了酸枣雨，于是地上长了野酸枣，就是在现在酸枣县的地方，酸枣之中特别小的，就是野酸枣。（出《述异记》）

蒲萄

一般的说法是葡萄蔓从西南引进。庾信对魏使尉瑾说：“我在邺城的时候，就得到过大葡萄，有奇特的滋味。”陈招说：“是什么形状的呢？”徐君房说：“像是软枣。”庾信说：“你也太不熟识生物了，为什么不说它长得像荔枝呢？”魏肇师说：“魏武帝有一句话说：‘夏末秋初，还有剩下的暑气，喝醉后睡一夜醒来，和露水一起吃下去，甘甜但不是糖，酸但不像醋。’道听途说都会让人流口水，啧啧称奇。更何况是亲自吃到的呢？”尉瑾说：“这个东西出自大宛，是张骞带来的。有黄、黑、白三种颜色。在成熟的时候，果实逼近侧面，五十亩中，有蒲萄百树。今在京邑，非直止禁林也。”信曰：“乃园种户植，接荫连架。”招曰：“其味何如橘柚？”信曰：“津液胜奇，芬芳减之。”瑾曰：“金衣素里，见苞作贡，向齿自消，良应不及。”（出《酉阳杂俎》）

王母蒲萄

具丘之南，有蒲萄谷。谷中蒲萄，可就其所食之。或有取归者，即失道。世言王母蒲萄也。天宝中，沙门昙霄，因游诸岳，至此谷，得蒲萄食之。又见枯蔓堪为杖，大如指，五尺余。持还本寺，植之遂活。长高数仞，荫地幅员十丈，仰观若帷盖焉。其旁实磊落，紫莹如坠。时人号为草龙珠帐焉。（出《酉阳杂俎》）

侯骚子

侯骚蔓生，如鸡卵，既甘且冷，轻身消酒。《广志》言因王太仆所献。（出《酉阳杂俎》）

蔓胡桃

蔓胡桃出南诏，大如扁螺，两隔，味似胡桃。或言蛮中藤子也。（出《酉阳杂俎》）

仙树实

祁连山上有仙树实，行旅得之，止饥渴。一名四味木，其实如枣。以竹刀剖则甘，铁刀剖则苦，木刀剖则酸，芦刀剖则辛。（出像满天繁星和宝珠一样编聚在一起。西域人大多将它酿成酒，每年都来进贡。在汉朝的西京，也似乎有不少。杜陵的五十亩田中，有一百株葡萄树，现在在京城，也不是只有皇家禁苑才有。”庾信说：“就家家户户园子都种上，绿荫相接，架子相连。”陈招说：“它的味道跟橘柚相比怎么样？”庾信说：“它的果汁非常奇妙，但是果实的芬芳却减少了。”尉瑾说：“在金色的外衣中，看见橘子被当作贡品，但是在入口就化方面，贡橘还是比不上的。”（出《酉阳杂俎》）

王母蒲萄

在具丘的南面，有一个葡萄谷，谷中的葡萄，能够在原地吃它。有想将它带回去的人，就会在路上丢了它。世上的人说这是王母葡萄。天宝年间，僧人昙霄因为游历各个名山大川，来到了这个山谷，吃到了这里的葡萄。又看见它枯萎的藤蔓可以作为手杖，像手指一样粗细，五尺多。带回了他所在的寺庙，将它栽在地上就成活了。长得高达几仞，它的枝叶所遮蔽的树荫方圆十丈，仰头看就像是篷盖一样。它的枝叶旁所结的果实众多，像坠下来的紫色坠珠。当时的人称它是“草龙珠帐”。（出《酉阳杂俎》）

侯骚子

侯骚子，是蔓生植物，像鸡蛋一样，又甜又冷，它可以减轻体重、解酒。《广志》上说是王太仆呈献的。（出《酉阳杂俎》）

蔓胡桃

蔓胡桃出自南诏国，大得像扁海螺一样，两道隔，味道像是胡桃一样。有人称呼它“蛮中藤子”。（出《酉阳杂俎》）

仙树实

祁连山上有一种仙树的果实，旅行的人得到它，可以止饿解渴。它的一个名字叫四味木，它的果实长得像枣子。用竹刀剖开它是甜

《酉阳杂俎》）

橄榄子

独根树，东向枝曰木威，南向枝曰橄榄。（出《酉阳杂俎》）

东荒栗

东方荒中有木，名曰栗。有壳，径三尺三寸。壳刺长丈余，实径三尺。壳亦黄，其味甜，食之，令人短气而渴。（出《酉阳杂俎》）

猴 栗

唐卫公李德裕，一夕甘子园会客。盘中有猴栗，无味。陈坚处士云："虔州南有渐栗，形如素核。"（出《酉阳杂俎》）

瓜

汉明帝阴贵人，梦食瓜，甚美。帝使求诸方国。时有燉煌献异瓜种，常山献巨桃核。名穹窿，长三尺而形屈，其味臭如糊。父老云："昔道士从蓬莱山得此瓜，云是空洞灵瓜。四劫一实。东王公、西王母遗种于地，世代遐绝，其实颇存。"又说："此桃霜下始花，隆冬可熟。"亦云："仙人所食，常使植于霜林园。此园皆植寒果，积冰之节，百果方盛。俗为相陵瓜，故'霜园'之声讹也。"后曰："王母之桃，王公之瓜，可得而食，五万岁矣。"安可食乎？后崩，内侍者见镜奁中有瓜桃之核，视之涕零，疑其非数。（出王子年《拾遗记》）

的，用铁刀剖开就会是苦的，用木刀剖开会是酸的，用芦刀剖开就会是辣的。（出《酉阳杂俎》）

橄榄子

独根树中枝干向东的就是木威，枝干向南的就是橄榄。（出《酉阳杂俎》）

东荒栗

东方极为偏远的地方，名叫栗。有外壳，直径三尺三寸。壳上的刺长一丈多，直径长三尺。它的壳也是黄色的，它的味道是甜的，吃了后会让人气短和干渴。（出《酉阳杂俎》）

猴栗

唐卫公李德裕，一天晚上在甘子园会客。果盘中有猴栗，没有味道。处士陈坚说："虔州的南边有渐栗，形状像是素核。"（出《酉阳杂俎》）

瓜

汉明帝的阴贵人，在梦中吃了一种瓜，味道非常好。汉明帝派人向各个国家寻求。当时的敦煌进献了一种不一样的瓜种，常山献上了一个巨大的桃核，名字叫穹窿，长达三尺，形状是弯曲的，它的味道像是粥。有年纪大的人说："以前道士从蓬莱山得到了这种瓜，说是空洞灵瓜。要经历四个周期才能结一次果实。东王公和西王母将种子留在大地上，过了太久的时间，它的果实还存留了一些。"又说："这种桃下霜的时候才开花，在严冬的时候能成熟。"也说："这是仙人吃的，经常让人种在霜林园。这个园子种植的都是寒果，在冰霜堆积的时节，各种果子正是茂盛的时候。一般称作相陵瓜，以前'霜园'音的讹传。"后来有人说："西王母的核桃，东王公的瓜，可以吃得到的人，会活到五万岁。"难道真的能吃到吗？后来阴贵人去

五色瓜

吴桓王时，会稽生五色瓜。今吴中有五色瓜，岁充贡赋。（出《述异记》）

瓜恶香

瓜恶香，中尤忌麝。唐郑注，太和初，赴职河中。姬妾百余，尽骑，香气数里，逆于人鼻。是岁，自京至河中，所过路，瓜尽死，一蒂不获。（出《酉阳杂俎》）

菜

蔓 菁

诸葛所止，令兵士独种蔓菁者，取其才出甲可生啖，一也；叶舒可煮食，二也；久居则随以滋长，三也；弃不令惜，四也；回则易寻而采之，五也。冬有根可劚食，六也。比诸蔬属，其利不亦博哉？刘禹锡曰："信矣。"三蜀之人也，今呼蔓菁为诸葛菜。江陵亦然。（出《嘉话录》）

越 蒜

《异苑》曰：晋安平有越王余蒜菜，长尺许，白者似骨，黑者如角。古云：越王曾于舟中作筹算，有余者，弃之水而生焉。

世了，侍奉她的人看见她镜匣中的桃和瓜的核，泪水涌了出来，猜度她的命数不应该这样啊。（出王子年《拾遗记》）

五色瓜

吴国的桓王的时候，会稽长出了一个五色瓜。现在的吴地还有五色瓜，每年都会充当贡赋进献。（出《述异记》）

瓜恶香

瓜特别讨厌香味，这其中尤其害怕麝香。唐代的郑注，在太和初年的时候前往河中就职。他的一百多个姬妾，都骑着马，香气萦绕几里路，呛人的鼻子。这一年，从京城到河中，他的姬妾所经过的道路，瓜全都死了，一个瓜都没有收获。（出《酉阳杂俎》）

菜

蔓菁

诸葛亮之所以在扎营的地方让士兵专门种植蔓菁，是因为它刚出的嫩芽可以生吃，这是一；它的叶子长出来可以煮着吃，这是二；住的时间长了他就会继续生长，这是三；如果丢弃在那儿也不觉得可惜，这是四；如果回师也很容易就找到并且能够采食，这是五；冬天它的根可以砍来吃，这是六。拿各种蔬菜和它相比，它的好处不也是很多吗？刘禹锡说：“这是真的。”三蜀的人现在叫蔓菁为诸葛菜，江陵地区也是这样。（出《嘉话录》）

越蒜

《异苑》中说：“晋代的安平地区有一种叫越王余蒜的菜，长大约一尺，白的像是骨头，黑的像是牛角。”古人说：“越王曾经在船上进行筹算，有多余的，就扔到水里，因而长出了这种蒜。”

三蔬

晋咸宁四年，立芳圃于金墉城东，多种异菜，名曰云薇。类有三种。紫色者最繁滋。其根烂漫，春敷夏密，秋荣冬馥。其实若珠，五色，随时而盛。一名云芝。其紫色者为上蔬，而味辛；其黄色者为中蔬，而味甘；其青色者为下蔬，而味咸。常以此蔬充御，其叶可以藉饮食，以供宗庙祭祀。亦止人饥渴。宫中掐其茎叶者，历月不歇。（出《拾遗录》）

菠薐

菜之菠薐者，本西国中有僧，自彼将其子来，如苜蓿、蒲萄因张骞而至也。菠薐本是颇陵国将来，语讹耳，多不知也。（出《嘉话录》）

芥菹

广州人以巨芥为咸菹，埋地中，有三十年者。贵尚，亲宾以相饷遗。（出《岭南异物志》）

芥末

掌中芥末多国出也。取子置掌中，吹之，一吹一长，长三尺，乃植于地。（出《酉阳杂俎》）

水韭

水韭生于水湄，状如韭而叶细长，可食。（出《酉阳杂俎》）

三蔬

晋代的咸宁四年，在金墉城的东面设立了一个芳圃，里面大多数种的是很特别的菜，叫云薇。这种菜有三类：紫色的生长得最为繁盛，它的根非常散乱，它在春天的时候舒展枝叶，在夏天的时候枝叶茂密，在秋天的时候繁荣茂盛，在冬天的时候香气馥郁。它的果实长得像是珠子一样，有五种颜色，跟随时节而更加茂盛。还有一个名字叫云芝。其中紫色的是上等蔬菜，味道辛辣；黄色的是中等蔬菜，味道甘甜；青色的是下等蔬菜，味道很咸。人们经常把这种蔬菜进献给皇宫，它的叶子可以当作宗庙祭祀食物下的铺垫，也能够让人止饿解渴。宫中掐它茎叶的人，历经一个月也不会停歇。（出《拾遗录》）

菠薐

菜中名叫菠薐的，原本是西域中有一个僧人，从他的国家将这种菜的种子带过来，就像是苜蓿和葡萄是张骞带来的一样。菠薐本来是颇陵国带来的，但是因为语音的讹传，很多人不知道它的原委。（出《嘉话录》）

芥菹

广州人用大芥菜做咸菜，将它埋在地里，有埋了三十年的。崇尚它，亲朋之间将它作为礼物相互赠送。（出《岭南异物志》）

芥末

掌中芥末很多国家都会产出，将它的种子放在手掌中吹三下，吹一次长一次，长到三尺后就将它种植在地上了。（出《酉阳杂俎》）

水韭

水韭生长在水边，形状像是韭菜，但是叶子更加细长，可以吃。（出《酉阳杂俎》）

茄子树

南中草菜，经冬不衰，故蔬圃之中，栽种茄子，宿根有三二年者，渐长枝干，乃为大树。每夏秋熟，则梯树摘之。三年后，渐树老子稀，即伐去，别栽嫩者。（出《岭表录异》）

昆仑紫瓜

隋炀帝大业末，改茄子为昆仑紫瓜。（出《述异录》）

茄子故事

茄子。茄字连茎名，革遐反。今呼伽，未知所自。昔段成式因就廊下食茄子数蒂，偶问工部员外张周封茄子故事。张云：“一名落苏。事具《食料本草》。”成式记得隐侯《行园》诗云：“寒瓜方卧垄，秋瓜正满陂。紫茄纷烂漫，绿芋郁参差。”又一名昆仑瓜。岭南茄子，宿根成树，高五六尺。姚向曾为南选使，亲见之。故《本草》记广州有慎火树，树大三四丽。慎火即景天也，俗呼为护火草。茄子熟者，食之厚肠胃，动气发疾。根能理龟瘃。欲其子繁，候其花时，取叶布于过路，以灰规之，人践之，子必繁也。俗谓嫁茄子。曾火炙之，甚美。有新罗种者，色稍白，形如鸡卵。西明寺僧造玄院中，有其种。《水经》云：“石头西对蔡浦，长百里，上有大荻荻浦，下有茄浦。”（出《酉阳杂俎》）

儋崖瓠

儋崖种瓠成实，率皆石余。芥，高者亦五六尺，子大如鸡卵。（出《酉阳杂俎》）

茄子树

南方的草菜，经历一个冬天也不会衰落，所以在菜园子里栽种茄子，有两三年的宿根的，渐渐长出枝干，就长成了大树。每年夏秋之际成熟的时候，就要用梯子爬上树采摘。三年之后，树渐渐老了，叶子变得稀疏了，就将它砍去了，另外栽植嫩的。（出《岭表录异》）

昆仑紫瓜

隋炀帝大业年末，将茄子改称昆仑紫瓜。（出《述异录》）

茄子故事

茄子的“茄”字，连带它的根茎的名字在内。现在称作“伽”，不知道它来自何方。以前段成式因为在廊檐下吃了几个茄子，偶然问工部员外郎张周封有关茄子的故事。张周封说：“它另一个名字叫落苏。相关事宜记载在《食料本草》。”段成式记得隐侯《行园》诗中说：“寒瓜方卧垄，秋瓜正满陂。紫茄纷烂漫，绿芋郁参差。”它还有一个名字叫昆仑瓜。岭南的茄子，有宿根发芽长成茄子树的，高可以达到五六尺。姚向曾经作为南选使，亲自见到过这种茄子树。所以《本草》中记载广州有一种慎火树，这种树有三四围粗。“慎火”就是景天，当地人称呼它为护火草。茄子煮熟了，可以增加肠胃功能，行气治病。它的根可以治疗冻疮。想要它结的果实多，就等它开花的时候，将它的叶子摘下来放在道路上，用草木灰圈起来，人在上面践踏，它结的果实一定很多。一般称这种叫嫁茄子。曾经用火烧来吃，非常美味。有种新罗的茄子，颜色白一点，像是鸡蛋一样大。西明寺的僧人造玄的院子中，有这种茄子的种子。《水经》中说：“石头城的西面对着蔡浦，长达一百里，上面有大荻荻浦，下面有茄浦。”（出《酉阳杂俎》）

儋崖瓠

儋崖上种植的瓠结出的果实，都重达一石多。芥菜，高的也长到了五六尺，它的种子大得像鸡蛋一样。（出《酉阳杂俎》）

卷第四百一十二　草木七

竹

叙竹类

《竹谱》：竹类有三十九。（出《酉阳杂俎》）

涕 竹

南方荒中有涕竹，长数百丈，围三丈六尺，厚八九寸。可以为船。其笋甚美，煮食之，可止疮疠。（出《神异经》）

棘 竹

棘竹一名笆竹，节皆有刺，数十茎为丛。南夷种以为城，猝不可攻。或自崩根出，大如酒瓮，纵横相承，状如缫车。食之，下人发。（出《酉阳杂俎》）

篣竹

篣竹，皮薄而空多，大者径不逾二寸，皮上有粗涩文，可为

竹

叙竹类

《竹谱》：竹子共有三十九类。（出《酉阳杂俎》）

涕 竹

南方极远的地方有一种竹子叫涕竹，长有几百丈，宽有三丈六尺，厚有八九寸，可以做船。它的笋非常鲜美，将它煮来吃，可以治疮疡。（出《神异经》）

棘 竹

棘竹另外一个名字叫笆竹，它的竹节上都是刺，几十根长成一丛。南方的少数民族种植它作为城墙，短时间攻不下。有的因为岩石自己崩裂而现出根，大得像酒瓮，纵横交错，样子像是缲车。如果有人吃了它会掉头发。（出《酉阳杂俎》）

箟簩竹

箟簩竹，它的皮很薄，中空的地方很多。长得大的直径也不会超

错子。错甲，利胜于铁。若钝，以浆水浇之，还复快利。（出《广州记》）

古林之竹，劲而利，削为刀，割象皮如切芋。（出《岭表录异》）

箘簵竹

箘簵竹，大如脚指，腹中自幕拦隔，状如湿面。将成而筒皮未落，辄有细虫啮处，成赤迹，似绣画可爱。（出《酉阳杂俎》）

慈 竹

慈竹，夏月经雨，滴汁下地，生蕈，似鹿角，色白。食之，已痢。（出《酉阳杂俎》）

筋 竹

筋竹，南方以为矛。笋未成竹时，堪为弩弦。（出《酉阳杂俎》）

百叶竹

百叶竹，一枝百叶。有毒。（出《酉阳杂俎》）

桃枝竹

东官郡，汉顺帝时属南海，西接高凉郡，又以其地为司监都尉。东有芜地，西接临大海。有长洲，多桃枝竹，缘岸而生。（原缺出处，今见《酉阳杂俎》）

过两寸，皮上有粗砺的花纹，可以制作成错子。用它来错甲壳比铁做的还锋利。如果钝了，用浆水来浇铸，就会很快恢复锋利。（出《广州记》）

古林里的竹子，非常强劲而且锋利。可以像刀一样削东西。割大象的皮像是切芋头。（出《岭表录异》）

篃簹竹

篃簹竹，大得像脚趾一样，中间有白幕阻隔，样子像是湿面。将要长成但是竹筒上的皮还没有脱落的时候，就会出现细小的虫子咬的地方，形成红色的留痕，像绣的画一样可爱。（出《酉阳杂俎》）

慈竹

慈竹，在夏季经历下雨之后，竹子里的枝叶滴落到地下，生长出像草垫子一般的东西，长得像鹿角，白色。吃下它，可以治痢疾。（出《酉阳杂俎》）

筋竹

筋竹，南方人认为它是茅草。在笋还没有长成竹子的时候，可以做成弓箭的弦。（出《酉阳杂俎》）

百叶竹

百叶竹，一个枝上有一百片叶子，有毒。（出《酉阳杂俎》）

桃枝竹

东官郡，在汉顺帝的时候隶属南海，它的西面和西凉郡接壤，又在这个地方设了司监督尉。它的东面有一片荒芜的土地，西边临近大海。有一个长长的陆上的小岛，长了很多桃枝竹，沿着海岸线生长。（原缺出处，今见《酉阳杂俎》）

瘿竹

东洛胜境有三溪，张文规有庄近溪。忽有竹一竿生瘿，大如李。（出《酉阳杂俎》）

罗浮竹

唐贞元中，有盐户犯禁，逃于罗浮山。深入第十三岭，《南越志》云：本只罗山，忽海上有仙浮来相合，是谓罗浮山。有十五岭、二十二峰、九百八十瀑泉。洞穴则山无出其右也。曾有诗曰："四百余崖海上排，根连蓬岛荫天台。百灵若为移中土，嵩华都为一小堆。"遇巨竹万千竿，连直岩谷。竹围皆二丈余，有三十九节，二丈许。逃者遂取竹一竿，破以为篾。会赦宥，遂挈以归。有人得一篾，奇之，献于太守李复。乃图而纪之。予尝览《竹谱》曰："云丘帝竹，帝陵上所生竹。一节为船。"又何伟哉！南海以竹为甑者，类见之矣，皆罗浮之竹也。（出《岭表录异》）

童子寺竹

唐李卫公言：北都唯童子寺有竹一窠，才长数尺。相传其寺纲维，每日报竹平安。（出《酉阳杂俎》）

竹花

《山海经》曰：竹生花，其年便枯。竹六十年易根，易根必花，结实而枯死。实落复生，六年而成町。子作穗，似小麦。（出《感应经》）

瘿竹

东洛的名胜地区有三溪，张文规有一个庄子接近它。忽然有枝竹子的枝干上长出了一个肿瘤，大得像李子一样。（出《酉阳杂俎》）

罗浮竹

唐代的贞元年间，有一个盐商犯了禁忌，逃到了罗浮山，深入到了第十三岭，《南越志》上说："本来只是叫罗山，忽然海上来了一座浮山相汇合，就叫它罗浮山了。罗浮山有十五岭、二十二峰、九百八十瀑泉。洞穴是其他山无法比的。曾经有诗这样说："四百余崖海上排，根连蓬岛荫天台。百灵若为移中土，嵩华都为一小堆。"他遇见了上万根巨大的竹子，直连到岩谷。竹子都有两丈多粗，有三十九节，每节两丈左右。逃逸的人于是砍下一根竹竿，将它破成竹篾，等到他被赦免的时候，就将它带了回去。有人得到了他手中的一根竹篾，觉得很奇异，将它献给了太守李复。于是就用图画下来纪念它。我曾经看过《竹谱》中说："云丘中的帝陵上所生的竹子，一节可以做成一条船。"这可以看出拿竹子是多么高大啊！南海地区的人用竹子作为锅，这类的见过，都是罗浮山的竹子。（出《岭表录异》）

童子寺竹

唐代的李卫公说："北都只有童子寺有一棵竹子，才长了几尺高。相传寺庙里的司事僧，每天都会报告竹子的平安。"（出《酉阳杂俎》）

竹花

《山海经》中说："竹子开花的时候，当年就会枯萎了。竹子六十年会换一次根，换根的时候必定会开花。开花结果后就会枯死。果实在落地的时候会再生，六年后会长成一片竹林。果实是穗状，像是小麦一样。"（出《感应经》）

竹 箣

竹复死曰箣。六十年一易根，易根则结实枯死。（出《酉阳杂俎》）

竹 实

唐天复甲子岁，自陇而西，迨于褒梁之境，数千里内亢阳，民多流散。自冬经春，饥民啖食草木，至有骨肉相食者甚多。是年，忽山中竹无巨细，皆放花结子。饥民采之，舂米而食，珍于粳糯。其子粗，颜色红纤，与今红粳不殊，其味尤更馨香。数州之民，皆挈累入山，就食之。至于溪山之内，居人如市，人力及者，竞置囤廪而贮之。家有羡粮者不少者，又取与荤茹血肉而同食者，呕哕。如其中毒，十死其九。其竹，自此千蹊万谷，并皆立枯。十年之后，复产此君。可谓百万圆颅，活之于贞筠之下。（出《玉堂闲话》）

五谷

雨 稻

夏禹时，天雨稻。古诗云："安得天雨稻，饲我天下民。"（出《述异记》）

雨 粟

吕后三年，秦中天雨粟。（出《述异记》）

雨 麦

汉武帝时，广阳县雨麦。（原缺出处，明抄本作出《述异记》）

竹笉

竹子再次死去叫作笉，六十年换一次根，换根的时候就会结果，然后枯死。（出《酉阳杂俎》）

竹实

唐代天复年间甲子岁，从陇地向西，到褒、梁地界，几千里之内都发生了干旱，人们大多流离失所。从冬天到春天，饥饿的人民以草木为食物，甚至有骨肉相食的特别多。这一年，忽然山中长出了竹子，无论粗壮还是细小，都开花结果。饥饿的人们采集它，舂米吃，比稻米还珍贵。竹子所结的果实非常粗大，微红，和现在的红粳米相比也不会逊色，它的味道更加香甜。几个州的人民，都拖家带口到山里面，就地采食，以至于溪山里面，居住的人像集市里的一样多，人力能够做到的，竞相建起仓房囤聚储藏食物。家中有余粮的人，就将它和荤菜放在一起吃，吃过后就呕吐。像这样中毒的，十分之九的都死了。这种竹子，从此以后，各个山谷里的竹子，都立刻一起枯竭了。十年之后，才又重生这样的竹子。可以说是百万头颅，他们的生存仰赖竹子。（出《玉堂闲话》）

五谷

雨稻

夏禹的时候，天上下了稻谷雨。古诗中说："安得天雨稻，饲我天下民。"（出《述异记》）

雨粟

吕后三年，秦地下了粟米雨。（出《述异记》）

雨麦

汉武帝的时候，广阳县下了麦子雨。（原缺出处，明抄本作出《述

雕 葫

太液池边，皆是雕葫紫萚、绿节蒲丛之类。菰之有米者，长安人谓为雕葫；葭芦之未解叶者，谓为紫萚；菰之有首者，谓为绿节。其间凫雏子，布满充积。又多紫龟绿鳖。池边多平沙，沙上鹈鹕䴔䴖，䴔鶄鸿鶂，动辄成群。（出《西京杂记》）

雨 谷

汉宣帝时，江淮饥馑，人相食。天雨谷三日。寻魏地奏，亡谷二千顷。（出《述异记》）

摇枝粟

宣帝地节元年，乐浪之东，有背明之国人至，贡方物。言其乡土在扶桑之东，见日出于西方。其国昏昏恒开。宜五谷，名日融泽，方三千里。五谷皆良，食者延年，清腹一粒，历年不饥。有摇枝粟，言其枝长而弱，无风常摇，食之益髓。（出王子年《拾遗记》）

凤冠粟

凤冠粟，似凤鸟之冠。食者多力。有游龙粟，枝叶屈曲，如游龙。有琼膏，色白如银。食此二粟，令人骨轻。（出王子年《拾遗记》）

异记》）

雕　葫

太液池的池边，长得都是雕葫紫箨、绿节蒲丛之类的东西。长有米的菰，长安人叫作雕葫；还没有舒展叶子的葭芦，叫作紫箨；长着头的菰，叫作绿节。池子的中间铺满了凫在水面的小禽鸟，里面还有很多紫龟绿鳖。池边有很多沙，沙上的鹈鹕、鹧、鸿、鵕，动不动就成群结队。（出《西京杂记》）

雨　谷

汉宣帝的时候，江淮地区发生了饥荒，人们互相残食。天上下了三天的谷子雨，不久，魏地的官员上奏，他们丢失了二千顷谷子。（出《述异记》）

摇枝粟

汉宣帝地节元年，乐浪国的东部，有背明国的人到了，向汉宣帝进贡了地方特产。说他的国家在扶桑国的东边，看见太阳从西方升起。他的国家总是昏暗不明。适宜种植五谷，名叫日融泽，方圆三千里。五谷都品质优良，吃了它会延年益寿，空着肚子吃一粒之后，可以好几年不饥饿。有一种摇枝粟，说它的枝条长而且柔弱，没有风也经常摇动，吃了它对骨髓有好处。（出王子年《拾遗记》）

凤冠粟

凤冠粟，像是凤凰头上的冠，吃了它之后会长很多的力气。有一种游龙粟，枝叶是弯曲的，就像是游龙一样。有一种琼膏，白得像银子一样。吃了这两种米，会让人的骨头变轻。（出王子年《拾遗记》）

绕明豆

绕明豆，言其茎弱，自相萦缠。有挟剑豆，言荚形似人挟剑，而横斜生。有倾篱豆，言见日则叶垂覆地，食者不老不疾。（出王子年《拾遗记》）

延精麦

延精麦，言延寿益气。有昆和麦，调畅六腑。有轻心麦，食者体轻。有淳和麦，面以酿酒，一醉累月，食之凌冬不寒。有含露麦，穟中有露，甘如饴。（出王子年《拾遗记》）

紫沉麻

紫沉麻，其实不浮。有云水麻，实冷而光，宜为油泽。有光通麻，食者行不待烛，则巨胜也。食之延寿，后天而死。（出王子年《拾遗记》）

雨五谷

吴桓王时，金陵雨五谷于贫民家，富民家则不雨。（出《述异记》）

野粟石壳

宋高祖之初，当晋末饥馑之后。既即位，而江表二千余里，野粟生焉。又淮南诸山石壳生，石上生壳也。袁安云："石壳药名，穗之尤小者是也。"（出《述异记》）

绕明豆

绕明豆，说它的茎很弱，自己互相缠绕。有一种扶剑豆，说它的豆荚就像是人拿着剑，横斜着生长。还有一种倾篱豆，说它的叶子见到太阳就会垂下叶子覆盖到地上，吃了它的人不会变老不会生病。（出王子年《拾遗记》）

延精麦

延精麦，说它可以延年益寿。有一种昆和麦，可以调节畅通五脏六腑。有一种轻心麦，吃了它身体会变轻。还有一种淳和麦，用它磨的面来酿酒，喝了可以醉一个多月，吃了之后在寒冬中也不觉得冷。还有一种含露麦，面粉中含有露水，味道甘甜得像糖一样。（出王子年《拾遗记》）

紫沉麻

紫沉麻，它的果实不会在水面漂浮。有一种云水麻，果实冷而且光滑，很适宜作为油性有光泽的东西。有一种光通麻，吃了它的人走路不用带着蜡烛，它就是黑胡麻，吃了它可以增长年寿，长生不死。（出王子年《拾遗记》）

雨五谷

吴代的桓王的时候，金陵下了一场五谷雨到了平民百姓家，富贵的人家却没有下五谷雨。（出《述异记》）

野粟石壳

宋高祖初年的时候，正值晋代末年大饥荒之后。在他登基后不久，江南两千多里的地域内，都长出了野生的小米。另外，淮南地区的山上长出了石壳，就是石头上长了外壳。袁安说："石壳是药的名称，就是比野谷穗还小的东西。"（出《述异记》）

芋

天芋，生终南山中，叶如荷而厚。（出《酉阳杂俎》）

雀芋

雀芋，状如雀头。置干地反湿，置湿处反干。飞鸟触之堕，走兽遇之僵。（出《酉阳杂俎》）

甘蔗

南方山有甘蔗甘庶二音。之林。其高百丈，围三尺八寸。促节多汁，甜如蜜。咋啮其汁，令人润泽。可以节蛔虫。人腹中蛔虫，其状如蚓。此消谷虫也。多则伤人，少则谷不消。是甘蔗能灭多益少。凡蔗亦然。（出《神异经》）

茶荈

叙茶

茶之名器益众。剑南有蒙顶石花，或小方，或散芽，号为第一；湖州有顾渚之紫笋，东川神泉、昌明；硖州有碧涧、明月、芳蕊、茱萸簝；福州有方山之生芽；夔州有香山；江陵有楠木；湖南有衡山；岳州有邕湖之含膏；常州有义兴紫笋；婺州有来白；睦州有鸠坑；洪州有西山白露；寿州有霍山黄芽；蕲州有蕲门团黄。浮梁商贾不在焉。（出《国史补》）

获神茗

《神异记》曰：余姚人虞茫，入山采茗，遇一道士，牵三百青羊，饮瀑布水。曰："吾丹丘子也。闻子善茗饮，常思惠。山中有大

芋

天芋，生长在终南山里，叶子长得像荷叶，但比荷叶要厚。（出《酉阳杂俎》）

雀芋

雀芋，长得像是雀头。将它放在干的地上就会显得湿润，放在湿润的地方反而变得干燥。飞鸟如果触摸到它就会坠落，走兽如果遇到它就会僵硬。（出《酉阳杂俎》）

甘蔗

南方的山上有甘蔗林。它高达百丈，粗有三尺八寸，每节都很短，有很多汁水，甜得像蜜糖一样。将它咬出汁水，让人变得有光泽，它可以节制蛔虫。人的肚子里有蛔虫，它的形状像是蚯蚓，这是消谷虫。长得多了就会伤人，长得少谷子就不会消化。这样的甘蔗能够消灭多余的而增加缺少的，所有的甘蔗都是这样的。（出《神异经》）

茶荈

叙茶

茶中的名茶非常之多。剑南有蒙顶石花，有的是小方，有的是散芽，号称是第一；湖州有顾渚的紫笋，东川的神泉、昌明；硖州有碧涧、明月、芳蕊、茱萸簝；福州有方山的生芽；夔州有香山；江陵有楠木；湖南有衡山；岳州有浥湖的含膏；常州有义兴的紫笋；婺州有来白；睦州有鸠坑；洪州有西山白露；寿州有霍山黄芽；蕲州有蕲门团黄。于是浮梁的茶商们就不在那里了。（出《国史补》）

获神茗

《神异记》中说：“余姚人虞茫，进入山中采茶，遇见一位道士，牵着三百只青羊，喝着瀑布水。说：‘我是丹丘子，听说你擅长喝

茗，可以相给。祈子他日有瓯舣之余，必相遗也。”因立茶祠。后常与人往山，获大茗焉。（出《顾渚山记》）

飨茗获报

刘敬叔《异苑》曰：剡县陈婺妻，少与二子寡居，好饮茶茗。以宅中有古冢，每饮，先辄祀之。二子恚之曰：“冢何知？徒以劳祀。”欲掘去之，母苦禁而止。及夜，母梦一人曰：“吾止此冢三百余年，母二子恒欲见毁，赖相保护，又飨吾嘉茗，虽泉壤朽骨，岂忘翳桑之报？”及晓，于庭内获钱十万。似久埋者，唯贯新。母告二子，二子惭之。从是祷酹愈至。（出《顾渚山记》）

消食茶

唐有人授舒州牧。李德裕谓之曰：“到彼郡日，天柱峰茶，可惠三数角。”其人献之数十斤。李不受，退还。明年罢郡。用意精求，获数角，投之。德裕阅之而受。曰：“此茶可以消酒食毒。”乃命烹一瓯，沃于肉食内，以银合闭之。诘旦开视，其肉已化为水矣。众伏其广识也。（出《中朝故事》）

茶，经常想着给你点恩惠。山中有一棵大的茶树，可以供给你。期盼你将来有剩余的时候，一定要赠我东西。’因此虞茫在富足之后建立了一座茶祠。后来他常常和人前往山中，果然找到了那棵大茶树。”（出《顾渚山记》）

飨茗获报

刘敬叔《异苑》中说：“剡县陈婺的妻子，年少的时候和两个儿子寡居，喜欢喝茶。因为宅院中有古代的墓地，每次喝茶之前，都会先祭祀。他的两个儿子很生气地说：‘墓地又怎么知道人在祭祀它，你这只是徒劳无功。’想要将墓地挖走。他们的母亲苦苦地劝说才停止。等到夜里的时候，母亲梦见一个人对她说：‘我们住在这个墓地里三百多年了，你的两个儿子想要毁了这个墓地，全赖你保护，又让我享用好茶，虽然地泉和土壤腐朽了我的骨头，但我怎么敢忘记给我粮食时候的恩德呢？’等到天亮的时候，她就在庭院内获得了十万钱。像是埋在那里很久了，只是每一贯钱都很新。母亲将这件事告诉了她的两个孩子，她的两个孩子对自己的行为感到很惭愧，从此之后祝祷祭祀更加周到。”（出《顾渚山记》）

消食茶

唐代有一个人被封为舒州太守。李德裕对他说：“到舒州郡的那天，如果得到了天柱峰茶，要给我几角。”这个人献给他十斤。李德裕没有接受，退还给他了，第二年这个人被罢了郡守的官职。那个人用心寻找，获得了几角，献给了李德裕。李德裕感到非常开心并且接受了。说：“这茶可以消解酒和食物的毒性。”于是命令别人烹一盆茶，将它浇在肉食里面，用银器盖上。第二天早晨打开检视，发现里面的肉已经变成水了。众人因此特别佩服他见多识广。（出《中朝故事》）

卷第四百一十三　草木八

芝菌蕈附

竹　芝

梁简文延香阁，大同十年，竹林吐芝。长八寸，头盖似鸡头实，黑色。其柄似藕柄，内通干空。皮质皆纯白，根下微红。鸡头实处似竹节，脱之又得脱也。自节处别生一重，如结网罗，四面，周可五六寸，圆绕周匝，以罩柄上。相远不相著也。其似结网众自，轻巧可爱。其与柄皆得相脱。验仙书，与威喜芝相类。（出《酉阳杂俎》）

楼阙芝

隋大业中，东都永康门内会昌门东，生芝草百二十茎，散在地，周十步许。紫茎白头，或白茎黑头。或有枝，或无枝。亦有三枝，如古“出”字者。地内根并如线，大道相连著。乾阳殿东，东上阁门槐树上，生芝九茎，共本相扶而生。中茎最长，两边八茎，相次而短，有如树阙，甚洁白。武贲郎将段文操留守，图画表奏。（出《大业拾遗记》）

芝菌蕈附

竹芝

梁代简文帝的延香阁，在大同十年的时候，竹林里长出了灵芝。长有八寸，头盖长得像是鸡头果，黑色。它的柄长得像藕柄，中间是空的，并且相连。它的皮和内里都是纯白的，根下面是微红的。长得像鸡头果的地方像是竹节，剥了之后还能剥。从结节的地方另外长出一重，就像结成的罗网，四面都有，周长有五六寸，一圈圈环绕，围罩在柄上，它们和柄相距甚远，并不相接。这种情形像是结网中的许多网眼，轻盈可爱。它们和柄可以互相脱离。查验仙书记载，和威喜芝长得很是相似。（出《酉阳杂俎》）

楼阙芝

隋朝的大业年间，东都的永康门内会昌门的东边，生长出了一百二十株灵芝，散落在地上，方圆十步以内。紫色的根茎，白色的头或者是白色的根茎，黑色的头。有的有枝，有的没有枝，也有的有三根枝，就像是古代的“出”字。在地下的根合并起来像是细线一样，在大道的下面相互牵连。在乾阳殿的东面，东上阁门的槐树上面，生长着一棵九根茎的灵芝，共用一根相互扶持着生长。中间的茎最长，两边长了八根茎，一根比一根短，就像是树阙，非常洁白。武贲郎让段文操留守在那里，并且画出图表呈现上去。（出《大业拾遗记》）

天尊芝

唐天宝初，临川郡人李嘉，所居柱上生芝草，形类天尊。太守张景佚截献之。（出《酉阳杂俎》）

紫 芝

唐大历八年，卢州庐江县紫芝生，高一丈五尺，芝类至多。（出《酉阳杂俎》）

参成芝

参成芝，断而可续。（出《酉阳杂俎》）

夜光芝

夜光芝，一株九实。实坠地如七寸镜，夜视如牛目。茅君种于句曲山。（出《酉阳杂俎》）

隐晨芝

隐晨，状如斗，以星为节，以茎为网。（出《酉阳杂俎》）

凤脑芝

《仙经》言：穿地六尺，以环宝一枚种之，灌以黄水五合，以土坚筑之。三年，生苗如匏，实如桃，五色，名凤脑芝。食其实，唾地为凤，乘升太极。（出《酉阳杂俎》）

白符芝

白符芝，大雪而白华。（出《酉阳杂俎》）

天尊芝

唐代天宝初年，临川人李嘉，所住的地方的柱子上生长出了灵芝草，形状长得像是天尊。太守张景佚将它截取下来进献给皇帝。（出《酉阳杂俎》）

紫 芝

唐代大历八年，卢州的庐江县长出了紫色的灵芝，高有一丈五尺，相似的灵芝非常多。（出《酉阳杂俎》）

参成芝

参成芝，截断之后可以再接上。（出《酉阳杂俎》）

夜光芝

夜光芝，一棵上可以长出九个果实。它的果实落地后像是七寸镜。夜里面看它像是牛的眼睛一样。茅君将它种植在句曲山。（出《酉阳杂俎》）

隐晨芝

隐晨芝，形状像斗，用星星作为结节，用根茎织成网。（出《酉阳杂俎》）

凤脑芝

《仙经》中说："挖六尺深的地，将一枚环宝种进去，浇进五合黄水，用土牢固地修筑。三年之后，生长出的嫩苗像是匏，果实像是桃子，五种颜色，名叫凤脑芝。吃了它的果实，唾沫吐到地上会变成凤凰，骑着凤凰可以升上天宫。"（出《酉阳杂俎》）

白符芝

白符芝，生长在大雪中，开白花。（出《酉阳杂俎》）

五德芝

五德芝，如车马。（出《酉阳杂俎》）

石桂芝

石桂芝，生山石穴中，似桂树而实石也。高如大绞尺，光明而味辛，有枝条。捣服之，一斤得千岁也。（出《酉阳杂俎》）

滴 芝

少室石户中，更有深谷，不可得过。以石投谷中，半日犹闻其声也。去户外十余丈，有石柱，柱上有偃盖石，南度径可一丈许。望之，蜜芝从石上随石偃盖中，良久，辄有一滴，有似雨屋后之余漏，时时一落耳。然蜜芝堕不息，而偃盖亦终滴也。户上刻石为科斗字，曰："得服石蜜芝一斗者，寿万岁。"诸道士共思惟其处，不可得往。唯当以碗器置劲竹木端，以承取之。然竟未有能为之者。按此户上刻题如此，前世必已有之者也。（出《抱朴子》）

木 芝

木芝者，松柏脂沦地千岁，化为茯苓；万岁，其上生小木，状似莲花，名曰木威喜芝。夜视有光，持之甚滑，烧之不焦，带之辟兵。以带鸡，而杂以鸡十二头笼之，去其处十二步，射十二箭，他鸡皆伤，带威喜芝者，终不伤也。（出《抱朴子》）

五德芝

五德芝，长得像车马。（出《酉阳杂俎》）

石桂芝

石桂芝，生长在石穴里，长得像桂树，但实际上是石头。它高大得像是绞尺一样，会发光，味道辛辣，有枝条，捣碎之后服下，吃一斤就可以活上一千岁。（出《酉阳杂俎》）

滴 芝

在少室山的石洞里，还有更深的山谷，没有方法可以越过去。将石头投入山谷之中，半天之后还能听见它的声音。距离洞外十几丈的地方，有一个石柱，石柱上有一块圆形覆盖的石头，丈量南面的直径是一丈左右。抬头仰望它。蜜芝从石上滴到圆形覆盖的石头中，很久，才会有一滴，就像下雨后屋子的余漏，时不时地落下一点。但是蜜芝滴落不停，接着圆形覆盖的石头也因为接满，终究也往下滴。洞口的上面刻着蝌蚪文，是：“能服用石蜜芝一斗的，可以活一万岁。”道士们共同在想怎样到达那个地方，但是没有人能够去。只有用碗等器物放在坚韧的竹木的一端，来接取蜜芝，但是最终也没有能够得到的人。按照这个洞口上刻的那样的文字，前世一定有已经得到蜜芝的了。（出《抱朴子》）

木 芝

木芝，松脂和柏树脂落到地上千年之后，转化成了茯苓；一万年之后，它的上面会长出小的树木，样子像是莲花，名字叫木威喜芝。夜间看它会有光，用手拿取会非常滑，拿火烧它不会焦煳，带着它可以逃避兵灾。将它放在鸡的身上，十二只鸡混合放进鸡笼中，在距离鸡笼十二步，向里面射出十二箭，其他鸡都会受伤，只有带着木威喜芝的鸡，最终也没有受伤。（出《抱朴子》）

萤火芝

良常山有萤火芝，其实是草，大如豆。紫花，夜视有光。食一枚，中心一孔明。食至七，心七窍洞澈。可以夜书。（出《酉阳杂俎》）

肉 芝

昔有人泊渚登岸，忽见芦苇间，有十余昆仑偃卧，手足皆动。惊报舟人，舟人有尝行海中者识之，菌也。往视之，首皆连地。割取食之，菌但无七窍。《抱朴子》云："肉芝如人形，产于地。"亦此类也。何足怪哉？（出《岭南异物志》）

小人芝

或山中见小人，乘车马，长七八寸者，肉芝也。取服芝，即仙矣。（出《抱朴子》）

地下肉芝

兰陵萧逸人，亡其名。尝举进士下第，遂焚其书，隐居潭水上，从道士学神仙。因绝粒吸气，每旦屈伸支体，冀延其寿。积十年余，发尽白，色枯而背偻，齿有堕者。一旦引镜自视，勃然发怒，且曰："吾弃声利，隐身田野间，绝粒吸气，冀得长生。今亦衰瘠如是，岂我之心哉？"即还居郢下，学商人逐什一之利。凡数年，资用大饶，为富家。后因治园屋，发地得物，状类人手，肥而且润，色微红。逸人得之惊曰："岂非祸之芽？且吾闻太岁所在，不可兴土事。脱有犯者，当有修肉出其下，固不祥也。今果有，奈何？然吾闻：得肉食之，或可以免。"于是烹而食，味甚美，食且尽。自

萤火芝

良常山有一种萤火芝，它的果实是一种草，大小像是豆子一样，开着紫色的花，夜间看它会发光。吃一枚下去，心中的一窍会变成透明的，吃到第七枚，心中七窍会明白透彻，用它照明，夜间可以写字。（出《酉阳杂俎》）

肉　芝

以前有人停船上岸，忽然看见芦苇间，有十几个昆仑奴横卧在那里，手脚都在动。他感到很吃惊，回去告诉了船里的其他人。其中曾经航过海的人认出了它，是一种菌类。前往检视，头都连在地上，将它割取下来使用。菌只是没有七窍。《抱朴子》中说："肉芝长得像人形，生长在地上。"说的也是这一类，有什么值得奇怪的呢？（出《岭南异物志》）

小人芝

有的人在山中看见了小人，乘坐着车马，长有七八寸，是肉芝。割取它服食，就会立即成仙。（出《抱朴子》）

地下肉芝

兰陵的萧隐士，忘记了他叫什么名字。曾经去考进士但落榜了，于是烧了他的书，隐居在潭水上，跟随道士学习神仙法术。因此不吃东西只呼吸空气，每天早晨伸展身体，希望延年益寿。就这样过了十几年，头发全白了，面色枯黄，脊背佝偻，牙齿有脱落的。一天早晨拿着镜子检视自己，看到之后非常生气，并且说："我抛弃了功名利禄，隐居在田野之间，不吃东西，只是呼吸空气，希望能够长生不老。现在还是变得如此衰老，这怎么能是我心里的想法？"立刻就回到了郫下居住，学习商人追逐十分之一的利润。过了几年，资本大增，成为了富贵人家。后来因为整治屋宇，挖地后得到一个东西，样子长得像是人的手，肥硕而且圆润，颜色微红。萧隐士得到之后惊奇地说："这是逸人听视明，力愈壮，貌愈少。发之秃者，尽黰然而长矣；齿之堕者，亦骈然而生矣。逸人默自奇异，不敢告于人。后有道士至郧下，逢逸人。惊曰："先生尝得饵仙药乎？何神气清晤如是？"道士因诊其脉。久之又曰："先生尝食灵芝矣。夫灵芝状类人手，肥而且润，色微红者是也。"逸人悟其事，以告。道士贺曰："先生之寿，可与龟鹤齐矣。然不宜居尘俗间，当退休山林，弃人事，神仙可致。"逸人喜而从其语，遂去。竟不知所在。（出《宣室志》）

异菌

唐开成元年春，段成式修行里思第书斋前，有枯紫荆数株蠹折，因伐之，余尺许。至三年秋，枯根上生一菌，大如斗，下布五足，顶黄白两晕，绿垂裙，如鹅鞴，高尺余。至冬，色变黑而死。焚之，气如茅香。成式尝置香炉于枿台上念经，问僧，以为善征。后览诸志怪：南齐吴郡褚思庄，素奉释氏。眠于梁下，短柱是柟木，去地四尺余，有节。大明中，忽有一物如芝，生于节上，黄色鲜明，渐渐长。数日，遂成千佛状。面目指爪及光相衣服，莫不宛具，如金鍱隐起，摩之殊软。尝以春末落，落时佛形如故，但色褐耳。至落时，其家贮之箱中。积五年，思庄不复住其下，亦无他显盛。阖门寿老：思庄父终九十七；兄年七十，健如壮年。（出《酉阳杂俎》）

难道是灾祸的萌芽？并且我听说太岁所在的地方不能够动土。如果有胆敢进犯的，就会有肉从地下出来，这固然是不祥的事情。现在果然有肉挖出来，该怎么办？然而我又听说：得到这块肉之后吃掉，或许可以幸免。”于是就将那块肉烹煮后吃了，味道特别鲜美，吃得很干净。从此以后萧隐士听力和视力更加明晰，力量更加强大，面容更加年轻。头发脱落的地方，全都长出了黑发；牙齿脱落的，也重新长出来了。萧隐士自己默默感觉很奇异，不敢告诉别人。后来有道士到邺下，遇到萧隐士，惊讶地问他：“先生你是吃了仙药吗？为什么如此神清气爽？”道士于是替他诊脉，很久之后又说：“先生你曾经吃过灵芝。灵芝长得像是人的手，肥硕而且圆润，颜色微红的就是它。”萧隐士于是明白了在他身上发生的事情，就将它告诉了道士。道士祝贺他说：“先生你的寿命可以和鹤和龟相齐了。但是不适合居住在凡尘间，应当退隐山林，抛弃人间事，可以修道成仙。”萧隐士非常开心，按照他所说的去做了，就离开了，最终也不知道去哪里了。（出《宣室志》）

异菌

唐朝开成元年的春天，段成式在里思第书斋前修行，几株已经枯萎的紫荆已经被虫蛀得折断了，于是将它砍伐了，只剩下一尺左右。到了开成三年的秋天，那干枯的根部长出一种菌类，大得像斗，下面长出五只脚，顶部有黄白两种晕色，绿色的垂裙，就像用鹅毛制成的车紩，高达一尺多。到冬天的时候，它就变成黑色，死了。焚烧它，气味像是茅草的香味。段成式曾经将香炉放在被砍伐后的木桩上念经，就问僧人。认为这是好的征兆。后来他遍览各种志怪小说，发现了这样的记载：南齐吴郡的褚思庄，向来信奉佛教。一天在屋梁下睡觉，短柱是楠木的，距离地面四尺多，有结节。大明年间，忽然有一个长得像芝草的东西，长在结节上，是非常鲜明的黄色，渐渐长大。几天后，就成了千佛的形状。它们的面容、手指以及长相衣服，没有一个不具备的，就像是暗起的金鍱，摸上去感觉非常柔软。曾经在春末的时候脱落，脱落的时候佛的形状还是像之前一样，但

石菌

宋州莆田县破岗山，唐武宗二年，巨石上生菌，大如合篑，茎及盖黄白色，其下浅红。尽为过僧所食，云：美倍诸菌。（出《酉阳杂俎》）

竹肉

竹肉。江淮有竹肉，生节上，如弹丸，味如白鸡。代北又有大树鸡，如杯棬，呼为胡狲头。卢山有石耳，性热。（出《酉阳杂俎》）

毒菌

江夏汉阳县出毒菌，号茹闾，非茅蒐也，每岁供进。县司常令人于田野间候之，苟有此菌，即立表示人，不敢从下风而过，避其气也。采之日，以竹竿芟倒，遽舍竿于地，毒气入竹，一时爆裂。直候毒歇，仍以榉柳皮蒙手以取，用毡包之，亦榉柳皮重裹，县宰封印而进。其赍致役夫，倍给其直，为其道路多为毒薰，以致头痛也。张康随侍其父宰汉阳，备言之。人有为野菌所毒而笑者，煎鱼椹汁服之，即愈。僧光远说也。（出《北梦琐言》）

是颜色变成了褐色。等到脱落时，他家就会将它储藏在箱子里，过了五年，褚思庄不再住在它的下面，也没有发生其他显要的大事。他家全家都是高寿：褚思庄的父亲终年九十七，褚思庄的兄长七十的时候，还健壮得像是壮年人一样。（出《酉阳杂俎》）

石菌

宋州莆田县的破岗山，在唐武宗二年，巨石上长出了一种菌类，大小像是合篑，它的根茎和盖是黄白色的，下面是浅红的，这些菌类都被路过的僧人吃完了。他们说："这种菌类比其他各种菌类美味几倍。"（出《酉阳杂俎》）

竹肉

江淮有一种竹肉，像是弹丸一样，味道像是白鸡。代北又有一种大树鸡，像是杯棬。称呼它为"胡狲头"。卢山上有石耳，是热性。（出《酉阳杂俎》）

毒菌

江夏的汉阳县产出毒菌，叫茹闾，不是茅蒐。每年都会向朝廷进贡。县里经常让人在田野间等候，如果有这种菌类，就立即设立标志警示人们，不能从下风处经过，要躲避它散发的气息。采集这种菌类的那天，用竹竿将它割倒，要快速将竹竿丢弃在地上，毒气已经进入了竹子，一时间就会爆裂。直等到毒气消歇，就用榉柳皮蒙着手去取，用毛毡包着它，又用榉柳皮重新包裹。县令将它封起来之后进献到宫中。那些送东西进京的仆役，给他们双倍的价钱，因为他们在送去的路上大多会被毒气熏到，以至于会头疼。张康跟随他的父亲在汉阳做县令，非常详细地述说这件事。有因为被野生菌类的毒熏到而笑的人，煎制鱼椹汁服食，会立即痊愈。这是僧人光远说的。（出《北梦琐言》）

苔

叙 苔

苔钱亦谓之泽葵，又名董钱草，亦呼为宣癣，南人呼为垢草。（出《述异记》）

地 钱

地钱，叶圆茎细，有蔓，多生溪涧边。一曰积雪草，亦曰连钱草。（出《酉阳杂俎》）

蔓金苔

晋梨国献蔓金苔。色如金，若萤火之聚，大如鸡卵。投之水中，蔓延波澜之上，光出照日，皆如火生水上也。乃于宫中穿池，广百步，时时观此苔，以乐宫人。宫人有幸者，则以金苔赐之。以置漆碗中，照耀满室，名曰夜明苔。著衣襟则如火光矣。帝虑外人得之，炫惑百姓，诏使除苔塞池。及皇家丧乱，犹有此物。皆入胡中。（出王子年《拾遗记》）

如苣苔

慈恩寺唐三藏院后檐楷，开成末，有苔状如古苣，布于砖上，色如蓝绿，轻软可爱。谈论僧义林，大和初，改葬基法师，初开冢，香气袭人。侧卧砖台上，形如生。砖上苔厚二寸余，作金色，气如爇檀。（出《酉阳杂俎》）

苔

叙苔

苔钱也称作泽葵，又叫董钱草，也称为宣癣，南方人称它为垢草。（出《述异记》）

地钱

地钱，叶子圆根茎细，有藤蔓，大多生长在溪水旁。另一个名字叫作积雪草，也叫连钱草。（出《酉阳杂俎》）

蔓金苔

晋代的梨国向朝廷进献蔓金苔，颜色像是金子，就像是萤火虫聚集在一起，大小像鸡蛋。将它投进水中，它的藤蔓会伸展到波浪之上，阳光出来照射到它上面的时候，都像是火苗生长在水上。于是在宫中挖了一个池子，宽达一百步，每时每刻观察这种蔓金苔，用来让宫人们开心。宫中有人被临幸的，就会用蔓金苔赏赐她。将它放置在漆碗中，光会照亮一整间房子，称它为夜明苔。如果沾上衣襟就会觉得像是有火光。皇帝忧虑外面的人得到这种蔓金苔，会炫耀迷惑百姓，就下令让人除去蔓金苔，填上池子。等到皇家战乱的时候，还有这种物品，都被带到了胡人所在的区域。（出王子年《拾遗记》）

如苣苔

慈恩寺的唐三藏院的后檐是楷木，开成末年的时候，有一种苔长得像古苣，分布在砖上，颜色像是蓝绿色，轻而柔软，非常可爱。谈论僧人义林，大和初年，要给基法师迁葬，一开始打开墓地的时候，香气扑面而来。基法师侧睡在砖台上，形态上像是活人一般。砖上的苔厚两寸多，是金色，气味像是爇檀。（出《酉阳杂俎》）

石发

张乘言，南中水底有草，如石发。每月三四日始生，至八九已后可采。及月尽，悉烂。似随月盛衰也。（出《酉阳杂俎》）

瓦松

《博雅》：“在屋曰昔耶，在墙曰垣衣。”《广志》谓之兰香，生于久屋之瓦。魏明帝好之，命长安西载其瓦于洛阳，以覆屋。前后词人诗中，多用“昔耶”。梁简文帝《咏薇》曰：“缘阶覆碧绮，依檐映昔耶。”或言构木上多松栽，土木气泄，则瓦生松。大历中，修含元殿，有一人投状请瓦，且言瓦工唯我所能。祖父时尝瓦此殿矣，众工不能服。因曰：“若有能瓦毕不生瓦松乎？”众方服焉。又有李阿黑者，亦能治屋，布瓦如齿，间不通綖，亦无瓦松。《本草》：“瓦衣谓之屋游。”（出《酉阳杂俎》）

瓦松赋

崔融《瓦松赋·序》云：“崇文馆瓦松者，产于屋溜之下。谓之木也，访山客而未详；谓之草也，验农皇而罕记。”赋云：“煌煌特秀，状金芝之产溜。历历虚悬，若星榆之种天。葩条郁毓，根祇连拳。间紫苔而裛露，凌碧瓦而含烟。”又曰：“惭魏宫之乌悲，恧汉殿之红莲。”崔公学博，无不该悉，岂不知瓦松已有著说乎？（出《酉阳杂俎》）

石发

张乘说："南方区域的水底有水草，像是石头的头发。每个月的三四号开始生长，到八九号的时候已经可以采收了。等到这个月结束，就全部腐烂了，像是随着月亮的盛衰而变化的。"（出《酉阳杂俎》）

瓦松

《博雅》中说："生长在屋上的叫昔耶，在墙上的是垣衣。"《广志》中叫它兰香。生长在老屋的瓦上。魏明帝非常喜欢它，命令将长安的瓦往西运到洛阳，来覆盖在屋子上。在前前后后的词人的诗中，大多用"昔耶"称呼它。梁代简文帝的《咏蔽》中说："缘阶覆碧绮，依檐映昔耶。"有的说建筑所用的木头大多是松树，土木之气泄露，那么瓦上就会生长出松树。大历年间，整修含元殿的时候，有一个人呈递文状请求让他盖瓦，并且说瓦工只有他可以。他的祖父当时曾经在这个殿盖瓦，各位工人不能够信服。因此说："你们能够让瓦片一生都不长瓦松吗？"各位工人这时候才信服。又有一个李阿黑，也能够整治屋子，布置瓦片像是牙齿一样，中间不互通，也没有瓦松。《本草》中说："瓦衣称作屋游。"（出《酉阳杂俎》）

瓦松赋

崔融的《瓦松赋·序》中说："崇文馆中的瓦松，生长在屋檐的下面。叫它木吧，去访问山中的人也没有得到详细答案；叫它草吧，检视农书也没找到相关记载。"赋中说："煌煌特秀，状金芝之产溜。历历虚悬，若星榆之种天。葩条郁毓，根祇连拳。间紫苔而裛露，凌碧瓦而含烟。"又说："惭魏宫之乌悲，恋汉殿之红莲。"崔融的学识非常广博，没有什么不熟悉的，难道不知道瓦松已经有著作记载了吗？（出《酉阳杂俎》）

卷第四百一十四　草木九

香药

茶芜香

燕昭王时，有波弋之国，贡茶芜香。若焚着衣，弥月不绝。所遇地，土石皆香。经朽木腐草，皆荣秀。用薰枯骨，则肌肉再生。（出《独异志》）

三名香

汉雍仲子进南海香物，拜为涪阳尉，时人谓之香尉。日南郡有香市，商人交易诸香处。南海郡有村香户，日南郡有千亩香林，名香出其中。香州在朱崖郡，洲中出诸异香，往往不知其名。千年松香闻十里，亦谓之三香也。

五名香

聚窟洲在西海中。申未，洲上有大树。与枫木相似，而叶香，闻数百里。名此为返魂树。叩其树，树亦能自声。声如牛吼，闻之者皆心振神骇。伐其根心，于玉釜中煮取汁，更火煎之，如黑饴，

香药

茶芜香

燕昭王的时候，有一个波弋国，进贡了茶芜香。如果焚烧它来附着到衣服上，过一个月味道也不会断绝。所经过的地方，土和石头都会沾惹上香味。经过腐朽的木头和草都会再变得欣欣向荣。用它熏蒸枯骨，肌肉会再次长出来。（出《独异志》）

三名香

汉代的雍仲子向朝廷进献南海的香物，被授予涪阳尉，当时的人称呼他为香尉。日南郡有一个香市，是商人们交易各种香的地方。南海郡有一个村的香户，日南郡有一千亩的香林，名香就出自这里。香州在朱崖郡，洲里面产出各种各样的异香，基本上不知道它们的名字。千年的松香可以在十里外闻到，也称它为三香。

五名香

聚窟洲在西海之中。申未年的时候，洲上长着一棵大树，和枫树很相似，但是叶子会散发香味，可以在数百里外闻到，叫这种树为返魂树。叩击这棵树，树也能够自己发出声音，声音像是牛叫一样，听见可令丸。名曰惊精香，或名之为振灵丸，或名之为返生香，或名之为人鸟精香，或名为却死香。一种五名。斯灵物也，香气闻数百里，死尸在地，闻气乃活。（《十洲记》）

沉 香

唐太宗问高州首领冯盎云："卿宅去沉香远近？"对曰："宅左右即出香树，然其生者无香，唯朽者始香矣。"（出《国史异纂》）

龙脑香

龙脑香树，出婆利国。婆利呼为个不婆律，亦出波斯国。树高八九丈，大可六七围。叶圆而背白，无花实。其树有肥有瘦，瘦者出婆律膏。香在木心，中断其树，劈取之，膏于树端流出，斫树作坎而承之。入药用，别有法。（出《酉阳杂俎》）

安息香

安息香树，出波斯国，波斯呼为辟邪。树长三丈，皮色黄黑。叶有四角，经寒不凋。二月开花，黄色，心微碧，不结实。刻其叶而其胶如饴，名安息香。六七月坚凝，乃取之。烧之通神明，辟众恶。（出《酉阳杂俎》）

一木五香

一木五香：根旃檀，节沉，花鸡舌，叶藿，胶薰陆。（出《酉阳这种声音的人的心神都会被震动。砍出它的根的中心部分，在玉锅中煮，取出汁水，更换水煎制，就像是黑糖，可以制作成丸药，称呼它为惊精香，有的称它为振灵丸，有的称它为返生香，有的称它为人鸟精香，有的称它为却死香。一种丸药五个名字。这种灵物，香气可以在数百里之外闻得到，如果死尸躺在地上，闻见这种香气可以复活。（《十洲记》）

沉香

唐太宗问高州的首领冯盎说："你的宅子距离沉香有多远？"回答说："我家宅的左右就是香树，但是它生机勃勃的时候没有香味，只有腐朽之后才发出香味。"（出《国史异纂》）

龙脑香

龙脑香树，产自婆利国。婆利国人称它为个不婆律。波斯国也有出产。树木高达八九丈，大的围长可以达到六七围。叶子是圆的，叶背是白的，不开花就结果。这种树有肥有瘦，瘦的树产出婆律膏。香在木头的中心，从中间砍断树木，劈开它取出龙脑香，婆律膏从树的一端流出来，在树上砍出坑穴来接着。将它入药，另外有用法。（出《酉阳杂俎》）

安息香

安息香树，出产自波斯国。波斯人称它为辟邪。树高达三丈，皮是黄黑色的，叶子有四个角，经历寒冬而不凋零。二月的时候开花，黄色，花心有些许绿色，不结果实。划开它的叶子，里面的胶质像是糖，称它为安息香。六七月的时候会凝结变得坚硬，就取出来。燃烧它可以上通神明，躲避各种邪毒。（出《酉阳杂俎》）

一木五香

一棵树上产出五种香：根上产出旃檀香，节上产出沉香，花上产

杂俎》)

诃黎勒

高仙芝伐大食，得诃黎勒，长五六寸。初置抹肚中，便觉腹痛，因快痢十余行。初谓诃黎勒为祟，因欲弃之。以问大食长老，长老云：“此物人带，一切病消，痢者出恶物耳。”仙芝甚宝惜之。天宝末被诛，遂失所在。(出《广异记》)

白豆蔻

白豆蔻，出加古罗国，呼为多骨。形如芭蕉，叶似杜若，长八九尺，冬夏不凋。花浅黄色，子作朵，如蒲萄。其子初出，微青，熟则变白。七月采。(出《酉阳杂俎》)

䅿齐香

䅿齐香，出波斯国，佛林呼为顶勃梨咃。长一丈，围一尺许。皮青色，薄而极光净。叶似阿魏，每三叶生于条端。无花实。西域人常八月伐之。致腊月，更抽新条，极滋茂，若不剪除，枯死。七月断其枝，有黄汁，其状如蜜，微有香气。入缶，疗百病。(出《酉阳杂俎》)

无石子

无石子，出波斯国。波斯呼为摩贼。树长六七丈，围八九尺。叶如桃叶而长。三月开花，白色，花心微红。子圆如弹丸，初青，熟乃黄白。虫食成孔者正熟。皮无孔者，入药用。其树一年生无石

出鸡舌香，叶上产出藿香，胶上产出薰陆香。（出《酉阳杂俎》）

诃黎勒

高仙芝征伐大食国，得到一种诃黎勒，长有五六寸，一开始放在抹胸中，就觉得肚子疼，于是拉了十几次肚子。一开始说是诃黎勒捣鬼，因此想要扔了它。拿它问大食国的长老，长老说："人带着这种东西，一切病都会消解，拉肚子是排出毒物。"高仙芝听了之后非常珍惜它。天宝末年他被诛杀的时候，诃黎勒就不知道去哪里了。（出《广异记》）

白豆蔻

白豆蔻，出产自加古罗国，人们称呼它为多骨。长得像芭蕉，叶子长得像杜若，长有八九尺，冬天和夏天都不会凋零。花是浅黄色的，它的果实是朵状的，像葡萄一样。它刚结果的时候，是微青色，成熟的时候就会变成白色。七月是采摘的时间。（出《酉阳杂俎》）

𪌉齐香

𪌉齐香，出产自波斯国，佛林人称呼它为顶勃梨咃。长有一丈，围长一尺左右。皮是青色的，轻薄而且特别干净光滑。叶子长得像是阿魏，每每有三个叶子生长在枝条的顶端，不开花就结果。西域人经常在八月份砍伐它。到了腊月，就会重新抽出新的枝条，非常茂盛，如果不将他们剪掉，就会枯死。七月的时候砍断它的树枝，会有黄色的汁液，它的样子像是蜜糖，有轻微的香气，将它放进瓦器，可以治疗很多种病。（出《酉阳杂俎》）

无石子

无石子，出产自波斯国。波斯人称呼它为摩贼。树高六七丈，树围八九尺。叶子长得像桃树的叶子但比桃树的叶子长。三月的时候开花，花是白色的，花心微红。它的果实圆圆的，像是弹丸一样，一

子，一年生皱屡子。大如指，长三寸，上有壳。中仁如栗黄，可啖。（出《酉阳杂俎》）

紫铆

紫铆树，出真腊国，真腊呼为勒佉。亦出波斯国。树长一丈，枝条郁茂。叶似橘，经冬不凋。三月开花，白色，不结子。天大雾露及雨，沾其树枝条，即出紫铆。波斯国使乌海及沙利深，所说并同。真腊国使折冲都尉沙门陁沙尼拔陁，言蚁运土于树作窠，蚁壤得雨露凝结，而成紫铆。昆仑国者善，波斯国者次之。（出《酉阳杂俎》）

阿魏

阿魏，出伽阇那国，即北天竺也。伽阇那呼为形虞。亦出波斯国，波斯呼为阿虞截。树长八九丈，皮青黄。三月生叶，形似鼠耳。无花实。断其枝，汁出如饴，久乃坚凝。佛林国僧变，所说同。摩伽陁国僧提婆，言取其汁和米豆屑，合成阿魏。（出《酉阳杂俎》）

荜拨

荜拨，出摩伽陁国，呼为荜拨梨。佛林国呼为阿梨诃咃。苗长三四尺，茎细如箸，叶似蕺叶，子似桑椹。八月采。（出《酉阳杂俎》）

开始是青色，成熟之后变成黄白色。虫咬出孔洞的正是成熟的。皮上面没有孔洞的，可以作为药用。这种树一年长无石子，一年长跋屡子。大小像是手指，长三寸，上面有壳。中间的果仁像是栗子黄，可以吃。（出《酉阳杂俎》）

紫铫

紫铫树，出产自真腊国。真腊人称呼它为勒佉。波斯国也有出产。树高一丈，枝条繁茂。叶子长得像橘树的叶子，经历寒冬也不凋零。三月的时候开花，白色，不结果。天上下大雾、大露和大雨的时候，沾到这种树的枝条，就会出现紫铫。波斯国的使者乌海和沙利深所讲述的一样。真腊国的使者折冲都尉沙门陀沙尼拔陀说蚂蚁运送沙土到树上做窝，蚂蚁的土壤因为得到雨露的滋润而凝结成紫铫。昆仑国的紫铫是上品，波斯国的稍微差一点。（出《酉阳杂俎》）

阿魏

阿魏，出产自伽阇那国，就是北天竺国。伽阇那人称呼它为形虞。波斯国也有出产，波斯人称呼它为阿虞截。树高八九丈，皮是青黄色。三月的时候长出新叶，样子像是老鼠的耳朵，不开花就结果。折断它的树枝，枝叶像糖一样流淌出来，时间长了就会变得坚硬。佛林国的僧人变，说的和这种情形相同。摩伽陀国的僧人提婆，说取这种树的汁液混合米屑和豆屑，就可以合成阿魏。（出《酉阳杂俎》）

荜拨

荜拨，出产自摩伽陀国，摩伽陀人称呼它为荜拨梨。佛林国人称呼它为阿梨诃咃。苗高三四尺，根茎细得像是筷子一样，叶子像是蕺菜叶，果实像是桑椹，八月是它的采摘时间。（出《酉阳杂俎》）

胡椒

胡椒，出摩伽陁国，呼为昧履支。其苗蔓生，茎极柔弱。叶长寸半，有细条，与叶齐。条上结子，两两相对。其叶晨开暮合，合则裹其子于叶中。子形似汉椒，至芳辣。六月采。今作胡盘肉食，皆用之。（出《酉阳杂俎》）

阿勃参

阿勃参，出佛林国。长一丈余，皮色青白。叶细，两两相对。花似蔓菁，正黄。子似胡椒，赤色。斫其枝，汁如油，以涂癣疥，无不瘳。其油极贵，价重于金。（出《酉阳杂俎》）

山藷

熙穆县里多山藷。《本草》云：南山之阴曰署预，消热下气，补五脏。（出《南越志》）

麻黄

麻黄，茎端开花。花小而黄，簇生。子如覆盆，可食。至冬枯死，如草，及春却青。（出《酉阳杂俎》）

荆三棱

唐河东裴同父，患腹痛数年，不可忍。嘱其子曰："吾死后，必出吾病。"子从之。出得一物，大如鹿条脯，悬之久干。有客窃之，其坚如骨，削之，文彩焕发。遂以为刀把子，佩之。在路放马，抽刀子割三棱草，坐其上，把尽消成水。客怪之，回以问同。同泣，具言之。后病状同者，服三棱草汁多验。（出《朝野佥载》）

胡椒

胡椒，出产自摩伽陀国，摩伽陀人称呼它为昧履支。它的秧苗是蔓生的，根茎非常柔弱。叶子长一寸半，有细条，和叶子一样齐。细条上结果，两两相对。它的叶子早晨舒展晚上合上，合上的时候会将它的果实裹进叶子中间。它的果实形状像是汉椒，非常芳香辛辣。六月是采收时间。现在做胡盘肉吃的时候，都会用胡椒。（出《酉阳杂俎》）

阿勃参

阿勃参，出自佛林国。长有一丈多。皮是青白色的。叶子很细，两两相对生长。花长得像是蔓菁花，正黄色。果实长得像是胡椒，红色。砍断它的枝条，它的汁液像油一样，用它来涂抹治疗癣疥，没有不痊愈的。它的油非常贵，价值比黄金还贵重。（出《酉阳杂俎》）

山藷

熙穆县中有很多山藷。《本草》中说：南山的北边出产的叫署预，可以消热下气，滋补五脏。（出《南越志》）

麻黄

麻黄，在根茎的末端开花。花非常小，黄色，丛生。它的果实像是覆盆子，可以吃。到冬天会枯死，像草一样，等到春天会回青。（出《酉阳杂俎》）

荆三棱

唐朝时的河东人裴同的父亲，得了腹痛病很多年，疼痛得不能忍受的时候，嘱咐他的儿子说："我死了之后，一定要找出我的病因。"他的儿子听从了父亲的话。从死去的父亲的肚子里拿出一个东西，大得像是鹿条脯，悬挂很久之后就干了。有个客人将它偷了去，它坚硬得像骨头一样，用刀砍削它，焕发出光彩。于是将它做成了刀

服饵

服松脂

上党有赵瞿者，病癞历年，众治之不愈。垂死，或云："不如及活流弃之，否则后子孙转相注易。"其家乃为赍粮而送之，置山穴中。瞿居穴中，自怨不幸。昼夜悲叹，涕泣经日。有仙人行过穴口而哀之，具问讯焉。瞿知其异人，乃叩头自陈，乞哀于仙人。以囊药赐之，教其服法。瞿服之百许日，愈疮，颜色丰悦，肌肤玉泽。仙人又过视之，瞿谢受更生活之恩，乞丐其方。仙人告之云："此是松脂耳，此山中更多此物，汝炼之服，可以长生不死。"瞿乃归。家人初谓之鬼也，甚惊愕。遂具言状。后服松脂不撤，身体转轻，气力百倍，登高越险，终日不倦。年百七十岁，齿不堕，发不白。夜卧，忽见屋间有光，大如镜者。以问左右，皆云不见。久而渐大，一室尽明，如昼日。又夜见面上有婇女二人，长二三寸，面目皆具，但为小耳。游戏其口鼻之间，如是且一年。此女稍长如大人，在侧。又常闻琴瑟之音，欣然独笑。在人间二百许年，色如少童。乃抱犊入山去。必地仙也。其间闻瞿服松脂如此，于是竞服。其多力者，乃车运驴负，积之盈室。服之远者，不过一月，未觉有大益，辄止。有志者难得如是也。（出《抱朴子》）

把子，佩戴在身上。在路旁放马的时候，抽出了刀子割取三棱草坐在上面，刀把全都消解变成了水。客人对此感到非常奇怪，回去问裴同这件事，裴同哭了，把事情详细告诉了他。后来有症状和他父亲相同的，服用三棱草汁后大多灵验。（出《朝野佥载》）

服饵

服松脂

上党有一个叫赵瞿的人，得了癞疮很多年，看了很多医生都没有治愈。在将死的时候，有人说："不如趁着他还活着将他抛弃，如果不是这样，那么他的后世子孙一定会受到传染的。"他的家人于是为他准备粮食送他走，将他放在山洞里。他居住在山洞中，自己埋怨自己十分不幸。白天黑夜悲伤叹息，整天哭泣。有神仙经过洞穴觉得他很可怜，详细地问他发生了什么事。赵瞿知道他是神异之人，于是向他叩头，自己述说发生了什么事，苦苦地向仙人乞求。仙人将袋子中的药赏赐给了他，教他服用的方法。赵瞿服用了一百多天，身上的癞疮被治愈了，脸色丰润悦目，肌肤润泽。仙人经过又来探视，赵瞿感谢他救命之恩，乞求仙人告诉他药方。仙人告诉他："这是松脂罢了。这个山里这种松脂特别多，你提炼之后服用，可以长生不死。"赵瞿于是就回去了。他的家人一开始以为他是鬼，感到十分惊愕，于是赵瞿将事情详细地告诉了他们。后来，他连续不断地服用松脂，身体变得轻盈，力气增加了百倍，登上高处穿越险地，一整天也不会疲倦。他活到一百七十岁的时候，牙齿没有脱落，头发没有变白。夜间躺着的时候，忽然看见屋子中间有亮光，大小像镜子一样。问身边的人，都说没有看见。过了一段时间渐渐变大，一整个屋子都变亮，像是白天一般。又在夜里看见自己的脸上有两个宫女，身高二三寸，面上五官全都具备，只是非常小，在他的嘴巴和鼻子之间游戏。就这样过了一年。这两个女子稍稍长成了大一点的人，站在他的身侧。又经常听见琴瑟的声音。他非常开心，独自在笑。赵瞿在人间活了两百

饵松蕊

《遁甲经》云："沙土之福，云阳之墟，可以隐居。"云阳氏，古之仙人。《方记》曰："南岳百里有福地，松高一千尺，围即数寻，而蕊甘，仙人可饵。"相传服食炼行之人，采此松膏而服，不苦涩。与诸处松别。（出《十道记》）

赐茯苓

沈约谢始安王赐茯苓。一枝重一十二斤八两，有表。（出《酉阳杂俎》）

服茯苓

任子季，服茯苓十八年，仙人玉女往从之。能隐能彰，不复食谷，灸瘢皆灭，面体玉光。（出《抱朴子》）

服菖蒲

韩众，服菖蒲十三年，身生毛。日视书万言，皆诵之。冬袒不寒。又菖蒲须生得石上，一寸九节已上，紫花者尤善。（出《抱朴子》）

服桂

赵他子，服桂二十一年，毛生，日行五百里，力举千斤。（出多年，脸上还像是儿童一样。于是他抱着犊子进入山中，一定是个地仙。在这期间有人听说赵瞿如此服用松脂，于是大家竞相服用。其中力气比较大的，就用车运驴背，发誓要堆满一整个房间。服用时间长的，没有超过一个月，因为不觉得大有好处，就停止了。即使有毅力的人也难以做到赵瞿那样。（出《抱朴子》）

饵松蕊

《遁甲经》说："沙土之福，云阳之墟，可以隐居。"云阳氏，是古代的仙人。《方记》上记载："在距离南岳一百里的地方有一块福地，松树高达一千尺，树围达到几寻，松蕊是甘甜的，仙人可以吃得到。"相传服用它修行的人，采摘这种松膏服食，不觉得苦涩，和其他地方的松树很有区别。（出《十道记》）

赐茯苓

沈约感谢始安王赏赐给他茯苓。一枝重达十二斤八两。收录在表中。（出《酉阳杂俎》）

服茯苓

任子季，服用茯苓十八年，仙人玉女都前去跟随。他可以隐身可以现身，不再吃五谷，身上的伤疤都自行消失了，面容和身体都呈现出玉一样的光泽。（出《抱朴子》）

服菖蒲

韩众，服用了菖蒲十三年，身上长出了毛。一天能够看一万字的书，并且都能够背诵。冬天袒露身体也不觉得寒冷。又菖蒲必须得是长在石头上，一寸九节以上，开紫花的特别好。（出《抱朴子》）

服 桂

赵他子，服用桂花二十一年，长出了毛，一天可以行走五百里，

《抱朴子》）

饵柠实柠与楮同

柠木实之赤者，饵之一年，老者还少，令人彻食见鬼。昔道士梁顷，年七十，乃服之，转更少。年至百四十岁，能夜书，走及奔马。入青龙山去。（出《抱朴子》）

服五味子

移门子，食服五味子六十年，色如玉女，入水不沾，入火不灼。（出《抱朴子》）

食术

南阳文氏说，其先祖汉末大乱，逃壶山中，饥困欲死，有一人教之食术，云遂不饥。十年乃来还乡里，颜色更少，气力胜故。自说在山中时，身轻欲跳，登高履险，历日不倦，行冰雪中，了不知寒。常见一高岩上，有数人对博戏者，有读书者，俯而视之，文氏因闻其相问。言："此子可呼上否？"其一人答："未可也。"林子明服术十一年，耳长五寸，身轻如飞，能超逾渊谷二丈许。（出《抱朴子》）

服桃胶

桃胶，以桑木灰渍，服之，百病愈。久久身有光，在晦夜之地，如月出也。多服之，则可以断谷矣。（出《抱朴子》）

能够举起千斤重的东西。（出《抱朴子》）

饵柠实柠与楮同

柠木的红色果实，服用一年，年老的人就会回到年少，会让人吃多了产生幻觉。以前有一个道士梁顷，七十岁了，服用之后，变得更加年少。活到一百四十岁的时候，能在夜里写字，能够追得上奔跑的马儿，后来进入青龙山中了。（出《抱朴子》）

服五味子

移门子，服用了五味子六十年，面色像是玉女一样，入水不沾水，入火不会被灼烧。（出《抱朴子》）

食术

南阳的文氏说，他家的先祖在汉末乱世的时候，逃到了壶山里，饥饿困顿得快要死的时候，有一个人教了他食术，说这样才没再觉得饥饿。十年之后才回到乡里，他的面色更加年轻了，力气比以前更大了。自己说在山中的时候，身体轻盈得想要跳跃，登上高处，穿越险地，整天也不会疲倦。在冰雪之中行走，全然不知寒冷。曾经看见一块高大的岩石上，有几个人相对着赌博，有一个读书的人在上面往下看，文氏因此听见他们在上面相互问答。说：“这个人可以叫上来吗？”其中一个人回答：“还不能。”林子明服用这种食术十一年，耳朵长了五寸，身体轻盈得就像能够飞行，能够跨越两丈左右的深渊。（出《抱朴子》）

服桃胶

桃胶，用桑木灰腌渍，服用它，各种病都能被治愈。时间长了身上有光亮，在黑暗的地方，就像有月亮出来。服用得多了，可以断食五谷了。（出《抱朴子》）

服地黄

楚子，服地黄八年，夜视有光，手上车弩。（出《抱朴子》）

服远志

陵阳子仲，服远志二十年，有子二十七人。开书所视不忘。（出《抱朴子》）

服天门冬

杜子微，服天门冬八十年，妾有子百四十人。日行三百里。（出《抱朴子》）

饮菊潭水

荆州菊潭，其源傍，芳菊被涯澳，其滋液极甘。深谷中有三十余家，不得穿井，仰饮此水。上寿二三百，中寿百余，其七十八十，犹以为夭。菊能轻身益气，令人久寿，有征。（出《十洲记》）

饮甘菊谷水

南阳郦县山中，有甘谷水。所以甘者，谷上左右皆生甘菊，菊花堕其中，历世弥久，故水味为变。其临此谷中居民，皆不穿井，悉饮甘谷水。饮者无不考寿，高者百四五十岁，下者不失八九十，无夭年人，得此菊力也。故司空王畅、太尉刘宽、太傅袁隗，皆为南阳太守，每到官，常使郦县月送甘谷水四十斛，以为饮食。此诸公多患风痹及眩冒，皆得愈。但不能大得其益。如甘谷上居民，小生便饮食此水者耳。又菊花与薏花相似，直以甘苦别之耳。菊甘而薏苦。谚言所谓“苦如薏”也。今所在有贡菊，但为少耳。率多

服地黄

楚子，服用地黄八年，夜间看东西有光，手的力气比车弩还大。（出《抱朴子》）

服远志

陵阳的子仲，服用远志二十年，有二十七个儿子，打开书之后所看的内容不会忘记。（出《抱朴子》）

服天门冬

杜子微，服用天门冬八十年，他的妾生了一百四十个子女，一天可以行走三百里。（出《抱朴子》）

饮菊潭水

荆州的菊潭，在它的源头旁边，水边长满了芳香的菊花，它的滋味特别甘甜。深谷中住着三十多户人家，他们不能挖井，全仰赖饮用这潭水。村中上等寿命的人两三百岁，中等寿命的人一百多岁，如果活了七八十岁还被认为是夭折呢！菊花可以让身体轻盈，增益气血，让人能够活得长久，这就是证明。（出《十洲记》）

饮甘菊谷水

南阳郦县的山中，有甘甜的谷水。之所以甘甜，是因为山谷上左右都生长着甘菊，菊花坠入水中，经历的时间非常长，所以水的味道为之变化。临近这个山谷的居民都不打井，都喝这种甘甜的谷水。喝的人没有不增加寿命的，年寿高的可以达到一百四五十岁，年寿低的也不会少于八九十，没有夭折的人。这全都仰仗这种菊花的力量。所以司空王畅、太尉刘宽、太傅袁隗，都做过南阳太守。每次到任，经常让郦县每月送来四十斛甘甜的谷水，以此作为吃喝用水。这几个人大多患有风痹及眩冒，都被治愈了。但是不能够得到很大的好处。就像甘谷上的居民，从小就喝这种水。又菊花和薏花很像，只生于水侧也。缑氏山与郦县最多。仙方所谓“白精、更生、周盈”，皆一菊，而根茎花实异名。其说甚美。而近来服之者略无效，正由不得真菊也。夫甘菊谷水，南方气味，亦未足言，而其上居民以延年，况得服好药，安得无益乎？（出《抱朴子》）

食黄精

临川有士人，虐遇其所使婢。婢不堪其毒，乃逃入山中。久之粮尽，饥甚。坐水边，见野草枝叶可爱，即拔取，濯水中，连根食之，甚美。自是恒食，久之遂不饥，而更轻健。夜息大树下，闻草中兽走，以为虎而惧，因念得上树梢乃佳也。正尔念之，而身已在树梢矣。及晓，又念当下平地，又欻然而下。自是意有所之，身即飘然而去。或自一峰之一峰顶，若飞鸟焉。数岁，其家人伐薪见之，以告其主，使捕之，不得。一日，遇其在绝壁下，即以细绳三面围之。俄腾上山顶，其主益骇异，必欲致之。或曰：“此婢也，安有仙骨？不过得灵药饵之尔。试以盛馔，多其五味，令甚香美，值其往来之路，观其食之否？”如其言，果来就食。食讫，不复能远去，遂为所擒，具述其故。问其所食草之形，即黄精也。复使之，遂不能得。其婢数年亦卒。（出《稽神录》）

是味道上甜和苦的区别罢了。菊花是甘甜的，薏花是苦涩的。就是谚语所说的“苦如薏”。现在所在的地方有贡菊，但是非常少，大多生长在水边，缑氏山与郦县是最多的。仙方中所说的“白精、更生、周盈”，全都是菊花，只是它的根茎、花、果实名字不同。这种说法很美，但是近年来服用它的人却没有什么效果，正是因为没得到真正的菊花啊。甘菊谷水，南方的气味，也不值得多说，但是甘谷上的居民拿它来增加年寿，何况能够服用好药，又怎么能没有好处呢？（出《抱朴子》）

食黄精

临川有一个士人，虐待他所使唤的婢女，他的婢女忍受不了他的毒打，于是逃到了山中。时间长了粮食就吃完了，她感到非常饥饿。坐在水边，看见野草的枝叶非常可爱，就立即拔下来，放在水中洗净，连同根部一起吃了，非常美味。从此以后就经常吃，时间长了就不再饥饿，而且身体更加轻盈健康。夜间在大树下休息，听见草里面有野兽行走，认为是老虎而觉得惊惧，想到能上到树上才好，正想着，身体已经在树梢上了。等到天亮的时候，又想到应当下到地上，突然就下到平地上了。从此以后，意念想到了什么，身体就会跟着飘然而至。有时候从一座山峰到另一座山峰的峰顶，像是飞行的鸟儿。几年之后，士人的仆人砍柴见到他，前去告诉他的主人，主人听说后让人前来逮捕她，但是捉不到。一天，逮捕她的人在绝壁下遇见了她，就用细绳子从三面包围她。但她一下子就飞上了山顶，她的主人更加惊骇，一定要抓到她。有人说：“这个婢女，难道有仙骨吗？不过是获得了灵验的药罢了。试着做一顿丰盛的饭菜，多准备一点，让它十分美味，放在她来来往往的路上，看她吃不吃。”士人按照他说的做了，那个婢女果然来吃了，吃完了，不能再走远，就被抓住了，她详细述说了其中的缘故。问她所吃的草的形状，发现就是黄精。又让她前去，还是没能够得到，那个婢女几年后也去世了。（出《稽神录》）

卷第四百一十五 草木十

木怪

木怪

张叔高

桂阳太守江夏张辽字叔高，留其使家居买田。田中有大树十余围，扶疏盖数亩，地不生谷。遣客伐之，有赤汁六七斗出。客惊怖归，具白叔高。高怒曰："树老赤汁，有何等血！"因自行，复斫之，血大流洒。叔高使先斫其枝。有一空处，见白头公可长四五尺，忽出往叔高。叔高乃逆格之，如此凡数四头。左右皆怖伏地，而叔高恬如也。徐熟视，非人非兽，遂伐其木。是岁，司空辟高为侍御史、兖州刺史，以居二千石之尊，过乡里，荐祝祖考，竟无他怪。（出《风俗通》）

陆敬叔

吴先主时，陆敬叔为建安郡太守。使人伐大樟树，不数斧，有血出，树断，有物人面狗身，从树中出。敬叔曰："此名彭侯。"乃烹食之。白泽图曰："木之精名彭侯，状如黑狗，无尾。可烹食之。"（出《搜神记》）

木怪

张叔高

桂阳太守江夏人张辽，字叔高，留下他的使役在家买田。田里面有一棵十几围粗的大树，它的枝叶繁茂，可以覆盖好几亩，地上不生谷物，派食客去砍伐它，流出了六七斗红色的汁液。食客非常惊恐地回来了，将详细情况告诉了张叔高。张叔高愤怒地说："这是树老了之后的红色汁水，哪有什么血！"于是自己前往，再次砍伐，血再次奔涌。张叔高就让人先砍枝条，有一个空白的地方，出现了一个白头老翁，身长四五尺，忽然出来往张叔高走去。张叔高于是迎上去击打他。就这样来往了几次，身边的人都害怕得趴在了地上，但是张叔高却很泰然。慢慢地打量，发现他不是人也不是兽，于是最终砍倒了那棵树。这一年，司空召请张叔高做侍御史、兖州刺史，处在享有二千石俸禄的位置上，经过乡里，祭祀祖先的时候，最终也没有发生其他怪事。(出《风俗通》)

陆敬叔

吴地在先主的时候，陆敬叔作为建安郡太守时，让人砍伐大樟树，还没有砍几斧子，就有血出现，树断了之后，有一个东西长着人的脸狗的身子，从树中出现。陆敬叔说："这个东西名字叫彭侯。"于是将它煮着吃了。白泽图说："树精的名字叫彭侯，样子像是黑狗，没有尾巴，可以煮来吃。"(出《搜神记》)

聂友

吴聂友字文悌，豫章新淦人。少时贫贱，常好射猎。见一白鹿，射之中，寻踪血尽，不知所在。饥困，卧梓树下。仰见所射鹿箭，著树枝，怪之。于是还家赍粮，命子弟持斧伐之。树有血，遂截为二板。牵置陂中，常沉，时复浮出，出家必有吉。友欲迎宾客，常乘此板。或于中流欲没，客大惧，友呵之，复浮。仕宦如愿，位至丹阳太守。其板忽随至石头，友惊曰："此陂中板来，必有意。"因解职还家。二板挟两边，一日即至。自尔后，板出或为凶祸。今新淦北二十里余，曰封谿，有聂友截梓树版涛牂柯处。牂柯有樟树，今犹存，乃聂友回日所栽，枝叶皆向下生。（出《搜神记》）

董奇

京兆董奇庭前有大树，阴映甚佳。后霖雨，奇独在家乡，有小吏言："太承云府君来。"乃见承云著通天冠，长八尺，自言为方伯，某第三子有隽才，方当与君周旋。明日，觉树下有异。每晡后无人，辄有一少年就奇语戏，或命取饮食。如是半年。奇气强壮，一门无疾。奇后适下墅，其仆客三人送护。言树材可用，欲货之，郎常不听，今试共斩斫之。奇遂许之。神亦自尔绝矣。（出《幽明录》）

聂友

吴时的聂友，字文悌，豫章新淦人。年少的时候穷困又没有社会地位，经常喜欢打猎。看见一只白鹿，就射中了它，沿着血迹追寻它的踪迹，血迹看不见了，就不知道白鹿去哪里了。他感到又饿又困，就睡在梓树下面。仰头看见射那只鹿所用的箭扎进了树枝，感觉非常奇怪。于是他回到家准备干粮，让子弟拿斧头砍那棵树，树上出现了血，于是将它截成了两块木板。将它们带到水边，放进池塘，它们经常沉入水中，偶尔再次浮出水面。浮出水面的时候家中一定有好事。聂友想要迎接宾客，经常乘坐这两块板。有时在水流的中央将要沉没，客人非常害怕的时候，聂友就呵斥它，它就会再次浮上来。他的仕途如他所愿，官至丹阳太守。他的木板忽然又一天随着他到石头城，聂友大惊说："这池塘中的木板前来，一定有它的用意。"于是辞职回家，将两块板夹在两边，一天就到家了。从此之后，木板出现有时预示着灾祸。现在新淦县北边二十多里的地方，叫封溪，有聂友截断梓树板泛游后停泊系绳子的木桩，木桩旁有樟树，现在还存在，是聂友回来的时候栽的，这棵树的树枝树叶都向下生长。（出《搜神记》）

董奇

京兆的董奇的宅子前有一棵大树，茂盛遮荫，挺不错的。后来天上降雨，董奇独自在家乡，有一个小官说："太承云府君前来。"于是他看见承云头戴通天冠，身高八尺，自己说自己是方伯，说："我的第三个儿子有出众的才能，将会和你打交道。"第二天，他觉察到树下面有异常。每次中午没人的时候，就会有一个少年前来说话戏耍，有时让他拿些吃的和喝的，就这样过了半年。董奇的气血强健，一家都没有疾病。董奇后来到别墅去，他的仆人和食客总共三个人护送。他们说："那棵大树的木材有使用价值，想要卖掉它，你常常不同意，现在是不是能将它一起砍了呢？"董奇于是允许了。神灵也从此绝迹了。（出《幽明录》）

赵翼

永嘉松阳赵翼以义熙中与大儿鲜共伐山桃树，有血流，惊而止。后忽失第三息所在，经十日自归。闻空中有语声，或歌哭。翼语之曰："汝既是神，何不与我相见？"答曰："我正气耳。舍北有大枫树，南有孤峰，名曰石楼。四壁绝立，人兽莫履。小有失意，便取此儿著树杪及石楼上。举家叩头请之，然后得下。"（出《异苑》）

魏佛陀

梁末，蔡州布席家空宅，相承云，凶不可居。有回防都督军人魏佛陀将火入宅，前堂止息。曛黄之际，堂舍有一物，人面狗身，无尾，在舍跳踯。佛陀挽弓射之，一发即不复见。明日发屋，看箭饮羽，得一朽木，可长尺许，下有凝血。自后遂绝。（出《五行记》）

临淮将

上元中，临淮诸将等乘夜宴集，燔炙猪羊，芬馥备至。有一巨手从窗中入，言乞一脔，众皆不与。频乞数四，终亦不与。乃潜结绳作弨，施于孔所。绐云："与肉。"手复入，因而系其臂。牵挽甚至，而不能脱。欲明，乃朴然而断。视之，是一杨枝。持以求树，近至河上，以碎断，往往有血。（出《广异记》）

赵翼

永嘉松阳的赵翼在义熙年间和大儿子赵鲜一起砍伐山桃树，看到有血流出来，惊恐地停止了。后来他的第三个儿子忽然失踪了，过了十天他自己又回来了。听见空中有说话的声音，有时候歌唱，有时候哭。赵翼对他说："你既然是神，为什么不和我相见呢？"回答说："我只是正气罢了。在屋子的北面有一棵大枫树，南面有一座孤峰，名字叫石楼。四面是悬崖绝壁，人和走兽都不能够行走，一有不开心的时候，就抓这个孩子挂在树梢和石楼上，他全家磕头请求，才能够让他下来。"（出《异苑》）

魏佛陀

梁朝末年的时候，蔡州布席家有一座空宅子，相传说，凶邪到不能居住。有一个回防的都督军人魏佛陀带着火进入这个空宅子，在前堂休息。在黄昏之际，屋子里面有一个东西，长着人的脸狗的身体，没有尾巴，在屋子里跳来跳去。魏佛陀搭弓向它射去，一箭射过去就不再能看见了。第二天挖掘屋子，看见箭深入至没羽，得到一块腐朽的木头，长一尺左右，下面有已经凝固的血，从此以后这里的凶邪就断绝了。（出《五行记》）

临淮将

上元年间，临淮的各位将领乘着夜宴聚集，炙烤猪羊，香气浓郁。有一只巨大的手从窗户中伸进来，说想要求块肉吃，但众人都不给他。再三请求，最终还是没给他。于是偷偷结绳做了一个环，放在有孔的地方，欺骗他说："给你肉。"那只巨手再次伸进来，因此拴住了那个人的胳膊。绳子拉得非常紧，不能够逃脱。天快亮的时候，就像木头一样折断了。仔细查看，发现是一条杨枝。拿着这树枝寻找树，在近处的河边找到了，因为断了，到处都是血迹。（出《广异记》）

崔导

唐荆南有富人崔导者，家贫乏。偶种橘约千余株，每岁大获其利。忽一日，有一株化为一丈夫，长丈余，求见崔导。导初怪之，不敢出。丈夫苦求之，导遂出见之。丈夫曰："我前生欠君钱百万，未偿而死。我家人复自欺，君乃上诉于天。是以令我合门为橘，计佣于君，仅能满耳。今上帝有命，哀我族属，复我本形。兼我自省前事，止如再宿耳。君幸为我置一敝庐，我自耕凿，以卒此生。君仍尽剪去橘树，端居守常，则能自保。不能者，天降祸矣。何者，昔百万之资，今已足矣。"导大惊，乃皆如其言，即为葺庐，且尽伐去橘树。后五年而导卒，家复贫。其人亦不知所在。（出《潇湘录》）

贾秘

顺宗时，书生贾秘自睢阳之长安。行至古洛城边，见绿野中有数人环饮，自歌自舞。秘因诣之。数人忻然齐起，揖秘同席。秘既见七人皆儒服，俱有礼，乃问之曰："观数君子，士流也。乃敢聚饮于野，四望无人？"有一人言曰："我辈七人，皆负济世之才，而未用于时者，亦犹君之韬蕴，而方谋仕进也。我辈适偶会论之间，君忽辱临。幸且共芳樽，惜美景，以古之兴亡为警觉，以人间用舍为拟议，又何必涉绮阁，入龙舟，而方尽一醉也？"秘甚怪之，不觉肃然致敬。及欢笑久，而七人皆递相目，若有所疑。乃问秘曰："今既接高论，奚不一示君之芳猷，使我辈服君而不疑也？"秘乃起而言曰："余睢阳人也。少好读书，颇识古者王霸之道。今闻皇上纂嗣大宝，开直言之路，欲一叩象阙，少伸愚诚。亦不敢取

崔导

唐代的荆南有一个富人叫崔导，家中原来十分贫困。偶然种植了一千多株橘树，每年都从中获得了丰厚的利润。忽然有一天，其中有一株幻化成了一个男子，身长一丈多，请求拜见崔导。崔导一开始认为很奇怪，不敢出来。那个男子苦苦哀求，崔导最终出来和他相见。男子说："我前世欠你一百万钱，没有偿还就死了。我的家人还自己欺骗自己，于是你向天上申诉。所以让我全家变作橘树，计算佣工当作报酬给你，才能还满。现在天帝有命令，哀怜我的家族，复还我原本的身形。又加上我自己反省以前的事情，就只需要再过一夜了。希望你可以给我建造一个小草庐，我自己耕种，来结束这一生。你还是将所有的橘树都砍了，像平常一样安居，就能够自保了。如果不这样，那么上天就会降下灾祸。为什么呢？以前的百万钱财，现在已经还够了。"崔导大吃一惊，于是就按照他所说的，立即给他建了一个草庐，并且将橘树全砍了。过了五年崔导去世了，他的家又回到了贫困的状态，那个人也不知道去哪里了。（出《潇湘录》）

贾秘

唐顺宗的时候，书生贾秘从睢阳到长安去，走到古洛城的旁边，看见绿色的田野中有几个人环坐在一起喝酒，自唱自跳。贾秘因此前往拜访，那几个人非常开心，一起站起来，向贾秘作揖，邀他同席。贾秘看见七个人都穿着儒服，都非常有礼，于是问他们说："我看你们几个人，像是读书人。怎么敢在荒野中聚集喝酒，在四处无人的情况下？"有一个人说："我们七个人，都存有救助世人的才能，但是没有被当世重用，就像你积聚隐藏，才谋求进身为官一样。我们刚刚偶然在谈论的时候，你忽然到来。我们非常荣幸和您一起喝酒，欣赏美景，将古今的兴亡作为警醒，将人间的取舍作为提议，又何须住在华丽的屋子、乘坐龙舟才能够醉倒？"贾秘觉得十分奇怪，不经意间肃然起敬。笑了很久之后，他们之间互相使眼色，好像在猜疑什么。于是问贾秘说："现在既然已经在一起交流，为什么不展示一富贵，但一豁鄙怀耳。适见七君子高会，故来诣之。幸无遐弃可也。”其一人顾诸辈笑曰：“他人自道，必可无伤。吾属断之，行当败缺。”其一人曰：“己虽勿言，人其舍我。”一人曰：“此君名秘，固当为我匿瑕矣。”

乃笑谓秘曰：“吾辈是七树精也：其一曰松，二曰柳，三曰槐，四曰桑，五曰枣，六曰栗，七曰樗。今各言其志，君幸听而秘之。”其松精乃起而言曰：“我本处空山，非常材也。负坚贞之节，虽霜凌雪犯，不能易其操。设若哲匠构大厦，挥斤斧，长短之木，各得其用。榱桷虽众，而欠梁栋，我即必备栋梁之用也。我得其用，则永无倾危之患矣。”其次一人起言曰：“我之风流之名，闻于古今。但恨炀帝不回，无人见知。张绪效我，空耀载籍。所喜者，絮飞则才子咏诗，叶嫩则佳人学画，柔胜刚强，且自保其性也。”其次者曰：“我受阳和之恩，为不材之木。大川无梁，人不我取；大厦无栋，人不我用。若非遭郢匠之斫，则必不合于长短大小也。噫！倚我者有三公之名矣。”其次者言曰：“我平生好蚕。无辞吐饲，不异推食。蚕即茧，茧而丝，丝为纨绮。纨绮入贵族之用。设或贵族之流，见纨绮之美丽以念我，我又岂须大为梁栋，小为榱桷者也？”其次者曰：“我自辩士苏秦入燕之日，已推我有兼济之名也。不唯汉武帝号为束束，投我者足表赤心。我又奚虑不为人所知也？”其次曰：“我虽处蓬荜，性实恬然，亦可以济大国之用也。倘人主立宗庙，虔祀飨，而法古以用我，我实可以使民之战栗也。”其次曰：“我与众何殊也？天亦覆我，地亦载我。春即荣，秋即落。近世人以我为不材，我实常怀愤惋。我不处涧底，怎见我下你美好的德行，让我们顺服你而不产生怀疑呢？”贾秘于是起身说：“我是睢阳人，年少的时候喜欢读书，比较通晓古代的王道和霸道。现在听闻皇上继承了地位，打开了进谏坦率言论的途径，我想要叩响悬挂法令与告示的宫门，略略表示我的忠诚。我也不敢谋取富贵，只是想要施展我的抱负罢了。刚刚看见你们七人在一起聚集，所以前来拜访。幸好你们没有嫌弃我。”其中一个人看着其他人笑着说：“别人自己这样说，一定没什么坏处。如果我们妄加推断，一定会给人以把柄。”其中一个人说：“我自己虽然没有说，别人也舍弃了我。”一个人说：“这个人名字叫贾秘，应该会替我掩盖缺陷了。”

于是笑着对贾秘说：“我们是七个树精，一个是松精，第二个是柳精，第三个是槐精，第四个是桑精，第五个是枣精，第六个是栗精，第七个是樗精。现在我们各自说自己的志向，希望你听完之后要给我们保密。”那个松精于是起身说：“我本来身处空山之中，并不是普通的材料。身上背负着坚贞的节操，即使是霜雪侵犯，也不能改变我的节操。如果是高明的工匠构建大厦，挥动斧头，无论是长的木头，还是短的木头，都各自发挥了他们的用处。屋椽虽然众多，但是欠缺栋梁，我就具备栋梁的作用。我得到重用，那么就永远没有倾塌的危险了。”他后面的人起身接着说：“我的风度，古今闻名，只是怨恨隋炀帝不回来，没有人知道我。张绪效仿我，空留下姓名在书籍中间。我所开心的是，柳絮飞扬的时候才子就会吟咏诗歌，叶子还嫩绿的时候就有佳人学画画，柔弱战胜刚强并且自己保持自己的性情。”他后面的另一个人说：“我受到阳和的恩德，却成为了没有材质作用的树木。大河上没有桥梁，别人不取用我；大厦中没有栋梁，别人不取用我。如果不是遇到能工巧匠粉刷，我一定不会合乎所需要的长短和大小。噫！依靠我的有三公的名声啊。”后一个人接着说：“我平生喜欢蚕。供养蚕吃，没有任何推辞。蚕就是茧，茧能缫丝，缫丝可以织出绔绮，绔绮供贵族使用。假如那些贵族看见绔绮的美丽就想到我，我又何必一定要计较做大的栋梁之材，或者是小的屋椽呢？”又一个人接着说：“自从辩士苏秦进入燕地的时日，就已经推举我有兼济天下的名声了。不仅汉武帝给我封号，以我为礼有凌云之势；我不在宇下，焉知我是构厦之材。骥不骋即驽马也，玉不剖即顽石也。固不必松即可构厦凌云，我即不可构厦凌云。此所谓信一人之言，大丧其真矣。我所以慕隐沦之辈，且韬藏其迹。我若逢陶侃之一见，即又用之有余也。”言讫，复自歌自舞。秘闻其言，大怖，坐不安席，遽起辞之。七人乃共劝酒一杯，谓秘曰：“天地间人与万物，皆不可测，慎勿轻之。”秘饮讫，谢之而去。（出《潇湘记》）

薛弘机

东都渭桥铜驼坊，有隐士薛弘机。营蜗舍渭河之隈，闭户自处，又无妻仆。每秋时，邻树飞叶入庭，亦扫而聚焉，盛以纸囊，逐其强而归之。常于座隅题其词曰：“夫人之计，将徇前非且不可，执我见不从于众亦不可。人生实难，唯在处中行道耳。”居一日，残阳西颓，霜风入户，披褐独坐，仰张邴之余芳。忽有一客造门，仪状瑰古，隆隼庞眉，方口广颡，嶷然“四皓”之比。衣早霞裘，长揖薛弘机曰：“足下性尚幽道，道著嘉肥。仆所居不遥，向慕足下操履，特相诣。”弘机一见相得，切磋今古，遂问姓氏。其人曰：“藏经姓柳。”即便歌吟，清夜将艾。云：“汉兴，叔孙为礼，何得以死丧婚姻而行二载制度？吾所感焉。”歌曰：“寒水停圆沼，物送人足以表达赤诚忠心。我又为什么要忧虑不被别人知道呢？”后面的人接着说：“我虽然处在贫陋的居室，但天性恬静，也可以做对大国有帮助的人。倘若皇帝设立宗庙，虔诚祭祀，效仿古人而用我，我确实可以让百姓恐惧。”后面的人继续说：“我和众人有什么不同呢？天要覆盖我，地要载着我。到春天就繁荣，到秋天就凋零。近代的人将我作为没有用的木材，我经常怀着愤慨和惋惜，我不在深涧的底部，怎么看到我有凌云的气势；我不在屋宇的下面，怎么知道我是构建大厦的材料。良马不跑就是劣马，玉石在没剖开的时候是顽石。所以松树就一定要构建凌云大厦，我也不一定不能构建凌云大厦。这就是所谓的听信一个人的话就会丧失掉它的本来面目了。这就是我为什么敬仰隐居且隐藏行迹的人。如果我遇到陶侃那样的人，就有变成有用的人了。”说完之后，再次自唱自跳。贾秘听他们说完之后，大为恐惧，在席间坐立不安，立即起身告辞了。那七个人于是共同劝他一杯酒，对贾秘说：“天地间的人和万物，都不可预测，请你一定不要轻视。”贾秘喝完之后，辞谢后离开了。（出《潇湘记》）

薛弘机

东都的渭桥铜驼坊，有个叫薛弘机的隐士。在渭河河畔建造了一间小房子，关起门来自己和自己相处，也没有妻子和仆人。每次到秋天的时候，邻居家的树叶飞到他的庭院中，他也就将它们扫在一起，用纸袋子装起来，找到那棵树然后归还。曾经在座位的角落题词说：“做人的打算，遵循以前的错误是不行的，固执自己的意见而不顺从众人也是不行的，人生实际上是很难的，只有在行动中践行道理罢了。”过了一天，夕阳西下的时候，寒风进入窗户，披着短衣独自坐在那里，仰慕张邴身后流传的德行。忽然有一位客人前来造访，长得瑰丽古怪，高鼻梁，黑白杂色的眉毛，方嘴，宽阔的额头，超绝清高，可以和“商山四皓”相比。穿着早霞裘，向薛弘机行礼说：“你天性喜欢幽静，德行非常高。我所居住的地方离你不远，一向仰慕你的操守，特来拜访。”薛弘机一看见他就和他投合，和他谈古论今。

秋池满败荷。杜门穷典籍，所得事今多。”弘机好《易》，因问。藏经则曰：“易道深微，未敢学也。且刘氏六说，只明《诗》《书》《礼》《乐》及《春秋》，而亡于《易》，其实五说。是道之难。”弘机甚喜此论。言讫辞去，窣飒有声，弘机望之，隐隐然丈余而没。后问诸邻，悉无此色。弘机苦思藏经，又不知所。寻月余，又诣弘机。弘机每欲相近，藏经辄退。弘机逼之，微闻朽薪之气，藏经隐。至明年五月又来，乃谓弘机曰：“知音难逢，日月易失，心亲道旷，室迩人遐。吾有一绝相赠，请君记焉。”诗曰：“谁谓三才贵，余观万化同。心虚嫌蠹食，年老怯狂风。”吟讫，情意搔然，不复从容，出门而西，遂失其踪。是夜恶风，发屋拔树。明日，魏王池畔有大枯柳，为烈风所拉折。其内不知谁人藏经百余卷，尽烂坏。弘机往收之，多为雨渍断，皆失次第，内唯无《周易》。弘机叹曰：“藏经之谓乎？”建中年事。（出《乾𦠆子》）

卢虔

东洛有故宅，其堂奥轩级甚宏特，然居者多暴死，是以空而键之且久。故右散骑常侍万阳卢虔，贞元中为御史，分察东台，常欲贸其宅而止焉。或曰：“此宅有怪，不可居。”虔曰：“吾自能弭之。”后一夕，虔与从吏同寝其堂，命仆使尽止于门外。从吏勇悍于是问他的姓氏。那个人说："姓柳，名藏经。"说完之后就一起唱歌吟诗，直到夜深。那个人说："汉代兴起，叔孙氏制定礼仪法度，为什么用丧死和婚姻行二载制度，这是我有所感的。"然后唱道："寒水停圆沼，秋池满败荷。杜门穷典籍，所得事今多。"薛弘机喜欢《周易》，因此发问，柳藏经就说："《周易》的道理深奥精微，我不敢学。并且刘氏的六说，只说明了《诗》《书》《礼》《乐》及《春秋》，但丢了《周易》，其实只有五说。这是道理太难的缘故。"薛弘机特别喜欢这样的言论，说完之后告辞离去，有窣飒的声音，薛弘机看向他离开的地方，隐隐约约在一丈远的地方隐没了。后来问他的邻居们，都没有这种人。薛弘机苦苦思念柳藏经，但又不知道他在哪里。过了一个多月，柳藏经又前来造访薛弘机。薛弘机每次想要接近他的时候，柳藏经就后退。薛弘机渐渐逼近，闻到一点腐朽木材的气味，柳藏经就隐去了。到第二年五月的时候他再次前来，竟然对薛弘机说："知音很难寻觅，时光容易失去，心相互接近，道理十分明了，屋宇很接近，但人相隔得很远。我有一个绝句相赠，请你记下它。这首诗是：'谁谓三才贵，余观万化同。心虚嫌蠹食，年老怯狂风。'"吟诵完之后，情绪波动，不再从容，出门之后向西走了，于是就失去了他的踪影。这天夜里突然起了狂风，将屋宇毁坏，将树根拔起。第二天，魏王池畔枯萎的大柳树，被狂风吹断。在它里面，不知道是谁藏了一百多卷经书，都已经腐烂了。薛弘机前往收回，这些经书大多数被大雨浸泡了，失去了次序，里面唯独没有《周易》。薛弘机感叹着说："这就是'藏经'称谓的由来吗？"这是建中年间的事。（出《乾𦠆子》）

卢虔

东都洛阳有一个旧宅子，它的厅堂和内室、轩亭和台阶都十分宏伟，但是居住在里面的人大多突然死亡，所以它已经空着并且上锁很久了。所以右散骑常侍、万阳的卢虔，在贞元年间的时候做御史，分察东台，曾经想要买这个宅院然后住在里面。有人告诉他说："这个宅子有古怪，不能够居住。"卢虔说："我自有方法消灭它。"后来有善射，于是执弓矢，坐前轩下。夜将深，闻有叩门者，从吏即问之。应声曰：“柳将军遣奉书于卢侍御。”虔不应。已而投一幅书轩下，字似濡笔而书者，点画纤然。虔命从吏视其字云：“吾家于此有年矣。堂奥轩级，皆吾之居也。门神户灵，皆吾之隶也。而君突入吾舍，岂其理耶？假令君有舍，吾入之，可乎？既不惧吾，宁不愧于心耶？君速去，勿招败亡之辱。”读既毕，其书飘然四散，若飞烬之状。俄又闻有言者：“柳将军愿见卢御史。”已而有大厉至，身长数十寻，立庭，手执一瓢。其从吏即引满而发，中所执，其厉遂退，委其瓢。久之又来，俯轩而立，俯其首且窥焉，貌甚异。从吏又射之，中其胸。厉惊，若有惧，遂东向而去。至明，虔命穷其迹。至宅东隙地，见柳高百余尺，有一矢贯其上，所谓柳将军也。虔伐其薪，自此其宅居者无恙。后岁余，因重构堂室，于屋瓦下得一瓢。长约丈余，有矢贯其柄，即将军所执之瓢也。（出《宣室志》）

僧智通

临湍寺僧智通常持《法华经》。入禅宴坐，必求寒林净境，殆非人迹所至处。经年，忽夜有人环其院呼智通。至晓，声方息，历三夜。声侵户，智通不耐，因应曰：“呼我何事？可入来言也。”有物长六尺余，皂衣青面，张目巨吻。见僧，初亦合手。智通熟视良久，谓曰：“尔寒乎？就此向火。”物乃就坐。智通但念经。至五一天晚上，卢虔和跟随他的小官一同睡在厅堂之上，命令仆役们全都睡在门外。跟随他的小官英勇强悍，擅长射箭，于是拿着弓箭，坐在前面的轩窗下面。夜快深的时候，听见有人敲门，跟随他的小官立即发问，有人回答说："柳将军派我来给卢御史送信。"卢虔没有回应。不久之后扔了一幅书画在窗下，字像是用笔蘸墨写成的，点画十分纤细。卢虔命令跟随的小官看字，是："我家住在这里有段时间了。厅堂和内室、轩亭和台阶，都是我的地方。这里的门户神灵，都是我的附属。但是你突然进入我的家，哪有这样的道理呢？假设你有房子，我进去住，可以吗？既然不怕我，难道你心中没有愧疚吗？你速速离去，不要招致失败的耻辱。"读完之后，那幅书画飘飘然四处散开，就像飞灰一般。过了一会儿又听见有人说："柳将军愿意见见卢御史。"过了一会儿，有一个大的恶鬼前来，身高有几十寻，站立在庭院中，手里面拿着一个瓢。那个跟着他的小官立即拉满弓射出去，射中了他所拿着的瓢，那个大恶鬼就退下了，放下了瓢。过了很久之后又过来了，潜伏在窗户旁边站着，低下头窥视，样貌特别奇怪。跟随的小官再次射向他，射中了它的胸口。那个大恶鬼很惊恐，就像是害怕了，于是向东逃去。到第二天，卢虔命令人追寻它的踪迹。到宅子的东边空地上，看见柳树高达一百多尺，有一支箭贯穿其上，就是所谓的柳将军。卢虔砍了这棵柳树。从此以后，在这个宅子居住，没有任何事情。后来过了一年多，因为要重新构建屋宇，在房屋的瓦下面得到一个瓢，长大约一丈，有箭贯穿了瓢的木柄，这就是柳将军拿着的瓢。（出《宣室志》）

僧智通

临湍寺的僧人智通经常拿着《法华经》。他入禅静坐，一定要在寒林净土，基本上没有人经过的地方。过了一年，忽然在夜间有人绕着院子呼唤智通。等到天亮的时候，声音才停止。就这样过了三天，声音从窗口传来，智通显得不耐烦，因此回应说："喊我什么事？可以进来说。"有一个长六尺多的东西，穿着黑色的衣服，面容是青色的，睁着眼睛，嘴巴很大。看见僧人智通，一开始的时候还合手。

更，物为火所醉，因闭目开口，据炉而鼾。智通观之，乃以香匙举灰火，置其口中。物大呼起，至门若蹶声。其寺背山，智通及明，视蹶处，得木皮一片。登山寻之数里，见大青桐树梢已老矣。其下凹根若新缺，僧以木皮附之，合无綖隙。其半，有薪者创成一蹬，深六七寸余，盖魅之口。灰火满其中，久犹荧荧。智通焚之，其怪遂绝。（出《酉阳杂俎》）

江夏从事

太和中，有从事江夏者，其官舍尝有怪异。每夕，见一巨人身尽黑，甚光。见之即悸而病死。后有许元长者，善视鬼。从事命元长以符术考召。后一夕，元长坐于堂西轩下，巨人忽至，元长出一符飞之，中其臂。剨然有声，遂堕于地。巨人即去。元长视其堕臂，乃一枯木枝。至明日，有家僮谓元长曰："堂之东北隅，有枯树焉，先生符今在其上。"即往视之，其树有枝梢折者，果巨人所断臂也。即伐而焚之，宅遂无怪。（出《宣室志》）

智通打量了很久，对它说："你冷吗？来这烤烤火。"那个东西就坐下了，智通就只是念经。到了五更，那个东西被火陶醉了，于是闭上眼睛，张开嘴巴，靠着火炉打鼾。智通观察它，于是用香匙举起炭火，放在它的嘴巴中。那个东西大叫着起身，到门前好像有摔倒的声音。智通所在的寺庙背靠着山，等到天亮的时候，智通在它跌倒的地方，看见了一片木皮。登上山找那个东西找了几里路，看见大的青铜树梢已经老了。它下面凹陷的根部有一个像是新近才缺损的，僧人智通用木皮附着在上面，能够贴合，一点缝隙也没有。在树干一半的地方，有砍柴的人砍出来的一个梯道，深六七寸，大概是那个怪物的嘴。炭火塞满它的中间，时间很久了还在发光，智通将它烧了，这个怪物就绝迹了。（出《酉阳杂俎》）

江夏从事

太和年间，有一个从事叫江夏，他的府衙曾经有怪异的事情发生。每天晚上，都会看见一个全身穿着黑色衣服还发着光的巨人。看见它的人就会受到惊吓而病死。后来有一个叫许元长的人，擅长看鬼。江夏命令许元长用符术考召。后来有一天晚上，许元长坐在厅堂的西窗下面，巨人忽然到来，许元长拿出一个符咒飞向它，扔中了它的手臂。听见了破裂的声音，于是手臂掉在了地上，巨人立即就离开了。许元长看见它掉在地上的手臂，是一根枯木枝。到第二天的时候，有童仆对许元长说："在厅堂的东北角，有一棵枯萎的树，先生你的符咒在它的上面。"许元长立即前去检视，发现这棵树上有断了的树枝，果然就是巨人断裂的手臂。于是立即将它砍伐后焚烧了，那座宅子于是就没有怪异的事情了。（出《宣室志》）

卷第四百一十六　草木十一

木怪下

窦　宽

唐扶风窦宽者家于梁山。太和八年秋，自大理评事解县推盐使判官罢职退归，因治园屋。命家仆伐一树，既伐而有血滂溜，汪然注地，食顷而尽。宽异之，且知为怪。由是闭门绝人事。至明年冬十一月，郑注、李训反，宽与注连，遂诛死于左禁军中。（出《宣室志》）

吴　偃

有醴泉县民吴偃家于田野间。有一女十岁余，一夕，忽遁去，莫知所往。后数余日，偃梦其父谓偃曰："汝女今在东北隅，盖木神为祟。"偃惊而寤。至明日，即於东北隅穷其迹，果闻有呼吟之声。偃视之，见其女在一穴内。口甚小，然其中稍宽敞。傍有古槐木，盘根极大。于是挈之而归，然兀若沉醉者。会有李道士至，偃请符术呵禁。其女忽瞬而语曰："地东北有槐木，木有神，引某自树腹空入地下穴内，故某病。"于是伐其树。后数日，女病始愈。（出《宣室志》）

木怪下

窦宽

唐朝扶风县人窦宽家住在梁山。太和八年秋，他从大理评事解县推盐使判官罢职回乡，因为要修建宅院，命令家仆砍伐一棵树。砍完以后有血往下流，流在地上渗下一大片，一顿饭的工夫便没了。窦宽对这件事很诧异，而且感觉这是怪，从此便闭门不出，拒绝一切人事往来。到了第二年冬十一月，郑注和李训造反，窦宽与郑注连坐，就被诛死在左禁军中。（出《宣室志》）

吴偃

醴泉县有一个山民叫吴偃的，家住在田野之间。他有个十多岁的女儿。一天，女儿忽然消失了，不知她到哪去了。几天后，吴偃梦见他的父亲对他说："你的女儿如今在东北角，大概是木神作怪。"吴偃被惊醒了。到了第二天，就到东北角彻底地查找踪迹，果然听到呼喊叹息的声音。吴偃走去查看，发现他女儿在一个洞穴里。洞口很小，然而里边稍微宽敞。旁边有一棵老槐树，曲折盘绕的树根很大。于是他就领着女儿回家，但是女儿不安的样子就像喝醉了似的。恰巧遇到有一个道士来到，吴偃就请道士用符术责令禁止。那女孩忽然睁开眼睛说："地的东北有一棵槐树，槐树有神，拉着我从树肚子里走进地下的洞穴内，所以我就病了。"于是就砍掉了那棵槐树。几天后，女孩的病才好。（出《宣室志》）

董观

有董观者尝为僧，居于太原佛寺。太和七年夏，与其表弟王生南游荆楚，后将入长安，道至商於。一夕，舍山馆中。王生既寐，观独未寝。忽见一物出烛下，既而掩其烛，状类人手而无指。细视，烛影外若有物，观急呼王生。生起，其手遂去。观谓王曰："慎无寝，魅当再来。"因持挺而坐伺之。良久，王生曰："魅安在？兄妄矣？"既就寝。顷之，有一物长五尺余，蔽烛而立，无手及面目。观益恐，又呼王生。生怒不起。观因以挺椹其首，其躯若草所穿。挺亦随入其中，而力取不可得。俄乃退去。观虑又来，迨晓不敢寝。明日，访馆吏。吏曰："此西数里有古杉，常为魅，疑即所见也。"即与观及王生径寻，果见古杉，有挺贯其柯叶间。吏曰："人言此为妖且久，未尝见其真。今则信矣。"急取斧，尽伐去之。（出《宣室志》）

京洛士人

京洛间，有士人子弟失其姓名，素善雕镂。因行他邑山路，见一大槐树荫蔽数亩，其根旁瘤瘿如数斗瓮者四焉，思欲取之。人力且少，又无斧锯之属，约回日采取之。恐为人先采，乃于衣赍中，取纸数张，割为钱，系之于树瘤上。意者欲为神树，不敢采伐也。既舍去，数月而还。大率人夫并刀斧，欲伐之，至此树侧，乃见画图影，旁挂纸钱实繁，复有以香醮奠之处。士人笑曰："村人无知信此，可惑也。"乃命斧伐之次，忽见紫衣神在旁，容色屹然，叱仆曰："无伐此木。"士人进曰："吾昔行次，见槐瘤，欲取

董观

有一个叫董观的人，曾经当过和尚，居住在太原的佛寺。太和七年夏天，董观和他表弟王生向南去荆楚旅游，然后打算去长安。来到商於。一天傍晚，就在山馆中住下。王生已经睡觉了，董观独自一人没睡着。董观忽然看见一个东西出现在烛光下，然后那东西就遮住烛光，伸着的东西像人手，但是没有手指。仔细看，烛影外像有什么东西。董观急忙呼叫王生。王生起来，那两只手便消失了。董观对王生说："小心，不要睡觉。那鬼怪应当还会再来。"于是他就拿着棍子坐着等待。很久以后，王生说："鬼怪在哪里？你真荒谬！"就又睡下。一会儿，有一个五尺多长的东西，遮蔽烛光站在那儿，没有手和面目。董观更加害怕了，又呼叫王生。王生非常生气，没有起身。董观于是用棍子戳它的头，它的身躯像是用草穿成的，棍子也就因此戳进去了，即使使用的力气非常大也不能够拔出来。过了一会儿它就退下了。董观担心它再次回来，等到早晨也不敢再睡。第二天，去询问馆吏。馆吏说："从这个地方向西好几里有一棵古杉树，经常变成鬼魅，我怀疑你见到的正是它。"说完立即和王生和董观径直前往寻找，果然看见一棵古杉树，有一根棍子贯穿在它的枝叶中间。馆吏说："别人说这个古杉树成为妖怪已经很久了，从来没有见过真的，现在我相信了。"快速取来斧头，将古杉树砍去了。（出《宣室志》）

京洛士人

京洛之间，有一个士人子弟，不知道他叫什么名字，平素擅长雕刻。走在其他县的山路上，看见一棵大槐树遮蔽了好几亩的地方，它的根旁边的大瘤子像是四个瓦瓮那么大，他想要将它带走，但是他的力量太小，又没有斧头和锯子之类的，就打算回来的时候再带走。因为害怕被人先采走，就在衣箱中拿出来几张纸，裁成钱，将它们拴在树的大瘤子上。意思是想要将它变成神树，这样人们就不敢砍伐了。他走了之后几个月就回来了。带了很多人和斧头，想要砍伐它，到了这棵树的旁边，竟然看见画着这棵树的画像，旁边悬挂的纸钱之。以无斧锯，恐人采之，故权以纸钱占护耳。本无神也，君何止遏？”神曰：“始者君权以纸钱系树之后，咸曰神树，能致祸福，相与祈祀。冥司遂以某职受享酹。今有神也，何言无之？若必欲伐之，祸其至矣。”士人不听。神曰：“君取此何用？”客曰：“要雕刻为器耳。”神曰：“若尔，可以善价赎之乎？”客曰：“可。”神曰：“所须几何？”士人曰：“可遗百千。”神曰：“今奉百缗。于前五里有坏坟，缗在其中。如不得者，即复此相见。”士人遂至坏坟中，果得缗，一无欠焉。（出《原化记》）

江 叟

开成中，有江叟者多读道书，广寻方术，善吹笛。往来多在永乐县灵仙阁。时沉饮酒。适阌乡，至盘豆馆东官道大槐树下醉寝。及夜艾稍醒，闻一巨物行声，举步甚重。叟暗窥之，见一人崔嵬高数丈，至槐侧坐，而以毛手扪叟曰：“我意是树畔锄儿，乃瓮边毕卓耳。”遂敲大树数声曰：“可报荆馆中二郎来省大兄。”大槐乃语云：“劳弟相访。”似闻槐树上有人下来与语。须臾，饮酌之声交作。荆山槐曰：“大兄何年抛却两京道上槐王耳。”大槐曰：“我三甲子，当弃此位。”荆山槐曰：“大兄不知老之将至，犹顾此位。直须至火入空心，膏流节断，而方知退，大是无厌之士。何不如今因其震霆，自拔于道，必得为材用之木，构大厦之梁栋，尚存得重重实在是很多，还有用香祭祀的地方。这个士人笑着说："村中人无知到了这个地步，可以说是很糊涂了。"于是命令人挥着斧头砍伐，忽然看见穿着紫衣的神灵站在旁边，神色严肃，呵斥仆人说："不要砍伐这棵树木！"士人走上前说："我以前走到这里的时候，看见槐树上长了大瘤子，想要带走它。因为没有斧头和锯子，害怕别人砍伐，所以权且用纸钱占据守护罢了，本来也没有神灵，你为什么要阻止我呢？"紫衣神说："一开始你权且用纸钱拴系在树的后面，人们都说它是神树，能够导致祸福，大家一起前来祈祷，冥界于是让我前来享受祭祀，现在已经有神了，为什么说没有呢？如果一定要砍伐它，那么就会招致祸害了。"士人没有听从。神说："你带这个有什么用呢？"客人说："想要雕刻一种器物。"神说："如果是这样，可以用好的价钱赎买吗？"客人说："可以。"神说："需要多少钱？"士人说："可以给百千钱。"神说："现在给你一百绢。距离这里五里远的地方有一个已经坏了的坟墓，绢在坟墓里，如果看不见绢，你就再来这里见我。"士人于是去了坏坟里。果然得到了绢布，没有任何拖欠。（出《原化记》）

江叟

开成年间，有一个读了很多道家学说的江叟，广泛地搜寻方术，擅长吹笛子，他来来往往大多在永乐县的灵仙阁，当时沉溺于喝酒，到阌乡去的路上，醉卧在盘豆馆东官道大槐树下，到夜里的时候才有一点情形，听见一个巨大的物体发出了声音，走路的声音特别重。江叟暗中观察，看见一个高达几丈的巨人，到槐树的一侧坐下，用他长毛的手摸着江叟说："我以为树边的是一个锄地的，却没想到是嗜酒成性的人。"于是敲了几遍大树说："可以前去报告宾馆中的二郎来探视大兄。"大槐树于是说："烦劳老弟来探访。"好像听见槐树上有人下来和它说话。过了一会儿，饮酒的声音此起彼伏。荆山槐说："老兄你哪一年抛弃两京大道上的槐王的？"大槐树说："我已经存活了三个甲子，应当抛弃这个位置。"荆山槐说："老兄不知道年老碎锦，片片真花。岂他日作朽蠹之薪，同入爨为煨烬耳?”大槐曰：“雀鼠尚贪生，吾焉能办此事邪?”槐曰：“老兄不足与语。”告别而去。

及明，叟方起。数日，至阌乡荆山中，见庭槐森耸，枝干扶疏，近欲十围，如附神物。遂伺其夜，以酒脯奠之云：“某昨夜，闻槐神与盘豆官道大槐王论语云云。某卧其侧，并历历记其说。今请树神与我言语。”槐曰：“感子厚意，当有何求？殊不知尔夜烂醉于道，夫乃子邪！”叟曰：“某一生好道，但不逢其师。树神有灵，乞为指教。使学道有处，当必奉酬。”槐神曰：“子但入荆山，寻鲍仙师。脱得见之，或水陆之间，必获一处度世。盖感子之请，慎勿泄吾言也。君不忆华表告老狐，祸及余矣。”叟感谢之。

明日，遂入荆山，缘岩循水，果访鲍仙师。即匍匐而礼之。师曰：“子何以知吾而来师也？须实言之。”叟不敢隐，具陈荆山馆之树神言也。仙师曰：“小鬼焉敢专辄指人。未能大段诛之，且飞符残其一枝。”叟拜乞免。仙师曰：“今不诛，后当继有来者。”遂谓叟曰：“子有何能？一一陈之。”叟曰：“好道，癖于吹笛。”仙师因令取笛而吹之。仙师叹曰：“子之艺至矣。但所吹者，枯竹笛耳。吾今赠子玉笛，乃荆山之尤者，但如常笛吹之。三年，当召洞中龙矣。龙既出，必衔明月之珠而赠子。子得之，当用醍醐煎之三日。凡小龙已脑疼矣，盖相感使其然也。小龙必持化水丹而赎其珠也。子得当吞之，便为水仙，亦不减万岁。无烦吾之药也。盖子即将到来，还挂念着这样的位置，直到火烧到树干的中空，汁液断流的时候才知道后退，真的是不满足的人啊！为什么不趁着现在的雷霆力量，自己从官道拔出来呢？那样一定会成为有用的木材，成为构建大厦的栋梁，如果这样，还会有重重碎锦，片片真花。难道他日要变成腐烂的虫蛀的烧柴，和它们一起进入灶台燃烧殆尽吗？”大槐说：“麻雀和老鼠尚且过分眷念生命，我又怎么能做这样的事情呢？”槐树说：“老兄你不值得我跟你说话。”于是就告别离去了。

等到天亮的时候，江叟才起身。过了几天，到了阌乡的荆山里，看见槐树森然耸立，枝干繁茂，接近十围粗，就像附着神灵一般。于是等候到夜间，用酒肉祭奠它说：“我昨夜的时候，听见槐神和盘豆官道的大槐王谈论了很多事情，我睡在大树的旁边，并且将它们所说的一一记了下来，现在请求树神和我谈一谈。”槐树说：“感念你的诚意，你有什么请求呢？没想到那个醉倒在道路旁的人就是你啊。”江叟说：“我的一生都喜欢道学，但是遇不到老师，树神你有神灵，希望你能指点我，让我有学习道学的地方，我一定会酬谢你的。”槐神说：“你只管进入荆山，寻找鲍仙师。如果能够见到他，或者是在水陆之间，一定会学到超脱尘世的本领。我告诉你是因为有感于你的请求，请你一定不要泄露我的言论。如果你不记得告诉了老狐狸，灾祸就会殃及我。”江叟很是感谢他。

第二天，他就进入了荆山，沿着山岩和溪水，果然找到了鲍仙师。江叟立即趴下向他行礼。鲍仙师说：“你怎么知道我在这儿，然后拜我为师的？你必须实话告诉我。”江叟不敢隐瞒，详细地陈述了荆山馆中树神的话。仙师说：“小鬼怎么敢擅自指点别人。”不能够大段地诛杀槐神，就暂且用飞符打断它的一根树枝。江叟拜请他赦免槐神，仙师说：“现在不诛杀它，后面还会有继续前来的。”于是对江叟说：“你有什么能耐？一一告诉我。”江叟说：“喜欢道学，特别喜欢吹笛子。”鲍仙师于是让人拿来笛子让他吹。鲍仙师感叹着：“你吹笛子的技艺已经炉火纯青了，但你吹的只是枯萎的竹笛罢了。我现在赠给你的玉笛，是荆山中最好的。你只要像平常那样吹这个玉笛，三年就能够召唤洞中的龙了，龙既然已经出现，一定会衔来明有琴高之相耳。”仙师遂出玉笛与之。叟曰：“玉笛与竹笛何异？”师曰：“竹者青也，与龙色相类，能肖之吟，龙不为怪也。玉者白也，与龙相克，忽听其吟，龙怪也，所以来观之。感召之有能变耳，义出于玄。”叟受教乃去。

后三年，方得其音律。后因之岳阳，刺史李虞馆之。时大旱，叟因出笛，夜于圣善寺经楼上吹。果洞庭之渚，龙飞出而降。云绕其楼者不一，遂有老龙，果衔珠赠叟。叟得之，依其言而熬之二昼。果有龙化为人，持一小药合，有化水丹，匍匐请赎其珠。叟乃持合而与之珠，饵其药，遂变童颜，入水不濡。凡天下洞穴，无不历览。后居于衡阳，容发如旧耳。（出《传奇》）

花卉怪

龙蛇草

后汉灵帝中平年夏，陈留郡济阳济阴，冤句离狐，城皋阳武，城郭路边生草，悉备龙蛇鸟兽之形。《续汉志》曰：“其状五色，毛羽头目足翅皆具。或作人形，操持弓弩，牛马万物之状。”是岁，黑山贼张牛角等十余辈并起抄掠，后兄何进秉权，汉遂微弱。又董卓起兵焚烧宫阙之应。（出《五行记》）

月之珠赠给你。你得到之后，应该用醍醐煎制三天。只要是小龙就已经脑袋疼了，是因为相互感应让它这样的，小龙一定会拿化水丹来赎它的珠子。你应该将它吞下去，就会成为水仙，少一点也会活到一万岁。也不用劳烦我的药了。是因为你有琴高的福相。”鲍仙师于是拿出玉笛给他。江叟说：“玉笛和竹笛有什么不一样呢？”鲍仙师说：“竹子是青色的，和龙的颜色相似，能够模仿龙吟，龙不会觉得奇怪。玉是白的，和龙相克，忽然听到玉笛的声音，龙会觉得奇怪，所以前来观看。感召它才有可能出现变化，道出自于天。”江叟接受教导之后就离开了。

三年之后，才得到音律。后来到了岳阳，刺史李虞将他留下。当时天下大旱，江叟就拿出笛子，夜间在圣善寺的经楼上吹。果然在洞庭的边上，龙飞出来从天而降。架着云雾环绕经楼，都不一样，于是就有老龙，果然衔来珠子赠送江叟。江叟得到之后，依照鲍仙师的话将它煎制了两（应为三）天。果然有龙化成了人，手里面拿着一个小药盒，盒子中间有化水丹，趴在地上请求赎下它的珠子。江叟于是拿着盒子给了它珠子，吃了它的药，于是变成了少年，进入水但不会被沾湿。凡是天下的洞穴，没有不游览的，后来居住在衡阳，容颜和头发都和以前一样。（出《传奇》）

花卉怪

龙蛇草

后汉的灵帝中平年间的夏天，陈留郡的济阳、济阴、冤句、离狐、城皋、阳武等地区，城郭的路边长出草，龙蛇鸟兽的形状都具备。《续汉志》中说：“它的形状是五种颜色，羽毛、头、眼睛、脚都具备。有时候会化成人的形状，能拿着弓箭，牛、马等万物的形状都有。”这一年，黑山的盗贼张牛角等十几个人一起抢掠，皇后的哥哥何进掌握了权力，汉朝皇室逐渐微弱。又有董卓兴兵焚烧宫城来应验。（出《五行记》）

鲜卑女

晋有士人，买得鲜卑女名怀顺。自说其姑女为赤苋所魅。始见一丈夫容质妍净，著赤衣，自云家在侧北。女于是恒歌谣自得。每至将夕，辄结束去屋后。其家伺候，唯见有一株赤苋，女手指环挂其苋茎。芟之而女号泣，经宿遂死焉。（出《异苑》）

蕨蛇

太尉郗鉴镇丹阳也，曾出猎。时二月中，蕨始生。有一甲士折食一茎，即觉心中淡淡欲吐。因归家，仍成心腹疼痛。经半年许，忽大吐，吐一赤蛇长尺余，尚动摇。乃挂于檐前，蛇渐焦。经宿视之，乃是一茎蕨耳，犹昔之所食也。病遂差。（出《续搜神记》）

芥虫

五岭春夏率皆霪水，晴日既少，涉秋入冬方止。凡物皆易蠹败，萠胶毡罽，无逾年者。尝买芥菜置壁下，忘食。数日皆生四足，有首尾，能行走，大如螳螂，但腰身细长耳。（出《岭南异物志》）

崔玄微

唐天宝中，处士崔玄微洛东有宅。耽道，饵术及茯苓三十载。因药尽，领僮仆辈入嵩山采芝，一年方回。宅中无人，蒿莱满院。时春季夜间，风清月朗，不睡。独处一院，家人无故辄不到。

鲜卑女

晋代有个士人，买了一个鲜卑的女子叫怀顺。自己说她的姑姑的女儿被赤苋所魅惑。一开始看见一个男子长得容貌美丽，穿着红色的衣服，自己说自己的家在侧北。姑姑的女儿就经常唱着歌，悠然自得。每次快到晚上的时候，就打扮好到屋子后面。他的家人伺机等候，却只看见一株赤苋，女子的手指环挂在它的茎上。将它除去，女孩就大声哭泣，过了一夜就死了。（出《异苑》）

蕨 蛇

太尉郗鉴镇守丹阳，曾经出去打猎，当时是二月中旬，蕨菜才长出来。有一个甲士折下一根茎吃，就觉得想吐，因此就回家了。回家之后肚子仍旧很疼，经过了半年多，忽然大吐一次，吐出了一条长一尺多的红蛇。蛇还会动。于是将它挂在屋檐前，蛇渐渐焦枯，过了一夜再看，发现是一棵蕨菜，就像是之前自己所吃的一样，他的病于是就好了。（出《续搜神记》）

芥 虫

五岭的春夏都会多雨，晴天的时间很少，等到秋末冬初的时候才停止。凡是物体都会虫蛀变坏，木胶毛毯，没有能够超过一年的。曾经买了芥菜放在墙下，忘了吃。几天后都生了四个脚，有头有尾，能够行走，大得像螳螂一样，只是腰身更加细长罢了。（出《岭南异物志》）

崔玄微

唐代天宝年间，处士崔玄微在洛阳有宅院，沉迷道学，吃白术和茯苓三十年。因为药吃完了，就领着童仆进入嵩山采收灵芝，一年之后才回来。宅院中没有人，蒿草长满了院子。当时是春季的夜间，风清月朗，没有睡着。独自在一个院子中，他的家人没有原因是不会前来的。

三更后，有一青衣云："君在院中也，今欲与一两女伴过，至上东门表姨处，暂借此歇，可乎？"玄微许之。须臾，乃有十余人，青衣引入。有绿裳者前曰："某姓杨。"指一人，曰"李氏"。又一人，曰"陶氏"。又指一绯小女，曰"姓石名阿措"。各有侍女辈。玄微相见毕，乃坐于月下，问行出之由。对曰："欲到封十八姨。数日云欲来相看，不得，今夕众往看之。"坐未定，门外报封家姨来也，坐皆惊喜出迎。杨氏云："主人甚贤，只此从容不恶，诸亦未胜于此也。"玄微又出见封氏。言词泠泠，有林下风气，遂揖入坐。色皆殊绝，满座芳香，馥馥袭人。诸人命酒，各歌以送之。玄微志其二焉。有红裳人与白衣送酒，歌曰："皎洁玉颜胜白雪，况乃当年对芳月。沉吟不敢怨春风，自叹容华暗消歇。"又白衣人送酒，歌曰："绛衣披拂露盈盈，淡染胭脂一朵轻。自恨红颜留不住，莫怨春风道薄情。"至十八姨持盏，性颇轻佻，翻酒汗阿措衣。阿措作色曰："诸人即奉求，余即不知奉求耳。"拂衣而起。十八姨曰："小女弄酒。"皆起，至门外别。十八姨南去，诸人西入苑中而别。玄微亦不知异。

明夜又来云："欲往十八姨处。"阿措怒曰："何用更去封妪舍，有事只求处士，不知可乎？"阿措又言曰："诸侣皆住苑中，每岁多被恶风所挠，居止不安，常求十八姨相庇。昨阿措不能依回，应难取力。处士倘不阻见庇，亦有微报耳。"玄微曰："某有何力，得及诸女？"阿措曰："但处士每岁岁日，与作一朱幡，上图日月五星之文，于苑东立之，则免难矣。今岁已过，但请至此月二十一日，三更后，有一个青衣童仆说："主人你在院子中，现在想要一两个女子过去，到上东门表姨所在的地方，暂时在这个地方歇息，可以吗？"崔玄微答应了。过了一会儿，就有十几个人，被青衣童仆引进来了。有穿绿色衣服的人说："我姓杨。"指着另外一个人说："她是李氏。"又指一个人，说："她是陶氏。"又指着一个穿红色衣服的小女子说："她姓石名阿措。"她们各自都有侍女相随。崔玄微和她们相见结束，于是坐在月亮下面，问她们出行的缘由。她们回答说："我们想要到封十八姨那里去，几天前说想要来看看我，但没有来成，今晚我们一起前去看她。"还没有坐好，门外的人报告封家的十八姨来了，大家都惊喜地出去迎接。杨氏说："主人十分贤明，只有这个地方十分干净不错，其他地方没有胜过这个地方的。"崔玄微又出来和封氏相见，封氏的言辞十分清冷，有娴雅飘逸的风采，于是大家相互行礼后入座。她们的容貌都很美丽，整个座位都散发着香味，香气袭人。众人命令摆上酒席，各自之间相互唱歌送赠。崔玄微记得了其中的两首。有一个穿红色衣服的给白色衣服的送酒，唱道："皎洁玉颜胜白雪，况乃当年对芳月。沉吟不敢怨春风，自叹容华暗消歇。"白衣人给红衣人送酒，唱道："绛衣披拂露盈盈，淡染胭脂一朵轻。自恨红颜留不住，莫怨春风道薄情。"到封十八姨拿着酒盏，性情颇为轻佻，将酒打翻了沾湿了阿措的衣服。阿措生气地说："各个人都是捧着酒杯请人家喝，到我的时候就不请我喝了呢？"说完提起衣襟起身。十八姨说："小孩子醉后使性子。"于是都站起身，到门外作别。十八姨向南离开了。其他众人向西进入苑中作别。崔玄微也不知道其中的异常。

第二天她们又前来对他说："我想去十八姨住的地方。"阿措生气地说："哪用再去封老婆子的地方，有事情只是求求这位处士，不知道可不可以呢？"阿措又说："伙伴们都住在苑中，每年大多被凶恶的风阻挠，起居行动都不能够安定，经常向十八姨求助，昨天阿措不能够遵循顺从她，应该难以向她寻求帮助了。处士你如果不阻挠，加以庇护，我们也会有小小的回报。"崔玄微说："我有什么能耐，能够保护到各位？"阿措说："只想要处士每年这一天，给我们做一个平旦微有东风，即立之。庶夫免患也。”玄微许之。乃齐声谢曰：“不敢忘德。”拜而去。玄微于月中随而送之。逾苑墙，乃入苑中，各失所在。

依其言，至此日立幡。是日东风振地，自洛南折树飞沙，而苑中繁花不动。玄微乃悟。诸女曰姓杨、李、陶，及衣服颜色之异，皆众花之精也。绯衣名阿措，即安石榴也。封十八姨，乃风神也。后数夜，杨氏辈复至愧谢。各裹桃李花数斗，劝崔生服之，可延年却老。愿长如此住卫护某等，亦可致长生。至元和初，玄微犹在，可称年三十许人。又尊贤坊田弘正宅，中门外有紫牡丹成树，发花千余朵。花盛时，每月夜，有小人五六，长尺余，游于花上。如此七八年。人将掩之，辄失所在。（出《酉阳杂俎》及《博异记》）

红色的旗子，上面画上日月和五星的花纹，在东苑竖起来，我们就可以避免灾难了。今年已经过了，但请在这个月的二十一号早晨的时候有微微的东风，就立即竖起旗帜。也许这样就可以免除祸患。”崔玄微答应了。于是她们一起感谢道：“我们不会忘记你的恩德。”向他拜谢后离开了。崔玄微在月光中跟着她们相送。越过院墙，进入了苑中，各不知去向。

崔玄微依照她的话，这一天竖立旗帜。这天东风振地，从洛南开始，飞沙折树，但苑中的繁花岿然不动。崔玄微于是恍然大悟。众位女子说姓杨、李、陶和她们衣服颜色的差别，都是各位花精。穿红色衣服叫阿措的那位，就是安石榴。封十八姨，就是风神。后面过了几晚，杨氏等人再次前来感谢，各自裹挟着桃花、李花好几斗，劝说崔玄微服用，可以延年益寿。说希望他长期住在这里来保护她们，也能够让他长生不老。到了元和初年，崔玄微依然健在，看上去可以称得上是三十多岁的人。又尊贤坊田弘正的宅院的中门外有棵紫牡丹长成了树，开了一千多朵花。花盛开的时候，每次到了月夜，就会有五六个小人，长一尺多，在花上游玩，就这样过了七八年，人们将要捉住他们的时候，突然就不见了。（出《酉阳杂俎》及《博异记》）

卷第四百一十七　草木十二

花卉怪下

光化寺客

兖州徂徕山寺曰光化，客有习儒业者，坚志栖焉。夏日凉天，因阅壁画于廊序。忽逢白衣美女，年十五六，姿貌绝异。客询其来，笑而应曰："家在山前。"客心知山前无是子，亦未疑妖。但心以殊尤，贪其观视。且挑且悦，因诱致于室。交欢结义，情款甚密。白衣曰："幸不以村野见鄙，誓当永奉恩顾。然今晚须去，复来则可以不别矣。"客因留连，百端遍尽，而终不可。素宝白玉指环，因以遗之曰："幸视此，可以速还。"因送行。白衣曰："恐家人接迎，愿且回去。"客即上寺门楼，隐身目送。白衣行计百步许，奄然不见。客乃识其灭处，径寻究。寺前舒平数里，纤木细草，毫发无隐，履历详熟，曾无踪迹。暮将回，草中见百合苗一枝，白花绝伟。客因劚之。根本如拱，瑰异不类常者。及归，乃启其重付，百叠既尽，白玉指环，宛在其内。乃惊叹悔恨，恍惚成病，一旬而毙。(出《集异记》)

花卉怪下

光化寺客

兖州徂徕山有一个寺叫光化寺，有个读书人意志坚毅，长期在这里居住。夏季里比较凉爽的一天，他因为欣赏壁画来到廊下，忽然遇到一个穿白衣服的漂亮的少女。她十五六岁，姿色与众不同。他询问女子从哪里来。女子笑着回答："家在山的前面。"他心里明知道山前没有这个女子，也没有怀疑她是妖，只是心里因为非常喜欢她的眉眼，一边挑逗，一边说笑，于是把她引诱到室内，交欢结义，十分亲密。白衣女子说："你没有因为我是村野之人看不起我，我发誓要永远服侍你，但是今天晚上必须离开。再回来的时候就能够永远不分开了。"读书人因为心里不舍，想尽办法留住她，最后还是不行，只能把平时带着的宝贝——白玉指环，赠送给她，说道："希望你看见它就可以赶回来。"于是就出门送别她。她说："恐怕我家人来迎接我，希望你先回去。"读书人就爬上寺门楼，隐藏起来目送她。她走了百步左右，忽然就看不见了。他于是记住她消失的地方，直接跑过去寻找。寺的前面几里之内非常平坦开阔，小树小草，一根头发都不能够隐藏。他对这里非常地熟悉，可就是找不到她的影踪。天将要黑下来的时候，他看见草丛中有一棵百合花，白花非常美丽，就把它挖了起来。那百合的根部是拱形，非常诡异，不和平常所见到的一样。等拿到屋中，才发现是那只白玉指环，就包裹在这棵百

僧智罍

上元中，蜀郡有僧智罍在宝相寺持经。夜久，忽有飞虫五六大如蝇，金色，迭飞赴灯焰，或蹲于灯花上鼓翅。与火一色，久乃灭于焰中。如此数夕。童子击堕其一，乃董陆花也，亦无形状。自是不复见。（出《酉阳杂俎》）

邓珪

晋阳西有童子寺在郊牧之外。贞元中，有邓珪者寓居于寺。是岁秋，与朋友数辈会宿。既阖扉后，忽见一手自牖间入，其手色黄而瘦甚。众视之，俱栗然。独珪无所惧，反开其牖。闻有吟啸之声，珪不之怪。讯之曰："汝为谁？"对曰："吾隐居山谷有年矣。今夕纵风月之游，闻先生在此，故来奉谒。诚不当列先生之席，愿得坐牖下，听先生与客谈足矣。"珪许之。既坐，与诸客谈笑极欢，久之告去。将行，谓珪曰："明夕当再来。愿先生未见摈。"既去，珪与诸客议曰："此必鬼也。不穷其迹，且将为患矣。"于是缉丝为缗数百寻，候其再来，必缚之。明夕果来，又以手出于牖间。珪即以缗系其臂，牢不可解。闻牖外问："何罪而见缚？其议安在？得无悔邪？"遂引缗而去。至明日，珪与诸客俱穷其迹。至寺北百余步，有蒲桃一株，甚蕃茂，而缗系其枝。有叶类人手，果牖间所见者。遂命掘其根而焚之。（出《宣室志》）

合里。于是他惊叹又悔恨，恍恍惚惚生病了，十天过后就死去了。（出《集异记》）

僧智瞥

上元年中，蜀郡有一位名叫智瞥的和尚在宝相寺里念经，夜深了的时候，突然有五六个像苍蝇一般大小的金色小虫飞了进来，交替飞向灯的火苗上，有的蹲在灯花上扇动着翅膀。虫和火一样的颜色，很久之后才消失在火焰之中。像这样过了好几个晚上。童子击落了一个小飞虫，居然是一朵堇陆花。也没有形状。从此之后没有再出现过了。（出《酉阳杂俎》）

邓珪

晋阳的西面，有一座童子寺建在郊外。贞元年中，有一位名叫邓珪的人寄居在寺里面。这一年的秋天，他和几个朋友会宿，关上门之后，忽然间有一只手从窗户外面伸了进来。那只手肤色黄而且瘦得很厉害。众人看见了之后，都害怕得发抖。只有邓珪不害怕，反而打开了窗子。这个时候听见了吟啸的声音。邓珪不觉得这有什么奇怪，就问道："你是谁？"对方回答说："我隐居在山谷有年岁了。今天晚上不加拘束地游览风月之景，听说先生在此，就特意来拜见。实在不应该坐上先生的座席，但愿能够坐在窗外，聆听先生和客人们的谈话就心满意足了。"邓珪同意了。坐下来之后，便和各位客人谈笑谈得特别开心。过了很久，就告退了。要离开的时候说："明晚想要再过来。希望先生不要排斥我。"离开之后，邓珪对大家说："这一定是个鬼。如果不彻底追查他的踪迹，就会成为祸患。"于是就用丝制成一根数百寻长的绳子，等他再过来，一定捆住他。第二天晚上他果然来了，再次把手从窗户伸进来。邓珪就用绳子系住他的手臂，系得很紧，不能松解。听到他在窗外问道："我有什么罪要绑我呢？那之前的协议在哪里呢？难道是后悔了？"于是便拖着绳子逃走了。到了天亮的时候，邓珪和客人们一起寻找他的影踪。到了童子寺北面一百

刘皂

灵石县南尝夜中妖怪，由是里中人无敢夜经其地者。元和年，董叔经为西河守。时有彭城刘皂，假孝义尉。皂顷尝以书忤董叔，怒甚，遂弃职。入汾水关，夜至灵石南，逢一人立于路旁。其状绝异，皂马惊而坠，久之乃起。其路旁立者，即解皂衣袍而自衣之。皂以为劫，不敢拒。既而西走近十余里，至逆旅，因言其事。逆旅人曰："邑南夜中有妖怪，固非贼尔。"明日，有自县南来者，谓皂曰："县南野中有蓬蔓，状类人，披一青袍，不亦异乎？"皂往视之，果己之袍也。里中人始悟，为妖者乃蓬蔓耳。由是尽焚，其妖遂绝。（出《宣室志》）

田布

唐田布，田悦之子也。元和中，尝过蔡比，路侧有草如蒿。茎大如指，其端聚叶，若鸜鹆巢在苇。折视之，叶中有小鼠数十，才若皂荚子，目犹未开，啾啾有声。（出《酉阳杂俎》）

梁生

唐兴平之西，有梁生别墅，其后园有梨树十余株。太和四年冬十一月，初雪霁，其梨忽有花发，芳而且茂。梁生甚奇之，以为多步的地方，看见一棵葡萄树，长得特别茂盛，而绳子系在葡萄的藤上。其中有一片叶子形似人的手，正是大家从窗户看到的那只手。于是就命人挖出它的根部，而且烧掉了。（出《宣室志》）

刘皂

灵石县南曾经夜间会出现妖怪，从此之后乡里没有人敢在夜间从那里路过。在元和年间，董叔经担任西河太守。那时有一个彭城人名字叫刘皂，正在代理孝义尉。刘皂最近因事和董叔经闹得不和睦，刘皂非常生气，就弃官不做了。刘皂入汾水关，夜里的时候到达灵石县南，碰到有一个人站在路边。那个人的样子很奇怪，刘皂的马受到惊吓，他就从马上掉了下来。很久之后他才站起来。站在路边的那个人便走上前来脱刘皂的衣服，自己穿上。刘皂以为是打劫的人，不敢反抗。后来向西跑了十多里路，来到了一间客栈，于是讲了这件事。客栈里的人说道："县南夜里会有妖怪，本不是强盗。"第二天，有从县南来的人，对刘皂说："县南的田野中有一株蓬蔓，模样像人，披了一件青色的袍子，不也是很奇怪吗？"刘皂去看它，果然是自己那件袍子。乡里的人开始明白，原来作妖的是一棵蓬蔓罢了。便把它全都烧毁，那个妖怪就消失了。（出《宣室志》）

田布

唐朝的田布，是田悦的儿子。元和年中，田布有一天经过蔡比，看见路边有一种草长得非常像蒿子。茎有手指那么粗，它的顶端聚集着叶子，像是鹪鹩在芦苇上筑的巢。他把它折下来查看，叶子里有几十只小老鼠，只有皂荚子那么大，眼睛还没睁开，啾啾地叫着。（出《酉阳杂俎》）

梁生

唐朝的时候，在兴平西有一处梁生的别墅，别墅的后园里有十几棵梨树。太和四年的冬十一月，第一场雪刚刚结束，后园的梨树忽吉兆。有韦氏谓梁生曰："夫木以春而荣，冬而瘁，固其常矣。焉可谓之吉兆乎？"生闻之不悦。后月余，梁生父卒。（出《宣室志》）

苏昌远

中和中，有士人苏昌远居苏州属邑，有小庄去官道十里。吴中水乡率多荷芰。忽一日，见一女郎，素衣红脸，容质艳丽。阅其色，恍若神仙中人。自是与之相狎，以庄为幽会之所。苏生惑之既甚，尝以玉环赠之，结系殷勤。或一日，见槛前白莲花开敷殊异，俯而玩之，见花房中有物。细视，乃所赠玉环也。因折之，其妖遂绝。（出《北梦琐言》）

药怪

上党人

隋文帝时，上党有人宅后每夜有人呼声，求之不见。去宅一里，但见一人参枝。掘之，入地五尺，如人体状。掘去之后，呼声遂绝。时晋王广阴有夺宗之计，谄事权要，上君也，党与也，言朋党比而谮。太子竟见废，隋室因此而乱。（原缺出处，陈校本作出《宣室志》，今见《隋书·五行志》）

田登娘

陕州西北白径岭上逻村，村之田氏尝穿井，得一根大如臂。节然有些开出了花朵，芳香而且繁茂。梁生就十分吃惊，认为这是好的兆头。有一个姓韦的人对梁生说道："树木在春天繁荣，在冬天会枯萎，这是不变的规律，怎么能说这是好兆头呢？"梁生听了这话不开心。一个多月过后，梁生的父亲就去世了。（出《宣室志》）

苏昌远

中和年间，有个士人叫苏昌远住在苏州的县城里。在离官道十里远的地方有一个小村庄。吴中的水乡大多都有荷花菱角什么的。突然有一天，苏昌远看见一个女子。女子穿着白色衣服，脸颊红润，面容十分娇艳美丽。看着她的样子，像是神仙一样的人。从此之后，苏昌远和这个女子彼此亲近，把那个小村庄作为幽会的地方。苏昌远已经被深深地迷惑，曾经赠给她一只玉环。有一天，苏昌远看见门前白色莲花盛开得很漂亮，就俯下身来把玩欣赏，看见花房中有个东西。仔细地查看，是自己赠送给女子的玉环。于是他就折下了这朵莲花。那妖女就消失了。（出《北梦琐言》）

药怪

上党人

隋文帝的时候，上党有个人的房子后边，每晚都有人呼叫的声音，但是找不到人。在离宅子一里远的地方，只看见有一颗人参。挖出它，向地下挖五尺深，才看清它长的是人的样子。把它挖出后，晚上的呼叫声便消失了。当时的晋王杨广暗地里有夺权篡位的想法，他就巴结权贵和重要的人，勾结小人朋党，造谣诬陷，最后太子被废。隋王室因为这件事而乱了。（原缺出处，陈校本作出《宣室志》，今见《隋书·五行志》）

田登娘

陕州西北方的白径岭上逻村，村中有姓田的一家人，有一次挖中粗皮若茯苓，香气似术。其家奉释，有象设数十，遂置于像前。田氏女名登娘，十六七，有容质。其父常令供香火焉。经岁余，女尝日见一少年出入佛堂中，白衣蹑屐。女遂私之。精神举止，有异于常矣。其物根每岁至春萌芽。其女有妊，乃具白于母。母疑其怪。尝有衲僧过门，其家因留之供养。僧将入佛宇，辄为物拒之。一日，女随母他出，僧入佛堂。门才启，有一鸽拂僧飞去。其夕，女不复见其怪，视其根，亦成朽蠹。女娠才七月，产物三节，其形如像前根也。田氏并火焚之，其怪亦绝。旧说枸杞茯苓人参术形有异，服之获上寿。或不荤血，不色欲，遇之必能降真为地仙矣。田氏非冀，故见怪而去之。宜乎！（出《酉阳杂俎》）

赵 生

天宝中，有赵生者，其先以文学显。生兄弟数人，俱以进士明经入仕。独生性鲁钝，虽读书，然不能分句详义，由是年壮尚不得为郡贡。常与兄弟友生会宴，盈座朱绿相接，独生白衣，甚为不乐。及酒酣，或靳之，生益惭且怒。后一日，弃其家遁去，隐晋阳山，葺茅为舍。生有书百余编，笈而至山中，昼习夜息，虽寒热切肌，食粟袭纻，不惮劳苦。而生蒙懵，力愈勤而功愈少。生愈恚怒，终不易其志。后旬余，有翁衣褐来造之，因谓生曰："吾子居深山中，读古人书，岂有志于禄仕乎？虽然，学愈久而卒不能分句详议，何蔽滞之甚邪！"生谢曰："仆不敏，自度老且无用，故入深山，读书自悦。虽不能达其精微，然必欲死于志业，不辱先人。又井的时候挖出来一块有手臂一样粗的植物的根。根节处的粗皮像茯苓，香气像白术一般。田家人信奉佛教，家中设有几十个佛像。于是他们就把它放在佛像的前面。田氏有个女儿名字叫登娘，十六七岁，有好看的面容。她父亲经常让她供香火。过了一年多。登娘曾经有一天看见有一个少年出入佛堂中，穿着白色衣服，脚上穿着木鞋。登娘于是和他私通了。之后精神举止便就和平常不一样了。那块木根每年到春天都会萌发新芽。田登娘怀孕了，于是全部告诉了母亲。母亲怀疑那少年是妖怪。曾经一位僧人从门前路过，田家人留他住下。僧人要进入佛堂的时候，就有什么东西阻止他。有一天，登娘跟母亲出去了，僧人进入到佛堂。门一打开，就有一只鸽子轻轻掠过僧人的身边飞出去。那天晚上，登娘没有再看见那怪物。看见那块根，也变成被虫咬的烂木头了。登娘怀孕后七个月，产下了三节东西，他们的形状和佛像前的那块根一样。田氏把它们一起烧掉，那怪也消失了。旧话说枸杞、茯苓、人参的样子都不同，但是服下他们都可以长寿。或者不吃荤腥，不近女色，遇上这些就能成为地仙。田氏没有这样的期望，所以看见怪物就除掉它。是应该的啊！（出《酉阳杂俎》）

赵生

天宝年的时候，有一位读书人姓赵，他的祖先凭文学而显贵。他的几个兄弟，都凭借进士或者明经资格做官。只有他生性愚笨，虽然读书，但是不能分句读，不能理解它们的意思。因此年纪大了也不能得到郡守的推举。有一次他和兄弟们的朋友一起吃饭，满座穿的都是红衣绿袍，只有他穿的是白衣，他很不开心。等到酒喝到尽兴的时候，有的人开他玩笑，他就更加惭愧和生气。一天后，他就弃家隐遁了，隐居在晋阳山中。房子是用茅草盖的。他有书一百多编，他把它们用箱子运进了山中，白天读书，晚上休息，虽然有严寒酷热，吃着粗粮，穿着麻衣，但是赵生不害怕辛劳困苦。但是他生性愚笨，越是用功，效果越差。他就更加生气，始终不改变自己的意志。十几天之后，有一位穿着短褐衣服的老人前来拜访他。老人说："你隐居在里面，阅读古人之书，难道是有助于高官厚禄吗？即使是这样，学的时何及于禄仕也？”翁曰：“吾子之志甚坚。老夫虽无术能有补于郎君，但幸一谒我耳。”因征其所止。翁曰：“吾段氏子，家于山西大木之下。”言讫，忽亡所见。生怪之，以为妖。遂径往山西寻其迹，果有椴树蕃茂。生曰：“岂非段氏子乎？”因持锸发其下，得人参长尺余，甚肖所遇翁之貌。生曰：“吾闻人参能为怪者，可愈疾。”遂瀹而食之。自是醒然明悟，目所览书，尽能穷奥。后岁余，以明经及第。历官数任而卒。（出《宣室志》）

菌怪

郭元振

郭元振尝山居。中夜，有人面如盘，瞚目出于灯下。元振了无惧色。徐染翰题其颊曰：“久戍人偏老，长征马不肥。”元振之警句也。题毕吟之，其物遂灭。久之，元振随樵闲步，见巨木上有白耳，大如数斗，所题句在焉。（出《酉阳杂俎》）

宣平坊官人

京宣平坊，有官人夜归。入曲，有卖油者张帽驮桶，不避道。导者搏之，头随而落，遂遽入一大宅门。官人异之，随入至一大槐树下，遂灭。因告其家，其家即掘之。深数尺，并树枯根，下有大间久而最后也不能分句读，理解它的意思，是多么的不智慧不灵活呀！”赵生感谢道：“我不聪敏，认为自己年纪大了也没用，所以来到深山，读书让自己开心。虽然不能理解书精深微妙的地方，但我要死在我想做的事业上，不让先人蒙受耻辱。又怎么谈到做官和俸禄呢？”老人说：“你的意志很坚定。我虽然没有什么仙术可以帮助你，只是希望你可以去我那里一趟。”因此赵生问老人住在什么地方。老人说：“我是段氏的儿子，家住在山西的大树底下。”老人说完，突然就不见了。赵生对此感到奇怪，认为是妖精，就直接到山西去寻找他的踪迹。果然有棵椴树长得很茂盛。赵生说：“这就是段氏之子吗？”就拿来铁锹在树下挖，得到一棵一尺多长的人参。它的样子特别像他之前遇到的那个老人。赵生说：“我听说能变成妖怪的人参，能够治病。”就把人参煮了吃。从此之后他就头脑非常清醒，又很聪明。看过的所有书，都能理解其中的奥妙。一年之后，考中了“明经”科，做了好几任官才去世。（出《宣室志》）

菌怪

郭元振

郭元振曾经住在山里面，到了半夜的时候，有一个脸像圆盘的人眨着眼睛出现在灯下。郭元振一点害怕的脸色也没有，慢慢地拿笔蘸墨，在那人的脸上写道：“久戍人偏老，长征马不肥。”这是郭元振的警句。写完之后读了一遍，那人就消失了。很久之后，郭元振跟随打柴人随意散步，看见一棵大树上有白色的木耳，有几斗大，他题写的那两句诗在上面。（出《酉阳杂俎》）

宣平坊官人

京中的宣平坊，有一个做官的人夜里回家。走到街道弯曲的地方，见有一个戴着草帽卖油的人，用驴驮着油桶，不回避。做官的导者上去打他，他的头随着声音落下了，身体的其余部分同驴迅速虾蟆如叠，挟二笔錔。树溜津满其中也。及有巨白菌如殿门浮沤钉，其盖已落。虾蟆乃驴也，笔錔乃油桶也，菌则其人矣。里人有买其油者月余，怪其油好而贱。及怪发，食者悉病呕。（出《酉阳杂俎》）

豫章人

豫章人好食蕈，有黄姑蕈者尤为美味。有民家治舍，烹此蕈以食工人。工人有登屋施瓦者，下视无人，唯釜煮物，以盆覆之。俄有小儿裸身绕釜而走，倏忽没于釜中。顷之，主人设蕈，工独不食，亦不言。既暮，食蕈者皆卒。（出《稽神录》）

地跑进一个大宅院的门里面。做官的人感觉这很奇怪，就跟着那人和驴跑到一棵大槐树下，就不见了。于是做官的人告诉了这家的主人。主人立即叫人挖掘。挖了几尺深，看见树的枯根下有一只大蛤蟆夹着两只笔套。树的津液流满了笔帽，还有一个巨大的白菌就像殿门上的浮沤钉，盖已经掉了。蛤蟆就是驴，笔帽就是油桶，菌就是卖油的人了。乡里人有人买他的油一个多月了，奇怪他的油为什么好还很便宜。等到这件怪事发生，吃过油的人全都呕吐了。（出《酉阳杂俎》）

豫章人

豫章人喜欢吃蕈。有一种黄姑蕈味道特别的鲜美。有一户人家盖房子，煮这种蕈招待工人。有一个工人在房上盖瓦。向下看的时候没有人，只有一口锅正在煮东西，用盆盖着。一会儿有一个光着身子的小孩绕着锅跑，一下子就在锅里消失了。一会儿过后，主人把煮好的蕈摆到餐桌上，只有那个盖瓦的工人不吃，也不说话。天黑之后，吃蕈的人全部都死了。（出《稽神录》）

卷第四百一十八 龙一

苍 龙

孔子当生之夜，二苍龙亘天而下，来附徵在之房，因而生夫子。有二神女擎香露，空中而来，以沐浴徵在。（出王子年《拾遗记》）

曹 凤

后汉建武中，曹凤字仲理，为北地太守，政化尤异。黄龙见于九里谷高冈亭，角长二丈，大十围，梢至十余丈。天子嘉之，赐帛百匹，加秩中二千石。（出《水经注》）

张鲁女

张鲁之女，曾浣衣于山下，有白雾濛身，因而孕焉。耻之自裁，将死，谓其婢曰："我死后，可破腹视之。"婢如其言，得龙子一双，遂送于汉水。既而女殡于山。后数有龙至，其墓前成蹊。（出《道家杂记》）

江陵姥

江陵赵姥以沽酒为业。义熙中，居室内忽地隆起，姥察为异，朝夕以酒酹之。尝见一物出头似驴，而地初无孔穴。及姥死，家人闻土下有声如哭。后人掘地，见一异物蠢然，不测大小，须臾失之。俗谓之土龙。（出《渚宫旧事》）

苍龙

孔子将要出世的那天夜里，两条苍龙从天而下，前来附着在颜徵在的房间，因此诞生了孔子。有两个神女手拿着香露，从空中飘来，用香露来让颜徵在沐浴。（出王子年《拾遗记》）

曹凤

曹凤，字仲理，在后汉建武年间是北地的太守。他的政绩优异。黄龙在九里谷高冈亭出现，龙角长两丈，有十围粗，龙尾有十几丈长。皇帝嘉奖他，赏赐了他一百匹布帛，俸禄增加到一百八十斛。（出《水经注》）

张鲁女

张鲁的女儿，曾经在山下洗衣物，有一团白雾氤氲在她的四周，因此就怀孕了。她因为这个而觉得耻辱，就自杀了。在她快要死的时候，对她的婢女说："我死了以后，可以把我的腹部打开检视。"她的婢女像她说的那样，得到了一对龙的孩子，于是就将它们送到了汉水。就将她葬在山下了，后来有好几条龙来了，她的墓前于是出现了小路。（出《道家杂记》）

江陵姥

江陵的赵姥以卖酒作为职业。在义熙年间，她所居住的屋子里的地面忽然隆起来了，赵姥看见之后认为很怪异，早晚都用酒去祭奠。曾经看见一个东西伸出像驴的头，但是地面上一开始并没有洞穴。等到赵姥去世之后，她的家里人听见地下传来像是哭的声音，

甘 宗

秦使者甘宗所奏西域事云：外国方士能神咒者，临川禹步吹气，龙即浮出。初出，乃长数十丈。方士吹之，一吹则龙辄一缩。至长数寸，乃取置壶中，以少水养之。外国常苦旱灾，于是方士闻有旱处，便赍龙往，出卖之，一龙直金数十斤。举国会敛以顾之。直毕，乃发壶出龙，置渊中。复禹步吹之，长数十丈。须臾雨四集矣。（出《抱朴子》）

南浔国

南浔国有洞穴阴源，其下通地脉，中有毛龙毛鱼。时蜕骨于旷泽之中。鱼龙同穴而处。其国献毛龙一于殷。殷置豢龙之官，至夏代不绝，因以命族。至禹导川，及四海会同，乃放于洛汭。（出《拾遗录》）

龙 场

《王子年拾遗》曰：方丈山东有龙场，地方千里，龙皮骨如山阜，布散百余顷。《述异记》："晋宁县有龙葬洲。父老云，龙蜕骨于此洲，其水今犹多龙骨。按山阜冈岫，能兴云雨者，皆有龙骨。或深或浅，多在土中。齿角尾足，宛然皆具。大者数十丈，或盈十她的后代挖开地面，看见一个奇怪的长得非常蠢笨的东西，不能够测算出它的大小，没一会儿就不见了。习惯上称它为土龙。（出《渚宫旧事》）

甘宗

秦的使者甘宗上奏的西域事件说："外国的术士中有会通神的咒语的，在靠近水的地方，作出礼拜星斗的步态的时候吹气，龙就会立马浮现。刚出来的时候，有几十丈长，术士就对着它吹气，吹一下龙就会收缩一次。等到缩小到几寸长的时候，就将它放到湖里面，用一点水将它养殖起来。外国人经常被旱灾困扰，于是术士听说出现旱灾的地方后，就会带着龙前往，将它卖出去。一条龙价值几十斤金子。这时全国都会聚集在一起观看，到最后，他才会打开壶，放出龙，将它放在深潭中。再作出礼拜星斗的步态，对着它吹气，吹到它身长几十丈的时候，不一会儿雨意就会从四方集结了。"（出《抱朴子》）

南郛国

南郛国有一个暗藏在洞穴里的水源，它的下面接连着地脉，它的中间有毛龙和毛鱼。他们时常在宽阔的水域中蜕骨。毛龙和毛鱼生活在同一个洞穴中。南郛国进献了一条毛龙给商朝，商朝设置了养龙的官职，到夏朝的时候这种官职还在，因此用它来命名部落。等到大禹治水的时候，四海联通，于是就将它放在了洛水汇入黄河的地方。（出《拾遗录》）

龙 场

《王子年拾遗》中说："方丈山的东边有龙场，龙场所在的地域方圆千里，龙的皮和骨放在一起像是山一样，把它们分散开就有一百多公顷。"《述异记》中说："晋宁县中有一个龙葬洲。当地的父老乡亲说：'龙在这个地方蜕骨，这个地方的水里到现在也有很多龙围。小者才一二尺，或三四寸，体皆具焉。尝因采取见之。”《论衡》云：“蝉生于腹育，开背而出，必因雨而蜕，如蛇之蜕皮云。”近蒲洲人家，拆草屋，于栋上得龙骨长一丈许，宛然皆具。（出《感应经》）

五色石

天目山人全文猛于新丰后湖观音寺西岸，获一五色石大如斗。文彩盘蹙，如有夜光。文猛以为神异，抱献之梁武。梁武喜，命置于大极殿侧。将年余，石忽光照廊庑，有声如雷。帝以为不祥，召杰公示之。对曰：“此上界化生龙之石也，非人间物。若以洛水赤砺石和酒合药，煮之百余沸，柔软可食。琢以为饮食之器，令人延寿。福德之人，所应受用。有声者，龙欲取之。”帝令驰取赤石。如其法，命工琢之以为瓯，各容五斗之半，以盛御膳，香美殊常。以其余屑，置于旧处。忽有赤龙，扬须鼓鬣，掉尾入殿，拥石腾跃而去。帝遣推验，乃是普通二年，始平郡石鼓村，斗龙所竞之石。其瓯遭侯景之乱，不知所之。（出《梁四公记》）

震泽洞

震泽中，洞庭山南有洞穴深百余尺。有长城乃仰公毑误堕洞骨。’考查那里的山峰，能够兴起风雨的，都有龙骨存在。有的深，有的浅，都在土里面。龙齿、龙角、龙尾、龙足，各个部位全都有。大的有几十丈，有的足有十围粗。小的才一二尺，有的三四寸，各种形体都有。曾经有一次接着采集的机会见到过。’”《论衡》中说：“蝉是在肚子里生长的，会打开背部出来，一定是凭借雨天来蜕壳，就像是蛇蜕皮一样。”接近蒲州的人家，在拆了草屋的时候，在屋梁上得到一丈左右的龙骨，什么部位都有。（出《感应经》）

五色石

天目山人全文猛在新丰后湖的观音寺的西岸，得到了一块大得像斗一样的五色石。它上面的花纹错杂卷曲，夜间好像能够发光。全文猛认为这块石头非常神奇，就将它抱去献给梁武帝。梁武帝非常开心，命令将它放置在大极殿一侧。放在那里一年多的时候，那块石头突然发出光芒，照亮了堂前东西两侧的厢房，发出了像雷一样的声音。梁武帝认为这是不祥之兆，召见杰公，将它展示给他看。杰公回答说：“这是天上的可以化生成龙的石头，不是人间的物品。如果用洛水边的赤砺石混合酒来制药，将它煮沸一百次，就会变得柔软，可以吃。将它雕琢成盛饭菜和酒水的器物，可以让人增加寿命。这是有福分和德行的人应当享用的。能够发出声音的，龙就会将它拿走。”皇帝让人快马前去取来赤砺石。就按照杰公所说的方法，命令工匠将它雕琢成小盆，各自能够盛放五斗的一半，用来盛放御膳。于是御膳变得异常美味。然后把雕琢它剩下的碎屑，放在原来的地方。忽然出现一条红龙，扬着胡须鼓着小鳍，摇着尾巴进入大殿，抱着石头飞走了。皇帝于是派人推问验证这件事，发现它原来是普通二年的时候，在始平郡的石鼓村中，斗龙竞赛的石头。雕成的那个小盆遭逢了侯景之乱，不知道流落到什么地方去了。（出《梁四公记》）

震泽洞

在太湖中，洞庭山的南边有一个深达一百多尺的洞穴。有一位有中，旁行，升降五十余里，至一龙宫。周围四五里，下有青泥至膝，有宫室门阙。龙以气辟水，霏如轻雾，昼夜光明。遇守门小蛟龙，张鳞奋爪拒之，不得入。公飑在洞百有余日，食青泥，味若粳米。忽仿佛说得归路，寻出之。

为吴郡守时，乃具事闻梁武帝。帝问杰公。公曰："此洞穴有四枝：一通洞庭湖西岸，一通蜀道青衣浦北岸，一通罗浮两山间穴溪，一通枯桑岛东岸。盖东海龙王第七女掌龙王珠藏，小龙千数卫护此珠。龙畏蜡，爱美玉及空青而嗜燕。若遣使信，可得宝珠。"帝闻大嘉。乃诏有能使者，厚赏之。有会稽郡郧县白水乡郎庾毗罗请行。杰公曰："汝五世祖烧杀鄮县东海潭之龙百余头，还为龙所害。汝龙门之宄也，可行乎？"毗罗伏实，乃止。

于是合浦郡洛黎县瓯越罗子春兄弟二人，上书自言："家代于陵水罗水龙为婚，远祖矜能化恶龙。晋简文帝以臣祖和化毒龙。今龙化县，即是臣祖住宅也。象郡石龙，刚猛难化，臣祖化之。化石龙县是也。东海南天台湘川彭蠡铜鼓石头等诸水大龙，皆识臣宗祖，亦知臣是其子孙。请通帝命。"杰公曰："汝家制龙石尚在否？"答曰："在在。谨赍至都，试取观之。"公曰："汝石但能制微风雨召戎虏之龙，不能制海王珠藏之龙。"又问曰："汝有西海龙脑香否？"曰："无。"公曰："奈之何御龙？"帝曰："事不谐矣。"公曰："西海大船，求龙脑香可得。昔桐柏真人敷扬道义，许谧、茅容乘龙，各赠制龙石十斤。今亦应在，请访之。"帝敕命求之。于茅山华龙隐居陶弘景得石两片。公曰："是矣。"帝敕地位的仰公睽不小心掉进了洞里，沿着洞穴的一侧行走，高高低低走了五十多里，到达了龙宫。龙宫周围四五里的地方，下面有齐膝深的青泥，有宫殿的出入口。龙凭借气来隔开水，飘飘然像轻雾一般，早晚都是明亮的。碰见一个守门的小蛟龙张开龙鳞举起龙爪来阻挡他，所以他不能进去。仰公睽在洞里待了一百多天，吃青泥，发现青泥的味道像是粳米。忽然好像说到回去的路，不久就出去了。

当他做吴地的郡守的时候，把他经历的事情详细地告诉了梁武帝。梁武帝于是向杰公询问。杰公说："这个洞穴有四个分支：一个通向洞庭湖西岸，一个通向蜀道青衣浦北岸，一个通向罗浮两山之间的洞穴里的小溪，一个通向枯桑岛东岸。那里大概是龙王的第七个女儿，掌管着龙王的宝珠，有数千条小龙护卫这颗宝珠。龙害怕蜡，喜欢美玉和空青石，并且酷爱吃燕子。如果派遣使者去，可以得到宝珠。"梁武帝听了之后大加赞赏。于是下诏：如果有能够出使的人，就对他重重有赏。有一个会稽郡鄮县白水乡的青年庾毗罗请求前去。杰公说："你的五世祖杀了鄮县东海的龙一百多头并烧了它们，最后被它们杀害了，你是龙族眼中的歹徒，可以去吗？"庾毗罗屈服这样的事实，于是就停止了前去的计划。

合浦郡洛黎县瓯越的罗子春两兄弟呈上奏折自述说："我们家世代和陵水、罗水的龙结为姻亲，我们的祖上能够教化恶龙。晋代的简文帝让我的祖上驯化毒龙。现在的龙化县，就是我祖先的住宅所在地。象郡的石龙，非常凶猛，难以驯化，我的祖先也将它驯化了，那里就是化石龙县。东海南边的天台、湘江、彭蠡湖、铜鼓、石头等各个水域的大龙，都认识我的远祖，也知道我们是他的子孙，于是前来通过书信来领受皇帝的命令。"杰公说："你们家能够制服龙的石头还在吗？"回答说："在、在。我们很谨慎地把它带来了京都，将它拿过来给人看。"杰公说："你们的石头只能制服呼风唤雨的西北之龙，不能够制服东海藏着宝珠的龙族。"又问他们说："你们有西海的龙脑香吗？"回答说："没有。"杰公说："那你用什么来制服龙族呢？"梁武帝说："这件事办不成功了。"杰公说："西海的大船上可以求得龙脑香。昔日桐柏真人宣扬道家经义，许谧、茅容骑龙，各百工，以于阗舒河中美玉，造小函二，以桐木灰发其光，取宣州空青，汰其甚精者，用海鱼胶之，成二缶。火烧之，龙脑香寻亦继至。杰公曰："以蜡涂子春等身及衣佩。"又乃赍烧燕五百枚入洞穴，至龙宫。

守门小蛟闻蜡气，俯伏不敢动。乃以烧燕百事赂之，令其通问。以其上上者献龙女，龙女食之大嘉。又上玉函青缶，具陈帝旨。洞中有千岁龙能变化，出入人间，有善译时俗之言。龙女知帝礼之，以大珠三、小珠七、杂珠一石，以报帝。命子春乘龙，载珠还国，食顷之间便至。龙辞去，子春荐珠。

帝大喜。得聘通灵异，获天人之宝。以珠示杰公，杰公曰："三珠，其一是天帝如意珠之下者，其二是骊龙珠之中者。七珠，二是虫珠，五是海蚌珠，人间之上者。杂珠是蚌蛤等珠，不如大珠之贵。"帝遍示百僚，朝廷咸谓杰公虚诞，莫不诘之。杰公曰："如意珠上上者，夜光照四十余里；中者十里；下者一里。光之所及，无风雨雷电水火刀兵诸毒厉。骊珠上者，夜光百步；中者十步；下者一室。光之所及，无蛇虺豸之毒。虫珠，七色而多赤，六足二目，当其凹处，有臼如铁鼻。蚌珠五色，皆有夜光，及数尺。无瑕者为之上，有瑕者为下。珠蚌五，于时与月盈亏。蛇珠所致，隋侯哙参，即其事也。"又问蛇鹤之异。对曰："使其自适。"帝命杰公记蛇鹤二珠。斗余杂珠，散于殿前。取大黄蛇玄鹤各十数，处布珠中间。于是鹤衔其珠，鸣舞徘徊；蛇衔其珠，盘曲宛转。群臣观自赠了十斤制龙石，现在应该还在，我请求前去访问他。”梁武帝下令让他前去求得制龙石。在茅山华龙隐居的陶弘景那里得到两片制龙石。杰公说：“就是这种石头。”梁武帝下令百位工匠，用于阗舒河中的美玉，制作了两个小匣子，用桐木灰使它发光，又取来宣州的孔雀石，选出其中特别精美的，用海鱼粘黏它们，制成两个缶。用火燃烧它们，龙脑香不久就到了。杰公说：“用蜡涂遍罗子春等人的身体和衣服配饰。”又带着五百只烧燕进入洞穴，来到龙宫。

守门的小蛟龙闻到蜡的气味，俯下身子趴在那里不敢动。于是用一百只烧燕贿赂他，让他前去通报询问。用这五百只烧燕中最好的进献给龙女，龙女吃完之后大加赞赏。又献上美玉做的匣子和孔雀石做的缶，详细地陈述了梁武帝的意旨。洞府中有一只可以改变形态的已经活了一千年的龙，出入人世间，又喜欢阐述当时人们的言论。龙女知道皇帝这样是礼遇她，于是就用三颗大珠、七颗小珠、一石杂珠，来回报梁武帝。于是命令罗子春骑着龙，带着珠子回到梁国，一顿饭的时间就到了，龙告辞而去，罗子春就向梁武帝进献了宝珠。

梁武帝非常开心。能够访问灵异的事物，获得天上人间的宝珠。把宝珠展示给杰公看。杰公说：“那三颗宝珠，有一颗是天帝如意珠中的下品，有两颗是骊龙珠中的中品。那七颗宝珠，有两颗是虫珠，五颗是海蚌珠，是人间的上品。杂珠是蚌蛤等产出的宝珠，不像大珠那么珍贵。”梁武帝将它们展示给所有的官员，朝廷中的人都说杰公非常荒诞，没有不责问的。杰公说：“如意珠中的上上品，夜间的光芒可以照亮四十多里；中品可以照亮十里；下品可以照亮一里。它的光亮所照的地方，不会有风雨雷电、水火刀兵等产生的各种恶疮。骊珠之中的上品，夜间的光可以照亮一百步的范围；中品的可以照亮十步的范围；下品可以照亮一间屋子的范围。它的光照到的地方，没有蛇虫等毒物。虫珠，有七种颜色，红色的部分最多，有六只脚两只眼，在它凹陷的地方，有一个白齿像是铁鼻。蚌珠有五种颜色，都有夜光，光亮能够达到几尺。没有任何瑕疵的是上品，有瑕疵的是下品。蚌珠总共五颗，在当时可以和月亮一起盈亏。蛇能够衔来珠者，莫不叹服。帝复出如意龙虫等珠，光之远近，七九八数，皆如杰公之言。

子春在龙宫得食，如花如药，如膏如饴，食之香美。赍食至京师，得人间风日，乃坚如石，不可咀咽。帝令秘府藏之。拜子春为奉车都尉，二弟为奉朝请，赐布帛各千匹。追访公豗往不为龙害之由，为用麻油和蜡，以作照鱼衣，乃身有蜡气故也。（出《梁四公记》）

梁武后

梁武郗皇后性妒忌。武帝初立，未及册命，因忿怒，忽投殿庭井中。众趋井救之，后已化为毒龙，烟焰冲天，人莫敢近。帝悲叹久之，因册为龙天王，便于井上立祠。（出《两京记》）

刘甲

宋刘甲居江陵。元嘉中，女年十四，姿色端丽，未尝读佛经，忽能暗诵《法华经》。女所住屋，寻有奇光。女云："已得正觉，宜作二七日斋。"家为置高座，设宝帐。女登座，讲论词玄。又说人之灾祥，诸事皆验。远近敬礼，解衣投宝，不可胜数。衡阳王在镇，躬率参佐观之。经十二日，有道士史玄真曰："此怪邪也。"振子，隋侯和哙参身上发生的就是这类的事。”群臣又问蛇衔来的宝珠和鹤衔来的宝珠有什么不一样。回答说：“让它们自己来选择符合的。”梁武帝命令杰公给蛇珠和鹤珠做上记号，又将一斗多杂珠和蛇珠鹤珠一起散布在大殿的前面。取来大黄蛇和黑鹤各几十只，放在所散布的珠子中间。于是鹤衔着鹤珠，鸣叫着来回飞舞；蛇衔着蛇珠，盘曲着来回游走。众位大臣看到这种情况没有不赞叹并为之折服的。梁武帝又拿出来如意珠、龙珠、虫珠，它们的光亮所照到的区域的远近，大多数都和杰公说的一样。

罗子春在龙宫得到了食物，那些食物样子像是花又像是药，味道既像膏又像甜蜜，吃了后觉得特别香甜可口。将这种食物带到了京城，因为晒到了人间的阳光，吹到了人间的风，因此变得和石头一样坚硬，不能够咀嚼吞咽，梁武帝让秘府收藏它。授予罗子春奉车都尉的官职，二弟被任命为奉朝请，赏赐了他们布帛各一千匹。追问仰公睽去龙宫但没有被龙杀害的原因，是因为他用麻油和蜡做了照鱼衣，因此他身上有了蜡的气味的缘故。（同《梁四公记》）

梁武后

梁武郗皇后天性喜欢嫉妒别人。梁武帝刚刚登基，还来不及册封她，因此她非常愤怒，突然就投身宫殿里庭院中的井里，大家都跑到井旁去救她，但是皇后已经化成毒龙，毒烟和火焰冲向天际，人们没有敢接近的。梁武帝悲伤叹息了好久，因此将她册封为龙天王，就将供奉她的祠堂设立在井上。（出《两京记》）

刘　甲

宋代的刘甲居住在江陵。元嘉年间，他的女儿十四岁，姿容端庄美丽，从没有读过佛经，突然有一天就能够暗暗背诵《法华经》了。他的女儿所住的屋子，不久就有奇特的光亮。他的女儿说，已经有了真正的觉悟，应该做十四天的斋戒。家里人因此给她设置了高位，摆上了佛家的帷帐。他的女儿于是坐在了宝座上，所讲的话语深奥褐往焉。女即已知，遣人守门。云："魔邪寻至，凡着道服，咸勿纳之。"真变服奄入。女初犹喝骂，真便直前，以水洒之，即顿绝，良久乃苏。问以诸事，皆云不识。真曰："此龙魅也。"自是复常，嫁为宣氏妻。（出《渚宫旧事》）

宋 云

后魏宋云使西域，至积雪山，中有池，毒龙居之。昔三百商人止宿池侧，值龙忿怒，泛杀商人。果陁王闻之，舍位与子，向鸟场国学婆罗门咒。四年之中，善得其术。还复王位，就池咒龙。龙化为人，悔过向王。王即从之。（出《洛阳伽蓝记》）

蔡 玉

弘农郡太守蔡玉以国忌日于崇敬寺设斋。忽有黑云甚密，从东北而上，正临佛殿。云中隐隐雷鸣。官属犹未行香，并在殿前，聚立仰看。见两童子赤衣，两童子青衣，俱从云中下来。赤衣二童子先至殿西南角柱下，抽出一白蛇身长丈余，仰掷云中。雷声渐渐大而下来。少选之间，向白蛇从云中直下，还入所出柱下。于是云气转低着地。青衣童子乃下就住，一人捧殿柱，离地数寸。一童子从下又拔出一白蛇长二丈许，仰掷云中。于是四童子亦一时腾上，入云而去。云气稍高，布散遍天。至夜，雷雨大霪，至晚方霁。后难懂，又讲了一些人的福祸，所说的事情都应验了。于是远近的人都以礼相待，施惠与她，数不胜数。衡阳王当时镇守这里，亲自带领部下前来观看。过了十二天，有一位叫史玄真的道士说："这件事很奇怪。"整理衣服，前去查看。他的女儿立即就知道了，于是派人守住门口，说："有妖邪不久就到了，只要是穿着道服的，都不准接纳。"于是史玄真换了衣服突然进入。他的女儿一开始还大声呵斥，玄真就径直向前，用水洒向她，她立即就气绝，过了很久才苏醒。问她之前发生的种种事情，都说不记得了。史玄真说："这是龙魅犯下的。"从此之后她恢复了常态，嫁给宣氏作为妻子。（出《渚宫旧事》）

宋云

后魏的宋云出使西域，到积雪山的时候，中间有一个池子，毒龙居住在里面。以前有三百个商人住在池子旁边，正遇上龙非常愤怒，于是就发水将这三百商人都杀了。果陁王听说以后，就将王位传给了他的儿子，向乌场国学习婆罗门咒。四年之间，他已经很好地掌握了婆罗门咒。于是回到自己的国家恢复了王位，前往那个池子给龙施咒。龙变化成了人，向果陁王忏悔，国王就顺从了他的想法。（出《洛阳伽蓝记》）

蔡玉

弘农郡的太守蔡玉，在全国忌日的时候到崇敬寺设立斋戒。忽然有一股特别浓密的黑云从东北角升上来，正要到佛殿中，黑云的中间隐隐约约听见了雷声。官员们还没有烧香，都聚集在大殿，抬着头向上看。看见两个穿红衣的童子，两个穿青衣的童子，都从云里面飞下来了。穿红衣的两个童子先到了佛殿西南方的角柱下面，抽出了一条长达一丈多的白蛇，向上扔到了云中。雷声渐渐变得很大并滚滚而下，过了一会儿，之前的白蛇从云中径直飞下来，仍旧进入之前所出现的柱子的下面。云气也跟着变低，落在了地面上。穿青色衣服的童子于是下来靠近柱子，一个童子捧着殿前的柱子，离地面好几寸。另

看殿柱根，乃蹉半寸许，不当本处。寺僧谓此柱腹空。乃凿柱至心，其内果空，为龙藏隐。（出《大业拾遗记》）

李靖

唐卫国公李靖微时，尝射猎灵山中，寓食山中。村翁奇其为人，每丰馈焉，岁久益厚。忽遇群鹿，乃逐之。会暮，欲舍之不能。俄而阴晦迷路，茫然不知所归，怅怅而行，因闷益甚。极目有灯火光，因驰赴焉。既至，乃朱门大第，墙宇甚峻。扣门久之，一人出问。靖告迷道，且请寓宿。人曰："郎君已出，独太夫人在。宿应不可。"靖曰："试为咨白。"乃入告。复出曰："夫人初欲不许，且以阴黑，客又言迷，不可不作主人。"邀入厅中。有顷，一青衣出曰："夫人来。"年可五十余，青裙素襦，神气清雅，宛若士大夫家。靖前拜之。夫人答拜曰："儿子皆不在，不合奉留。今天色阴晦，归路又迷，此若不容，遣将何适。然此乃山野之居，儿子还时，或夜到而喧，勿以为惧。"既而食。颇鲜美，然多鱼。食毕，夫人入宅。二青衣送床席裀褥，衾被香洁，皆极铺陈，闭户系之而去。

一个童子从下面又拔出一条长大约两丈的白蛇，向上扔到了云中。于是四个童子也一起腾云而上，进入云间后就离开了。云气渐渐变高，布满天边。到了夜间，雷声轰隆，风雨大作，到第二天晚上才天晴。后来去看佛殿前的柱子的底部，竟然偏离了大约半寸，不在它原来的地方。寺里的僧人说这个柱子中间是空的，于是凿到了柱子的中心，它的里面果然空了，是龙隐藏的地方。（出《大业拾遗记》）

李靖

唐代卫国公李靖，在他身份寒微的时候，曾经在灵山中打猎，吃住都在山里面。村里面的老人非常好奇他的为人，每次都赠送给他丰厚的礼物，时间越长赠送得就越多。有一次他突然遇到了一群鹿，就追上前去，等到傍晚的时候，想要舍弃又不能够。过了一会儿天阴暗下去，就迷路了，心中迷茫得不知道哪里才是回去的路，非常失意地往前走，心中变得更加烦闷。尽目力所及看到前方有灯火的光芒，因而飞驰着赶向那里。等他赶到，发现是一个高门宅院，院墙和屋宇十分高大。他敲门敲了很久，有一个人出来询问他。李靖告诉他自己迷路了，并且请求他让自己借宿。那个人说："郎君已经出去了，只有太夫人在，借宿应该不行。"李靖说："请您试着为我征询一下。"那个人于是进去告诉太夫人去了。再次出来说："夫人一开始想不应允的，因为天已经很黑，客人又说迷路了，就不能不做一次主人了。"就邀请他进入客厅。过了一会儿，一个婢女出来说："夫人来了。"太夫人年纪大约五十多岁，穿着青色的裙子，白色的短衣，神态端庄高雅，就像是在士大夫之家的。李靖上前拜见，太夫人回拜说："我的儿子都不在，不适合你留宿。今天天色阴暗，回家的路又迷失了，此地如果不收留你，还能让你到哪里呢？但是这里是山野中的人家。我的儿子回来的时候，有时候到夜里还会变得喧闹，请不要害怕这种情况。"过了一会儿就吃饭了，饭食的味道很是鲜美，但是大多是鱼。吃完之后，太夫人进入了屋子。两个青衣送来垫席和被褥，衣服和被子芬芳洁净，将它们都铺展开来，关上门离开了。

靖独念山野之外，夜到而闹者何物也，惧不敢寝，端坐听之。夜将半，闻扣门声甚急。又闻一人应之，曰："天符，报大郎子当行雨。周此山七百里，五更须足。无慢滞，无暴厉。"应者受符入呈。闻夫人曰："儿子二人未归，行雨符到，固辞不可，违时见责，纵使报之，亦以晚矣。僮仆无任专之理，当如之何？"一小青衣曰："适观厅中客，非常人也。盍请乎？"夫人喜，因自扣其门曰："郎觉否？请暂出相见。"靖曰："诺。"遂下阶见之。夫人曰："此非人宅，乃龙宫也。妾长男赴东海婚礼，小男送妹，适奉天符，次当行雨。计两处云程，合逾万里。报之不及，求代又难，辄欲奉烦顷刻间。如何？"靖曰："靖俗人，非乘云者。奈何能行雨？有方可教，即唯命耳。"夫人曰："苟从吾言，无有不可也。"遂敕黄头，鞴青骢马来。又命取雨器，乃一小鉼子，系于鞍前。戒曰："郎乘马，无勒衔勒，信其行。马跑地嘶鸣，即取鉼中水一滴，滴马鬃上。慎勿多也。"于是上马腾腾而行，倏忽渐高，但讶其隐疾，不自知其云上也。风急如箭，雷霆起于步下。于是随所跃，辄滴之。既而电掣云开，下见所憩村。思曰："吾扰此村多矣。方德其人，计无以报。今久旱，苗稼将悴。而雨在我手，宁复惜之？"顾一滴不足濡，乃连下二十滴。

俄顷雨毕，骑马复归。夫人者泣于厅曰："何相误之甚！本约一滴，何私下二十尺之雨？此一滴，乃地上一尺雨也。此村夜半，李靖想着在野外，到了夜间就会喧闹的是什么东西呢？他害怕得不敢入睡，端正地坐在那里倾听。快到半夜的时候，听见了非常急速的敲门声，又听见一个人回应了他，说："上天有符命，报说大郎子应该布雨，在这座山的七百里范围，五更天要下足量的雨，不要迟滞，不能下得特别急。"回应的人接受了符命并呈了进去。听见太夫人说："两个儿子还没有回来，布雨的符命到了，是一定不能够推辞的，如果错过了时间就会被责备，即使是现在报告给他们，也已经晚了。家里的仆人没有担任专职的道理，应该怎么办呢？"一个小的婢女说："刚才观察厅里面的客人，并不是常人，能不能请他去呢？"太夫人开心了。于是亲自前去敲他的门说："你睡觉了吗？请你暂时出来和我见一面。"李靖说："好。"于是走下台阶去见太夫人。太夫人说："这不是人的宅子，是龙宫。我的长子赶赴东海参加婚礼，小儿子去送她的妹妹了。恰逢接到上天的符命，安排长子应当布雨。推测两个地方的路程，总共超过一万里，前去告诉他命令已经来不及，请求人暂代又很难，就想要麻烦你一小段时间，怎么样？"李靖说："我是俗人，不是能够腾云驾雾的人，凭借什么能够布雨呢？如果有方法可以教我，我唯命是从。"太夫人说："如果听我的话，没有做不到的。"于是下令童仆把鞍辔套在青骢马上牵过来。又命令人拿来雨器，李靖一看原来是一个小瓶子，系在马鞍的前面。太夫人告诫他说："你骑马的时候，不要勒着它的缰绳，由着它走。马在地上奔跑嘶叫的时候，就立即取出瓶中的一滴水，滴在马鬃上，一定要谨慎，不能滴多了。"于是李靖上马之后，腾腾地向前走，过了一会儿渐渐升高，只是惊讶于它的隐形和迅疾，却不知道自己已经在云层之上了。风像箭一般快，雷霆在脚下升起，于是随着它的奔腾，滴下瓶中的水。不一会儿风驰电掣，向下看见借宿的村子。想道："我已经打扰这个村子太多了。正感念他们的人，不知道拿什么来报答。现在已经干旱很久了，庄稼快要枯死了。如今雨量掌握在我手中，怎么能够再吝惜呢？"想着一滴不足以让地面潮湿，于是连续滴下二十滴。

过了一会儿，雨停了，他就骑马回去了。太夫人在大厅上哭着说："你为什么错得这么厉害？本来约定只下一滴，为什么私自下了二十平地水深二丈。岂复有人？妾已受谴，杖八十矣。”但视其背，血痕满焉。“儿子亦连坐，奈何？”靖惭怖，不知所对。夫人复曰：“郎君世间人，不识云雨之变，诚不敢恨。只恐龙师来寻，有所惊恐，宜速去此。然而劳烦，未有以报，山居无物，有二奴奉赠。总取亦可，取一亦可。唯意所择。”于是命二奴出来。一奴从东廊出，仪貌和悦，怡怡然。一奴从西廊出，愤气勃然，拗怒而立。靖曰：“我猎徒，以斗猛事。今但取一奴，而取悦者，人以我为怯也。”因曰：“两人皆取则不敢。夫人既赐，欲取怒者。”夫人微笑曰：“郎之所欲乃尔。”遂揖与别，奴亦随去。

出门数步，回望失宅，顾问其奴，亦不见矣。独寻路而归。及明，望其村，水已极目，大树或露梢而已，不复有人。其后竟以兵权静寇难，功盖天下，而终不及于相。岂非取奴之不得乎？世言关东出相，关西出将，岂东西喻邪？所以言奴者，亦下之象。向使二奴皆取，即极将相矣。（出《续玄怪录》）

尺的雨？这一滴水，是地上的一尺雨啊！这个村子在半夜平地而起两丈深的水，哪里还会有人？我已经受到了谴责，打了八十多棍。”李靖看向她的背，上面布满了血痕，她的儿子也连带受罚了。该怎么办呢？李靖又惭愧又害怕，不知道该怎么去应对。太夫人又说：“你是人世间的人，不知道云雨的变化，确实是不能够怨恨你，只是害怕龙的军队前来寻找，会受到惊吓，你应该快快离开。然而我们如此劳烦你，还没有报答你，居住在山野没有什么东西，只有两个奴仆赠给你，可以两个都带走，也可以只带走一个，凭你的意愿选择。”于是让两个奴仆出来。一个奴仆从东边的走廊出来，仪态容貌和蔼可亲，样子和悦顺从；另一个从西边的廊檐下出来，样子十分气愤，压制着愤怒站在那儿。李靖心想：“我是猎人，凭借好斗和勇猛行事。现在只带走一个奴仆，但我如果带走和颜悦色的奴仆，别人会以为我胆子小。”又说：“两个人都带走我就不敢了，太夫人既然赏赐给我，我想要带走有怒容的那位。”太夫人笑着说：“你的想法也就是这样了。”于是李靖就作揖告别了，那个奴仆也跟着他走了。

走出宅门几十步以后，回头一看，之前的宅子不见了，回头问那个奴仆，也不见了。于是独自寻找路径回去。等到天亮的时候，回望那个村子，满眼都是水，大树有的也只是露出树梢罢了，不再有人。在这以后，李靖最终凭借兵权平定了贼寇，立下了盖世军功，然而最后也没有登上相位。难道是没带走那个小奴的原因吗？世上的人说关东出相，关西出将，是用东廊西廊比喻的吗？之所以说奴，也是下人的象征。如果之前把两个奴仆都带走，他就可以既当将又当相了。（出《续玄怪录》）

卷第四百一十九 龙二

柳 毅

柳 毅

唐仪凤中，有儒生柳毅者应举下第，将还湘滨。念乡人有客于泾阳者，遂往告别。至六七里，鸟起马惊，疾逸道左。又六七里，乃止。见有妇人，牧羊于道畔。毅怪视之，乃殊色也。然而蛾脸不舒，巾袖无光。凝听翔立，若有所伺。毅诘之曰："子何苦而自辱如是？"妇始楚而谢，终泣而对曰："贱妾不幸，今日见辱于长者。然而恨贯肌骨，亦何能愧避？幸一闻焉：妾洞庭龙君小女也，父母配嫁泾川次子。而夫婿乐逸，为婢仆所惑，日以厌薄。既而将诉于舅姑。舅姑爱其子，不能御。迨诉频切，又得罪舅姑。舅姑毁黜以至此。"言讫，歔欷流涕，悲不自胜。

又曰："洞庭于兹，相远不知其几多也。长天茫茫，信耗莫通，心目断尽，无所知哀。闻君将还吴，密通洞庭，或以尺书寄托侍者，未卜将以为可乎？"毅曰："吾义夫也。闻子之说，气血俱动，恨无毛羽，不能奋飞，是何可否之谓乎？然而洞庭深水也，吾行尘间，宁可致意耶？唯恐道途显晦，不相通达，致负诚托，又乖恳愿。子有何术，可导我邪？"女悲泣且谢曰："负载珍重，不复言矣。脱获回耗，虽死必谢。君不许，何敢言？既许而问，则洞庭之与京邑，不足为异也。"毅请闻之。女曰："洞庭之阴，有大橘树

柳毅

唐代仪凤年间，有一位名叫柳毅的人前去应考但是落第了，将要回到湘滨。想到同乡人有在泾阳作客的，于是前去告别。走了六七里的时候，鸟被惊飞，马儿也受惊了，快速奔跑到道路的左边，跑了六七里才停止。看见有一个女子，在道路旁边牧羊，柳毅觉得非常奇怪，于是向她看去，发现她是一位非常美丽的女子。但是她的脸色却并不舒展，衣袖没有光泽。全神贯注地听着，张开双臂站着，像是在等待着什么。柳毅询问她说："你何必要如此自我羞辱呢？"那个妇女一开始凄楚地向他表示感谢，后来终于哭着回答说："我太不幸了，今天被长辈羞辱了，但是我对他的仇恨已经深入到骨子里，还能怎么惭愧躲避？幸好有一个人听我诉说：我是洞庭龙君的小女儿，我的父母将我许配给泾水龙王的第二个儿子。但是我的丈夫只知道悠闲享乐，被奴婢迷惑，一天比一天更加讨厌我。后来我把这件事告诉了公公婆婆，但是公公婆婆爱他们的儿子，不会整治他。等到我控诉得过于频繁急切，又得罪了公婆，是公婆的诋毁驱逐让我到了这里。"说完之后，她哀叹抽泣，悲伤得不能够控制自己。

又说："洞庭湖到这里，不知道相隔多远。辽阔的天空浩瀚苍茫，音信不通，所有的想法都已经断了，没有地方知道自己的哀苦。听说你将要回吴地，希望你暗中传消息给洞庭湖的龙王，或者将信交给仆人，不知道你认为这样可以吗？"柳毅说："我是讲义气的人，听了你的诉说，气血都开始流转，遗憾自己没有翅膀，不能振翅高飞，哪有可不可以一说呢？但是洞庭湖的水很深，我是行走在尘世间的人，怎么可以传达你的情意呢？我害怕人世和仙境一明一暗，不能够互相通行无阻，以致辜负了你真诚的嘱托，又想顺从你恳切的愿望，你有什么方法，可以指引我前去吗？"龙女悲伤地哭着并且焉，乡人谓之社橘. 君当解去兹带，束以他物，然后叩树三发，当有应者。因而随之，无有碍矣。幸君子书叙之外，悉以心诚之话倚托，千万无渝。”毅曰：“敬闻命矣。”女遂于襦间解书，再拜以进。东望愁泣，若不自胜。毅深为之戚，乃置书囊中。因复问曰：“吾不知子之牧羊，何所用哉？神祇岂宰杀乎？”女曰：“非羊也，雨工也。”“何为雨工？”曰：“雷霆之类也。”数顾视之，则皆矫顾怒步，饮龁甚异，而大小毛角，则无别羊焉。毅又曰：“吾为使者，他日归洞庭，幸勿相避。”女曰：“宁止不避，当如亲戚耳。”语竟，引别东去。不数十步，回望女与羊，俱亡所见矣。其夕，至邑而别其友。

月余到乡还家，乃访于洞庭。洞庭之阴，果有橘社。遂易带向树，三击而止。俄有武夫出于波间，再拜请曰：“贵客将自何所至也？”毅不告其实，曰：“走谒大王耳。”武夫揭水指路，引毅以进。谓毅曰：“当闭目，数息可达矣。”毅如其言，遂至其宫。始见台阁相向，门户千万，奇草珍木，无所不有。夫乃止毅停于大室之隅。曰：“客当居此以伺焉。”毅曰：“此何所也？”夫曰：“此灵虚殿也。”谛视之，则人间珍宝，毕尽于此。柱以白璧，砌以青玉，床以珊瑚，帘以水精。雕琉璃于翠楣，饰琥珀于虹栋。奇秀深杳，不可殚言。然而王久不至。毅谓夫曰：“洞庭君安在哉？”曰：“吾君方幸玄珠阁，与太阳道士讲大经。少选当毕。”毅曰：“何谓大向她拜谢说："希望你一路珍重，我不再多说了。如果我能够获得一点点回音，即使我死了也要向你表达谢意。你如果不答应，我怎么敢说呢？既然你已经答应我并且问我，那我就告诉你：洞庭湖和京城，没有什么差异。"柳毅请她说给自己听。龙女说："在洞庭湖的南边，有一棵大橘树，乡里的人叫它社橘。你要解去这个带子，用其他东西拴系，然后对着树磕三次头，就应该有人回应你了，接着你就跟着他走，没有任何障碍。希望你在书信的叙述之外，诚心诚意地将我想要说的话全都告诉我家里的人，千万不要改变啊！"柳毅说："听从你的吩咐。"龙女于是从襦裙间解下书信，再向他拜谢，将书信递给他。向东看着，忧虑地哭泣，好像是不能够控制自己。柳毅深深地为她感到悲哀，于是将书信放到盛书籍的袋子之中。又再问她说："我不知道你放的羊有什么样的功用？神灵也会宰杀吗？"龙女说："这不是羊，是雨工。""什么是雨工呢？"说："就是雷霆之类的。"几次回头看它们，它们都高昂着头看，气焰很盛，饮水吃草都很特别，但是它们身形的大小和羊毛羊角，就和普通的羊没有什么差异。柳毅又说："我作为使者，将来有一天你回到洞庭，请一定不要躲我。"龙女说："不但不会躲避，还应当像亲戚一样对待你了。"话语结束后，就告辞向东出发了。还没走出几十步，回头看龙女和羊，都看不到了。这天夜晚，柳毅到了泾阳县就和他的朋友作别了。

一个多月后回到家乡，就前去寻访洞庭湖龙王。洞庭湖的南面，果然有社橘。于是将上面的带子改拴到树上，磕了三次头之后就停止了。不一会儿就有一个武士从波浪间出现，又向他参拜询问说："贵客你从什么地方到这里来的？"柳毅没有告诉他实情，说："我是前来拜见大王的。"武士揭开水幕指路，引领着柳毅前进。对柳毅说："你应该闭上眼睛，呼吸几次就能够到了。"柳毅就像他说的那样去做，于是就到了龙宫。就看见亭台楼阁相对，有千万户人家，各种奇异的草木，什么都有。那个武士就在一间大屋的角落阻止了柳毅前进的脚步，说："你应该留在这里等候。"柳毅说："这是什么地方？"武士说："这个是灵虚殿。"柳毅仔细地端详这间屋子，发现人间的珍宝在这里全都用尽了。用白玉雕刻的柱子，用青玉堆砌的台阶，用经？”夫曰：“吾君龙也，龙以水为神，举一滴可包陵谷。道士乃人也，人以火为神圣，发一灯可燎阿房。然而灵用不同，玄化各异，太阳道士精于人理，吾君邀以听。”

言语毕，而宫门辟，景从云合，而见一人披紫衣，执青玉。夫跃曰：“此吾君也。”乃至前以告之。君望毅而问曰：“岂非人间之人乎？”毅对曰：“然。”毅而设拜，君亦拜。命坐于灵虚之下。谓毅曰：“水府幽深，寡人暗昧。夫子不远千里，将有为乎？”毅曰：“毅，大王之乡人也。长于楚，游学于秦。昨下第，间驱泾水右涘，见大王爱女，牧羊于野。风环雨鬟，所不忍视。毅因诘之，谓毅曰，为夫婿所薄，舅姑不念，以至于此。悲泗淋漓，诚怛人心。遂托书于毅，毅许之。今以至此。”因取书进之。洞庭君览毕，以袖掩面而泣曰：“老父之罪，不能鉴听，坐贻聋瞽，使闺窗孺弱，远罹构害。公乃陌上人也，而能急之。幸被齿发，何敢负德？”词毕，又哀咤良久。左右皆流涕。时有宦人密视君者，君以书授之，令达宫中。

须臾，宫中皆恸哭。君惊谓左右曰：“疾告宫中，无使有声。恐钱塘所知。”毅曰：“钱塘何人也？”曰：“寡人之爱弟。昔为钱珊瑚做的床，用水晶做的帘幕，用琉璃雕饰绿色的门楣，用琥珀装饰彩色如虹的栋梁。它的神奇秀丽、深邃幽暗，无法用言语描述。但是龙王很久都没有来。柳毅对武士说："洞庭龙王在吗？"回答说："我们龙王刚才去了玄珠阁，和太阳道士宣讲大经，不一会儿就结束了。"柳毅说："什么是大经？"武士说："我们的君主是龙，龙将水作为神圣的东西，一滴可以覆盖丘陵和山谷。道士是人，人将火作为神圣的东西，放倒一盏灯可以烧了整个阿房宫。但是神妙的作用是不一样的，神妙的变化也是不一样的。太阳道士精通人世间的情理，我们龙王邀请他前来听讲。"

他的话刚说完，宫门就开了，随从众多，接着看见一个人披着紫色的衣服，手里拿着青玉。武士迅速地说："这是我们龙王。"于是走上前要把事情告诉他。龙王看着柳毅，问他说："你难道不是人间的人吗？"柳毅回答说："是的。"柳毅再次向他行礼，龙王也向他行礼。让他坐在灵虚殿的下面。对柳毅说："龙宫幽静深远，我比较愚昧。你不远千里来这里有什么事情要做吗？"柳毅说："我柳毅是大王你的同乡人。在楚地成长，在秦地求学，先前前去应考落第了，中间打马经过泾水的右岸，看见龙王你的女儿在野外放羊，看见她的头发蓬松散乱，我不忍心看她这样，因此就前去询问。她对我说，她被她的丈夫轻视，她的公婆也不可怜她，以至于到了那个地步，她哭得很悲伤，确实让人很忧伤，于是就将书信托付给我，我就答应她了。这是我今天来这里的原因。"于是柳毅拿出书信交给龙王。洞庭龙王看完之后，用袖子遮着脸哭着说："这是我作为父亲的罪过啊，不能够鉴别所听到的消息，这导致我被蒙蔽，让我的女儿嫁到那么远的地方遭受迫害。你是一个毫不相干的人，却能够将这件事情看得如此紧要。承蒙您的大恩大德，我怎么敢辜负？"说完，又哀叹了很久。龙王身边的侍臣都流泪了。当时有个在身边伺候的宦官，龙王将书信给他，命令传到了宫中。

不一会儿，宫中的人都在痛哭。龙王吃惊地对左右说："快告诉宫里的人，让他们不要有哭声，恐怕钱塘君知道。"柳毅说："钱塘君是什么人？"洞庭龙王回答说："他是我的弟弟。之前是钱塘长官，塘长，今则致政矣。”毅曰：“何故不使知？”曰：“以其勇过人耳。昔尧遭洪水九年者，乃此子一怒也。近与天将失意，塞其五山。上帝以寡人有薄德于古今，遂宽其同气之罪。然犹縻系于此。故钱塘之人，日日候焉。”语未毕，而大声忽发，天拆地裂，宫殿摆簸，云烟沸涌。俄有赤龙长千余尺，电目血舌，朱鳞火鬣，项掣金锁，锁牵玉柱，千雷万霆，激绕其身，霰雪雨雹，一时皆下。乃劈青天而飞去。毅恐蹶仆地。君亲起持之曰：“无惧，固无害。”毅良久稍安，乃获自定。因告辞曰：“愿得生归，以避复来。”君曰：“必不如此。其去则然，其来则不然。幸为少尽缱绻。”因命酌互举，以款人事。

俄而祥风庆云，融融怡怡，幢节玲珑，箫韶以随。红妆千万，笑语熙熙。后有一人，自然蛾眉，明珰满身，绡縠参差。迫而视之，乃前寄辞者。然若喜若悲，零泪如系。须臾红烟蔽其左，紫气舒其右，香气环旋，入于宫中。君笑谓毅曰：“泾水之囚人至矣。”君乃辞归宫中。须臾，又闻怨苦，久而不已。有顷，君复出，与毅饮食。又有一人披紫裳，执青玉，貌耸神溢，立于君左右。谓毅曰：“此钱塘也。”毅起，趋拜之。钱塘亦尽礼相接，谓毅曰：“女侄不幸，为顽童所辱。赖明君子信义昭彰，致达远冤。不然者，是为泾陵之土矣。飨德怀恩，词不悉心。”毅㧑退辞谢，俯仰唯唯。然后回告兄曰：“向者辰发灵虚，巳至泾阳，午战于彼，未还于此。中间驰至九天，以告上帝。帝知其冤而宥其失，前所遣责，因而获免。然而刚肠激发，不遑辞候，惊扰宫中，复忤宾客。愧惕惭惧，不知所失。”因退而再拜。君曰：“所杀几何？”曰：“六十万。”“伤稼现在已经辞官归隐了。”柳毅说：“是什么原因不能够让他知道呢？”洞庭龙王回答说：“是因为他的勇猛超过常人。以前尧帝遭逢了九年的洪水，就是因为他的一次怒气。他最近和天将意见不合，就将五山堵塞了。天帝因为我历来有一些恩德，于是就宽恕了同胞兄弟的罪行。但是还是拘禁在这里，所以钱塘的人每天都盼他回去。”话还没说完，突然出现了特别大的声音，可以让天崩地裂，使得宫殿摆动颠簸，云烟翻涌。不一会儿就有长达一千多尺的红龙，闪电一样的目光，血一样的舌头，红色的龙鳞，像火一样的短鬐，他的颈项间缀着金锁，金锁牵连着玉柱，雷霆缠绕在他的身旁，霰、雪、雨、雹，一时间全部落下，就飞上了青天。柳毅非常害怕，跌倒在地。洞庭龙王亲自扶起他说：“不要害怕，本来就没有什么危险。”柳毅很久之后才稍稍安定下来，才能够自安。于是告辞说：“但愿我能够活着回去，以免他再次归来。”洞庭龙王说：“不用这样，他离开的时候是这样，回来的时候就不是这样了。希望你能让我稍稍尽一些情意。”因此让人给他倒酒，互相举杯，来尽款待的礼节。

过了一会儿，吉祥的风云兴起，让人感到非常舒畅，旗帜仪仗非常精巧，伴随着美妙的仙乐。非常多的仙女相互谈笑，温和欢乐。后面有个人，长着天然的秀眉，一身的珠玉，错杂地穿着绸衣，靠近了再看，发现是之前托自己寄语的人。但是她的神情好像是开心又好像是悲伤，眼泪像线一样落下。不一会儿红色的烟雾遮蔽了她的左边，紫色的雾气在她的右边舒展，香气在她的周围盘旋，进入了龙宫。洞庭龙王笑着对柳毅说：“泾水的囚犯到了。”洞庭龙王于是告辞回到宫中，过了一会儿，又听见了抱怨和诉苦的声音，很久之后都没有停止。过了一会儿，洞庭龙王再次走出来，和柳毅一起喝酒吃饭。又有一个人披着紫色的衣服，手里拿着青玉，外貌出众，神采非常，站在洞庭龙王的旁边，洞庭龙王对柳毅说：“这是钱塘龙王。”柳毅起身，向他参拜。钱塘龙王也极尽礼节回拜，对柳毅说：“我的侄女非常不幸，被那个坏小子侮辱。幸亏深明大义的你伸张正义，把她在远方受苦的消息送到这地方来。如果不是这样，她已经成为泾水山陵中的尘土了。享受这样的恩德所怀有的感恩之情，语言无法乎？”曰：“八百里。”“无情郎安在？”曰：“食之矣。”君抚然曰：“顽童之为是心也，诚不可忍。然汝亦太草草。赖上帝显圣，谅其至冤。不然者，吾何辞焉？从此已去，勿复如是。”钱塘复再拜。是夕，遂宿毅于凝光殿。

明日，又宴毅于凝碧宫。会友戚，张广乐，具以醪醴，罗以甘洁。初笳角鼙鼓，旌旗剑戟，舞万夫于其右。中有一夫前曰：“此《钱塘破阵乐》。”旌铓杰气，顾骤悍栗。坐客视之，毛发皆竖。复有金石丝竹，罗绮珠翠，舞千女于其左。中有一女前进曰：“此《贵主还宫乐》。”清音宛转，如诉如慕。坐客听之，不觉泪下。二舞既毕，龙君大悦，锡以纨绮，颁于舞人。然后密席贯坐，纵酒极娱。酒酣，洞庭君乃击席而歌曰：“大天苍苍兮，大地茫茫。人各有志兮，何可思量？狐神鼠圣兮，薄社依墙。雷霆一发兮，其孰敢当？荷真人兮信义长，令骨肉兮还故乡。齐言惭愧兮何时忘？”洞庭君歌罢，钱塘君再拜而歌曰：“上天配合兮，生死有途。此不当妇兮，彼不当夫。腹心辛苦兮，泾水之隅。风霜满鬓兮，雨雪罗襦。赖明公兮引素书，令骨肉兮家如初。永言珍重兮无时无。”钱塘君歌阕，洞庭君俱起奉觞于毅。毅踧踖而受爵。饮讫，复以二觞奉二君。乃歌曰：“碧云悠悠兮，泾水东流。伤美人兮，雨泣花愁。尺书远达兮，以解君忧。哀冤果雪兮，还处其休。荷和雅兮感表达出我的心意。”柳毅谦虚地后退辞谢，点头答应。然后钱塘龙王回头告诉他的哥哥说：“之前早晨从灵虚殿出发，已经到达泾阳，中午的时候在那里打斗，没有回到这里，中间飞到九天之上，将事情告诉了天帝。天帝知道了这其中的冤情所以宽宥了我这期间的过失，之前遭受的斥责，也因此获得了赦免。然而刚直的性格激扬奋发，来不及辞别问候，惊扰了宫中，又忤逆了宾客，非常惭愧恐惧，不知道还有什么闪失。”于是退后再向他参拜。洞庭龙王问道：“你杀了多少人？”回答说：“六十万。”“损伤了庄稼吗？”回答说：“方圆八百里。”“那个无情的人在哪里？”回答说：“他被我吃了。”洞庭龙王露出不快的神情说：“那小子存这样的心，当然是不能够容忍的。但是你也太草率了。幸好天帝显灵，体谅她的冤情。如果不是这样，我有什么言辞呢？从今天开始，不能够再这样了。”钱塘龙王于是再次向他拜谢。这天晚上，就让柳毅在凝光殿休息。

第二天，又在凝碧宫宴请柳毅。广聚亲友，广奏器乐，准备了各种各样的酒，又摆上干净的果品。刚开始战鼓军号响起，旌旗剑戟，在他的右边将士们跟着音乐起舞。中间有一个士兵上前说：“这个是《钱塘破阵乐》。”旌旗和箭头上透露出来的豪杰之气，回头间突然产生的勇猛让人害怕。在座的客人看了，身上的毛发都竖起来了。又有金石丝竹，罗绮珠翠，上千个女子在他的左边起舞。中间有一个女子上前说：“这是《贵主还宫乐》。”乐音清越婉转，像是在倾诉又像是在思念。在座的客人听了之后，泪水不觉流下来了。两个舞蹈结束了，龙王特别开心，将丝织品奖励给了跳舞的人。这以后就亲密地依次坐好，纵情喝酒、尽情欢娱。酒喝到尽兴的时候，洞庭龙王于是敲击着席位唱道：“大天苍苍兮，大地茫茫。人各有志兮，何可思量？狐神鼠圣兮，薄社依墙。雷霆一发兮，其孰敢当？荷真人兮信义长，令骨肉兮还故乡。齐言惭愧兮何时忘？”洞庭龙王唱完之后，钱塘龙王再次拜谢后唱道：“上天配合兮，生死有途。此不当妇兮，彼不当夫。腹心辛苦兮，泾水之隅。风霜满鬓兮，雨雪罗襦。赖明公兮引素书，令骨肉兮家如初。永言珍重兮无时无。”钱塘龙王唱完之后，洞庭龙王也一起起来向柳毅举杯敬酒，柳毅恭敬而不安地喝了酒。喝甘羞，山家寂寞兮难久留。欲将辞去兮悲绸缪。”歌罢，皆呼万岁。洞庭君因出碧玉箱，贮以开水犀。钱塘君复出红珀盘，贮以照夜玑。皆起进毅。毅辞谢而受。然后宫中之人，咸以绡彩珠璧，投于毅侧，重叠焕赫。须臾，埋没前后。毅笑语四顾，愧揖不暇。洎酒阑欢极，毅辞起，复宿于凝光殿。

翌日，又宴毅于清光阁。钱塘因酒作色，踞谓毅曰：“不闻猛石可裂不可卷，义士可杀不可羞耶？愚有衷曲，欲一陈于公。如可，则俱在云霄；如不可，则皆夷粪壤。足下以为何如哉？”毅曰：“请闻之。”钱塘曰：“泾阳之妻，则洞庭君之爱女也。淑性茂质，为九姻所重。不幸见辱于匪人，今则绝矣。将欲求托高义，世为亲戚，使受恩者知其所归，怀爱者知其所付。岂不为君子始终之道者？”毅肃然而作，欻然而笑曰：“诚不知钱塘君孱困如是。毅始闻跨九州，怀五岳，泄其愤怒。复见断锁金，掣玉柱，赴其急难。毅以为刚决明直，无如君者。盖犯之者不避其死，感之者不爱其生，此真丈夫之志。奈何箫管方洽，亲宾正和，不顾其道，以威加人？岂仆之素望哉？若遇公于洪波之中，玄山之间，鼓以鳞须，被以云雨，将迫毅以死，毅则以禽兽视之。亦何恨哉？今体被衣冠，坐谈礼义，尽五常之志性，负百行之微旨。虽人世贤杰，有不如者，况江河灵类乎？而欲以蠢然之躯，悍然之性，乘酒假气，将迫于人。岂近直哉？且毅之质，不足以藏王一甲之间。然而敢以不伏之心，胜王不道之气。惟王筹之！”钱塘乃逡巡致谢曰：“寡人生长宫房，不闻正论。向者词述狂妄，搪突高明，退自循顾，戾不容责。幸君子不为此乖间可也。”其夕复欢宴，其乐如旧，毅与钱完之后，又用两杯酒分别敬了两位龙王。于是唱道："碧云悠悠兮，泾水东流。伤美人兮，雨泣花愁。尺书远达兮，以解君忧。哀冤果雪兮，还处其休。荷和雅兮感甘羞，山家寂寞兮难久留。欲将辞去兮悲绸缪。"唱完之后，大家都高呼万岁。洞庭龙王于是拿出碧玉箱，里面收藏着开水犀；钱塘龙王又拿出收藏着照夜玑的红珀盘。都起身一起将它们送给柳毅，柳毅感谢他们之后收下了。后来龙宫中的人，把彩色的丝织品和珠宝都扔在柳毅的身旁，重重叠叠，光亮非常。不一会儿，柳毅的前后就都被珠宝丝绸堆满了。柳毅谈笑着四面环顾，面带羞愧，不停地作揖。喝酒喝得非常尽兴，柳毅告辞起身，又回到凝光殿休息。

第二天，洞庭龙王又在青光阁宴请柳毅。钱塘龙王因为酒改变了脸色，蹲坐着对柳毅说："有没有听说过刚硬的石头能够裂开但不能卷起，忠义之士可以杀害但不可以羞辱？我有心事，想要告诉你，如果可以，那就一起在云霄之上；如果不行，那就一起变成粪土。你认为怎么样呢？"柳毅说："请您说给我知晓。"钱塘龙王说："泾阳的妻子，就是洞庭龙王的爱女。她天性善良，资质美好，被亲族看重。不幸被行为不端的人侮辱，这件事终于了结了。想要将她托付给行为高尚而有义气的人，世代作为亲戚，让受到恩惠的人知道他的归宿，让内心爱戴的人知道他所授予的。难道不是君子有始有终之道吗？"柳毅脸色变得非常认真，突然笑说："实在不知道钱塘龙王如此卑劣。我一开始听说你跨越九州，包藏五岳，来发泄愤怒。又亲眼见到你挣断金锁，举起玉柱，奔赴泾阳，热心地帮助龙女摆脱困境。我以为要论刚毅果决，睿智正直，没有像你一样的了。对触犯自己的人，不避死亡的危险去复仇，对使自己感动的人，不惜拼着性命去报答，这才是真的男儿之志。怎么能在音乐正融洽、宾客正和谐的时候，却不顾念君子之道，以威势强加于人？这怎么会是我平素的愿望呢？如果在洪水中遇到你，你在黑山之间，鼓动你的龙鳞和龙须，布下云雨，把柳毅我威逼致死，我就会把你看成禽兽。又有什么遗憾呢？现今你身上穿着衣冠，坐在这里谈论礼仪，将五种伦常的性情都做到了，身上有着各种行为的精妙的意旨。即便是人世塘遂为知心友。

明日，毅辞归。洞庭君夫人别宴毅于潜景殿，男女仆妾等悉出预会。夫人泣谓毅曰："骨肉受君子深恩，恨不得展愧戴，遂至暌别。"使前泾阳女当席拜毅以致谢。夫人又曰："此别岂有复相遇之日乎？"毅其始虽不诺钱塘之请，然当此席，殊有叹恨之色。宴罢辞别，满宫凄然，赠遗珍宝，怪不可述。

毅于是复循途出江岸。见从者十余人，担囊以随，至其家而辞去。毅因适广陵宝肆，鬻其所得，百未发一，财以盈兆。故淮右富族咸以为莫如。遂娶于张氏，而又娶韩氏。数月，韩氏又亡。徙家金陵，常以鳏旷多感，或谋新匹。有媒氏告之曰："有卢氏女，范阳人也。父名曰浩，尝为清流宰，晚岁好道，独游云泉。今则不知所在矣。母曰郑氏。前年适清河张氏，不幸而张夫早亡。母怜其少，惜其慧美，欲择德以配焉。不识何如？"毅乃卜日就礼。既而男女二姓，俱为豪族。法用礼物，尽其丰盛。金陵之士，莫不健仰。居月余，毅因晚入户，视其妻，深觉类于龙女，而逸艳丰厚，则又过之。因与话昔事。妻谓毅曰："人世岂有如是之理乎？"经岁余，有一子。毅益重之。

间的贤人，也有不如你的，更何况是江河中的神灵呢？但是你想要用庞大的身躯，刚猛的性情，趁着酒意借助气势逼迫人，这哪里是正直啊？更何况我的瘦小身体，还不足以藏在你的一个龙甲的中间。但是我胆敢用我不甘的心性，胜却你的无道的欺压。只愿你再三思量！”钱塘龙王于是后退谢罪说：“我生长在深宫里，没有听说过正直的言论。之前说的话言辞狂妄，唐突了你，退后自我检讨，罪过太大。但愿你不会因为这个而疏远隔阂就好。”这天晚上又一次宴请，他们之间的欢愉和以前一样，柳毅和钱塘龙王于是成为了知心朋友。

第二天，柳毅辞别龙王回乡。洞庭龙王的夫人在潜景殿饯别柳毅，男男女女、仆人妾婢都参加了聚会。夫人哭着对柳毅说：“我的女儿蒙受了你的大恩，遗憾不能够尽表我的感谢，就到了告别的时候。”让之前在泾阳的女儿在席间拜谢柳毅。夫人又说：“这一次离别还有再相遇的日子吗？”柳毅一开始虽然没有应允钱塘龙王的邀请，但是在这个宴席上，却很有感叹遗憾的神色。宴饮结束后辞别，整个龙宫都非常伤心，赠送他的宝物，都奇怪得不可表述。

柳毅于是再次沿着来时路走到江边，看见十几个侍从，都挑着袋子跟着他，到他家后就告辞离开了。柳毅因此到广陵的珠宝市场，卖了他所得到的东西，还没到百分之一，他的家财就已经超过了亿兆。所以淮河南岸的富贵人家都认为他们比不上柳毅。于是柳毅迎娶张氏，又娶了韩氏。几个月之后，韩氏又去世了。他就将家搬到了金陵，经常有孤寡寂寞的感觉，有人就想着为他另娶新妇。有一个媒人告诉他：“有一位卢氏女，是范阳人。她的父亲名字叫卢浩，曾经是清流县的县宰，晚年喜欢道学，独自游历云泉去了，现在不知道他在哪里。她的母亲是郑氏，前年将她嫁给了清河县的张氏，不幸的是张氏很早就去世了。她的母亲怜惜她还小，爱怜她的聪明美丽，想要选择一位有德行的人来配她。不知道你觉得怎么样？”柳毅于是选择日子来举行婚礼。不久，这对男女所在的氏族，都变成世家大族。婚礼所用的礼物，尽其所能，极其丰盛。金陵地区的人，没有不非常仰慕的。过了一个多月，柳毅因为晚上回家，看他的妻子感觉特别像龙女，但是妻子的美丽程度，则要超过龙女。于是就和她说了以既产逾月，乃秾饰换服。召亲戚相会之间，笑谓毅曰："君不忆余之于昔也？"毅曰："夙为洞庭君女传书，至今为忆。"妻曰："余即洞庭君之女也。泾川之冤，君使得白。衔君之恩，誓心求报。洎钱塘季父论亲不从，遂至睽违，天各一方，不能相问。父母欲配嫁于濯锦小儿。某惟以心誓难移，亲命难背。既为君子弃绝，分无见期，而当初之冤，虽得以告诸父母，而誓报不得其志，复欲驰白于君子。值君子累娶，当娶于张，已而又娶于韩。迨张、韩继卒，君卜居于兹。故余之父母，乃喜余得遂报君之意。今日获奉君子，咸善终世，死无恨矣。"因呜咽泣涕交下，对毅曰："始不言者，知君无重色之心；今乃言者，知君有感余之意。妇人匪薄，不足以确厚永心。故因君爱子，以托相生。未知君意如何，愁惧兼心，不能自解。君附书之日，笑谓妾曰：'他日归洞庭，慎无相避。'诚不知当此之际，君岂有意于今日之事乎？其后季父请于君，君固不许。君乃诚将不可邪，抑忿然邪？君其话之。"毅曰："似有命者。仆始见君子长泾之隅，枉抑憔悴，诚有不平之志。然自约其心者，达君之冤，余无及也。以言'慎勿相避'者，偶然耳。岂思哉？洎钱塘逼迫之际，唯理有不可直，乃激人之怒耳。夫始以义行为之志，宁有杀其婿而纳其妻者邪？一不可也。善素以操真为志尚，宁有屈于己而伏于心者乎？二不可也。且以率肆胸臆，酬酢纷纶，唯直是图，不遑避害。然而将别之日，见君有依然之容，心甚恨之。终以人事扼束，无由报谢。吁！今日君卢氏也，又家于人间。则吾始心未为惑矣。从此以往，永奉欢好，心无纤虑也。"妻因深感娇泣，良久不已。有顷，谓毅曰："勿以他类，遂为无心。固当知报耳。夫龙寿万岁，今与君同之，水陆无往不适，君不以为妄也。"毅嘉之曰："吾不知国客，乃复为神仙之饵。"乃相与觐洞庭。既至前的事。柳毅的妻子对他说："人世间哪有这样的道理呢？"过了一年多，他们有了一个儿子。柳毅更加重视她了。

她生了孩子之后的一个月，就盛装打扮，召集亲戚聚在一起，其间，笑着对柳毅说："你不记得我的过往了吗？"柳毅说："以前替洞庭龙王的女儿传送书信，到现在都记得。"他的妻子说："我就是洞庭龙王的女儿。我在泾河的冤屈，因为你而被洗清。受了你的恩惠，我内心发誓一定要报答。自从钱塘叔叔说媒你不应允，致使我们互相离别，天各一方，不能够互相问候。我的父母想要把我许配给濯锦江的小儿子。我只是遵从自己内心的誓言难以转移，但是双亲的命令难以违背。既然被你抛弃，分别之后没有再见的时候，而当初的冤情，虽然得以告知父母，但是誓言不能够成真，又想着跑来告诉你。正好碰见你多次娶亲，先娶张氏，又娶了韩氏，等到张氏和韩氏相继去世，你又选择到这个地方居住，所以我的父母非常开心我能够完成报答你的心愿。现在我能够有侍奉你的机会，如果能够一起善终，就死而无憾了。"接着眼泪不断落下，对柳毅说："一开始不说，是知道你没有看重容貌的心思；今天说出来，是知道你有被我感动的心思。我很浅陋，不值得你确定永远厚待的心意。所以因为你喜爱孩子，凭借他来托付一生。又因为不知道你意下如何，忧愁和惊惧都从心中生发，不能够自己消解。你拿到书信的当日，笑着对我说：'将来回到洞庭的时候，一定不要躲避。'那时确实不知道，你难道那时就能意识到今天会发生的事吗？在这以后叔叔向你表示联姻的请求。你坚决不答应。你那时是真的觉得不可以吗？还是说愤愤不平呢？你能说说吗？"柳毅说："这好像是有命运安排的。我一开始看见你在泾河的一个角落，因为受冤枉而抑郁憔悴，确实有打抱不平的心理，然而自己估算自己的心理，只是要让你沉冤得雪，其他的就没有了。之所以说'一定不要躲避'的话，是纯属偶然。哪有什么思量呢？到钱塘龙王威逼我的时候，只是认为道理不正确，才激发我的怒气的。当初我就是开始以正义的行为为决心，哪里有迫害人家的丈夫然后逼迫人家做妻子的道理呢？这是一个不能。我平时善于以坚持真诚为志向，哪里有委屈了自己又心安理得呢？这是第二个不能。

而宾主盛礼，不可具纪。

后居南海，仅四十年。其邸第舆马，珍鲜服玩，虽侯伯之室，无以加也。毅之族咸遂濡泽。以其春秋积序，容状不衰，南海之人，靡不惊异。洎开元中，上方属意于神仙之事，精索道术，毅不得安，遂相与归洞庭。凡十余岁，莫知其迹。至开元末，毅之表弟薛嘏为京畿令，谪官东南，经洞庭，晴昼长望，俄见碧山出于远波。舟人皆侧立曰："此本无山，恐水怪耳。"指顾之际，山与舟相逼。乃有彩船自山驰来，迎问于嘏。其中有一人呼之曰："柳公来候耳。"嘏省然记之，乃促至山下，摄衣疾上。山有宫阙如人世，见毅立于宫室之中，前列丝竹，后罗珠翠，物玩之盛，殊倍人间。毅词理益玄，容颜益少。初迎嘏于砌，持嘏手曰："别来瞬息，而发毛已黄。"嘏笑曰："兄为神仙，弟为枯骨，命也。"毅因出药五十丸遗嘏曰："此药一丸，可增一岁耳。岁满复来，无久居人世，以自苦也。"欢宴毕，嘏乃辞行。自是已后，遂绝影响。嘏常以是事告于人世。殆四纪，嘏亦不知所在。

况且主人和客人互相敬酒忙乱的时候，因为我都任意抒发胸臆，只知道按照真理去做，没有空闲想去躲避祸害。但是将要分别的时候，见到你有留恋的表情，我心里就很悔恨。但是终于因为人事的束缚，不能答谢。唉，现在你是卢氏，又居住在人间。那么我当时的想法不用疑惑了。自此以后，咱们永远尊奉相亲相爱，心里没有丝毫顾虑了。”妻子因此被深深感动，娇柔的哭泣很久停不下来。过了一会儿，妻子对柳毅说：“不要因为我不是人类，就以为我没有人心。我本来就知道报答。龙的寿命是一万岁，现在我和你一样了。水陆两地没有不能到达的地方，你不要认为荒唐。”柳毅赞叹道：“我不知道娶了龙女这样的妻子，又能得到成仙的机会！”于是夫妻一起去洞庭探亲。到了以后，宾主的盛大礼仪，不能够都记录周详。

后来他家住在南海，才四十年，他家的屋舍、车马、美食、服饰、物玩，即使是侯伯之家，也无法超过。柳毅的族人全都沾光受惠。年岁增高，柳毅容貌不见衰老。南海的人们，没有不惊奇诧异的。到了开元年中，皇上有意于神仙之事，到处寻求道术，柳毅不能够安生，就和全家一起归居到洞庭。大概十几年，没人知道他的踪迹。到了开元年末，柳毅的表弟薛嘏做京畿令，贬官到东南路过洞庭，晴朗的白天向远处眺望，突然看见青山从远处的水中升起。船上人都侧身站在船边望着说：“这里本来没有山，恐怕是水怪。”手指着眼看着的时候，山和船互相接近了。才有一条彩船从那山中驶来，迎着薛嘏发问。其中有一个人对着他喊叫道：“柳公恭候您呢！”薛嘏忽然想起并明白了，就匆忙地跑到山下，手提着衣襟急忙跑上了山。见上面有一所宫阙和人间一样，看见柳毅站在宫室之中，前边排列着乐队，后边罗列着珍珠和翡翠，古玩珍宝之多，比人间多出很多倍。柳毅的谈论更加玄奥，容颜更加年少。一开始在台阶迎接薛嘏。他拉着薛嘏的手说：“咱俩才分别不长时间，但你的发毛都白了！”薛嘏笑着说：“兄是神仙，我是枯骨，这是命啊！”柳毅于是拿出五十丸药来赠送薛嘏，说：“此药一丸，可增寿一岁。岁数满了你再来，不要久居人间，来让自己受苦。”欢宴之后，薛嘏就辞行。从此以后，就再也没有踪迹。薛嘏常把这事告诉世人。等到四十八年以后，薛嘏陇西李朝威叙而叹曰："五虫之长，必以灵者，别斯见矣。人裸也，移信鳞虫。洞庭含纳大直，钱塘迅疾磊落，宜有承焉。嘏咏而不载，独可邻其境。愚义之，为斯文。"（出《异闻集》）

也不知到哪里去了。

陇西李朝威叙述这事并叹道："五虫之长，一定因为是灵者，和这里见到的有区别。人是没有遮盖的，便去相信鳞虫。洞庭龙王胸怀博大率直，钱塘龙王反应敏捷磊落，应该有所继承。薛嘏只时常谈起，加以夸奖而没有作详细记载，只有他可接近仙境。我理解其中意义，就写下了这篇文章。（出《异闻集》）

卷第四百二十　龙三

俱名国

僧祇律云，佛住舍卫城南方。有邑名大林，时有商人驱八牛到北方俱名国。有一商人在泽中牧牛。时有离车捕龙食之，捕得一龙，离车穿鼻牵行。商人问离车："今汝牵此龙何用？"云："我将杀而为啖。"商人欲以一牛易之，捕者邀至八牛，方许。商人即放龙令去。既而复虑离车追逐，复捕取放别池中。龙忽变为人，语谓商人曰："君施我命，今欲报恩，可共入宫，当报大德。"商人答言："龙性率暴，嗔恚无常，或能杀我。"答云："不尔。前人系我，我力能杀彼人。但以我受菩萨法，都无杀心。何况君今施我寿命，顾当加害。若不去者，少住此中。我先往扫除。"

商人后入宫内，见龙门边，二龙系在一处。因问："汝为何被系？"答言："此龙女半月中，三日受斋法。我兄弟守护此龙女，不为坚固，为离车所捕。以是被系。"龙女俄出，呼商人入宫坐宝床上。龙女言："龙中有食，能尽寿而消者，有二十年消者，有七年消者，有阎浮提人食者。未知君欲何食？"答言："须欲阎浮提食。"即时种种饮食俱备。商人问龙女："此龙何故被系？"龙女言："此有过，我欲杀之。"商人言："汝莫杀。"乃言："不尔，要当杀之。"商人言："汝放彼者，我当食耳。"复言曰："不得直放之，当罚六月，摈置人间。"商人见龙宫中，宝物庄严饰宫殿，即问："汝有如

俱名国

僧人祇律说："佛住在舍卫城的南边。有一个名叫大林的县，当时有商人驱赶八头牛到北方的俱名国。有一个商人在湖泽中放牛。当时有一个叫离车的人捉龙吃，捉到一条龙后，离车会穿着它的鼻子牵着它行走。商人问离车：'你今天牵着这条龙有什么用呢？'离车回答说：'我将要将它杀了吃。'商人想要用一头牛来交换龙，捕龙的人在他涨价到八头牛才应允。商人立即放了龙，让它离开了。后来又担心离车追逐那条龙，就又将它捉回来放在别的池水中。龙忽然变成了人，对商人说：'你救了我的命，现在我想要报答你的恩情，你可以和我一起到龙宫中，我应该报答你的大恩大德。'商人回答说：'龙的性情直率暴躁，喜怒不定，生气起来也许会把我杀了。'龙回答道：'不会这样的。前面那个人将我拴起来，以我的能力可以杀了那个人。但是因为我所受的佛法，对他都没有杀心，更何况现在你救了我的命，又怎么会加害于你。如果你不去龙宫，就在这里稍稍住下，我先前去打扫。'

"商人后来进入了龙宫，看见龙宫大门的旁边，两条龙拴在一起。于是问："你们为什么被拴在这里？"它们回答说：'这是因为龙女半个月中，要受三天的斋法。我们兄弟两个守护这位龙女，因为守护得不够严，龙女被离车捉去了，是因为这个被绑在这里。'不一会儿，龙女出来了，叫商人到她的龙宫的宝床上坐着。龙女说：'龙有一种食物，能够让寿命达到极值来消化的食物，有人用了二十年消化，有人用了七年消化，也有阎浮提人吃的食物。不知道你想要吃哪种食物。'商人回答说：'想要吃阎浮提人吃的。'那时各种饮食都准备了。商人问龙女：'这里的龙为什么会被拴起来？'龙女回答说：'这里的龙有过错，我想要杀了它们。'商人说：'你不要杀它们。'

是庄严，因受菩萨何为？”答言：“我龙法有五事苦。何等为五？谓生时、眠时、淫时、嗔时、死时。一日之中，三过皮肉落地，热沙簇身。”商言：“汝欲何求耶？”答言：“人道中生，为畜生苦不知法，故欲就如来出家。”龙女即与八饼金，言此金足汝父母眷属终身用之不尽。复言汝合眼。即以神变持着本国，以八饼金与父母。曰：“此是龙金。”说已更生尽寿用之不可尽。时思念仁慈不得不行，暂救龙女，恩报弥重；况持大斋，受福宁小？（出《法苑珠林》）

释玄照

释玄照修道于嵩山白鹊谷，操行精悫，冠于缁流。常愿讲《法华经》千遍，以利于人。既讲于山中，虽沍寒酷热，山林险邃，而来者恒满讲席焉。时有三叟，眉须皓白，容状瑰异，虔心谛听。如此累日，玄照异之。忽一旦，晨谒玄照曰：“弟子龙也，各有所任，亦颇劳苦，已历数千百年矣。得闻法力，无以为报，或长老指使，愿效微力。”玄照曰：“今愆阳经时，国内荒馑，可致甘泽，以救生灵。即贫道所愿也。”三叟曰：“召云致雨，固是细事。但雨禁绝重，不奉命擅行，诛责非细，身首为忧也。试说一计，庶几可矣。长老能行之乎？”玄照曰：“愿闻其说。”三叟曰：“少室山孙思邈处士道高德重，必能脱弟子之祸，则雨可立致矣。”玄照曰：“贫道知孙处士之在山也，而不知其所行，又何若此邪？”三叟曰：“孙公之仁，不可诊度，着《千金翼方》，惠利济于万代，名龙女说：‘不行，必须要杀了它们。’商人说：‘你放了它们，我才会吃饭。’龙女又说：‘不能直接放了它们，应该惩罚它们六个月，然后把它们摒弃到人世间。’商人看见在龙宫里面，用宝物装饰的龙宫非常庄严。立刻问龙女：‘你有这样庄严的龙宫，因为什么而接受菩萨的束缚呢？’回答说：‘我们龙的规范中，有五种最苦，就是出生、睡觉、淫纵、嗔怒、死亡。一天之中，经过三次皮肉落地，热沙裹身。’商人说：‘你想要追求什么呢？’龙女回答说：‘在人道中投胎，作为畜生苦于不知道佛法，所以想要跟着如来出家。’龙女即刻给了他八块金饼，说这么多金饼足以让他的父母一生都享受不完的了。又说：‘你闭上眼睛。’就立即用神通的变化带他回到了他的国家，将八块金饼送给了他的父母。商人说：‘这个是龙族的金饼。’说自己再用一生也用不完。当时想着不能不做好事，暂时救下了龙女，报答恩情如此之重，何况是吃了很长时间的素食的，所受到的福报会小吗？”（出《法苑珠林》）

释玄照

释玄照在嵩山的白鹊谷修行，他的品行非常淳朴，在僧人之中堪称第一。经常自愿宣讲一千遍《法华经》，来利于别人。在山中讲学，即使极为寒冷或酷热，山林间十分危险深邃，但是前来听讲的人总会坐满席位。当时有三个老人，眉毛和胡子都非常白了，容貌和衣着都非常华丽，和别人很不一样，虔诚地听讲。就这样过了好几天。释玄照觉得这种情况很奇怪。忽然有一天早晨，他们早晨前来拜访释玄照说：“我们是龙，各自有职责，也比较辛苦，已经经历了几千年了。听到佛法的能力，没有什么可以作为回报，如果长老有什么吩咐，我们愿尽绵薄之力。”释玄照说：“现在干旱已经有一段时间了，国内现在发生了饥荒，你们可以降下甘霖，来拯救生灵。这就是我所希望的。”三个老人说：“聚集云，降下雨水，本来是小事。但是下雨的禁令非常重，如果不奉行天命擅自布雨，罪责不轻，有被杀头的忧患。我试着给你献上一计，差不多可以施行。你能够做到吗？”释玄照说：“愿意听你一说。”三位老人说：“少室山的孙思邈处士德高望已籍于帝宫，诚为贵真也。如一言救庇，当保无恙。但长老先与之约，如其许诺，即便奉依。”即以拯护之方，授于玄照。

玄照诣思邈所居，恳诚祇谒，情礼甚谨。坐定久之，乃曰：“处士以贤哲之度，济拔为心，今者亢阳，寸苗不植，嗷嗷百姓，焦枯若此，仁哲之用，固在于今。幸一开恩，以救危歉。”思邈曰：“仆之无堪，遁弃山野，以何功力济于人也？苟有可施，固无所吝。”玄照曰：“贫道昨遇三龙，令其致雨。皆云，不奉上帝之命，擅行雨者，诛罪非轻。唯处士德尊功大，救之则免。特布腹心，仰希裁度。”思邈曰：“但可施设，仆无所惜。”玄照曰：“既雨之后，三龙避罪，投处士后沼中以隐。当有异人捕之，处士喻而遣之，必得释罪矣。”思邈许之。玄照归，见三叟于道左，玄照以思邈之旨示之。三叟约一日一夜，千里雨足，于是如期泛洒，泽甚广被。

翌日，玄照来谒思邈。对语之际，有一人骨状殊异，径往后沼之畔，喑哑叱咤。斯须，水结为冰。俄有三獭，二苍一白，自池而出。此人以赤索系之，将欲挈去。思邈召而谓曰：“三物之罪，死无以赎。然昨者擅命，是鄙夫之意也，幸望脱之。兼以此诚上达，恕其重责也。”此人受教，登时便解而释之，携索而去。有顷，三叟致谢思邈，愿有所酬。孙曰：“吾山谷之中，无所用者，不须为报。”回诣玄照，愿陈力致效。玄照曰：“山中一食一衲，此外无阙，不须酬也。”三叟再为请。玄照因言：“前山当路，不便往来，却之可否？”三叟曰：“固是小事耳。但勿以风雷为责，即可为之。”是夕，雷霆震击。及晓开霁，寺前豁然，数里如掌。三叟重，一定能够使我们摆脱灾祸，那么雨即刻就能下下来了。”释玄照说：“我知道孙思邈处士在哪座山修行，但是不知道他的道行，又怎么能这么做呢？”三位老人说：“孙思邈处士的仁德，是不能够揣度的，写出了《千金翼方》，造福万世，他的名字已经被天庭记下了，真的是德高望重的真人啊！如果因为他的一句话能够救护，应该会护佑我们安然无恙。但是长老要先和他约定，如果他答应了，我们便立即按照你的要求去做。”就将拯救护佑的方法教授给释玄照。

释玄照前去拜访孙思邈居住的地方，诚恳拜谒，礼数十分周到。坐了很久之后，才说：“孙处士您以圣贤的胸怀，将救助苍生作为自己的意愿，现在天下发生了干旱，一点庄稼都没有生长，哀号的百姓，处在如此焦枯的状态下，圣贤的施用，就在这个时候了，希望您能够开恩，来拯救百姓遇到的危机。”孙思邈说：“我是因为没有能力才躲到山野中的，我有什么样的能力，才能够救济世人呢？如果有可行的方法，我一定不会吝惜。”释玄照说：“降下雨水之后，三条龙要躲避自己的罪行，会投入到处士您后院的池中来隐蔽，当遇到能人异士前去捕捉的时候，处士您说明情况，将他们遣散，他们就一定能够免罪。”孙思邈答应他了。释玄照回来后，看见三位老人在道路的左边，释玄照将孙思邈的意思传达给了他们。三位老人约定一天一夜，按照日期走了一千里，降下了特别大范围的雨。

第二天，释玄照前来拜访孙思邈。在谈话的时候，有一个骨相长得很奇怪的人，径直前往后院的池沼中，厉声怒喝。没过一会儿，水就结成了冰。不一会儿，池子里出现了三只獭，两只是灰白，一只是白色。这个人就用红色的绳子将它们绑起来了，想要把它们带走。孙思邈召请他前去对他说：“这三个的罪过，死都无法赎罪。但是昨天它们擅自下雨的命令，是我的意思，希望能够免去它们的罪行，并希望将我的请求向上传达给天帝，免去它们的重责。”这个人听说这些之后，立即就将它们释放了，带着绳索离开了。不一会儿，三位老人向孙思邈表示感谢，想要报答他。孙思邈说：“我住在山谷之中，什么也用不到，不需要什么报酬。”他们又转身拜谢释玄照，愿意为他效力。释玄照说：“山中只需要吃的和穿的，除此之外，什么也不缺，不

复来，告谢而去。思邈至道，不求其报，尤为奇特矣。（出《神仙感遇传》）

王景融

唐前侍御史王景融，瀛州平舒人也。迁父灵柩就洛州，于埏道掘着龙窟，大如瓮口。景融俯而观之，有气如烟直上，冲其目，遂失明。旬日而卒。（出《朝野佥载》）

凌波女

玄宗在东都，昼寝于殿，梦一女子容色秾艳，梳交心髻，大帔广裳，拜于床下。上曰："汝是何人？"曰："妾是陛下凌波池中龙女，卫宫护驾，妾实有功。今陛下洞晓钧天之音，乞赐一曲，以光族类。"上于梦中为鼓胡琴，拾新旧之声为《凌波曲》。龙女再拜而去。及觉，尽记之。因命禁乐。自与琵琶，习而翻之。遂宴从官于凌波宫，临池奏新曲。池中波涛涌起复定，有神女出于波心，乃昨夜之女子也。良久方没。因遣置庙于池上，每岁祀之。（出《逸史》）

需要酬谢。”三位老人再次请求。释玄照这才说：“前面的山挡着了路途，不方便来往，把它们搬走可以吗？”三位老人说：“这本来就是小事，但请你不要怪风雷声太大，我们立即就办。”这天晚上，雷声轰隆。等到早晨的时候才晴，寺庙前豁然开朗，几里路平坦得像是手掌一样。三位老人再次前来，向他表示感谢后就告辞离开了。孙思邈的道行最高，不需要他们任何的酬报，这是非常罕见的。（出《神仙感遇传》）

王景融

唐代的前任御史王景融，是瀛洲平舒人。他将父亲的灵柩迁葬到洛州。在墓道中挖到了一个龙窟，大得像瓮口一样。王景融俯下身子观察，有像烟雾一般的云气径直往上，冲击他的眼睛，于是他就失明了，没过几天就去世了。（出《朝野佥载》）

凌波女

唐玄宗在东都洛阳的时候，白天的时候睡在大殿中，梦见一个非常美丽的女子浓妆艳抹，梳着交心髻，穿着宽大的衣裳，在床下向他跪拜。唐玄宗说：“你是什么人？”那个女子回答说：“我是陛下您的凌波池中的龙女，保卫宫城，护卫陛下，我确实是有功劳的。现在陛下您通晓天上的仙乐，请求你赏赐我一首曲子，来使我们龙族光耀。”唐玄宗在梦中为她弹了胡琴，捡取新旧曲乐制作了《凌波曲》。龙女再拜之后离开了，等到唐玄宗醒了之后，将梦中的曲子全部记录下来，然后命令宫中禁止弹奏音乐。自己拿了琵琶，练习演奏。于是在凌波宫宴请群臣，靠近水池演奏新曲。池中的波浪翻涌之后又平静了下去，有一个神女从波浪的中心出现，是昨晚的女子，过了很久才隐没。于是派人在凌波池上建了一座庙，每年都祭祀她。（出《逸史》）

陶岘

陶岘者，彭泽令孙也。开元中，家于昆山，富有田业。择家人不欺能守事者，悉付之家事。身则泛游于江湖，遍行天下，往往数载不归。见其子孙成人，皆不辩其名字也。岘之文学，可以经济。自谓疏脱，不谋仕宦。有知生者通于八音，命陶人为甓，潜记岁时，取其声，不失其验。尝撰《集乐》录八音，以定音之得失。自制三舟，备极空巧。一舟自载，一舟置宾，一舟贮饮馔。客有前进士孟彦深、进士孟云卿、布衣焦遂，各置仆妾共载。而岘有夕乐一部，常奏清商曲。逢其山泉，则穷其境物，乘兴春行。岘且名闻朝廷，又值天下无事，经过郡邑，无不招延。岘拒之曰："某麋鹿闲人，非王公上客。"亦有未招而诣者。系水仙之为人，江山之可驻耳。吴越之土，号为水仙。曾有亲戚为南海守，因访韶石而往省焉。郡守喜其远来，赠钱百万。及遇古剑，长二尺许，又玉环，径四寸，及海船昆仑奴名摩诃，善游水而勇捷，遂悉以钱而贯之。曰："吾家至宝也。"乃回棹，下白芷，入湘江。

每遇水色可爱，则遗剑环于水，命摩诃取之，以为戏乐。如是数岁。因渡巢湖，亦投剑环，而令取之。摩诃才入，获剑环而便出曰："为毒蛇所啮。"遽刃去一指，乃能得免。焦遂曰："摩诃所伤，得非阴灵怒乎？盖水府不欲人窥也。"岘曰："敬奉喻。然某常慕谢康乐之为人。云终当乐死山水，但狥所好，莫知其他。且栖迟逆旅之中，载于大块之上，居布素之贱，擅贵游之欢，浪迹怡情

陶岘

陶岘，是彭泽县令的孙子。开元年间，他家住在昆山。家中有非常丰厚的田产。他选择了家中不会欺骗他能够守家业的人，将家庭内部的事务全都托付给了他。他自己则在江湖中广泛游历，走遍了天下，经常几年不回来。看见他的子孙已经长大成人，都不能够辨识他们的名字。陶岘的文章，可以经世济民。自己说自己粗疏，不想做官。有一个熟悉他的人精通音律，命令陶匠做砖，偷偷记下它所制出来的日期。集取它们的声音，没有不灵验的。陶岘曾经撰写了《集乐》记录下八音，来判定声音的优劣。自制了三条小船，十分轻灵精巧。一条船载着自己，一条小船放置宾客，一条小船储藏酒水。他的客人有前进士孟彦深、进士孟云卿、百姓焦遂，各自布置了仆人和婢女同乘一条船。陶岘有一部《夕乐》，经常演奏《清商曲》。如果遇到山泉，就会游尽它地域内所有的风景，乘着兴致踏春而行。陶岘已经在朝廷中非常有名了，又正好遇到了天下太平无事，他所经过的郡县，没有不招待他的。陶岘拒绝他们说："我是山野闲人，不是王公贵族的客人。"也有不请他就前去拜谒的。他是水仙一样的高洁人物，只有大好河山可以留得住他。吴越地区的人，称他为"水仙"。他曾经有一个亲戚是南海郡守，他因为寻访韶石而前往南海。南海郡守特别开心他能远道而来，赠送给他百万钱。等到他遇见一把古剑，长大约二尺，还有一个玉环，直径四寸，以及海船上的名叫摩诃的昆仑奴，擅长游泳，十分勇猛敏捷，于是将全部的钱拿来买它们。他说："这是我家最好的宝物。"就划桨回去，沿着白芷顺流而下，进入湘江。

每次遇见水的颜色特别可爱的时候，就会将古剑和玉环丢在水中，命令摩诃取回它们，将这个作为游戏取乐，就这样过了几年。在经过巢湖的时候，也将古剑和玉环丢进了水里，让昆仑奴去拿回来，摩诃才进去，就拿到古剑和玉环出水之后说："我被毒蛇咬伤了。"于是很快地将受伤的手指用刀砍掉，于是他才能免于一死。焦遂说："摩诃的伤，难道不是因为阴灵发怒了吗？大概是水府不想要人偷看到。"陶岘说："恭谨地遵从您的教导。但是我经常仰慕谢灵运的仅三十载，固亦分也。不得升玉墀见天子，施功惠养，逞志平生，亦其分也。”乃命移舟曰：“要须一到襄阳山，便归吴郡也。”行次西塞山，维舟吉祥佛舍。见江水黑而不流，曰：“此必有怪物。”乃投剑环，命摩诃下取，见汩没波际，久而方出，气力危绝，殆不任持。曰：“剑环不可取也。有龙高二丈许，而剑环置前，某引手将取，龙辄怒目。”岘曰：“汝与剑环，吾之三宝。今者二物既亡，尔将安用？必须为吾力争之也。”摩诃不得已，被发大呼，目眦流血，穷泉一入，不复还也。久之，见摩诃支体磔裂，污于水上。如有示于岘也。岘流涕水滨，乃命回棹。因赋诗自叙，不复议游江湖矣。诗曰：“匡庐旧业自有主，吴越新居安此生。白发数茎归未得，青山一望计还程。鹤翻枫叶夕阳动，鹭立芦花秋水明。从此舍舟何所诣，酒旗歌扇正相迎。”（出《甘泽谣》）

齐澣

唐开元中，河南采访使汴州刺史齐澣以徐城险急，奏开十八里河，达于青水，平长淮之险。其河随州县分掘。亳州真源县丞崔延祎纠其县徒，开数千步，中得龙堂。初开谓是古墓，然状如新筑净洁。周视，北壁下有五色蛰龙长丈余，头边鲤鱼五六枚，各长尺余。又有灵龟两头，长一尺二寸，眸长九分，如常龟。祎以白开河御史邬元昌，状上齐澣。澣命移龙入淮，取龟入汴。祎移龙及鱼二百余里，至淮岸，白鱼数百万跳跃赴龙，水为之沸。龙入淮喷为人，他说人最终应该快乐地在山水之中死去，只是顺从自己的兴趣，不知道其他的。并且在旅途中停留居住的人，应该立身在大地之上，位于布衣素服的卑下地位，拥有可贵的游览名山大川的欢乐，浪迹天涯纵情玩乐近三十年，这本来也是一种职分。不能登上玉阶见天子，赏赐有功加恩抚养，达到平生的志向，也是他的职分。”于是他就下令开船，说：“必须一到了襄阳山，就回吴郡去。”走到临时驻扎的西塞山，把船系住，停在古祥佛舍，见江水乌黑而且不流动，便说：“这里一定会有怪物！”于是他就把古剑和玉环扔进去，命令摩诃下去取，看见沉下没入水波的边际，过了很久才出来，气力微弱，几乎不能负担，说：“古剑和玉环不能取得了，有一条两丈来长的龙在那边，古剑和玉环就放在前面，我一伸手去要拿古剑和玉环，龙就怒目看我。”陶岘说：“你和古剑、玉环，是我的三件宝物。现在那两件已经丢失了，你将怎么效力呢？你必须尽全力为我把两件宝物取上来！”摩诃无可奈何，披散着头发大叫一声，眼角都流出血来，拼命向水里一跳，不再上来。过了好久，看见摩诃的肢体被扯裂了，污秽一样浮在水上。好像有意给陶岘看的。陶岘站在水边流泪，于是就命令开船回乡。于是赋诗自叙其事，不再提遍游江湖的事了。诗说：“匡庐旧业自有主，吴越新居安此生。白发数茎归未得，青山一望计还程。鹤翻枫叶夕阳动，鹭立芦花秋水明。从此舍舟何所诣，酒旗歌扇正相迎。”（出《甘泽谣》）

齐澣

唐开元年间，河南采访使汴州刺史齐澣，因为徐城水情险急，上书朝廷请求掘开十八里河，将河水引至青水，平息长淮一带的险情。那河随着州县分工挖掘。亳州真源县县令崔延祎集聚县府人等，掘开几千步，得到一个龙堂。刚挖开的时候说是古墓，然而样子很像新建的，里面很干净整洁。往周围看一看，北边壁下有一条五色的龙蛰伏在那里，一丈多长，头边有五六条鲤鱼，每条一尺多长。还有两只灵龟，每只一尺二寸长，眼长九分，如同平常的龟。崔延祎把这件事向开河御史邬元昌禀告了，邬元昌又向上陈述给齐浣。齐澣命令水，云雾杳冥，遂不复见。初将移之也，御史员锡拔其一须。元昌差网送龟至宋，遇水泊，大龟屡引颈向水。网户怜之，暂放水中。水阔数尺，深不过五寸，遂失大龟所在。涸水求之，亦不获。空致龟焉。（出《广异记》）

沙州黑河

北庭西北沙州有黑河。深可驾舟，其水往往泛滥，荡室庐，潴原野。由是西北之禾稼尽去，地荒而不可治，居人亦远徙，用逃垫溺之患。其吏于北庭沙洲者，皆先备牲酎，望祀于河浒，然后敢视政。否即淫雨连月，或大水激射，圮城邑，则里中民尽鱼其族也。唐开元中，南阳张嵩奉诏都护于北庭，挈符印至境上，且召郊迎吏讯其事。或曰："黑河中有巨龙，嗜羔特犬彘，故往往漂浪腾水，以觊郡人望祀河浒。我知之久矣。"即命致牢醴，布筵席，密召左右，执弓矢以俟于侧。嵩率僚吏，班于河上，峨冠敛板，罄折肃躬。俄顷，有龙长百尺自波中跃而出。俄然升岸，目有火光射人。离人约有数十步，嵩即命彀矢引满以伺焉。既而果及于几筵，身渐短而长数尺。方将食，未及，而嵩发矢。一时众矢共发，而龙势不能施而摧。龙既死，里中俱来观之，哗然若市。嵩喜已除民害，遂以献上。上壮其果断，诏断其舌，函以赐嵩。且子孙承袭在沙州为刺史，至今号为龙舌张氏。

他们把龙移入淮水，捕获龟放入汴水。崔延祎把龙和鱼运出二百多里，到达淮水岸边，河里的几百万条白龟跳跃着奔向龙，水都因为它们沸腾了。龙进入淮水之后往上喷水，云雾昏暗，就不再看见它了。起初要转运这条龙时，御史员锡拔了它的一根须。邬元昌派人用网把龟送到宋地，遇到水浅的地方，大龟多次伸长脖子向着水，渔户可怜它，就把它暂时放到水里。水面宽几尺，深度不过五寸，大龟竟然不知怎么就不见了。把水淘干了寻找它，也没有找到。白送了一趟龟。（出《广异记》）

沙州黑河

北庭西北的沙州，有一条河叫黑河。这河深可以摆船，它的河水常泛滥，冲毁房舍，水淹没原野。因此西北的庄稼全都没有了，田地荒芜，不能够种植。当地的居民也向远处迁徙，来逃避被淹的祸患。那些在北庭沙州做官的，都要先准备牛羊醇酒等供品，到河水边遥望祭祀，然后才敢处理政事。不然就淫雨霏霏，下个不停，一下就是几个月，有时大水冲击猛涨，毁坏城市，那么里面的百姓都要像鱼一样活在水里了。唐开元年中，南阳张嵩奉诏到北庭做都护，他拿着符印来到境内，并且召集到郊外迎接他的官吏们询问这件事。有的人说："黑河之中有一条大龙，爱好吃羊、牛、狗、猪什么的，所以它往往兴风作浪在水上跳跃，看着人们是怎样在河边祭祀。我知道这件事已经很久了。"张嵩于是就命令准备祭祀用的牲品及美酒，在河边布置宴席，秘密召集身边跟随的人，手执弓箭在两侧等待。张嵩率领着官吏们排列在河岸上，高耸着帽子，端持手板，恭恭敬敬，都弯着腰严肃地等着。不久，有一条一百尺左右的龙从水中跃出，又迅速来到河岸上。它的目光像火，照射岸上的人们。离人还有几十步远时，张嵩就命令弓箭手把弓拉满等候在那里。然后，那龙果然来到接近宴席的地方，它的身体渐渐变短，身长只有几尺。它正要吃，还未来得及吃的时候，张嵩就命令开弓放箭。一时间万箭齐发，然而龙的反击无法施展，中箭而死。龙死后，里中的人都来观看，许多人

兴庆池龙

唐玄宗尝潜龙于兴庆宫。及即位，其兴庆池尝有一小龙出游宫外御沟水中。奇状蜿蜒，负腾逸之状。宫嫔内竖，靡不具瞻。后玄宗幸蜀，銮舆将发，前一夕，其龙自池中御素云，跃然亘空，望西南而去。环列之士，率共观之。及上行至嘉陵江，乘舟将渡，见小龙翼舟而进。侍臣咸睹之。上泫然泣下，顾谓左右曰："此吾兴庆池中龙也。"命以酒沃酹，上亲自祝之，龙乃自水中振鬣而去。（出《宣室志》）

井 龙

开元末，西国献狮子，至安西道中，系于驿树。近井，狮子吼，若不自安。俄顷，风雷大至，有龙出井而去。（出《国史补》）

旃 然

玄宗将封泰山。进次荥阳旃然河，上见黑龙，命弓矢，亲射之。矢发龙灭。自尔旃然伏流，于今百余年矣。按旃然即济水也。济水溢而为荥，遂名旃然。《左传》云"楚师济于旃然"是也。（出《开天传信记》）

吵吵嚷嚷像集市一样。张嵩为自己为民除害而高兴，就把死龙献给了皇上。皇上表扬他做事果断，命人把龙的舌头割下来，装进小匣子里，赐给张嵩。而且他的子孙世袭为沙州的刺史，至今被称为“龙舌张氏”。

兴庆池龙

唐玄宗曾经悄悄地在兴庆宫的池中放养了一条龙，等到他即位，兴庆宫池曾经有一条小龙游到宫外的御沟水中，奇异的样子蜿蜒多姿，背像奔跑跳跃的样子。宫中的男男女女没有不看的。后来唐玄宗亲临西蜀，銮驾出发前夕，那条龙从池中驾着白云，跃然升空，向西南方向飞去。周围的文臣武士，大都看到它了。等到皇上行走到嘉陵江，登上船将要过江的时候，看见那条小龙紧靠在船的一侧前进，侍臣们全都看到了。皇上感动得落下热泪，看着左右的侍臣们说：“这是我兴庆池中的那条龙啊！”他让人把酒浇到江中，皇上自己亲自祷告，龙才从水中抖动鳞振鬣而去。（出《宣室志》）

井 龙

开元末年，西域有一个国家向朝廷进献一头狮子，来到安西的道上，有一天把狮子拴到驿站的一棵树上。这棵树靠近井。狮子发出叫声，好像惶恐不安。不一会儿，风雷大作，一条龙从井里钻出来向空中飞去。（出《国史补》）

旃 然

唐玄宗将要到泰山去祭天，行进到荥阳旃然河的时候，皇上看到河里有一条黑龙，就命人拿来弓和箭，亲自用弓射它。箭刚刚发出那条龙就不见了。自此以后，旃然河水静静地流淌，到现在有一百多年了。旃然河就是济水。济水漫出来形成荥水，于是就叫旃然河。《左传》上说的“楚师济于旃然”里的“旃然”就是这条河。（出《开天传信记》）

龙门

旧说："春水时至，鱼发龙门。则有化者。"至今汾晋山中，龙有遗骨角甚众。采以为药，有五色者。（出《国史补》）

龙门

旧时说："春水按时节到来，众鱼争相跃龙门。就有变化成龙的。"直至今天汾晋一带的山中，还有很多龙的遗骨遗角。采来制药，龙骨、龙角有五种颜色的。（出《国史补》）

卷第四百二十一　龙四

萧昕　遗尺潭　刘贯词　韦氏　任顼　赵齐嵩

萧昕

唐故兵部尚书萧昕常为京兆尹。时京师大旱，炎郁之气，蒸为疾厉。代宗命宰臣下有司祷祀山川，凡月余，暑气愈盛。时天竺僧不空三藏居于静住寺，三藏善以持念召龙兴云雨。昕于是诣寺，谓三藏曰："今兹骄阳累月矣，圣上悬忧，撤乐贬食，岁凶是念，民瘵为忧。幸吾师为结坛场致雨也。"三藏曰："易与耳。然召龙以兴云雨，吾恐风雷之震，有害于生植，又何补于稼穑耶？"昕曰："迅雷甚雨，诚不能滋百谷，适足以清暑热，而少解黔首之病也。愿无辞焉。"三藏不获已，乃命其徒取华木皮仅尺余，缵小龙于其上，而以炉瓯香水置于前。三藏转咒，震舌呼祝。咒者食顷，即以缵龙授昕曰："可投此于曲江中，投讫亟还，无冒风雨。"昕如言投之。旋有白龙才尺余，摇鬣振鳞自水出。俄而身长数丈，状如曳素，倏忽亘天。昕鞭马疾驱，未及数十步，云物凝晦，暴雨骤降。比至永崇里，道中之水，已若决渠矣。（出《宣室志》）

遗尺潭

昆山县遗尺潭，本大历中，村女为皇太子元妃，遗玉尺，化为

萧昕

唐朝前任兵部尚书萧昕曾经当过京兆尹。他做京兆尹时，京城天遇大旱，炎热郁积的空气蒸腾而起，形成一种凶猛的病害。唐代宗下令让各级大臣官员向山河大地祈祷祭祀。过了一个多月，热得更厉害了。这时候，天竺国一个叫不空三藏的和尚在静住寺住。三藏和尚擅长念咒召唤龙出来兴云布雨。萧昕在这个时候就到了寺中，对三藏和尚说："如今这火辣辣的太阳已经连续暴晒了几个月，皇上很是忧心，撤了音乐，减少了吃食，年岁不好，心中挂念，担心百姓生病。希望您设置祭坛求雨。"三藏说："求雨不难，但是把龙召唤出来让它兴云布雨，我怕暴风惊雷震荡得太厉害，对生民植物有害，又怎么会补救庄稼收成呢？"萧昕说："惊雷急雨，的确对滋润庄稼无益，却正好能够消除暑气，稍稍缓解百姓的祸患。还望您不要推辞。"三藏没办法，只好让他的徒弟取来一块近一尺长的桦树皮，树皮上有一条小龙，再把炉火、盆和香水放到树皮前。三藏开始念咒语，大声呼叫祷告。一顿饭工夫过去，他就把桦树皮上的龙拿给萧昕，说："现在可以把龙扔到曲江去，扔完马上就要回来，不要被风吹着，被雨淋着。"萧昕按照他说的办法把龙扔到了江里，随后就有一条身长一尺多点的小白龙，摇着羽毛振动鳞片从水中蹿出来，一会儿身子就长到几丈长，像一条白色的丝绸，瞬间往高高的天空冲去。萧昕驱马快速跑，跑了不到几十步，云气聚集，物象阴暗，暴雨突然就来了。等他到了永崇里，路上的水已经很多了，就像江河决口一样了。（出《宣室志》）

遗尺潭

昆山县遗尺潭，原本是大历年间，一名村女做了皇太子的元

龙，至今遂成潭。（出《传载》）

刘贯词

唐洛阳刘贯词，大历中，求丐于苏州，逢蔡霞秀才者精彩俊爽。一相见，意颇殷勤，以兄呼贯词，既而携羊酒来宴。酒阑曰："兄今泛游江湖间，何为乎？"曰："求丐耳。"霞曰："有所抵耶，泛行郡国耶？"曰："蓬行耳。"霞曰："然则几获而止？"曰："十万。"霞曰："蓬行而望十万，乃无翼而思飞者也。设令必得，亦废数年。霞居洛中左右，亦不贫，以他故避地，音问久绝。意有所恳，祈兄为回。途中之费，蓬游之望，不掷日月而得。如何？"曰："固所愿耳。"霞于是遗钱十万，授书一缄，白曰："逆旅中遽蒙周念，既无形迹，辄露心诚。霞家长鳞虫，宅渭桥下，合眼叩桥柱，当有应者，必邀入宅。娘奉见时，必请与霞少妹相见。既为兄弟，情不合疏。书中亦令渠出拜。渠虽年幼，性颇慧聪，使渠助为主人，百缗之赠，渠当必诺。"

贯词遂归。到渭桥下，一潭泓澄，何计自达？久之，以为龙神不当我欺，试合眼叩之。忽有一人应，因视之，则失桥及潭矣。有朱门甲第，楼阁参差。有紫衣使拱立于前，而问其意。贯词曰："来自吴郡，郎君有书。"问者执书以入。顷而复出曰："太夫人奉屈。"遂入厅中。见太夫人者年四十余，衣服皆紫，容貌可爱。贯

妃，元妃丢失了一把玉尺，玉尺化身为龙，到现在就变成了深潭。（出《传载》）

刘贯词

唐朝大历年间，洛阳人刘贯词，在苏州乞讨，遇上一个名叫蔡霞的人，是个英俊潇洒的秀才。两人一相见，蔡霞的态度就很是热情，以兄长称呼刘贯词。过了不久，他又提着羊肉和酒设宴款待刘贯词。当酒快喝完的时候，他问道："兄长现在在江湖间四处游览，是做什么呢？"刘贯词说："讨饭罢了！"蔡霞说："能讨要到足够的食物吗？到各大城邑中到处去要吗？"刘贯词说："像蓬草一般，飘到哪里就停哪里。"蔡霞说："那么你要到多少才能拉倒呢？"刘贯词说："十万。"蔡霞说："像蓬草那样飘到哪里就算哪里，还想要到十万，这就和没有翅膀就想着飞，是一个道理啊。假如你一定能讨到，不知道要花费多少年的时间才能实现。我住在洛中附近，家里也不穷，因为其他缘故逃到这里，早就和家人断了音讯。我衷心希望兄长能回去，路上的盘缠，游历的愿望，用不了多少时间就都能实现。兄长觉得怎么样呢？"刘贯词说："这我当然愿意。"于是蔡霞送了刘贯词十万钱，同时交给他一封书信，嘱咐说："在客栈的时候忽然有了一个助你周全的想法，就忘了礼仪容貌，当即就表露出内心的真诚。我家长是鳞虫，住在渭水的桥下。你闭上眼睛敲打桥柱，会有人应声，然后就会邀请你进屋。我娘接见你的时候，你一定要向她提出请求，要求见我小妹。既然是兄弟，感情不应该疏远。我在信中也嘱咐了让她出来拜见你。虽然她年纪还小，但是性情尤其聪慧，让她帮你的忙，作为主人，赠送一百缗钱，她一定会答应的。"

于是刘贯词就回了故乡。来到渭水桥下，触目所及是一潭幽深清澈的水。刘贯词在想自己要怎么做才能到里面呢？过了很久，他觉得龙神应该不会欺骗他，就试着闭上眼睛敲打桥柱。忽然有一人应了他，他睁开眼看，桥和潭居然不见了，只剩下一座宅院，大门是红色的。宅院楼阁鳞次栉比，非常壮观。有一个穿着紫色衣服的使者在门前等着，拱手作揖，问他为什么到这里来。刘贯词说："我是吴词拜之，太夫人答拜。且谢曰："儿子远游，久绝音耗，劳君惠顾，数千里达书。渠少失意上官，其恨未减。一从遁去，三岁寂然。非君特来，愁绪犹积。"言讫命坐。贯词曰："郎君约为兄弟，小妹子即贯词妹也，亦当相见。"夫人曰："儿子书中亦言。渠略梳头，即出奉见。"

俄有青衣曰："小娘子来。"年可十五六，容色绝代，辨慧过人。既拜，坐于母下。遂命具馔，亦甚精洁。方对食，太夫人忽眼赤，直视贯词。女急曰："哥哥凭来，宜且礼待。况令消患，不可动摇。"因曰："书中以兄处分，令以百缗奉赠。既难独举，须使轻赍。今奉一器，其价相当。可乎？"贯词曰："已为兄弟，寄一书札，岂宜受其赐？"太夫人曰："郎君贫游，儿子备述。今副其请，不可推辞。"贯词谢之。因命取镇国碗来，又进食。未几，太夫人复瞪视眼赤。口两角涎下。女急掩其口曰："哥哥深诚托人，不宜如此。"乃曰："娘年高，风疾发动，祗对不得。兄宜且出。"女若惧者，遣青衣持碗，自随而授贯词曰："此罽宾国碗，其国以镇灾厉。唐人得之，固无所用。得钱十万，可货之。其下勿鬻。某缘娘疾，须侍左右，不遂从容。"再拜而入。

郡人，是替你家郎君来送一封书信的。”那人把信拿进去，不一会儿出来了，说：“太夫人请你进去。”刘贯词于是随他到了客厅。太夫人年纪大约四十岁，衣服全是紫色的，长得清新可爱。刘贯词拜见她，她也回拜了，并且向他表示谢意说：“我儿子在异乡游历，很久都没有他的消息了，劳烦您不辞辛苦，不远千里给我送信来。他和上司关系处理得不好，心中十分怨恨。自从他离家出走后，三年来我只觉得寂寞凄凉。如果不是您专程前来给我送信，我还依然对他思念不止呢。”说完，她让刘贯词坐下。刘贯词说：“令郎和我结拜为兄弟，他的小妹就是我的小妹，也应该见一见她。”夫人说：“我儿子信中也说了。她稍微收拾打扮一下，就出来见您。”

不一会儿，一个婢女说道：“小娘子出来了！”只见那女子年龄十五六岁，容貌美丽，是个绝代美人。她善于言辞，为人聪慧，拜见之后便到母亲的下首坐下了。于是令人准备酒菜。酒菜精美干净。才开始吃饭，太夫人忽然间红了眼睛，直盯着刘贯词看。女儿赶紧说：“哥哥到咱家来，应该以礼相待，我们理应让他消除忧虑，不能动摇。”于是就说：“哥哥在信中嘱咐说，让我送你一百缗钱。既然养活自己都很困难，必须多少给一些馈赠。现在送给你一件东西，价值相当，可以吗？”刘贯词说：“我和你哥哥已经是兄弟，给他家人捎一封书信，难道还要接受赏赐吗？”太夫人说：“你四处游历，生活困顿，你的处境我儿子在信中详细地说了，现在这样做也就是应了他的请求，你就不要推辞了。”刘贯词谢过。于是就让人取来了一只“镇国碗”，继续吃饭。不一会儿，太夫人又瞪起红红的眼珠子，口水直流。女儿急忙捂住她的嘴说：“哥哥诚心托人来送信，您不应该这样。”于是就对刘贯词说：“我娘年纪大了，风病发作，不能接待。你还是先出去吧。”女儿好像很害怕的样子，让一个婢女拿着镇国碗，自己也跟出来把碗交给刘贯词说：“这是罽宾国的碗，他们国家用它镇压灾难和鬼怪。唐朝人得到它，本来没有用的，如果能卖到十万钱，就可以把它卖了，不到十万不能卖。我因为娘生病了，必须在她身边伺候，不能毫无顾虑地做事。”她对刘贯词行了再拜礼，就进去了。

贯词持碗而行，数步回顾，碧潭危桥，宛似初到。视手中器，乃一黄色铜碗也。其价只三五镮耳，大以为龙妹之妄也。执鬻于市，有酬七百八百者，亦酬五百者。念龙神贵信，不当欺人，日日持行于市。及岁余，西市店忽有胡客来，视之大喜，问其价。贯词曰："二百缗。"客曰："物宜所直，何止二百缗？尚非中国之宝，有之何益？百缗可乎？"贯词以初约只尔，不复广求，遂许之交受。客曰："此乃罽宾国镇国碗也。在其国，大禳人患厄。此碗失来，其国大荒，兵戈乱起。吾闻为龙子所窃，已近四年，其君方以国中半年之赋召赎。君何以致之？"贯词具告其实。客曰："罽宾守龙上诉，当追寻次，此霞所以避地也。阴冥吏严，不得陈首，藉君为由送之耳。殷勤见妹者，非固亲也，虑老龙之馋，或欲相啖，以其妹卫君耳。此碗既出，渠亦当来，亦消患之道也。五十日后，漕洛波腾，瀺灂晦日，是霞归之候也。"曰："何以五十日然后归？"客曰："吾携过岭，方敢来复。"贯记之，及期往视，诚然矣。（出《续玄怪录》）

韦氏

京兆韦氏，名家女也，适武昌孟氏。唐大历末，孟与妻弟韦生同选，韦生授扬子县尉，孟授阆州录事参军，分路之官。韦氏从夫入蜀，路不通车舆，韦氏乘马，从夫至骆谷口中，忽然马惊，坠于岸下数百丈。视之杳黑，人无入路。孟生悲号，一家恸哭，无如之何。遂设祭服丧舍去。

刘贯词拿着那只碗走出几十步，回头一看，碧绿的水，陡峭的桥，和刚来的时候一样。再看手中的碗，是一个黄色铜碗，它的价钱只不过三五环罢了。他很不相信，以为是龙妹胡说八道。于是他就拿着碗到集市上去卖。有给价七百八百的，也有给价五百的。想到龙神看重信誉，不会骗人，刘贯词就天天拿着这只碗在市上走。一年多后，西市店中忽然来了一个胡客，胡客见了碗非常喜欢，就打听它的价格。刘贯词说："二百缗。"胡客说："这东西就算有点值钱，又哪里值二百缗？况且它还不是中国的宝物，拿它来有什么用处？一百缗可以吗？"刘贯词因为当初约定的只是这样，没再坚持，就卖了出去。胡客说："这是罽宾国的镇国碗。在他们国家，特别盛行免除灾难的祭祷活动，这只碗丢失了，国家就会闹饥荒，还会有战乱。我听说是被一个龙子偷去，已经快四年了。他们的国君正用全国半年的税赋想要赎回它。你是怎么弄到的？"刘贯词把事情始末原原本本地告诉了胡客。胡客说："罽宾国的守龙上诉，应该追寻到这里来，这是蔡霞逃到异地的原因。阴间的官吏严厉，他不敢露面，就借你的力量把它送走。一再强调让你务必见到他妹妹，不是他本来就和你关系交好，而是考虑到老龙嘴馋，怕你被吃掉，让他妹妹保护你罢了。这只碗既然已经出现，他也应该回来了，这也是消除祸患的一种办法。五十天之后，洛水波涛涌起，暴雨如柱，天色昏暗，这就是蔡霞回来的征兆。"刘贯词问："为什么要五十天以后回来？"胡客说："我带着碗翻过山岭，他才敢回来。"刘贯词心中记着这件事。等到五十天后，一看，果然是那样。（出《续玄怪录》）

韦氏

京兆人韦氏，是一个名家的女儿，嫁到武昌的孟家。唐朝大历年末，孟氏和内弟韦生同时入选，韦生被授予扬子县尉一职，孟氏被授予阆州录事参军，先后走马上任。韦氏要到蜀地，蜀道艰难，不通车辆，只好骑马前往。和丈夫行至骆谷口中，忽然马受到惊吓，她掉到岸下几百丈深的地方。往下一看，一片漆黑，没有可以沿着往下走的道路。孟氏哀号，全家失声痛哭，也没有半点办法。只好摆上供品祭韦氏至下，坠约数丈枯叶之上，体无所损，初似闷绝，少顷而苏。经一日，饥甚，遂取木叶裹雪而食。傍视有一岩罅，不知深浅。仰视坠处，如大井焉，分当死矣。忽于岩谷中，见光一点如灯，后更渐大，乃有二焉。渐近，是龙目也。韦惧甚，负石壁而立。此龙渐出，可长五六丈。至穴边，腾孔而出。顷又见双眼，复是一龙欲出。韦氏自度必死，宁为龙所害。候龙将出，遂抱龙跨之。龙亦不顾，直跃穴外，遂腾于空。韦氏不敢下顾，任龙所之。如半日许，意疑已过万里。试开眼下视，此龙渐低。又见江海及草木。其去地度四五丈，恐负入江，遂放身自坠，落于深草之上。良久乃苏。

韦氏不食，已经三四日矣，气力渐惫。徐徐而行，遇一渔翁，惊非其人。韦氏问此何所，渔翁曰："此扬子县。"韦氏私喜，曰："去县几里？"翁曰："二十里。"韦氏具述其由，兼饥渴。渔翁伤异之，舟中有茶粥，饮食之。韦氏问曰："此县韦少府上未到？"翁曰："不知到未。"韦氏曰："某即韦少府之妹也。倘为载去，至县当厚相报。"渔翁与载至县门。韦少府已上数日矣。

韦氏至门，遣报孟家十三姊。韦生不信，曰："十三姊随孟郎入蜀，那忽来此？"韦氏令具说此由，韦生虽惊，亦未深信。出见之，其姊号哭，话其迍厄，颜色痿瘁，殆不可言。乃舍之将息，寻亦平复。韦生终有所疑。后数日，蜀中凶问果至，韦生意乃豁然，方奠，穿着丧服戴着孝，离她而去。

再说韦氏，她掉到厚约几丈的枯烂树叶上，身上没有受伤。刚开始的样子好像闷死过去，没多久就醒过来了。过了一天，她感到很饿，就捡来树叶蘸着雪吃。她往旁边一看，有一条岩缝，不知有多深。仰视她所掉的地方，像一口水井，按理说早就该摔死了。突然她又在岩谷中，看见有一点像灯一样的亮光，随后还逐渐变大，居然变成了两点光亮。渐渐逼近了，这才看清楚，原来那两点亮光是龙眼睛。韦氏感到很害怕，背对石壁而立。这条龙渐渐冒出来，身长五六丈，到了洞穴边，腾起身来从孔中飞出去。转眼间又看见一双眼睛，又有一条龙想要出去。韦氏觉得自己是一定要死的，还不如被龙伤害。于是，她等着龙将要飞出去的时候，一下子把龙抱住，跨坐到龙身上。龙也没理会她，直接飞身跳到洞穴之外。于是就在空中腾飞。韦氏不敢往下看，任凭龙想到哪里就到哪里。好像是半天左右，她心里估计已经飞过了万里，就睁着眼睛往下看。这条龙越飞越低，她又看到了江海和草木。距离地四五丈高，她怕自己被龙带到江里去，就纵身跳了下来，正好落到深草之上，过了很久才醒。

韦氏已经三四天没吃东西了，渐渐感到气力疲乏，走路的速度也很慢。路上她遇到一位老渔翁，老渔翁吃惊地说她不是人。韦氏问这是什么地方，渔翁回答说是扬子县。韦氏心中暗喜，说："这儿离县城多远？"渔翁说："二十里。"韦氏详细地向渔翁讲述了她的由来，再加上又饥又渴，老渔翁对她既同情又惊异。老渔翁的船上有茶有粥，就给她吃。韦氏问道："这个县的韦少府到任没有？"渔翁说不知道到没到。韦氏说："我就是韦少府的姐姐，如果你能把我载去，到了县府我一定好好报答您。"老渔翁把她带到县府门外，这时韦少府已经上任几日了。

韦氏到县府门前，让人进去报告说孟家十三姐来了。韦生不相信，说："十三姐跟着孟郎到蜀地去了，怎能突然到这儿来！"韦氏让传话人详细地叙说了缘由。韦生虽然感到吃惊，也没有相信。亲自出来一看究竟，他姐姐大哭了起来，叙说她的苦难遭遇，脸色萎靡憔悴，简直不可思议。于是让她进屋休息。不久韦氏心情平复了下来。

更悲喜。追酬渔父二十千，遣人送姊入蜀。孟氏悲喜无极。后数十年，韦氏表弟裴纲，贞元中，犹为洪州高安尉，自说其事。（出《原化记》）

任 顼

唐建中初，有乐安任顼者，好读书，不喜尘俗事，居深山中，有终焉之志。尝一日，闭关昼坐。有一翁叩门来谒，衣黄衣，貌甚秀，曳杖而至。顼延坐与语。既久，顼讶其言讷而色沮，甚有不乐事。因问翁曰："何为而色沮乎？岂非有忧耶？不然，是家有疾而翁念之深耶？"老人曰："果如是。吾忧俟子一问固久矣。且我非人，乃龙也。西去一里有大湫，吾家之数百岁，今为一人所苦，祸且将及。非子不能脱我死，辄来奉诉。子今幸问我，故得而言也。"顼曰："某尘中人耳，独知有诗书礼乐，他术则某不能晓。然何以脱翁之祸乎？"老人曰："但授我语，非藉他术，独劳数十言而已。"顼曰："愿受教。"翁曰："后二日，愿子为我晨至湫上。当亭午之际，有一道士自西来者，此所谓祸我者也。道士当竭我湫中水，且屠我。子伺其湫水竭，宜厉声呼曰：'天有命，杀黄龙者死！'言毕，湫当满，道士必又为术，子因又呼之。如是者三，我得完其生矣。必重报，幸无他为虑。"顼诺之。已而祈谢甚恳，久之方去。

后二日，顼遂往山西，果有大湫，即坐于湫旁以伺之。至当午，忽有片云，自西冉冉而降于湫上。有一道士白云中下，颀然而韦生始终有所怀疑。过了几天，蜀中的来信果然到了，韦生这才心中开朗起来，更是悲喜交加。他用二十千钱酬谢了老渔翁，再派人把她姐姐送到蜀地。孟氏悲喜无比。几十年后，贞元年中，韦氏的表弟裴纲，还做洪州的高安尉，他亲口讲述了这件事。（出《原化记》）

任顼

唐朝建中初年，乐安有一个人叫任顼，喜欢读书，不喜欢凡尘琐事，住在深山老林中，有在深山老死的志向。有一天，他关上门，大白天地坐在家里，有一个老头前来敲门拜访他。那老头穿着黄色衣服，样貌清俊，拄着拐杖走来。任顼把他迎进来，坐下来和他交谈。说了半天，任顼见他说话语调低沉，一脸沮丧感到惊讶，心想他心中应该有不开心的事。就随口问他说：“你怎么一脸颓废的样子呢？难道是有什么烦心事吗？或者还是你家里有人生病，你心中挂念得厉害？”老人回答说：“确实是这样，我焦急地等你来问我已经很久了，而且我不是人，是龙。从这里往西走一里，有一个大水池，我在这里住了几百年，现在被一个人拖累，祸患就要来了。除了你，再也没有谁能让我摆脱死亡的命运。所以我就来求你，幸好你现在问我，我就能说出来了。”任顼说：“我只是尘世间的一个俗人，只懂诗书礼乐，其他术业我就不懂了。我怎么能让你摆脱灾祸呢？”老人说：“只要我把话教给你，不用借助其他道术，劳烦你说几十个字罢了。”任顼说：“那就教我吧。”老头说：“两天之后，请你早晨到大水池为我走一趟。到中午的时候，会有一个道士从西边过来，他就是我所说的想要祸害我的人。道士会把水池中的水弄干，然后杀我。等到池水干了，你就大声喊道：‘上天有命令，杀黄龙者死！’等你说完，水池应该又会满了。道士一定会又施法术，你就再喊。像这样喊三次，我就能保住性命了。事后我一定重重地报答你，还请你不要有其他担心。”任顼答应了他，那老头恳切谢过，老半天才离去。

两天后，任顼就来到山西，果然有一个大水池。他就坐在水池旁边等着。到了中午时分，忽然有一片云，从西边慢慢地飘过来，缓缓落到水池边。从云中走出来一个道士。只见那道士身材挺拔，大长，约丈余，立湫之岸，于袖中出墨符数道投湫中。顷之，湫水尽涸，见一黄龙，帖然俯于沙。项即厉声呼："天有命，杀黄龙者死！"言讫，湫水尽溢。道士怒，即于袖中，出丹字数符投之。湫水又竭，即震声呼，如前词。其水再溢，道士怒甚。凡食顷，乃出朱符十余道，向空掷之，尽化为赤云，入湫。湫水即竭，呼之如前词，湫水又溢。道士顾谓项曰："吾一十年始得此龙为食，奈何子儒士也，奚救此异类耶？"怒责数言而去。项亦还山中。是夕，梦前时老人来谢曰："赖得君子救我。不然，几死道士手。深诚所感，千万何言。今奉一珠，可于湫岸访之，用表我心重报也。"项往寻之，果得一粒径寸珠，于湫岸草中，光耀洞澈，殆不可识。项后特至广陵市，有胡人见之曰："此真骊龙之宝也，而世人莫可得。"以数千万为价而市之。（出《宣室志》）

赵齐嵩

贞元十二年，赵齐嵩选授成都县尉，收拾行李兼及仆从，负笥以行，欲以赴任。然栈道甚险而狭，常以马鞭拂小树枝，遂被鞭梢缴树，猝不可脱，马又不住，遂坠马。枝柔叶软，不能碍挽，直至谷底，而无所损。视上直千余仞，旁无他路，分死而已。所从仆辈无计，遂闻于官而归。赵子进退无路，坠之翌日，忽闻雷声殷殷，乃知天欲雨。须臾，石窟中云气相旋而出。俄而随云有巨赤斑蛇，粗合拱，鳞甲焕然。摆头而双角出，蜿身而四足生。奋迅鬐鬣，摇动首尾，乃知龙也。赵生自念曰："我住亦死，乘龙出亦死，宁出而死。"

约一丈。道士站在水池边，从袖子里取出几张墨色符纸丢到池中，池水瞬间全部干了。这时，就见一条黄龙紧贴着池底俯卧在泥沙之中。任项立刻大声喊道："上天有命令，杀黄龙者死！"喊完，池水马上又涨满了。道士生气了，又从袖中取出几张红色字投到池中，池水又干了。任项又尖声大喊，喊法和刚才一样。池水就又满了。道士生气极了，不到一顿饭的工夫，就取出十多张红色符抛向空中，红符全部变成了红云，红云落到池中，池水再一次枯竭。任项照样又高喊了一次，池水再一次溢满。道士看着任项说："我耗费了十年的工夫才弄到这条龙来吃，你一个读书人，为什么要救这个异类呢？"他生气地责备了几句就离开了。任项也回到山中。这天晚上，任项梦到前几天那个老头对他说："感谢您救了我，否则我已经死在道士手上了。我心里实在是感恩戴德，千言万语难以表达这种心情，现在送给您一颗珍珠，你可以在水池边找到，略表我感恩重报之心。"任项到池边一找，果然在水池边草丛里找到一颗珍珠，直径大约一寸，光彩夺目，晶莹剔透，没人知道它的价值。任项特意把它拿到广陵市上去卖，有一个胡人看到了说："这是真正的骊龙之宝，世上是没人能得到的。"胡人用数千万的价钱把珍珠买走了。（出《宣室志》）

赵齐嵩

贞元十二年，赵齐嵩被任命为成都县尉。他收拾行李，率领仆从，带着公文上路，前去赴任。然而前往蜀地的栈道非常高险而且狭窄，常常一挥马鞭子就会拂到小树枝，于是鞭梢绞到树上，半天解不开。而马又不能停下，人就从马背上掉了下来。树的枝叶柔软轻细，不能把他拦住，他便一直滚落到谷底。幸好他并没有受伤。这时，他往上一看，看见石壁垂直向上一千多仞高，旁边也没有别的路，按理说是非死不可了。跟来的仆从们不知所措，就把这件事报给了官府，然后就回去了。赵齐嵩进退不得。第二天，他忽然听到雷声大作，才知道快要下雨了。不一会儿，只见一个石洞中云气翻腾，喷涌而出，一条赤斑巨蛇随着云气显露出来。这蛇有一人合抱那么粗。鳞甲焕发出光彩。它摇摇头露出双角，屈弯着身子露出四脚，髻鬣振奋，头和尾攀龙尾而附其身，龙乘云直上，不知几千仞，赵尽死而攀之。既而至中天，施体而行。赵生方得跨之，必死于泉矣。南视见云水一色，乃南海也。生又叹曰："今日不葬于山，卒于泉矣。"而龙将到海，飞行渐低。去海一二百步，舍龙而投诸地。海岸素有芦苇，虽堕而靡有所损。半日，乃行路逢人，问之，曰："清远县也。"然至于县，且无伴从凭据，人不之信，不得缱绻。迤逦以至长安，月余日，达舍。家内始作三七斋，僧徒大集。忽见赵生至，皆惊恐奔曰："魂来归。"赵生当门而坐，妻孥辈亦恐其有复生。云："请于日行，看有影否。"赵生怒其家人之诈恐，不肯于日行。疏亲曰："若不肯日中行，必是鬼也。"见赵生言，犹云："乃鬼语耳。"良久，自叙其事，方大喜。行于危险，乘骑者可以为戒也。（原缺出处，明抄本作出《博异志》）

巴一齐摇摆，才知道这是龙。赵齐嵩心想：“我在这等着也是死，乘龙出去也是死，我宁愿出去死！”

于是他就抓紧龙尾巴，趴到龙身上去。龙驾云向天上冲，不知不觉已经飞到了几千仞高空中。赵齐嵩拼死抓住龙尾巴不放。到了高空以后，龙蜿蜒前行，赵齐嵩这才能跨上去。一定要死到泉水中去了。往南一看，水天一色，那是南海。赵齐嵩叹息道：“今天不是死在山上，就是死到泉里了！”然而等龙快到南海的时候，飞得越来越低。在距离南海还有一二百步的地方，他就放开手从龙身上跳了下去。海边一向有芦苇，他虽是跳下来但没有摔伤。在路上走了半天才遇到一个人，一打听，才知道这个地方是清远县。但是到了县衙之后，他身边没有人给他做证，人家不相信他，他也不能向别人讲述自己的经历。走了很久终于来到了长安，再过一个多月到了家。家里正在给他“烧三七”，僧徒们聚集在一起。人群中有人突然发现赵齐嵩来了，都吓得撒腿就跑，说是他的魂回来了。赵齐嵩对着门坐下，妻儿老小也怕他是死而复生，说：“请你到阳光下去走一走，看你有没有影子。”赵齐嵩很生气，不肯到阳光里去走。那些关系稍微远一点的亲属就说：“如果他不愿意到阳光下走走，那他就一定是鬼！”听到他说话，还说这是鬼在讲话。过了很久，赵齐嵩详细地叙说了自己死里逃生的经过，人们这才放下心来，十分欢喜。那些骑马走在危险之中的人，可要引以为戒呀！（原缺出处，明抄本作出自《博异志》）

卷第四百二十二　龙五

许汉阳　刘禹锡　周　邯　资州龙　韦思恭　卢元裕　卢　翰
李　修　韦　宥　尺　木　史氏子

许汉阳

许汉阳，本汝南人也。贞元中，舟行于洪饶间。日暮，江波急，寻小浦路入。不觉行三四里，到一湖中，虽广而水才三二尺。又北行一里许，见湖岸竹树森茂，乃投以泊舟。渐近，见亭宇甚盛，有二青衣双鬟方鸦，素面如玉，迎舟而笑。汉阳讶之，而调以游词，又大笑，复走入宅。汉阳束带，上岸投谒。未行三数步，青衣延入宅内厅，揖坐。云："女郎易服次。"

须臾，青衣命汉阳入中门。见满庭皆大池，池中荷芰芬芳，四岸斐如碧玉。作两道虹桥，以通南北。北有大阁。上阶，见白金书曰"夜明宫"。四面奇花果木，森耸连云。青衣引上阁一层，又有青衣六七人，见者列拜。又引第二层，方见女郎六七人。目未尝睹，皆拜问所来。汉阳具述不意至此。女郎揖坐讫，青衣具饮食，所用皆非人间见者。食讫命酒。其中有奇树高数丈，枝干如梧，叶似芭蕉，有红花满树未吐。盎如杯，正对饮所。一女郎执酒，命一青衣捧一鸟如鹦鹉，置饮前栏干上。叫一声，而树上花一时开，芳香袭人。每花中有美人长尺余，婉丽之姿，掣曳之服，各称其质。诸乐弦管尽备。其人再拜。女郎举酒，众乐俱作，萧萧泠泠，窨如神仙。才一巡，已夕，月色复明。女郎所论，皆非人间事，汉阳所不测。时因汉阳以人事辩之，则女郎一无所酬答。

许汉阳

许汉阳原本是汝南人。贞元年间，他坐船到了洪饶州间。时值傍晚，江水湍急，沿着水边的一条路线漂入，不知不觉竟漂出了三四里，到了一个湖中。湖面虽然宽广，但是水只有二三尺深。又向北走了大约一里，只见湖的两岸竹树茂盛，就想把船划过去停泊在那里。渐渐靠近，看见这里的亭台屋宇都很宽阔，还有两个婢女微笑地看着他。这两个婢女头顶梳着两个发髻，方形丫，脸色洁白如玉。许汉阳感到很惊讶。他十分轻浮地挑逗她们，她们便大笑着进宅院去了。许汉阳整理衣服，束好衣带，上岸去投宿拜谒。还没走上三五步，一位婢女就迎了出来，直接把他领到内厅去，让他坐下。然后说："这是女子换衣服的地方。"

过了一会儿，婢女让许汉阳进了中门。院里到处都是大水池，池中的荷花、菱角之类芬芳四溢，四岸像碧玉一般流光溢彩。有两座像虹一样的桥连通南北。北边有一个很大的阁楼。沿着台阶上去，看见上面用白金写着三个大字："夜明宫"。四周的奇花异草以及各种果树，高耸挺立，与云相接。那婢女领他到阁楼的第一层，那里的六七个婢女整齐地向他行礼。领到第二层，又见到六七位女郎。还没等他看清楚，她们就一齐拜见，七嘴八舌问他从哪儿来。许汉阳详细叙说了自己是无意间到这里来的。女郎们请他入座，婢女们就送上了精美食物。这些食物都是人间从来没见过的。吃完又喝酒。院子里有一棵几丈高的大树，枝干看上去像梧桐一般，看叶子又像芭蕉叶。树上挂满了还没有盛开的红花，一朵朵有酒杯那么大。这棵树正对着喝酒的地方。一位女郎端着酒，让一名婢女捧来一只很像鹦鹉的鸟，放在面前的栏杆上。那鸟叫了一声，树上的花便和着叫声一起欢饮至二更，筵宴已毕，其树花片片落池中，人亦落，便失所在。一女郎取一卷文书以示，汉阳览之，乃《江海赋》。女郎令汉阳读之，遂为读一遍。女郎又请自读一遍，命青衣收之。一女即谓诸女郎，兼语汉阳曰："有感怀一章，欲请诵之。"女郎及汉阳曰："善。"乃吟曰："海门连洞庭，每去三千里。十载一归来，辛苦潇湘水。"女郎命青衣取诸卷，兼笔砚，请汉阳与录之。汉阳展卷，皆金花之素，上以银字札之，卷大如拱斗。已半卷书过矣，观其笔，乃白玉为管，研乃碧玉，以玻璃为匣，研中皆研银水。写毕，令以汉阳之名押之。展向前，见数首，皆有人名押署。有名仲方者，有名巫者，有名朝阳者，而不见姓。女郎遂收索卷。汉阳曰："有一篇欲奉和，拟继此可乎？"女郎曰："不可。此亦每归呈父母兄弟，不欲杂尔。"汉阳曰："适以弊名押署，复可乎？"曰："事别，非君子所谕。"四更已来，命悉收拾。挥霍次，一青衣曰："郎可归舟矣。"汉阳乃起。诸女郎曰："忻此旅泊接奉，不得郑重耳。"恨恨而别。

归舟忽大风，云色陡暗，寸步黯黑。至平明，观夜来饮所，乃空林树而已。汉阳解缆，行至昨晚灄口江岸人家，见十数人，似有开放，香气袭人。每朵花中，都有一个一尺多高的美人。这些小美人个个容貌艳丽，衣袂飘飘，风姿绰约。各种弦乐器管乐器应有尽有。这些人再次礼拜。女郎一举杯，便众乐齐奏，时而像萧萧班马鸣，时而像潺潺流水声，简直就是人间仙乐。酒过一巡，天已经黑了，月色渐渐明亮起来。女郎们谈论的都不是人间的事，都是许汉阳没有听过的。当时许汉阳就用人间的事同她们辩论，女郎们不能用常理来回答他。

喝到二更天，宴席结束了，树上的那些红花也一片片地落入水池中，那些小美人也随之落下，不知道到哪儿去了。一位女郎拿来一卷文书给许汉阳看。许汉阳一看，是《江海赋》。那女郎让许汉阳读一遍，许汉阳就读了一遍。女郎又自己读了一遍，然后让婢女把书收起来。一位女郎对众女郎和许汉阳说："我有一首感怀诗，想给大家诵读一下。"女郎们和许汉阳都说好，于是那女郎吟诵道："海门连洞庭，每去三千里。十载一归来，辛苦潇湘水。"那女郎让婢女把卷、笔、砚取来，请许汉阳为她把诗记录下来。许汉阳把卷打开来看，只见卷全是金花底色的白素丝绸，上面用银字写的。卷有拱斗那么大，有半卷已经写过了。一看那笔，是用白玉做的笔管，砚台是用碧玉做的，匣子是用玻璃做的。砚台里研的全是银水。写完之后，女郎让许汉阳写上自己的名字。打开往前翻看，看到了几首诗，都有人署名，有叫"仲方"的，有叫"巫"的，有叫"朝阳"的，却不见有写姓氏的。这时候女郎就要回那卷。许汉阳说："我有一首和诗，打算接着写到后边可以吗？"女郎说："不可以。这书卷每次回家都要拿给我的父母兄弟看，不想把你的名字夹杂在里边。"许汉阳说："刚才把我的名字都写上了，那怎么又可以了呢？"女郎说："这不是同一件事，这不是你能明白的。"四更天一到，就让人都收拾了。匆忙中，一位婢女说："您可以回去了。"许汉阳便起身。众女郎说："这次相会我们都很高兴，只是怠慢了你。"大家依依不舍，遗憾地告辞离开了。

许汉阳回来的时候，路上忽然遇到大风，云色突然变得昏暗，每走一步都暗得看不见路。天亮以后，他来看前一晚上喝酒的地方，居然是一片空空的树林。许汉阳解开绳索，走到昨天晚上看见江岸非常。因泊舟而讯。人曰："江口溺杀四人，至二更后，却捞出。三人已卒，其一人，虽似死而未甚。有巫女以杨柳水洒拂禁咒，久之能言曰：'昨夜水龙王诸女及姨姊妹六七人归过洞庭，宵宴于此，取我辈四人作酒。掾客少，不多饮，所以我却得来。'"汉阳异之，乃问曰："客者谓谁？"曰："一措大耳，不记姓名。"又云："青衣言，诸小娘子苦爱人间文字，不可得，常欲请一措大文字而无由。"又问今在何处，已发舟也。汉阳乃念昨宵之事，及感怀之什，皆可验也。汉阳默然而归舟，觉腹中不安，乃吐出鲜血数升，知悉以人血为酒尔。三日方平。（出《博异志》）

刘禹锡

唐连州刺史刘禹锡，贞元中，寓居荥泽。首夏独坐林亭，忽然间大雨，天地昏黑，久方开霁。独亭中杏树，云气不散。禹锡就视树下，有一物形如龟鳖，腥秽颇甚，大五斗釜。禹锡因以瓦砾投之，其物即缓缓登阶，止于檐柱。禹锡乃退立于床下，支策以观之。其物仰视柱杪，款以前趾，抉去半柱。因大震一声，屋瓦飞纷乱下，亭内东壁，上下罅裂丈许。先是亭东紫花苜蓿数亩，禹锡时于裂处，分明遥见。雷既收声，其物亦失，而东壁之裂，亦已自吻合矣。禹锡亟视之，苜蓿如故，壁曾无动处。（出《集异记》）

人家的地方，有十几个人，好像发生了什么事情，于是就停下船来打听。有人说："江口淹死了四个人，二更天时捞上来，其中三个人已经死了，另一个看上去好像是死了但却没有完全死过去，有一个巫女为他用杨柳蘸水四处洒，念咒，这样做了四次他才能开口说话。他说：'昨天晚上，水龙王的几个女儿和她们的姨表姊妹六七个人回过洞庭，在这里举行夜宴，用我们四个人做酒。因为客人不多，酒喝得不多，所以我还能活着回来。'"许汉阳感到很诧异，就问那个人说："那个客人是谁？"那人说："是一个穷酸的读书人，我不记得他的姓名了。"那人又说："听婢女说，这些小娘子尤其喜欢人间的文字，但总找不到。她常常想向一个穷酸的文人求字，但苦于没有办法。"许汉阳又问那个穷酸的文人现在在什么地方，对方说已经开船走了。许汉阳想到昨天晚上的事，以及那些复杂的感触，都可以一一证实了。他默默地乘船回去，总觉得肚子不太舒服，吐了几升鲜血，知道这就是用人血做的酒，三天之后才舒缓过来。（出《博异志》）

刘禹锡

唐朝连州刺史刘禹锡，在贞元年间，住在荥泽。四月的一天，他独自在林亭中坐着休息，大雨忽然而至，天地昏黑一片，很久才放晴。只有亭中一棵杏树周围的云气始终没有散去。刘禹锡走近杏树仔细观察，看到一个形状像龟鳖的东西，特别污秽恶臭，有五斗大锅那么大。他就扔瓦砾过去打它。那东西就慢慢地爬上台阶，在廊柱下停了下来。刘禹锡就退到床下，把书箱堆起来垫脚，仔细观察那东西。那东西抬头望着柱子的顶端，慢慢用前爪挖去半根柱子，大吼一声，屋上的瓦纷纷落了下来。亭子内东边的墙壁上，从上到下裂了一个口子，有一丈多长。之前这亭子东边有几亩紫花苜蓿，这时从裂开的口子中可以清楚地看到远处这些苜蓿。雷震声过后，那东西也消失不见了。而东边墙壁上的裂口，也自行合拢了。刘禹锡去看了好多次，苜蓿依然是之前的样子，墙壁竟然没有一点变化。（出《集异记》）

周邯

贞元中，有处士周邯，文学豪俊之士也。因彝人卖奴，年十四五，视其貌甚慧黠。言善入水，如履平地。令其沉潜，虽经日移时，终无所苦。云，蜀之溪壑潭洞，无不届也。邯因买之，易其名曰“水精”，异其能也。邯自蜀乘舟下峡，抵江陵，经瞿塘艳滪，遂令水精沉而视其邃远。水精入，移时而出，多探金银器物。邯喜甚。每舣船于江潭，皆令水精沉之，复有所得。沿流抵江都，经牛渚矶，古云最深处，是温峤爇犀照水怪之滨。又使没入，移时复得宝玉。云：“甚有水怪，莫能名状，皆怒目戟手，身仅免祸。”因兹邯亦至富赡。

后数年，邯有友人王泽，牧相州，邯适河北而访之。泽甚喜，与之游宴，日不能暇。因相与至州北隅八角井。天然盘石，而甃成八角焉，阔可三丈余。且暮烟云蓊郁，漫衍百余步。晦夜，有光如火红射出千尺，鉴物若昼。古老相传云，有金龙潜其底，或亢阳祷之，亦甚有应。泽曰：“此井应有至宝，但无计而究其是非耳。”邯笑曰：“甚易。”遂命水精曰：“汝可与我投此井到底，看有何怪异。泽亦当有所赏也。”水精已久不入水，忻然脱衣沉之。良久而出，语邯曰：“有一黄龙极大，鳞如金色，抱数颗明珠熟寐。水精欲劫之，但手无刃。惮其龙忽觉，是以不敢触。若得一利剑，如龙觉，当斩之无惮也。”邯与泽大喜。泽曰：“吾有剑，非常之宝也。汝可持往而劫之。”水精饮酒伏剑而入。移时，四面观者如堵。忽见水精自井面跃出数百步。续有金龙亦长数百尺，爪甲锋颖，自空

周邯

唐朝贞元年间，有一个叫周邯的处士，是一位文学豪杰之士。因为有一个彝人在贩卖奴隶，周邯见那奴隶十四、五岁，样子看上去很聪明狡黠。主人介绍说这个奴隶擅长潜水，在水里游走就像走在平地上一般。让他沉到水底，虽然过了几天几夜不上来，他却始终不觉得苦。人们都说，蜀地的溪、壑、潭、洞，没有他没到过的。于是周邯就买下了这个奴隶，认为他的本领过人，给他改名叫作“水精”。周邯从蜀地坐船，从蜀地出发，乘船经三峡抵达江陵。经过瞿塘峡滟滪堆时，他就让水精沉到水底，去看看水到底有多深。水精潜入水中，过了一会儿又出来，从水底捞出许多的金银器物，周邯十分高兴。每次将小船停靠在江岸潭边，他都让水精潜下去，都有所收获。沿着江流来到江都，经过牛渚矶，自古以来都说这里是水最深的地方，是温峤燃烧犀角照水怪的地方。他又让水精沉下去。不久，水精捞上来一块玉石，说水底下有水怪，描述不清楚是什么样子，全怒目狂舞，要抓他，自己仅仅能从他们手中免除祸患。因为这个原因，周邯也变成了非常富有的人。

几年后，周邯有一个朋友叫王泽，做相州太守，周邯到河北去拜访他。王泽很高兴，和周邯一起游玩、宴饮，没有一天空闲的。二人一起来到相州北角的八角井。所谓八角井，是用天然弯曲的石头把井壁砌成八角形。井口三丈多宽。这口井，早晨和晚上烟雾缭绕，雾气弥漫到一百步外。到了晚上，有火红的光从井里射出来，光线可以照到一千尺外，照得人看东西就像在白天一样清楚。人们都在传说，有一条金龙潜伏在水底。有时候天气干旱，很久不下雨，人们就到井边来祈祷，也很灵验。王泽说：“按理说这井里应该有珍贵的宝物，可惜没有办法探究它的虚实。”周邯笑着说：“那很容易！”于是就对水精说：“你要是能潜入水底，看看井里有什么奇怪的事物，就是王泽也会重重地奖赏你。”水精已经有很长一段时间没下过水了，于是高兴地脱了衣服就下去了。很长时间过后他才出来，对周邯说：“水底有一条很大的黄龙，鳞片是金色的，抱着几颗明亮的珠子在那里睡觉。我想要把明珠抢过来，但是由于手中没有兵器，怕那龙忽然拏攫水精，却入井去。左右慑栗，不敢近睹。但邯悲其水精，泽恨失其宝剑。

逡巡，有一老人，身衣褐裘，貌甚古朴，而谒泽曰：“某土地之神，使君何容易而轻其百姓？此穴金龙，是上玄使者。宰其瑰璧，泽润一方。岂有信一微物，欲因睡而劫之？龙忽震怒，作用神化，摇天关，摆地轴，搥山岳而碎丘陵，百里为江湖，万人为鱼鳖。君之骨肉焉可保？昔者锺离不爱其宝，孟尝自返其珠，子不之效，乃肆其贪婪之心。纵使猾韧之徒，取宝无惮，今已啖其驱而锻其珠矣。”泽赧恨，无词而对。又曰：“君须火急悔过而祷焉，无使甚怒耳。”老人倏去。泽遂具牲牢奠之。（出《传奇》）

资州龙

韦皋镇蜀末年，资州献一龙，身长丈余，鳞甲悉具。皋以木匣贮之，蟠屈于内。时属元日，置于大慈寺殿上，百姓皆传，纵观二三日，为香烟薰死。国史阙书。是何祥也？（出《纪闻》）

警觉过来，所以不敢轻举妄动。如果我手中能有一把利剑，那就算龙发觉了我也可以把它杀死，那样就没有什么可怕了。”周邯和王泽非常高兴。王泽说：“我有一把剑，我这把剑还是一把不同寻常的宝剑呢。你可以把我的剑拿到水下去把明珠抢来！”水精喝了点酒，带着剑就下去了。过了一会儿，四面看热闹的人围得像墙一样。忽然看见水精从井面跳出来跑到几百步远，接着有一条身长几百尺长、爪甲锋利的金龙飞到空中去抓水精，人和龙都退回到井中。左右的人心惊胆战，不敢上前去看。只是周邯心疼他的水精，王泽心疼他的宝剑。

二人在那里徘徊不绝，没有离去。有一位身穿褐色裘皮大衣，相貌纯朴的老人来到王泽面前，说：“我是土地神。先生怎能这么轻视自己的百姓呢？这口井里的金龙，是天上派来的使者，主宰那些玉器，泽润一方生灵，哪能只凭借那一把小小的宝剑，就想趁龙睡觉的时候把明珠抢过来呢？一旦龙震怒，作用神化，摇得天关响动，摆得地轴旋转，捶得山岳尽碎，砸得丘陵消失，平坦的百里大地变成一片汪洋，上万的民众都要被鱼鳖吞食。到那时候，你的身躯又怎么能保得住呢？从前钟离不爱他的宝玉，孟尝君亲自把他的珠子还了回去。你不学他们，却纵容那些贪婪狡诈之徒，鼓动狡诈贪婪之心，肆无忌惮地去夺取宝物。现在他们已经被龙吃掉，用来练就那些珠子了！”王泽感到羞愧悔恨，无话可说。土地神又说：“你必须马上忏悔并且祷告，不要让金龙太生气了！”说完后，老人瞬间就消失了。王泽就立即准备供品祭奠。（出《传奇》）

资州龙

韦皋镇守巴蜀的后面几年，资州进贡了一条龙，那龙身有一丈多长，鳞和甲什么都有。韦皋用木匣子装着它，让它在匣子里盘腿屈曲着。那时正是正月初一，韦皋把木匣子放在大慈寺的大殿上，百姓们一传十、十传百，任意观看了三天，结果龙被香火熏死了。《国史》上没有记载这件事。这是什么预兆呢？（出《纪闻》）

韦思恭

元和六年，京兆韦思恭与董生、王生三人结友，于嵩山岳寺肄业。寺东北百余步，有取水盆在岩下。围丈余，而深可容十斛。旋取旋增，终无耗，一寺所汲也。三人者自春居此，至七月中，三人乘暇欲取水。路臻于石盆，见一大蛇长数丈，黑若纯漆，而有白花，似锦，蜿蜒盆中。三子见而骇，视之良久。王与董议曰："彼可取而食之。"韦曰："不可。昔葛陂之竹，渔父之梭，雷氏之剑，尚皆为龙，安知此名山大镇，岂非龙潜其身耶？况此蛇鳞甲，尤异于常者。是可戒也。"二子不纳所言，乃投石而扣蛇且死，萦而归烹之。二子皆咄韦生之诈洁。俄而报盆所又有蛇者。二子之盆所，又欲击。韦生谏而不允。二子方举石欲投，蛇腾空而去。及三子归院，烹蛇未熟。忽闻山中有声，殷然地动。觇之，则此山间风云暴起，飞沙走石。不瞬息至寺，天地晦暝，对面相失。寺中人闻风云暴起中云："莫错击。"须臾，雨火中半下，书生之宇，并焚荡且尽。王与董皆不知所在，韦子于寺廊下无事。故神化之理，亦甚昭然。不能全为善，但吐少善言，则蛟龙之祸不及矣，而况于常行善道哉！其二子尸，迨两日，于寺门南隅下方索得。斯乃韦自说。至于好杀者，足以为戒矣。（出《博异志》）

韦思恭

元和六年，京兆人韦思恭与董生、王生三人结友，在嵩山岳寺研习学业。在距离寺院东北一百多步的地方，一块岩石下有一个取水盆。水盆的外围有一丈多长，而深度可以装得下十斛。水是越打越多，打多少就增加多少，始终没有减少。全寺的人都来这取水盆打水。韦思恭等三人自从春天住到寺庙里来，到了七月中旬的一天，三个人趁有空就去打水。走到石盆旁，他们看到水盆里有一条大蛇。这条大蛇有几丈长，像纯漆一样黑，身上有白花，像锦缎，在石盆里歪歪扭扭地蠕动。三个人吓了一跳，看了好久。王生与董生商量着说："那东西我们可以打死然后拿回去吃。"韦思恭说："不行。以前葛陂的竹，渔父的梭，雷氏的剑，他们的前身都是龙，我们又怎么知道这名山大镇中就没有龙呢？难道不是龙在这石盆里潜身吗？更何况这条蛇的鳞和甲，与一般蛇特别不一样，这种想法还是不要了！"二人没听他的话，于是就扔石头去打它，把蛇打死了。随后又把蛇缠绕起来带回去煮了。二人都嘲笑韦思恭是假正经。不一会儿有人说石盆那里又有大蛇，二人跑去一看，又要下手抓蛇，韦思恭急忙劝他们不要这样做却没有人同意他的话。那两人举起石头正要往那蛇扔去的时候，那蛇腾空而起。等三个人回到院子里，煮的蛇肉还没熟。忽然听到山中传来一种声音，地也在颤动。一看，竟然是这山中风云暴起，飞沙走石。一转眼的工夫，风沙就到了到寺庙前，天昏地暗，面对面都看不见人。寺庙里的人们在风云暴起之时有人祷告说："不要错击了好人！"瞬间，天上落下火来，那火大多都下到了三位书生的屋上，把他们的房屋烧了个精光。王生和董生都不知到哪里去了。韦思恭在寺庙廊下，倒安全无虞。所以，神化的道理也很明显。所做的事不全是善事，只是说了一些好话，那么蛟龙之祸就没有波及自己身上，更何况那些经常行善事的人呢！那王生和董生的尸体，过了两天，才在寺门南边被找到。这是韦思恭亲口说的。对于那些好杀生的人，此事足以引以为戒了。（出《博异志》）

卢元裕

故唐太守卢元裕未仕时，尝以中元设幡幢像，置盂兰于其间。俄闻盆中有唧唧之音。元裕视，见一小龙才寸许，逸状奇姿，婉然可爱。于是以水沃之，其龙伸足振鬣已长数尺矣。元裕大恐。有白云自盆中而起，其龙亦逐云而去。元裕即翰之父也。（出《宣室志》）

卢 翰

唐安太守卢元裕子翰言：太守少时，尝结友读书终南山。日晚溪行，崖中得一圆石，莹白如鉴。方执玩忽次，堕地而折。中有白鱼约长寸余，随石宛转落涧中。渐盈尺，俄长丈余，鼓鬐掉尾。云雷暴兴，风雨大至。（出《纪闻》）

李 修

唐浙西观察使李修，元和七年为绛郡守。是岁，其属县龙门有龙见。时观者千数，郡以状闻于太府。时相国河东府张弘靖为河中节度使，相国之子故舒州刺史以宗，尝为文以赞其事。（出《宣室志》）

韦 宥

唐元和，故都尉韦宥出牧温州，忽忽不乐，江波修永，舟船燠热。一日晚凉，乃跨马登岸，依舟而行。忽浅沙乱流，芦苇青翠，因纵辔饮马。而芦枝有拂鞍者。宥因闲援熟视，忽见新丝筝

卢元裕

从前，唐朝太守卢元裕还没做官的时候，曾经在七月十五中元节这天设置幡幢像，又把盂兰盆放在其间，不一会儿就听到盆中传来“唧唧”的声音。卢元裕过去一看，看见盆里有一条才一寸来长的小龙，形状飘逸，姿态绮丽，温婉可爱。于是他就用水浇在它身上。这时候，只见那小东西伸出四肢，抖抖鬃鬣，转眼间长到了几尺长。卢元裕感到很害怕，这时有白云从盆中升起，那龙也随着白云飞去。卢元裕就是卢翰的父亲。（出《宣室志》）

卢翰

唐安太守卢元裕的儿子卢翰说，卢元裕年轻的时候，曾经和友人结伴在终南山读书。有一天傍晚，两人沿着溪边走，在石崖中间捡到一块圆形的石头。这石头晶莹光亮，像镜子一般。卢元裕正拿在手里玩，忽然就掉到地上摔断了，里边有一条一寸多长的白鱼，随着那石头宛转落到涧中。只见那条小鱼渐渐长满一尺，不一会儿又长到一丈多长。它鼓起鬃毛，张开爪子，昂首挺胸，甩动尾巴。随后云气聚拢，雷声轰响，风雨大作。（出《纪闻》）

李修

唐朝浙西观察使李修，元和七年时任绛郡太守。这一年，隶属这个郡的龙门县出现了一条龙，当时有几千人都看见了。郡守写信将这件事上报给了太府。当时的相国是任河中节度使的河东府张弘靖，任前舒州刺史的张以宗是相国的儿子，就曾经写文章赞美过这件事。（出《宣室志》）

韦宥

唐朝元和年间，前都尉韦宥调任温州郡守，心中感到忧愁烦闷，水路迢迢，天气灼热，人在船上也感到炎热难耐。一个凉爽的夜晚，他就下船上岸，骑着马和船并行。忽然间看到一个地方上面铺了薄薄弦，周缠芦心。宥即收芦伸弦，其长倍寻。试纵之，应乎复结。宥奇骇，因置于怀。行次江馆，其家室皆已维舟入亭矣。宥故驸马也，家有妓。即付筝妓曰："我于芦心得之，颇甚新紧。然沙洲江徼，是物何自而来？吾甚异之。试施于器，以听其音。"妓将安之，更无少异，唯短三二寸耳。方馔，妓即置之，随置复结。食罢视之，则已蜿蜒摇动。妓惊告众，竞来观之，而双眸瞭然矣。宥骇曰："得非龙乎？"命衣冠，焚香致敬。盛诸盂水之内，投之于江。才及中流，风浪皆作，蒸云走雷，咫尺昏晦。俄有白龙百尺，拏攫升天。众咸观之，良久乃灭。（出《集异记》）

尺木

龙头上有一物如博山形，名尺木。龙无尺木，不能升天。（出《酉阳杂俎》）

史氏子

有史氏子者，唐元和中，曾与道流游华山。时暑甚，憩一小溪。忽有一叶大如掌，红殷可爱，随流而下。史独接得，置于怀中。坐食顷，觉怀中冷重。潜起观之，其上鳞栗栗而起。史惊惧，弃林中。遂白众人："此必龙也，可速去！"须臾，林中白烟生，弥布一谷。史下山未半，风雨大至。（出《酉阳杂俎》）

的泥沙，有一股细小的水流，其上是青青的芦苇，于是他就撒开缰绳过去喂马喝水。走在芦苇丛中，有的芦枝打在了马鞍上，他随手就抓上来一棵，仔细一看，才看到一根新丝制成的筝弦缠在芦苇杆上。他立即就把筝弦拿下来，拉开筝弦，长达两寻。他就松开筝弦，弦立就弹了回去。他感到很神奇，就把它放进了怀里。等他到江馆，其他家人早就到了。他是之前的驸马，家里有歌伎和乐伎。他把那根筝弦交给筝伎说："这是我从芦苇上捡来的，挺新挺紧的，但那里是一片沙洲江岸，这东西怎么会在那里呢？我感到很奇怪。你把它装到筝上，听听它的音质怎么样。"筝伎立即把弦拿去安在筝上，发现这弦与其他弦并无不同，只是短了二三寸。当时正吃饭，筝伎就把弦放在那里，一放下它就又卷起来了。吃完饭一看，那弦居然弯弯曲曲地开始摇动起来。筝伎吃惊地把这件事告诉了大家，大家争抢着去看，只见那东西居然长了一双明亮的眼睛。韦宥吃惊地说："难道这是一条龙？"于是他叫人帮他穿好衣服戴好帽子，烧香祷告。然后把那东西放水盆里去，和水盆一起扔到了大江里。刚扔进江水中，江水就开始翻滚，云雾升腾，惊雷滚动，天昏地暗，一条一百多尺长的白龙腾空而起。在场的人都看到了，过了半天那条龙才渐渐消失。（出《集异记》）

尺木

龙头上有一种东西，形状长得像博山，名叫尺木。龙如果没有尺木，就不能飞上天。（出《酉阳杂俎》）

史氏子

有一个姓史的人，在唐元和年间，曾经和几位道士去华山游玩。当时天气十分炎热，大家就在一条小溪旁坐下来歇息。忽然有一片手掌大的树叶顺着溪水向下流去。那叶子颜色艳丽，形态可爱，姓史的人就把它捞上来，放到怀里。休息了不到一顿饭的工夫，他感到怀里的叶子很凉，就悄悄地拿出来看，只见那叶子上开始长出鳞片。

他感到十分害怕，就把它扔到树林里去了，对大家说："这一定是一条龙，我们必须赶紧离开！"一瞬工夫，林子里开始冒出白烟，弥漫了整个山谷。他们往山下跑，还没跑到一半，风雨就已经很大了。（出《酉阳杂俎》）

卷第四百二十三　龙六

卢君畅

故东都留守判官、祠部郎中范阳卢君畅为白衣时，侨居汉上。尝一日，独驱郊野，见二白犬腰甚长，而其臆丰，飘然若坠，俱驰走田间。卢讶其异于常犬，因立马以望。俄而其犬俱跳入于一湫中，已而湫浪泛腾，旋有二白龙自湫中起，云气曀空，风雷大震。卢惧甚，鞭马而归。未及行数里，衣尽沾湿。方悟二犬乃龙也。（出《宣室志》）

元义方

元义方使新罗，发鸡林州。遇海岛，中有泉，舟人皆汲饮之。忽有小蛇自泉中出。海师遽曰："龙怒。"遂发。未数里，风云雷电皆至，三日三夜不绝。及雨霁，见远岸城邑，乃莱州。（出《国史补》）

平昌井

平昌城旧与荆水通，有神龙出入焉，故名龙城。外国有寺曰咀呵罗，寺有神龙住米仓中。奴取米，龙辄却。奴若常取米，龙即不与。仓中米若尽，奴向龙拜，仓即盈溢。（出《外国事》）

卢君畅

从前，范阳的卢君畅未任东都留守判官祠部郎中，还是普通百姓的时候，寄居汉水。一天，他只身一人在郊野骑马散步，看见前面有两条狗，那狗的腰特别长，胸很肥厚，好像浮在身上要掉下来的样子。那两条狗在田垄上一块跑。卢君畅看那两条狗和一般的狗不同，感到很惊讶，就勒住马盯着那两条狗看。不一会儿，两条狗都跳进一个水池中，紧接着那池水就开始波浪翻滚，随即有两条白龙从池子里钻出来。天空云气聚集，风雷大声震吼。卢君畅感到很害怕，就勒着马往回跑，还没跑出多远，衣服就被雨淋湿了，才知道原来那两条狗是龙。（出《宣室志》）

元义方

元义方出使新罗国，从鸡林州出发，到了一个小岛，岛上有泉水，船上的人都打泉水来喝。忽然有一条小蛇从泉眼里钻出来。海师忙说："这是龙生气了！"于是就继续往前赶路。还没走出多远，风云雷电都来了，持续了三天三夜都没有停下来。等到雨过天晴一看，发现远处对岸有一座城池，原来已经到了莱州。（出《国史补》）

平昌井

平易城以前与荆水相通，有一条神龙在那里出没，所以被叫作龙城。城外有一座寺庙叫作"咀呵罗"，寺庙中有一条神龙住在米仓中。奴仆去舀米，龙就往后退。奴仆要是经常去取米，龙就不给他。等米仓里的米用光了，奴仆就对着龙跪拜，米仓里的粮食就又满了。（出《外国事》）

虎头骨

南中旱，即以长绳系虎头骨，投有龙处。入水，即数人牵制不定。俄顷，云起潭中，雨亦随降。（出《尚书故实》）

法喜寺

政阳郡东南有法喜寺。去郡远百里，而正居渭水西。唐元和末，寺僧有频梦一白龙者自渭水来，止于佛殿西楹，蟠绕且久，乃直东而去，明日则雨。如是者数矣。其僧异之，因语与人。人曰："福地盖神祇所居，固龙之宅也。而佛寺亦为龙所依焉。故释氏有天龙八部，其义在矣。况郊野外寺，殿宇清敞，为龙之止，不亦宜乎？愿以土龙置于寺楹间，且用识其梦也。"僧召工，合土为偶龙，具告其状，而于殿西楹置焉。功毕，甚得云间势，蜿蜒鳞鬣，曲尽其妙，虽丹青之巧，不能加也。

至长庆初，其寺居人有偃于外门者，见一物从西轩直出，飘飘然若升云状，飞驰出寺，望渭水而去。夜将分，始归西轩下，细而视之，果白龙也。明日因告寺僧，僧奇之。又数日，寺僧尽赴村民会斋去，至午方归。因入殿视，像龙已失矣。寺僧且叹且异，相顾语曰："是龙也，虽假以土，尚能变化无方，去莫知其适，来莫究其自。果灵物乎？"及晚，有阴云起于渭水，俄而将逼殿宇。忽有一物自云中跃而出，指西轩以入。寺僧惧惊，且视之，乃见像龙已在西楹上。迫而观之，其龙鬐鬣鳞角，若尽沾湿。自是因以铁锁系

虎头骨

南中一带遇上干旱，就把长绳子系在虎头骨上，然后扔到有龙出没的地方。虎头骨一被扔到水里（就会到处乱动），就算让几个人牵扯着也不能让它停下来。不一会儿，云气就从潭中升起，雨也随着下来了。（出《尚书故实》）

法喜寺

政阳郡东南有一座法喜寺。这座寺庙距离政阳郡一百里，而正好在渭水西面。唐朝元和年末，庙里一个和尚经常梦见渭水中有一条白龙，停在佛殿西边柱子下面，盘旋很久，往东方奔去。他做梦的第二天就下雨了。这种情况已经出现了很多次。那和尚感到很奇怪，就把这件事说给了别人听。那人说："福地，是神灵居住的地方，龙本来就住在那里。寺庙得到了龙的依赖，所以释迦牟尼有天龙八部，它的意义就在这里。何况寺院本在荒郊野外，殿堂干净宽敞，龙住在那里，不也很合适吗？你可以做一条土龙放在殿柱子间，用它来看看你的梦是否真实。"于是和尚开始召集工人，用土做了一条龙。他详细地向工匠们讲了他梦见的龙的样子，做好之后就把那土龙放在殿西边的柱子下。土龙做得很逼真，就像云雾中的活龙，鳞片鬃毛抖动，形态曲折，惟妙惟肖，即使手艺精湛的画家，也不能画得更生动逼真了。

长庆初年，有一个住在这个寺院里的人，仰面躺在门外，看见从窗口飘出来一个东西，体态轻盈，像云一样，往寺院外飞去，飞向渭水。快天黑的时候，那东西又回到了西窗下。仔细一看，果然是一条白龙。第二天他就把这件事告诉了寺中的和尚。和尚感到很奇怪。又过了几天，寺庙里所有的和尚都到村民那里去化斋，一直到中午才回来。走进殿中一看，那条用土做的龙不见了。和尚们又是惊叹又是奇怪，相互看看对方说："这一定是龙。就算它是用土做的，都可以飘忽不定。去，不知它到什么地方去；来，不知它从什么地方来。果真是灵异的东西！"到了晚上，一团阴云从渭水飘来，没多久就要逼近

之。其后里中有旱涝，祈祷之，应若影响。（出《宣室志》）

龙庙

汾水贯太原而南注，水有二桥。其南桥下尝有龙见，由是架龙庙于桥下。故相国令狐楚居守北都时，有一龙自庙中出，倾都士女皆纵观。近食顷，方拏奋而去。旋有震雷暴雨焉。又明年秋，汾水延溢，有一白蛇自庙中出，既出而庙屋摧圮，其桥亦坏。时唐太和初也。（出《宣室志》）

豢龙者

牛僧孺镇襄州日，以久旱，祈祷无应，有处士自云豢龙者，公请致雨。处士曰："江汉间无龙，独一湫泊中有之，黑龙也。强驱逐之，虑为灾，难制。"公固命之。果有大雨，汉水漫涨，漂溺万户。处士惧罪，亦亡去。（出《尚书故实》）

孔威

唐咸通末，舒州刺史孔威进龙骨一具，因有表录其事状云："州之桐城县善政乡百姓胡举，有青龙斗死于庭中。时四月，尚有茧箔在庭。忽云雷暴起，闻云中击触声，血如酾雨，洒茧箔上，血不污箔，渐旋结聚，可拾置掌上。须臾，令人冷痛入骨。初龙拖尾及地，绕一泔桶，即腾身入云。及雨，悉是泔也。龙既死，剖之，喉中有大疮。凡长十余尺，身尾相半。尾本褊薄，鳞鬣皆鱼，唯有须殿宇。忽然有一个东西从云中跳出来，从西边窗户飞了进去。和尚们又惊又怕。走近一看，只见那条用土做的龙居然已经贴在西柱上了。仔细一看，那龙的鬐、鬣、鳞、角，好像全湿了。从此以后，就用铁链把它锁起来了。自此以后，里中有了旱涝灾情，向它祈祷，非常灵验。（出《宣室志》）

龙庙

汾水贯穿太原向南流去，水上横跨着两座桥。南边的桥下曾经出现过龙，于是就在桥下盖了座龙庙。以前相国令狐楚镇守北都的时候，有一条龙从庙中出来，全城的百姓争相观看，差不多一顿饭的时间，它才腾跃振奋地离去，立刻就响起了惊雷，下起了暴雨。此外，第二年秋天，汾水河水上涨，有一条白蛇从庙里出来，它出来后庙就坍塌了，桥也坏了。那时正是唐朝太和初年。（出《宣室志》）

豢龙者

牛僧儒镇守襄州的时候，天气干旱，祭祀求雨没有成效。听说有一位处士，说自己是养龙的，牛僧儒就请他想办法降雨。那处士说："江汉一带没有龙，只有一个水池中有，是一条黑龙。如果硬把它逼出来，恐怕会造成灾难，很难控制它。"牛僧儒坚持让他去做，他就去了。果然求得了一场大雨，汉水猛涨，淹没了上万户人家。那处士怕加罪于他，吓跑了。（出《尚书故实》）

孔威

唐朝咸通年末，舒州刺史孔威进献了一具龙骨，并且上表描述这件事，说：舒州所属的桐城县善政乡有一个叫胡举的人，有一条青龙在他家的院子里斗死了。那时是四月，养蚕用的竹筛子还摆放在院子里。忽然云气聚集，雷声轰响，听到云中有打斗碰撞的声音，血流如注，洒到了养蚕用的竹筛子上。那血没有粘在筛子上，渐渐凝聚起来，人可以把它捡起来放到手中。不一会儿就让人感到刺骨般疼长二丈。其足有赤膜翳之，双角各长二丈，其腹相自龃龉。时遣大云仓使督而送州。以肉重不能全举，乃刳之为数十段，载之赴官。（出《唐年补录》）

华阴湫

唐咸通九年春，华阴县南十里余，一夕风雷暴作，有龙移湫，自远而至。先其崖岸高，无贮水之处，此夕徙开数十丈。小山东西直南北，峰峦草树，一无所伤。碧波回塘，湛若疏凿。京洛行旅，无不枉道就观。有好事者，自辇毂蒲津，相率而至。车马不绝音，逮于累日。京城南灵应台有三娘湫，与炭谷相近，水波澄明，莫测深浅。每秋风摇落，常有草木之叶，飘于其上。虽片叶纤芥，必飞禽衔而去。祷祈者多致花钿锦绮之类，启视投之，欻然而没。乾符初，有朝士数人，同游于终南山，遂及湫所，因话灵应之事。其间不信者，试以木石投之，寻有巨鱼跃出波心，鳞甲如雪。俄而风雨晦暝，车马几为暴水所漂。尔后人愈敬伏，莫有犯者。（出《剧谈录》）

崔道枢

唐中书舍人韦颜，子婿崔道枢举进士者屡屡。一年春下第，痛。一开始，一条龙尾巴拖在地上，周围是一桶泔水。然后又腾起钻进了云里。等到下雨的时候，下的全是泔水。龙死了之后，把它剖开，发现它的喉咙里有一个大疮。龙身长十多尺，身体和尾巴各占一半，尾巴又细又薄，鳞片就像鱼鳞，只是胡须有两丈长。它的脚上蒙着一层有红色的角膜，两只角长达两丈。它的肚子很大，前后互相挨着。当时让大云仓使派出人手把死龙送到舒州。因为龙身很重，不能整体搬运，就把它割成几十段，送到舒州府。（出《唐年补录》）

华阴湫

唐朝咸通九年春，距离华阴县城南十里多的地方，有一天晚上风雷大作，有龙移居到这里，是从远方来的。那地方原是悬崖峭壁，水不能储存。这天晚上山崖摇动，裂开了几十丈。东西方向的小山变成了南北走向，而山峰草木没有一处损坏的。山间新出现的水池碧波荡漾，清澈得像疏通的水渠。京洛的行人旅客，有很多特意远足前来观看的。有喜欢欣赏的，各自乘车坐船成群结队前来。车马的声音络绎不绝，持续了很多天。京城南灵应台有一个水池叫“三娘湫”，挨近炭谷。这池子里的水，清澈澄明，不知深浅。一到秋天，秋风把树叶吹落下来，常会有一些草木的叶子飘落到水面上。尽管树叶细小，但是一定会有飞禽来把它衔走。到这里来祭祀祈祷的人们，都喜欢把花钿锦绮一类的东西扔到池里。一开始扔就仔细盯着看，只见那些东西被扔下去之后，很快就沉了下去。乾符年初，有几个在朝中当官的人，相约到终南山游玩。几人来到这个水池边，有人就说这个池子有多么灵验。几人中有不相信的，就试着把石头木块之类的东西往水池里扔。没过多久就有大鱼跃出水面，鱼鳞闪闪发亮。不一会儿便风雨阴暗，车马差点被大水冲走。此后人们便对这水池越发地敬服起来，没有人敢触犯。（出《剧谈录》）

崔道枢

崔道枢是唐朝中书舍人韦颜的女婿，多次参加进士考试。一年归宁汉上所居。因井渫，得鲤鱼一头长五尺，鳞鬣金色，其目光射人。众视异于常鱼，令仆者投于江中。道枢与表兄韦氏，密备鼎俎，烹而食之。经信宿，韦得疾暴卒。有碧衣使人引至府舍，廨宇颇甚严肃。既入门，见厅事有女子戴金翠冠，着紫绣衣，据案而坐。左右侍者皆黄衫巾栉，如宫内之饰。有一吏人从后执簿领出。及轩陛间，付双环青衣，置于绣衣案上。吏引韦生东庑曹署，理杀鱼之状。韦引过。道枢云："非某之罪。"吏曰："此雨龙也，若潜伏于江海湫湄，虽为人所食，即从而可辨矣。但昨者得之于井中，崔氏与君又非愚昧，杀而食之，但难获免。然君且还，试与崔君广为佛道功德，庶几稍减其过。自兹浃旬，当复相召。"韦忽然而寤，且以所说，话于亲属，命道枢具述其事。道枢虽怀忧迫，亦未深信。才及旬余，韦生果殁。

韦乃道枢之姑子也。数日后，寄魂于母云："已因杀鱼获罪，所至之地，即水府，非久当受重谴。可急修黄箓道斋，尚冀得宽刑辟。表弟之过亦成矣，今夕当自知其事。"韦母泣告道枢。及暝，昏然而寝，复见碧衣人引至公署，俱是韦氏之所述。俄有吏执黑纸丹文书字，立道枢于屏侧，疾趋而入。俄见绣衣举笔而书讫，吏接之而出，令道枢览之。其初云："崔道枢官至三品，寿至八十。"后有判云："所害雨龙，事关天府。原之不可，案罪急追。所有官爵，并皆削除。年亦减一半。"时道枢冬季，其母方修崇福力，才及春首，抱疾数日而终。时崔妻孥咸在京师，韦颜备述其事。旧传夔及牛渚矶是水府，未详道枢所至何许。（原缺出处，陈校作出《剧春天没有考中，回到汉水边的家中。去淘井的时候，从井里捉到一条五尺长的鲤鱼。这条鱼的鳞和鬣都是金色的，目光逼人。大家见它和一般的鱼不同，就让仆人把它放到江里去。崔道枢和他的表哥韦氏却偷偷地准备好餐具，把它煮来吃了。过了两晚，韦氏突然得病死了。有一个穿绿色衣服的人把他领到一处府邸，这府邸看上去十分庄严肃穆。韦氏进门后，看见一个头戴金翠冠，身穿紫色衣服的女子在厅堂上桌前坐着。左右的随从都穿黄衣，服饰打扮像宫中女子。有一个小官吏从后面拿着簿子把韦氏带了出来，来到走廊上，把簿子交给一个梳着两个发髻的婢女，再由她把簿子放到绣衣女子的桌案上。小官吏又把韦氏带到东厢房的一处官署，府官正在审理杀鱼的案子。韦氏把过错都推到崔道枢身上，说："那不是我的错。"官吏说："这是一条雨龙。如果它潜伏在江河湖海之中，即使被人吃了，都能看出它不同寻常。不过前几天你们是从井里抓到它的，崔道枢和你本来不是愚蠢之人，却把它杀来吃了，恐怕难逃责罚。你暂且先回去，试着和崔道枢一起多做一些佛道功德之事，或许可以多少减轻一点罪过。从现在开始，十天后我再去找你。"韦氏忽然醒来，就把那官吏的话告诉了身边的亲人。亲属让崔道枢仔细地讲了杀鱼之事。崔道枢心中虽然忧虑和压抑，但是也不怎么相信。刚到十天，韦氏果然死了。

韦氏是崔道枢姑母的儿子。几天后，韦氏托梦对母亲说："儿已经因为杀鱼而获罪，所到的地方就是水府，不久就要受到严重的惩罚。母亲可以赶紧修黄箓做道场，还有希望惩办得宽一些。表弟的罪过已经形成了，今晚他应该知道他自己的事情。"韦母哭着把梦中情形告诉了崔道枢。等天黑后，崔道枢就昏昏沉沉地睡下了。梦中他看见一个穿绿色衣服的人把他带到了一个公署，情形和韦氏先前讲的一模一样。不一会儿有一个拿着黑纸红字文书的官吏，让崔道枢站在屏风侧面，他自己快步走进去。没过多久又见那个穿绣衣的女子提笔写了些什么，小官吏接过然后走了出来，让崔道枢看。崔道枢接过来一看，先写的是：崔道枢官至三品，寿到八十；后边又写道：害死了雨龙，事关天府，不能原谅，案情紧急，所有的官爵全部消除，

谈录》）

金龙子

唐昭宗文德二年正朔御武德殿，有紫气出于昭德殿东隅，郁郁如烟。令大内留后司寻其所出，得金龙子一枚，长五寸许。群臣称贺。帝曰：“朕不以金龙为祥瑞，以偃息干戈为祥瑞。卿等各宜尽忠，以体朕怀。”门下奏，请改文德二年为龙纪元年。（出《大唐杂记》）

黄驯

荆州当阳县倚山为廨宇，内有井极深。井中有龙窠，旁人不知几许。欲晴霁及将雨，往往有云气自井而出。唐光化中，有道士称自商山来，入井中，取龙窠及草药而去。其后有令黄驯者，到任之后，常系马于井旁，滓秽流渍，尽入于井中。或有讥之者，饰辞以对。岁余，驯及马皆瞽。（出《录异记》）

临汉豕

邛州临汉县内有湫，往往人见牝豕出入，号曰“母猪龙湫”。唐天复四年，蜀城大旱，使俾守宰躬往灵迹求雨。于时邑长具牢醴，命邑寮偕往祭之。三奠迨终，乃张筵于湫上，以神胙客。坐于烈日，铺席。以湫为上，每酒巡至湫，则捧觞以献。俟雨沾足，方寿命减去一半。崔道枢去的时候正是冬季。他的母亲开始修道场积功德。春季一到，他就卧病不起，没几天就死了。那时崔道枢的妻儿老小都在京城。韦颜详细地讲述了他的事情。旧时传闻说夔州到牛渚矶是水府，不知崔道枢所去的水府是哪里。（原缺出处，陈校本作出《剧谈录》）

金龙子

唐昭宗文德二年正月初一，皇上与诸位大臣在武德殿商讨国事。有一股紫气从昭德殿东边的角落飘了出来，像一股浓烟。皇上让宫中留后司寻找紫气是从哪里出来的，结果找到了一枚金龙子，长五寸多。大臣都向皇上道贺。皇上说："我不认为金龙子是祥瑞之兆，我认为停止征战，天下太平才是祥瑞。你们都应该尽忠国事，来感悟我的这种情怀。"有司事官请奏，请求把文德二年改成龙纪元年。（出《大唐杂记》）

黄驯

荆州当阳县依山建成了官署。府院中有一口深井，井中有一个龙的巢穴，没人知道它有多深。天要放晴或者快下雨的时候，常常会有云气从井底飘起。唐朝光化年中，有一个道士称自己从商山来，他下到井里，取到龙的巢穴和草药之后离去。这以后有一个叫黄驯的县令，到任之后，经常把马拴在井边，各种污秽之物全倒井中去。有人批评他，他总是遮遮掩掩地回答。一年多后，他和他的马的眼睛都瞎了。（出《录异记》）

临汉豕

邛州临汉县内有一个水池，人们经常看见有一只母猪在这里出入，人们就叫它"母猪龙池"。唐朝天复四年，蜀都大旱，大小官员都到有灵气的地方去求雨。这时候临汉县令也准备好牛羊肉、甜酒之类的供品，让县里所有官员同僚一起到母猪龙池去祭拜。祭拜完了，撤此筵。歌吹方酣，忽见湫上黑气如云，氛氲直上，狂电烨然，玄云陡暗，雨雹立至。令长与寮吏鼓舞去盖，蒙湿而归。翌日，此一境雨足，他邑依然赤地焉。夫人之至诚，则龙畜亦能感动。享德济旱，勿谓不智。（出《北梦琐言》）

烧 龙

大江之南，芦荻之间，往往烧起龙。唐天复中，澧州叶源村民邓氏子烧畬，柴草积于天井，山中穴也。火势既盛，龙突出，腾在半空，萦带为火所燎，风力益壮，狂焰弥炽，摆之不落，竟以仆地而毙。长亘数百步，村民徙居而避之。朱梁末，辰州民向氏因烧起一龙，四面风雷急雨，不能扑灭。寻为煨烬，而角不化，莹白如玉。向氏宝而藏之，湖南行军高郁酬其价而强取。于时术士曰："高司马其祸乎？安用不祥之物以速之？"俄而被诛。（出《北梦琐言》）

柳 翁

天祐中，饶州有柳翁常乘小舟钓鄱阳江中，不知其居处妻子，亦不见其饮食。凡水族之类，与山川之深远者，无不周知之。鄱阳人渔钓者，咸谘访而后行。吕师造为刺史，修城掘濠，至城北则雨，止后则晴。或问柳翁，翁曰："此下龙穴也。震动其上，则龙就在池边设下酒宴，让神把福瑞赐予游客。游客们在烈日之下坐在，铺好席面，把龙池放在最尊贵的地位，每次来到池边饮酒，都要先举杯向池献酒。要一直等到雨下得没过脚面了才能撤掉酒宴。歌声乐声正盛，忽然间池上冒出一团云一般的黑气，雾气蒙蒙地直往上蹿。狂暴的雷电声响起，天空中黑云密布，雨雹立刻泼洒下来。县令和同僚们欢欣鼓舞，丢掉帷盖，任由雨浇湿了才回去。第二天，城里雨水已经很丰沛了，但其他地方的土地依然干旱。如果人们足够真诚，那就连龙畜也会被感动。享有贤德救济旱情，不能说不是明智。（出《北梦琐言》）

烧龙

长江以南的芦苇丛中，经常能烧起龙来。唐朝天复年间，澧州叶源村有一个姓邓的村民在耕地之前烧荒，把柴草堆在山中的洞穴里，点燃柴草，等火势烧旺以后，有一条龙突然从里面钻出来，在半空里奔腾。它身上带着一些火焰，因为空中风更大，火焰就更旺，又不能把火弄熄，最后还是把它烧死了。烧死后，那龙掉到了地上，有好几百步长。这个姓邓的村民为了躲避祸患，就搬到其他地方住了。朱梁王朝末年，辰州一个姓向的居民烧起一条龙，四面风雷急雨都不能把火扑灭，很快就把龙烧成了灰烬，但是龙角没被烧化。龙角莹如白玉，姓向的把它当成宝贝珍藏着。湖南行军高郁，给姓向的一点钱就把龙角拿走了。当时有个术士就说："高司马将会大祸临头，为什么还要用这种不祥之物招致祸患的到来呢？"不久，高郁果然就被杀了。（出《北梦琐言》）

柳翁

天佑年间，饶州有个姓柳的老头经常划着小船在鄱阳江里钓鱼，不知道他住在哪里，也不知道他的妻子儿女是谁，也没人见过他吃饭喝水。但凡水族之类，以及山川的深远，没有他不知道的。鄱阳打鱼的人们，都先问过他才会出门。吕师造担任刺史时，他大兴土不安而出穴，龙出则雨矣。掘之不已，必得其穴，则霖雨方将为患矣。”既深数丈，果得方木长数十尺，交构叠之，累积数十重，其下雾气冲人，不可入而止。其木皆腥涎萦之，刻削平正，非人力所及。自是果霖雨为患。吕氏诸子将网鱼于鄱阳江，召问柳翁。翁指南岸一处：“今日唯此处有鱼，然有一小龙在焉。”诸子不信，网之，果大获。舟中以巨盆贮之。中有一鳝鱼长一二尺，双目精明，有二长须，绕盆而行，群鱼皆翼从之。将至北岸，遂失所在。柳翁竟不知所终。（出《稽神录》）

木，修建城池，开凿沟渠，挖到城北天就下雨，停止挖掘天就放晴。有人问柳老头这是怎么回事。柳老头说："城北下面乃是龙穴，在它上面吵闹震荡，龙就不得安生，从洞穴中跑出来，龙一出来天就要下雨。如果继续挖下去，一定会挖到龙穴，那就会雨下不停，酿成灾难了。"挖到几丈深后，果然挖到了龙穴。有一些几十尺长的方木，交叉叠摞在一起，累积几十层。那下边黑黢黢的，雾气冲人，人不能进去，也就没挖了。那些木头上都缠绕着龙的口水，有一股腥味，而且削得平滑方正，不是人力所能达到的。从此，果然下雨不断，成了灾难。吕家的几个子弟要到鄱阳江上去捕鱼，找柳老头来问他哪里有鱼。柳老头指着南岸的一个地方说："今天只有那个地方有鱼，但是有一条小龙也在那里。"几个孩子不相信，就去下网，果然收获颇丰。他们把打上来的鱼全倒进船上的一只大盆里。其中有一条一二尺长的鳝鱼，两眼放光，炯炯有神，还有两根长须。它绕着盆边缘游动，其他的鱼都在两边跟着它。快到北岸的时候，盆里的鱼都没了。姓柳的老头也不知哪去了。（出《稽神录》）

卷第四百二十四　龙七

阎浮龙

龙在阎浮提者五十七亿。龙于翟陁尼不降浊水。西洲人食浊则夭。单越人恶冷风，龙不发冷。于弗娑提洲，不作雷声，不起电光。东洲恶之也。其雷声，兜率天作歌颂音，阎浮提作海潮音。其雨，兜率天上雨摩尼，获世城雨美膳。海中注雨不绝如连。阿修中雨罗丘伏，阎浮提中雨清浮水。（出《酉阳杂俎》）

吴山人

陇州吴山县，有一人乘白马夜行，凡县人皆梦之。语曰："我欲移居，暂假尔牛。"言讫即过。其夕，数百家牛，及明，皆被体汗流如水。于县南山曲出一湫，方圆百余步。里人以此湫因牛而迁，谓之"特牛湫"也。（出《独异志》）

白将军

僧元可言，近传有白将军者尝于曲江洗马，马忽跳出惊走。前足有物，色白如衣带，萦绕数匝，遽令解之，血流数升。白异之，遂封纸帖中，藏于衣箱。一日，送客至浐水，出示诸客。客曰："盍以水试之？"白以剑划地成窍，置虫于中，沃盥其上。少顷，虫蠕而长，窍中泉涌。倏忽自盘若一席，有黑气如香烟，径出檐外。众惧曰："必龙也。"遂急归。未数里，风雨骤至，大震数声。（出《酉

阎浮龙

在阎浮提的龙共有五十七亿，翟陁尼的龙不会把污浊的水降落在地面上。西洲人喝了污浊的水就会死。单越人讨厌冷风，龙就不吹冷风。在弗姿提洲，龙不会打雷，不起闪电。而这些都是东洲人厌恶的。那雷声，兜率天作歌唱的声音，阎浮提作海潮涌动的声音；那雨，兜率天上下的是摩尼，获世城下的是好饭好菜。海中雨水下个不停，雨滴像是连在一起的。阿修中下罗丘伏，阎浮提中下清浮水。（出《酉阳杂俎》）

吴山人

陇州吴山县，有一个人在晚上骑着一匹白马赶路，全县的人都梦到了他。他说："我想要搬家，暂时借你们的牛用一下。"说完他就走了。那天晚上，有好几百家的牛到第二天天亮都是一身汗如雨下。在县南山弯处出现了一个方圆一百多步的大水池。因为这个水池是用牛搬来的，乡里人就把它叫作"特牛池"。（出《独异志》）

白将军

和尚元可说，近来听说，有一个人称白将军的人曾经在曲江洗马，那马忽然受到惊吓，就从水里跳出去跑了。马的前腿上有个白色的东西，像是衣服带子，在马腿上缠了好几圈。白将军赶紧叫人把马腿上的那个东西解下来，马流了几升血。白将军感到很奇怪，就把那个带状的东西用纸封上，藏在衣服箱子里。有一天，送东西的客人来到浐水，白将军把那东西拿出来给客人看。客人说："为什么不用水试试它？"白将军就用剑在地上刨了一个坑，把那东西放进去，再

阳杂俎》）

温 媪

温媪者，即康州悦城县孀妇也，绩布为业。尝于野岸拾菜，见沙草中有五卵，遂收归，置绩筐中。不数日，忽见五小蛇，壳一斑四青。遂送于江次，固无意望报也。媪常濯浣于江边。忽一日，见鱼在水跳跃，戏于媪前，自尔为常。渐有知者，乡里咸为龙之母，敬而事之，或询以灾福，亦言多征应。自是媪亦渐丰足。朝廷知之，遣使征入京师。至全义岭，有疾，却返悦城而卒。乡里共葬之江东岸。忽一夕，天地晦暝，风雨随作。及明，移其冢于西，而草木悉于西岸。（出《岭表录异》）

柳子华

柳子华，唐时为城都令。一旦方午，忽有犊车一乘，前后女骑导从径入厅事。使一介告柳云："龙女且来矣。"俄而下车，左右扶卫升阶，与子华相见。云："宿命与君合为匹偶。"因止。命酒乐极欢，成礼而去。自是往复为常，远近咸知之。子华罢秩，不知所之。俗云："入龙宫，得水仙矣。"（原缺出处，明抄本作出《剧谈录》）

把水倒在它身上。没多久，那东西就开始蠕动，而且长长了。坑里泉水涌动。忽然那东西自己盘起来，有一个蒲团那么大，还冒着黑气，像缕缕炊烟，直接飘出了屋外。大伙惊恐地说："这一定是龙！"于是急忙回来。没走多远，风雨骤然而至。（出《酉阳杂俎》）

温媪

温媪是康州悦城县的一个寡妇，以织布为业。有一天她到野外江边拾菜，发现沙地草丛中有五只鸟蛋，就捡了回来，放进织布用的筐里。没过几天，忽然出现了五条小蛇，一条花的、四条青的。于是她就把它们送回到江边。温媪原本没想让它们回报自己。她经常到江边洗衣服。忽然有一天，她发现鱼在水里跳动，在她面前游玩。从此以后，这样的事经常发生。渐渐地有人听说了这件事，乡里人都说她是龙的母亲，对她格外尊敬。有人向她询问祸福凶吉，她说的大多都应验了。从此她的生活也渐渐富裕起来。朝廷听说后，就派人把她召到京里。走到全义岭，她生了病，就回到悦城县，后来病死了。乡里人出力把她葬到江的东岸。忽然有一天晚上，天昏地黑，风雨大作。等到第二天天亮后，只见她的坟已由江水东边搬到了江水西边，草木也全挪到西岸去了。（出《岭表录异》）

柳子华

唐朝时柳子华担任成都县令。一天正午时分，忽然有一辆牛车，前后有骑马的女子引导来到厅堂上。有一位女子上前对柳子华说："龙女就要来了。"不久，龙女下了车，由左右随从搀扶着走上台阶，与柳子华相见。她说："命中注定我和你要结为夫妻。"于是就住了下来。柳子华让人准备好酒席、乐队，婚礼过后，龙女才离开。这以后她就经常来往。附近的人们都知道这件事。柳子华罢官以后，谁也不知他去了哪儿。一般人都说他去了龙宫，成为水仙了。（原缺出处，明抄本作出《剧谈录》）

斑 石

京邑有一士子，因山行，拾得一石子。青赤斑斓，大如鸡子。甚异之，置巾箱中五六年。因与婴儿弄，遂失之。数日，昼忽风雨暝晦，庭前树下，降水不绝如瀑布状。人咸异其故。风雨息，树下忽见此石已破，中如鸡卵出壳焉。乃知为龙子也。（出《原化记》）

张公洞

义兴县山水秀绝，张公洞尤奇丽。里人云，张道陵修行之所也。中有洞壑，众未敢入。土氓姚生习道，挈杖瓶火，负囊以入。约行数百步，渐渐明朗，云树依稀。近通步武，又十余里，见二道士对奕。曰："何人？焉得来此？"具言始末。曰："大志之士也。"姚生馁甚，因求食。旁有青泥数斗，道士指曰："可餐此。"试探咀嚼，觉芳馨，食之遂饱。道士曰："尔可去，慎勿语世人。"再拜而返，密怀其余。以访市肆，偶胡贾见。惊曰："此龙食也。何方而得？"乃述其事。俱往寻之，但黑巨穴，不复有路。青泥出外，已硬如石，不可复食。（出《逸史》）

五台山池

五台山北台下有龙池约二亩有余。佛经云，禁五百毒龙之所，每至亭午，昏雾暂开，比丘及净行居士方可一睹。比丘尼及女子

斑 石

京城有一位士人，顺着山走路，捡到了一块石子。这块石子色彩斑斓，有鸡蛋那么大。这人感到很奇怪，就把它拿来放到衣柜里，一放就是五六年。后来，因为他拿出来给孩子玩，弄丢了。几天后，忽然间大白天就开始刮风下雨，天地昏黑，院子里的一棵树下，雨水下个不停，就像瀑布一样。人们都感到很奇怪，不知道是怎么回事。风雨停下后，忽然发现那块石子就在树下，但石子已经破了，就像小鸡出壳一样。这才知道原来是龙子。（出《原化记》）

张公洞

义兴县山清水秀，张公洞尤为秀美奇异。据当地百姓说，这就是张道陵修行的地方。这里边有一个山洞，谁都不敢进去。有个姓姚的当地人知道路，拿着棍子，带着火把，背着行囊进去了。走了几百步，洞里渐渐明亮起来，依稀能看见云和树。走近一看，才发现自己走上了一条别人走过的小路。又向前走了十几里，他看到两个道士正在下棋。道士问："你是谁？你是怎么进来的？"他把事情原原本本详细地说了一遍。道士说："你是个胸怀大志的人！"姓姚的人很是饥饿，就向道士讨要食物。旁边有几斗青泥，道士就指着青泥说："这个可以吃。"他试着尝了尝，觉得挺香，就吃，吃饱了。道士说："现在你可以走了，千万不要把这里告诉别人。"姓姚的拜了两次后回去了，偷偷把吃剩的青泥带了回去。他带着这些青泥在集市上寻访，偶然间被一个经商的胡人看见了，胡人吃惊地说："这是龙吃的东西，你是从哪里得到的？"他就把事情告诉了胡人。胡人和他一起前去寻找，一看，那里只有一个黑乎乎的大洞，没有路了。青泥拿到洞外后硬得像石头一样，不能再吃。（出《逸史》）

五台山池

五台山北台下有一个二亩多大的龙池。佛经上说，这是关押五百只毒龙的地方。每天正午时分，昏暗的池雾消散开去，和尚和德行高

近，即雷电风雨时大作。如近池，必为毒气所吸，逡巡而没。（出《传奇》）

张 老

荆湘有僧寺背山近水，水中有龙。时或雷风大作，损坏树木。寺中有撞钟张老者，术士也，而僧不知。张老恶此龙损物，欲禁杀之，密为法。此龙已知，化为人，潜告僧曰："某实龙也，住此水多年。或因出，风雨损物，为张老所禁，性命危急，非和尚救之不可。倘救其命，奉一宝珠，以伸报答。某即移于别处。"僧诺之。夜唤张老，求释之。张老曰："和尚莫受此龙献珠否？此龙甚穷，唯有此珠，性又吝恶。今若受珠，他时悔无及。"僧不之信，曰："君但为我放之。"张老不得已，乃放。龙夜后送珠于僧，而移出潭水。张老亦辞僧去。后数日，忽大雷雨，坏此僧舍，夺其珠。果如张老之言。（出《原化记》）

费鸡师

蜀川有一费鸡师者，善知将来之事，而亦能为人禳救。多在邛州，蜀人皆神之。时有一僧言：往者双流县保唐寺，寺有张二师者，因巡行僧房，见有空院，将欲住持，率家人扫洒之际，于柱上得一小瓶子。二师观之，见一蛇在瓶内。覆瓶出之，约长一尺，文彩斑驳，五色备具。以杖触之，随手而长。众悉惊异。二师令一物挟之，送于寺外。当携掇之际，随触随大，以至丈余，如屋椽矣。二人担之方举，送者愈惧，观者随而益多。距寺约二三里，所在撼动之时，增长不已。众益惧，遂击伤，至于死。明日，此寺院中有尚的居士才能看一眼。如果尼姑和女人走近，就会立即出现雷电风雨。如果人走近池边，一定会被毒气吸到池子里，慢慢沉入池底。（出《传奇》）

张 老

荆湘有一座背山靠水的寺庙，水中有一条龙。这条龙经常呼风唤雨，毁坏林木。寺中有一个撞钟的张老头，是一位术士，而和尚并不知道。张老讨厌这条祸害东西的龙，想要把它抓来杀死。他暗中施法，被这条龙知道了。龙就变化成人，悄悄地对和尚说："我是一条龙，在这水中已经住了很多年了。可能是因为我出去的时候，风雨损坏了东西，被张老看禁起来了。我性命垂危，除了你没有人能救我了。假使你能救我一命，我就送给你一颗宝珠以作报答。我立刻搬到别的地方去。"和尚答应了。晚上，和尚叫来张老，请求他把龙放走。张老说："你可以不要龙给你的那颗珠子吗？这条龙很穷，只有这颗珠子，它的性情吝啬凶恶，现在如果你收了他的珠子，以后后悔就来不及了。"和尚不相信他说的，说："你只管为我放了它吧！"张老不得已，就放了龙。这一夜之后龙把珠子送给和尚，从此去了别处。张老也告别和尚离开了。几天后，忽然一阵大雷雨，毁坏了和尚的宿舍，龙夺走了那宝珠。果然像张老说的那样。（出《原化记》）

费鸡师

蜀川有一个被称为"费鸡师"的人，擅长预知未来，而且也能为人祭祀作法进行调解。很多时候他都住在邛州，蜀地人都把他当成神。当时有一个和尚说，以前双流县有一个保唐寺，寺里有一个人叫张二师，因为巡察僧人的房间，见到有所空院落，就想住进去。张二师率领家人打扫这个院子的时候，在一根柱子上发现了一个小瓶子。张二师一看，只见瓶中装着一条小蛇。张二师把蛇从瓶子里倒出来。那蛇有一尺来长，色彩斑斓，五色俱全。他用木棍去摸它，蛇就随着他的触动长大了。大家都感到很惊奇。张二师叫人拿东西夹虹蜺，亭午时下寺中。僧有事至临邛，见鸡师说之。鸡师曰：“杀龙女矣！张二师与汝寺之僧徒皆当死乎！”后卒如其言。他应验不可胜纪，竟不知是何术。韦绚长足为杜元颖从事，其弟妹皆识费师，于京中已悉知有此事。自到，即询访鸡师之术。凡有病者来告，鸡师发即抱一鸡而往。及其门，乃持咒其鸡，令入内，抵病者之所。鸡入而死，病者差，鸡出则病者不起矣。时人遂号为“费鸡师”。又以石子置病者腹上，作法结印，其石子断者，其人亦不起也。又能书符，先焚符为灰，和汤水，与人吞之，俄复吐出，其符宛然如不烧。

又云：城南建昌桥下，其南岸先有龙窟，岁常损人。至有连马而溺者，如有攫拏于水。当韦皋时，前后运石，凡几万数。顷之，石复失焉。后命道士投简于内，以土筑之，方满。自此之后，龙窟移于建昌寺佛殿下，与西廊龙井通焉。而建昌桥下，往往损人而不甚也。询问吏卒，往时人马溺于其间，良久尸浮皆白，其血被吮吸已尽，而尸乃出焉。（出《戎幕闲谈》）

汾水老姥

汾水边有一老姥获一赪鲤，颜色异常，不与众鱼同。既携住它，把它扔到寺外去。当仆人去弄它的时候，它越来越大，最后长到了一丈多长，差不多是一根椽子那么长了，两个人抬才能把它抬起来。往外送的人越来越怕，围观的人也越来越多。离寺庙二三里的地方，它随着摆动不停地增长。众人更加惧怕，就把它打伤，最后打死了。第二天正午时分，有一道彩虹下到寺中。这个和尚因为有事到邛州，就和费鸡师说了这件事。费鸡师说："你们把龙女杀死了，张二师和你们寺中的和尚们都会死啊！"后来，如他所说都死了。他预言应验的事情数不胜数，但他却不知道是什么法术。韦绚的大哥做杜元颖的随从，他的弟弟妹妹都认识费鸡师，京城的人都知道这件事。杜元颖到任后，就访问费鸡师的法术。凡是有病的来寻访费鸡师，费鸡师就抱着一只鸡和那人同去。到了门口，他抱着鸡念咒，让鸡进去。到了病人住的地方，鸡死了，病人就能痊愈；如果鸡进去然后又出来，那么有病的人就永远不能起来了。因此当时的人们称呼他"费鸡师"。他又把石子放到病人的肚子上，施法术、念咒语，如果石子落下来了，那个人也就没救了。费鸡师还会写符。先把符烧成灰，然后给它加点水，让病人服下，不一会儿又吐出来，那符居然就像没被烧过一样。

又说，城南建昌桥下，从前它的南岸有一座龙窟，年复一年地伤害百姓，更有甚者连人带马一起掉下去淹死的，就像是被人抓到水里去的一样。韦皋在任的时候，先后运来了几万块石头，瞬间那些石头又全部消失不见了。后来费鸡师让道士扔一封书简进去，然后像筑墙那样把土倒进去，这才把龙窟填满。从此以后，龙窟就移动到了建昌寺佛殿下边，与西廊的龙井相通。建昌桥下面，也仍然经常有人受害，但是情况不严重。据差吏说，以前人和马被水淹没后，要很久以后尸体才能浮上来。尸体全部发白，血被吸吮干净，尸体才能浮上来。（出《戎幕闲谈》）

汾水老姥

有一位汾水边的老太太得到一条红色的鲤鱼，颜色异乎寻常，和其他鱼不同。老太太把这条鱼拿回家之后，觉得它可怜，又觉得它归，老姥怜惜，且奇之。凿一小池，汲水养之。经月余后，忽见云雾兴起，其赪鲤即腾跃，逡巡之间，乃渐升霄汉，其水池即竭。至夜，又复来如故。人见之者甚惊讶，以为妖怪。老姥恐为祸，颇追悔焉。遂亲至小池边祷祝曰："我本惜尔命，容尔生，反欲祸我耶？"言才绝，其赪鲤跃起，云从风至，即入汾水。唯空中遗下一珠，如弹丸，光晶射人。其老姥得之，众人不敢取。后五年，老姥长子患风，病渐笃，医莫能疗，老姥甚伤。忽意取是珠，以召良医。其珠忽化为一丸丹。老姥曰："此赪鲤遗我，以救我子，答我之惠也。"遂与子服之，其病寻愈。（出《潇湘录》）

李宣

李宣宰阳县，县左有潭，传有龙居，而鳞物尤美。李之子惰学，爱钓术，日住潭上。一旦龙见，满潭火发，如舒锦被。李子褫魄，委竿而走。盖钓术多以煎燕为饵，果发龙之嗜欲也。（出《北梦琐言》）

濛阳湫

彭州濛阳县界，地名清流，有一湫。乡俗云，此湫龙与西山慈母池龙为昏，每岁一会。新繁人王睿乃博物者，多所辨正，尝鄙之。秋雨后经过此湫，乃遇西边雷雨冥晦，狂风拔树，王睿絷马障树而避。须臾，雷电之势，止于湫上，倏然而霁，天无纤云。诘彼居人，正符前说也。云安县西有小汤溪。土俗云，此溪龙与云安溪龙为亲。此乃不经之谈也。或一日，风雷自小汤溪循蜀江中而很奇怪，就挖了一个小水池，装上水把它养起来。一个多月过后，忽然发现那水池云雾兴起，那鲤鱼就在水里翻滚，转瞬间就渐渐升入云天，水池就干了。到了晚上它就又回来了，和之前一样。看到的人都感到惊讶，以为它是个怪物。老太太担心它带来祸患，非常后悔。于是她就亲自到小池边祷告说："我本来怜惜你的性命，让你活了下来，你却反过来要祸害我吗？"她才说完，那鲤鱼就跳了起来，接着风云兴起，它就投到汾水里去了。这时候，空中掉下来一颗珍珠，有弹珠那么大，晶莹剔透，光彩夺目。那老太太得到了那颗珍珠，别人都不敢动它。过了五年，老太太的大儿子得了风病，病情越来越重，谁都治不好。老太太很是伤心，突然想到把那颗珠子拿给名医看。那名医一看，珠子居然变成了一粒丹药。老太太说："这是鲤鱼送给我报答我的恩惠的，让我用来救我儿子。"于是老太太就把那珠子给儿子吃下去，果然没多久她儿子就康复了。（出《潇湘录》）

李宣

李宣在阳县做县令时，阳县左边有个水潭，传说有龙住在那里，而且龙的麟角十分好看。李宣的儿子学习懒惰，喜欢钓鱼，一天到晚都在水潭边上垂钓。有一天，龙果然出现了，整个水潭着起火来，就像铺开的锦被。李宣的儿子被吓得魂飞魄散，扔掉鱼竿就跑。大概钓鱼都是以之前的燕子做诱饵，果真诱发了龙的嗜欲。（出《北梦琐言》）

濛阳湫

彭州濛阳县境内，有一个叫作"清流"的地方，有一个水池。乡里人都说，这池里的龙与西山慈母池里的龙是夫妻，每年见面一次。新繁人王睿认识许多东西，由他辨别得出正确结论的事情还有很多。他曾经看不起上面的说法。有一回，一场秋雨后，他路过这个水池，居然遇到西边雷声轰响，雨下不断，狂风把树都拔起来了。他把马拴到一棵树上去避雨。没多久，雷电在池上停止，忽然间雨停下，至云安县。云物回薄，入溪中，疾电狂霆诚可畏。有柳毅洞庭之事，与此相符。小汤之事自目睹。（原缺出处，明抄本作出《北梦琐言》）

盐井龙

王蜀时，夔州大昌盐井水中往往有龙，或白或黄，鳞鬣光明。搅之不动，唯沮沫而已。彼人不以为异。近者秭归永济井卤槽，亦有龙蟠，与大昌者无异。识者曰："龙之为灵瑞也，负图以升天，今乃见于卤中，岂能云行雨施乎？"云安县汉成宫绝顶，有天池深七八丈。其中有物如蜥蜴，长咫尺，五色备具，跃于水面，象小龙也。有高遇者为刺史，诣宫设醮，忽浮出。或问监官李德符曰："是何祥也？"符曰："某自生长于此，且未常见汉成池中之物。高既无善政，谄佛佞神，亦已至矣。安可定其是非也？"夷陵清江有狼山潭，其中有龙。土豪李务求祷而事之。往见锦衾覆水，或浮出大木，横塞水面，号为龙巢。遂州高栋溪潭，每岁龙见，一如狼山之事。（出《北梦琐言》）

尹 皓

朱梁尹皓镇华州。夏将半，出城巡警，时蒲雍各有兵戈相持故也。因下马，于荒地中得一物如石，又如卵。其色青黑，光滑可了，天放晴了，万里无云。问那些住在本地的人这是怎么回事，说法与前面人说的刚好一致。云安县西有个小汤溪，当地人说，这溪里的龙与云安溪里的龙是亲戚。这是不合常理的说法。有一天，风雷从小汤溪沿着蜀江到了云安县，云中携带的东西一路飘转到了溪边长满草木的地方，落到了溪水中，风雷闪电，实在让人害怕。有洞庭湖的柳毅做传记述了这件事，与这个说法相符。小汤溪的事是亲眼所见。（原缺出处，明抄本作出《北梦琐言》）

盐井龙

王蜀的时候，夔州大昌的盐井水中常常住着龙，有白的，有黄的，鳞片和鬣羽闪闪发亮。就算有人搅动井里的水，龙也一动不动，只会吐出一些白沫。那里的人都习惯了，并不觉得有什么奇怪的。近段时间，秭归县永济井的卤槽子里，也有龙，与大昌盐井里的大体一样。认识龙的人说："龙作为一种祥瑞之物，是为了行云布雨才去天上的。现在却出现在卤水里，它怎么还能行云降雨呢？"云安县汉城宫山的顶部，有一个天池深七八丈。池中有一种动物，形体像蜥蜴一样，身长八寸多，五色俱全，在水面上跳动，像是条小龙。有一个叫高遇的刺史，他来到汉成宫举行祭祀活动，那东西忽然就浮到了水面上。有人问监官李德符说："这是什么征兆呢？"李德符说："我从小生在这里长大，还没见过汉成池中的那种东西。高遇既然没有施行好的政策，对佛和神这般谄媚讨好，也已经做到家了，怎么能确定他是对是错呢？"夷陵的清江有一个狼山潭，潭中有一条龙。土豪李务请求去潭边祈祷，往潭中一看，有一张锦被盖在水面上。偶尔有大木头从水中浮出来，横跨在水面上，叫作龙巢。遂州高栋的溪潭，年年都会有龙出现，和狼山潭完全一样。（出《北梦琐言》）

尹皓

朱梁时尹浩镇守华州。夏季一半快过去的一天，他出城巡查。因为当时蒲雍各地战乱不断，于是就下马。他在地上捡到一个东西，爱，命左右收之。又行三二十里，见村院佛堂，遂置于像前。其夜雷霆大震，猛雨如注，天火烧佛堂，而不损佛像。盖龙卵也。院外柳树数百株，皆倒植之。其卵已失。（出《玉堂闲话》）

像石头，又像蛋卵。它是青黑色的，光滑可爱。他让随从把它收起来放好。又走了二三十里，见村院里有座佛堂，就把那个像石又像卵的东西放到佛像前。那一夜雷声轰动，暴雨如注，大火把佛堂烧了，却没有损坏佛像。那大概是龙卵。院外有几百棵柳树，全倒过来了。卵已经丢了。（出《玉堂闲话》）

卷第四百二十五　龙八

龙

张温

王蜀时，梓州有张温者好捕鱼，曾作客馆镇将。夏中，携宾观鱼，偶游近龙潭之下。热甚，志不快。自入水举网，获一鱼长尺许，鬐鳞如金，拨刺不已，俯岸人皆异之。逡巡晦暝，风雨骤作。温惶骇，奔走数里，依然烈景。或曰："所获金鱼，即潭龙也。"是知龙为鱼服，自贻其患。苟无风雨之变，亦难逃鼎俎矣。龙潭取鱼，亦宜戒慎。（出《北梦琐言》）

郭彦郎

世言乖龙苦于行雨，而多窜匿，为雷神捕之。或在古木及楹柱之内，若旷野之间，无处逃匿，即入牛角或牧童之身。往往为此物所累而震死也。蜀邸有军将郭彦郎者，行舟侠江，至罗云溉。方食而卧，心神恍惚如梦，见一黄衣人曰："莫错。"而于口中探得一物而去。觉来，但觉咽喉中痛。于时篙工辈但见船上雷电晦暝，震声甚厉。斯则乖龙入口也。南山宣律师，乖龙入中指节，又

龙

张 温

王蜀的时候，梓州有一个叫张温的人喜欢捕鱼，曾经做客馆的镇将。夏天的时候，他陪着客人看鱼，偶然间来到龙潭下。这时天气十分炎热，张温心里很是烦闷。他就进到龙潭，撒网捕到一条一尺来长的鱼。这条鱼的鱼鬐和鱼鳞都是金色的，不停地跳动。在岸上俯身看的人都很吃惊。没多久，天色暗了下来，风雨突然降临。张温十分害怕，跑到好几里外，风雨依然凶猛。有人说，他捉到的那条金鱼其实是一条龙。这才知道，龙因为穿了鱼的衣服，给自己招来了麻烦，就算没有风雨的变化，它也很难逃过被煮来吃掉的下场。到龙潭打鱼，也千万要谨慎才好。（出《北梦琐言》）

郭彦郎

世人传说犯了错的龙不敢布雨，大多都到处逃窜藏匿，被雷神追捕。有时候藏身在古木和楹柱内。如果是在旷野间，没有躲藏的地方，就可能藏到牛角或者牧童身上。经常有被这种龙拖累然后被雷击死的人或牲口。蜀州官府有一个军将叫郭彦郎，在侠江上划船，来到了罗云溉，刚吃完饭就躺在那里，感到心神恍惚不安，就像做了一个梦一样。他梦见一个穿黄衣的人对他说：“你不要闭上嘴巴！”

非虚说。所以孔圣之言“迅雷风烈必变”，可不敬之乎？（出《北梦琐言》）

王宗郎

蜀庚午岁，金州刺史王宗郎奏洵阳县洵水畔有青烟庙。数日，庙上烟云昏晦，昼夜奏乐。忽一旦，水波腾跃，有群龙出于水上，行入汉江。大者数丈，小者丈余，如五方之色，有如牛马驴羊之形。大小五十，累累接迹，行入汉江，却过庙所。往复数里，或隐或见。三日乃止。（出《录异记》）

犀浦龙

癸酉年，犀浦界田中有小龙青黑色。割为两片，旬日臭败，寻亦失去。摩呵池大厅西面亦有龙井，甚灵，人不可犯。（出《录异记》）

井 鱼

成都书台坊武侯宅南，乘烟观内古井中有鱼，长六七寸。往往游于井上，水必腾涌。相传井中有龙。（出《录异记》）

安天龙

后唐同光中，沧洲民有子母苦于科徭，流移近界墅店。上恨音。路逢白蛇，其子以绳系蛇项，约而行，无何摆其头落。须臾，一片白云起，雷电暴作，撮将此子上天空中，为雷火烧杀坠地。

于是黄衣人在他的嘴里找到了一样东西，然后就走了。醒来之后，只觉得咽喉有些肿痛。在他做梦的时候，撑船的船夫们看见船上云雨密布，风狂雨怒，雷电震声洪亮。这是犯了错的龙跑到他嘴里躲着了。南山的宣琴师，犯过错的龙躲进他的中指节，更不是假的了。所以孔圣人的话，“雷电迅猛，风雨猛烈，就一定会发生什么变故”，人们能不认真地对待吗？（出《北梦琐言》）

王宗郎

蜀庚午年，金州刺史王宗郎上奏说，旬阳县洵水边有一座青烟庙，连续几天，庙上烟雾弥漫，天色昏暗，乐曲的声音日夜不停。一天清晨，忽然水波翻滚涌动，有一群龙出现在水面上，向汉江进发。大的长几丈，小的长一丈多，各种颜色的都有，样子像牛马驴羊，大的小的各占一半，一起涌到汉江去。还在经过有寺庙的地方，来来回回，绵延数里，若隐若现，三天之后才停止。（出《录异记》）

犀浦龙

癸酉年，犀浦境内的田地里有一种青黑色的小龙。把它切成两片，十来天才腐败发臭，不久就消失了。摩呵池大厅的西边，有一口龙井，特别灵验，谁都不能冒犯。（出《录异记》）

井　鱼

成都书台坊武侯宅的南面有一座乘烟观。观内的古井里有一条鱼。这条鱼身长六七寸，经常游到井上来。每次它游上来，水一定会翻滚涌动。相传这井里有龙。（出《录异记》）

安天龙

后唐同光年间，沧州百姓中有一对娘儿俩为了躲避徭役，要搬到附近一个叫封店的地方去。路上遇到一条白蛇，儿子就用绳子拴住蛇的脖子，把它绑着前进，摆来摆去。没过多久蛇头就被勒掉了。

而背有大书，人莫之识。忽有一人云："何不以青物蒙之，即识其字。"遂以青裙被之。有识字读之曰："此人杀害安天龙，为天神所诛。"葆光子曰："龙神物也，况有安天之号，必能变化无方。岂有一竖子绳系而殒之？遽致天人之罚。斯又何哉！"（出《北梦琐言》）

曹宽

石晋时，常山帅安重荣将谋干纪。其管界与邢台连接，斗杀一龙。乡豪有曹宽者见之，取其双角。前有一物如帘，文如乱锦，人莫知之。曹宽经年为寇所杀。壬寅年，讨镇州，诛安重荣也。葆光子读《北史》，见陆法和在梁时，将兵拒侯景将任约于江上。曰："彼龙睡不动，吾军之龙，甚自跃踊。"遂击之大败，而擒任约。是则军阵之上，龙必先斗。常山龙死，得非王师大捷，重荣授首乎？黄巢败于陈州，李克用脱梁王之难，皆大雨震雷之助。（出《北梦琐言》）

梦青衣

孟蜀主母后之宫有卫圣神龙堂，亦尝修饰严洁。盖即世俗之家神也。一旦别欲广其殿宇，因昼寝，梦一青衣谓后曰："今神龙意欲出宫外居止，宜于寺观中安排可也。"后欲从之，而子未许。后又梦见青衣重请，因选昭觉寺廊庑间，特建一庙。土木既就，绘事云毕，遂宣教坊乐。自宫中引出，奏送神曲；归新庙中，奏迎神曲。其日玄云四合，大风振起，及神归位，雨即滂沱。或曰："卫圣不一会儿，一片白云升腾而起，雷电突然响起，把那儿子拉扯到天空中去，被雷火烧死后才落回地面，而且他的后背上有字，没有人认得出来。突然有一个人说："为什么不用青色东西把它盖上？盖上就可以认出那些字了。"于是就用一条青色裙子盖在那些字上面。有一个识字的人看了以后说："这个人杀害了安天龙，被天神处死了。"葆光子说："龙是神物，况且它还有'安天'的尊号，一定能变幻无穷，怎么有被一个臭小子随便用绳子勒死的道理？马上就遭到上天的惩罚，这又算什么呢？"（出《北梦琐言》）

曹宽

石晋在任期间，常山帅安重荣将谋反作乱。他所辖地界与邢台相接的地方，死了一条龙，乡里有一个叫曹宽的豪士看见了。曹宽割下了龙的双角。龙角前面有一种像幕布一样的东西，花纹像是锦绣，没有人知道那是什么。一年后，曹宽被贼人杀死。壬寅年，朝廷的军队攻打镇州，杀死了安重荣。葆光子读《北史》，发现陆法和在梁时，率领军队把侯景部将任约阻拦在江上，说，"对方的龙正在睡觉，一动不动，我军的龙却非常活跃"，于是就大举进攻，杀得敌军四下逃窜，并且生擒了任约。这就说明，两军对阵，一定是龙与龙先斗。常山的龙死了，难道不是王师大捷，安重荣掉脑袋的预兆吗？黄巢在陈州战败，李克用摆脱梁王之难，都是在大雨大雷的情况下发生的。（出《北梦琐言》）

梦青衣

孟蜀主母后的宫中，有一个"卫圣神龙堂"。这个卫圣神龙堂装饰得庄严肃穆，大概这就是人间说的"家神"。有一天，她想往外扩建殿堂，于是在白天睡觉的时候就做了一个梦，梦见一位女仆对她说："现在神龙想要住到宫外去，您可以把它安排到寺观之中。"她想按照梦中女仆所说的去做，但儿子不同意。后来她又梦见女仆再次向她请求，就选了昭觉寺的厢房和厢房之间，专门在那里盖了一座

神龙出离宫殿，是不祥也。”逾年，国亡灭而去，土地归庙中矣。（出《野人闲话》）

蛟

汉武白蛟

汉武帝恒以季秋之月，泛灵溢之舟于琳池之上，穷夜达昼。于季台之下，以香金为钩，缩丝纶，以舟鲤为饵，不逾旬日，钓一白蛟长三四丈，若龙而无鳞甲。帝曰：“非龙也。”于是付太官为鲊。而肉紫青，脆美无伦。诏赐臣下，以为神感所获。后竟不得。（出《王子年拾遗记》）

浔阳桥

浔阳城东门通大桥，常有蛟为百姓害。董奉疏符沉水中，少日，见一蛟死浮出。（出《浔阳记》）

王 述

吴大帝赤乌三年七月，有王述者采药于天台山。时热，息于石桥下，临溪饮。忽见溪中有一小青衣长尺余，执一青衣乘赤鲤鱼，径入云中，渐渐不见。述良久登峻岩四望，见海上风云起，顷刻雷电交鸣，俄然将至。述惧，伏于虚树中。见牵一物如布，而色如漆，不知所适。及天霁，又见所乘之赤鲤小童，还入溪中，乃黑蛟耳。（出《三吴记》）

庙。建成之后，她就招来教坊里的乐工。从宫中把“卫圣神龙”引出的时候，吹奏《送神曲》；送到新庙时，吹奏《迎神曲》。那天，黑云密布，大风刮起，等到神龙归位，大雨就如瓢泼般落了下来。有人说：“卫圣神龙离开宫殿，这是不祥之兆。”过了一年，国家灭亡，神龙也逃走了，土地归庙中所有。（出《野人闲话》）

蛟

汉武白蛟

汉武帝常常在九月，乘小船在琳池上漂荡，昼夜不停。他在季台之下，用香金做成钓鱼的钩，拴上钓鱼线，把船上带来的鲤鱼作为饵。没过十天，就钓上来一条长三四丈长的白蛟。白蛟形体像龙，但是没有鳞甲。汉武帝说：“这不是龙。”于是就把它交给太官制作成食品。白蛟的肉是紫青色的，又香又脆，味道鲜美。汉武帝把食品赐给臣子们分享，大臣们都认为这是神灵感知得到的。以后再也没得到过。（出《王子年拾遗记》）

浔阳桥

浔阳城的东门通向一座大桥，大桥下常常有蛟出没，危害百姓。董奉书画了一道符，符没入水里，没过几天，就有一条死蛟浮出水面。（出《浔阳记》）

王　述

吴大帝赤乌三年七月，有一个叫王述的人去天台山采药。当时天气炎热，他在一座石桥下休息。他到溪边喝水，忽然看见溪水中有一个一尺多高的小婢女，手里拿着一件青色衣服，坐在一条赤色鲤鱼背上，直接飞入云中，渐渐消失了。王述赶紧登上高处四处观望了好久。他看见海上风起云涌，不一会儿电闪雷鸣，马上就要下雨了。王述心里感到害怕，趴在一棵空树上，看见那青衣女子手里拿着一个东

王植

王植，新赣人也。乘舟过襄江，时晚日远眺，谓友朱寿曰：“此中昔楚昭王获萍实之处，仲尼言童谣之应也。”寿曰：“他人以童谣为偶然，而圣人必知之。”言讫，见二人自岸下。青衣持芦杖谓植曰：“卿来何自？”植曰：“自新赣而至于此尔。”二人曰：“观君皆儒士也，习何典教？”植、寿曰：“各习《诗》《礼》。”二人且笑曰：“尼父云：‘子不语神怪。’又云：‘敬鬼神而远之。’何也？”寿曰：“夫子圣人也，不言神怪者，恐惑典教。又言‘敬鬼神而远之’者，以戒彝伦，其意在奉宗之孝。”二人曰：“善。”又曰：“卿信乎？”曰：“然。”二人曰：“我实非鬼神，又非人类。今日偶与卿谈，乃天使也。”又谓植曰：“明日此岸有李环、戴政，俱商徒，以利剥万民，所贪未已。上帝恶，欲惩其罪于三日内。卿无此泊，慎之！”言讫，没于江。寿、植但惊异之，未明何怪也。

及明，植谓寿曰：“有此之不祥，可移于远矣。”乃牵舟于上流五有余步。缆讫，见十余大舟自上流而至，果泊于植本处。植曰：“可便详问其故，要知姓字。”于是寿杖策而问之。二商姓字，果如其所言。寿心惊曰：“事定矣。”乃谓植曰：“夫阴晦之间，恶人之不善，今夕方信之矣。”植曰：“夫言幽明者，以幽有神而神之明，奈何不信乎？”时晋恭帝元熙元年七月也。八日至十日，果有西，颜色如漆，样子像布，不知去了哪里。等到天气放晴，他又看到骑着红色鲤鱼的小孩回到了溪中，原来是一条黑蛟。（出《三吴记》）

王植

王植，新赣人。他乘船渡过襄江，当时天色已是傍晚时分。他眺望着落日对朋友朱寿说："这是之前楚昭王获得平实的地方，同时也是孔子预言的童谣应验的地方。"朱寿说："别人认为童谣是偶然的，而孔子本人应该是提前知道的。"说完，他们看到从岸上走来两个人。这两人都穿着青色衣服，手里拿着芦杖。他们问王植，说："你是从哪里来的呢？"王植说："我们来自新赣。"那两个人说："看你们的样子应该都是书生，读的什么书呢？"王植和朱寿回答道："我们读的是《诗》和《礼》。"那两人笑着说："孔子说，他不讨论神鬼之事；又说，尊敬鬼神但是又要远离它，这是为什么呢？"朱寿回答说："孔子是圣人。他不讨论神鬼之事，是担心神鬼扰乱了教化；他又说要尊敬鬼神但是又要远离它，是为了严守伦理道德。他的出发点本就在于教导人们奉行宗亲之孝。"那两个人说："好！"又说："你相信吗？"回答说："相信。"那两个人说："我们其实不是鬼神，也不是人类。今天机遇使然同你们交流，是上天让我们这样做的。"他们又对王植说："明天会有两个人到这里来，一个叫李环，一个叫戴政，都是做买卖的，因为剥削万民而获利，贪得无厌，上天讨厌他们，想在三日内惩处他们的罪行。你们不要把船停在这里了。务必牢记！"说完两人投入了水中。朱寿、王植感到十分诧异，不知道这是什么鬼怪。

到了天亮，王植对朱寿说："这种事是不吉祥的，我们还是早点把船开到远点的地方去吧。"就把船开到上游五百多步的地方。把船停好后，就有十几条大船从上流而来，果真把船停在王植和朱寿先前停的地方。王植说："现在就可以去详细问问，一定要知道他们的姓名。"于是朱寿上前打听。那两个果然是商人，他们的姓名也和那两个人说的一样。朱寿心里感到十分惊讶，说："这事一定是真的了！"于是他对王植说："那阴间也讨厌不做善事的人，今天我终于大风雷雨。而二商一时沉溺。植初闻二人之言，私告于人。及是共观者有数百人。内有耿谭者年七十，素谙土事，谓植曰："此中有二蛟如青蛇，长丈余，往往见于波中，时化游于洲渚，然亦不甚伤物。卿所见二人青衣者，恐是此蛟有灵，奉上帝之命也。"（出《九江记》）

陆社儿

陆社儿者，江夏民，常种稻于江际。夜归，路逢一女子，甚有容质。谓社儿曰："我昨自县前来，今欲归浦里，愿投君宿。"然辞色甚有忧容。社儿不得已，同归，闭室共寝。未几，便闻暴风震雷明照。社儿但觉此女惊惶，制之不止。须臾雷震，只在帘前。社儿寝室，有物突开。乘电光，见一大毛手拏此女去。社儿仆地，绝而复苏。及明，邻里异而问之。社儿告以女子投宿之事。少顷，乡人有渡江来者，云："此去九里，有大蛟龙无首，长百余丈，血流注地，盘泊数亩。有千万禽鸟，临而噪之也。"（出《九江记》）

长沙女

长沙有人忘姓名，家江边。有女下渚浣衣，觉身中有异，后不以为患，遂妊身。生三物，皆如鰕鱼。女以己所生，甚怜之，著澡盘水中养。经三月，此物遂大，乃是蛟子。各有字，大者为当洪，次者名破阻，小者曰扑岸。天暴雨，三蛟一时俱去，遂失所在。后天相信了！”王植说：“所谓‘幽明’，就是因为幽中有神而神自明，为什么不信呢？”当时是晋恭帝元熙元年七月。八日到十日，大风暴雨果然来临，两个商人同时溺水而亡。王植刚听那两个人说的时候，私下把这件事说给了一些人听。等到出事的时候，来看的有几百人。其中有一个人叫耿谭，已经七十岁了，生平熟知当地的事情。他对王植说：“这里边有两条很像青蛇的蛟，都长达一丈多，常常出没于水波之中，也时常变幻成人的样子在洲渚游玩，但是也不怎么伤害生灵。你看到的那两个穿青衣的人，恐怕就是这两条蛟显灵，奉上帝的命令做的。”（出《九江记》）

陆社儿

陆社儿，是江夏的一名普通百姓。他时常在江边种水稻。有一天夜里回家的时候，在路上遇见一位女子，这女子长得十分出色。她对陆社儿说：“我昨天从县里来，今天想要回浦里去，想到你家借住一晚。”只见她说话时神情哀伤。陈社儿迫不得已，就把她带回了家，关上门一同入睡。没过多久，就听到暴风疾雨突然袭来，电闪雷鸣。陆社儿觉得此女子惊恐无比，却不能制止。顷刻间，惊雷大震，有一个什么东西撞开了陆社儿的屋门。趁着电光，他看到有一只毛茸茸的大手把那女子抓去了。陆社儿吓得昏倒在地，很久才醒过来。等到天明，邻居感到很奇怪就上前来问他。陆社儿就把女子晚上来投宿的事告诉了他们。过了不久，有渡江而来的乡里人说：“距离这里北面九里的地方，有一条大蛟龙没有头，长一百多丈，流血满地，盘桓糟蹋了好几亩地，有千万只鸟雀在那里吵闹。”（出《九江记》）

长沙女

有一个长沙人，笔者忘了他的名字，只知道他住在江边。有个女子去江边洗衣服，感到身体里有异常，后来也没发现有什么让人担忧的。结果是怀孕了，生下了三个东西，都像虾鱼。由于是自己生的，她十分疼爱它们，把它们放到澡盆里养着。三个月过后，三个东欲雨，此物辄来。女亦知其当来，便出望之。蛟子亦出头望母，良久复去。经年，此女亡后，三蛟一时俱至墓所哭泣，经日乃去。闻其哭声，状如狗嗥。（出《续搜神记》）

苏颋

唐苏颋始为乌程尉。暇日，曾与同寮泛舟沿溪，醉后讽咏，因至道矶寺。寺前是雪溪最深处。此水深不可测，中有蛟螭，代为人患。颋乘醉步行，还自骆驼桥，遇桥坏堕水，直至潭底。水中有令人扶尚书出，遂冉冉至水上，颋遂得济。（出《广异记》）

斗蛟

唐天宝末，歙州牛与蛟斗。初水中蛟杀人及畜等甚众，其牛因饮，为蛟所绕，直入潭底水中，便尔相触。数日牛出，潭水赤。时人谓为蛟死。（出《广异记》）

洪氏女

歙州祁门县蛟潭。俗传武陵乡有洪氏女，许嫁与鄱阳黎氏。将娶，吉日未定，蛟化为男子，貌如其婿，具礼而娶去。后月余，黎氏始到，知为蛟所娶，遂就蛟穴求之。于路逢其蛟化为人，容貌殊丽，其婿心疑为蛟。视，见蛟窃笑，遂杀之，果复蛟形。又前到蛟穴，见其妻，并一犬在妻之旁。乃取妻及犬以归。始登船，而风雨暴至，木石飞腾，其妻及犬，皆化为蛟而去。其婿为恶风飘到余西长大了，原来是蛟子。它们都有自己的名字：大的叫“当洪”，二的叫“破阻”，小的叫“扑岸”。天下暴雨，三条蛟都出门去了，结果就不知道去了哪里。从此以后，只要天要下雨，这三个东西就回来。那女子也知道它们要来，就出去看它们。蛟子也探出头来看母亲，过了很久才离开。一年后，那女子死了，三条蛟一起来到墓地放声大哭，整整一天才离去。听它们的哭声像狗在嗥叫一样。（出《续搜神记》）

苏颋

唐朝的苏颋，先前任乌程尉。有一天闲来无事，和几位同事沿着溪水划船游玩，在船上喝酒，喝醉后吟咏抒怀，随后就来到了道矶寺。寺庙前面就是溪水最深的地方，深不可测，还有蛟螭在那里出没。所以这里历来都是乡间的大患。苏颋趁着酒兴上岸步行，走到骆驼桥上的时候，恰好桥坏了，他就掉到了水里，一直沉入潭底。水里有一个人把他扶了出来。于是他就慢慢来到水面，然后就得救了。（出《广异记》）

斗蛟

唐朝天宝年末，歙州的一头牛和一头蛟争斗。当初，水中的这头蛟害死了很多人和牲畜。那头牛因为去水边喝水，结果被蛟缠住，一直沉入潭底。于是牛和蛟就在水底相斗。几天后牛出来了，潭水变红了，人们都说是蛟死了。（出《广异记》）

洪氏女

歙州祁门县有一个蛟潭。民间传说武陵乡有一个洪氏女子，答应嫁给鄱阳的黎氏。黎氏准备迎洪氏过门，还没有定下吉日的时候，潭里的蛟变成男身，外形和洪氏的女婿一模一样。蛟把聘礼放下，将洪氏女娶走了。一个多月后黎氏才到，知道洪氏女是被蛟娶走了，就到蛟的洞穴里去找她。在路上遇到了蛟变成的人，只见他样貌无比俊美，黎氏怀疑他就是蛟。仔细一看，发现蛟偷偷地笑，于是就

姚，后数年归焉。其后道人许旌阳又斩蛟于此，仍以板窒其穴。今天清日朗，尚有仿佛见之。（出《歙州图经》）

洪贞

鸡笼山在婺源县南九十五里，高一百六十丈，回环一十五里九十步，形如鸡笼焉。唐开元中，有蛟龙变为道人，歙人洪贞以弟子之礼师之。道流将卜居，寻诸名山。到黄山，贞问此山何如。道流曰："确而寒。"次到飞布山，又问之，道流曰："高而无辅。"到此山，又问之，道流曰："此山宜葬，葬者可致侯王。不然，即出妖怪而已。"贞问其所以，而不之告。道流于室中寝，贞入，但见蛟龙，由是候睡觉而辞归。道流遂入鄱阳而去。贞归，迁其父于此山。后二年，鄱阳洪水大发，漂荡数千家。贞本好道，常焚香持念，颇有方术。居于祁南之回玉乡，乡人遂称其变现神通，将图非望。潜署百官，州中豪杰皆应之。后州发兵就捕，获数十人，而贞竟不知所在。（出《述异记》）

老蛟

苏州武丘寺山，世言吴王阖闾陵。有石穴，出于岩下，若嵌凿状。中有水，深不可测。或言秦王凿取剑之所。唐永泰中，有少年经过，见一美女，在水中浴。问少年同戏否，因前牵拽。少年遂解把他杀了，果然现出了原形。那女婿继续往前走，到了蛟洞见到了妻子，妻子的身边还有一条狗。他就把妻子和狗领着往回走。刚上船，突然风雨来了，飞沙走石，他的妻子和那条狗都变成蛟离他而去。他被大风吹到了余姚，几年后才回来。这件事后，有个叫许旌阳的道人又在这里杀死了一头蛟，再用木板堵了蛟洞。现在，天朗气清的时候，依稀还能看到。（出《歙州图经》）

洪贞

鸡笼山在婺源县南边九十五里处，有一百六十丈高，来回一趟要一十五里九十步，外形看上去就像个鸡笼。唐朝开元年间，有一条蛟龙化身为一个道人，歙县人洪贞用弟子的礼仪，拜他为师。道人要找个地方住，就到各处名山去寻找。来到黄山，洪贞问道："这山如何？"道人说："这个地方贫瘠又寒冷。"来到飞布山，洪贞又问，道人回答说："这个地方地势太高，独居一角，周围没有别的山辅助它。"到了这座鸡笼山，洪贞再次问他，道人说："这里最适合用来建造墓地。把人葬在这里，他的子孙可以成为王侯。否则，就出妖怪。"洪贞问其中的缘由，道人不告诉他。道人睡在屋里，洪贞进去，见到的是一条睡着的蛟。于是，等道人睡醒后，洪贞告辞回家。道人就到鄱阳去了。洪贞回到家里，把他父亲的坟迁到鸡笼山。第二年，鄱阳发大水，淹没几千户人家。洪贞本来就喜欢道教，常常烧香念经。他懂得方术。他住在祁南的回玉乡，乡里的人就说他善于变化，神通广大，说他将来能做大事。他暗中委托文武百官，州中的豪杰都响应。后来州官派出官兵来捉拿这些叛贼，捉到了好几十人，而洪贞却不知道去了哪里。（出《述异记》）

老蛟

苏州的武丘寺山，民间传说是吴王阖闾的陵墓。山下有一个洞穴，从岸石中出来，样子像是凿出来的。洞穴中有水，水深不可测。有人说这是秦始皇凿开取得宝剑的地方。唐朝永泰年中，有一位年

衣而入，因溺死。数日，尸方浮出，而身尽干枯。其下必是老蛟潜窟，媚人以吮血故也。其同行者述其状云。（出《通幽记》）

武休潭

王蜀先主时，修斜谷阁道，凤州衙将白忘其名。掌其事焉。至武休潭，见一妇人浮水而来，意其溺者，命仆夫钩至岸滨。忽化为大蛇，没于潭中。白公以为不祥，因而致疾。愚为诵岑参《招北客赋》云："瞿塘之东，下有千岁老蛟。化为妇人，炫服靓妆，游于水滨。"白公闻之，方悟蛟也，厥疾寻瘳。又内官宋愈昭，自言于柳州江岸为二三女人所招，里民叫而止之，亦蛟也。岑赋所言，斯足为证。（出《北梦琐言》）

伐蛟

《月令》："季秋伐蛟取鼍，以明蛟可伐而龙不可触也。"蛟之为物，不识其形状。非有鳞鬣四足乎？或曰，虬螟蛟蝠，状如蛇也。南僧说蛟之形，如马蟥，即水蛭也，涎沫腥粘，掉尾缠人，而噬其血。蜀人号为"马绊蛇"。头如猫鼠，有一点白，汉州古城潭内马绊蛇，往往害人。乡里募勇者伐之，身涂药，游泳于潭底，蛟乃跃于沙汭，蟠蜿力困，里人欢噪以助，竟毙之。（出《北梦琐言》）

轻人从这里经过，看见一位美丽的少女在水中洗澡。少女问年轻人愿不愿意和她一块玩水，说着说着就上来拉他，于是他就脱了衣服下去了。结果就淹死了，过了几天他的尸体才浮上来。人们一看，这具尸体已经干枯了。那下面一定是老蛟藏身的洞穴，是先招惹人然后吸血造成的。这是和那个年轻人同行的人讲述的。（出《通幽记》）

武休潭

王蜀先主在位的时候，修建斜谷阁道，凤州的一位衙将白某负责这件事情。修到武休潭，有一位妇人从水上漂过来，以为她是落入水中淹死的，白某就让人用钩子把她勾到岸上来。没想到那妇人忽然变成一条大蛇，没入潭水之中。白某认为这是不祥之兆，于是就病倒了。我读岑参的《招北客赋》给他听，书中说："瞿塘之东，下有千岁老蛟。老蛟变成妇人，衣服美丽，打扮漂亮，游于水滨。"白某听了，恍然大悟，原来自己遇到的不是蛇而是蛟，不久他的病就好了。此外，内官宋愈昭，他说自己有一次在柳州江岸，有两三个女人召唤他，当地的居民大声喝止他过去，那也是蛟。岑参的赋里讲的，可以作为证据。（出《北梦琐言》）

伐蛟

《月令》里说："九月杀蛟捕鳄，以说明蛟可以杀伐而龙不可触动。"蛟这种东西，没有人知道它长什么样子。没有鳞、鬣和四条腿吗？有的人说，虬、蜧、蛟、蝹，外形和蛇看上去差不多。一个南方的和尚说，蛟的样子像马蟥，也就是水蛭，身上满是又腥又黏的涎沫，掉过尾巴来缠住人吸人的血。蜀人称它为"马绊蛇"，说它的头像猫和老鼠一般，有一个白点儿。汉州古城潭内的一条马绊蛇，经常害人。乡里征召勇敢的人去把它杀死。那人身上涂了药，潜入潭底，把蛟逼到沙滩上，乡里人欢呼着跑上去相助，最终把它整死了。（出《北梦琐言》）

卷第四百二十六　虎一

白虎

秦昭襄王时，白虎为害，自秦、蜀、巴、汉患之。昭王乃重募国中有能杀虎者，邑万家，金帛如之。于是夷朐忍廖仲药、何射虎、秦精等，乃作白竹弩，如高楼上射白虎，中头三矢。白虎常从群虎，瞋恚，尽搏杀群虎，大吼而死。昭王嘉之曰："虎历四郡，害千二百人，一朝患除，功莫大焉。"欲如约，且嫌其夷人，乃刻石为盟约。复夷人顷田不租；十妻不井；伤人不论；杀人不死；秦犯夷，输黄金一两。夷犯秦，输清酒一壶。夷人安之。（出《华阳洞志》）

汉景帝

汉景帝好游猎。见虎不能得之，乃为珍馔，祭所见之虎。帝乃梦虎曰："汝祭我，欲得我牙皮耶？我自杀，从汝取之。"明日，帝入山，果见此虎死在祭所。乃命剥取皮牙，余肉复为虎。（出《独异志》）

白虎

秦昭襄王的时候，有一只白虎是人间的公害。秦、蜀、巴、汉各地百姓都怕它。昭襄王就重赏招募国都中能杀虎的人。只要能杀死这只白虎的，食邑万户，金帛要多少有多少。于是夷人廖仲药、何射虎、秦精等，就用白竹子做成弓箭，爬到高楼上去射杀白虎。白虎头上中了三箭。白虎经常跟在一群老虎后面，现在它非常生气，就把一群虎都杀了，自己也大叫着死了。昭襄王赞赏地说："这只虎为害四个郡，害死一千二百人，今天一下子除掉这个大患，没有比这个更大的功劳了。"他准备按照约定赏赐，又嫌弃这几个人是夷人，于是就在石刻下盟约：夷人种田不满一顷的不用交租；妻小不足十人的不算做一井（纳租时）；伤了人的不处罚；杀了人的不犯死罪；秦人冒犯了夷人，赔黄金一两；夷人冒犯秦人，赔清酒一壶。于是夷人从此就安分了。（出《华阳洞志》）

汉景帝

汉景帝喜欢打猎。他发现一只老虎却不能猎得，就准备了许多美味佳肴祭祀那只虎。汉景帝就做了一个梦，梦见那只虎对他说："你祭祀我，目的不过是想要得到我的牙和皮。我自尽而死，如你所愿，你来取吧。"第二天，汉景帝进山，果然在祭祀老虎的那个地方看到了那只虎。于是他就让人剥了虎皮，拔了虎牙。剩下的虎肉又变成了一只老虎。（出《独异志》）

种僮

种僮为畿令。常有虎害人。僮令设槛，得二虎。僮曰：“害人者低头。”一虎低头，僮取一虎放之。自是猛兽皆出境，吏目之为神君。（出《独异志》）

封邵

汉中有虎生角。道家云，虎千岁则牙蜕而角生。汉宣城郡守封邵，一日忽化为虎，食郡民。民呼曰“封使君”，因去不复来。故时人语曰：“无作封使君，生不治民死食民。”（出《述异记》）

亭长

长沙有民曾作槛捕虎。忽见一亭长，赤帻大冠，在槛中。因问其故，亭长怒曰：“昨被县召，误入此中耳。”于是出之。乃化为虎而去。（出《搜神记》）

严猛

晋时，会稽严猛妇出采薪，为虎所害。此后猛行至蒿中，忽见妇云：“君今日行，必遭不善。我当相免也。”既而俱前。忽逢一虎，跳梁向猛，妇举手指麾，状如遮护。须臾，有一胡人荷戟而过，妇因指之，虎即击胡。猛方获免。（出《法苑珠林》）

种　僮

种僮在京郊做县令。附近的老虎为害百姓。种僮让人制作了一个捉野兽的笼子，捕到了两只虎。种僮对两只老虎说："伤害了人的就把头低下去！"其中一只老虎低下了头。种僮就把另一只老虎放了。从此，本地的猛兽都转移到别的地方去了。在小吏们心目中，种僮简直就是神仙。（出《独异志》）

封　邵

汉中有一只老虎长了角。道家说，老虎活到一千岁就会掉牙然后长出角。汉宣城的郡守封邵，有一天忽然变身成一只猛虎，吃了郡里的百姓。百姓把他叫作"封使君"。于是他一离开就没有再回来。所以当时的人们说："不要做封使君，活着的时候不管理百姓，死的时候又要吃百姓。"（出《述异记》）

亭　长

长沙的一个百姓曾经做了一个捉野兽的笼子用来捉虎。有一天他见笼子里有一位亭长，戴着红头巾大高帽，威风凛凛的样子。于是他就问是怎么回事。亭长生气地说："别说了，昨天县老爷找到我，我不知怎么就走到这里来了！"于是他就把亭长放了出来，亭长却变成一只老虎跑掉了。（出《搜神记》）

严　猛

晋朝时，会稽人严猛的妻子出去打柴，被老虎害死。后来有一天，严猛走到长满蒿草的地里，忽然看到了他的妻子。妻子对他说："你今天在外行走，一定会遇到不好的事，我能给你免除。"然后他们就一起继续向前走去。忽然碰上一只老虎，老虎跳着跑向严猛。妻子举起手来不停地挥舞，样子像是在保护严猛。没多久，有一个胡人扛着戟从这里路过，妻子就往那个胡人一指，老虎就去袭击胡人，严猛这才免予被袭。（出《法苑珠林》）

袁 双

晋孝武太元五年，谯郡谯县袁双家贫客作。暮还家，道逢一女。年十五六，姿容端正，即与双为妇。五六年后，家资甚丰，又生二男。至十岁，家乃巨富。后里有新死者，葬后，此女逃往至墓所，乃解衣脱钏挂树，便变形作虎。发冢，曳棺出墓外，取死人食之。食饱后，还变作人。有见之者，窃语其婿："卿妇非人，恐将相害。"双闻之不信。经时，复有死者，辄复如此。后将其婿共看之，述知其实。后乃越县趋墟，还食死人。（出《五行记》）

吴道宗

晋义熙四年，东阳郡太末县吴道宗少失父，与母居，未娶妇。一日，道宗他适，邻人闻屋中窣磕之声，窥不见其母，但有乌斑虎在屋中。邻人恐虎食道宗母，遂鸣鼓会里人共救之。围宅突进，不见有虎，但见其母。语如平常，不解其意。儿还，母语之曰："宿罪见谴，当有变化事。"后一月，忽失母。县界内虎灾屡起，皆云乌斑虎。百姓患之。众共格之，伤数人。后人射虎，箭带膺，并戟刺中其腹，然不能即死。经数日后，虎还其家，不能复人形，伏床上而死。其儿号泣，葬之如母。（出《齐谐记》）

袁双

晋孝武帝太元五年，谯郡谯县的袁双，因为家境贫寒，就受雇给别人做事。有一天晚上，他走在回家的路上，遇到了一位女子。这女子十五六岁，容貌端正，做了袁双的媳妇。五六年后，袁双家的财产已经很多了。那女子又生了两个男孩。到了十年后，袁双家已经非常富有了。后来，乡里有刚死不久的人，被埋葬后，这个女人就跑到墓地去，脱下衣服首饰挂到树上，摇身一变成了一只老虎，扒开坟墓，拉开棺材，吃里边的死人。吃饱之后，依然变回人的样子。有人看到了，就偷偷地对袁双说："你媳妇不是人，恐怕以后会加害于你！"袁双听了不相信。过了一些时候，又有人死了，那女子又去吃。后来有人叫袁双一起去看。袁双才知道他们说的是事实。此后那女子就离开州县去废墟生存，仍然吃死人。（出《五行记》）

吴道宗

晋朝义熙四年，东阳郡太末县有一个人叫吴道宗，他很小的时候就没了父亲，和母亲住在一起，还没有娶上媳妇。有一天，吴道宗去了别的地方，有邻居听到他家里发出窣窣窸窸磕磕碰碰的声音，偷偷往里面看，没看到他的母亲，只看见一只乌斑虎在屋里。邻居担心虎吃了吴道宗的母亲，就敲打锣鼓地把乡里人召集起来一起救他母亲。他们把屋子包围起来，然后突然冲进屋里，结果没看见老虎，只见到他的母亲。他母亲说话的神态和平常没有什么不同，不知道大家为什么冲进来。吴道宗回来后，母亲对他说："我犯错应当受到责罚，恐怕将要发生不寻常的事情。"一个月后，他的母亲忽然失踪了。全县界内多次发生老虎害人的事，都说是一只乌斑虎干的，百姓都惧怕它。许多人一起去袭击它，反而被它弄伤了好几个人。后来有人用箭射它，射中了它的胸部，并且用戟刺中了它的肚子，但是它还没立即死去。几天过后，这只老虎回到吴道宗家，已经不能恢复人形，趴在床上死了。吴道宗号啕大哭，像对待母亲一样埋葬了它。（出《齐谐记》）

牧牛儿

晋复阳县里民家儿常牧牛。牛忽舐此儿，舐处肉悉白。儿俄而死，其家葬此儿，杀牛以供宾客。凡食此牛肉，男女二十余人，悉变作虎。（出《广异记》）

师道宣

晋太元元年，江夏郡安陆县师道宣，年二十二，少未了了。后忽发狂，变为虎，食人不可纪。后有一女子树上采桑，虎取食之。竟，乃藏其钗钏于山石间。后复人形，知而取之。经年还家，复为人。遂出仕，官为殿中令史。夜共人语，忽道天地变怪之事。道宣自云："吾尝得病发狂，遂化作虎啖人。"言其姓名。同坐人或坐人，或有食其父子兄弟者。于是号哭，捉送赴官，遂饿死建康狱中。（出《齐谐记》）

谢 允

历阳谢允字道通，少为贼所掠，为奴于蒋凤家。常于山中见阱中虎饥，因出之。后诣县自白，令长不为申理，考讯无不至。允夜梦人曰："此中易入难出，汝自有慈惠，当相拯拔。"觉，见一少年，通身黄衣，遥在栅外与允语。狱吏以告令长，令长由是不敢诬辱。既还，乃上武当山。时唐公亮闻而愍之，给以资履。遂于襄阳见道士曰："吾师戴先生者，成人君子，尝言有志者与之俱来，得非尔耶？"随入山，斋三日，进见之，乃昔日所梦人也。问允欲见黄衣童否，赐以神药三丸，服之不饥渴，无所思欲。先生亦无常处。

牧牛儿

晋朝复阳县一个乡间百姓家的男孩经常去放牛。有一天牛忽然舔了这个孩子，被舔过的地方的肉全变成了白色。没多久那孩子就死了。这家人埋葬孩子的时候，把牛杀了做菜给宾客们吃。吃到牛肉的有男男女女二十多人，结果他们全变成了老虎。（出《广异记》）

师道宣

晋朝太元元年，江夏郡安陆县有一人叫师道宣，二十二岁，小时候并不怎么聪明。后来他突然发狂，变身成为一只猛虎，吃人无数。后来有一位女子在树上采桑叶，他就把那女子给吃了。然后，他把那女子用的钗钏之类的东西藏在山石间。后来他恢复了人形，仍然记得那女子的东西，就去把那些东西取回来。过了一年，他回到家里，又开始过起了人的生活。之后他做了官，官职为殿中令史。一天晚上，他正在和别人谈话，忽然说到天地变怪的事，他自己说，他就曾经得病发狂，变成了一只猛虎，吃了很多人。他说了被吃的那些人的姓名。同座的人中，有的人就是被他吃了父亲、儿子、哥哥、弟弟或姐妹等亲人，他们听了后大哭不止，就把他抓起来送到了官府。最后他被饿死在建康的狱中。（出《齐谐记》）

谢允

历阳人谢允，字道通，小时候被山贼掳去，在蒋凤家做仆人。他曾经在山中看到一只掉到陷阱里的老虎饿得厉害，就想办法把虎救出来放了。后来他到县里去说明情况，要求回家，县令不给他申辩的机会，还用尽各种办法拷问他。他做了一个梦，梦到有一个人对他说：“这地方进来容易出去难，你曾经于我有恩，我要把你救出去。”梦醒后，他看到一个年轻人。这个年轻人穿着黄色的衣服，远远地站在栅栏外和他说话。狱吏把这事告诉了县令，从此县令再也不敢侮辱他了。回到家乡后，他上了武当山。当时唐亮听说了他的遭遇，很同情他，并给了他一些盘缠资助他。他在襄阳又见到了一位道

时有祥光紫气荫其上，芬馥之气遍于山谷。（出《甄异记》）

郑袭

荥阳郑袭，晋太康中，为太守门下驺。忽如狂，奄失其所，经日寻得。裸身呼吟，肤血淋漓。问其故，社公令其作虎，以斑皮衣之。辞以执鞭之士，不堪虓跃。神怒，还使剥皮。皮已着肉，疮毁惨痛。旬日乃差。（出《异苑》）

刘广雅

彭城刘广雅，以太元元年为京府佐。被使还，路经竹里亭，多虎。刘防卫甚至，牛马系于前，手戟布于地。中宵，与士庶同睡。虎乘间跳入，独取刘而去。（出《异苑》）

易拔

晋时，豫章郡吏易拔，义熙中，受番还家，违遁不返，郡遣追。见拔言语如常，亦为设食。使者催令束妆，拔因语曰："女看我面。"乃见眼目角张，身有黄斑色。便竖一足，径出门去。家先依山为居。至麓，即变成三足大虎。竖一足，即成其尾也。（出《异苑》）

士，道士说："我的师父戴先生，是个喜欢成人之美的君子。他曾经说过会有个有志气的人和他一起前来，说的大概就是你吧？"他跟着道士进山，斋戒三天，进去见戴先生，原来戴先生就是之前梦里见到的那个人。戴先生问谢允想不想见见那位黄衣童子，就把三丸神药赐给他，吃了之后不饥不渴，没有一点别的需求了。戴先生也没有在这里逗留。那时有祥光紫气照在那里，芬芳之气遍布山谷。（出《甄异记》）

郑袭

荥阳人郑袭，晋朝太康年间，是太守门下的喂马人，忽然就如痴如狂，不知去了哪里，一天后才找到。只见他裸着身子大声叫喊，浑身血肉模糊。问他是怎么回事，他回答道，土地神让他做老虎，把有斑纹的皮穿到他身上。他经受不住老虎的吼叫和跳跃，就向一位拿鞭子的人诉苦，土地神十分生气，让人剥了他的皮然后放还。那皮已经附着在他的肉上了，这一剥，伤口疼痛难忍。十天之后，伤才渐渐好起来。（出《异苑》）

刘广雅

彭城人刘广雅，太元元年的时候，担任京府佐。他被派出去办完差事回来，路过竹里亭。竹里亭有很多老虎。刘广雅防卫得很是严密，把牛马拴在前面，在四周密密插上战戟。半夜时分，他和手下人一起睡下了。老虎趁此机会跳进来，唯独把刘广雅给叼走了。（出《异苑》）

易拔

晋朝时候，易拔担任豫章郡郡吏。义熙年间，得到一次回家探亲的机会，但探亲期限到了都没有回来，郡守就派人去催促他回来。被派去的人见到易拔，易拔言谈举止都很正常，也为他准备饭。被派去的人催促易拔穿好衣服束好腰带准备上路的时候，易拔就

萧泰

梁衡山侯萧泰为雍州刺史，镇襄阳。时虎甚暴，村门设槛。机发，村人炬火烛之，见一老道士自陈云："从村丐乞还，误落槛里。"共开之。出槛即成虎，奔驰而去。（出《五行记》）

黄乾

梁末，始兴人黄乾有妹小珠，聘同县人李肃。小妹共嫂入山采木实，过神庙，而小珠在庙恋慕不肯归。及将还，复独走上庙，见人即入草中。乾妻来告肃，肃以为更有他意。肃被县召，将一伴夜还。值风雨，见庙屋有火，二人向火炙衣，见神床上有衣。少间，闻外有行声，二人惶怖，入神床屏风后。须臾，见一虎振尾奋迅，直至火边，自脱牙爪，卷其皮，置床上，着衣向火坐。肃看乃小珠也，肃径出抱之，与语不应。明日将归，送向乾家。乃闭置一室，掷生肉则接食之。其恒看守，少日又成虎。郡县检验，村人乃将弓弩上舍，即发屋射杀之。明日有虎暴，百姓白日闭门。太守熊基表闻之。（出《五行记》）

说：“你看看我的脸。”被派去的人这才看到，易拔的眼角是张开的，身上满是黄色的纹路。易拔便竖起一只脚，直冲冲地往门外走去。他家本就靠山而居。他跑到山脚下，就变成了一只三条腿的大老虎。那竖起的一只脚，变成了老虎的尾巴。（出《异苑》）

萧泰

南北朝梁衡山侯萧泰时任雍州刺史，镇守襄阳。当时老虎尤其猖獗，村口设了捕捉野兽的笼子。笼子的机关一有响动，村民们就举着灯笼火把跑来看，只见笼子里有一个老道士。老道士说，他是去一个村里乞讨回来，不小心误入了笼子。人们合力把笼子打开。那老道士一被放出来就立刻变成一只老虎，疾走离去。（出《五行记》）

黄乾

南北朝梁末，始兴人黄乾有个叫小珠的妹妹。小珠和同县的李肃订了婚。小珠和嫂子一块去山上采摘野果子，路过神庙的时候，小珠就在神庙前徘徊不去。等到要回来的时候，她又独自跑到庙里，见到人就往草丛里钻。黄乾的妻子回来后把事情告诉了李肃。李肃以为小珠心中对别人产生了好感。李肃被县里召去，一天晚上和一位伙伴往家里走，路上遇到了狂风暴雨。他们见庙里有火，两个人就借着火烤衣服。两人发现神床上有衣服。不一会儿，听到外边有走路的声音。两人感到十分害怕，就赶紧躲到神床屏风后面去。一会儿，只见一只老虎昂首阔步来到火边，自己脱掉牙和爪，把皮卷起来放到床上，穿上衣服对着火坐下。李肃一看那老虎竟然是小珠，就跑过去把她抱住，跟她说话，她没有应答。天亮以后，李肃把她带回来，送到黄乾家去。黄乾就把她关进了一间屋里。把生肉扔给她，她就接过去吃。他家派人长期看守着小珠。没过几天，她又变成了老虎。郡县都来检验过。村里人就把弓箭拿到房顶上去，扒开房盖射死了她。第二天就有老虎来侵犯，大白天百姓就要把门关上。这是太守熊基表奏的。（出《五行记》）

酋耳兽

唐天后中，涪州武龙界多虎暴。有一兽似虎而绝大，日正午逐一虎，直入人家噬杀之，亦不食。由是县界不复有虎矣。录奏，检瑞图，乃酋耳。不食生物，有虎暴则杀之也。（出于《朝野佥载》）

虎 塔

唐天后中，成王千里将一虎子来宫中养。损一宫人，遂令生饿数日而死。天后令葬之，其上起塔，设千人供，勒碑，号为“虎塔”。至今犹在。（出《朝野佥载》）

傅黄中

唐傅黄中为越州诸暨县令。有部人饮大醉，夜中山行，临崖而睡。忽有虎临其上而嗅之，虎须入醉人鼻中，遂喷嚏声震。虎遂惊跃，便落崖。腰胯不遂，为人所得。（出《朝野佥载》）

郴州佐史

唐长安年中，郴州佐史因病而为虎。将啖其嫂，村人擒获，乃佐史也。虽形未全改，而尾实虎矣。因系树数十日，还复为人。长史崔玄简亲问其故。佐史云：“初被一虎引见一妇人，盛服。诸虎恒参集，各令取当日之食。时某新预虎列，质未全，不能别觅他人，将取嫂以供，遂为所擒。今虽作虎不得，尚能其声耳。”简令

酋耳兽

唐朝武则天时，涪州武龙县界内虎患猖獗。有一个像老虎的野兽，体形特别大。一天正午那野兽追赶一只老虎，一直追到人家家里，把老虎咬死，咬死了也没吃它。从这以后，这县内就再也没有老虎了。从表奏中把这兽的样子抄录下来，到《瑞图》中一查，这野兽原来是酋耳兽。它不吃生物，有老虎出来行凶它就会把老虎咬死。（出《朝野佥载》）

虎 塔

唐朝武则天的时候，成王从千里之外把一只老虎幼崽运到宫中来饲养。因为它伤了一个宫女，成王就下令让它饿几天，没想到竟把它饿死了。武则天就命令下人把它埋葬了，在它的坟墓上面建了塔，设了千人供，刻了石碑，起名叫虎塔。这塔现在还在。（出《朝野佥载》）

傅黄中

唐朝的傅黄中任越州诸暨县县令。他的一个部下喝酒喝得酩酊大醉，晚上在山中走着走着，就靠在悬崖边上睡着了。忽然有一只老虎慢慢接近他，在旁边用鼻子嗅他的脸，把虎须伸进他的鼻孔里，他就打了一个喷嚏，声音响亮，老虎吓了一跳，直接掉到了山崖下，摔坏了腰胯，被人抓住了。（出《朝野佥载》）

郴州佐史

唐朝长安年间，郴州佐史因患病变身成了虎，要把他的嫂子吃了。村里人抓住一看，原来是他。虽然形体还没有完全改变，但是尾巴已经是老虎尾巴了。于是人们就把他绑到树上，绑了几十天后，他才渐渐恢复成人的样子。长史崔玄简亲自问他这是怎么回事。他说：“一开始我被一只老虎引荐到一位妇人那里。那位妇人穿戴整齐，服饰华丽，许多老虎都去拜见她，妇人让他们自己准备好当天的食

试之，史乃作虎声，震骇左右，檐瓦振落。（出《五行志》）

巴 人

巴人好群伐树木作板。开元初，巴人百余辈自褒中随山伐木，至太白庙。庙前松树百余株，各大数十围。群巴喜曰："天赞也。"止而伐之。已倒二十余株，有老人戴帽拄杖至其所，谓巴曰："此神树，何故伐之？"群巴初不辍作。老人曰："我是太白神。已倒者休，乞君未倒者，无宜作意。"巴等不止。老人曰："君若不止，必当俱死，无益也。"又不止。老人乃登山呼："斑子。"倏尔有虎数头，相继而至，噬巴殆尽，唯五六人获免。神谓之曰："以汝好心，因不令杀，宜速去也。"其倒树至天宝末尚存。有诏修理内殿，杨国忠令人至山所，宣敕取树，作板以用焉。神竟与之。（出《广异记》）

峡口道士

开元中，峡口多虎，往来舟船皆被伤害。自后但是有船将下峡之时，即预一人充饲虎，方举船无患。不然，则船中被害者众矣。自此成例。船留二人上岸饲虎。经数日，其后有一船，内皆豪强。数内有二人单穷，被众推出，令上岸饲虎。其人自度力不能拒，乃为出船，而谓诸人曰："某贫穷，合为诸公代死。然人各有物。当时我刚刚加入老虎的行列，虎性还没有完全具备，不能抓住别的人，就想把嫂子弄去给老虎们吃。然后我就被大家抓住了。虽然现在我不能再做老虎，但还是能发出老虎的吼叫声。”崔玄简让他试一下，他果然发出一声虎啸，左右随从都感到非常吃惊，房上的瓦都被震落了下来。（出《五行志》）

巴人

巴人喜欢成群结队地砍伐树木加工成木板。开元年初，一百多位巴人从褒中出发，沿着山的走向砍伐树木，一直到了太白庙。太白庙前有一百多棵松树，每棵松树都有几十围粗。这群巴人高兴地说：“这真是天助我也！”他们便住下来开始伐木。已经砍倒了二十多棵，有一位戴着帽子拄着拐杖的老人来到这里，问巴人说：“这是神树，你们为什么要砍倒呢？”巴人们并没有因此停下来。老人继续说：“我是太白神，已经砍倒的就算了，还没砍倒的，希望你们不要继续砍了。”巴人们仍然没有停下。老人说：“如果你们不停止砍树，最后一定都会死，这对你们没有好处啊！”巴人们还是没停下来。老人就登上山坡大声喊道：“斑子！”一瞬间有几只老虎相继跑出来，把这些巴人都咬死了，只有六七人得以幸免。太白神对他们说：“因为你们的心是好的，我就不让老虎杀你们了。你们应该立刻离开这里！”那些被砍倒的树到天宝年末还有。皇上下诏修理内殿，杨国忠派人来到这里，宣读皇帝的诏书取树，做板子用，太白神竟给了他。（出《广异记》）

峡口道士

开元年间，峡口这地方有很多老虎，来来往往的船上的人总要受到老虎的伤害。从此以后，只要是有船从峡口经过，就要准备一个人拿来喂老虎，只有这样才能避免祸患；否则，船上受害的人就更多了。自此以后就形成了惯例。每只船留两个人上岸喂虎。过了几天，有一只船上坐的全是豪强之士，只有两人是穷汉，大家便把这两人推分定，苟不便为其所害，某别有恳诚，诸公能允许否？”众人闻其语言甚切，为之怆然。而问曰：“尔有何事？”其人曰：“某今便上岸，寻其虎踪，当自别有计较。但恳为某留船滩下，至日午时，若不来，即任船去也。”众人曰：“我等如今便泊船滩下，不止住今日午时，兼为尔留宿。俟明日若不来，船即去也。”言讫，船乃下滩。

其人乃执一长柯斧，便上岸，入山寻虎。并不见有人踪，但见虎迹而已。林木深邃，其人乃见一路，虎踪甚稠，乃更寻之。至一山隘，泥极甚，虎踪转多。更行半里，即见一大石室，又有一石床，见一道士在石床上而熟寐，架上有一张虎皮。其人意是变虎之所，乃蹑足，于架上取皮，执斧衣皮而立。道士忽惊觉，已失架上虎皮。乃曰：“吾合食汝，汝何窃吾皮？”其人曰：“我合食尔，尔何反有是言？”二人争竞，移时不已。道士词屈，乃曰：“吾有罪于上帝，被谪在此为虎。合食一千人，吾今已食九百九十九人，唯欠汝一人，其数当足。吾今不幸，为汝窃皮。若不归，吾必须别更为虎，又食一千人矣。今有一计，吾与汝俱获两全，可乎？”其人曰：“可也。”道士曰：“汝今但执皮还船中，剪发及须鬓少许，剪指爪甲，兼头面脚手及身上，各沥少血二三升，以故衣三两事裹之。待吾到岸上，汝可抛皮与吾，吾取披已，化为虎。即将此物抛与，吾取而食之，即与汝无异也。”

其人遂披皮执斧而归。船中诸人惊讶，而备述其由。遂于船中，依虎所教待之。迟明，道士已在岸上，遂抛皮与之。道士取皮出来，让他们上岸去喂虎。其中有一个人估计知道自己躲不过去，就从船中走出来，对大家说："我家很穷，应当替大家去死。但是每个人都有自己的命运，如果我没有被老虎吃掉，我就有另外的要求，不知道大家能不能答应我？"大家听他言辞恳切，也都感到悲怆，就问他说："你有什么要求？"那人说："我现在就上岸去，主动去找那老虎，找到以后自然要有些较量，我只求大家把船留在滩下等我一会儿，如果到了中午我还没回来大家再离开。"大伙说："我们现在就把船停到滩下去，不仅等你到晌午，还要再等一宿，到明天如果你还没回来，才开船。"说完，船就开到了滩下。

那人就带上一把长把斧上了岸，进山去寻找老虎。山上并没有人的踪迹，只有老虎的脚印。林木森然，那人找到了一条小路，小路上全是老虎的脚印，于是他就沿着老虎脚印向前寻去。来到一个山隘，污泥很深，老虎的脚印更多了。继续向前走了半里，看到了一个石室，石室里面有一张石床，石床上睡着一位道士，架子上有一张虎皮。那人心想这应该就是老虎变身的地方。于是他就蹑手蹑脚地把虎皮从架子上取下来，穿上虎皮拿着斧子站在那里。道士忽然惊醒，见架上的虎皮已经丢失，就说："我应当把你给吃了，你怎么偷我的皮？"那人说："我应当吃你，你怎么反而说这样的话？"二人相持不下。道士自知理亏，就说："我得罪了上天，被贬在这里当虎，应该吃一千人。我已经吃了九百九十九人，只差你一个了。我很不幸，被你把皮偷去了。如果你不把虎皮还给我，我还要另外做一次老虎，还要再吃一千人。我有个两全其美的想法，可以吗？"那人说："可以。"道士说："你现在只管拿着虎皮回到船上，剪掉一些头发、胡须、指甲什么的，还有头、脸、手、脚及全身，各处稍微滴一点血，用几件旧衣服包上。等我到了岸上，你可以把虎皮扔给我，我拿起皮披在身上，立刻就变身为老虎，你再把那东西扔给我，我把它吃了，就等于吃了你。"

那人便披着虎皮拿着斧子回到船上。船上的人都感到十分惊讶，那人详细述说事情的全部过程，于是在船上按道士说的准备了一切。快天亮的时候，道士来到岸上，于是那人就把皮扔给他。他把

衣振迅，俄变成虎，哮吼跳踯。又抛衣与虎，乃啮食而去。自后更不闻有虎伤人。众言食人数足，自当归天去矣。（出《解颐录》）

皮往身上一穿，一抖，就变成了一只虎，又是吼叫又是跳跃。那人又把旧衣服扔给老虎，老虎就把旧衣服吃了，掉头往山上奔去。从此再没听说这里有老虎伤人的事。大伙说它吃人的数已经够了，自然应当回到天上去了。（出《解颐录》）

卷第四百二十七　虎二

费忠　虎妇　稽胡　碧石　黿啮虎　李徵　天宝选人

费忠

费州蛮人，举族姓费氏。境多虎暴，俗皆楼居以避之。开元中，狄光嗣为刺史，其孙博望生于官舍。博望乳母婿费忠劲勇能射，尝自州负米还家，山路见阻，不觉日暮。前程尚三十余里，忠惧不免，以所持刃刈薪数束，敲石取火，焚之自守。须臾，闻虎之声，震动林薮。忠以头巾冒米袋，腰带束之，立于火光之下，挺身上大树。顷之，四虎同至，望见米袋。大虎前躩，既知非人，相顾默然。次虎引二子去，大虎独留火所。忽尔脱皮，是一老人，枕手而寐。忠素劲捷，心颇轻之，乃徐下树扼其喉，以刀拟颈。老人乞命，忠缚其手而诘问之，云是北村费老，被罚为虎，天曹有日历令食人，今夜合食费忠，故候其人。适来正值米袋，意甚郁快，留此须其复来耳，不意为君所执。如不信，可于我腰边看日历，当知之。忠观历毕。问："何以救我？"答曰："若有同姓名人，亦可相代。异时事觉，我当为受罚，不过十日饥饿耳。"忠云："今有南村费忠，可代我否？"老人许之。忠先持其皮上树杪，然后下解老人。老人曰："君第牢缚其身附树，我若入皮，则不相识，脱闻吼落地，必当被食。事理则然，非负约也。"忠与诀，上树，掷皮还之。老人得皮，从后脚入，复形之后，大吼数十声，乃去。忠得还家。数日，南村费忠锄地遇啖也。（出《广异记》）

费 忠

费州的蛮人，整个家族都姓费。那地方被老虎伤害的人很多，一般人家都是盖楼而居，以躲避虎害。开元年间，狄光嗣任刺史。他的孙子狄博望在官舍出生。狄博望乳母的丈夫费忠英勇无比，精通射术。有一天，他扛着米从州县往家中走，山路崎岖难行，不知不觉天就黑了。离家还有三十多里的路程，费忠难免感到害怕。他就用带在身边的刀，砍了几捆柴，敲击石头取火，然后点起火堆守在那里。不一会儿，他听到了老虎的声音。虎声震得林中木丛都在发抖。费忠把自己的头巾取下来盖在米袋子上，又把自己的腰带系在米袋子上，把米袋子做成人的样子站在火光之下，自己挺身爬上了大树。不一会儿，四只老虎一起到来，看见米袋后，最大的那只老虎一下子跳了过去，一看没有人，便默默对视，无可奈何。稍小一点的那只老虎领着两只虎崽离开了，大虎独自留在火堆旁。大老虎突然把皮脱掉，变成一位老人，枕着手开始睡觉。费忠向来力大敏捷，没把这位老头放在心上。他慢慢从树上下来，一下子掐住了老头的喉咙，用刀抵住老头的脖子。老人向他求饶。费忠把老头的双手绑起来，然后开始盘问他。老人说他是北村的老费头，被罚当老虎，天上的官署按照日历命令他吃人，今天晚上应该吃费忠，所以他就等着费忠来。刚才一来看到只有米袋，心中感到不快，就留在这里等自己再来，没想到让他抓住了。你如果不相信，可以打开我腰边的日历看看，看了就知道了。费忠看完了日历，问道："怎么做才能救我？"老人说："如果有姓名相同的人，也可以顶替。不过如果日后事情暴露了，我就要受到惩罚，不过是罚我挨十天饿罢了。"费忠说："现在南村也有个费忠，他可以顶替我吗？"老人说可以。费忠先拿着他的皮爬到树上，把皮绑到树梢上，然后再下来解放老人。老人说："你只管把自己牢牢地绑在

虎妇

唐开元中，有虎取人家女为妻，于深山结室而居。经二载，其妇不之觉。后忽有二客携酒而至，便于室中群饮。戒其妇云：“此客稍异，慎无窥觑。”须臾皆醉眠，妇女往视，悉虎也。心大惊骇，而不敢言。久之，虎复为人形，还谓妇曰：“得无窥乎？”妇言初不敢离此。后忽云思家，愿一归觐。经十日，夫将酒肉与妇偕行，渐到妻家，遇深水，妇人先渡。虎方褰衣，妇戏云：“卿背后何得有虎尾出？”虎大惭，遂不渡水，因尔疾驰不返。（出《广异记》）

稽胡

慈州稽胡者以弋猎为业。唐开元末，逐鹿深山。鹿急走投一室，室中有道士，朱衣凭案而坐。见胡惊愕，问其来由。胡具言姓名，云：“适逐一鹿，不觉深入，辞谢冲突。”道士谓胡曰：“我是虎王，天帝令我主施诸虎之食，一切兽各有对，无枉也。适闻汝称姓名，合为吾食。”案头有朱笔及杯兼簿籍，因开簿以示胡。胡战惧良久，固求释放。道士云：“吾不惜放汝，天命如此，为之奈何？若放汝，便失我一食。汝既相遇，必为取免。”久之乃云：“明树上。我要是钻进虎皮里去，就不认识你了，如果你听到虎啸就掉下来，一定得让我吃掉，事情就是这样，并不是我不守约。”费忠和他告别，爬到树上去，把虎皮扔下来还给他。老头接过皮去，从后脚进入，恢复了老虎的样子后，大吼大叫了几十声，就离开了。费忠回了家。几天后，南村的费忠锄地时遇上老虎被吃了。（出《广异记》）

虎妇

唐开元年间，有一只老虎娶了一个人家的女儿为妻，居住在深山房子里。两年过去了，那女人也没发现自己的丈夫原来是只老虎。后来，忽然有一天，家里来了两位客人。客人自己带着酒，与她的丈夫畅饮起来。丈夫警告她说：“这两位朋友与别人不太一样，你可千万不要偷偷看他们！”没多久他们都喝醉了，睡倒在桌上。她过去一看，全是老虎，心中大吃一惊，却不敢说出来。过了一些时候，老虎又恢复成人样，回来问她道：“你大概偷看了吧？”她说她根本就不敢离开半步。后来她忽然说想娘家了，想回去看看。十天之后，丈夫带着酒肉和她一起回了娘家。快到娘家的时候，遇到一条很深的河，妻子先蹚过去了。丈夫脱衣服的时候，妻子戏耍他说：“怎么有一条老虎尾巴从你身后伸出来呢？”老虎感到很是惭愧，于是就不渡水，回头奔入深山，再没有回来。（出《广异记》）

稽胡

慈州有个叫稽胡的人以打猎为生。唐开元年末，他在深山追赶一头鹿。鹿跑得很快，进了一间屋子。屋中有一位道士。道士穿着红衣服靠着桌子坐着。他看见稽胡，感到非常吃惊，问稽胡是怎么到这里来的。稽胡首先详细地介绍了自己的姓名住址，然后说：“刚才我追赶一头鹿，不知不觉就跑到你屋里来了，请原谅我的冒失。”道士对稽胡说：“我是虎王，天帝命令我主管老虎们的吃饭问题。所有野兽都有各自的被吃对象，没有被冤枉的。刚才听你说出你的姓名，你应该被我吃。”桌子上有笔、杯和簿籍，道士顺手就打开簿子给稽日可作草人，以己衣服之，及猪血三斗、绢一匹，持与俱来。或当得免。”胡迟回未去，见群虎来朝，道士处分所食，遂各散去。胡寻再拜而还。翌日，乃持物以诣。道士笑曰：“尔能有信，故为佳士。”因令胡立草人庭中，置猪血于其侧。然后令胡上树，以下望之高十余丈。云：“止此得矣。可以绢缚身着树。不尔，恐有损落。”寻还房中，变作一虎。出庭仰视胡，大嗥吼数四，向树跳跃。知胡不可得，乃攫草人，掷高数丈。往食猪血尽，入房复为道士。谓胡曰：“可速下来。”胡下再拜。便以朱笔勾胡名，于是免难。（出《广异记》）

碧石

开元末，渝州多虎暴。设机阱，恒未得之。月夕，人有登树候望，见一伥鬼如七八岁小儿，无衣轻行，通身碧色，来发其机。及过，人又下树正之。须臾，一虎径来，为陷机所中而死。久之，小儿行哭而返，因入虎口。及明开视，有碧石大如鸡子在虎喉焉。（出《广异记》）

胡看。稽胡看了，吓得颤抖了好久，苦苦地哀求道士放了他。道士说："不是我不放你，天命如此，我又能怎么办呢？如果我把你放了，我就会失去一顿饭。不过既然你遇到我，我就一定要想方设法救你。"过了一会又说："明天你可以做一个稻草人，把你的衣服穿在稻草人身上。再准备三斗猪血，一匹绢。把这些东西一块拿来，也许我能救你。"稽胡犹豫不定的时候，看到一群老虎前来拜见道士。道士把吃的分给它们，它们便各自散开了。稽胡不久也下拜告还。第二天，他就带着那些东西来到道士这里。道士笑着说："你很讲信用，是好样的。"于是就让稽胡把稻草人立在院子里，把猪血放在草人身侧。然后让稽胡爬上树。道士在下边望着他爬到十丈高的时候说："在那儿就停下。现在你用绢把自己绑到树上，否则害怕你会掉下来。"随即他回到房中，变成了一只老虎，来到院子里仰视着稽胡，大声吼叫了几声，向着树上跳跃。知道吃不到稽胡，便抓过草人，抛起几丈高，然后去吃那猪血。吃光猪血，进屋又变成了道士，出来对稽胡说："可以赶快下来了！"稽胡下来行再拜礼。老道士便用朱笔勾掉了稽胡的姓名。于是稽胡的一场大难就这样免除了。（出《广异记》）

碧石

开元年末，渝州多次发生老虎吃人事件，人们设下带机关的陷阱，仍然没能抓到它。一个月光明朗的晚上，有一个人爬到树上四下张望，只见有一个伥鬼，就像一个七八岁的小男孩，光着身子轻手轻脚地在路上走着。他全身都是绿色的，来到陷阱的地方就发现了那里的机关。等他一走过去，树上的人又下来重新装好机关。不一会儿，一只老虎径直走来，落入陷阱被抓住，死了。没过多久，小男孩哭着走回来，就投进了老虎的口中。等到天明打开陷阱一看，有一块鸡蛋大的碧玉卡在老虎的喉咙里。（出《广异记》）

鼋啮虎

天宝七载，宣城郡江中鼋出，虎搏之，鼋啮虎二疮。虎怒，拔鼋之首。而虎疮甚，亦死。（出《纪闻》）

李徵

陇西李徵，皇族子，家于虢略。徵少博学，善属文。弱冠从州府贡焉，时号名士。天宝十载春于尚书右丞杨没榜下登进士第。后数年，调补江南尉。徵性疏逸，恃才倨傲，不能屈迹卑僚。尝郁郁不乐。每同舍会，既酣，顾谓其群官曰："生乃与君等为伍耶！"其寮佐咸嫉之。及谢秩，则退归闭门，不与人通者近岁余。后迫衣食，乃具妆东游吴楚之间，以干郡国长吏。吴楚人闻其声固久矣。及至，皆开馆以俟之。宴游极欢，将去，悉厚遗以实其囊橐。徵在吴楚且周岁，所获馈遗甚多。西归虢略，未至，舍于汝坟逆旅中。忽被疾发狂，鞭捶仆者，仆者不胜其苦。如是旬余，疾益甚。无何，夜狂走，莫知其适。家僮迹其去而伺之，尽一月而徵竟不回。于是仆者驱其乘马，挈其囊橐而远遁去。

至明年，陈郡袁傪以监察御史奉诏使岭南，乘传至商於界。晨将发，其驿吏白曰："道有虎暴而食人，故过于此者，非昼而莫敢进。今尚早，愿且驻车，决不可前。"傪怒曰："我天子使，众骑极多，山泽之兽能为害耶？"遂命驾去。行未尽一里，果有一虎自草中突出。傪惊甚。俄而虎匿身草中，人声而言曰："异乎哉，几伤我故人也！"傪聆其音似李徵。傪昔与徵同登进士第，分极

鼋啮虎

天宝七年，宣城郡江里的一个鼋爬到岸上来，老虎看见了就扑过去咬它。它把老虎咬伤了两处。老虎非常生气，就拔下了鼋的脑袋。但是老虎因为伤得太严重，也死了。（出《纪闻》）

李徵

陇西的李徵，是皇族的后代，住在虢略。李徵小时候广泛学习，知识渊博，擅长写文章，二十岁就得到州府的推荐，当时被称为名士。天宝十年春天，李徵在尚书右丞相杨没主考下考中进士。几年后，被调补担任江南尉。李徵性情疏远隐逸，恃才傲物，不愿向卑劣的官吏臣服，常常感到闷闷不乐，不喜言谈。每次与同僚聚会，酒过三巡后，他就看着这群官吏说："我竟然都与你们为伍了吗？"他的同僚都嫉恨他。等到卸任后，他就回到家里，关闭家门，不与任何人来往。一年多后，他家衣食堪忧，他就准备好一些衣物到吴楚去游历，请求郡国长吏资助。吴楚一带的人早就对他的名声非常熟悉了，等他到了吴楚后，大家都打开家门等着他，热情地招待他。他在这里十分快乐。临走的时候，大家赠给他非常多的礼物，装满了他的口袋。他在吴楚游历了将近一年，得到了很多馈赠的礼物。在回虢略的路上，他住在汝坟的旅店中，忽然得病发狂，鞭打他的仆人，打得仆人难以忍受。这样过了十几天，病情更加严重了。没过多久，他在晚上狂奔，没有人知道他到哪儿去了。家僮沿着他跑的方向去找他，等着他。一个月过去了，他也没有回来。于是，仆人骑上他的马，带着他的财物逃得远远的了。

到了第二年，陈郡的袁傪以监察御史的身份奉诏出使岭南，乘坐驿站的车马来到商于地界。早晨快出发的时候，驿站的官吏解释说："路上有老虎，而且会吃人，所以从这儿经过的人，不是白天没有敢走的。现在时间还早，请在这儿多停留一些时候，绝不可以现在就走。"袁傪生气地说："我是天子的使者，带了这么多人马，山林里的野兽能把我怎么样？"于是他命令立即出发。走了不到一里，果深，别有年矣。忽闻其语，既惊且异，而莫测焉。遂问曰：“子为谁？得非故人陇西子乎？”虎呻吟数声，若嗟泣之状。已而谓傪曰：“我李徵也。君幸少留，与我一语。”傪即降骑。因问曰：“李君，李君，何为而至是也？”虎曰：“我自与足下别，音问旷阻且久矣。幸喜得无恙乎，今又去何适？向者见君，有二吏驱而前，驿隶挈印囊以导。庸非为御史而出使乎？”傪曰：“近者幸得备御史之列，今乃使岭南。”虎曰：“吾子以文学立身，位登朝序，可谓盛矣。况宪台清峻，分纠百揆，圣明慎择，尤异于人。心喜故人居此地，甚可贺。”傪曰：“往者吾与执事同年成名，交契深密，异于常友。自声容间阻，时去如流，想望风仪，心目俱断。不意今日，获君念旧之言。虽然，执事何为不我见，而自匿于草莽中？故人之分，岂当如是耶？”虎曰：“我今不为人矣，安得见君乎？”傪即诘其事。

虎曰：“我前身客吴楚，去岁方还。道次汝坟，忽婴疾发狂走山谷中。俄以左右手据地而步，自是觉心愈狠，力愈倍。及视其肱髀，则有厘毛生焉。又见冕衣而行于道者、负而奔者、翼而翱者、毳而驰者，则欲得而啖之。既至汉阴南，以饥肠所迫，值一人腯然其肌，因擒以咀之立尽。由此率以为常。非不念妻孥，思朋友，直以行负神祇，一日化为异兽，有靦于人，故分不见矣。嗟夫！我与君同年登第，交契素厚，今日执天宪，耀亲友，而我匿身林薮，永谢人寰，跃而吁天，俯而泣地，身毁不用。是果命乎？”因呼吟咨嗟，殆不自胜，遂泣。

然有一只老虎从草丛中突然跳出来。袁傪非常吃惊。很快，老虎又躲回草丛里去了。那老虎用人的声音说道："奇怪呀，差点伤了我的老朋友！"袁傪听那声音像是李徵的。袁傪和李徵同时登进士第，两个人有很深的交情，分别有些年头了，忽然听到他的话，感到既惊讶又十分奇怪，而且没办法推测。于是问："你是谁？莫非是老友陇西子吗？"老虎呻吟几声，像是嗟叹又像是哭泣的样子，然后对袁傪说："我是李徵，希望你稍微等一下，和我说几句话。"袁傪从马上下来，问道："李兄啊李兄，你怎么会弄到这个地步了呢？"老虎说："自从我和你分开后，很久都没有你的音信了，你没有什么变化吧？现在这是要去哪儿？刚才见到你，有两个官吏骑马走在前面，驿站的官吏拿着印口袋作引导，难道是当了御史出使外地吗？"袁傪说："最近有幸被列入御史之列，现在这是出使岭南。"老虎说："你是以文学立身的，位登朝廷的殿堂，可谓昌盛发达了。更何况你一向清廉高尚，尽职尽责，英明谨慎，与众不同。我很高兴我的老朋友位居这等地位，真是可喜可贺。"袁傪说："以前我和你同时成名，交情深厚，不同于一般的朋友。自从分开后，时间像流水一样过去了，想看看你的风度和仪容，真是望眼欲穿。没想到今天在这里听到你的念旧之言。既然这样，那你为什么不见我呢？为什么要躲藏在草丛中呢？咱们是老朋友的情分，难道应该这样吗？"老虎说："我现在已经不是人了，怎么能见你呢？"袁傪便问他是怎么回事。

老虎说："我以前客居吴楚，去年才回来，途中住在汝坟，忽然得了怪病发了狂，跑到山谷之中，不久就用左右手着地走路。从此我觉得心更狠了，力气更大了。一看我的胳膊和大腿，已经长出毛来了。看到在路上走着的穿着衣服戴着帽子的，看到背着东西四下奔走的，看到长着翅膀在天空中飞翔的，看到长着羽毛奔驰的，我就想吃了它，到了汉阴南边，因为实在太过饥饿，碰上一个很肥的人，我就把他抓来吃了。从此就习以为常了。倒不是不挂念家中的妻子儿女，不是不思念亲朋好友，只是因为我的行为有负神祇，一旦变成野兽，于人有愧，所以就干脆不去见他们了。天哪！我和你同年登第，交情一向深厚，今天你执管王法，光耀门楣，而我却寄身于草木之间，永傪且问曰："君今既为异类，何尚能人言耶？"虎曰："我今形变而心甚悟，故有揬突。以悚以恨，难尽道耳。幸故人念我，深恕我无状之咎，亦其愿也。然君自南方回车，我再值君，必当昧其平生耳。此时视君之躯，犹吾机上一物。君亦宜严其警从以备之，无使成我之罪，取笑于士君子。"又曰："我与君真忘形之友也，而我将有所托，其可乎？"傪曰："平昔故人，安有不可哉？恨未知何如事，愿尽教之。"虎曰："君不许我，我何敢言？今既许我，岂有隐耶？初我于逆旅中，为疾发狂。既入荒山，而仆者驱我乘马衣囊悉逃去。吾妻孥尚在虢略，岂念我化为异类乎？君若自南回，为赍书访妻子，但云我已死，无言今日事。幸记之！"又曰："吾于人世且无资业，有子尚稚，固难自谋。君位列周行，素秉夙义，昔日之分，岂他人能右哉？必望念其孤弱，时赈其乏，无使殍死于道途，亦恩之大者。"言已又悲泣。傪亦泣曰："傪与足下休戚同焉，然则足下子亦傪子也。当力副厚命，又何虞其不至哉？"虎曰："我有旧文数十篇未行于代，虽有遗稿，尽皆散落，君为我传录，诚不敢列人之阈，然亦贵传于子孙也。"傪即呼仆命笔，随其口书，近二十章。文甚高，理甚远。傪阅而叹者再三。虎曰："此吾平生之素也，安敢望其传乎？"又曰："君衔命乘传，当甚奔迫。今久留驿隶，兢悚万端。与君永诀，异途之恨，何可言哉？"傪亦与之叙别，久而方去。

傪自南回，遂专命持书及赗赙之礼，寄于徵子。月余，徵子自远不能见人，跳起来呼天，俯下去哭地，身毁无用，这难道就是命吗？”于是他呻吟感叹，情不能自已，只能哭泣。

袁傪问道：“既然你现在已经变成了异类，为什么还能说人话呢？”老虎说：“我现在只是模样变了，心里还是很明白的。所以有些唐突，又怕又恨，很难全部说出来。幸亏老朋友想着我，深深体谅我莫可名状的罪过，这对我来说也是一种希望。但你如果从南方回来的时候，我再遇上你，一定会不认识你了。那时候看你的躯体，就像我要捕获的一个东西，你也应该严加防备，不要促成我犯罪，让世人笑话。”又说：“我和你是真正的忘形之交，我想求你替我办一件事，不知道可不可以？”袁傪说：“我们俩是多年的老朋友了，哪有什么不可以的呢？什么事，你尽管说！”老虎说：“你还没答应，我怎么敢说。现在既然你已经答应了，我难道还能隐瞒吗？当初我住在客栈里，有病发狂，跑进荒山，两仆人骑着我的马带着我的财物逃跑了。我的妻子儿女还在虢略，怎么能想到我变成异类了呢？如果你从南方回来，替我捎个信给我的妻子，只说我已经死了，不要说起今天的事。希望你记住。”又说：“我在人世间没有财产，有个年幼的儿子，家中妻子实在难以自谋生路。你位列仕宦的行列，一向主持正义，昔日的情分是他人不能比的，希望你一定念他孤弱，时常资助他几个钱，以免让他饿死在路上，这就是对我大恩大德了。”说完，又是一阵悲泣。袁傪也哭着说：“我和你休戚与共，那么你的儿子也就是我的儿子，应当尽全力，怎么还担心我做不到呢？”老虎说：“我有几十篇旧文章没有在世间流传，虽然有过遗稿，但是都散失了。你给我传录一下，实在不敢列入名家的行列，但是希望能传给我的子孙。”袁傪就让仆从拿来笔墨，跟着老虎的口述记录下来。近二十篇文章，文品极高，道理深远。袁傪读后赞叹不已。老虎说：“这是我平生的真情实感，怎么敢奢望它传世呢？”又说：“你奉王命乘坐驿站车马，应该是特别忙碌的，现在耽搁了这么久，我感到非常惶恐。现在我要和你永别了，人兽异途的遗憾，怎么说得完呢？”袁傪也与其告别，很久才离去。

袁傪从南方回来，就专门派人把书信和办丧事的礼物送给李徵

虢略来京诣傪门，求先人之柩。傪不得已，具疏其事。后傪以己俸均给徵妻子，免饥冻焉。傪后官至兵部侍郎。（出《宣室志》）

天宝选人

天宝年中，有选人入京，路行日暮，投一村僧房求宿。僧不在。时已昏黑，他去不得，遂就榻假宿，鞍马置于别室。迟明将发，偶巡行院内。至院后破屋中，忽见一女子。年十七八，容色甚丽，盖虎皮。熟寝之次，此人乃徐行，掣虎皮藏之。女子觉，甚惊惧，因而为妻。问其所以，乃言逃难，至此藏伏。去家已远，载之别乘，赴选。选既就，又与同之官。数年秩满，生子数人。一日俱行，复至前宿处。僧有在者，延纳而宿。明日，未发间，因笑语妻曰："君岂不记余与君初相见处耶？"妻怒曰："某本非人类，偶尔为君所收，有子数人。能不见嫌，敢且同处。今如见耻，岂徒为语耳？还我故衣，从我所适。"此人方谢以过言，然妻怒不已，索故衣转急。此人度不可制，乃曰："君衣在北屋间，自往取。"女人大怒，目如电光，猖狂入北屋间寻觅虎皮，披之于体。跳跃数步，已成巨虎，哮吼回顾，望林而往。此人惊惧，收子而行。（出《原化记》）

的儿子。一个多月后，李徵的儿子从虢略来到京城拜访袁傪，要找回他父亲的灵柩。袁傪没有办法，就详细地对他讲了这件事。此后袁傪从自己的俸禄中拿出一部分给李徵的妻子儿女，以免他们忍受饥寒之苦。袁傪后来官做到兵部侍郎。(出《宣室志》)

天宝选人

天宝年间，有一个候选的官员入京，这一天天色很晚了，就到一个村中的僧房借宿。和尚不在家，当时天色已经昏暗了，他不能再去找别的地方，于是就在和尚的床上睡下了。鞍马安置在另一间屋里。快天亮的时候，他收拾好要出发，偶然在院子里巡视，来到院后的破屋中，忽然看到一位女子。这女子十七八岁，容貌十分美丽。她盖着虎皮，正在熟睡。这人就慢慢向那女子走过去，拽起虎皮藏起来。女子醒了之后，非常害怕，于是她就做了这人的妻子。这人问她为什么会这样，她说是因为逃难来到这里，离家已经很远。这人就让她另外骑了一匹马，和他一起进京赴选。入选之后，又共同赴任为官。几年后任期已满，她给他生了好几个儿子。这一天他们一起在路上走着，又来到以前借宿的地方。和尚把他们迎进去，住了一晚。第二天出发之前，那人笑着对妻子说："你还记得我和你初次相见的地方吗？"妻子生气地说："我本来就不是人类，偶然间被你收去，现在都有好几个儿子了，你一直都不嫌我，和我一起生活。现在却耻笑我，难道只是说说而已吗？你把我以前的衣服还给我，让我去我想去的地方。"此人这才道歉说自己说错了话。然而妻子怒气不减，要原先的衣服要得更急了。此人估摸着制止不了她，就说："你的衣服在北屋里，你自己去取吧！"女人大怒，双目射出电光，疯狂地跑到北屋，翻出虎皮披到身上，跳跃几步，变成了一只大老虎，咆哮几声，向山林奔去。此人感到非常害怕，带着孩子上路离开了。(出《原化记》)

卷第四百二十八　虎三

裴旻

裴旻为龙华军使，守北平，北平多虎。旻善射，尝一日毙虎三十有一，既而于山下四顾自矜。有父老至曰："此皆彪也，似虎而非。将军若遇真虎，无能为也。"旻曰："真虎安在？"老父曰："自此而北三十里，往往有之。"旻跃马而往，次丛薄中。果有一虎腾出，状小而势猛，据地一吼，山石震裂。旻马辟易，弓矢皆坠，殆不得免。自此惭惧，不复射虎。（出《国史补》）

斑子

山魈者，岭南所在有之，独足反踵，手足三歧。其牝好傅脂粉。于大树空中作窠，有木屏风帐幔，食物甚备。南人山行者，多持黄脂铅粉及钱等以自随。雄者谓之山公，必求金钱。遇雌者谓之山姑，必求脂粉。与者能相护。唐天宝中，北客有岭南山行者，多夜惧虎，欲上树宿，忽遇雌山魈。其人素有轻赍，因下树再拜，呼山姑。树中遥问："有何货物？"人以脂粉与之，甚喜。谓其人曰："安卧无虑也。"人宿树下，中夜，有二虎欲至其所。山魈下树，以手抚虎头曰："斑子，我客在，宜速去也。"二虎遂去。明日辞别，谢客甚谨。其难晓者，每岁中与人营田，人出田及种，余耕地种植，并是山魈，谷熟则来唤人平分。性质直，与人分，不取其

裴旻

裴旻是龙华军使，镇守北平。北平那个地方有很多老虎。裴旻擅长射箭，曾经在一天之内射死三十一只老虎。然后他就在山下四处张望，显出得意的样子。有一位老头走过来对他说：“你射死的这些都是彪，外形像老虎但不是老虎。如果真的遇上老虎，你也就无能为力了。”裴旻说：“真虎哪儿有呢？”老头说：“从这里往北走三十里，常常有老虎在那里出没。”于是裴旻赶着马向北奔去，来到一个草木丛生的地方，果然有一只老虎跳出来。虽然这只老虎的个头比较小，但是气势凶猛，站在那里一吼，山石震裂，裴旻的马被吓得倒退几步，他的弓和箭都掉到地上，自己差一点儿就被老虎吃了。从此他又惭愧又害怕，不敢再射虎了。（出《国史补》）

斑子

山魈是岭南一带的一种动物，只有一只脚，脚后跟在前，手和脚只有三个分支。雌性的喜欢涂脂抹粉。它们在树洞里筑巢，有木制的屏风幔帐一类的东西。它们的食物充足。南方人在山里走，大多都会随身携带一些黄脂铅粉以及钱币什么的。雄性的被称作“山公”，遇上它，它一定问你要钱。雌性的叫“山姑”，遇上它肯定问你要脂粉，给它脂粉的人就能得到它的庇护。唐朝天宝年间，有个北方人走在岭南山中，担心晚上有老虎，就想去树上睡，忽然遇上了雌性山魈。这个人平常总揣些可以送人的小东西在身上，于是他就下树跪拜，称它为山姑。山姑在树中远远地问他：“你带了什么货物？”这个人就把脂粉送给它。它十分开心，就对这个人说：“你就放心地睡吧，什么也不用担心！”这个人就在树下睡了。睡到半夜的时候，

多。人亦不敢取多，取多者遇天疫病。（出《广异记》）

刘荐

天宝末，刘荐者为岭南判官。山行，忽遇山魈，呼为妖鬼。山魈怒曰：“刘判官，我自游戏，何累于君？乃尔骂我！”遂于下树枝上立，呼班子。有顷虎至，令取刘判官。荐大惧，策马而走，须臾为虎所攫，坐脚下。魈乃笑曰：“刘判官，更骂我否？”左右再拜乞命。徐曰：“可去。”虎方舍荐，荐怖惧几绝。扶归，病数日方愈。荐每向人说其事。（出《广异记》）

勤自励

漳浦人勤自励者，以天宝末充健儿，随军安南，及击吐蕃，十年不还。自励妻林氏为父母夺志，将改嫁同县陈氏。其婚夕，而自励还。父母具言其妇重嫁始末，自励闻之，不胜忿怒。妇宅去家十余里。当破吐蕃，得利剑。是晚，因杖剑而行，以诣林氏。行八九里，属暴雨天晦，进退不可。忽遇电明，见道左大树，有旁孔，自励权避雨孔中。先有三虎子，自励并杀之。久之，大虎将一物纳孔中，须臾复去。自励闻有人呻吟，径前扪之，即妇人也。自励问其为谁，妇人云：“己是林氏女，先嫁勤自励为妻。自励从军未还，两只老虎向他走来。山魈从树上下来，用手抚摸着虎头说："斑子，我的客人在这里，你应该马上离开！"于是两只老虎就走了。第二天辞别，它与客人道谢，很是客气。让人难以明白的是，山魈每年都和人联手种田，人只出田和种子，在耕地里种植的、忙碌的全是山魈。等到谷物成熟，它们又来喊人和他们平分。它们的性情耿直，和人分粮食也不多取，人们也不敢多取，取多了就会遇上天灾。（出《广异记》）

刘荐

天宝年末，刘荐是岭南判官。有一次他在山中行走，忽然遇上山魈，就叫它鬼。山魈生气地说："我自己玩游戏，和你有什么关系，竟然如此辱骂我？"于是山魈站到树枝上，喊"班子！"没过多久老虎就来了。它让虎抓了刘判官。刘荐特别害怕，上马就开始跑。但是瞬间就被虎捉住了。老虎把他按在脚下。山魈笑着说："刘判官，你还要骂我吗？"刘荐的左右随从赶紧求它饶命。山魈慢慢地说："你们可以走啦！"老虎这才把刘荐放开。刘荐吓得差点死过去，人们扶着他走回来，病了好多日子才好。刘荐常常向人们说起这件事。（出《广异记》）

勤自励

漳浦人勤自励，在天宝年末参军，跟随军队到了安南，又去攻打吐蕃，十年没有回过家。勤自励的妻子林氏，被父母强迫，要改嫁给同县的陈氏。恰逢结婚的那天晚上，勤自励回来了。他的父母详细地述说了他的媳妇重新嫁人的整个过程。勤自励听了之后十分愤怒。林氏的娘家离这里十多里地。当初攻破吐蕃的时候，勤自励弄到一把利剑。这天晚上，他就拿着这把剑到林氏家去，找妻子算账。刚走出八九里，遇上一阵暴雨，进退维谷。忽然一道闪电袭来，他看见路旁有棵大树，树旁有个孔洞，他就钻到树洞里避雨。树洞里有三只小虎崽，他把它们全宰了。过了一会，一只大老虎叼着一个东西放到洞父母无状，见逼改嫁，以今夕成亲。我心念旧，不能再见，愤恨莫已。遂持巾于宅后桑林自缢，为虎所取。幸而遇君，今犹未损。倘能相救，当有后报。”自励谓曰：“我即自励也。晓还至舍，父母言君适人，故拔剑而来相访。何期于此相遇？”乃相持而泣。顷之，虎至。初大吼叫，然后倒身入孔。自励以剑挥之，虎腰中断。恐又有虎，故未敢出。寻而月明后，果一虎至。见其偶毙，吼叫愈甚。自尔复倒入，又为自励所杀。乃负妻还家，今尚无恙。（出《广异记》）

宣州儿

天宝末，宣州有小儿，其居近山。每至夜，恒见一鬼引虎逐己。如是已十数度。小儿谓父母云：“鬼引虎来则必死。世人云：‘为虎所食，其鬼为伥。’我死，为伥必矣。若虎使我，则引来村中。村中宜设阱于要路以待，虎可得也。”后数日，果死于虎。久之，见梦于父云：“身已为伥，明日引虎来，宜于西偏速修一阱。”父乃与村人作阱。阱成之日，果得虎。（出《广异记》）

笛 师

唐天宝末，禄山作乱，潼关失守，京师之人于是鸟散。梨园弟子有笛师者，亦窜于终南山谷。中有兰若，因而寓居。清宵朗月，中，没多久又离开了。勤自励听到有人在呻吟，上前一摸居然是个妇人，勤自励就问她是谁。妇人说她是林氏，先嫁给勤自励为妻，勤自励从军没有回来，父母不像话，硬是逼着她改嫁，就在今天晚上和林氏成亲。她心里挂念勤自励，想着不能再见他，心中悲愤难平，就拿着束巾到屋后桑树林上吊自杀，遇上老虎被老虎劫来。老虎现在还没有把她吃掉，如果他能救她，日后一定报答他。勤自励说："我就是勤自励。我早上回到家中，听父母说你改嫁了，所以我就拔剑来找你算账，没想到在这儿遇上了。"于是两人抱头痛哭。不一会儿，老虎回来了，先大吼了几声，然后倒退进洞里。勤自励把剑一挥，将老虎拦腰斩断。担心还有老虎进来，所以一直没敢出去。不一会儿月色亮起来了，果然又进来一只老虎。老虎看到自己的配偶被杀死，吼叫得更加厉害，也倒退着进洞，又被勤自励杀死了。于是他就领着妻子回了家。两口子直到现在还挺好。（出《广异记》）

宣州儿

天宝末年，宣州城有一个小男孩儿，他的家靠着山。每天晚上，他总能看见一个鬼领着一只老虎来追他，这样已经十多次了。小男孩对他的父母说："鬼领着老虎来，我就一定会死。世人都说，人被老虎吃了，他的鬼魂就会变成伥。我死了肯定会变成伥。如果老虎让我给它领路，我就把它领到村里来。村里应该在老虎的必经之路上挖好陷阱等着它，那样就可以把它抓住了。"几天后，这小男孩果然被老虎吃了。过了几日，他的父亲梦见他。他对父亲说，他已经给老虎作伥了，他明天就领着老虎到村里来，应该在偏西的路上赶快挖一个陷阱。他的父亲就和村里人开始挖陷阱。陷阱挖成之后，果然抓到了老虎。（出《广异记》）

笛　师

唐朝天宝末年，安禄山作乱，潼关失守，于是京城里的人就作鸟兽散。梨园弟子中有一个擅长吹笛子的乐师，也逃进了终南山谷。这哀乱多思，乃援笛而吹，嘹唳之声，散漫山谷。俄而有物虎头人形，着白袷单衣，自外而入。笛师惊惧，下阶愕眙。虎头人曰："美哉，笛乎！可复吹之。"如是累奏五六曲。曲终久之，忽寐，乃咍嘻大鼾。师惧觉，乃抽身走出，得上高树。枝叶阴密，能蔽人形。其物觉后，不见笛师，因大懊叹云："不早食之，被其逸也。"乃立而长啸。须臾，有虎十余头悉至，状如朝谒。虎头云："适有吹笛小儿，乘我之寐，因而奔窜，可分路四远取之。"言讫，各散去。五更后复来，皆人语云："各行四五里，求之不获。"会月落斜照，忽见人影在高树上。虎顾视笑曰："谓汝云行电灭，而乃在兹。"遂率诸虎，使皆取攫。既不可及，虎头复自跳，身亦不至，遂各散去。少间天曙，行人稍集。笛师乃得随还。（出《广异记》）

张竭忠

天宝中，河南缑氏县东太子陵仙鹤观，常有道士七十余人皆精专，修习法箓，斋戒咸备。有不专者，不之住矣。常每年九月三日夜有一道士得仙，已有旧例。至旦，则具姓名申报，以为常。其中道士每年到其夜，皆不扃户。各自独寝，以求上升之应。后张竭忠摄缑氏令，不信。至时，乃令二勇士持兵器潜觇之。初无所睹，至三更后，见一黑虎入观来。须臾，衔出一道士。二人射之，不中。虎弃道士而去。至明，无人得仙者，具以此物白竭忠。申府请弓里有兰若，因此就寄居在这里。一个冷清的晚上，天上挂着一轮圆月，乐师心中涌起许多的哀怨和思念，他就拿出笛子开始吹奏，想要用笛声来抚慰自己的心情。嘹亮的笛声响彻山谷，没多久就来了一个虎头人身的东西。这东西穿着白夹衣，大摇大摆地从外面走进来。笛师感到又惊又害怕，走下台阶惊讶地瞪眼看着虎头人。那虎头人说：“你的笛声真是悠扬动听啊！你可以再吹一曲吗？”如此连续吹奏了五六支曲子。吹完一看，虎头人竟然睡着了，还发出很大的鼾声。笛师这才抽身逃了出来，爬上一棵大树。树上的枝叶浓密，能遮住人的身形。虎头人醒来之后，没看见笛师，于是很懊悔地叹息说：“我该早把他吃了，结果竟然让他给跑了！”于是就站在那里大吼。一会儿，来了十几只老虎，样子像是向虎头人拜谒。虎头人说：“刚才有一个吹笛子的小子，趁我睡着的时候逃跑了。你们可以分头四处找找，把他给逮回来。”说完，十几只老虎各自散去。五更天后又回来了，都像人那样说话。它们说，它们各自走了四五里，没见到那小子。这时候月亮斜照，虎头人忽然看到高树上有个人影，就抬头看着说：“我还以为你像云一样飘走了，像电一样熄灭了呢，却没想到你竟然藏在这儿！”于是虎头人率领老虎们一齐去抓笛师，但是够不到。虎头人又亲自蹦高，仍然够不着。于是各自散去。过了一会儿，天亮了，路上的行人渐渐多了起来，笛师才从树上下来和他们一起走了。（出《广异记》）

张竭忠

天宝年间，河南缑氏县东太子陵仙鹤观，平常这里有七十多个道士修习法箓。这些都是专一精深的道士，但凡有不专的都不能在这里长久地居住。这里斋戒所需的物品十分整齐。每年九月三日晚上，这里都会有一位道士能成仙，这已经是惯例了。到了这天早晨，道士们就要报名申请成仙，大家都认为这很正常。到了晚上，道士们谁也不会关闭房门，各自单独睡下，等待升天的时刻。后来张竭忠担任缑氏县令，他不相信这件事。到了九月三日这天，他派了两名勇士拿着兵刃潜伏在观外观察。一开始并没有发现什么异常情况。三矢，大猎于太子陵东石穴中，格杀数虎。有金简玉箓洎冠帔及人之发骨甚多，斯皆谓每年得仙道士也。自后仙鹤观中，即渐无道士。今并休废，为陵使所居。（出《博异记》）

裴越客

唐乾元初，吏部尚书张镐贬辰州司户。先是镐之在京，以次女德容，与仆射裴冕第三子，前蓝田尉越客结婚焉。已克迎日，而镐左迁，遂改期来岁之春季。其年，越客则速装南迈，以毕嘉礼。春仲，拒辰百里，镐知其将至矣。张斥在远，方抱忧惕，深喜越客遵约而至。因命家族宴于花园，而德容亦随姑姨妹游焉。山郡萧条，竹树交密。日暮，众将归。或后或先，纷纭笑语。忽有猛虎出自竹间，遂擒德容，跳入翳荟。众皆惊骇，奔告张。夜色已昏，计力俱尽，举家号哭，莫知所为。及晓，则大发人徒，求骸骨于山野间。周回远近，曾无踪迹。

由是夕之前夜，越客行舟，去郡三二十里，尚未知其妻之为虎暴。乃召仆夫十数辈登岸徐行，其船亦随焉。不二三里，遇水次板屋，屋内有榻，因扫拂，即之憩焉。仆从罗列于前后。俄闻有物来自林木之间，众乃静伺。微月之下，忽见猛虎负一物至。众皆惶挠，则共阚喝之，仍大击板屋并物。其虎徐行，寻俯于板屋侧，留下所负物，遂入山间。共窥看，云是人，尚有余喘。越客即令舁之更天后，只见一只黑色的老虎走进观中。不一会儿，老虎就从观里叼出一名道士。两个勇士射杀老虎，没射中。老虎丢下道士跑了。天亮以后，见观中没人成仙。两位勇士就回去向张竭忠报告了这件事，随后就率领大批弓箭手，到太子陵东石洞中，射杀几只老虎，在洞中发现了金简玉箓、鞋帽衣物，以及人的头发骨骼什么的，一堆一堆的，这就是那些所谓的成了仙的道士们。自此以后，慢慢地仙鹤观中就没有道士了。现在整个观都废了，成了守陵人的住所。（出《博异记》）

裴越客

唐朝乾元初年，吏部尚书张镐被贬到辰州作司户。以前张镐在京都的时候，把二女儿张德容许配给仆射裴冕的三儿子——前蓝田尉裴越客，双方已经约定好了迎娶的日期。但是赶上张镐被贬官外放，就把日期改到第二年春天。刚过完年，裴越客就急急忙忙打点行装准备南下，去岳父家举办婚礼。到了二月，裴越客到距离辰州一百里的地方，张镐就知道他快到了。张镐被流放到边远之地，正是满腹忧愁，见女婿如约按时到来，自然十分欣慰，于是就让全家在花园里设宴欢饮。张德容也就跟着她的姑、姨、姊妹们在花园里游玩。山区的郡县十分萧条冷清，竹树茂密。到了傍晚，大家都要回去了，有的走在前面有的走在后面，笑声不断。忽然有一只老虎从竹林里蹿出来，把张德容叼走了。大伙都感到十分害怕，赶紧去告诉张镐。此时天色已晚，无计可施，全家放声大哭，也没想到什么办法。等到第二天天亮，就加派人手，到山野间去找张德容的骨骸。远远近近找了个遍，竟然没发现任何踪迹。

这天晚上前半夜，裴越客的船行到离郡三十里的地方，当然他并不知道未婚妻被老虎叼走了，和十几个仆从上岸行走，让船在后边跟着。走了不到二三里，到了河边的一所木屋。屋内有床，就打扫了一下，躺在上面休息。仆人们分别列在前后。不一会儿听到有东西从林子里走来，众人就静静地等待着。月色朦胧，忽然间看到一只猛虎驮着一个什么东西向他们走来。大伙都十分惊慌，就一起喝止它，还敲打木板什么的。那老虎慢慢走近了，到了木屋边上，放下登舟，因促使解缆。然后船中烈烛熟视，乃是十六七美女也，容貌衣服固非村间之所有。越客深异之，则遣群婢看胗之。虽髻被散，衣破服裂，而身肤无少损。群婢渐以汤饮灌之，即能微微入口。久之，神气安集，俄复开目。与之言语，莫肯应。夜久，即有自郡至者，皆云，张尚书次女昨夜游园，为暴虎所食，至今求其残骸未获。闻者遂以告之于越客。即遣群婢具以此询德容，因号啼不止。越客既登岸，遂以其事列于镐。镐凌晨跃马而至，既悲且喜，遂与同归。而婚媾果谐其期。自是黔峡往往建立虎媒之祠焉，今尚有存者。（出《集异记》）

卢造

汝州叶县令卢造者有幼女，大历中，许嫁同邑郑楚之子元方。俄而楚录潭州军事，造亦辞而寓叶。后楚卒，元方护丧居江陵，数年间音问两绝。县令韦计为子娶焉。其吉辰，元方适到，会武昌戍边兵亦止其县。县隘，天雨甚，元方无所容，径往县东十余里佛舍。舍西北隅有若小兽号鸣者，出火视之，乃三虎雏，目尚未开。以其小，未能害人，且不忍杀，闭门坚拒而已。约三更初，虎来触其门，不得入，其西有窗亦甚坚。虎怒搏之，棂拆，陷头于中，为左右所辖，进退不得。元方取佛塔砖击之，虎吼怒拏攫，终莫能去。连击之，俄顷而毙。既而门外若女人呻吟，气甚困劣。元方问曰："门外呻吟者，人耶？鬼耶？"曰："人也。"曰："何以到此？"曰："妾前卢令女也。今夕将适韦氏，亲迎方登车，为虎所执，负荷而来投此。今夕无损，而甚畏其复来，能救乎？"元方奇之，执自己背的东西，返回山中去了。大家走上前去一看，只见那老虎放下的是个人，还有气息。裴越客马上让大伙把那人抬到船上，解开缆绳，撑船离岸。然后才亮起灯烛细看，原来是个十六七岁的女子。看她的容貌和衣服，绝对不是农家女儿。裴越客感到很奇怪，就打发一群婢女看护着她。虽然她蓬头垢面，衣服破碎，但是没有受伤。婢女们慢慢地用汤饮灌她，她多少能咽下一些。过了一会儿，她的气色渐渐转好了，睁开了眼睛。婢女们和她说话，她也不答应。天亮了，从郡里来的人都说张尚书的二女儿昨天晚上游园，被老虎吃了，至今没能找到残骸。听到的人就把事情告诉了裴越客。裴越客立即让婢女们把这事告诉了她，问她是不是张德容。那女子这才失声痛哭，果然是张德容。裴越客上岸以后，就把这件事通知了张镐。张镐凌晨就骑马赶来，悲喜交加。于是大家一起回了家，婚礼如期举行。从此以后黔峡一带就建立了虎媒祠，有的一直保留到了现在。（出《集异记》）

卢造

汝州叶县县令卢造有个小女儿，大历年间，许配给同邑郑楚的儿子郑元方。不久，郑楚被录用为潭州军事，卢造也辞官寄居在叶县。后来郑楚去世，元方住在江陵守丧，几年里音信全无。县令韦计为儿子迎娶卢造的小女儿，正要成亲的时候，郑元方恰巧也到了。又赶上武昌戍边的兵卒也驻扎在这里，县城就显得特别拥挤。郑元方没有容身之地，就到距离县城东边十多里地的寺庙里过夜。寺庙西北角传来一种像小动物叫唤的声音，他举起火把一看，原来是三只小虎崽，还没有睁开眼睛。因为它们太小，还不能害人，郑元方不忍心杀死它们，他就把门窗关得紧紧的，在这里守着。大约三更天，一只老虎来推门。没能进来，就又去推西窗。西窗也很坚固。老虎发怒了，开始扑打窗子，窗棂被打断了。老虎往屋里钻，夹住了脖子，头陷了进去，进退不得。郑元方拿起佛塔上的砖打它，它被打得乱吼乱挣，最终还是没能挣脱。郑元方连续猛击那老虎，不一会儿就把它给打死了。然后他听到门外好像有女人的呻吟声，那声音十分微弱。郑元炬出视，乃真衣缨也。年十七八，礼服俨然。泥水皆澈，扶入，复固其门。遂拾佛塔毁像，以继其明。女曰："此何处也？"曰："县东佛舍尔。"元方言姓名，且话旧诺，女亦能记之。曰："妾父曾许妻君，一旦以君之绝耗也，将嫁韦氏，天命难改，虎送归君。庄去此甚近，君能送归，请绝韦氏而奉巾栉。"及明，送归其家。其家以虎攫去，方将制服，忽见其来，喜若天降。元方致虎于县，且具言其事。县宰异之，以卢氏归于郑焉。当时闻者莫不叹异之。（出《续玄怪录》）

方问道："在门外呻吟的，是人还是鬼？"回答说："是人。"他又问："你是怎么来的？"回答说："我是前卢县令的女儿，今晚将要嫁给姓韦的，迎亲的时候我刚上车，就被老虎抓住了，把我扛着扔到这儿来了。现在我还没有受伤，但是特别害怕它再来。你能救我吗？"郑元方觉得很奇怪，拿着火把出去一看，是真正的衣服，真正的束带。只见她年纪十七八岁，礼服整整齐齐，他什么都明白了，急急忙忙把她扶入门内，又把门关紧。于是就把寺庙里已经毁坏的佛像扶起来点燃作为照明。女子问："这是什么地方？"郑元方说："这是县东的寺庙。"郑元方说出了自己的姓名，并谈到了旧时的婚约。这女子也还记得，说："我父亲曾经把我许配给您，因为您走后没有消息，才又把我嫁给韦氏。天命难违，老虎把我送来还给你。我们家庄子离这很近，如果你能送我回去的话，我一定回绝韦家来服侍你。"等到第二天天亮，郑元方把她送回了家中。她家里因为她被老虎叼走，正要制作丧服，忽然看到她回来，喜从天降，全家都非常高兴。郑元方把死老虎送到县里，并且详细说明了事情的始末。县令感到十分惊异，把卢氏女嫁给了郑家。当时听到的人没有不惊讶不感叹的。（出《续玄怪录》）

卷第四百二十九　虎四

张鱼舟

唐建中初，青州北海县北有秦始皇望海台，台之侧有别浕泊，泊边有取鱼人张鱼舟结草庵止其中。常有一虎夜突入庵中，值鱼舟方睡，至欲晓，鱼舟乃觉有人。初不知是虎，至明方见之。鱼舟惊惧，伏不敢动。虎徐以足扪鱼舟，鱼舟心疑有故，因起坐。虎举前左足示鱼舟，鱼舟视之，见掌有刺可长五六寸，乃为除之。虎跃然出庵，若拜伏之状，因以身劘鱼舟。良久，回顾而去。至夜半，忽闻庵前坠一大物。鱼舟走出，见一野豕腯甚，几三百斤。在庵前，见鱼舟，复以身劘之，良久而去。自后每夜送物来，或豕或鹿。村人以为妖，送县。鱼舟陈始末，县使吏随而伺之。至二更，又送麋来，县遂释其罪。鱼舟为虎设一百一斋功德。其夜，又衔绢一匹而来。一日，其庵忽被虎拆之，意者不欲鱼舟居此。鱼舟知意，遂别卜居焉。自后虎亦不复来。（出《广异记》）

申屠澄

申屠澄者，贞元九年，自布衣调补濮州什邡尉。之官，至真符县东十里许遇风雪大寒，马不能进。路旁茅舍中有烟火甚温煦，澄往就之，有老父妪及处女环火而坐。其女年方十四五，虽蓬发

张鱼舟

唐朝建中初年，青州北海县县城北边有秦始皇时候建造的望海台，台的一侧有一个别浞泊，泊边有一个打鱼人叫张鱼舟，他在泊边盖了栋草房居住。有一次，一只老虎突然冲进草屋里，此时张鱼舟睡得正香。快天亮的时候，张鱼舟才发现屋里有人。一开始他不知道是老虎，天亮后看清楚了，张鱼舟被吓得趴在床上一动不动。那老虎用脚慢慢地触碰张鱼舟。张鱼舟心想它可能是有什么事，于是坐起来了。老虎举起左前脚给张鱼舟看，张鱼舟一看，只见那老虎脚上扎了一根五六寸长的刺，就给它拔下来了。老虎蹦蹦跳跳地出去了，好像要跪拜张鱼舟，把身子挨近张鱼舟，过了许久老虎一步三回头地离开了。到了半夜，忽然听到屋前有一个很大东西摔到地上的声音，张鱼舟出去一看，原来是一口肥胖的野猪，大约有三百斤。老虎也在那里，它见了张鱼舟，又把身子挨近他和他亲热，很久才离开。从此以后，每天晚上老虎都给张鱼舟送东西来，要么是猪，要么是鹿。村里人以为张鱼舟是妖怪，就把他送到县里。张鱼舟详细讲述了事情的始末。县令派人随张鱼舟偷偷回去看。到了二更天，老虎又送来一头麋鹿。县令宣布张鱼舟无罪。张鱼舟为老虎设了一百一斋功德。那天晚上，老虎又衔来一匹绢。一天，他的草房忽然被老虎拆了，大概是不想让张鱼舟继续住在这里了。张鱼舟懂得老虎的意思，就搬到别处去住了。从此以后老虎也不再来了。（出《广异记》）

申屠澄

贞元九年，申屠澄从普通百姓调补担任濮州什邡尉。到什邡上任的途中，走到真符县城东十里左右的地方遇上大风雪，马匹停滞不前。路旁的茅草屋里燃烧着火，非常温暖，申屠澄就走了进去。屋里垢衣，而雪肤花脸，举止妍媚。父妪见澄来，遽起曰："客冲雪寒甚，请前就火。"澄坐良久，天色已晚，风雪不止。澄曰："西去县尚远，请宿于此。"父妪曰："苟不以蓬室为陋，敢不承命。"澄遂解鞍，施衾帱焉。其女见客，更修容靓饰，自帷箔间复出，而闲丽之态，尤倍昔时。

有顷，妪自外挈酒壶至，于火前暖饮。谓澄曰："以君冒寒，且进一杯，以御凝冽。"因揖让曰："始自主人。"翁即巡行，澄当婪尾。澄因曰："座上尚欠小娘子。"父妪皆笑曰："田舍家所育，岂可备宾主？"女子即回眸斜睨曰："酒岂足贵？谓人不宜预饮也。"母即牵裙，使坐于侧。澄始欲探其所能，乃举令以观其意。澄执盏曰："请征书语，意属目前事。"澄曰："厌厌夜饮，不醉无归。"女低鬟微笑曰："天色如此，归亦何往哉？"俄然巡至女，女复令曰："风雨如晦，鸡鸣不已。"澄愕然叹曰："小娘子明慧若此，某幸未昏，敢请自媒如何？"翁曰："某虽寒贱，亦尝娇保之。颇有过客，以金帛为问。某先不忍别，未许。不期贵客又欲援拾，岂敢惜？"即以为托。澄遂修子婿之礼，祛囊以遗之。妪悉无所取。曰："但不弃寒贱，焉事资货？"明日，又谓澄曰："此孤远无邻，又复湫溢，不足以久留。女既事人，便可行矣。"

有一个老头一个老太太和他们的女儿，一家三口围火坐着。那女孩十四、五岁的样子，虽然头发乱蓬蓬的，衣服也不大干净，但是皮肤洁白如雪，脸色如花般美艳，举止妩媚动人。老头老太太见申屠澄走进来，忙站起来说："客人冒着风雪赶路实在太冷了，快进屋里来烤烤火。"申屠澄坐了很长时间，天色已晚，风雪又没有停下来的迹象。申屠澄说："从这里往西走到县城路途遥远，请允许我在这借住一宿可好？"老头老太太说："如果你不嫌这草屋简陋，就请住下吧。"于是申屠澄就解下马鞍，开始铺床。那女子看见来了客人，又梳洗打扮了一下自己。她从帐幔中走出来的时候，娴雅秀丽之态，比刚才美了不知多少倍。

过了一会儿，老太太从外边提着一壶酒进来，在火前温酒。她对申屠澄说："你受了风寒，先喝一杯酒暖暖身子。"申屠澄就作揖辞让说："理应从主人开始。老头就开始行头一巡酒，让申屠澄为末。申屠澄就说："座上还缺小娘子呢？"老头老太太都笑了，说："她是个农家小户长大的孩子，你何必这么讲究宾主之礼！"女儿就回头斜视着说："酒有什么珍贵的，人家是说不应该先喝！"老太太就拉了一下女儿的裙子，让她坐在一旁。申屠澄开始想要试探她的本事，就拿行酒令来试试她。申屠澄举起酒杯说："请引用书中现成的语句，来描述眼前的物件。"申屠澄接着就说："晚上安安静静地喝酒，不醉不归。"女孩低下头微笑着说："这样的天气，就是想回家也没办法走呀？"不一会儿轮到女孩行酒令了，女孩说："风雨像黑夜一样昏暗，公鸡不停地打鸣！"申屠澄非常吃惊，感叹地说："小娘子如此聪慧，幸亏我还没有订婚，我自己替自己做媒向你求婚怎么样？"老头说："我虽然家境贫寒身份卑微，但是对女儿还是疼爱娇惯的。有很多来往的客人拿着礼品前来求婚，我以前舍不得她离开，都没有答应。没想到你也有这个意思，我怎么敢再继续留她？"于是就答应了。申屠澄就倾尽自己全部的钱财，准备好女婿的礼品，送给岳父岳母。老太太什么也没收，说："只要你不嫌这个家贫贱就行了，我们怎么能要你的东西。"第二天，老太太又对申屠澄说："这地方偏远孤独，没亲没邻，再加上涨水，不可以长久地停留。我家女儿又一日，咨嗟而别，澄乃以所乘马载之而行。既至官，俸禄甚薄，妻力以成其家，交结宾客。旬日之内，大获名誉。而夫妻情义益浃。其于厚亲族，抚甥侄，洎僮仆厮养，无不欢心。后秩满将归，已生一男一女，亦甚明慧，澄尤加敬焉。常作《赠内诗》一篇曰："一官惭梅福，三年愧孟光。此情何所喻？川上有鸳鸯。"其妻终日吟讽，似默有和者，然未尝出口。每谓澄曰："为妇之道，不可不知书。倘更作诗，反似妪妾耳。"澄罢官，即罄室归秦。过利州，至嘉陵江畔，临泉藉草憩息。其妻忽怅然谓澄曰："前者见赠一篇，寻即有和，初不拟奉示，今遇此景物，不能终默之。"乃吟曰："琴瑟情虽重，山林志自深。常忧时节变，辜负百年心。"吟罢，潸然良久，若有慕焉。澄曰："诗则丽矣，然山林非弱质所思，倘忆贤尊，今则至矣。何用悲泣乎？人生因缘业相之事，皆由前定。"

后二十余日，复至妻本家。草舍依然，但不复有人矣。澄与其妻即止其舍。妻思慕之深，尽日涕泣，于壁角故衣之下，见一虎皮，尘埃积满。妻见之，忽大笑曰："不知此物尚在耶。"披之，即变为虎，哮吼拏攫，突门而去。澄惊走避之，携二子寻其路，望林大哭数日，竟不知所之。（出《河东记》）

丁 岩

贞元十四年中，多虎暴，白昼噬人。时淮上阻兵，因以武将王既然已经嫁给了你，你就把她带走吧！”

又过了一天，一家人叹息着告别。申屠澄让妻子骑上自己的马上路了。申屠澄到任后，俸禄很少，妻子极力维持这个家，广泛地结交宾客。十天之内，申屠澄便声名在外。夫妻的感情也更深了。她厚待亲族，抚育甥侄，从童仆到厮役，没有不欢心的。后来，申屠澄任期满，将返回时，已经生有一儿一女，非常聪慧，申屠澄便更加敬重妻子了。申屠澄曾经作了一首《赠内诗》，说：“一官惭梅福，三年愧孟光。此情何所喻？川上有鸳鸯。”妻子一天到晚总是吟诵这首诗，好像默默地和了一首，但她不曾说出。她常常对申屠澄说：“做妻子的，不能不知书达理。如果还作什么诗，反倒像老太太小媳妇了。”申屠澄任满辞官，夫妻俩带着孩子和全部家财回到秦地。过了利州，来到了嘉陵江畔，在江边草地上休息的时候，妻子突然惆怅地对申屠澄说：“以前你作了一首诗送给我，我很快就合了一首，先前不打算给你看的，现在见到这样的景物，不能再沉默了。”于是她吟唱道：“琴瑟情虽重，山林志自深。常忧时节变，辜负百年心。”吟完，她不停地默默流泪，好像是在想念谁。申屠澄说：“诗歌挺美的，不过你想念的不是山林。如果想念的是父母，我们马上就要到了，怎么还哭起来了呢？人生的姻缘、事业等，都是前生注定的。”

二十多天以后，又回到了妻子的娘家。草房还是原来的样子，却没有人住在这里了。申屠澄和妻子就住在这屋里，妻子想念父母，整天哭个不停。她在墙角下的一堆旧衣服里发现了一张虎皮，虽然虎皮上满是灰尘，她看见了却高兴地说：“没想到这东西还在呢！”于是她把虎皮披到自己身上，立即变身成了一只老虎，咆哮扑跳了几下，冲出门便跑远了。申屠澄早就吓得躲到一边去了。他领着两个孩子，望着她离开时走的那条路，望着树林哭了很多天，也不知道她去了哪里。（出《河东记》）

丁岩

贞元十四年间，老虎害人的事情经常发生，大白天老虎就要吃人。这时候就要依靠兵力维持淮上的安定。武将王徵做了申州的太徵牧申州焉。徵至，则大修擒虎具，兵仗坑阱，靡不备设。又重悬购，得一虎而酬十缣焉。有老卒丁岩者善为陷阱，遂列于太守，请山间至路隅，张设以图之。徵既许，不数日，而获一虎焉。虎在深坑，无施勇力。岩遂俯而下视，加以侮诮，虎则跳跃哮吼，怒声如雷。而聚观之徒，千百其众。岩炫其计得，夸喜异常。时方被酒，因为衣襟罥挂树根，而坠阱中。众共嗟骇，谓靡粉于暴虎之爪牙矣。及就窥，岩乃端坐，而虎但瞪视耳。

岩之亲爱忧岩，乃共设计，以辘轳下巨索。伺岩自缚，当遽引上，或希十一之全。岩得索，则缠缚腰肢，挥手，外人则共引之。去地三二尺，其虎则以前足捉其索而留焉，意态极仁。如此数四。岩因而谓之曰："尔辈纵暴，入郭犯人。事须剪除，理宜及此。顾尔之命，且在顷刻。吾因沉醉，误落此中。众所未便屠者，盖以我故也。尔若损我，固激怒众人。我气未绝，即当薪火乱投，尔为灰烬矣. 尔不若从吾，当启白太守，舍尔之命。冀尔率领群辈，远离此土。斯亦渡河他适，尔所知者矣。我当质之天日，不渝此约。"其虎谛听，若有知解，岩则引绳，众共出之。虎乃弭耳瞩目，不复留。岩既得出，遂以其事白于邦伯。曰："今杀一虎，不足禳群辈之暴，况与试约，乞舍之，冀其率侣四出，管界获宁耳。"徵许之。岩遂以太守之意，丁宁告谕。虎于陷中，踊跃盘旋，如荷恩施。岩即积土坑侧，稍益浅，犹深丈许。虎乃跃而出，奋迅踯腾，啸风而逝。自是旬朔之内，群虎屏迹，而山野晏然矣。

守。王徵上任后，就大力打造抓老虎的工具，各种兵器、各种坑阱，应有尽有。还贴出告示重金悬赏，说只要抓到一只虎就给他十缣钱作为报酬。有一个叫丁岩的老兵，他擅长挖陷阱。于是他就向太守说明，要求在山间到路边挖个陷阱抓老虎，王徵答应了他。没过几天，丁岩果然捉到一只老虎。老虎被困在一个深坑里，没办法继续施展它的拳脚了。丁岩就从坑顶上往下看，说了些嘲讽侮辱老虎的话。老虎气得直跳脚，大声吼叫，怒声如雷。而围观的人成百上千，丁岩炫耀自己的战果，十分高兴，得意忘形，再加上当时又刚喝完酒，衣襟挂到树根上，就落到陷阱里去了。众人一齐大声惊呼，说他肯定要被老虎吃掉了。等到人们上前往下一看，丁岩竟然在里边安安稳稳地坐着，老虎也只是瞪着眼睛看他。

和丁岩亲近的朋友担心他的性命，就共同想办法营救他。大家用辘轳放下去一根大绳子，让丁岩用绳子捆在自己身上，再迅速把他拉上来，或许能有十分之一的希望。丁岩拿到绳子，就把绳子缠在腰上，对这上面的人挥手。井外的人就一齐用力往上拉。拉到离地面二三尺的时候，那老虎就用前爪抓住绳子，不让他走。老虎的样子十分仁慈。这样反反复复了几次，丁岩就对老虎说："你们随便行凶，进到城中伤人，必须除掉你们，事情本来就应该这样。你的性命顷刻之间就应该完结。我因为喝醉了，误落到这里边。大伙没有很快把你杀死，是因为我的原因。如果现在你加害于我，一定会激怒众人，不等我死，他们就会把柴禾胡乱扔进来，那样你就会变成灰烬。还不如你顺从我，由我去向太守说明情况，请求放你一条生路，希望你带着你的同类们远远地离开这座城池，渡过河到其他地方去。我对天发誓，我绝对不会违背约定。"那老虎认真地听，好像能听懂。丁岩就拉动一下绳子，让大家把他拉上去。老虎静静地看着，没有再留他。丁岩上来之后，就去向太守说明了情况，说："现在杀死一只老虎，并不能把所有的虎暴全部杜绝，更何况我和老虎还有约定，请你把它放了，希望它能带着它的伙伴到四处去，我们管辖的地界就安宁了。"王徵同意了。于是丁岩就把太守的意思告诉了老虎。老虎在陷阱中又是蹦跳又是撒欢儿，就像感恩戴德一般。丁岩就在坑边上堆吁！保全躯命之计，虽在异类，亦有可观者焉。若暴虎之猛悍，况厄陷阱，得人固当恣其狂怒，决裂噬啮，以豁其情。斯虎乃因岩以图全，而果谐焉。何其智哉！而岩能以言词诱谕，通于强戾，果致族行出境之异。况免挂罥之害，又何智哉！斯乃信诚交感之致耳。於戏，信诚之为物也，何其神欤！（出《集异记》）

王用

虢州王成县黑鱼谷，贞元中，百姓王用业炭于谷中。谷中有水方数步，常见二黑鱼长尺余游水上。用伐木饥困，遂食一鱼。其弟惊曰："此鱼或是谷中灵物，兄奈何杀之？"有顷，其妻饷之。用运斤不已，久乃转面。妻觉状貌有异，呼其弟视之。忽脱衣嗥跃，变为虎焉，径入山。时时杀獐鹿类以食，如此三年。一日日昏，叩门自名曰："我用也。"弟应曰："我兄变为虎三年矣，何鬼假其姓名？"又曰："我往年杀黑鱼，冥谪为虎。又因杀人，冥官笞余一百。今放免，伤遍体，汝第视余，无疑也。"弟喜，遂开门。见一人，头犹是虎，因怖死，举家叫呼奔避。竟为村人格杀。验其身有黑志，信王用也，但首未变。元和中，处士赵齐约尝至谷中，见村人说。（出《酉阳杂俎》）

土，坑洞渐渐变浅了。还有一丈来深的时候，老虎就跳了出来，兴奋地跳了几下，吼叫着跑开了。这以后十五天左右，老虎销声匿迹，山野归于平静。

唉！保全躯体和生命的办法，即使是在异类当中，也有这样可观的！那只老虎凶猛彪悍，又被困在陷阱中，人落到它手里本来应该放任它的狂怒，把他咬死吃光，出一口气。但是这只老虎却通过丁岩想办法保全了自己，而且果真做到了，它是多么机智啊！而丁岩能用言辞开导老虎，与老虎交流，果真让老虎全部离开境内去了别处，况且还免除了自己的灾难，又是多么机智啊！这真是诚信之至，互相感化的结果啊！呜呼，诚信作为一种德行，它是多么神奇。（出《集异记》）

王用

唐朝贞元年间，虢州王成县有个叫王用的人，在黑鱼谷里烧炭。谷中有一条几米宽的小河，常常有两条一尺多长的黑鱼在水中游来游去。王用砍木头又累又饿，就捉了一条鱼来吃。王用的弟弟吃惊地说："这鱼也许是这谷里的灵物，你怎么把它杀了？"过了一会儿，王用的妻子来送饭，王用抡着斧子不停地砍树，过了大半天才转过身来。妻子觉得他的相貌有变化，就喊他弟弟来看。王用忽然脱掉衣服，又吼又跳，变成了一只老虎，直往山里奔去。从此他经常捉些獐鹿之类的小动物来吃。就这样过了三年。一天傍晚，他到自己家门前敲门，自报姓名说："我是王用！"他弟弟在屋里说："我哥哥变成老虎已经三年了，是什么鬼伥盗用他的姓名？"王用又说："我之前杀死黑鱼，阴间罚我做老虎。又因为我杀了人，阴间的官打了我一百棍子，现在把我放回来了。现在我全身都是伤，你只管出来见我，不要怀疑我。"他弟弟很高兴，就打开门，看到一个虎头人身的怪物，当时就吓死过去。他全家人都吓得大呼小叫，四处逃窜。他最后被村里人给打死了。查验他的身体，身上有黑痣，确实是王用，只是头没能变回来。元和年中，处士赵齐约曾经到过黑鱼谷中，听说了这个故事。（出《酉阳杂俎》）

张逢

南阳张逢，贞元末，薄游岭表。行次福州福唐县横山店。时初霁，日将暮，山色鲜媚，烟岚霭然。策杖寻胜，不觉极远。忽有一段细草，纵广百余步，碧蔼可爱。其旁有一小树，遂脱衣挂树，以杖倚之，投身草上，左右翻转。既而酣睡，若兽蹍然。意足而起，其身已成虎也，文彩烂然。自视其爪牙之利，胸膊之力，天下无敌。遂腾跃而起，越山超壑，其疾如电。夜久颇饥，因傍村落徐行，犬彘驹犊之辈，悉无可取。意中恍惚，自谓当得福州郑录事，乃旁道潜伏。未几，有人自南行，乃候吏迎郑者。见人间曰："福州郑录事名璠，计程当宿前店，见说何时发？"来人曰："吾之主人也。闻其饰装，到亦非久。"候吏曰："只一人来，且复有同行，吾当迎拜时，虑其误也。"曰："三人之中，缕绿者是。"其时逢方伺之，而彼详问，若为逢而问者。逢既知之，攒身以俟之。俄而郑到，导从甚众，衣缕绿，甚肥，昂昂而来。适到，逢衔之，走而上山。时天未曙，人虽多，莫敢逐。得恣食之，唯余肠发。

既而行于山林，孑然无侣。乃忽思曰："我本人也，何乐为虎？自囚于深山，盍求初化之地而复焉？"乃步步寻求，日暮方到其所。衣服犹挂，杖亦在，细草依然。翻复转身于其上，意足而起，即复人形矣。于是衣衣策杖而归。昨往今来，一复时矣。初其仆夫惊失乎逢也，访之于邻，或云策杖登山。多岐寻之，杳无形

张逢

南阳人张逢，贞元末年，到岭南去游玩，走到福唐县，住在横山店中。当时天气雨后初晴，天色接近傍晚，山水树木鲜艳明媚，烟岚霭霭，景色宜人。张逢举着手杖找寻美丽的景象，不知不觉走到了很远的地方。忽然出现了一片茂密的草地，长宽各有一百多步，碧绿可爱。草地旁边有一棵小树，张逢就把衣服脱下来挂在树上，把手杖靠在树上，自己则躺在草地上，左右打滚儿，就像野兽翻转踩踏的样子，然后就睡着了，睡醒了才起来。起来一看，自己已经变身成了一只老虎，纹路斑驳。看看自己锋利的爪和牙齿，试试自己的胸膊力气，觉得自己天下无敌，于是就奔腾起来，越岭翻山，速度像雷电一样迅疾。到了晚上，他很饿，就在村边慢慢走着。狗、猪、马驹、牛犊，什么也没碰上。心里浑浑噩噩的，说应该把福州的郑录事吃了。于是他就埋伏在路边。没多久，有个人从南边走来，是迎接郑录事的候吏。候吏见到一个人就问道："福州郑录事郑璠，按照他的行程计算，应该在前边这个旅店歇脚，你听说他什么时候出发了吗？"来人说："他是我的主人，正在穿衣收拾，用不了多久就能到了。"候吏问："只有他一个人来，还是有别人一起来？我迎拜的时候可不能弄错了。"来人说："三个人当中，穿绿色衣服的就是他。"当时张逢正趴在那里等候，而那个人问得那么详细，就好像是帮他问话似的。张逢既然知道了，就猫着身子在那里继续等。没多久郑璠到了，前导随从的人员很多。他穿绿色衣服，身子胖胖的，昂首挺胸地走来。他刚走到那里，张逢就把他叼起来，跑到山上去了。那时候天还没亮，虽然人很多，却没有敢去追它的。就这样张逢把他给吃了，只剩下头发和肠子。

吃了以后张逢就在山林中行走。他孑然一身，没有一个伙伴。他忽然想到："我本来是个人，为什么愿意做个老虎，把自己囚禁在深山里呢？为什么我不去找到当初我变成虎的那个地方，再变回去呢？"于是他就到处去找，天快黑的时候才找到那个地方，衣服还挂在树上，手杖也还在，草地还是老样子。他躺在草地上翻来覆去地打滚，自己觉得满意了才起来，果然又变回了人的样子。于是他穿上迹。及其来，惊喜问其故。逢绐之曰："偶寻山泉，到一山院，共谈释教，不觉移时。"仆夫曰："今旦侧近有虎，食福州郑录事，求余不得。山林故多猛兽，不易独行，郎之未回，忧负实极。且喜平安无他。"逢遂行。

元和六年，旅次淮阳，舍于公馆。馆吏宴客，坐有为令者曰："巡若到，各言己之奇事，事不奇者罚。"巡到逢，逢言横山之事。末坐有进士郑遐者，乃郑纠之子也，怒目而起，持刀将杀逢，言复父仇。众共隔之。遐怒不已，遂入白郡将。于是送遐南行，敕津吏勿复渡。使逢西迈，且劝改名以避之。或曰："闻父之仇，不可以不报。然此仇非故杀，若必死杀逢，遐亦当坐。"遂遁去而不复其仇焉。吁！亦可谓异矣。（出《续玄怪录》）

衣服拿起手杖回来了。昨天这时候去的，今天这时候回来，正好一个对时。起初他的仆人发现他不见了，很是吃惊，到处找他。有人说看到他拿着手杖登山去了，仆人们便分几路去找，毫无音讯。等到他回来，仆人们又惊又喜，问他是怎么回事。他撒谎说："我突发奇想去寻找山泉，走到一家寺院，就和老和尚谈论佛理，不知不觉这么长时间就过去。"仆人说："今天早晨这附近出现了一只老虎，吃了福州的郑录事，到现在都没找到他的残骸。山林里猛兽很多，不宜单独上路，你没回来的时候，可让人担心死了！幸亏你没出什么事！"于是张逢就上路继续前行。

元和六年，他们走到淮阳，住在公馆里，馆吏设宴招待客人，座间有行酒令的人说："如果巡到谁那里，谁就应该讲自己经历过的奇事，如果不是奇事的就要受罚。"轮到张逢，他就讲了横山的经历。末座是一个进士，叫郑遐，就是当年福州郑录事的儿子。他怒目而起，拿起刀就要杀张逢，说是报杀父之仇。众人一起把他们拉开。郑遐怒气不减，就进去把事情禀明了郡将。送郑遐去往南边，嘱咐渡口的官吏不准把他再渡回来；让张逢往西边去，而且劝他隐姓埋名躲避世人。有人说，杀父之仇，不可以不报。但是这仇不是故意杀的，如果一定要杀死张逢，那么郑遐也应该受到连坐。于是张逢逃走之后郑遐没再去找他复仇。唉，也够奇的了！（出《续玄怪录》）

卷第四百三十 虎五

李 奴 马 拯 张 昇 杨 真 王居贞 归 生 郑思远
李 琢 谯 本

李 奴

词举人姓李不得名，寄居宣州山中。常使一奴，奴颇慵惰，李数鞭笞，多有忿恨。唐元和九年，李与二友人会于别墅，时呼奴，奴已睡。李大怒，鞭之数十。奴怀恚恨，出谓同侪曰："今是闰年，人传多虎，何不食我？"言讫，出门。忽闻叫声，奴辈寻逐，无所见。循虎迹，十余里溪边，奴已食讫一半。其衣服及巾鞋，皆叠摺置于草上。盖虎能役使所杀者魂神所为也。（出《原化记》）

马 拯

唐长庆中，有处士马拯性冲淡，好寻山水，不择崄峭，尽能跻攀。一日居湘中，因之衡山祝融峰，诣伏虎师。佛室内道场严洁，果食馨香，兼列白金皿于佛榻上。见一老僧眉毫雪色，朴野魁梧。甚喜拯来，使仆挈囊。僧曰："假君仆使，近县市少盐酪。"拯许之。仆乃挈金下山去，僧亦不知去向。俄有一马沼山人亦独登此来，见拯，甚相慰悦。乃告拯曰："适来道中，遇一虎食一人，不知谁氏之子。"说其服饰，乃拯仆夫也。拯大骇。沼又云："遥见虎食人尽，乃脱皮，改服禅衣，为一老僧也。"拯甚怖惧，及沼见僧曰："只此是也。"拯白僧曰："马山人来云，某仆使至半山路，已被虎伤，奈何？"僧怒曰："贫道此境，山无虎狼，草无毒螫，路绝蛇

李奴

有一个姓李的举人，不知道他名字是什么，寄居在宣州城的山中。他平常使唤一个奴仆。这位奴仆生性懒惰，李举人多次用鞭子打他，他心里也十分嫉恨。唐朝元和九年，李举人与两位友人在别墅聚会的时候，呼唤奴仆，奴仆已经睡下了。李举人很生气，打了奴仆几十鞭子。奴仆心中愤怒不平，出来对同伴们讲："今年是闰年，大家都说今年多虎，为什么不让我遇上老虎，把我吃了算了！"说完就走出门去。忽然听到他大叫一声，奴仆们循着声音跑出来，却什么也没看见。循着老虎的踪迹，一直找到十多里外的溪水边，看见那奴仆已经被老虎吃掉了一半。他的衣服和鞋袜，全整整齐齐地堆放在草地上。这大概是老虎使唤被吃的人的魂魄干的。（出《原化记》）

马拯

唐朝长庆年间，有一位名叫马拯的处士。他性情清淡，喜欢游山玩水，不管遇到多么险峻的山峰，他都敢于登攀。有一天，他住在湘中的时候，到了衡山的祝融峰，去拜访一位伏虎师。佛室内道场庄严肃穆，水果食物散发出阵阵香味，佛床上摆放着一些白金器具。他看见一位眉毛像雪一样白的老和尚。这老和尚身材高大，朴素粗犷，为他的到来很是高兴。他让仆人拿着行囊。老和尚说："可以请求让您的仆人到县城买一点盐酪回来吗？"他答应了，仆人就拿着钱下山去了。老和尚也不知道去了哪里。没过多久，有一个名叫马沼的山人也独自走到山上来。山人见了马拯非常高兴，就告诉马拯说："刚才在来路上，遇上一只老虎吃了一个人，也不知道吃的是谁家的孩子。"山人说了一下被害者的衣着服饰，原来就是马拯的仆人。马飑，林绝鸱鸮。无信妄语耳。”拯细窥僧吻，犹带殷血。

向夜，二人宿其食堂，牢扃其户，明烛伺之。夜已深，闻庭中有虎，怒首触其扉者三四，赖户壮而不隳。二子惧而焚香，虔诚叩首于堂内土偶宾头卢者。良久，闻土偶吟诗曰：“寅人但溺栏中水，午子须分艮畔金。若教特进重张弩，过去将军必损心。”二子聆之而解其意，曰：“寅人，虎也。栏中即井。午子即我耳。艮畔金，即银皿耳。”其下两句未能解。”

及明，僧叩门曰：“郎君起来食粥。”二子方敢启关。食粥毕，二子计之曰：“此僧且在，我等何由下山？”遂诈僧云：“井中有异。”使窥之。细窥次，二子推僧堕井，其僧即时化为虎，二子以巨石镇之而毙矣。二子遂取银皿下山。

近昏黑，而遇一猎人，于道旁张弸弓，树上为棚而居。语二子曰：“无触我机。”兼谓二子曰：“去山下犹远，诸虎方暴，何不且上棚来？”二子悸怖，遂攀缘而上。将欲人定，忽三五十人过，或僧，或道，或丈夫，或妇女，歌吟者，戏舞者，前至弸弓所。众怒曰：“朝来被二贼杀我禅和，方今追捕之，又敢有人张我将军。”遂发其机而去。二子并闻其说，遂诘猎者。曰：“此是伥鬼，被虎所食之人也，为虎前呵道耳。”二子因征猎者之姓氏。曰：“名进，姓牛。”二子大喜曰：“土偶诗下句有验矣，特进乃牛进也，将军即此拯大吃一惊。山人又说："我远远地看见那老虎吃完了人，就脱掉虎皮，改穿禅衣，变成了一个老和尚。"马拯此时内心十分恐惧。等到山人马沼看到老和尚，就告诉马拯说："就是他！"马拯对老和尚说："马山人上来说，我的仆人走到半路就被老虎吃了，怎么办？"老和尚生气地说："贫僧这地方，山上没有虎狼，草里没有毒虫，路旁没有蛇蝎，林中没有凶恶的鸟。你不要听信这类虚妄的话。"马拯仔细查看老和尚的嘴唇，还沾有殷红的血痕。

快到晚上的时候，马拯和马沼二人借住在老和尚的食堂里。他们把门窗牢牢地关紧，点燃蜡烛等待着。半夜时分，他们听到院子里有老虎的声音。老虎生气地用头撞门窗撞了三四次，幸好门窗结实没被撞坏。两个人十分害怕，就烧香，在一个叫宾头卢的泥像前虔诚地跪拜。过了很久，听到泥像吟诗，说："寅人但溺栏中水，午子须分艮畔金。若教特进重张弩，过去将军必损心。"两个人听明白了诗中的意思，说："'寅人'就是虎；'栏中水'就是井；'午子'就是我；'艮畔金'就是银制器皿。"后面两句没能弄明白。

天亮后，老和尚敲门说："两位先生，请起来吃早饭啦！"两个人这才敢打开门。吃完早饭，两人合计说："这个老和尚还在这里，我们怎么下得了山？"于是两人欺骗和尚说井里有不寻常的声音，让老和尚去看看是怎么回事。只见老和尚到了井边，他们就把老和尚推下井去。老和尚立即变成一只老虎，两个人用大石头把老虎打死了。于是他们俩就取了银制器皿下山。

快黄昏的时候，他们遇到了一个猎人。猎人在路边拉开弓箭，设下暗箭，在树上搭了一个棚子，住在上面。猎人对他们两个人说："千万不要触动我埋好的机关。"又对二人说："离山下路途还很远，老虎们很是凶残，为什么不暂时到棚子里来躲一躲呢？"两个人一听说有老虎就感到害怕，于是就爬了上去。快安定下来的时候，忽然有三五十人路过，有的是和尚，有的是道士，有的是男子，有的是妇女，唱歌吟诗的，玩笑起舞的，吵吵嚷嚷地来到猎人拉弓的地方。这些人生气地说："早晨被两个贼小子杀了我们的禅和，现在正在四处追捕他们，还有人敢张弓杀我们的将军？"于是他们触发了机关，虎也。”遂劝猎者重张其箭，猎者然之。

张毕登棚，果有一虎哮吼而至，前足触机，箭乃中其三班，贯心而踣。逡巡，诸伥奔走却回，伏其虎，哭甚哀曰：“谁人又杀我将军？”二子怒而叱之曰：“汝辈无知下鬼，遭虎啮死。吾今为汝报仇，不能报谢，犹敢恸哭。岂有为鬼，不灵如是？”遂悄然。忽有一鬼答曰：“都不知将军乃虎也，聆郎君之说，方大醒悟。”就其虎而骂之，感谢而去。及明，二子分银与猎者而归耳。（出《传奇》）

张昇

唐故吏部员外张昇随僖宗幸蜀，以年少未举，遂就摄涪州衙推。州司差里正游章当直。他日，遂告辞。问何往，章不答，但云：“有老母及妻男，乞时为存问。”言讫而去。所居近邻，夜闻章家大哭。翌日，使问其由，言章夜辞其家，入山变为虎矣。二三日，又闻章家大惊叫。翼日，又问其故。曰：“章昨夜思家而归，自上半身已变，而尚能语。”（出《闻奇录》）

把箭发出去，继续向前走去。两个人都听到了这些话，就问猎人是怎么回事。猎人说："这些都是为虎作伥的鬼，是被老虎吃了的人。他们这是在前边为老虎开道。"于是两个人就问猎人的姓名。猎人说他姓牛名进。两个人高兴地说："泥像诗的下两句又应验了，'特进'就是牛进，'将军'就是这个老虎！"于是二人劝猎人重新拉弓搭箭，猎人照着做了。

做完又登上棚来。果然有一只老虎吼叫着向他们走来，它的前爪触到机关上，箭正好射中它的心窝，便倒下了。很快，那些伥鬼一起跑回来，趴到老虎身上，哭得非常伤心，说："是谁又杀了我们的将军？"两人怒斥道："你们这些无知的下贱鬼，自己被老虎咬死了，我们替你们报了仇，你们不但不回报不感谢，还敢大声痛哭？哪有做鬼做得像你们这样不明白事理的！"于是一片悄悄然。忽然有一个鬼答应说："我们都不知道将军就是老虎，先生的话让我们恍然大悟。"于是他们又在死老虎跟前把老虎狠狠地骂了一顿，向两人和猎人表示感谢之后才离去。等到第二天天亮后，两人分了一些银子给猎人，一起回去了。（出《传奇》）

张昇

唐朝吏部员外张升还没有做吏部员外的时候，曾经跟随僖宗皇帝亲临蜀地。因为他年少，没有举进士第，就让他做代理涪州的衙推。州司派里正游章值班。一天，游章就说要走，问他要去哪里，他也不说，只是说他有老母亲和妻子儿子，需要人照看他们。说完他就走了。他家附近的邻居，晚上听到他们家有人大哭的声音。第二天让人一问，说游章晚上就离开家了，进到山里变成了一只老虎。两三天后，邻居又听到他们家发出很大的惊叫声，第二天一问，说是游章昨天晚上想家就回来了，他的上半身已经变成了老虎，但是还能说话。（出《闻奇录》）

杨真

邺中居人杨真者家富。平生癖好画虎，家由甚多画虎。每坐卧，必欲见之。后至老年，尽令家人毁去所画之虎。至年九十忽卧疾，召儿孙谓之曰：“我平生不合癖好画虎，我好之时，见画虎则喜，不见则不乐。我每梦中多与群虎游。我不欲言于儿孙辈，至晚年尤甚。至于纵步游赏之处，往往见虎。及问同游人，又不见，我方恐惧。寻乃尽毁去所画之虎。今卧疾后，又梦化身为虎儿。又梦觉既久，而方复人身。我死之后，恐必化为虎，儿孙辈遇虎，慎勿杀之。”其夕卒，家方谋葬，其尸忽化为虎，跳跃而出。其一子逐出观之，其虎回赶其子，食之而去。数日，忽家人夜梦真归谓家人曰：“我已为虎，甚是安健。但离家时，便得一人食之，至今犹不饥。”至曙，家之人疑不识其子而食之，述于邻里。有识者曰：“今为人，即识人之父子。既化虎，又何记为人之父也。夫人与兽，岂不殊耶？若为虎尚记前生之事，人奚必记前生之事也。人尚不记前生，足知兽不灵于人也。”（出《潇湘记》）

王居贞

明经王居贞者下第，归洛之颍阳。出京，与一道士同行。道士尽日不食，云：“我咽气术也。”每至居贞睡后，灯灭，即开一布囊，取一皮披之而去，五更复来。他日，居贞佯寝，急夺其囊，道士叩头乞。居贞曰：“言之即还汝。”遂言吾非人，衣者虎皮也，夜即

杨真

郫中有个叫杨真的人，家境殷实。他平生喜欢画老虎，因此他家里有关老虎的画特别多，不管是躺着的还是坐着的，都能看到。后来他年老了，让家人把家里所有老虎的画像都毁掉。到他九十岁的时候，突然病倒了。他把儿孙们叫到跟前说："我平生不应该那么热衷于画老虎的。我那时候只要能画虎就高兴，不画就不高兴。我常常梦见自己和一群老虎嬉戏打闹，我不想把这些事说给儿孙们听。到了晚年这种情况就更严重了，一到随意游玩的时候就能看见老虎。我问和我同游的人有没有看见，大家都回答说没有见到。这时我才感到了害怕。不久我就把所画的老虎都销毁了。这次病倒后，我又梦见自己变成了一只老虎，梦醒后半天我才恢复成人的样子。我死之后，估计会变成老虎。如果儿孙们以后遇上老虎，可千万不要把它打死了。"那天晚上，杨真就死了，家里正为他举行葬礼，他的尸体忽然变成一只老虎，跳着往外跑去。他的一个儿子追出去看，老虎就回来把那个儿子吃了才又离去。几天后，家人忽然梦见杨真回来对他们说："我已经变成了一只老虎，身体康健，只是在离开家的时候吃了一个人，所以直到现在也不觉得饿。"天亮后，家里人怀疑杨真是因为变成老虎以后不认识儿子才把儿子吃了，就向邻居们说了这件事。一个有学识的人听了以后说道："现在的人，即使能认出自己的儿子，但是他已经变成了老虎，又怎么还能记得自己到底是谁的父亲呢？人和兽不是有不同吗？如果做老虎还能记得前生的事，那么人也一定能记得前生的事。人尚且不能记得前生，由此可见，兽的灵性还不如人呢！"（出《潇湘记》）

王居贞

王居贞考明经科没考中，从京城回到洛州的颍阳。离开京城后，和一位道士结伴而行。道士整天不吃饭，他说："我这是咽气术。"每当王居贞睡着后，熄了灯，道士就把随身携带的布口袋打开，从里面取出一张皮披到身上，然后就出去了，五更天又回来。后来一天晚求食于村鄙中，衣其皮，即夜可驰五百里。居贞以离家多时，甚思归。曰："吾可披乎？"曰："可也。"居贞去家犹百余里，遂披之暂归。夜深，不可入其门，乃见一猪立于门外，擒而食之。逡巡回，乃还道士皮。及至家，云，居贞之次子夜出，为虎所食。问其日，乃居贞回日。自后一两日甚饱，并不食他物。（出《传奇》）

归 生

弘文学士归生，乱后家寓巴州。遣使入蜀，早行，遇虎于道，遂升木以避。数虎迭来攫跃，取之不及。虎相谓曰："无过巴西县黄二郎也。"一虎乃去。俄有白狸者至，视其人而哮吼攫跃，使人升木愈高。既皆不得，环而守之。移时，有群骡撼铃声，遂各散。使人至巴西，果有黄二郎者乃巴西吏人，为虎所食也。（出《闻奇录》）

郑思远

虎交而月晕。仙人郑思远尝骑虎，故人许隐齿痛求治。郑曰："唯得虎须，及热插齿间即愈。"乃拔数茎与之。因知虎须治齿也。虎杀人，能令尸起自解衣，方食之。虎威如"一"字。长一寸，在胁两傍皮内，尾端无之，佩之者临官佳；无官，人所憎疾。虎夜视，一目放光，一目看物。猎人候而射之，光坠入地成白石。主小儿惊。（出《酉阳杂俎》）

上，王居贞假装睡着了，道士取出布口袋的时候，王居贞一下子就把他的口袋夺过来。道士又叩头又作揖地想要回口袋，王居贞说："你把实话告诉我，我就把口袋还给你。"于是道士说道："我不是人，每天晚上偷偷穿上的是虎皮，穿上它后就去村子边找东西吃。穿上这张虎皮，一夜可以跑五百里。"由于王居贞离开家时间太长了，很是想家，就问他道："我可以借你的虎皮披一下吗？"道士同意了。王居贞家离此还有一百多里，就披上这张虎皮暂时跑回去看看。晚上回到家中，进不去，就把立在门外的一头猪抓来吃了。很快就返回来，把虎皮还给了道士。等回到家里，家中人说，王居贞的二儿子晚上出门被老虎吃了。他问是哪一天，恰好就是他披着虎皮回家的那天。此后的一两天内他一直觉得很饱，吃不下任何东西。（出《传奇》）

归生

弘文学士归生，战乱后住在巴州。他被派到蜀地去，清晨上路，在路上遇到老虎，他就爬到树上去躲避。几只老虎反反复复想要跳到树上去抓他，抓不到。老虎互相说："没有谁能比巴西县黄二郎跳得更高。"一只老虎就径直离开了。没多久又来了一只白色的野猫，对着树上的人又是吼叫又是跳起来抓。那人就往更高的地方爬去，没有能够着他的。它们就围在树周围守着。过了一会儿，一群骡子从树下经过，铃声响亮，老虎被吓跑了。这个人到了巴西县后，果然听说有一个叫黄二郎的巴西县官吏被虎吃了。（出《闻奇录》）

郑思远

月晕时是老虎交配的时间。仙人郑思远曾经把一只老虎作为他的坐骑。他的老朋友许隐牙疼，请他医治，他说："只要把虎须加热，趁热插到牙缝里，你的牙齿就会好了。"于是就拔下几根虎须拿给许隐。从这以后人们就知道虎须可以医治牙疼。老虎咬死人后，能让尸体起来自己脱衣服，脱了之后它才吃。虎威像个"一"字，一寸多长，在胸部的两侧，尾巴尖儿上没有。佩戴虎威的人，做官的为

李琢

许州西三四十里有雌虎暴，损人不一。统军李琢闻之惊怪，其视事日，厉声曰："忠武军十万，岂无勇士？"有壮夫跳跃曰："某能除。"琢壮其言，给利器。壮夫请不用弓刀，只要一大白棒。壮夫径诣榛坞寻之，果得其穴也。其虎已出，唯三子，眼欲开。壮夫初不见其母，欲回，度琢必不信，遂抱持三子，至其家藏之。入白于琢，琢见空手来，讶之。曰："已取得伊三儿。"琢闻惊异，果取到，大赏赍之，给廪帛，加军职。曰："尝闻不探虎穴，焉得虎子，此夫是也。"壮夫竟除其巨者，不复更有虎暴。（出《芝田录》）

谯本

伪蜀建武四五年间，有百姓谯本者，兜率人也。不孝不义，邻里众皆恶之。少无父，常毁骂母，母每含忍。一旦，归自晚，其母倚门而迎。本遥见，便骂。母曰："我只有汝一人，忧汝归夜，汝反骂我也。"遂抚膺大哭，且叹且怨。本在城巷住，此时便出门，近城沿路上坐。忽大叫一声，脱其衣，变为一赤虎，直上城去。至来日，犹在城上。蜀主命赵庭隐射之，一发正中其口。众分而食之。

人很好，不做官的让人憎恶。老虎在晚上看东西，一只眼睛发出亮光，一只眼睛看东西。猎人守候在那里射死它，那掉到地上的发光的眼睛变成一种白石头，主要用来医治受到惊吓的小孩。（出《酉阳杂俎》）

李琢

距离许州城西边三四十里的地方有一只母老虎行凶，害了很多人。统军李琢听说之后感到很惊奇。他处理政务的时候，对兵士们大声说道："我们有大军十万，忠勇善战，难道真的没有一个勇士吗？"有一位壮汉站出来说他能除掉老虎。李琢认为这人说得很豪壮，就把利器拿来给他。壮汉说他不需要弓和刀一类的东西，只需要一根白色的大棍子就够了。壮汉直接到山上草莽间去寻找，果然找到了虎穴。老虎已经出去了，洞穴中只有三只小老虎，小老虎的眼睛快要睁开了。壮汉一开始因为没看见打老虎就想回家，一想到李琢可能不相信，就把三只幼虎抱回去藏到自己家中。他去向李琢禀明情况，李琢见他两手空空地就回来了，感到很吃惊。他说："我已经抓到了三只小老虎。"李琢听了更觉得惊奇了，就让他回去把老虎崽儿带来，果然带到了。李琢赏赐他重金，给了米帛，还升了军职。李琢说："我曾经听说'不入虎穴，焉得虎子'，说的就是这位壮汉啊！"那壮汉最终把大老虎也除掉了，这地方再也没有虎暴发生过。（出《芝田录》）

谯本

伪蜀建武四五年间，有一个叫谯本的老百姓，是一个很残暴的人。他不讲孝悌不讲道义，邻居们都十分讨厌他。他从小就没了父亲，经常咒骂他的母亲，他母亲总是极力忍受着。有一天，他回来晚了，他的母亲靠在门边上等他。他隔了很远就看到了他母亲，就又开始破口大骂。他母亲说："我只有你这么一个儿子，担心你回来晚了，你却反过来咒骂我？"于是就抚着胸口失声大哭，又是哀怨又是嗟

蜀主初霸一方，天雨毛，人变虎，地震者耳。（出《野人闲话》）

叹。谯本住在城里的小巷中，这时候他便走出家门，在靠近城墙的路边坐下，忽然大叫一声，脱掉衣服，变成了一只红色的大老虎，直接跑到了城墙上。到了第二天，他还在城墙上。蜀主让赵庭隐拿箭射他，正好射中他的胸口，大家把他分来吃了。蜀主最开始称霸一方，天上的毛像雨一样落到地上，人就变成了老虎，地震等现象不停地发生。（出《野人闲话》）

卷第四百三十一　虎六

李大可

宗正卿李大可尝至沧州。州之饶安县有人野行，为虎所逐。既及，伸其左足示之，有大竹刺，贯其臂。虎俯伏贴耳，若请去之者。其人为拔之，虎甚悦，宛转摇尾，随其人至家乃去。是夜，投一鹿于庭。如此岁余，投野豕獐鹿，月月不绝。或野外逢之，则随行。其人家渐丰，因洁其衣服，虎后见改服，不识，遂啮杀之。家人收葬讫，虎复来其家。母骂之曰："吾子为汝去刺，不知报德，反见杀伤。今更来吾舍，岂不愧乎？"虎羞惭而出。然数日常旁其家，既不见其人，知其误杀，乃号呼甚悲，因入至庭前，奋跃折脊而死。见者咸异之。

蔺庭雍

吉阳治在涪州南。溯黔江三十里有寺，像设灵应，古碑犹在，物业甚多，人莫敢犯。涪州裨将蔺庭雍妹因过寺中，盗取常住物，遂即迷路。数日之内，身变为虎。其前足之上，银缠金钏，宛然犹存。每见乡人，隔树与语云："我盗寺中之物，变身如此。"求见其母，托人为言之。母畏之，不敢往。虎来郭外，经年而去。（出《录异记》）

李大可

宗正卿李大可以前去过沧州。沧州饶安县有个人在野外行走，被老虎追赶。老虎追上他之后，伸出它的左脚给这个人看，左脚上有一根大竹刺，直接贯穿了左前腿。老虎趴在地上俯首帖耳，像是请求他帮自己拔掉竹刺。这个人帮老虎拔掉竹刺，老虎十分欣喜，转着圈圈摇尾巴，跟着他回到家才离开。当天晚上，老虎在他家院子里扔下一头鹿。就这样过了一年多，老虎经常往院子里面扔野猪、獐、鹿，每个月都有。有时候这人与老虎在野外遇到，老虎还会跟着他一起走。他家中慢慢富裕起来，所以换了身新衣服，老虎见到他换了衣服后，没有认出来，便将他咬死了。家人将他收尸安葬后，老虎又来到他家。他母亲对着老虎骂："我的儿子为你拔去竹刺，你不知感恩，反而将他咬死。现在你来我家，不感到愧疚吗？"老虎羞愧地走出门。连续好几天都守在他家旁边，一直没有看到他出门，知道是被自己误杀了，于是十分悲伤地呼号，来到院子跟前，奋起一跃后折断脊梁死了。见到的人都感到十分诧异。

藺庭雍

吉阳官吏治所位于涪州南。溯黔江方向往上走三十里的地方有一座寺院，寺中摆设的神像十分灵验，古碑至今犹存，寺里面的东西很多，人们都不敢乱动。涪州裨将藺庭雍妹妹路过寺院的时候，盗取了寺里的东西。然后迷了路。没过几天，变身成一只老虎。老虎前脚上还保留做人时的银饰物金镯子等东西。每次见到认识的人，老虎都隔着树对人家说："我偷了寺里的东西，变成了老虎。"他请求见见自己母亲，托人给家中带话。他母亲害怕，不敢前往。老虎来到城

王太

海陵人王太者与其徒十五六人野行，忽逢一虎当路。其徒云：“十五六人决不尽死，当各出一衣以试之。”至太衣，吼而隈者数四。海陵多虎，行者悉持大棒。太选一棒，脱衣独立。谓十四人：“卿宜速去。”料其已远，乃持棒直前，击虎中耳，故闷倒，寻复起去。太背走惶惧，不得故道，但草中行。可十余里，有一神庙，宿于梁上。其夕，月明，夜后闻草中虎行。寻而虎至庙庭，跳跃变成男子，衣冠甚丽。堂中有人问云：“今夕何尔累悴？”神曰：“卒遇一人，不意劲勇，中其健棒，困极迨死。”言讫，入座上木形中。忽举头见太，问是何客，太惧堕地，具陈始末。神云：“汝业为我所食。然后十余日方可死。我取尔早，故中尔棒。今以相遇，理当佑之。后数日，宜持猪来，以己血涂之。”指庭中大树，“可系此下，速上树，当免。”太后如言。神从堂中而出为虎，劲跃，太高不可得，乃俯食猪。食毕，入堂为人形。太下树再拜乃还。尔后更无患。（出《广异记》）

荆州人

荆州有人山行，忽遇伥鬼，以虎皮冒己，因化为虎，受伥鬼指

外等候，一年后才肯离开。（出《录异记》）

王太

海陵人王太和十五六个伙伴一起在野外走路，忽然遇到一只老虎挡在路上。他的伙伴说："我们十五六个人不能都死在这里，应该各出一件衣服去试下。"轮到王太试衣服，老虎对着他们吼了四次又弯下身体。海陵老虎比较多，在路上走的人都会拿着大棒子。王太选了一根粗壮的棒子，脱去衣服独自站在那边。对其余十四个人说："你们现在立马离开。"想着伙伴已经走远了，便提着棒子走向前，一下击中老虎的耳朵，老虎闷声倒在地上，没一会又站起来了。王太打完后转身就跑，心里十分害怕，没有走到原先的路上，只好在草丛中奔跑。跑出十几里，看到一座神庙，晚上就睡在神庙房梁上。当天晚上，月光很亮，半夜的时候听到草地上老虎走动的声音。过了会看到老虎走进庙里面的院子，蹦起来变成了男人，穿着衣帽很华丽。堂中有人问老虎："你今天晚上怎么这么憔悴？"虎神说："路上突然碰到一个人，没成想十分勇猛，被他打中了一棒子，困倦得快死了。"说完后，走进堂里座上的木形中。忽然抬头看到王太，问是什么客人在此，王太害怕地掉了下来，详细地说清楚经过始末。虎神说："你已经成为我的食物了。但是你要十几天后才能死。我捕获你过早，所以才中了你的棒子。现在又相遇，理应保佑你。过几天后，你抓一头猪来。用你的血涂在猪身上……"虎神指了指院子里的一棵大树，对王太说："你将猪绑在这棵树下，然后赶紧上树，就可以免除了。"王太按照他的话去做。虎神从堂中出来变成老虎，用力跳跃，王太太高吃不到，只能俯身把猪吃了。吃完之后，进到堂内又变成人形。王太从树上下来行礼拜谢后回家。此后更不害怕老虎了。（出《广异记》）

荆州人

有个荆州人在山里面走路，忽然遇到伥鬼，伥鬼用虎皮盖住挥。凡三四年，搏食人畜及诸野兽，不可胜数。身虽虎而心不愿，无如之何。后伥引虎经一寺门过，因遽走入寺库，伏库僧床下。道人惊恐，以白有德者。时有禅师能伏诸横兽。因至虎所，顿锡问：“弟子何所求耶？为欲食人？为厌兽身？”虎弭耳流涕，禅师手巾系颈，牵还本房。恒以众生食及他味哺之。半年毛落，变人形。具说始事，二年不敢离寺。后暂出门，忽复遇伥，以虎皮冒己，遽走入寺，皮及其腰下，遂复成虎。笃志诵经，岁余方变。自尔不敢出寺门，竟至死。（出《广异记》）

刘老

信州刘老者以白衣住持于山溪之间。人有鹅二百余只诣刘放生，恒自看养。数月后，每日为虎所取，以耗三十余头。村人患之，罗落陷阱，遍于放生所。自尔虎不复来。后数日，忽有老叟巨首长鬣来诣刘，问鹅何以少减。答曰：“为虎所取。”又问何不取虎。答云：“已设陷阱，此不复来。”叟曰：“此为伥鬼所教，若先制伥，即当得虎。”刘问何法取之。叟云：“此鬼好酸，可以乌白等梅及杨梅布之要路，伥若食之，便不见物，虎乃可获。”言讫不见。是夕，如言布路之，四鼓后，闻虎落阱。自尔绝焉。（出《广异记》）

他，将他变成了老虎。变成老虎后他受伥鬼指挥。短短三四年间，捕食杀死而吃下的人、牲畜及各种野兽，数都数不过来。这个人的身形虽然是老虎但他心里是不愿意的，却又无可奈何。后来伥鬼带着老虎途径一座寺院，老虎迅速地跑进寺库中，趴在僧人库僧的床底下。库僧害怕极了，把这件事告诉了素来行为端正的人。当时有个禅师可以降服各种野兽。于是禅师来到老虎跟前，敲了敲锡杖问道："弟子有什么请求吗？是想要吃人了，还是不想再做老虎？"老虎顺从地听话流下眼泪，于是禅师用手巾系住老虎脖子，把它牵回自己房间里面。后来经常用百姓捐赠的食物和其他东西喂养它。半年之后老虎的毛脱落，重新变成人形。于是他一字不落地叙述了当初的事情，二年都没敢离开寺院。后来他暂时出门，忽然重新遇上伥鬼，伥鬼又想用虎皮将他盖住，他急忙跑回寺院来，皮和腰以下又变成了老虎的样子。他心无旁骛地诵经，一年多以后才重新变回来。从此之后他再也没敢出过寺门，一直到最后死去。（出《广异记》）

刘老

信州有个刘老以普通百姓的身份在山溪之间主持事务。有一个人在刘老这里放生了二百多只鹅，刘老长时间照看着它们。过了几个月，有老虎每天都来偷走几只，差不多损失了三十几只。村里人十分害怕，在鹅放生的地方布置了很多陷阱。这以后老虎没有再来过。过了几天，忽然出现了一个脑袋很大长胡子的老头来拜访刘老，问鹅为什么少了这么多。刘老说："都是被老虎偷走的。"老头问为什么不将老虎捉住？刘老回答："已经设置了陷阱，但是老虎没有再来过。"老头说："这些都是伥鬼教它做的，如果可以先把伥鬼抓住，这样老虎就能抓住了。"刘老问怎么能抓住伥鬼？老头说："伥鬼喜欢吃酸的东西，你可以用乌白梅和杨梅在重要道路上布置陷阱，伥鬼如果吃了，就不能看见东西，这样就可以抓到老虎了。"老头说完之后就消失了。这天晚上，刘老按照老头说的将道路布置一番，等到四更天之后，就听到老虎落入陷阱的声音。从这以后老虎便绝迹了。（出《广异记》）

虎妇

利州卖饭人，其子之妇山园采菜，为虎所取。经十二载而后还。自说入深山石窟中，本谓遇食。久之相与寝处，窟中都自四虎，妻妇人者最老。老虎恒持麋鹿等肉还以哺妻，或时含水吐其口中。妇人欲出，辄为所怒，驱以入窟，积六七年。后数岁，渐失余虎，老者独在。其虎自有妇人，未常外宿。后一日，忽夜不还。妇人心怪之，欲出而不敢。如是又一日，乃徐出，行数十步，不复见虎，乃极力行五六里。闻山中伐木声，径往就之。伐木人谓是鬼魅，以砾石投掷。妇人大言其故，乃相率诘问。妇人云："己是某家新妇。"诸人亦有是邻里者，先知妇人为虎所取，众人方信之。邻人因脱衫衣之，将还。会其夫已死，翁姥悯而收养之。妇人亦憨戆，乏精神，恒为往来之所狎。刘全白亲见妇人，说其事云。（出《广异记》）

赵倜

荆州有一商贾，姓赵名倜。多南泛江湖，忽经岁余未归。有一人先至其家，报赵倜妻云："赵倜物货俱没于湖中，倜仅免一死。甚贫乏，在路即当至矣。"其妻惊哭不已。后三日，有一人，一如赵倜仪貌，来及门外大哭。其妻遽引入家内，询问其故。安存经百余日。欲再商贩，谓赵倜妻曰："我惯为商在外，在家不乐，我心无聊。勿以我不顾恋尔，当容我却出，投交友。"俄而倜辇物货自远而至，及入门，其妻反乃惊疑走出，以投邻家。其赵倜良久问其

虎妇

利州有户人家是卖饭的，他的儿媳妇到山园子中摘菜，被老虎抓走了。这之后过去十二年又重新回家。她说自己是被老虎抓到了一个石窟中，本来以为要被老虎吃掉。时间长了都和老虎一起吃住，石窟中有四头老虎，这个妇人是给最老的老虎做妻子。老虎经常带着麋鹿等动物的肉回来给她吃，有时候用口含着水回来喂给妇人喝。妇人想要出去，老虎就开始发怒，将她驱赶回石窟里去，就这样过了六七年的时间。后面几年，其他的老虎渐渐消失不见，只剩下最老的这只老虎。这只老虎自从有了妇人以后，就没有在外面露宿过。后来有一日，老虎整晚没有回来。妇人心中奇怪，想要出去又不敢。又过了一天，妇人缓缓走出来，走了几十步，都没看到老虎，然后极力地行走了五六里的路。听到山里面有伐木的声音，朝着声音走了过去。伐木的人以为她是妖精，用石头砸她。妇人大声说明自己的情况，伐木的人这才一起上去问她详情。妇人说："我是某家人的新媳妇。"伐木的人里面有之前她家的邻居，知道她以前被老虎抓走的事情，众人这才相信她说的话。邻居将自己的衣服脱下来让她穿上，然后和她一起回家。回到家中知道她的丈夫已经去世，家中公婆可怜她将她留下。这个妇人十分愚笨，精神有点问题，时常被来往的人肆意欺辱。刘全白说他亲眼见过这妇人，这个故事就是他说出来的。（出《广异记》）

赵倜

荆州有一个做生意的人，叫赵倜。赵倜大多数时间是向南泛游于江湖。忽然有一次一年多都没回来。有一个人先到赵倜家中，和赵倜的妻子说："赵倜出门拉的货物全部沉入湖中了，赵倜逃过一劫没有死。现在十分贫穷，正在回来的路上，已经快要到家。"赵倜的妻子吓了一跳然后痛哭不止。过了三天，有一个人回来，和赵倜长的一模一样，到了门口就痛哭。赵倜妻子赶紧将他拉回家去，问他是发生了什么。两口子恩爱地过了一百多天。她丈夫想要继续出去做生故，知其事，遂令人唤其人。其人至，既见赵倜，奔突南走。赵倜与同伴十余人共趁之，直入南山。其人回顾，谓倜曰："我通灵虎也，勿逐我，我必伤尔辈。"遂跃身化为一赤色虎，叫吼而去。（出《潇湘录》）

周义

周义者，郑人也。性倜傥，好急人之患难。忽有一人年可弱冠已来，衣故锦衣，策杖而诣周义。谓义曰："我是孟州使君之子也，偶出猎于郊坰。既获兔后，其鹰犬与所从我十余少年，与所乘马，皆无故而死。我亦有一流矢，不知自何至，伤我右足。我是以不敢返归，恐少年家父母不舍我。今闻君急人之患难，故特来投君，幸且容我。我他日必厚报君之惠也。"义遂藏之于家。

经百余日，义既不闻孟州有此事，乃夜与少年对酌。问之曰："君子始投我，言是使君之子，因出猎有死伤，不敢返归。今何不传闻此事？我疑君子，君子必以实告我，我必无贰。"少年沉吟移时，方起拜而言曰："我始设此异词者，盖欲悯念纳我。今若必问我，我实不敢更设诈也。君当不移急人之心，我即以实告君。"义曰："我终无贰，但言之。"少年曰："我孟州境内虎也，伤人多矣。刺史发州兵搜求我，欲杀我。闻君广义，因变形质以投君。君怜恤我，待之如宾。但我已誓报君之惠不忘。今夜既言，诚实事也，我不可住。"遂叫吼数声，化为一虎走去。后月余，夜有一少年逾意，对他的妻子说："我在外面做生意习惯了，在家里没什么意思，心里十分无聊。不要觉得我不留恋你，应该准许我出去，去结交些朋友。"突然赵倜用车架拉着货物从远处回来，等到赵倜进了门，他的妻子十分惊疑地跑出去，跑到邻居家中。刚回来的这个赵倜被问了很久才问出来是怎么回事，明白之后，让人将这个人找出来。这人到了后，一见到赵倜，回头就向南逃跑。赵倜和他的十几个同伴一起追赶，一直追到南门。这人回头看着赵倜说："我是一只通灵虎，你们不要再追我，再追我肯定会伤害你们。"于是他纵身一跃变成一只红色的老虎，吼叫着离去。（出《潇湘录》）

周义

周义，是郑地人。他风流倜傥，喜欢帮他人分忧解难。一天，忽然有个二十多岁的人，身上穿着旧锦衣，拄着拐杖来拜访周义，对他说："我是孟州使君的儿子，偶尔去郊野打猎。有次打到一只野兔后，我的鹰、猎狗和跟我一起来的十多个年轻人，还有我的马，都无缘无故死了。我也被一支不知从哪里射来的流箭射弄伤了右脚。所以，我就不敢回去了，害怕跟随我的那些年轻人的父母不饶我。现在，我听说您乐意为他人分忧解难，因此特地来投奔，希望您可以收留我。我日后定当好好报答您的厚恩。"于是，周义便把他藏在自己家里。

经过一百多天，周义也没听说孟州有这样的怪事，夜晚他和少年对饮时，他问少年："你当初投奔我时，说自己是使君的儿子，因为外出打猎有了死伤而不敢回去，如今为什么听不到这件事情的传闻呢？我怀疑你，你要对我实话实讲，我也不会有二心。"少年沉吟良久，才站起来施礼说："当初，我之所以说这样的谎话，是想让您怜悯、接纳我。现在，假如您一定要问我，我实在不敢再说谎了。您如果能不改变帮人分忧解难之心，我就告诉您实情。"周义说："我保证不会改变帮人分忧解难之心，你就说吧！"少年说："我是孟州境内的一只老虎，曾经伤害过很多人。刺史派遣州兵四处搜寻我，想要将我捕杀。我听说您广行大义，因此变成人形来投奔于你。您怜悯

垣入义家，抛下一金枕，高声告周义：“我是昔受恩人也。今将此枕，答君之惠。”言讫，复化为一虎去。（出《潇湘录》）

中朝子

有一中朝子弟性颇落拓，少孤，依于外家。外家居在亳州永城界，有庄。舅氏一女甚有才色，此子求娶焉。舅曰：“汝且励志求名，名成，吾不违汝。”此子遂发愤笃学，荣名京邑。白于舅曰：“请三年，以女见待。如违此期，任别适人。”舅许之。此子入京，四年未归。乃别求女婿。行有日矣，而生亦已成名归，去舅庄六七十里，夜宿。时暑热，此子从舟中起，登岸而望，去舟半里余有一空屋。遂领一奴持刀棒居宿焉。此乃一废佛屋，土塌尚存，此子遂寝焉。奴人于地持刀棒卫之。忽觉塌下有物动声，谓是虫鼠，亦无所疑。夜至三更，月渐明，忽一虎背负一物掷于门外草内，将欲入屋，此人遂持刀棒叫呼，便惊走。呼舟人持火来照，草间所堕乃一女，妆梳至美。但所着特故衣耳，亦无所损伤。熟视之，乃舅妹也，许嫁之者，为虎惊。语犹未得，遂扶入屋。又照其塌后，有虎子数头，皆杀之。扶女却归舟中。明日至舅庄，遥闻哭声。此子遂维舟庄外百余步，入庄，先慰，徐问凶故。舅曰：“吾以汝来过期，许嫁此女于人。吉期本在昨夜，一更后，因如厕，为虎所搏。求尸不得。”生乃白其事。舅闻，悲喜惊叹，遂以女嫁此生也。（出《原化记》）

我，待我如同宾客一般。我已经暗自发誓，不忘报答您的大恩大德。今夜所说的，都是真实之语。我不能再在您这里住了。”于是，他大声吼叫了几声，又变成老虎跑了。一个多月后，有天夜里，有位少年跳过院墙来到周义家里，扔下了一个金枕头，大声告诉周义说：“我是先前受过您恩惠的人。现在送来这个枕头，以报答您的大恩。”说完，又变成一只老虎跑了。（出《清湘录》）

中朝子

有一个中朝官的子弟，生性放荡不羁，从小父母双亡，依靠母亲家生活。母亲家住在亳州的永城界，有一所庄园。他舅舅有个女儿，很有才气和姿色，他便向舅舅提亲。舅舅说：“你首先应立志求取功名，求得功名，我是不会违背你的意愿的。”于是他发奋学习，想在京城扬名。他对舅舅说：“请您让她为我等三年吧，假如我过期没有回来，那任她另嫁他人。”舅舅答应了。但是，他进京城之后，四年了都没回来。他的舅舅只好另寻女婿。在即将成亲的时候，他也功成名就回来了。在离舅舅庄园六七十里路的时候，天黑住了下来。当时，天气特别热，他就从船上走出来，上岸四处远望，看见离船半里多的地方有一所空房子。他就带着一名仆人拿着刀棒到空房子里去住。这是一所废弃的佛庵，倒塌的泥土还在，他便在上面睡了下来。仆人拿着刀棒在那里守卫着。忽然，感觉倒塌的泥土下面有动静，起初以为是虫鼠之类，没怀疑什么。到了三更时分，月光逐渐明亮，忽然发现一只老虎背着一个东西扔在了门外的草堆上，想要进屋，仆人拿着刀棒大喊呵斥，老虎就被吓跑了。他呼喊船上的人拿灯一照，草堆中被老虎扔下的原来是一位女子，梳妆打扮甚是好看。不过，她穿着旧衣裳，也没受到什么伤害。仔细一看，原来是舅舅家许诺嫁给他的表妹。表妹被老虎吓得不能讲话，于是他就扶她到屋子里。又用灯照了一下，发现倒塌的泥土后，还有几只小虎崽，他把虎崽全都杀死，便扶着表妹返回船上。第二天，到了舅舅的庄园，远远就听到有人在哭。他把船停在庄园外一百多步的地方，然后走进庄园，先向舅舅等人表示慰问，然后慢慢询问凶事的原因。舅舅说：“我以为你过期不

能回来了，就把女儿嫁给了别人。良辰吉时本来就在昨夜，但是一更天后，她因为上厕所被老虎抓走了。现在连尸首都没能找到。”他便将昨晚发生的事情详细告诉了舅舅。舅舅听了之后悲喜交加，又惊叹不已，于是又把女儿嫁给了他。（出《原化记》）

卷第四百三十二　虎七

松阳人

松阳人入山采薪，会暮，为二虎所逐，遽得上树。树不甚高，二虎迭跃之，终不能及。忽相语云："若得朱都事应必捷。"留一虎守之，一虎乃去。俄而又一虎细长善攫。时夜月正明，备见所以。小虎频攫其人衣，其人樵刀犹在腰下，伺其复攫，因以刀砍之，断其前爪，大吼，相随皆去。至明，人始得还。会村人相问，因说其事。村人云："今县东有朱都事，往候之，得无是乎？"数人同往问讯。答曰："昨夜暂出伤手，今见顿卧。"乃验其真虎矣，遂以白县令，命群吏持刀，围其所而烧之。朱都事忽起，奋迅成虎，突人而出，不知所之。（出《广异记》）

南阳士人

近世有一人寓居南阳山，忽患热疾，旬日不瘳。时夏夜月明，暂于庭前偃息，忽闻扣门声，审听之，忽如睡梦，家人即无闻者。但于恍惚中，不觉自起看之，隔门有一人云："君合成虎，今有文牒。"此人惊异，不觉引手受之。见送牒者手是虎爪，留牒而去。开牒视之，排印于空纸耳。心甚恶之，置牒席下，复寝。明旦少忆，与家人言之。取牒犹在，益以为怪。疾似愈，忽忆出门散适，遂策杖闲步，诸子无从者。行一里余，山下有涧，沿涧徐步，忽于水中，自见其头已变为虎，又观手足皆虎矣，而甚分明。自度归

松阳人

松阳人进山砍柴，到了傍晚，被两只老虎一起追赶，于是樵夫爬到树上。树不是很高，两只老虎轮流跳跃，结果还是够不到。两只老虎忽然谈论说："要是朱都事在，肯定能成功抓到他。"于是留下一只老虎守在树下，另一只老虎就走了。不一会儿，一只身形瘦长的老虎来了，当时月色明亮，树下的情形看得很清楚。小老虎频繁抓樵夫的衣服，樵夫的砍柴刀还是在腰下，等它再抓取，拔刀砍下去，切断其前爪子，老虎大吼着。离开了。到第二天天亮，樵夫得以返回村中。村里的人问他情况，就说这件事。村里人说："县城东边有个朱都事，我们去看看，那只老虎是不是他变得？"几个人一同前往看望。有人回答说："都事昨天晚上突然伤了手，现在躺在卧室休息。"得到验证是真的老虎，于是众人报告县令，小吏带人持刀，包围朱都事家放火。朱都事忽然起身，变成一只老虎跑出来，不知道跑去哪里了。（出《广异记》）。

南阳士人

近世有个人寓居在南阳山中，忽然生了热病，十几天都没治好。当时正是夏天，晚上月色十分明亮，他暂时仰卧在院子里稍作休息，忽然听到有敲门声，仔细听了听，感觉又像是在做梦，家里其他人都没有听到。但是在恍惚之中，他毫无察觉地站起来看了看，隔着门有一个人说："你现在应该变成老虎的，有公文在这里。"这个人十分惊讶，不自觉就伸手把公文接了过来。看到送公文的人手是虎爪，留下公文离去后。他打开公文看了看，只是空纸上排列了一些图章而已。他心里十分厌恶，把公文放在席子下面，又重新睡过去。第二天家，必为妻儿所惊，但怀愤耻，缘路入山。经一日余，家人莫知所往，四散寻觅，比邻皆谓虎狼所食矣，一家号哭而已。

此人为虎，入山两日，觉饥馁，忽于水边蹲踞，见水中科斗虫数升，自念常闻虎亦食泥，遂掬食之，殊觉有味。又复徐行，乃见一兔，遂擒之，应时而获，即啖之，觉身轻转强。昼即于深榛草中伏，夜即出行求食，亦数得獐兔等，遂转为害物之心。忽寻树上，见一采桑妇人，草间望之。又私度："吾闻虎皆食人，试攫之。"果获焉。食之，果觉甘美。常近小路，伺接行人。日暮，有一荷柴人过，即欲捕之。忽闻后有人云："莫取莫取！"惊顾，见一老人须眉皓白，知是神人。此人虽变，然心犹思家，遂哀告。老人曰："汝曹为天神所使作此身，今欲向毕，却得复人身。若杀负薪者，永不变矣。汝明日合食一王评事，后当却为人。"言讫，不见此老人。此虎遂又寻草潜行。

至明日日晚，近官路伺候，忽闻铃声，于草间匿。又闻空中人曰："此谁角驮？"空中答曰："王评事角驮。"又问："王评事何在？"答曰："在郭外。县官相送，饭会方散。"此虎闻之，更沿路早起还记得一点，就告诉家里人。到席子下面去找公文还在，就更觉得奇怪了。热病似乎好了一点，忽然想出门散散步，于是拿着手杖闲庭信步地走了，儿子们并没有跟着一起出来。走一里多路，来到山下的溪水边，沿着水边慢慢走着，忽然看到水中，自己的头已经变成了老虎头，又看到自己的手脚也变成了虎爪，而且十分明显。他估计自己这样回家之后，一定会吓到妻儿们，只好满怀愤恨与耻辱，顺着山路走进山中。一天时间过去了，家里人不知他去了哪里应该怎么找他，四处去寻找，邻居们都说他是被老虎或者狼吃掉了。一家人号啕大哭。

这人变成老虎，进山两天，觉得十分饥饿，忽地在水边蹲下，看到水中有许多小蝌蚪。心里想着之前听说老虎也吃泥巴，就把蝌蚪捞起来吃了，感觉挺有味道的。然后又慢慢往前走，看到一只野兔，想要将它抓住，就立马抓住了，随即吃了下去，这会儿觉得自己身体变得轻盈有力气。白天他就在深草丛中趴着休息，夜里就出去找东西吃，也很多次捉到獐子、兔子之类的食物，于是便有了伤害人的心思。忽然寻找到一棵树下，见树上有一位采桑的妇人，他从草丛间看过去，心里想："我听说老虎都会吃人"尝试去抓妇人，果然捉到。吃了之后觉得十分美味。从此之后他常常在靠近小路的地方，等待路过的行人。一天傍晚，有一个扛着柴的人走过去，他准备上去捕捉，忽然听到后边有人说："不要动，不要动！"惊异地回头看去，看到一位须眉皆白的老人，他知道老人应该是神仙。他虽然变成了老虎，但还是十分想家，于是他向老人哀求回家。老人说："你被天神驱使变成了老虎，现在走向捕捉野兽的网，还能够恢复人的形态。如果杀了这个扛柴的人，就永远变不回人类了。你明天再吃一个王评事，就可以恢复人身了。"说完后，老人就消失不见了。这只老虎又藏在草丛中偷偷地离开。

到了第二天晚上，来到官路附近等候。忽然听到铃声，他便藏进草丛中。然后听到空中有两个人对话说："这是谁的角驮？"另一个回答说："王评事的角驮。"又问："王评事在哪儿呢？"又答说："在城外。县官送他过来，酒宴刚散。"这只老虎听了之后，继续沿伺之。一更已后，时有微月，闻人马行声，空中又曰："王评事来也。"须臾，见一人朱衣乘马半醉，可四十余，亦有导从数人，相去犹远，遂于马上擒之，曳入深榛食之，其从迸散而走。食讫，心稍醒，却忆归路，去家百里余来。寻山却归，又至涧边却照，其身已化为人矣，遂归其家。

家人惊怪，失之已七八月日矣。言语颠倒，似沉醉人。渐稍进粥食，月余平复。后五六年，游陈许长葛县。时县令席上，坐客约三十余人。主人因话人变化之事，遂云："牛哀之辈，多为妄说。"此人遂陈己事，以明变化之不妄。主人惊异，乃是王评事之子也。自说先人为虎所杀，今既逢仇，遂杀之。官知其实，听免罪焉。（出《原化记》）

虎恤人

凤翔府李将军者为虎所取，蹲踞其上，李频呼："大王乞一生命。"虎乃弭耳如喜状。须臾，负李行十余里，投一窟中。二三子见人喜跃，虎于窟上俯视，久之方去。其后入窟，恒分所得之肉及李。积十余日，子大如犬，悉能陆梁，乳虎因负出窟。至第三子，李恐去尽，则已死窟中，乃因抱之云："大王独不相引？"虎因垂尾，李持之，遂得出窟。李复云："幸已相祐，岂不送至某家？"虎又负李至所取处而诀。每三日，一至李舍，如相看。经二十日，前后五六度，村人怕惧。其后又来，李遂白云："大王相看甚善，然村人恐惧，愿勿来。"经月余，复一来，自尔乃绝焉。（出《广异记》）

着路等待。一更天以后，天空有微弱的月光，他听到人马走路的声音。又听到有人说："王评事来了。"过了一会，见有一个人穿着红衣服骑在马上半醉半醒，看起来有四十多岁，前后跟着几个随从，看样子离得挺远的，于是老虎跑过去把王评事从马上抓下来，拖到深榛棵子中吃了，他的随从四散逃跑。老虎吃完之后，心里感觉有些清醒，想着回家的路，还有差不多一百多公里。就开始沿着山路往回走，再次来到水涧边，照了照，他的身体已经重新变为人形。于是赶紧回到家里。

家里人十分奇怪，他失踪已经有七八个月的时间。他说话颠三倒四，就像一个喝醉了的人。回家后渐渐可以吃下些粥食，一个多月后才恢复正常。之后过了五六年，他到陈许的长葛县游览。当时县令设置了宴席，有三十多位客人在座。主人就说起了人变化成其他东西的事，于是说道："牛会伤心之类的说法，都是十分荒唐的言论。"这个人便将自己变成老虎的事情说了，以此来证明人的变化并不是无稽之谈。主人感到十分惊异。因为这个主人就是王评事的儿子。他说自己的父亲就是被老虎害死的，今天既然遇上杀父仇人。于是命人把仇人杀死。官员们听说事情真相后，并没有追究责任。（出《原化记》）

虎恤人

凤翔府有个李将军被老虎抓走了，老虎蹲踞在他跟前，李将军频频高呼："大王饶我一命。"老虎听到后表现出十分高兴的样子。过了一会，老虎驮着李将军走了十几里路，将他投到一个洞窟之中。洞窟中有两三只虎崽见到人十分高兴，老虎在洞窟上面看看，过了很久才离开。从此之后老虎进到洞窟中，总是分一些所得到的肉给李将军。过了十几天，老虎崽子长得像狗一样大，都能蹦跳着吃奶，老虎就把它们背出洞窟。到了第三只虎崽子，李将军害怕没了虎崽子，自己会死在洞窟中，于是把虎崽子抱在怀里问老虎："大王为什么不把我也拉出去？"于是老虎将尾巴垂下来，李将军抓着老虎尾巴出了洞窟。李将军又对老虎说："多谢大王保护我，大王可以送我回家吗？"

范端

涪陵里正范端者，为性干了，充州县任使。久之，化为虎，村邻苦之，遂以白县云：“恒引外虎入村，盗食牛畜。”县令云：“此相恶之辞，天下岂有如此事？”遂召问，端对如令言。久之，有虎夜入仓内盗肉，遇晓不得出，更递围之，虎伤数人，逸去。耆老又以为言。县令因严诘端所由，端乃具伏云：“常思生肉，不能自致。夜中实至于东家栏内窃食一猪，觉有滋味。是故见人肥充者，便欲啖之，但苦无伍耳。每夜东西求觅，遇二虎见随，所有得者，皆共分之，亦不知身之将变。”然察其举措，如醉也。县令以理喻遣之。是夜端去，凡数日而归，衣服如故。家居三四日，昏后，野虎辄来至村外鸣吼。村人恐惧，又欲杀之。其母告谕令去。端泣涕辞母而行。数日，或见三虎，其一者，后左足是靴。端母乃遍求于山谷，复见之。母号哭，二虎走去，有靴者独留，前就之。虎俯伏闭目，乃为脱靴，犹是人足。母持之而泣，良久方去。是后乡人频见，或呼范里正，二虎惊走，一虎回视，俯仰有似悲怆。自是不知所之也。（出《广异记》）

老虎又驮着李将军把他送到当初抓到他的地方然后离开。从这之后老虎每隔三天，到李将军家中来一次，就像是来看望他一样。过了二十天，老虎来过差不多五六回。村里人看到十分害怕。后来老虎又来，李将军就对它说："大王来看我是十分好的，但是村里人都害怕你，希望你不要再来了。"过了一个月后，老虎又来过一次，从此就再也没有来过。（出《广异记》）

范端

涪陵有个里正叫范端，为人精明干练，在任州县内可调遣使用。时间长了，他自己变成了一只老虎。村里邻居叫苦连天，于是向县令报告说："范端总是将野外的老虎领回家，偷盗村里的牛羊牲畜吃。"县令说："你们讨厌他也就罢了，恶语相向，天下怎么会有这样的事情？"于是召见范端问他事情详情，范端的回答和县令说的一样。时间久了之后，半夜总是有老虎偷偷进入谷仓里面偷肉，到了天亮还没出来，村民们轮番交替围剿，老虎伤了好些人之后逃走了。村中老人又将这件事告上报给县令。县令又将范端叫过来严格盘问，于是范端实话实说道："我总是想吃生肉，但是自己家没有。有天夜里的确到东家的猪圈里面偷吃了一头猪，吃过后觉得很美味，所以见到稍微肥胖的人也想吃了他，但是只有我自己没有伙伴，每到晚上就去找东西吃，后来遇到两只老虎跟着我，得到的食物，全部一起分着吃，也不知道自己会变成老虎。"然而县令查看他的行为举止，感觉他就像喝醉了一样。于是给他讲了一番道理之后就将他打发走了。当天晚上范端离开，过了好几天才回来，身上的衣服也没有换过。他在家里住了三四天，到了黄昏后，野虎就来到村外大声吼叫。村里人害怕极了，又想要杀了范端。范端的母亲告诫他，让他快点离开。范端哭泣着与母亲告别。几天之后，有人在野外看到三只老虎。其中有一只老虎后左脚还穿着人类的靴子。范端的母亲知道后漫山遍野地寻找，终于找到。范端的母亲大声哭号，其中两只老虎离开，另一只穿靴子的老虎留下，老虎走近母亲。然后闭着眼睛趴在那里，他母亲为他脱去靴子，看到那只脚还是人脚。母亲捧着人脚痛

石井崖

石井崖者，初为里正，不之好也，遂服儒，号书生，因向郭买衣。至一溪，溪南石上有一道士衣朱衣，有二青衣童子侍侧。道士曰："我明日日中得书生石井崖充食，可令其除去刀杖，勿有损伤。"二童子曰："去讫。"石井崖见道士，道士不见石井崖。井崖闻此言惊骇，行至店宿，留连数宿。忽有军人来问井崖："莫要携军器去否？"井崖素闻道士言，乃出刀，拔枪头，怀中藏之。军人将刀去，井崖盘桓未行。店主屡逐之，井崖不得已，遂以竹盛却枪头而行。至路口，见一虎当路，径前躩取井崖。井崖遂以枪刺，适中其心，遂毙。二童子审观虎死，乃讴歌喜跃。（出《广异记》）

械虎

襄梁间多鸷兽，州有采捕将，散设槛阱取之，以为职业。忽一日报官曰："昨夜槛发，请主帅移厨。"命宾寮将校往临之，至则虎在深阱之中。官寮宅院，民间妇女，皆设幄幕而看之。其猎人先造一大枷，仍具钉锁，四角系绳，施于阱中，即徐徐以土填之。鸷兽将欲出阱，即迤逦合其荷板。虎头才出，则蹙而钉之，四面以索，趁之而行，看者随而笑之。此物若不设机械，困而取之，则千夫之力，百夫之勇，曷以制之？势穷力竭而取之，则如牵羊拽犬，哭。过了好久老虎方才离去。从此以后乡里人经常见到这三只老虎，有人呼喊“范里正”，其中两只老虎吓得跑了，另外一只回过头来看，俯仰的眼神中好像很悲伤。从这以后不知老虎到什么地方去了。（出《广异记》）

石井崖

石井崖此人，原本身为里正，做事做得不好，便穿上书生的衣服，自称为书生，因为要去城里买衣服，到了一处溪边，溪南边石头上坐着一位道士穿着红衣服，有两个穿着青色衣服的童子侍候左右。道士说：“我明天中午要把书生石井崖吃了充饥，你们除去他身上带刀杖等利器，免得让他伤着我。”两个童子说：“已经除去了。”石井崖可以看到道士，道士看不到他。石井崖听到道士的话很害怕，走到客栈留宿，接连住了好几天都没有出发。忽然有天一个军人过来问石井崖：“你是不是要带武器上路？”石井崖之前听到了道士说的话，就将身上的刀交了出来，拔了一个枪头藏在怀里。军人拿着刀离开，石井崖盘桓了很久都没有走。店主催促了好长时间，没有办法只好离开，石井崖用一段竹子藏着枪头走了。走到路口，果然看到有一只老虎拦在路上，老虎直接就上来取石井崖的性命，石井崖用枪头刺它，正好刺中老虎的心脏，老虎死掉了。两个童子查看了下老虎已经死去，手舞足蹈地十分开心。（出《广异记》）

械虎

襄梁地域间多猛兽，州里专门设有采捕的职位，各地也都设有笼子和陷阱来捕杀野兽，捕杀野兽已经成为一种职业。忽然一日有人向官府汇报说，“昨天晚上抓老虎的笼子有了动静，请主帅过去看一下。”主帅就让兵僚将校们都过去看，看到了陷阱里面抓住了一只老虎，官僚宅院中人，民间的妇女，都好奇地设置帐幕看热闹。有个猎人做了一个大木枷，木枷上有钉锁，四个角系着粗绳子，将木枷放到陷阱中去。然后慢慢往里面填土。老虎快要出来的时候，便曲折地

虽有纤牙利爪，焉能害人哉！夫欲制强敌者，亦当如是乎？（出《玉堂闲话》）

商山路

旧商山路多有鸷兽害其行旅。适有骡群早行，天未平晓，群骡或惊骇。俄有一虎自丛薄中跃出，攫一夫而去，其同群者莫敢回顾。迨至食时，闻遭攫者却赶来相及。众人谓其已碎于铦牙，莫不惊异。竞问其由，徐曰："某初衔至路左岩崖之上，前有万仞清溪，溪南有洞，洞口有小虎子数枚顾望其母，忻忻然若有所待。其虎置某崖侧，略不损伤，而面其溪洞叫吼，以呼诸子，某因便潜伸脚于虎背，尽力一踏，其虎失脚，堕于深涧，不复可登。是以脱身而至此。"其兽盖欲生致此人，按演诸子，是以不伤。真可谓脱身于虎口，危哉危哉！（出《玉堂闲话》）

陈褒

清源人陈褒隐居别业，临窗夜坐，窗外即旷野。忽闻有人马声，视之，见一妇人骑虎自窗下过，径入西屋内。壁下先有一婢卧，妇人即取细竹枝从壁隙中刺之，婢忽尔腹痛，开户如厕。褒方愕骇，未及言，婢已出，即为虎所搏。遽前救之，仅免。乡人云："村中恒有此怪，所谓虎鬼者也。"（出《稽神录》）

合上荷板。虎头刚钻出来，就立马钉上钉子，四面用粗绳子牵着，赶着老虎往前走，看热闹的人一边走一边叫。这种大的猛兽如果不用机械捕获，要想凭人力围困捉住它，就算有一千人的力气，一百人的胆子，就可以抓到吗？应该在它势穷力竭之后再想办法抓住它，这样就会像抓羊拽狗一样容易了，尽管它有尖牙利爪，又要怎样去伤害人呢！要想抓住这样的猛兽，就应该这样做吧？（出《玉堂闲话》）

商山路

在以前通往商山的路上，有很多猛兽，经常有生猛兽伤害来往旅客的事情发生，刚好有一个骡群早早赶路，这时天还没亮，然而骡子当中已经有骡子惊惧叫喊的。过了一会有一只老虎从草丛中跳出来，叼起一个人就跑，此人的同伴都不敢回过头去看。等到吃饭的时候，这个被老虎叼走的人又重新回来了。大伙都以为这人已经被老虎咬碎了，都很惊讶。竞相问他是怎么回事，这人慢悠悠地说："刚开始老虎叼着我到了路边的岩崖上面，前面就是万仞高山和深深地溪流，溪水南边有个山洞，洞口有几只虎崽子看着母老虎，十分高兴地等着母亲回来。那只老虎将我放在悬崖的边上，没有一丝伤害的意思，老虎面对着溪边山洞大声吼叫，呼唤它的孩子们。我便把脚偷偷伸到虎背上，用尽全力踹过去，那老虎失脚掉到深涧里，不可能再爬上来了。所以我才跑了回来。"那只老虎应该是想弄个活人回去，教导虎崽子们怎么捕猎，所以没有伤害他。这真的是虎口脱险啊！危险危险呀！（出《玉堂闲话》）

陈褒

清源人陈褒在别墅里面隐居，有天夜里他临窗而坐，窗外就是空旷的野外，忽然听到人马声，定睛一看，看见一个妇人骑着一只老虎从窗下路过，径直走到西屋里面。西屋墙壁旁边有个婢女躺着，妇人取了一根细小的竹签去扎婢女，婢女感到肚子疼，准备开门去上厕所。陈褒这才猛地惊醒，没等陈褒开口，那婢女已经走出去，立马被老虎

食虎

建安人山中种粟者皆构棚于高树以防虎。尝有一人方升棚，见一虎垂头拓耳过去甚速。俄有一兽如虎而稍小，蹑前虎而去，遂闻竹林中哮吼震地，久之乃息。明日往视，其虎遇食略尽，但存少骨尔。（出《稽神录》）

周雄

唐大顺景福已后，蜀路剑利之间，白卫岭石筒溪，虎暴尤甚，号税人场。商旅结伴而行，军人带甲列队而过，亦遭攫搏。时递铺卒有周雄者，膂力心胆，有异于常。日夜行役，不肯规避，仍持托杈利剑，前后于税人场连毙数虎，行旅赖之。西川书记韦庄作长语以赏之，蜀帅补军职以壮之。凡死于虎，溺于水之鬼，号为伥，须得一人代之。虽闻泛言，往往而有。先是西川监军使鱼全諲特进自京搬家，憩于汉源驿。其孀嫂方税驾，遂严妆，倚驿门而看，为虎攫去。虽驱夺得之，已伤钩爪也。仆尝行次白卫岭，时属炎蒸，夜凉而进。一马二仆与他人三五辈偕行，或前或后，而民家豚犬交横道路。山林依然，居人如昔，虎豹之属，又复何之？景福乾宁之时，三川兵革，虎豹昼行，任上贡输，梗于前迈。西川奏章，多取巫峡。人虫作暴，得非系国家之盛衰乎？（出《北梦琐言》）

扑上来抓到。陈褒赶紧出去救她，这才使她避免伤害。乡人说："村子里面经常会有这种妖怪，就是平时说的虎鬼。"（出《稽神录》）

食虎

建安这里的人，只要是在山上种栗子的都会把棚子搭在很高的树上来防老虎，曾经有个人刚上棚子，就看见一只老虎垂头丧气地很快跑过去。过了一会，又有一个像老虎又比老虎小的野兽，跟着老虎的踪迹跑了过去，随即就听到竹林中震天动地的吼叫声，久久没有平息。到了第二天去看，老虎已经被吃光，只剩了少许的骨头。（出《稽神录》）

周雄

唐朝大顺景福以后，蜀路的剑阁、利州之间，在白卫岭石筒溪这个地方，老虎祸患十分严重，人们将此称为"税人场"。商旅就算结伴而行，军人带着兵刃列着队伍通过，也会被老虎袭击。当时有个递铺卒叫周雄，体力惊人，胆大心细，区别于常人。他日夜行役，不想办法回避老虎，依旧拿着托权利剑只身前往。在税人场陆续击毙了好几只老虎，行人旅客们都依靠他。西川的书记韦庄写了长诗来赞赏他，蜀军的将帅补给他军职以作表彰。一般被老虎咬死，或者被水淹死的人，叫作伥鬼，必须找个人来代替自己。虽然这都是传言，但也有一部分事实依据的。刚开始是西川监军使鱼全谭特进从京城搬家，途中在汉源驿站休息。他的寡妇嫂子刚从车上下来休息，打扮得花枝招展地在驿门往外看，然后就被老虎捉去。虽然在追赶中抢夺回来，也被老虎的钩爪伤到了。我曾经有一次旅途中暂住白卫岭，当时天气特别热，等晚上天气稍微凉爽了就上路继续赶路。一匹马二个仆人与其他三五个人一块儿走，前后都有人，而百姓家的猪狗在道路上来来去去，山林中一切照旧，居民也是照常生活。虎豹豺狼之类的又在哪里？景福年乾宁年的时候，三川一带闹兵革祸乱，虎豹白天出来到处游荡，地方上的贡赋很多都被阻塞运不出去。西川上奏

的奏章，大多都是绕路到巫峡送出。人和野兽都作恶多端，难道和国家的兴衰也有关系吗？（出《北梦琐言》）

卷第四百三十三 虎八

张 俊

宣州溧水县尉元澹家在怀州，先将一庄客张俊祗承至官，官满却归，俊亦从之。俊有妻，一子三岁，亦与同行。至宋汴行将夜，俊抱儿从澹，其妻乘驴在后十步。忽闻叫声，俊奔视之，妻已被虎所取。俊白元："妻今为虎所杀伤，誓欲报仇。今以孩子奉上，某傥生归，当酬哺养之恩。不尔，便为仆贱终身。"元固止之，不可。复挟两矢，携弓腰斧，下道乘黑而行。去三十余里，皆深林重阻。既而渐至一处，依近山谷，有大树百余株，疑近虎穴，俊上树伺之。时渐明，见山下数十步内，如有物蹲伏起动之状。更候之，欲明，乃是虎也。其妻已死，为虎所禁，尸自起，拜虎讫，自解其衣，裸而复僵。虎又于窟中引四子，皆大如狸，掉尾欢跃。虎以舌舐死人，虎子竞来争食。俊在树上见之，遂发一箭，正中虎额，其虎腾跃。又发一箭，中其胁。箭皆傅毒，虎遂惊跃，狂乱吼怒，顷刻而死。俊复下树，以斧截虎头，并杀四子，亦取其首，葛蔓贯之。亦负妻尸，走步而归。日晓追及，澹感激之至。（出《原化记》）

张俊

宣州溧水县县尉元澹家在怀州，最开始他和一个叫张俊的庄客一起上任，现官职任期满要回家，张俊也和他一起。张俊有一个妻子和三岁的儿子，也都一起出发。走到宋汴的时候天就要黑了，张俊抱着儿子跟着元澹，他的妻子骑着驴跟在后面落后十几步。忽然听到叫声，张俊跑过去看妻子，妻子已经被老虎抓走了。张俊对元澹说："我的妻子被老虎伤害，我一定要为她报仇。现在将孩子托付给您，如果我可以活着回来，定当报答您的恩情。如果没有回来，那这孩子就给你当奴仆吧。"元澹努力阻止他，但是没有成功。张俊带上两只箭矢，拿着弓箭和斧头，墨者黑从管道上下来向山里走去。走了三十多里路，每步都被深山老林阻碍。随即他走到一个地方，依靠山谷，有一百多棵大树，像是已经走到了老虎洞穴附近，张俊爬到树上伺机等候。天色渐渐明亮，张俊看到山下十几步远的地方，像是有什么东西上下起伏活动。他又等了一会儿，看着天就要亮了，一看果然是老虎。他的妻子已经死了，妻子被老虎囚禁，尸体自己站起来，对着老虎拜了拜，然后自顾自解开衣服，裸着身体变得僵硬。老虎从洞窟中运出来四个虎崽子，各个像狸猫大小，活蹦乱跳地过来。老虎用舌头舔舐他的妻子，虎崽子们争抢着要吃。张俊在树上看到，发出一箭，正中老虎额心，老虎忍痛跳起来，张俊又射出去一箭，射中了老虎的肋中。张俊的箭头都涂抹过毒液，老虎又惊又怕地跳着，发狂似的怒吼，没一会就死了。张俊从树上爬下来，用斧子将老虎头砍下来，并且将四只虎崽子一起杀了，把它们的脑袋也剁了下来，用藤蔓贯穿起来。然后背着妻子的尸体，徒步赶回来和元澹会合。天亮的时候追上元澹，元澹深受感动。(出《原化记》)

浔阳猎人

浔阳有一猎人，常取虎为业，于径施弩弓焉。每日视之，见虎迹而箭已发，未曾得虎。旧说云："人为虎所食，即作伥鬼之事。"即于其侧，树下密伺。二更后，见一小鬼青衣，髡发齐眉，蹴躃而来弓所，拨箭发而去。后食顷，有一虎来履弓而过。既知之，更携一只箭而去，复如前状。此人速下树，再架箭，而登树觇之。少顷虎至，履弓箭发，其虎贯胁而死。其伥鬼良久却回，见虎死，遂鼓舞而去也。（出《原化记》）

柳 并

河东柳并为监察御史，入岭推覆，将一书吏随行，常所委任。至岭下宿孤馆中，从吏皆在厅内席地而寝。时半夜，月初上，众皆卧，并独觉。忽见一小鬼长尺余，状若猕猴，手持一纸幡子步上阶，以幡插书吏头边而去。并乃潜起，拔去之，复卧伺焉。少顷，一虎入来遍嗅诸人而去。须臾，小鬼又来，别以幡子插之，复又拔去之。少顷，虎又来遍嗅而去，如此者三度，而天向明。乃至旦，召吏言其事："且日汝当难免，自须为计，不可随我。"并有剑，取与之，乃令逃难。此吏素强勇，携剑入山，寻逐虎穴。行二十里至一茅庵，入其中，不见有人。惟见席上案砚朱笔，有一卷文书皆是人名，或有勾者，有未勾者，己名在焉。屋上见一领虎皮，吏怀其书，并取皮，杖剑而去。行未数里，见一胡僧从后来趁，呼之曰："且住，君不如告某为计，即可免矣。"吏即止，与之言。见其人状异，不敢杀之。僧曰："吾非强害君者，是天配合食之。岂不见适来文簿？昨日已愆数期，今强脱，终恐无益。不如以小术厌之。"吏问

浔阳猎人

浔阳有一位猎人，日常工作就是捕捉老虎，他会在老虎经过的路上布置弓箭。每天都去检查一下，有一天看到老虎的踪迹箭也发射出去了，但是没看到老虎。旧话常说："人要是被老虎吃了，就会成为伥鬼，老虎就会安排伥鬼出来做事。"于是猎人就在附近等着，二更天后，看见一个青色衣服的小鬼，头发齐眉梳得很整齐，认真地检查有陷阱的弓箭位置，然后拨动机关拔了箭离开。差不多过了一顿饭的工夫，有一只老虎踩着弓箭机关走过来，猎人已经知道，便带着另一支箭过去，伥鬼又重复之前的情景。猎人迅速从树上下来，再将箭矢架了上去，然后重新上树等候。没过一会儿老虎来了，直接踩在弓箭上，箭矢穿透老虎胸膛而死。那伥鬼过了很长时间才回来，见老虎死了，他便欢欣鼓舞地走了。（出《原化记》）

柳　并

河东人柳并身为监察御史，进入五岭之中调查研究，考察巡检，随行的有一名书吏，柳并常安排他做一些事情。行至山岭下一处偏僻的客栈里面休息，随行的官吏们都在中堂大厅内席地而坐。到了半夜时分，月亮初升，大家都已经睡了，只有柳并还没有入睡。忽然柳并看到一个一尺多高的小鬼，长得像猕猴一样，手里拿着一个小纸旗从台阶上来，把小纸旗插在书吏的头边然后离开了。柳并偷偷起来，将小纸旗拔掉扔了，又重新躺下来。过了一会儿，进来一只老虎挨个将所有人闻了一遍然后离开。过了一会儿，小鬼又回来，重新插了一杆旗子，柳并又起来把小旗拔掉扔了。不一会儿，老虎又进来闻了一遍出去。如此反复三次，天马上就亮了。等到天亮，柳并对随行的书吏说了这件事，说道："天亮之后你可能会受伤，你需要自己想个办法，不能再继续跟着我了。"柳并有把剑，取来送给书吏，让书吏去逃难。这个书吏素来强壮勇敢，带着剑就直接进山，寻找虎穴去了。他走了二十里看到一个茅草屋，进到里面，里面没有人，只看到床席上放着桌案、烟台、红色毛笔之类的东西，有一卷文书上面其术。僧令登一树以带自缚，用剑自刺少血涂一单衣投之。“我以衣为襀之耳。”吏如言登树，投皮与僧衣之，便作虎状，哮吼怒目，光如电掣。吏惧，将欲堕者数过，即取单衣，刺血涂之，投于地。虎得衣跳跃，擘扯而吞之。良久，复为人形。曰：“子免矣。”乃遣去，竟无患焉。（出《原化记》）

僧 虎

袁州山中有一村院僧，忘其法名。偶得一虎皮，戏被于身，摇尾掉头，颇克肖之。或于道旁戏，乡人皆惧而返走，至有遗其所携之物者。僧得之喜，潜于要冲，伺往来有负贩者，欻自草中跃出，昂然虎也，皆弃所赍而奔。每蒙皮而出，常有所获。自以得计，时时为之。忽一日被之，觉其衣着于体，及伏草中良久，试暂脱之，万方皆不能脱。自视其手足虎也，爪牙虎也。乃近水照之，头耳眉目，口鼻尾毛，皆虎矣，非人也。心又乐于草间，遂捕狐兔以食之，拏攫饮啖，皆虎也。是后常与同类游处。复为鬼神所役使，夜则往来于山中，寒暑雨雪不得休息，甚厌苦之。形骸虽虎，而心历历然人也，但不能言耳。

都是人的名字，有的人名被红笔勾掉，有的没有勾掉。他的名字赫然在列。屋子里面有一张虎皮，书吏将文书拿起来藏在怀里，顺便拿了虎皮，提着剑走了。行走了没有几里路，看见一个虎人和尚从后面追了过来，呼喊着说："请等一下，你不如让我想想办法，用来免除你的灾祸。"书吏随即停下来，同和尚说话。他看和尚长得奇怪，不敢随意杀他。和尚说："不是我非要杀你的，这是上天的安排要吃掉你。你不是看到了文书上面的记录吗？昨天都已经超过期限了，今日强行脱困，也不会有什么益处的。不如让我用一点小小的障眼法来躲避。"书吏问是什么样的障眼法。和尚让他爬到一棵树上用带子把自己绑在上面，然后用剑将自己刺出一点血涂抹在一件衣服上扔下来，和尚可以用这个办法替他消灾避难。书吏按照和尚说的爬到树上，然后将虎皮扔下来给和尚，和尚随即变成老虎的样子。咆哮如雷震天，瞠目如电明亮。书吏害怕，在树上摇摇欲坠好几次快要掉下来，随即取出单衣，刺破自己涂上血，扔在地上。老虎得到衣服跳过去，撕扯着吞了下去。过了许久，老虎又变成人形，说道："你已经免除灾祸了！"于是将书吏打发走了。书吏之后竟然没有任何祸事发生。（出《原化记》）

僧虎

袁州山中有一个村落宅院中的僧人，笔者忘记了他的名字。僧人偶然间得到一张虎皮，开玩笑般披在身上，摇头晃脑的，就像一只真的老虎。有时候他披上虎皮在道路上嬉戏，村里人都吓得掉头就跑，更有甚者丢下自己的东西也不要了。僧人得到这些东西很开心，于是偷偷藏在交通要塞，等着那些带着贵重物品的人路过之时，突然从草丛中跳出来吓唬他们，抬头挺胸地像一只真老虎，看到的人都扔下东西逃跑。僧人每次披着虎皮出去，都能得到很多东西。他自以为得逞便沾沾自喜，常常这样做。忽然有一天披上虎皮后，感觉虎皮就像长在身上一样，等在草丛中趴得久了，想暂时脱下来，试了各种办法都脱不下来。再看看自己的手脚，都变成了老虎的爪子，牙齿也变成了老虎的，靠近水边去照，头、耳、眉、眼。口、鼻、尾、毛，也都周岁余，一旦馁甚，求无所得，乃潜伏道傍。忽一人过于前，遂跃而噬之。既死，将分裂而食。细视之，一衲僧也，心自惟曰："我本人也，幸而为僧，不能守禁戒，求出轮回，自为不善，活变为虎，业力之大，无有是者。今又杀僧以充肠，地狱安容我哉？我宁馁死，弗重其罪也。"因仰天大号，声未绝，忽然皮落如脱衣状，自视其身，一裸僧也。奔旧院，院已荒废。乃用草遮身，投于俗家，得破衣数件，走于邻境佛寺，因游方，止临川崇寿院众堂中。

是时圆超上人居看经堂，其僧侍立不懈。上人念其恭勤，乃问："尔何处人，出家几夏腊，修习何等法，而勤勤若此？"对曰："某心有悔行，愿因上人决之，但不欲他僧闻耳。"乃屏侍者问之。其僧言为虎之事，叩头作礼，求谶罪业。上人谓曰："生死罪福，皆由念作。刹那之间，即分天堂地狱，岂在前生后世耶？尔恶念为虎，善念为人，岂非证哉？苟有志乎脱离者，趣无上菩提，还元反本。念不著，则人不为虎，虎不为人矣。方今闽中，大善知识比肩，尔其往哉！"僧乃奉教。上人寻话于智作长老，长老往见之，以上人向者事问，皆无异同。双目犹赤，耽然可畏也。后入岭，不知所适。（出《高僧传》）

变成了老虎的样子，已经不是人类了。他心里很愿意待在草丛里面，就抓一些兔子来填饱肚子，然后扑拿攫取喝水吃食，都很像老虎了。这之后他总是和同类玩在一起。后又被鬼神差使，夜间就在山中往来，无论是刮风下雨还是酷暑严寒都不能休息，他十分厌烦这种生活。虽然他的身形是老虎，内心却是个人类，只不过不能说话而已。

就这样过了一年，有一天他饿得厉害，吃的也没找到，于是潜伏在道路旁等候。这时忽然有个人从旁边走过，他马上跳出去将此人咬死。咬死后，准备将他吃掉。仔细看了看，居然是一个僧人，他心里面想着说："我本身就是个人类，有幸做了和尚，因我没有守戒律清规而不在六道轮回，现在自己没有做善事，变成了一只老虎，这就是善恶报应的后果，没有比这个更厉害的了。我现在又杀死一个僧人来吃，地狱能容得下我吗？我就算饿死了，也不能再加深自身的罪孽了。"于是他仰天长号，哭声还没停，身上的虎皮就像衣服一样脱了下来，他看了看自己，就是一个裸体的僧人。他跑回原来的宅院住处，院子已经荒废。他就用草遮住身体，到百姓家要了几件破旧衣服穿上，走到附近的佛寺里，因为这个原因开始云游四方，后来到了临川崇寿院众堂中。

当时圆超上人在那里管理经堂，他对上人十分尊敬，侍立不懈。上人觉得他人很勤俭，就问他："你是什么地方的人？出家多长时间了？修习的是怎样的经书？你这么勤奋的原因是什么？"他回答说："我心里十分后悔之前的行为，希望由上人来决断我的过错，不过不想让其他的和尚听见罢了。"上人便把侍立的和尚都打发出去问他详细情况。他说出了自己曾经变成老虎的事情，磕头作揖，求上人帮他忏悔过往的罪孽。上人对他说："人生的生死福祸，都是一念之间的决断。刹那之间的决断就能立刻分为天堂和地狱，这些事岂非一定要经过前生后世来决断的吗？你心里有了恶念所以变成了老虎，又因为有了善念变成了人类，这不就是最好的证明吗？如果你有志脱离心中的愧疚，那需要崇高无上的智慧，返璞归真到根本上。只要心中的善念不动摇，那人就不会变成老虎，老虎也不能变成人。现在闽中地界，大善知识并肩。你可以去那边！"他接受了上人的建

王 瑶

汉州西四十五里，有富叟王瑶。所居水竹园林，占一川之胜境，而往来之人多迂道以经焉。既至，瑶心尽诚接待。有卖瓦金石生者常言住在西山，每来必休于此。积十数年，率五日一至。瑶密异之，外视其所买，又非山中所用者。一日，瑶伺其来，因竭力奉之，石亦无愧。近晚将去，瑶曰："思至生居，为日久矣。今者幸愿阶焉。"石生曰："吾敝土穷山，不足为访。"瑶即随行十数里，瞑色将起。石生曰："尔可还矣。"瑶曰："窃慕高躅，愿效诚力。但生所欲，皆可以奉，所以求知其居焉。"石生固辞，瑶追从不已。石生忽以拄杖画地，遂为巨壑，而身亦腾为白虎，哮吼顾瞻。瑶惊骇惶怖，因蒙面匍匐而走。明日再往，曾无人迹。自是石生不复经过矣。（出《集异记》）

刘 牧

成应元事统云："刘牧字子仁，常居南沙野中。乐山鸟之啼，爱风松之韵，植果种蔬。野人欺之，多伐树践圃。"牧曰："我不负人，人何负我？"有一虎近其居作穴，见牧则摇尾，牧曰："汝来护我也？"虎辄俯首。历数年，野人不敢侵。后牧卒，虎乃去。（出《独议和教诲。上人后来又对智作长老说起这件事，长老也来见他，将上人问过的话又问过一遍，回答都是一样的。他的眼睛发红，虎视眈眈的样子有点吓人。后来他进入五岭地界，不知到哪里去了。（出《高僧传》）

王瑶

汉州往西差不多四十五里，有个叫王瑶的是一个很有钱的老头。他居住的水竹园林，是整个山川风景最好的地方，很多往来的人都会特意绕道到这里来欣赏参观。只要是来到这里参观的人，王瑶都会真心实意地招待。有一个做陶器乐器的年轻人说自己住在西山，每年都会来这里休息，过了差不多十几年，基本是五天来一次。王瑶心里存疑，到外面看看他卖的东西，并不是山里人经常使用的。有一日，王瑶等他来了，竭尽全力服侍他，这个人也丝毫不感到愧疚。天色稍晚他要离开的时候，王瑶说："我想去你住的地方看看，已经想很久了，希望你可以带我去看看。"他说："我那里是穷山僻壤，不值得特意去看看。"王瑶跟着他走了十几里，天马上要黑了。他对王瑶说："你可以回去了！"王瑶说："我心里默默敬慕你高尚的人品，愿为你效力。你想要做的事情，我都可以满足，只是想知道你住在哪里。"他坚决地推辞，王瑶紧跟着他不歇息。这人忽然用手杖在地上一画，就画出一条大沟，而他的身体也腾地变成一只白色老虎，吼叫着回头看着王瑶，王瑶被吓得心惊胆战，捂着脸在地上匍匐着走。第二天再去看，竟然没有人的踪迹。从这之后卖陶制乐器的年轻人就没有再来过了。（出《集异记》）

刘牧

成应元事统说："刘牧，字子仁，常年居住在南沙的荒野之中。他喜欢听山鸟的鸣叫，爱好观赏风松的韵律，他自己种植瓜果蔬菜，有野人欺辱他，会砍掉他种的树踩坏他的菜园子。"他说："我不主动欺负别人，为什么别人要来欺负我呢？"后来有一只老虎在他的住

异志》）

姨虎

剑州永归、葭萌、剑门、益昌界，嘉陵江侧有妇人，年五十已来，自称十八姨，往往来民家，不饮不食。每教谕于人曰：“但作好事，莫违负神理。居家和顺，孝行为上。若为恶事者，我常令猫儿三五个巡检汝。”语未毕遂去，或奄忽不见。每岁，约三五度有人遇之。民间知其虎所化也，皆敬惧之焉。（出《录异记》）

崔韬

崔韬，蒲州人也。旅游滁州，南抵历阳。晓发滁州，至仁义馆，宿馆。吏曰：“此馆凶恶，幸无宿也。”韬不听，负笈升厅。馆吏备灯烛讫，而韬至二更，展衾方欲就寝。忽见馆门有一大足如兽，俄然其门豁开，见一虎自门而入。韬惊走，于暗处潜伏视之，见兽于中庭脱去兽皮，见一女子奇丽严饰，升厅而上，乃就韬衾。出问之曰：“何故宿余衾而寝？韬适见汝为兽入来，何也？”女子起谓韬曰：“愿君子无所怪，亲父兄以畋猎为事，家贫，欲求良匹，无从自达，乃夜潜将虎皮为衣。知君子宿于是馆，故欲托身，以备洒扫。前后宾旅，皆自怖而殒。妾今夜幸逢达人，愿察斯志。”韬曰：“诚如此意，愿奉欢好。”来日，韬取兽皮衣，弃厅后枯井中，乃挈女子而去。后韬明经擢第，任宣城。时韬妻及男将赴任，与俱行。月余，复宿仁义馆。韬笑曰：“此馆乃与子始会之地也。”韬往视井中，兽皮衣宛然如故。韬又笑谓其妻子曰：“往日卿所著之衣犹在。”妻曰：“可令人取之。”既得，妻笑谓韬曰：“妾试更著之。”

处附近挖了个洞住下，见了刘牧就摇尾巴。他问老虎说：“你是来保护我的吗？”老虎点点头。过了很多年，野人都没有再侵犯他。后来刘牧去世，老虎就离开了。（出《独异志》）

姨虎

剑州的永归、葭萌、剑门、益昌界内，在嘉陵江畔住着一位妇人，年纪五十来岁，自称十八姨，她经常到百姓家中，不喝不吃。经常教诲人家：“只能做好事，不要违背神的理念。居家过日子要和和顺顺，万事以孝道为主。如果是做了坏事的，我会命令三五个小猫过来视察监督你。”话没说完就走了，也有时候忽然就不见了。每年会遇到她三五次。民间人都知道她是老虎变的，都害怕她。（出《录异记》）

崔韬

崔韬，蒲州人士。他去滁州旅游，向南行进抵达历阳。天刚亮出发滁州，到了仁义馆，要在仁义馆住宿。馆吏说：“这个馆十分可怕，希望不要在这里住宿。”崔韬不理会，背着书箱走进大厅。馆吏只得为他准备了灯烛，崔韬等到二更天，才要准备铺被子睡觉，忽然看到馆门有一只像野兽的大脚，不一会儿大门突然打开，有一只老虎从门外进来。崔韬被吓得赶紧跑开，偷偷藏在暗处观察，看见老虎在中庭将虎皮脱下来，变成一个姿色美丽打扮漂亮的女子，那女子从台阶走上来，躺到崔韬睡的被窝里面。崔韬出来问她说：“你为什么躺到我的被窝里面？我刚才看到你是一只老虎，这是怎么回事？”女子坐起来对崔韬说：“请君子不要责怪，我的父兄都是以打猎为生，家里贫穷，我想找个良婿，但是没地方找，只好在晚上偷偷穿着虎皮。知道君子今天晚上在这里借宿，所以想过来托付终身，为君子洗衣做饭。来来往往的旅客，都被我吓跑了。我今晚有幸遇到君子这么明白事理的人，希望君子可以明白我的心意。”崔韬说：“如果真像你说的这样，我愿意同你欢好。”到了第二天，崔韬拿起那件老虎皮，

衣犹在请，妻乃下阶将兽皮衣著之才毕，乃化为虎。跳踯哮吼，奋而上厅，食子及韬而去。（出《集异记》）

王行言

秦民有王行言以商贾为业，常贩盐鬻于巴渠之境。路由兴元之南，曰大巴路，曰小巴路，危峰峻壑，猿径鸟道，路眠野宿，杜绝人烟，鸷兽成群，食啖行旅。行言结十余辈少壮同行，人持一拄杖长丈余，铦钢铁以刃之，即其短枪也。才登细径，为猛虎逐之。及露宿于道左，虎忽自人众中，攫行言而去。同行持刃杖，逐而救之，呼喊连山，于数十步外夺下，身上拏攫之踪已有伤损。平旦前行，虎又逐至。其野宿，众持枪围，使行言处于当心。至深夜，虎又跃入众中，攫行言而去。众人又逐而夺下，则伤愈多，行旅复卫而前进。白昼逐人，略不暂舍，或跳于前，或跃于后。时自于道左而出，于稠人丛中捉行言而去，竟救不获，终不伤其同侣。须得此人充其腹，不知是何冤报，逃之不获？（出《玉堂闲话》）

扔到了厅后的枯井中，然后领着女子离开了。后来崔韬考中科举中弟，要到宣城任职。当时崔韬的妻子和儿子同他一起去赴任。出发了一个多月，再次住宿在仁义馆。崔韬笑着说："这个馆就是我当时与你初遇的地方。"崔韬往后面枯井里看了看，那件老虎皮还和以前一样没有变化。崔韬又笑着对他妻子说："以前你穿的衣服还在里面。"妻子说："可以让人将它拿上来。"拿到老虎皮后，妻子笑着对崔韬说："我重新穿上试一下。"衣服就像在邀请一样，妻子走下台阶将老虎皮穿到身上，刚穿完就变成了一只老虎，咆哮跳跃着冲入大厅内，把崔韬和儿子吃掉后离开了。（出《集异记》）

王行言

秦地百姓中有一个叫王行言的人是做生意的，主业是贩盐到巴渠境内去卖。路经兴元往南边出发，有两条路，大巴路和小巴路，这条路上到处都是崇山峻岭和深不见底的深渊，小路只有鸟能飞过去，在路上睡眠住宿，没有人烟，野兽成群结队，以来往的行人旅客为食。王行言和十几个青壮年伙伴结伴同行，每个人都拿着一根丈余炒年糕的木棍，木棍上装着利器，类似于短枪的武器。刚上了小路，就被老虎追赶。等他们露宿在路边时，老虎突然从众人中，叼了王行言就走。同行人立马手持短枪手杖，相互追赶营救，在几十步外的地方将王行言夺了下来。王行言身上已经受了伤。到了第二天天亮继续出发，老虎又追到他们，这次露宿，大家拿着短枪围成一圈，将王行言围在中间。到了深夜，老虎又跳到人群中，将王行言叼走了。众人又赶过去将他救下来，这次王行言伤得更厉害，大家保护着他前进。那只老虎大白天追人，丝毫不放松，穷追不舍，有时候在他们前面，有时候在他们后面。突然它从道路旁边跳出来，在众人保护中，唯独把王行言抓走了，这一次众人却没有救下来，老虎自始至终都没有伤害其他人，它又必须抓到一个人充饥，不知道是和王行言有什么仇，怎么都逃不掉呢？（出《玉堂闲话》）

卷第四百三十四　畜兽一

牛

大月支及西胡，有牛名曰“白及”，今日割取其肉，明日其疮即愈。故汉人有至其国者，西胡以此牛示之。汉人对曰：“吾国虫名为蚕，为人衣，食树叶而吐丝。”外国人复不信有蚕。（出《金楼子》）

新昌穴出山犊，似秦牛，常与蛇同穴。人以盐著手，夜入坎中取之，其舌滑者是蛇，其舌燥者则牛也，因引之而出焉。（出《交州志》）

野牛高丈余，其头若鹿，其角丫戾，长一丈，白毛，尾似鹿，出西域。（出《酉阳杂俎》）

唐先天中，有田父牧牛嵩山，而失其牛。求之不得，忽见山穴开，中有钱焉，不知其数。田父入穴，负十千而归。到家又往取之，迷不知道。逢一人谓曰：“汝所失牛，其直几耶？”田父曰：“十千。”人曰：“汝牛为山神所将，已付汝牛价，何为妄寻？”言毕，不知所在。田父乃悟，遂归焉。（出《纪闻》）

牛

大月支及西域等地，有牛名字叫白及，今天割取它们的肉，第二天它们的伤口就会长好，所以汉人有到这些国家的，西域胡人会将这种牛展示出来。汉人回答说：“我国有种动物称为蚕，吐出来的丝可以做别人的衣服，它们吃树叶而吐丝。”外国人又不相信有蚕。（出《金楼子》）

新昌洞穴有一种山犊，酷似秦牛，常与蛇住在一起。人们把盐拿在手里，晚上入坑中取出，舌头比较滑的是蛇，舌头比较干燥的是牛，通过盐的吸引而出来。（出《交州志》）

野牛高一丈有余，它的头就像鹿，它的角盘曲成叉形，长一丈，白毛，尾巴似鹿，出自西域。（出《酉阳杂俎》）

唐先天年间中，有老农在嵩山放牛，最后牛走丢了。怎么找都找不到，忽然看到山体开了个隧道，里面有钱，数不胜数。老农进入洞穴，带着十千钱然后回家。回到家又去山里拿，迷路了不知怎么走。遇上一个人对他说：“你丢失的牛，其价值是多少呢？”老农说：“十千钱。”这个人说：“你的牛被山神要走了，已经给了你牛的价钱，为什么还想再得到钱呢？”说完，不知道去了哪里。老农幡然醒

金 牛

长沙西南有金牛冈。汉武帝时，有一田父牵赤牛，告渔人曰：“寄渡江。”渔人云：“船小，岂胜得牛？”田父曰：“但相容，不重君船。”于是人牛俱上。及半江，牛粪于船。田父曰：“以此相赠。”既渡，渔人怒其污船，以桡拨粪弃水，欲尽，方觉是金。讶其神异，乃蹑之，但见人牛入岭。随而掘之，莫能及也。今掘处犹存。（出《湘中记》）

增城县东北二十里，深洞无底。北岸有石，周围三丈。渔人见金牛自水出，盘于此石。义熙中，县人常于此潭石得金镍，寻之不已。俄有牛从水中引之，握不禁，以刀扣断，得数段，人遂致富，年登上寿。其后义兴周灵甫常见此牛宿伏石上，旁有金镍如绳焉。灵甫素骁勇，往掩之，此牛掣断其镍，得二丈许，遂以财雄也。（出《十道记》）

银 牛

太原县北有银牛山。汉建武二十四年，有一人骑白牛，蹊人田，田父诃诘之。乃曰：“吾北海使，将看天子登封，遂乘牛上山。”田父寻至山上，唯见牛迹，遗粪皆银也。明年，世祖封禅焉。（出《酉阳杂俎》）

青 牛

桓玄在南，常出诣殷荆州，于鹳穴逢一老翁，群驱青牛，形色瑰异。玄即以所乘牛易取，乘之至灵溪，骏驶非常。玄息驾饮牛，牛走入水不出。桓使觇守，经日绝迹。当时以为神物。（出《渚宫

悟，随即回去了。（出《记闻》）

金牛

长沙西南方向有一种金牛冈，汉武帝时期，有一个老农牵着一头红色的牛，告诉渔人说："我想要渡江。"渔人说："船比较小，怎么能载动你的牛？"老农说："可以相互包容的，不会让你的船沉了的。"于是人和牛都上了船，到了江中间，牛拉屎到船上。老农说："我把这个送给你。"等过了河，渔人很生气被牛污了船，以浆拨粪浇水上去，快要洗干净时，才发现牛粪是黄金。渔人惊讶牛的神奇，于是偷偷跟踪他们，只看见人和牛进入山岭。随后一直挖掘，最后也没找到。现在挖掘遗址依然存在。（出《湘中记》）

增城县北二十里，有一个无底深洞。北岸有石，周围三丈有余。渔夫见到金牛从水里出来，盘踞在北岸的石头上。义熙年间，县人常在这潭石处得到金锁，找的时候就找不到。不久有牛从水中拉出来，握的时候握不住，用刀敲断，得到几段金子，人就可以致富了，谷物丰收为人长寿。此后义兴周灵甫常见到这牛宿在石头上，旁边有金锁像绳子一样。灵甫素来骁勇，往往偷偷地，将牛制住裁断它的锁，有二丈长，于是用这个钱财物资成就雄厚实力。（出《十道记》）。

银牛

太原市北边有座银牛山。汉建武二十四年，有一个人骑着白牛，践踏别人田地，农夫呵斥责问。就回答说："我是北海使，要去看天子登基，所以乘牛上山去看。"农夫寻到山上，只看见牛脚印，牛拉下的粪都是银的。到了第二年，世祖就封禅了。（出《酉阳杂俎》）

青牛

桓玄在南方常去拜访荆州刺史殷仲堪，在鹳洞穴碰到一个老头，赶着一群青牛，形状颜色奇异。桓玄见那牛长得不同一般，就把自己驾车的牛和老人换了。走到零陵溪那牛忽然飞跑。桓玄就把牛

故事》)

又

京口居人晚出江上，见石公山下有二青牛，腹嘴皆红，戏于水际。一白衣老翁长可三丈，执鞭于其旁。久之，翁回顾见人，即鞭二牛入水，翁即跳跃而上，倏忽渐长。一举足，径上石公山顶，遂不复见。(出《稽神录》)

牛斗

九真牸牛，乃生溪上。牸时时怒，共斗，即海沸涌。或出斗岸上，家牛皆怖。人或遮捕，即霹雳。号曰“神牛”。(出《异物志》)

潜牛

勾漏县大江中有潜牛，形似水牛。每上岸斗，角软，还入江水，角坚复出。(出《酉阳杂俎》)

凉州人牛

天宝时，凉州人家生牛，多力而大。及长，不可拘制，因尔纵逸。他牛从之者甚众，恒于城西数十里作群，人不能制。其后牛渐凌暴，至数百，乡里不堪其弊，都督谋所以击之。会西胡献一鸷兽，状如大犬而色正青。都督问胡：“献此何用？”胡云：“搏噬猛兽。”都督以狂牛告之。曰：“但有赏钱，当为相取。”于是以三百千为赏。胡乃抚兽咒愿，如相语之状。兽遂振迅跳跃，解绳纵之，径诣牛所。牛见兽至，分作三行，己独处中，埋身于土。兽乃前斗，扬尘暗野，须臾便还。百姓往视，坌成潭，竟不知是何兽。初卸下来看看，那牛一直跑进江水中，等了很久也没有出来。桓玄派人看守，一天不见踪迹。当时人认为这是神灵之物。（出《渚宫故事》）

又

京口居住的人晚上在江上，见石公山下有两头青牛，腹部和嘴都是红色的，在水边嬉戏。一个白衣老头长约三丈，拿着鞭子在他的旁边。很久之后，老头回头看见别人，就用鞭子打两头牛入水，老翁随即向上跳跃，忽然渐渐长大，一抬脚工夫，走上石公山顶，就看不见了。（出《稽神录》）

牛斗

九真牛里牛，在溪流上而生。牛里时时生气，互相争斗，海就沸涌。有时出来岸上相斗，家牛都很害怕。有人拦住捕捉，就会闪起霹雳。世人称为神牛。（出《异物志》）

潜牛

勾漏县大江中有潜水牛，外形似水牛。经常上岸争斗，斗得角软就再进入江水中，待角坚硬又出来争斗。（出《酉阳杂俎》）

凉州人牛

唐代天宝时期，凉州人家生牛犊，生下的牛福力气很大。等到长大，不受主人家控制，于是此牛放纵逃逸。其他的牛跟随的很多，常常在城西数十里成群结队，人们都不能控制。此后牛群渐渐欺压暴虐，直至到了几百头，乡里人不堪忍受其带来的害处，都督商量着如何攻打它们。恰逢西域进献了一头凶猛野兽，形状像大狗而脸色铁青。都督问胡人说："献此物有什么用？"胡人回答说："可以捕杀咬死野兽。"都督说狂牛可以捕杀吗？胡人回答说："只要有赏钱，肯定可以抓到。"于是都督用三百千为奖赏。胡人于是安抚野兽念咒语，就像说话的样子。野兽立马振奋迅速跳跃，解开绳子放开它，直接

随望其斗，见兽大如蜀马。斗毕，牛已折项而死。胡割牛腹，取其五脏，盆盛以饲，兽累啖之，渐小如故也。（出《广异记》）

洛水牛

咸通四年秋，洛中大水，苑囿庐舍，靡不淹没。厥后香山寺僧云："其日将暮，见暴雨水自龙门川北下，有如决海溃江。鼓怒之间，殷若雷震。有二黑牛于水上掉尾跃空而进。众僧与居人凭高望之，谓城中悉为鱼矣。俄见定鼎、长夏二门阴曀开，有二青牛奋勇而出，相去约百步，黑牛奔走而回。向之怒浪惊澜，翕然遂低。"（出《剧谈录》）

牛拜

桓 冲

桓冲镇江陵，正会，当烹牛，牛忽熟视帐下都督，目中泪下。都督咒之曰："汝若向我跪，当启活也。"牛应声而拜，众皆异之。都督复曰："谓汝若须活，遍拜众人。"牛涕泪如雨，遂遍拜。值冲醉，不得启，遂杀牛。冲闻，大怒都督，痛加鞭罚也。（出《渚宫故事》）

光禄屠者

太和中，光禄厨欲宰牝牛，牛有胎，非久合生。或曰："既如到了牛群所在的地方。牛群看见野兽到，分为三行，此牛自己单独带着，埋身于土。野兽上前搏斗，尘土昏暗荒野，一会儿就回来了。老百姓们去看野兽，尘埃深深看不清样子，也不知道是什么野兽。百姓们起初跟随观望它们争斗，看见野兽体形大得像蜀马。战斗结束，牛已经折断脖子而死。胡人割开牛肚子，取其五脏，用盆盛来喂野兽，野兽吃了很多，渐渐变小和原来一样。（出《广异记》）

洛水牛

咸通四年秋季，洛阳城中发大水，花园房屋，都淹没了。厥后香山寺中的僧人说："这一天天色将晚，看见暴雨水从龙门河往北下，就像在海水决堤江水溃堤。鼓荡激动之间，就像雷霆之击。有两头黑牛在水上摇摆着尾巴跃空而进。众位僧人与居民凭高看着它们，说城市中的人都是鱼了。一会儿只见定鼎、长夏二门云气掩映日光，天气阴晦，有两头青牛奋勇而出，相距约一百步，黑牛逃奔而回。刚才的江河波澜，忽然就低了下来。"（出《剧谈录》）

牛拜

桓冲

桓冲镇守江陵，有天正在聚会，准备杀牛烹煮的时候，牛忽然仔细盯着帐下的都督，眼睛里流下眼泪。都督咒骂它说："你如果向我跪下，我就请求让你活命。"牛应声而拜，大家感到十分诧异。都督再次说："你如果想要活，就必须遍拜在座所有人。"牛泪如雨下，一一跪拜众人。但是桓冲已经喝醉酒，都督无法向他请求不杀牛，最终还是把牛杀了。桓冲酒醒后，听说了这件事后大怒，对都督痛加鞭罚。（出《渚宫故事》）

光禄屠者

唐朝太和年间中，光禄大夫的厨师想宰母牛，母牛怀孕了，不久此，可换却。”屠者操刀直前，略不介意。牛乃屈膝拜之，亦不肯退。此牛与子，遂殒于刀下。屠者忽狂惑失常，每日作牛啼，食草少许，身入泥水，以头触物，良久乃定。（出《原化记》）

朱氏子

广陵有朱氏子，家世勋贵，性好食黄牛，所杀无数。常以暑月中，欲杀一牛，其母止之曰：“暑热如此，尔已醉，所食几何，勿杀也。”子向牛言曰：“汝能拜我，我赦汝。”牛应声下泪而拜，朱反怒曰：“畜生安能会人言！”立杀之。数日乃病，恒见此牛为厉，竟作牛声而死。（出《稽神录》）

牛偿债

卞士瑜

卞士瑜者，其父以平陈功授仪同。悭吝，常顾人筑宅，不还其价。作人求钱，卞父鞭之曰：“若实负钱，我死，当与尔作牛。”须臾之间，卞父死，作人有牛产一黄犊，腰下有黑文，横给周匝，如人腰带。右胯有白纹斜贯，大小正如笏形。牛主呼之曰：“卞公，何为负我？”犊即屈前膝，以头著地。瑜以钱十万赎之，牛主不许，死乃收葬。（出《法苑珠林》）

后将生育。有人说：“既然这样，可以换另一头牛。”屠夫拿着刀径直上前，毫不介意。母牛屈膝跪拜他，他也不肯退让。最后这头母牛和小牛，都死在了刀下。这之后屠夫突然精神失常，举止怪异，每天都像牛一样啼哭，会吃一些青草，还会将身子浸入泥水中，用头撞东西，很久后才恢复稳定下来。（出《原化记》）

朱氏子

广陵有朱姓男子，权贵世家，喜欢吃黄牛肉，被他杀的牛数不胜数。常常在农历六月大暑时节杀牛，这一年也不例外，准备杀一头牛，他母亲阻止他说：“今天如此酷热，而且你已喝醉酒了，能吃多少牛肉，不要再杀了。”男子对牛说：“你要是能下跪拜我，我可以饶你不死。”牛应声跪拜泪如雨下，朱姓男子反而大怒说：“畜生怎么可能听得懂人话！”立即将那头牛杀死。过了几天男子生病，一直看见牛鬼作祟，最后竟然发出牛叫的声音而死去。（出《稽神录》）

牛偿债

卞士瑜

有一位叫卞士瑜的人，他的父亲因为平定陈国有功，被授予仪同的官职。卞父十分吝啬，曾经雇人造房子，但是最后不给工人结工钱。工人向他讨要工钱，卞父用鞭子抽打工人说：“如果真的欠你工钱，我死后，就去你家做牛！”卞父说完，突然之间就死了。工人家的牛产下一只小黄牛，腰下有黑色的花纹，像人的腰带一样。牛的右胯部有白色花纹的斜贯，大小形状跟笏板一样。牛主人对牛大喊：“卞公，你为何有负于我？”小牛前膝跪拜，磕头着地。卞士瑜知道后要用十万钱来赎回小牛，牛主人不同意，只能等到牛死后才把牛埋葬。（出《法苑珠林》）

路伯达

永徽中，汾州义县人路伯达，负同县人钱一千文。后共钱主佛前为誓曰："我若未还公，吾死后，与公家作牛畜。"话讫，逾年而卒。钱主家牸牛生一犊子，额上生白毛，成路伯达三字。其子侄耻之，将钱五千文求赎，主不肯与。乃施与隰成县启福寺僧真如，助造十五级浮图。人有见者，发心止恶，竞投钱物，以布施焉。（出《法苑珠林》）

戴文

贞元中，苏州海盐县有戴文者，家富性贪，每乡人举债，必须收利数倍。有邻人与之交利，剥刻至多。乡人积恨，乃曰："必有神力照鉴。"数年后，戴文病死，邻人家牛生一黑犊，胁下白毛，字曰"戴文"。闾里咸知，文子耻之，乃求谢，言以物熨去其字，邻人从之。既而文子以牛身无验，乃讼邻人，妄称牛犊有字。县追邻人及牛至，则白毛复出，成字分明，但呼戴文，牛则应声而至。邻人恐文子盗去，则夜闭于别庑，经数年方死。（出《原化记》）

河内崔守

有崔君者，贞元中为河内守。崔君贪而刻，河内人苦之。常于佛寺中假佛像金，凡数镒，而竟不酬直。僧以太守，竟不敢言。未几，崔君卒于郡。是日，寺有牛产一犊，其犊顶上有白毛，若缕出文字曰崔某者。寺僧相与观之，且叹曰："崔君常假此寺中佛像金，而竟不还。今日事，果何如哉？"崔君家闻之，即以他牛易其犊。既至，命剪去文字，已而便生。及至其家，虽豢以刍粟，卒不

路伯达

唐高宗永徽年间，汾州府孝义县人路伯达，欠同县人一千文钱。后来对着债主在佛前发下毒誓："要是我没有还给你的话，我死后，下辈子给你家做牛做马还。"说完这话不到一年就死了。第二年债主家的牛生了一只红色小牛犊，额头上白毛，成路伯达三字的形状。路伯达的子侄们觉得很耻辱，就出五千文想把牛赎回，主家不同意，就送给隰城县启福寺的和尚真如，并捐钱修造了十五级的佛塔。县人见了纷纷发善不再做恶事，也投钱物布施。（出《法苑珠林》）

戴 文

唐代贞元年间，苏州海盐县有个叫戴文的人，家里富裕性情贪婪，每当家乡人借债，一定要收好几倍利息。邻居有人和他借钱的利息，越积越多。乡里人十分恨他，就说："他一定会遭到报应的，会有神仙看到的。"几年后，戴文病死，邻居家的牛生了一头黑牛犊，胁下有白毛，成戴文二字的形状。家乡人都知道了，戴文儿子感到羞耻，就去道歉，想要用东西熨掉这两个字，邻居们听了他说的话。随后戴文儿子以牛身上没有戴文二字诉讼邻居，说邻居妄称牛犊身上有字。县官追赶到邻居家看到牛出来，牛身上白色的毛又长了出来，分明就是戴文二字，叫戴文的名字，牛就应声而来。邻居们担心戴文儿子偷牛，晚上就将牛关在另一间屋，经过数年才死。（出《原化记》）

河内崔守

有一个叫崔君的人，贞元年间任职河内郡太守，崔君贪婪而刻薄，河内人苦不堪言，常在佛寺中借佛像上面的金子，值很多钱，居然都不付钱。僧人看在他是太守，一直不敢说。没过多久，崔君在郡中去世。这一天，寺中有牛生小牛犊，这个牛犊头顶上有白毛，隐隐看文字的形状是崔君。寺中的僧人一起来看，并且叹息说："崔君常借这个寺中佛像金，都没有还回来。今天的事，果真是这么巧合

食。崔氏且以为异，竟归其寺焉。（出《宣室志》）

王氏老姥

广陵有王氏老姥，病数日，忽谓其子曰："我死，必生西磎浩氏为牛，子当寻而赎我，腹下有王字是也。"顷之遂卒。西磎者，海陵之西地名也。其民浩氏生牛，腹有白毛，成王字。其子寻而得之，以束帛赎之而去。（出《稽神录》）

牛伤人

邵桃根

梁末邵桃根，襄阳人，家有一犊，肥充可爱，桃根恒自饲之。此犊恒逐桃根游行，每往官府聚会，犊虽系在家，而吼唤终不住。后一日，桃根晨起开门，犊忽从后觝根，肋穿流血。举家打去，已复嗔目，复来觝伤，数日气绝。（出《广古今五行记》）

牛异

洛下人

唐先天年，洛下人牵一牛，腋下有一人手长尺余，巡坊而乞。（出《朝野佥载》）

的吗？”崔先生家中听说了，就以其他牛换了牛犊。换到后，命令他们剪去文字，不久过后又长出来。到了他家，虽然以草料喂养，但是牛最后都不吃。崔氏认为这牛很奇怪，最后还是归还给了寺庙。（出《宣室志》）

王氏老姥

广陵有王氏老奶奶，病了几天，忽然对她儿子说：“我死后，必然会生在西溪浩氏家为牛，你要去那边赎回我，腹部有王字的就是我。”不久之后她就去世。西溪这个地方，是海陵的西边地名。这边的百姓浩氏家中生牛，肚子上有白色毛，成王字。王氏老奶奶的儿子不久就找到了，馈赠礼物将母亲赎了回去。（出《稽神录》）

牛伤人

邵桃根

梁朝末年的邵桃根，是襄阳人，家里有一头小牛犊，肥壮可爱，邵桃根经常亲自喂养它。这牛犊总是追逐邵桃根一起玩，每次去官府聚会，牛犊虽然系在家中，但是总吼叫不住。后来有一天，邵桃根早晨起床开门，小牛突然从后面撞倒邵桃根，导致邵桃根肋骨穿通流血。全家人都去打它，小牛犊已经瞪大了眼睛，再次将邵桃根抵伤，没几天就断了气。（出《广古今五行记》）

牛异

洛下人

唐朝先天年，洛阳人牵一头牛，腋窝下有一个人手长一尺多，巡坊而乞讨。（出《朝野佥载》）

甯茵

大中年，有甯茵秀才假大寮庄于南山下，栋宇半堕，墙垣又缺。因夜风清月朗，吟咏庭际。俄闻叩门声，称桃林斑特处士相访。茵启关，睹处士形质瑰玮，言词廓落，曰："某田野之士，力耕之徒。向畎亩而辛勤，与农夫而齐类。巢居侧近，睹风月皎洁。闻君吟咏，故来奉谒。"茵曰："某山林甚僻，农具为邻。蓬荜既深，轮蹄罕至。幸此见访，颇慰羁怀。"

遂延入，语曰："然处士之业何如？愿闻其说。"特曰："某少年之时，兄弟竞生头角。每读《春秋》之颍考叔挟辀以走，恨不得佐辅其间。读《史记》至田单破燕之计，恨不得奋击其间。读《东汉》至于新野之战，恨不得腾跃其间。此三事俱快意，俱不能逢，今恨恨耳。今则老倒，又无嗣子，空怀舐犊之悲，况又慕徐孺子吊郭林宗言曰：'生刍一束，其人如玉。'其人如玉，即不敢当。生刍一束，堪令讽味。"

俄又闻人扣关曰："南山斑寅将军奉谒。"茵遂延入，气貌严耸，旨趣刚猛。及二斑相见，亦甚忻慰。寅曰："老兄知得姓之根本否？"特曰："昔吴太伯为荆蛮，断发文身，因兹遂有斑姓。"寅曰："老兄大妄，殊不知根本。且斑氏出自鬬穀於菟，有文斑之像，因以命氏远祖固、婕妤，好词章，大有称于汉朝，及皆有传于史。其后英杰间生，蝉联不绝。后汉有班超投笔从戎，相者曰：'君当封侯万里外。'超诘之，曰：'君燕颔虎头，飞而食肉万里，公侯相也。'后果守玉门关，封定远侯。某世为武贲中郎，在武班。因有过，窜于山林。昼伏夜游，露迹隐形，但偷生耳。适闻松吹月高，墙外闲步，闻君吟咏，因来追谒。况遇当家，尤增

甯茵

大中年间，有个叫甯茵的秀才在南山下的大寮庄租赁房子，住的房屋塌了一半，院墙也没有了。这天夜里风清月朗，甯茵在院中诵读诗词。过了会听到敲门声，说是“桃林斑特处士相访”。甯茵开门，看那人外表魁梧，言谈内容空泛。来人说道：“我是在田野耕田的人，和农夫一样，在田间辛勤劳作。我就住在侧近，看今晚清风明月洁白，听到您在此诵读诗词，特地前来拜见。”甯茵说：“我住的地方是十分偏僻的山林，和农具做邻居，这个破房子远离人间烟火，车马都进不来；十分幸运有你拜访，来安慰我身为游子的心情。”

于是将人请到家中，问道：“想问下你的职业是什么？愿闻其详。”牛说：“我年轻的时候，兄弟们都争相做最优秀的。每次读《春秋》，读到颍考叔挟辀以走，都恨不得辅佐帮助他们。读《史记》，读到田单破燕之计，都恨不得自己参与其中。读《东汉》，读到光武新野之战，只恨不能跳到他们的战争中。这三件事我读起来都很畅快，只不过都没能赶上，十分遗憾。现在我已经老了，也没有子嗣后代，空有舐犊之情，况且又仰慕徐孺子吊郭林宗说的话：‘生刍一束，其人如玉。’其人如玉，却不敢当，鲜草一束，就很值得人思考玩味。”

过了一会儿，又听到有人敲门说：“南山老虎将军前来拜见。”甯茵随即将他请了进来，来人气度威严骄傲，样子勇敢凶猛。等二人相见，都十分欣慰。老虎说：“老兄知道我这姓氏是怎么获得的吗？”牛说：“是因为当年吴太伯为荆蛮，断发文身，因此就有了斑姓。”老虎说：“兄台这就大错特错了，你不知道根本由来。斑氏出自斗谷于菟，有文斑的相貌，所以用斑为姓氏，远祖班固和班婕妤，擅长诗词文章，在汉朝十分出名，在史书上都有记载。这之后英雄辈出、蝉联不断。后汉时期有班超投笔从戎，宰相说：‘君当封侯万里外。’班超追问他，回答说：‘你相貌威风堂堂，可以万里外飞而食肉，定然是要做侯爷的。’后来班超果然镇守玉门关，封为定远侯。我族世代为武贲中郎，排在武官行列中。因为犯了错，逃窜到山林中。昼伏夜游，隐形一样不露形踪，苟且偷生。刚才听到微风吹拂月高星慰悦。”

寅因睹棋局在床，谓特曰：“愿接老兄一局。”特遂欣然为之。良久，未有胜负。茵玩之，教特一两著。寅曰：“主人莫是高手否？”茵曰：“若管中窥豹，时见一斑。”两斑笑曰：“大有微机，真一发两中。”茵倾壶请饮，及局罢而饮，数巡，寅请备脯修以送酒。茵出鹿脯，寅啮决，须臾而尽。特即不茹。茵诘曰：“何故不茹？”特曰：“无上齿，不能咀嚼故也。”数巡后，特称小疾便不敢过饮。寅曰：“谈何容易！有酒如渑，方学纣为长夜之饮，觉面已赤。”特曰：“弟大是钟鼎之户，一坐耽更不动。”

后二斑饮过，语纷拏。特曰：“弟倚是爪牙之士，而苦相凌，何也？”寅曰：“老兄凭有角之士而苦相抵，何也？”特曰：“弟夸猛毅之躯，若值人如卞庄子，当为粉矣。”寅曰：“兄夸壮勇之力，若值人如庖丁，当为头皮耳。”茵前有削脯刀，长尺余。茵怒而言曰：“甯老有尺刀，二客不得喧竞，但且饮酒！”二客悚然，特吟曹植诗曰：“萁在釜下燃，豆在釜中泣。此一联甚不恶。”寅曰：“鄙谚云，鹁鸠树上鸣，意在麻子地。”俱大笑。

茵曰：“无多言，各请赋诗一章。”茵曰：“晓读云水静，夜吟山月高。焉能履虎尾，岂用学牛刀。”寅继之曰：“但得居林啸，焉能当路蹲。渡河何所适，终是怯刘琨。”特曰：“无非悲甯戚，终是怯庖丁。若遇龚为守，蹄涔向北溟。”茵览之曰：“大是奇才。”寅怒，拂衣而起曰：“甯生何党此辈！自古即有班马之才，岂有斑牛之才。且我生三日，便欲噬人。此人况偷我姓氏，但未能共语者，疏，正在墙外闲庭信步，听到您吟咏诗词，特紧跟着来前来拜访，正好遇见自家人，又增添了欣慰。”

老虎看到床上放着棋盘，对牛说：“可以和兄弟下盘棋否。”牛欣然答应。过了很久，二人都未分出胜负。甯茵也一起来玩，给牛教了一两招。老虎说：“主人莫不是高手？”甯茵说：“不敢，就像管中窥豹，只能略见一斑。”老虎笑着说：“大有微妙的机缘，真是一箭双雕。”甯茵倒酒给它们喝，等棋局结束才开始喝，数巡过后，老虎请求准备干肉以便用来下酒。甯茵拿出鹿肉脯，老虎痛快地吃，一会儿就吃没了；牛却没有吃。甯茵追问说：“你怎么不吃？”牛说：“我没有门牙，不能明嚼干肉。”数巡后，牛说有小疾不能多喝。老虎说：“谈何容易，有酒如池，应该学纣王作长夜之饮，我这会已经感觉面色泛红了。”牛说：“兄弟的酒量大概是大钟或大鼎吧，一坐下就沉溺在酒中不想动了。”

后来两人喝完酒，说话就开始胡言乱语了。牛说：“兄弟依靠的是爪牙锋利，但是苦苦侵扰，这是为何？”老虎说：“老兄可以凭借犄角，但是苦苦相欺，这是为何？”牛说：“兄弟吹嘘自己刚猛无敌，如果遇到像卞庄子这样的人，也会被粉碎的。”老虎说：“老兄吹嘘自己勇敢强壮，如果遇到像庖丁这样的人，也会成为碎屑了。”甯茵面前有把切肉刀，长一尺有余。甯茵愤怒地说：“我这有短刀，二位客人不要再喧哗吵闹，只是喝酒就可以了。”二位客人十分害怕，牛吟咏曹植的诗说：“萁在釜下燃，豆在釜中泣。这一句诗十分应景了。”老虎说：“俗语有云：鹁鸠树上鸣，意在麻子地。”全部大笑不止。

甯茵说：“不要说别的了，请二位各自赋诗一首。”甯茵先：“晓读云水静，夜吟山月高。焉能履虎尾，岂用学牛刀。”老虎接着和道：“但得居林啸，焉能当路蹲。渡河何所适，终是怯刘琨。”牛最后和道：“无非悲甯戚，终是怯庖丁。若遇龚为守，蹄涔向北溟。”甯茵看后说：“都是奇才呀！”虎大怒，拂衣而起说：“你怎么会有这样的朋友？从古至今只有班马之才，哪里听说过什么班牛之才？并且我生下三天，就要吃人；这人就是偷用我的姓氏，我和他没有共同语言，盖恶伤其类耳！”遂怒曰：“终不能摇尾于君门下。”乃长揖而去。特亦怒曰：“古人重者白眉，君今白额，岂敢有人言誉耳，何相怒如斯？”特遂告辞。

及明，视其门外，唯虎迹牛踪而已。甯生方悟，寻之数百步，人家废庄内，有一老牛卧，而犹带酒气，虎即入山矣。茵后更不居此而归京矣。（出《传奇》）

仲小小

临洮之境，有山民曰仲小小，众号仲野牛，平生以采猎为务。临洮已西，至于叠宕嶓岷之境，数郡良田，自禄山以来，陷为荒徼。其间多产竹牛，一名野牛。其色纯黑，其一可敌六七骆驼，肉重千万斤者。其角，二壮夫可胜其一。每饮龁之处，则拱木丛竹，践之成尘。猎人先纵火逐之，俟其奔迸，则毒其矢，向便射之。洎中镞，则挈锅釜，负粮糗，蹑其踪，缓逐之。矢毒既发，即毙，踣之如山，积肉如阜。一牛致干肉数千斤，新鲜者甚美，缕如红丝线。

乾宁中，小小之猎，遇牛群于石家山，嗾犬逐之，其牛惊扰，奔一深谷。谷尽，南抵一悬崖。犬逐既急，牛相排蹙。居其首者，失脚堕崖；居次者，不知其偶堕，累累接迹而进。三十六头，皆毙于崖下。积肉不知纪极，秦、成、阶三州士民，荷担之不尽。（出《玉堂闲话》）

这是给我们班氏家族丢人。”然后生气地说：“我不可能始终在你面前摇尾乞怜。”于是拱手长揖离去。牛也生气地说：“古人敬重马良，你现在是白色的额头，怎么会有人说你好呢。你为什么生气成这样？”于是牛也告辞离开。

到天亮后，甯茵看向门外，只看到老虎的踪迹和牛蹄子的印迹。甯茵这才明白，向前寻找了几百步，在人家废弃的庄院内，看到有一老牛卧着，身上还带着酒气，老虎应该是进山了。甯茵后来就不在这里住回京去了。（出《传奇》）

仲小小

临洮境内有山民叫仲小小，号称仲野牛，平时以采集狩猎为职业。临洮属地支第六位的西边，有层层叠叠的奇幻境界，几个郡都是良田，从安禄山过来，全部是荒远的边域。其中很多地方产竹牛，竹牛是纯黑色的颜色，其中一个可以抵挡六七个骆驼，身上的肉重达千万斤。它的角，两个壮汉只可以战胜其中一个。每次吃喝的地方，都是大树丛里面的生竹，蹂踏得尘土飞扬。猎人先是纵火驱逐它们，等它们逃走，就用有毒的箭矢，向他们射去。等到牛中了箭头，就架起铁锅拿着斧头，背着干粮，跟踪牛的踪迹，暂缓驱逐。箭毒发后牛就死了，就像跌倒的山，积肉像土山。一个牛的干肉有几千斤，新鲜的肉吃起来很美味，就像红丝缕线。

乾宁中，仲小小去狩猎，遇上牛群在石家山，唆使狗前去追赶，牛群受到惊扰，跑到一个深谷，山谷的尽头，往南来到一个悬崖。狗追急了，牛群相互排挤。在牛群最前面的牛，失足掉到悬崖下面；后面的牛，不知道前面的牛已经堕落悬崖，接二连三地齐头并进，三十六头牛，全部掉到了悬崖下。积肉不知有多少，秦、成、阶三州的老百姓，挑着担子都取不尽。（出《玉堂闲话》）